Markus Herder

Architekt des Todes

Markus Herder

Architekt des Todes

Thriller

edition
krimi

Thriller

Herder, Markus: Architekt des Todes. Thriller. Hamburg, edition krimi 2021

1. Auflage 2021
ISBN: 978-3-946734-78-9

Dieses Buch ist auch als eBook erhältlich und kann über den Handel oder den Verlag bezogen werden.
ePub-eBook: ISBN 978-3-948972-43-1

Lektorat: Katharina Breu, Hamburg
Korrektorat: Annika Schwedler, Hamburg
Umschlaggestaltung: © Annelie Lamers, Hamburg
Umschlagmotiv: Glühbrine © wirestock/freepik.com; Struktur
© pixabay.com

Bibliografische Information der Deutschen Nationalbibliothek: Die Deutsche Nationalbibliothek verzeichnet diese Publikation in der Deutschen Nationalbibliografie; detaillierte bibliografische Daten sind im Internet über https://dnb.d-nb.de abrufbar.

Die edition krimi ist ein Imprint der Bedey Media GmbH, Hermannstal 119k, 22119 Hamburg.

Für meine Mama

Prolog

3. Mai 1945

Franz Beck war sich bewusst, dass sein Leben von einem Stück Papier abhing. Die Gefahr begleitete ihn schon die gesamte Fahrt um den Tegernsee, doch seit sie ihr Fahrzeug vor der gesprengten Breitenbachbrücke hatten zurücklassen müssen, hing sie an seinen Schultern wie ein mit Steinen befüllter Rucksack.

Zusammen mit Sanitätsoffizier Friedrich Ranzinger und Oberleutnant Jakob Steinmeier war er auf dem Weg nach Gmund.

Zu den Amerikanern.

Die Dämmerung war vor einer halben Stunde angebrochen. Eine kühle Windböe zerrte an der weißen Fahne, die er sich gut sichtbar am Gürtel befestigt hatte. Sie war weniger auffällig wie die weißen Armbinden, die sich Ranziger und Steinmeier um den Oberarm gebunden hatten, aber sie erfüllte hoffentlich ihren Zweck. Er fröstelte. Sein grauer Anzug hielt nicht so warm wie die Wehrmachtsuniformen seiner Begleiter. Der Mai hatte ihnen zur Begrüßung etliche Zentimeter Neuschnee geschickt, der die noch zarten Frühlingsblumen überdeckte wie ein Leichentuch.

Fünfzig Meter vor ihnen machte die Reichsstraße 218 eine Rechtskurve und verschwand hinter einem bewaldeten Hügel aus ihrem Sichtfeld. Dahinter lag der Ortsausgang von Bad Wiessee. Sie hatten es fast geschafft.

Seine zarte Hoffnung wurde jäh zerstört, als zwei uniformierte Männer aus dem Gebüsch auf die schattige Straße traten.

»Kein Wort!«, flüsterte Friedrich Ranzinger.

In der Stimme des Sanitätsoffiziers, der wie Beck als Arzt im Kloster Tegernsee tätig war, schwang die Bedrohlichkeit ihrer Situation mit. Alle, die sich aktiv für die Kapitulation einsetzten, lebten in der Gefahr, an Ort und Stelle hingerichtet zu werden. Mit schweren Beinen näherte sich Beck den Soldaten, die ihnen mit gezückten Maschinenpistolen den Weg versperrten.

»Stehen bleiben! Das ist Sperrgebiet!«, schrie einer der Männer.

Beck schätzte ihn auf Anfang zwanzig, seinen Kollegen auf Mitte dreißig. Beim Blick auf die Abzeichen schoss sein Puls in die Höhe. Der Ältere war ein SS-Sturmbannführer, der Jüngere ein SS-Untersturmbannführer, ausgezeichnet mit dem Verwundetenabzeichen EK1 und einem Sturmabzeichen. In den letzten Kriegstagen wurden die jungen Soldaten mit Medaillen geradezu überschüttet, um ihren Kampfgeist aufrechtzuerhalten. Diese Jungs hatten kaum Gefechtserfahrung und waren für die Kriegspropaganda viel anfälliger als die kriegsmüden Veteranen. Und sie handelten unberechenbar.

»Guten Abend, die Herren. Ich bin Sanitätsoffizier Ranzinger, das sind Oberleutnant Steinmeier und Dr. Beck. Wir sind auf dem Weg nach Gmund«, erwiderte Ranzinger mit freundlicher, aber bestimmter Stimme.

Vor ihrer Abfahrt hatten sie vereinbart, dass Ranzinger bei einem Zusammentreffen mit deutschen Einheiten die Führung übernahm. Der Sanitätsoffizier versprühte eine natürliche Autorität, wie Beck fand. Obwohl man ihm die leidvollen Jahre ansah. Der Fünftagebart überdeckte die Altersfurchen auf den Wangen ebenso wenig wie die Reste des ergrauten Haupthaars die spröde Kopfhaut.

Der SS-Untersturmbannführer musterte sie argwöhnisch. »Gmund ist vom Feind besetzt.«

»Das ist uns bekannt. Wir sind als Parlamentäre auf dem Weg zu den Amerikanern.«

»Um was zu tun?«

Das Misstrauen sprang dem jungen SS-Mann wie ein angeschossenes Tier aus den Augen. Beck beobachtete sorgenvoll, wie dessen Zeigefinger nervös den Abzug der Maschinenpistole streichelte. Eine unkontrollierbare Beklemmung infizierte seinen Körper. Das Herz schlug ihm hart gegen die Brust, die Lippen zitterten. Hoffentlich fiel es unter seinem fülligen Bartwuchs nicht auf. Diese Typen waren wie Kampfhunde. Wenn sie Angst rochen, wurden sie scharf. Es kostete ihn eine unmenschliche Kraft, äußerlich ruhig zu bleiben.

»Wir haben den offiziellen Auftrag, mit den Amerikanern zu verhandeln«, fügte Ranzinger hinzu.

»Verhandeln? Mit dem Feind? Wer soll den Schwachsinn genehmigt haben?« Mit jeder Silbe steigerte sich die Aggressivität des SS-Mannes. Das Zucken des Zeigefingers nahm bedrohliche Züge an.

Doch Ranzinger wirkte unbeeindruckt. Mit souveräner Haltung zog er ein Stück Papier aus der Brusttasche und händigte es dem SS-Untersturmbannführer aus. Es handelte sich um einen Passierschein, ausgestellt vom Oberbefehlshaber der deutschen Truppen im Tegernseer Tal. Der junge Mann benötigte eine geraume Zeit, um die Meldung durchzulesen.

Beck konnte nicht abschätzen, ob er generell langsam im Lesen war oder ob er den Text mehrfach lesen musste, bis er den Inhalt akzeptierte. Er betete zu Gott, dass die Soldaten den Passierschein für echt einstuften – und dass sie ihn akzeptierten. Es war schwierig, einzuschätzen, wie viel Kontrolle der Oberbefehlshaber noch über die Situation im Tal hatte, da die deutschen Einheiten teilweise bunt zusammengewürfelt waren.

»Das glaub ich einfach nicht.« Der junge Soldat wandte sich seinem schweigsamen Kollegen zu und händigte ihm das Papier aus. »Der Schein ist von Bachmann unterschrieben. Wie kann er das befehlen? Ist die Unterschrift echt?«

Der SS-Sturmbannführer las den Text in deutlich kürzerer Zeit durch. Beck schluckte. Ihr Leben hing von der Einschätzung dieses Mannes ab.

Ohne eine Miene zu verziehen, nickte der SS-Sturmbannführer seinem Kollegen zu. Wortlos reichte er Ranzinger das Schreiben, dann machte er sich auf den Rückweg. Falls er ihrem Vorhaben genauso negativ eingestellt war wie sein Untergebener, ließ er es sich nicht anmerken.

»Nun haut schon ab. Und richtet dem Feind einen schönen Gruß von mir aus: Das Deutsche Reich wird niemals untergehen!«

Der Soldat untermalte seine Aufforderung mit einem hämischen Lachen. Ein weiteres Mal wurde Beck bewusst, wie tief sich die Propaganda in die Herzen dieser Männer gefressen hatte. Es machte ihn traurig.

»Ihr seid eine Schande für unser Vaterland!«, brüllte ihnen der SS-Untersturmbannführer nach, bevor er ebenfalls im Wald verschwand.

Sie folgten dem Straßenverlauf um den Hügel. Keiner sprach ein Wort. Becks Nerven waren zum Zerreißen gespannt. Er wollte den Amerikanern die Nachricht so schnell wie möglich überbringen und dann zu seiner Frau Hannelore zurückkehren. Instinktiv klammerte er sich an die Blechdose, die er um die Schulter trug.

Er war sich der neugierigen Blicke seiner Begleiter bewusst – schon seit Beginn ihrer Mission. Sie hatten nie nachgefragt, aber selbst wenn, hätte er ihnen sowieso nicht die Wahrheit erzählt. Obwohl er mehr als einmal mit dem Gedanken gespielt hatte, sie einzuweihen. Aber er durfte niemandem vertrauen.

»Nicht schießen, die Leute können passieren!«

Der Befehl kam vom bewaldeten Hügel hinter ihnen. Es war die Stimme des SS-Untersturmbannführers.

»Das ging sicher an ein MG-Nest«, sprach Steinmeier aus, was Beck vermutet hatte.

Die ausgemergelte, haarlose Haut ließ die Wangenknochen des Mannes hervortreten. Steinmeiers Gesichtszüge waren entspannt. Offensichtlich schien ihn der Gedanke an ein Maschinengewehr im Rücken nicht zu beunruhigen.

Beck schon. Er wagte einen Blick über die Schulter, konnte aber im dichten Gestrüpp niemanden ausmachen. Sie erhöhten ihr Schritttempo.

Erst jetzt wurde Steinmeiers Hinken deutlich. Der Oberleutnant war wegen einer Schusswunde am Oberschenkel im Kloster Tegernsee behandelt worden. Beck, der die Operation selbst durchgeführt hatte, bezweifelte, dass sie jemals vollständig verheilen würde.

»Eigentlich müssten wir die Amerikaner gleich sehen«, durchbrach Ranzinger die Stille. »Ich denke, dass das Schwierigste hinter uns …«

»Legt sie um, die Schweine!«

Der Schrei dröhnte vom Hügel zu ihnen herüber. Eine schwere Maschinengewehr-Salve hämmerte über die Straße und erfasste die drei Männer. Wie ein glühendes Schwert durchschlug eine Kugel Becks Brust. Mit voller Wucht knallte er auf den steinigen Untergrund. Bewegungsunfähig lag er mit dem Gesicht im Dreck und sog mit jedem Atemzug Staub in seine Lungen.

Umdrehen, umdrehen, umdrehen, befahl er sich immer wieder.

Doch sein Körper verweigerte ihm den Gehorsam. Ein höllischer Schmerz strahlte vom Brustbein in sämtliche Gliedmaßen. Todesangst lähmte seine Muskeln, als hätte er eine Überdosis Morphium geschluckt.

Er wollte nicht sterben. Nicht jetzt, nicht so kurz vor Ende des Krieges. Und vor allem nicht, bevor er die Nachricht überbracht hatte. Viele Menschenleben hingen davon ab. Die Bilder seiner Frau Hannelore, seiner Freunde, Nachbarn und Kollegen wechselten sich vor seinem inneren Auge ab. Jemand rief seinen Namen, zumindest bildete er sich das ein. Seine Ohren dröhnten vom Lärm der Schüsse. Ein letzter Versuch, sich umzudrehen, wurde von einer unerträglichen Schmerzenswelle abgewürgt.

Dann hörte sein Herz auf, zu schlagen.

1. Episode: Ein verhängnisvoller Anruf

Freitag, 24. Juli

Und sag zu niemand ein Wort, auch nicht zur Polizei! Du kannst der Polizei nicht trauen!

Henri Holmes lehnte unruhig an der schroffen Mauer des Strandcafés. Trotz der späten Stunde war es angenehm warm, der Lehmboden gab die aufgesogenen Sonnenstrahlen ab wie eine Fußbodenheizung. Doch innerlich zitterte er.

Seit sich vor einigen Minuten eine dicke Wolke über den Vollmond geschoben hatte, umgab eine unheimliche Stille das Strandbad, das nachts für Badegäste gesperrt war. Sein Blick folgte dem unbeleuchteten Schotterweg, der sich hinter dem Zaun vom Ufer bis zur Hauptstraße schlängelte. Von Gut Kaltenbrunn, das wie ein alter Wachhund am Nordufer des Tegernsees thronte, war nicht mehr zu erkennen als ein verschwommener Schatten. In dem Moment ließen die Scheinwerfer eines vorbeifahrenden Autos das verwahrloste Gebäude für einen Sekundenbruchteil wie eine geisterhafte Erscheinung aufblitzen.

Die Worte von Marvin Schwarz gingen ihm einfach nicht aus dem Kopf. Warum wollte ihn der Anwalt so dringend sprechen? Und wieso um alles in der Welt hier am See? Und vor allem: Was hatte die Polizei damit zu tun? Mit jeder Minute, die er auf den Mann wartete, verstärkte sich das flaue Gefühl in seinem Magen. Als seine Armbanduhr 22:15 Uhr zeigte, hielt es Henri nicht länger aus, Schwarz war eine Viertelstunde zu spät.

Er zog sein Handy hervor und wählte die Nummer des Anwalts. Nach dem fünften Klingeln meldete sich die Mailbox. Enttäuscht wollte Henri eine Nachricht hinterlassen, als er einen schwachen Ton vernahm, der zeitgleich mit dem Beginn der Ansage verschwand. Mit zittrigen Fingern wählte er erneut. Ein Windstoß rüttelte an den Baumwipfeln, sodass die Melodie nur bei genauem Hinhören zu erkennen war.

»Herr Schwarz? Sind Sie hier?«

Seine Worte waren kaum mehr als ein Flüstern, doch jagten sie wie ein Schrei durch die Nacht. Verzweifelt suchte er in der Dunkelheit nach einem leuchtenden Display. Nichts! Die Melodie erstarb, als sich wieder die Mailbox meldete. Henri drückte die Wahlwiederholung und lauschte. Endlich gelang es ihm, die Richtung zu bestimmen, aus der der Ton kam.

Er kam vom See.

Zögerlich folgte er dem Klingelton, bis ihn ein Geräusch herumfahren ließ. Ein Summen, wie beim Starten eines elektrischen Geräts. Henri fühlte sich beobachtet, aus nächster Nähe, als würde ein unsichtbarer Mensch direkt vor ihm stehen. Verunsichert bewegte er sich rückwärts zum Kiesstrand. Erst als er das Knirschen der Steine unter den Füßen vernahm, wagte er es, dem unheilvollen Gefühl den Rücken zu kehren.

Rund um den See spiegelten sich Lichter in der glatten Wasseroberfläche, in der Ferne schmiegte sich die beleuchtete Bergbahn wie eine Lichterkette an den Wallberg. Doch das alles nahm Henri nur am Rande wahr. Wie gebannt fixierte er den Lichtstreifen am Ende des Holzstegs, der einige Meter weit in den See ragte. Die Holzbretter knarzten, als er mit hastigen Schritten darauf zusteuerte. Mit klopfendem Herzen hob er ein Mobiltelefon auf. Das Display zeigte drei verpasste Anrufe: seine Nummer.

Verzweifelt sah er sich um, doch von Marvin Schwarz keine Spur. In dem Moment registrierte er etwas an der Wasseroberfläche, etwa zwanzig Meter vom Steg entfernt.

Was war das?

Dann erkannte er die zwei Holzbalken, die zu einem Kreuz zusammengeschraubt und in der Mitte durch eine Eisenkette am Grund verankert waren. Das Holzkreuz war eine Attraktion für die Badegäste. Nur etwas stimmte nicht in dem Bild. Ein erneutes Klingeln ließ ihn zusammenzucken. Instinktiv sah er auf das gefundene Mobiltelefon. Doch es kam von seinem eigenen Handy. Unbekannte Nummer.

»Wo bist du?« Die Stimme seines Vaters klang genervt.

Ein frustrierter Seufzer entkam Henris Lippen. »Unterwegs, warum?«

»Hast du vergessen, was morgen für ein Tag ist?«

»Ich bin erwachsen, ich kann selbst einschätzen, wann ich ins Bett muss.«

»Mit 21 ist man vielleicht volljährig, aber bestimmt nicht erwachsen. Und solange du deine Füße unter meinen Tisch …«

Henri rollte mit den Augen, wobei er das Handy ein Stück vom Ohr weghielt. Er war kurz davor, es in den See zu schmeißen, bis ihm klar wurde, dass dies die stundenlange Diskussion nach sich ziehen würde, wie man mit seinem Eigentum umzugehen hatte.

Als hätte jemand den Rollladen hochgefahren, durchflutete ein Lichtkegel das Tal. Der Vollmond hatte sich an der Wolke vorbeigeschoben und spiegelte sich in der Wasseroberfläche. Schlagartig wurde ihm klar, warum er das Holzkreuz in der Dunkelheit nicht sofort erkannt hatte. Die vordere Seite war ins Wasser abgetaucht, weil …

Henri rang nach Luft.

… weil irgendetwas auf dem Holz lag.

Nicht irgendetwas, irgendwer!

Er kniff die Augen zusammen, aber das surreale Bild blieb. In der Mitte des Holzkreuzes ragten nackte Zehen heraus, der restliche Körper lag unter der Wasseroberfläche. Seine Finger krallten sich um das Handy, bis die Gelenke einen stechenden Schmerz aussendeten. Sein Pulsschlag dröhnte ihm so laut in den Ohren, dass die Stimme seines Vaters zu einem Hintergrundrauschen verkam.

»Ich … ruf … dich … zurück«, krächzte er in den Hörer, bevor er zitternd auflegte.

In Sekundenschnelle zog er sich bis auf die Unterhose aus, dann sprang er mit einem missglückten Hechtsprung ins kühle Wasser. Da Schwimmen nicht gerade zu seinen Stärken gehörte, endeten seine unkoordinierten Kraulbewegungen in akuter Atemnot. Laut prustend sah er sich um. Das Kreuz war nur noch wenige Meter von ihm entfernt. Henri ignorierte das Flehen seines Körpers nach einer Pause und kämpfte sich weiter heran, bis die nackten Zehen vor ihm auftauchten. Er holte tief Luft und tauchte ab. Das Wasser war so trüb, dass er sekundenlang blind herumfischte, bis seine Hand einen Gegenstand berührte. Er griff unter das glitschige Holz und stemmte es nach oben. Henris Kopf durchbrach zeitgleich mit dem Holzbalken die Wasseroberfläche. Neben ihm erstrahlte die bleiche Haut eines Mannes im Mondlicht.

Marvin Schwarz!

Der Anwalt war lediglich mit einer Unterhose bekleidet, die Arme hingen schlaff nach unten.

»Herr Schwa …?«

Die Worte blieben Henri im Hals stecken, als er die Seile bemerkte, die über Knöchel und Brustkorb gespannt waren. Nach einer kurzen Schockstarre versuchte er, die

Knoten zu entfernen, doch seine Finger zitterten zu stark. Verzweifelt vergrub er die Zähne im Seil und riss den Kopf zurück. Endlich gab der Knoten nach.

Urplötzlich glitt der Anwalt vom Holz. Henri wollte ihn auffangen, doch der leblose Mann drückte ihn unter Wasser. Panisch strampelte er mit den Beinen, presste sein Gewicht gegen den Oberkörper, der ihn immer tiefer mit sich zog.

Lass los, rette dich!

Er war kurz davor, aufzugeben, als es ihm endlich gelang, den Mann nach oben zu drücken. Seine Lungen brannten, doch zum Luftholen blieb keine Zeit. Henri nahm den Kopf des Anwalts in den Schwitzkasten und strampelte auf dem Rücken liegend Richtung Strand. Doch wie oft er sich auch umdrehte, das Ufer schien einfach nicht näher zu kommen. Seine Kräfte schwanden, dann endlich berührten seine Füße den sandigen Untergrund. Mit letzter Kraftanstrengung wuchtete er den Körper auf die Kieselsteine. Henri ging in die Knie und atmete in pfeifenden Zügen. Erst jetzt konnte er Marvin Schwarz eingehender betrachten.

Die Fingernägel des Anwalts waren blau angelaufen. Die verschrumpelte, blau-violette Haut sah aus wie bei einer vertrockneten Kartoffel. Natürlich wusste er, was das bedeutete.

Doch Henri hatte in einer Dokumentation über Taucher mal gesehen, dass man Menschen auch nach langer Zeit unter Wasser noch wiederbeleben konnte. Also musste er es zumindest versuchen. Im Kopf ging er die Schritte durch, die er vor zwei Jahren beim Erste-Hilfe-Kurs gelernt hatte. *Du schaffst das!*

Henri strich die laminierte Karteikarte zur Seite, die Schwarz um den Hals hing, und presste vorsichtig die Handballen auf den behaarten Brustkorb des Anwalts.

Seine Fingerspitzen gruben sich in die aufgeweichte Haut, rutschten ab und rissen Hautfetzen mit sich. Im letzten Moment gelang es Henri, den Würgereflex zu unterdrücken. Er wischte sich die Hände an der Boxershorts ab, setzte die Handballen erneut auf und begann mit der Herzmuskelmassage. Nach zehn Mal stoppte er und näherte sich zögerlich dem blau unterlaufenen Mund. Henri drückte die Nase von Schwarz mit Zeigefinger und Daumen zusammen. Er schluckte, bevor er sich durchrang, seine Lippen auf dessen Mund zu pressen. Es kam ihm vor, als würde er ein Stück aufgetautes Fleisch küssen. Der Ekel war so groß, dass er sich wegdrehen und übergeben musste.

Henri hörte seine innere Stimme, die ihm einzureden versuchte, dass der Mann längst tot war. Doch seine Schuldgefühle, nicht alles in seiner Macht stehende getan zu haben, waren zu stark. Er wischte sich das Erbrochene aus dem Mund und begann mit der Mund-zu-Mund Beatmung. Nach einigen Sekunden wechselte er zurück zur Herzmuskelmassage.

Zwischen den Wechseln hielt er inne und horchte, ob die Atmung angesprungen war. *Es ist nur eine Puppe, wie in dem Kurs,* redete er sich wie ein Mantra ein. *Eine verflucht echte Puppe.*

Mit jeder Sekunde wurden seine Bemühungen verzweifelter, seine Lungen brannten, die Hände rutschten immer häufiger von der seifigen Haut ab, bis er mit einem explosionsartigen Schreikrampf auf die kalten, nassen Steine sank. Es war hoffnungslos!

Da bemerkte er den Schatten, der sich ihm schnell näherte.

*

Quälend langsam tickte der Countdown auf der Webseite herunter. Mathias Schweinberg starrte auf den Bildschirm, der neben einer kleinen Schreibtischlampe die einzige Lichtquelle in seinem Büro war. Er hatte vor zwei Tagen für ein neuwertiges Paar Motorradhandschuhe ein Gebot abgegeben, und bislang war er der Höchstbietende. Doch in fünf Minuten konnte viel passieren.

Die weißen Wände seines Büros wirkten im schummrigen Licht wie ein seelenloses Grau. Der Raum war eine bessere Abstellkammer, aber Schweinberg hatte selbst darauf bestanden. Dunkelheit und Ruhe waren in den letzten Monaten zu elementaren Bestandteilen seines Lebens geworden. Dafür war er gerne bereit, auf Komfort und Design zu verzichten. Außerdem war es sowieso nur noch ein Arrangement auf Zeit.

Die Armlehnen des drehbaren Bürostuhls zwickten in seine Hüftpolster. In den letzten vier Monaten hatte er vermutlich an die zehn Kilo zugenommen. Es war ihm egal. Genauso wie die Matte im Gesicht. Auf Anweisung seines Chefs hatte er seinen rotblonden Vollbart zumindest gestutzt, damit er nicht mehr aussah wie ein Penner. Früher hatte sich Schweinberg nach dem Gefühl gesehnt, nach der Nassrasur mit den Fingerspitzen über die weiche Haut zu fahren. Früher hatte er aber auch seinen Job geliebt.

Seinen Wechsel zur KPS Miesbach interpretierten viele ehemalige Kollegen in München als Flucht. Ganz unrecht hatten sie nicht, wenngleich er weniger vor den Konsequenzen geflohen war als vor ihren verurteilenden Blicken. Aber erging es ihm hier besser? Hatte er ernsthaft geglaubt, in seiner alten Heimat einen Neuanfang starten zu können?

Schweinberg strich das vor ihm liegende Papier auseinander, auf dem in großen Buchstaben das Wort *Kündigung* zu lesen war, bevor er es zusammenfaltete und in einen Umschlag steckte. Eine Erklärung hatte er sich verkniffen. Sie war sowieso klar. Außerdem bezweifelte er, dass es irgendjemand interessierte.

Es klopfte.

Einen Sekundenbruchteil später wurde die Tür aufgerissen und der Scheitel seines Kollegen Dirk Schleicher erschien im Türrahmen.

»Hey Hias, ich hol mir was beim Mäci. Willst du mitkommen?«

Hias!

Schweinberg hasste die bayrische Kurzform seines Vornamens. Nur Bauern hießen so. Er atmete tief durch, um nicht ausfallend zu werden.

»Zum x-ten Mal: Mein Name ist Mathias. Und nein, ich habe keinen Hunger.«

»Sicher? Nicht dass du mir nachher die Pommes wegfutterst«, bemerkte der Mann mit einem schelmischen Grinsen.

Schweinberg wunderte es, dass sich Schleicher noch so spät im Büro rumtrieb. Seine Schicht war längst vorbei. Falls er damit Eindruck bei ihm schinden wollte, war es eine der sinnlosesten Formen von Zeitverschwendung.

»Mach die Tür zu, wenn du gehst.«

War er zu grob gewesen? Ach, was! Und selbst wenn. Das vorlaute Greenhorn nervte ihn seit seinem ersten Tag. Schleicher war nur wenige Wochen vor Schweinberg zur K1 gestoßen. Ihre Einheit war zuständig für höchstpersönliche Rechtsgüter, wie es so schön im Beamtendeutsch hieß. Sie waren also für Mordfälle, Sexualdelikte, Brandstiftung und vermisste Personen zuständig.

Alleine für die dämliche Frisur wollte Schweinberg dem Kerl eine reinhauen. Klar war es hart, mit Mitte zwanzig an starkem Haarausfall zu leiden. Aber anstatt sich ein Vorbild an Bruce Willis zu nehmen, klebte er sich mit Haarwachs die verbliebenen schwarzen Strähnen so über den Schädel, dass es wie ein schlecht aufgeklebtes Toupet aussah.

Beim Bund hätten sie ihm mit dem Rasierer einen Kahlschnitt verpasst. Der Gedanke erheiterte Schweinberg. Wär vielleicht was für seinen letzten Tag. Bis dahin musste er sich zurückhalten. Der Typ war es nicht wert, Stress mit den neuen Kollegen zu bekommen.

Während die Stoppuhr auf dem Bildschirm nach unten tickte, drehte er sich mit dem Stuhl um die eigene Achse, bis er vor den sechs Vermisstenanzeigen stehenblieb, die neben seinem Schreibtisch an der Wand hingen. Eigentlich sollte ihn Schleicher bei dem Fall unterstützen, doch der schenkte den vermissten Rentnern, die allesamt aus Altenheimen rund um den Tegernsee verschwunden waren, wenig Aufmerksamkeit. War ihm wahrscheinlich nicht sexy genug. Es rief Schweinberg noch immer die Zornesröte ins Gesicht, wenn er an dessen Kommentar dachte.

»Die senilen Knacker steigen in den nächstbesten Zug, landen hundert Kilometer entfernt an irgendeinem Bahnhof und wissen nicht mehr, wie sie nach Hause kommen.«

Natürlich kam es vor, dass ältere Menschen in einem Anfall geistiger Verwirrung für einen Zeitraum spurlos verschwanden. Doch diese Fälle lösten sich meisten nach wenigen Tagen von selbst. Aber sechs Vermisste innerhalb eines Monats, aus drei verschiedenen Altenheimen, und ohne die geringste Spur, machten Schweinberg mehr als misstrauisch.

Aber das war nicht länger sein Problem.

Ein Geräusch ließ ihn herumfahren. *Herzlichen Glückwunsch, Ihr Gebot wurde angenommen,* erschien auf dem Bildschirm.

Schweinberg ließ einen Freudenschrei los, im selben Moment stürmte Dirk Schleicher herein.

»Ich hab keinen Hunger, verdammt noch …«

»Die Einsatzzentrale in Rosenheim hat angerufen«, unterbrach ihn sein Kollege. »Wir haben Arbeit.«

Nicht noch ein Rentner!

»Nun beruhig dich wieder. Wie heißt die Person und seit wann wird sie vermisst?«

Eine dicke Strähne auf Schleichers Kopf war verrutscht und spaltete seine Haare, als wäre der Friseur beim Schneiden abgerutscht. Auf der Stirn bildete sich ein großes Fragezeichen.

»Vermisst? Niemand wird vermisst. Wir haben einen Toten.«

Das Wort *endlich* schwang unausgesprochen mit.

Samstag, 25. Juli

Henri schwamm in einem endlosen, schwarzen See. Die Kälte lähmte seine Muskeln, jeder Atemzug schmerzte im Brustkorb. Plötzlich tauchte ein leichenblasses Gesicht aus dem Wasser auf.

Mit einem Schrei auf den Lippen riss er die Augen auf. Er lag in seinem Bett, hauchdünne Sonnenstrahlen zwängten sich durch die Schlitze des Rollladens. Er war hundemüde, als hätte er keine Sekunde geschlafen. Verschwommen setzte die Erinnerung ein. Ein schaler Geschmack breitete sich in seinem Mund aus. Ob es an dem Beruhigungsmittel lag, das ihm der Notarzt verabreicht hatte? Ein Ehepaar, das mit ihrem Hund am See Gassi gegangen war, hatte ihn gehört und die Polizei verständigt. Als ob der Abend nicht schon katastrophal genug verlaufen war, hatte er sich auch noch direkt vor

Maria Baumgärtner übergeben müssen. Seine ehemalige Klassenkameradin absolvierte gerade ihr dreimonatiges Berufspraktikum bei der Polizeistation in Bad Wiessee und hatte sich um ihn gekümmert, bis die Kripo angerückt war.

Wie peinlich.

Im Erdgeschoss wurde ein Fenster aufgerissen. Wie spät war es überhaupt? Er tastete nach dem Wecker.

»Oh, Shit!«

Kurz nach elf. Hektisch zog er sich frische Kleidung an, holte zwei mit gelbem Geschenkpapier umwickelte Pakete aus dem Schrank und stolperte nach unten. Auf der Treppe wurde ihm so schwindlig, dass er sich am Geländer festhalten musste. Der Duft von Rühreiern und aufgebackenen Brötchen drang aus dem Esszimmer. Doch der rustikale Esstisch war längst abgeräumt, abgesehen von dem angeschnittenen Kuchen mit ausgeblasen Kerzen. Natürlich Käsekuchen mit Rosinen. Henri fragte sich, ob es seinem Vater nie aufgefallen war, dass seine Ehefrau die Rosinen immer herauspickte, weil sie sie nicht ausstehen konnte – oder ob es ihm schlicht egal war.

In der Küche lief Wasser. Henris Mutter stand mit dem Rücken zu ihm und spülte eine Pfanne aus. Sie trug ein schneeweißes Sommerkleid und wirkte im einfallenden Sonnenlicht wie eine Elbenfrau aus Mittelerde.

Er räusperte sich. »Happy birthday, mum.«

Sie fuhr erschrocken herum. Ihr glattes, hellblondes Haar schmiegte sich um ihre weichen Gesichtszüge, deren fünfzig Lebensjahre man ihnen nicht ansah. Eine Eigenschaft, die Henri von ihr geerbt hatte. Sie lächelte, doch in ihren Augen erkannte er Besorgnis.

»Thank you, honey! Are you …«

Aus dem Hausflur ertönten Schritte.

»Geht es dir wieder besser?«, fuhr sie fort.

Auch nach zwanzig Jahren in Deutschland verriet ihr Akzent ihre Muttersprache. In seiner Kindheit hatte sie ausschließlich Englisch mit ihm gesprochen, weswegen Henri zur seltenen Spezies Schüler gehört hatte, die sich bei Sprachen und Mathe leicht tat. Leider bestand sein Vater seit ein paar Jahren vehement darauf, zu Hause nur noch Deutsch zu sprechen. Und seine Ehefrau hielt sich daran – zumindest wenn Henris Vater zu Hause war.

»Alles gut. Tut mir leid, dass ich das Geburtstagsfrühstück verschlafen habe.«

»Das ist doch nicht wichtig.« Sie löste sich von der Spüle. »Ich hab mir solche Sorgen gemacht. Wie konnte das nur …«

Ihre Stimme versagte, die Augen wurden glasig. Es versetzte Henri einen Stich ins Herz. Instinktiv wollte er sie umarmen, doch er hielt sich zurück, denn es gab ihm immer das Gefühl, noch ein kleiner Junge zu sein.

»Mir geht's gut, mum. Wirklich.«

»Ausgeschlafen?«

Sein Vater stand im Türrahmen, die wallenden, pechschwarzen Haare hatte er hinter die Ohren gekämmt. Mit seinen kristallblauen Pupillen musterte er ihn. War er sauer? Oder nur besorgt?

»Alles Gute zum Geburtstag«, begrüßte ihn Henri.

Als Kind war es von Vorteil, wenn die Eltern am selben Tag Geburtstag hatten, so beschränkten sich die langweiligen Familienfeiern auf einen Tag. Er bezweifelte allerdings, dass es seine Mutter genauso sah. Henri wollte seinen Eltern gerade ihre Geschenke übergeben, da wandte sich Rainer Holmes an seine Ehefrau. »Evelyn, mach dich endlich fertig und lad unsere Taschen in den Porsche.«

Sie nahm die Geschenke an sich und strich Henri über die Wange, bevor sie die Küche verließ.

»Schlimme Sache, das gestern«, fing Rainer Holmes an, wobei er Henri anwies, am Küchentisch Platz zu nehmen. »Ich bin stolz darauf, wie du reagiert hast.«

Henri zog eine Augenbraue hoch. Meistens verfuhr sein Vater nach dem bayrischen Sprichwort: Nicht geschimpft ist gelobt genug.

»Es hat ihn nicht gerettet.«

»Du hast Verantwortung übernommen, das alleine zählt. Das Ergebnis unseres Handelns unterliegt oft externen Faktoren. Du hast eine Entscheidung getroffen und sie durchgezogen, das zeugt von Willensstärke und Verantwortungsbewusstsein.«

Henri musste sich zusammenreißen, geistig nicht abzuschalten. Sein Vater hatte die Angewohnheit, jeden wie einen Patienten zu behandeln. Zusammen mit seiner Frau betrieb Rainer Holmes eine Praxis für Psychotherapie, die in einem abgetrennten Bereich ihres Hauses untergebracht war. Der Schwerpunkt lag auf Menschen mit Depressionen, Psychosen, Neurosen und Persönlichkeitsstörungen.

»Nur eines irritiert mich: Die Polizei meinte, du kennst das Opfer. Da frage ich mich schon, was mein Junge mit einem Anwalt für Strafrecht zu schaffen hat. Hast du Probleme, Henri?«

»Was? Nein. Schwarz hat uns damals bei der Facharbeit unterstützt.«

»Was für eine Facharbeit?«

»Na, die zum Kriegsende im Tegernseer Tal.«

»Ach, die Schularbeit. Wofür habt ihr da einen Anwalt gebraucht?«

Es war keine Schularbeit, sondern eine wissenschaftliche Dokumentation, ärgerte sich Henri. Zusammen mit seinem besten Freund Anton Knauseder, Maria Baumgärtner, Tim Petkovich und Dieter Schmidt hatte er ein Jahr lang an der Facharbeit für den Leistungskurs Geschichte gearbeitet.

»Herr Schwarz hat uns die Vollmacht für die Prozess-akten im Münchner Staatsarchiv beschafft.«

»Welcher Prozess?«

»Ende der Sechzigerjahre hat die Münchner Staatsan-waltschaft wegen Mordes an Dr. Ranzinger und Dr. Beck ermittelt. Die Akten dokumentierten das Ermittlungs-verfahren.«

»Aber dein Abitur ist zwei Jahre her, was wollte der Kerl jetzt noch von dir?«

»Er hat mich gestern Abend angerufen und meinte, er hätte neue Erkenntnisse zu Dr. Beck – dem Parlamentär, dessen Leiche nie gefunden wurde – und er wollte sich sofort mit mir am Strandbad treffen.«

Beim Gedanken an das Gespräch hatte Henri sofort wieder die Stimme des Anwalts im Ohr. Sie war rau ge-wesen, fast brüchig, die Worte gestottert, wie bei gro-ßer Kälte, die Sätze abgehackt, mehr kurze Aufschreie als zusammenhängende Silben. Mehrfach hatte er ver-sucht, nachzufragen, um welche Art von Erkenntnissen es ging, doch jedes Mal war er von dem Anwalt unter-brochen worden. Schwarz' Bemerkung über die Polizei verschwieg er lieber. Sie erschien ihm einfach zu bizarr.

»Das gefällt mir nicht.« Rainer Holmes trommelte mit den Fingern auf der Tischplatte. »Ich werde ein paar Er-kundigungen über diesem dubiösen Anwalt einholen.« Henri stöhnte auf. Er wollte auf keinen Fall, dass sein ehe-maliger Geschichtslehrer Herr Engels Ärger bekamen, nur weil er damals den Kontakt zu Marvin Schwarz hergestellt hat. Doch bevor er etwas erwidern konnte, kam Evelyn Holmes zurück. Sie hatte sich eine dünne Windjacke über-gezogen und trug ein weißes Baseball-Cap. Ihre Miene ver-riet, dass sich ihre Freude auf die Cabrio-Tour in Grenzen hielt. Sein Vater stand auf. »Ruh dich aus, mein Junge. Ich will nicht, dass du mir heute Abend am Tisch einschläfst.«

»Vielleicht sollte er besser zu Hause bleiben«, regte Evelyn Holmes an.

»Unsinn! Er ist ja nicht krank, nur ein wenig übernächtigt«, polterte Rainer Holmes, dann legte er Henri eine Hand auf die Schulter. »Sohnemann, ich zähl auf dich!« Für einen Moment verharrte sein Vater in der Pose, die Augenbrauen tief zusammengezogen. »Und noch etwas. Wage es nie wieder, einfach aufzuhängen.«

*

Was für eine Nacht. Mathias Schweinberg schleppte sich durch den Gang, in dem eine hektische Betriebsamkeit herrschte, konzentriert darauf, den Inhalt seiner randvollen Tasse nicht zu verschütten. Die Vorbereitungen für die erste Lagebesprechung der SoKo *Strandbad* liefen auf vollen Touren. Das betraf ihn auch. Eigentlich.

Der Lärm ebbte ab, kaum dass er die Bürotür hinter sich geschlossen hatte. Schweinberg setzte sich an seinen Platz und umschloss die wärmende Tasse mit beiden Händen. Der Geruch von frisch gebrühtem Kaffee stieg ihm in die Nase. Endlich Ruhe! Der zähe Kampf für das Einzelbüro hatte sich gelohnt. Sein Vorgesetzter hatte ihn ursprünglich ins Büro von Dirk Schleicher setzen wollen, damit der junge Kollege von Schweinbergs Erfahrung profitierte.

Doch das Letzte, was Schweinberg in seiner aktuellen Verfassung brauchte, war ein neunmalkluger Grünschnabel, der ihn mit Fragen löcherte. Ganz zu schweigen von der grausamen Vorstellung, sich täglich dessen beschissene Frisur anschauen zu müssen. In einer endlos langen Diskussion hatte er seinen Chef schließlich überzeugt, ihm dieses Zimmer zu geben, das bislang als Ausweichbüro benutzt worden war. Auf der Dienststelle kam das nicht gut an. Sein Verhältnis mit den Kollegen als *reserviert* zu beschreiben, wäre eine gnadenlose Übertreibung.

Scheiß drauf. Ich bin eh bald weg!

Anfangs schien es eine gute Idee zu sein, die Kripo München hinter sich zu lassen und in den Landkreis zurückzukehren, wo er aufgewachsen war. Ein Neustart, wenn man so wollte. Außerdem konnte er sich so besser um seine Mutter kümmern. Deswegen hatte Schweinberg ohne lange nachzudenken zugesagt, als ihm Schleghuber vor einem Monat den Posten eines verstorbenen Kollegen angeboten hatte.

Ein Fehler. Der Vergangenheit lief man nicht so einfach davon.

Dirk Schleicher platzte herein.

»Habt ihr eigentlich Vorhänge daheim?«, brummte Schweinberg.

Sein Kollege schien es nicht gehört zu haben, oder er ignorierte es. »Der Cheffe will dich sehen.«

Schweinberg nahm einen Schluck Kaffee und lehnte sich demonstrativ zurück. »Komm gleich.«

»Sofort, hat er gesagt!«

Leck mich am Arsch, ich trink jetzt erst meinen Kaffee!

»Schwirr ab!«

Für eine Sekunde schien Schleicher mit sich zu ringen, dann schloss er mit zusammengepressten Lippen die Tür. Die Ruhe hielt nicht lange an. Schweinberg hatte gerade seine Tasse geleert, als die Tür erneut aufging.

»Ich hab doch gesagt …«, fing er an, bis er seinen Vorgesetzten erkannte.

»Stör ich?«, fragte der Mann in zweideutigem Tonfall.

»Nein. Ich wollte eh gerade zu dir.«

»Das seh ich.« Erich Schleghuber nahm gegenüber von ihm Platz. »Ich brauch deine Einschätzung zu dem Fall.«

»Jetzt? In fünf Minuten ist Lage-Besprechung.«

Erich Schleghuber strich sich mehrfach mit Daumen und Zeigefinger über seinen weißgrauen Schnauzer. Der Mittfünfziger war neben der Leitung der K1 auch mit der »Wahrung der Dienstgeschäfte« beauftragt, was nichts anderes bedeutete, als dass er zusätzlich der Dienststellenleiter der Kripo Miesbach war. Doch Schweinberg hatte schnell registriert, dass der Mann Probleme hatte, Entscheidungen zu treffen. Im Gegensatz zu dessen Vorgänger Klaus Baumgärtner, der vor einem halben Jahr in Rente gegangen war, ersuchte Schleghuber stets die Zustimmung seiner Untergebenen.

»Ich bin jeden Sommer im Strandbad in Kaltenbrunn. Als meine Söhne noch klein waren, bin ich oft mit ihnen zu dem Holzkreuz geschwommen. Wer bringt an so einem Ort einen Menschen um?«

»Auf jeden Fall ein ungewöhnlicher Tatort. Im Sommer sind auch nachts Leute am See unterwegs. Der oder die Täter nahmen ein erhebliches Risiko auf sich.«

Auf Schleghubers Stirn bildeten sich nachdenkliche Falten.

»Mein Bauchgefühl sagt mir, dass das kein einfacher Fall wird. Da können wir deine Expertise gut gebrauchen.«

»Ich glaub nicht, dass ich eine große Hilfe wär.«

»Das sehe ich anders.«

Außerdem kündige ich eh bald!, lag es Schweinberg auf der Zunge. Doch dies war der falsche Augenblick, um seinen Vorgesetzten davon zu unterrichten.

»Ich bin nicht frei im Kopf. Ich brauch mehr Zeit.«

»Zeit?« Schleghuber sah sich im Büro um. »Was du brauchst, ist mehr Licht.«

Schweinberg schmunzelte ungewollt.

»Es wird Zeit, dass du aus deiner Höhle kommst«, fuhr Schleghuber fort.

»Tut mir leid, Erich.«

»Ich verlange ja nicht, dass du privat was mit deinen Kollegen machst. Aber wir sind kein Großstadt-Revier, bei dem Fall brauche ich jeden Mann. Ich hab auch schon bei den Jungs der Operativen Fallanalyse angefragt, aber die sind gerade alle unterwegs und …«

»Die OFA?! Nicht dein Ernst!« Schweinberg blies die Backen auf. »Also bevor du den Fall diesen beschissenen Profilern anvertraust, kannst ihn auch mir geben.«

Die Worte schossen nur so aus ihm heraus, ohne sich über die Konsequenzen Gedanken zu machen. Ein breites Lächeln zog sich über Schleghubers Gesicht. »Abgemacht.«

*

Das Hotel *Bayern* schmiegte sich an einen Hang an der Ostseite des Tegernsees und bot seinen Gästen einen traumhaften Ausblick auf das Tal. Die Geburtstagsfeier von Rainer und Evelyn Holmes fand im denkmalgeschützten Sengerschloss statt. Die prachtvolle Jugendstilvilla war der älteste Teil des luxuriösen Hotelkomplexes und eine beliebte Lokalität für besondere Anlässe. Gedämpfte Pianomusik hallte von den Wänden des Barocksaals wider. Die violetten Blumengedecke stachen aus dem Meer aus mit weißen Leinen überzogenen Tischen und Stühlen hervor wie Veilchen auf einer schneebedeckten Wiese.

Henri Holmes stocherte lustlos im dritten Gang herum, Maishähnchenbrust mit Chorizo, Bohnen und Paprika. Es fiel ihm schwer, die Augen offen zu halten. Am Nachmittag hatte Maria Baumgärtner bei ihm vorbeigeschaut, um sich nach seinem Befinden zu erkundigen. Es freute ihn zwar, dennoch war es ihm immer noch unangenehm, dass er ihr gestern Abend fast auf die Füße gekotzt hätte. Seine ehemalige Klassenkameradin hatte ihn mehrfach nach einem Treffen gefragt, seit sie Anfang des Monats bei der Polizeistation in Bad Wiessee angefangen hatte. Wegen seiner Prüfungen hatte Henri sie leider immer vertrösten müssen. Vermutlich ging es ihr eh nur um Anton, weswegen Henri bislang keine Initiative gezeigt hatte, einen Termin zu finden. So gern er auch Zeit mit ihr verbrachte.

Maria wirkte verändert, noch bestimmter und zielstrebiger als in der Schule. Wobei sie schon damals genau gewusst hatte, dass sie zur Kriminalpolizei wollte – so wie ihr Vater. Er fragte sie anfangs, ob es schon irgendwelche neuen Erkenntnisse zum Tod des Anwalts gab, aber zum einen war sie nicht in die Arbeit der Kripo Miesbach involviert, und zum anderen hätte sie ihm sowieso keine Auskunft geben dürfen. Danach redeten sie ein wenig über die Facharbeit zum Kriegsende. Maria offenbarte ihm, dass sie den Münchner Anwalt nie hatte ausstehen können, trotzdem wünschte man so ein Schicksal selbst seinem schlimmsten Feind nicht. Sie konnte sich aber auch nicht erklären, was Marvin Schwarz nach all der Zeit noch über Dr. Beck herausgefunden haben wollte.

Ein klirrendes Geräusch ließ Henri hochfahren. Sofort verstummten die siebzig Gäste. Rainer Holmes legte das Messer zur Seite, mit dem er an sein Glas geklopft hatte. »Darf ich euch bitten, mit uns Geburtstagskindern anzustoßen.«

Artig gingen alle Gläser in die Höhe. Auch Henri folgte dem Aufruf mit seiner Apfelsaftschorle. Er war für heute als Fahrer eingeteilt. Rainer Holmes wandte sich seiner Ehefrau zu. »Zusammen sind wir nun einhundert und zehn Jahre. Ich finde, dafür haben wir uns ganz gut gehalten.«

Zaghaftes Gelächter erschallte.

»Ich bin ein sehr glücklicher Mann, so eine wunderschöne Frau seit zweiunddreißig Jahren an meiner Seite zu haben. Ohne Evelyn hätte man mich vermutlich längst verhungert in der Praxis gefunden.«

Erneutes Gelächter. Evelyn Holmes lauschte der Rede ihres Mannes mit einem schüchternen Lächeln auf den Lippen, mit einer Hand umklammerte sie unauffällig die Serviette, als müsste sie sich daran festhalten. Henri fragte sich, wieso sein Vater bis heute nicht verstanden hatte, dass seine Mutter ungern im Rampenlicht stand. Ein dezent angestimmtes *Happy Birthday* erklang am Ende der Rede, dann widmeten sich die Gäste der Nachspeise, die soeben serviert wurde. Am hintersten Tisch erhob sich ein grauhaariger Herr im dunkelblauen Zweireiher. Auf dem Weg durch den Saal stützte er sich bei jedem Schritt auf seinem Holzstock ab. Das Gesicht kam Henri bekannt vor. Nur woher?

»Was für eine wundervolle Rede«, begann der Mann, als er an ihrem Tisch angekommen war.

Mit einem umständlichen Knicks hauchte er Henris Mutter einen Kuss auf den Handrücken. »Evelyn, du bist noch schöner als an dem Tag, an dem ich dich kennenlernen durfte.«

»Danke, Adam! Freut mich, dass du gekommen bist«, antwortete sie verlegen. »Wie geht es dir?«

»Der Rücken zwickt, in der Nacht muss ich dreimal aufstehen zum Pinkeln und ohne Brille bin ich blind wie ein Maulwurf.«

»Dafür bist du geistig fitter als die meisten Vierzigjährigen«, mischte sich Rainer Holmes ein.

Der alte Mann winkte grinsend ab, wobei er zwei unnatürlich weißen Zahnreihen entblößte. Dann wandte er sich Henri zu. Hinter der goldumrandeten Brille blitzten einschüchternde grüne Augen hervor, die alles zu durchleuchten schienen.

»Und wie geht es dem Stammhalter?«

Ein brennendes Unbehagen machte sich in Henris Brust breit. War er dem Mann schon mal begegnet?

»Ich … also … gut.«

»Wo sind deine Manieren?«, fuhr ihn sein Vater an. »Steh gefälligst auf und gib Adam die Hand.«

Henri tat wie geheißen. Der starke Griff des Mannes überraschte ihn. Plötzlich wurde ihm klar, woher er dessen Gesicht kannte: von einer der Ehrentafeln im Gymnasium Tegernsee. Dr. Adam Goldberg war ein großer Unterstützer ihrer Schule. Der pensionierte Chirurg gehörte zu den reichsten und berühmtesten Bewohnern des Tals. Im Vergleich zum Foto an der Tafel wirkte Goldberg aber stark gealtert. Der dürre Oberkörper, an dem die sehnigen Arme baumelten wie schlecht angenäht, und die vielen Falten in der sonnengebräunten Gesichtshaut waren stumme Zeitzeugen von einem langen Leben. Am markantesten war aber die Ein-Euro-Stück große Delle auf Goldbergs Stirnplatte. Der Mann schien Henris Blick zu folgen.

»Die Verletzung habe ich mir im Krieg zugezogen. Ein Granatsplitter hat meinen Kopf fast zerfetzt, deswegen wurde mir eine Metallplatte eingesetzt.«

»Schlimm, dass du das seitdem mit dir herumschleppen musst«, sagte Evelyn Holmes.

»Ehrlich gesagt bemerke ich es kaum noch, selbst wenn ich in den Spiegel schaue. Nur die Blicke von anderen erinnern mich daran.«

Henri überkam ein schlechtes Gewissen, denn er wusste genau, wie sich der Mann fühlte. Es war fast, als spürte er die Narbe auf seinem Bauch pulsieren, die er einem Fahrradunfall verdankte, bei dem er sich einen Milzriss zugezogen hatte. Wenigstens konnte er seine unter der

Kleidung verstecken und sah sich nur im Sommer neugierigen oder mitleidigen Blicken ausgesetzt.

»Henri, jetzt starr Adam gefälligst nicht so an«, erzürnte sich Rainer Holmes.

»Lass gut sein, für einen Jugendlichen sieht das bestimmt furchtbar aus.«

»Ich bin einundzwanzig«, platzte es aus Henri heraus, wobei es ihm nicht gelang, seinen Groll zu verbergen.

Obwohl er es gewohnt war, viel jünger geschätzt zu werden, hasste er es, wenn ihn andere noch als Kind ansahen.

»Oh, verzeih mir.« Goldberg setzte einen pikierten Gesichtsausdruck auf. »Dann bist du ja schon ein richtiger Mann.«

»Höchstens nach dem Gesetz«, kommentierte Rainer Holmes mit einem Grinsen. »Im Geiste ist er immer noch ein Hosenscheißer.«

Henri ballte eine Faust in der Hose.

»Er studiert Psychologie an der Ludwig-Maximilians-Universität. Vor zwei Jahren hat er sein Abitur in Tegernsee mit einer 1,3 gemacht«, fügte Evelyn Holmes mit einem stolzen Gesichtsausdruck hinzu.

»Grandiose Leistung. Mein Sohn Samuel, Gott hab ihn selig, hat dort ebenfalls sein Abitur gemacht, sich dann aber leider dazu verleiten lassen, Jura zu studieren.« Goldberg schüttelte mit verbissener Miene den Kopf. »Er wäre sicher ein toller Arzt geworden.«

Ein Mann im grauen Anzug, der sich als Geschäftsführer des Hotels vorstellte, kam zu ihnen an den Tisch. Er nahm Henris Vater zur Seite und sprach mit gedämpfter Stimme. Es schien dem Mann sehr unangenehm zu sein. Rainer Holmes starrte ihn perplex an. »Das ist hoffentlich ein Scherz?«

Mit finsterer Miene folgte er dem Geschäftsführer aus dem Saal.

Nach fünf Minuten kam er zurück und sah aus, als würde er gleich explodieren. Er flüsterte Henris Mutter etwas ins Ohr, die ebenfalls ein bestürztes Gesicht aufsetzte, dann klopfte er mit dem Messer an sein Weinglas. »Leider habe ich eben erfahren, dass es bei uns einen Einbruchversuch gab. Es ist zum Glück nichts gestohlen worden, dennoch muss ich kurz zur Polizei. Bitte genießt den Abend, ich komme so schnell wie möglich zurück.«

Die Gästeschar raunte kurz ihr Mitgefühl, dann ging die Feier unbeschwert weiter. Mit einem Handzeichen gab Rainer Holmes seinem Sohn zu verstehen, ihm zu folgen.

»Was ist los?«, fragte Henri, kaum dass sie den Saal verlassen hatten.

»Die Kripo will mit dir sprechen.«

»Mit mir? Was hab ich mit dem Einbruch zu tun?«

Rainer Holmes zischte gereizt durch die Zähne. »Das hab ich nur erfunden. Es geht um gestern. So ein Arschloch von Bulle ist an der Rezeption aufgetaucht und hat gedroht, dich in Handschellen abzuführen, wenn ich dich nicht sofort nach Miesbach in die Dienststelle bringe.«

Bei der Vorstellung sackten Henri fast die Knie weg.

»Aber ... was ... ich meine, ich hab denen doch gestern alles erzählt.«

»Das ist ja das Problem. Die zweifeln deine Aussage an.«

Ein dicker Regentropfen klatschte Henri auf die Stirn, als er das Hotel verließ. In der Ferne zerriss ein Wetterleuchten den dunklen Nachthimmel.

»Was zweifeln die an?«, fragte er zum wiederholten Male, bis sein Vater herumwirbelte.

»Dass du mit dem Opfer telefoniert hast!«

*

Aggressive Wortfetzen jagten durch die Gänge der Dienststelle. Mathias Schweinberg folgte ihnen bis zum schmucklosen Eingangsbereich, wo ein Mann mit schulterlangen, schwarzen Haaren erregt auf Dirk Schleicher und seine Kollegin Jana Sonntag einredete. Etwas abseits stand ein blonder junger Mann. Er wirkte eingeschüchtert. Das mussten sie sein.

Schweinberg war schon auf dem Heimweg, als ihn Schleicher informierte, dass Holmes zusammen mit seinem Vater auf dem Weg zu ihnen war. Schweinberg hoffte immer noch, dass alles nur ein Missverständnis war, denn würde der Zeuge bei seiner Aussage bleiben, ständen sie vor einem Rätsel.

Er räuspert sich. »Gibt es ein Problem?«

Als sich der Mann zu ihm umdrehte, stockte Schweinberg kurz der Atem. *Dr. Gutherz!*

Dunkle Erinnerungen, auf die er gerne verzichtet hätte, drängten zurück in sein Bewusstsein. Sein Gegenüber zögerte ebenfalls eine Sekunde. Ob er ihn erkannt hatte, vermochte Schweinberg nicht zu sagen. Damals war er schließlich noch ein Teenager.

»Sind Sie der Verantwortliche?«

Ein rötlicher Rand schimmerte auf den Zähnen des Mannes.

»Kann man so sehen. Mein Name ist Hauptkommissar Schweinberg und …«

Rainer Holmes war einen Kopf kleiner als er, was ihn nicht daran hinderte, sich drohend vor ihm aufzubauen. Sein Atem verströmte einen süßlichen Geruch. »Dann machen Sie sich darauf gefasst, dass mein Anwalt morgen eine Dienstaufsichtsbeschwerde gegen Sie einreichen wird!«

Dienstaufsichtsbeschwerde. Das Wort hatte einen bagatellisierenden Klang, wie eine Kundenbeschwerde. Für einen Polizeibeamten konnte sie bei einer anstehenden Beförderung allerdings zu einem gravierenden Stolperstein werden. Doch bei ihm lief die Drohung ins Leere.

»Vielleicht erklären Sie mir erst einmal, was ihr Problem ist.«

»Das fragen Sie ernsthaft?«, echauffierte sich der Mann mit fuchtelnden Armen. »Ihr unverschämter Kollege hat mir auf meiner Geburtstagsfeier – zum 60. wohlgemerkt – gedroht, meinen Sohn in Handschellen abzuführen. Haben Sie eine Ahnung, wie ich jetzt vor dem Geschäftsführer des Hotel *Bayern* dastehe? Und das alles nur, damit er irgendeine lächerliche Aussage verifiziert.«

Schweinberg warf Schleicher einen grimmigen Blick zu, bevor er sich an den erregten Psychiater wandte. »Dann erst mal alles Gute.«

»Sparen Sie sich Ihren Sarkasmus!«

»Hören Sie, Herr Holmes …«

»Dr. Holmes, für Sie!«

Schweinberg biss sich auf die Unterlippe. »Dr. Holmes, ich wusste nichts von der Feier, sonst hätten wir das auch morgen Früh erledigt. Ich entschuldige mich für das unangemessene Verhalten meines Kollegen, aber die Aussage Ihres Sohnes ist von größter …«

»Hey, du hast gesagt ›*Bring mir den Jungen, egal wo er steckt*‹«, unterbrach ihn Schleicher.

»Ich meinte das nicht wortwörtlich.«

»Soll ich etwa deine Gedanken lesen?«

»Du bist jetzt still!«, fuhr Schweinberg seinen Kollegen so laut an, dass dieser hochrot anlief.

»Es war nicht sein Fehler, Mathias«, mischte sich Jana Sonntag ein. »Er hat nur getan, was du ihm aufgetragen hast.«

Strähnen des kinnlangen, schwarz gefärbten Haars fielen ihr tief ins Gesicht. Dahinter funkelten zwei bissige, grau-grüne Augen. Kriminalhauptkommissarin Sonntag war Mitte vierzig, unverheiratet und so spaßbefreit wie ein Besuch im Kreisverwaltungsreferat.

»Einen schönen Saustall haben Sie hier. Aber wie heißt es so schön: Der Fisch stinkt vom Kopf!« Rainer Holmes packte seinen Sohn, der die ganze Zeit stumm neben dem Eingang ausgeharrt hatte. »Henri, wir gehen. Sollen die alleine Räuber und Gendarm spielen.«

Es war der berühmte Tropfen, der das Fass zum Überlaufen brachte. »Wir müssen noch die Aussage Ihres Sohnes überprüfen!«

Rainer Holmes drehte sich wie in Zeitlupe um. »Haben Sie nicht eben gesagt, dass wir das morgen machen können?«

»Nun, da Sie schon mal da sind, sollten wir es gleich erledigen.«

»Ich warne Sie, treiben Sie es nicht zu weit, sonst laufen Sie in ein paar Tagen wieder Streife.«

Schweinberg ging auf den Mann zu, sprach mit gedämpfter Stimme. »Wenn ich Sie jetzt blasen lasse, wie viel Promille würde ich wohl in ihrem Blut feststellen?«

Rainer Holmes Lippen pressten sich aufeinander. Man sah ihm förmlich an, wie es hinter seiner Stirn ratterte. »Mein Sohn ist gefahren.«

»Soll ich mir die Bilder der Überwachungskamera ansehen?«

Dr. Holmes schnaufte wie ein Stier. »Sie können nichts beweisen.«

»Wollen Sie es darauf ankommen lassen?« Es war ein Bluff. Aber er funktionierte. »Ich schlage Ihnen einen Deal vor: Ich seh darüber hinweg, dafür darf ich kurz mit Ihrem Sohn sprechen.«

Das Gesicht des Psychiaters war knallrot angelaufen, aber er behielt sich unter Kontrolle, wog seine Situation genau ab. »Fünfzehn Minuten. Und keine Sekunde länger.«

*

Mit klopfendem Herzen folgte Henri dem jungen Polizisten in ein Büro im hinteren Teil des Polizeireviers. Der Typ sah aus, als würde er ihn am liebsten in ein tiefes Loch werfen. Sie betraten das Büro, oder besser gesagt: Eine Abstellkammer, in die man einen Bürostuhl, einen abgenutzten, erbsengrünen Schreibtisch und einen veralteten Röhrenbildschirm gestellt hatte. Die kahlen, weiß-grauen Wände ließen den Raum noch enger erscheinen, und das winzige schmutzige Fenster bemerkte er erst, als Regentropfen gegen die Scheibe schlugen. Wer konnte in einem so trostlosen Raum arbeiten?

»Hinsetzen!«, fuhr ihn der Polizist an, während er sich mit den Fingerspitzen eine verrutsche Strähne nach vorne strich. Ein ziemlich erbärmlicher Versuch, den Haarausfall zu kaschieren, wie Henri fand.

Auf dem schlichten Holzstuhl vor dem Schreibtisch war es unmöglich, eine angenehme Sitzposition einzunehmen. Irgendwann gab er es auf und platzierte seine Pobacken auf dem Rand der Sitzfläche. Angespannt flog sein Blick über die mit Reißnägeln befestigten Bilder an der Wand. Allesamt Vermisstenanzeigen von Rentnern. Einer von ihnen wohnte im *Moorhof*, in dem auch seine Oma bis zu ihrem Tod vor einem Jahr gelebt hatte. Ob es normal war, dass so viele Menschen aus Altenheimen verschwanden?

Die Stille hatte den Raum so vereinnahmt, dass Henri zusammenzuckte, als die Tür aufgerissen wurde. Der Hauptkommissar ging wortlos an ihm vorbei und ließ sich mit Schwung auf den drehbaren Bürostuhl fallen. Er legte die gefalteten Hände auf seinem Bauchansatz ab. Henri schätzte den Mann auf Ende dreißig. Die vorstehende Stirn, die aufgeplusterten Backen und der orangefarbene Vollbart erinnerten ihn an einen Wikinger. Die dunklen Augen musterte ihn eine Weile, dann – ohne Vorwarnung – federte der Hauptkommissar nach vorne und stützte sich mit den Unterarmen auf dem Schreibtisch ab. Das Metall gab ein mitleiderregendes Geräusch von sich.

»Schön, dass es geklappt hat. Auch wenn es ein wenig unglücklich gelaufen ist«, sagte Mathias Schweinberg mit einer unpassend freundlichen Stimme.

Unglücklich ist die Untertreibung des Jahres, wollte Henri entgegnen, behielt den Kommentar aber für sich.

»Also Herr Holmes …«

»Herr Holmes«, zischte Schleicher in Richtung Schweinberg. »Siezen wir jetzt schon Schüler?«

»Ich bin Student«, entgegnete Henri, der den Polizisten auf keine fünf Jahre älter schätzte. Vom Aussehen her lagen aber mindestens fünfzehn zwischen ihnen.

Schweinberg sah seinen Kollegen genervt an. Natürlich siezte man einen volljährigen Zeugen, egal wie jung er aussah, alles andere wäre höchst unprofessionell. »Hast du noch mehr schlaue Einwände? Ich würd nämlich gerne anfangen.«

Obwohl Henri den grimmigen Hauptkommissar noch nicht einschätzen konnte, war er ihm sympathischer als sein schmieriger Kollege. Aber vielleicht war das nur Teil des Verhörspiels, wie er es aus dem Fernsehen kannte: guter Bulle, böser Bulle.

»Holmes ist ein ungewöhnlicher Name für einen Burschen vom Land«, fing Schweinberg an.

»Meine Mutter ist Amerikanerin und mein Vater hat nach der Hochzeit ihren Namen angenommen.«

»Dr. Holmes wirkt nicht wie ein Mann, der den Namen seiner Frau annimmt.«

Schleicher kommentierte den Satz mit höhnischem Gelächter. Schweinberg strich sich mit der Hand durch den Bart und versuchte, das Gesicht des Jungen zu lesen. Die strohblonden, kurzen Haare waren fast weiß, genauso wie die spärlichen Augenbrauen. Nach Bartwuchs suchte man vergeblich. Mit den weichen Gesichtszügen und dem schmalen Kinn wirkte der junge Mann, als stände bei ihm die Pubertät noch bevor. Wenn nicht diese graugrünen, fokussierten Augen wären.

»Na gut, kommen wir zur Sache«, fuhr Schweinberg fort. »Bitte schildern Sie mir, was gestern Abend vorgefallen ist. Von Anfang an und so ausführlich wie möglich.«

»Warum? Ich hab gestern schon alles Ihren Kollegen erzählt.«

»Das war keine Bitte!«, brüllte Schleicher so laut, dass Henri zusammenzuckte.

Schweinberg sprang auf und zeigte auf die Tür. »Das reicht jetzt! Du wartest draußen.«

»Was? Wieso? Das kannst du nicht …«

»DAS war keine Bitte.«

Leise fluchend trollte sich Schleicher. Henri tat sich schwer, sein Lächeln zu unterdrücken.

»Gestern waren Sie aufgewühlt«, fuhr Schweinberg fort. »Wenn man eine Nacht drüber geschlafen hat, sieht man die Dinge oft mit anderen Augen.«

Henri seufzte, dann berichtete er chronologisch. Vormittags hatte er sich mit seinem Kommilitonen Tim Petkovich in der Münchner Stabi getroffen, um ihren Forschungsbericht zum empirisch-psychologischen Praktikum durchzugehen. Am Nachmittag hatte er dann seine Klausur für biologische Psychologie geschrieben – es war die letzte seines zweiten Semesters. Und abends war er

mit ehemaligen Mitschülern zum Klassentreffen im *Feicht-
ner Hof* verabredet gewesen. Vom Wirtshaus in Finster-
wald hatte er mit dem Fahrrad nur wenige Minuten zum
Strandbad in Kaltenbrunn gebraucht.

Der Hauptkommissar hörte aufmerksam zu, machte
nur ab und an Notizen. Am Ende strich sich Schweinberg
mehrfach mit der Hand durch den Bart, bevor er fragte:
»Und Sie haben niemanden gesehen? Nichts gehört?«

Henri überlegte kurz, ob er dem Polizisten von dem
unheimlichen Geräusch berichten sollte. Doch vermutlich
hatte er sich das nur eingebildet. Er schüttelte den Kopf.

»Was ist mit der Schussverletzung? Irgendeine Idee,
wie sich das Opfer die zugezogen hat?«

»Schussverletzung?«

»Wollen Sie mir erzählen, dass Ihnen die Wunde am
linken Oberarm nicht aufgefallen ist?«

Henri konzentrierte sich. Beim Bild des aufgedunsenen,
kalten Körpers hatte er erneut den Geschmack seines Erbrochenen im Mund. Überrascht zog er die Augenbrauen
hoch. Der Schock hatte ihm tatsächlich ein Loch ins Er-
innerungsvermögen gebrannt. Eine münzgroße Wunde
hatte das Totenkopf-Tattoo verunstaltet.

»Ich … hab sie nicht weiter beachtet.«

»Hatte Schwarz eine Waffe?«

»Woher soll ich das wissen?«

»Er wollte sich mitten in der Nacht mit Ihnen treffen«, bemerkte der Hauptkommissar in einem süffisanten Tonfall.
»Da könnte man annehmen, dass Sie sich näher standen.«

»Ich kenne ihn nur von der Facharbeit zum Kriegsende
im Tegernseer Tal, wo er uns bei der Recherche unterstützt
hat. Ich hab keine Ahnung, was er von mir wollte. Das
müssen Sie mir glauben.«

Schweinbergs flache Hand knallte so laut auf die Tischplatte, dass Henri beinahe vom Stuhl gefallen wäre.

»Ich muss gar nichts.«

Er hatte sich getäuscht. Der Hauptkommissar war kein bisschen besser als der junge Polizist, er wählte nur eine andere Taktik.

»Nächste Frage«, fuhr Schweinberg sachlich fort, als hätte es den Ausbruch nie gegeben. »Was sagt Ihnen die Bezeichnung VStGB §7 Abs.3?«

»Nichts«, antwortete Henri so leise, dass er es mit fester Stimme wiederholen musste.

»VStGB steht für Völkerstrafgesetzbuch. Der Paragraf Sieben bezieht sich auf Verbrechen gegen die Menschlichkeit. Irgendeine Vermutung, wieso das auf der Karteikarte stand?«

Es dauerte einen Moment, bis Henri wieder das laminierte Kärtchen um Schwarz' Hals einfiel. Gestern hatte er sich nicht die Zeit genommen, sie zu lesen. Warum auch? Er schüttelte den Kopf.

»Sie meinten, er wollte mit Ihnen über Ihre Facharbeit sprechen. Könnte das kein Hinweis sein, worüber er reden wollte?«

Henri dachte einen Moment nach, bevor er mit der Schulter zuckte. »Mag sein, aber in den letzten Kriegstagen sind viele Verbrechen gegen die Menschlichkeit passiert. Ich habe keine Ahnung, was er damit meint. Und warum sollte er sich den Paragrafen um den Hals hängen?«

Schweinberg blätterte wortlos in seinem Notizbuch, dabei zog er beiläufig einen Kaugummi aus der Hosentasche. Seine Backenzähne kneteten wie Mühlsteine darauf herum. Nach einigen Minuten lehnte er sich zurück und starrte den jungen Mann an. Henri bekam das Gefühl, als versuchte der Kripobeamte, bis in den hintersten Winkel seines Kopfs vorzudringen. Er schaute auf den Boden.

Der verheimlicht irgendetwas, dachte sich Schweinberg, auch wenn er es meisterhaft verbarg. Holmes Junior hatte die Mimik eines Eisblocks. Es war Zeit für einen Taktikwechsel.

»Ich zermartere mir mein Gehirn, aber ich kapier es einfach nicht. Warum erfindet ein junger, offensichtlich intelligenter Mann, der sein ganzes Leben noch vor sich hat, so eine abenteuerliche Lügengeschichte?«

Henri blickte irritiert auf. »Es ist so passiert, wie ich es gesagt habe.«

»Sie bleiben also bei der Aussage, dass Sie gegen halb zehn mit Herrn Schwarz telefoniert haben?«

»Ja! Und ich kann es auch beweisen.«

Henri holte sein Handy heraus, drückte auf ein paar Tasten und hielt es dem Hauptkommissar vor die Nase, doch der warf nur einen flüchtigen Blick aufs Display. »Zum einen ist es von einer unbekannten Nummer, und …«

»Das Handy von Herrn Schwarz hat offensichtlich eine Rufnummernunterdrückung.«

»… zum anderen spielt es gar keine Rolle.«

»Wieso nicht?«

Die Mundwinkel des Hauptkommissars verzogen sich zu einem überheblichen Grinsen. Henri krallte sich mit seinen Fingern am Stuhl fest, um nicht einfach aufzuspringen und aus dem Raum zu stürmen. Schweinberg studierte die ausdruckslosen Gesichtszüge des jungen Mannes für einen Augenblick, bevor er weitersprach. »Weil Schwarz zum Zeitpunkt des Anrufs schon mindestens drei Stunden tot war!«

Der Satz hing in dem engen Raum wie eine Rauchbombe. »Das … das ist unmöglich.«

»Jetzt sind wir zum ersten Mal derselben Meinung. Also wieso erzählen Sie mir nicht endlich, was wirklich passiert ist?«

Die steigende Ungeduld des Hauptkommissars zeigte sich an dessen flatternden Nasenflügeln.

»Ich habe Ihnen die Wahrheit gesagt. Ich hab mit ihm gesprochen, so wie ich jetzt mit Ihnen spreche.«

Zum ersten Mal nahm Schweinberg eine emotionale Regung bei seinem Gegenüber wahr.

»Bin ich jetzt ein Verdächtiger?«, fragte Henri unsicher.

»Kommt darauf an, ob jemand Ihr Alibi bestätigen kann.«

Es klopfte an der Tür. Jana Sonntag steckte den Kopf herein. »Seid ihr fertig? Dr. Holmes mutiert da draußen zum Racheengel.«

Schweinberg nickte, ohne die Augen von Henri zu nehmen. »Wir werden Ihre Aussagen überprüfen. Bleiben Sie in den nächsten Tagen für uns erreichbar.«

Henri erhob sich mit wackligen Knien, als ihm etwas einfiel. »Aber ich flieg in einer Woche in die USA. Das ist doch kein Problem, oder?«

»Kommt drauf an, ob Sie eine Reiserücktrittsversicherung abgeschlossen haben.«

Sonntag, 26. Juli

Der Regen hämmerte gegen die Windschutzscheibe. Wegen der eingeschränkten Sicht kam Mathias Schweinberg nur langsam voran. Er würde zu spät kommen.

Scheiß drauf. Besser spät als tot. Wobei …

Für den Bruchteil einer Sekunde verlor der Dienstwagen auf der nassen Straße den Kontakt zum Belag. Mit klopfendem Herzen reduzierte Schweinberg die Geschwindigkeit, dann schaltete er den Tempomat auf hundert Stundenkilometer. Es gab bessere Zeitpunkte zum Sterben. Ihn interessierte brennend, was den Rechtsmediziner so in Aufregung versetzt hatte. Am Telefon hatte es ihm der Mann partout nicht verraten wollen. Typisch für den sturen Bock.

Insgeheim freute er sich aber darauf, Dr. Reinhold Bartels wiederzusehen. Der gebürtige Kölner gehörte zur kleinen Gruppe an Kollegen, die ihm wohlgesonnen war. Und das, obwohl sie sich immer wieder hitzige Diskussionen lieferten. Bartels ging einfach zu gerne ins Detail, ihm dagegen reichte meist eine Zusammenfassung. Im Laufe der Jahre hatte sich eine Art Hass-Liebe zwischen ihnen entwickelt.

Schweinberg meldete sich am Empfang der Rechtsmedizin in München an, bevor er zum Obduktionssaal marschierte. Vor der Tür blieb er stehen. Gänsehaut überzog seine Unterarme, gleichzeitig wurde ihm heiß. Der Anblick von Leichen machte ihm nichts aus. Es waren die Bilder der Vergangenheit, die ihn auf der Schwelle zur Leichenhalle heimsuchten. Sein Vater hatte vor 24 Jahren auf einem solchen Metalltisch gelegen, und vor vier Monaten …

In Gedanken drehte er um, fuhr zurück und knallte Schleghuber die Kündigung auf den Tisch. Sollte sich doch die karrieregeile Sonntag damit herumschlagen. Oder Schleicher.

Bring es hinter dich, befahl er sich.

Auf den üblichen Schutzanzug verzichtete er, der erinnerte ihn nur an die ätzende ABC-Ausbildung während seiner Bundeswehrzeit. Da nahm er es lieber in Kauf, wieder mit Blut bespritzt zu werden, so wie vor einigen Jahren, als der Präparator beim Aufsägen der Kopfdecke abgerutscht war. War eine ziemliche Drecksarbeit, die Lederjacke wieder sauber zu bekommen.

Beim Betreten schlug ihm der bekannte, widerliche Geruch entgegen. Zu seinem Leidwesen verfügte er über eine ausgesprochen empfindliche Nase. Reinhold Bartels stand mit dem Rücken zu ihm, daneben assistierte eine dunkelhäutige Frau, die Schweinberg unbekannt war. Sie trug eine massive, rote Brille und hatte zum Zopf gebundene Rastalocken. Ihm fiel auf, dass sie ständig mit den Fingern an ihrem weißen Kittel herumzupfte. Etwas abseits stand ein etwas blass aussehender Staatsanwalt, den er per Handschlag begrüßte.

»Wie immer zu spät, verehrter Kollege«, drehte sich Bartes zu ihm um, ein großväterliches Lächeln auf den Lippen.

Der Rechtsmediziner hatte seine Größe, wog aber gefühlt nur halb so viel wie er, weswegen es Schweinberg verwunderte, wie es der Mann schaffte, die Leichen zu drehen. Das grauweiße Haar und die schlaffen Wangen verrieten, dass Bartels sich in der Endphase seines Arbeitslebens befand.

»Du erwartest hoffentlich nicht, dass ich dir die Hand schüttle«, antwortete Schweinberg beim Blick auf dessen Finger, die im Unterkiefer des Leichnams herumtasteten.

»Eine Umarmung tut's auch. Darf ich dir übrigens meine neue Kollegin vorstellen. Helai Zaman ist erst vor einem Monat zu uns gekommen, also sei lieb zu ihr.«

Schweinberg nickte ihr zu. Im Neonlicht wirkte sie unnatürlich jung, vermutlich war sie aber Ende zwanzig. Die Frau hatte ein gepflegtes, rundliches Gesicht mit einer langen Nase. Am meisten sprang ihm aber ihr fülliger Busen ins Auge, der den Kittel spannte.

»So, was ist nun so außergewöhnlich?«, wandte sich Schweinberg wieder dem Rechtsmediziner zu. »Der Mann ist ertrunken, oder?«

»Der Leichnam weist zwar einen hohen Grad an Waschhautbildung auf – er lag also viele Stunden im Wasser –, aber nein, das ist nicht die Todesursache.«

»Und woran ist er dann gestorben?«

»Nur Geduld. Alles der Reihe nach.« Bartels warf seiner Kollegin einen vielsagenden Blick zu, aus dem Schweinberg schloss, dass die beiden zuvor über ihn gesprochen hatten.

»Die Abdrücke um Brust und Knöchel passen zur Aussage des Zeugen.«

Das war keine Überraschung. Die Taucher hatten am Grund des Sees die Seile gefunden.

»Was ist mit der Schusswunde?«, fragte Schweinberg.

»Die Wunde weist keine Unterblutung auf, wurde also post mortem zugefügt.« Bartels hob den linken Oberarm des Leichnams an. Inmitten des tätowierten Totenkopfs klaffte eine kraterartige Öffnung. Es sah aus, als hätte man dem Schädel einen Kopfschuss verpasst. »Die Waffe wurde direkt auf der Innenseite des Oberarms aufgesetzt, wie du an der Stanzmarke und dem schwarz-grau verfärbten Wundkanal erkennen kannst.«.

»Hm … nur wozu?«

Bartels zuckte mit der Schulter. »Vielleicht hängt es mit dem Tattoo zusammen? Das wurde dem Opfer auch erst nach dem Tod gestochen«

»Du verarscht mich. Der Mörder hat sich die Mühe gemacht, ihm erst ein Tattoo zu verpassen und es dann zu zerstören?«

»Was heißt hier: zerstören? Sieht doch so viel cooler aus«, warf Helai Zaman ein. In ihrer Stimme schwang eine kecke Unbekümmertheit mit.

Schweinberg bedachte sie mit einem ungläubigen Blick.

»Helai steht auf Tattoos, musst du wissen. Ich meinte aber gar nicht den Totenschädel. Dem Opfer wurde noch ein weiteres verpasst.«

Bartels drehte den Oberarm zur Innenseite. Der in altdeutscher Schrift geschriebene Buchstabe existierte nur noch zur Hälfte. Er sah aus wie ein großes A.

»Warum sollte der Mörder das machen?«, murmelte Schweinberg, mehr zu sich selbst.

»Ist doch offensichtlich«, entfuhr es Helai Zaman kichernd. »›A‹ plus Loch ... der Typ war ein Arschloch.«

Er sah den schmunzelnden Rechtsmediziner an. »Hast du die aus der Clownschule bekommen?«

Die junge Frau legte sie sich zwei Finger auf die Lippen und hauchte ein »Sorry«.

Auch wenn er es nie zugeben würde, imponierte ihm die Kleine. Sie hatte etwas.

»Du wolltest doch wissen, wie er gestorben ist«, lenkte Bartels Schweinbergs Aufmerksamkeit wieder auf sich. »Schon jetzt kann ich sagen, dass der Mordfall zu den merkwürdigsten in meiner nicht gerade kurzen Laufbahn gehört. Es hat mich etwas Zeit gekostet, auf die Todesursache zu kommen. Ertrinken schied aus, der Leichnam weist auch keinerlei tödliche Gewaltanwendung auf, und ich hab keinen Hinweis auf eine Vergiftung gefunden. Letztlich haben mich die schwarzen Verfärbungen der Magenschleimhaut auf die richtige Spur gebracht. Ich habe danach ... «

»Warte, du redest doch nicht etwa von Wischnewsky-Flecken?«

»Doch! Der Mann ist an Hypothermie gestorben.«

»Hypothermie?!«

»Unterkühlung«, sagte Helai Zaman.

»Ich weiß, was das heißt!«, fauchte Schweinberg sie an.

Die Frau sah beleidigt zu Boden. Er fühlte sich schlecht, dass er sie zurechtgewiesen hatte, doch er ließ sich nichts anmerken. »Selbst wenn er den kompletten Tag auf dem Kreuz gelegen hätte, hätte er sich höchstens eine Blasenentzündung zugezogen.«

»Ich hab die Körperkerntemperatur in der Leber nachgemessen, sie lag deutlich unter der aktuellen Seetemperatur von zweiundzwanzig Grad. Wäre jetzt Winter, wäre es plausibel, aber so …« Bartels zuckte mit der Schulter.

»Und wie zum Teufel soll er dann an einer Unterkühlung gestorben sein?«

»Ich befürchte, mein alter Freund, die Beantwortung dieser Frage liegt in deinem Zuständigkeitsbereich.«

*

»Don't worry, be happy« dröhnte es aus den Ecken, unterlegt mit einem Knistern, das das baldige Ende der Lautsprecher ankündigte. Die Musik übertönte das Stimmengewirr in der gut gefüllten Kneipe. Aus dem Hinterzimmer drangen vereinzelte Schreie vom Kicker-Tisch. Henri saß an der Bar des *Fiaker*, der Kultkneipe in Bad Wiessee. Das rustikale Ambiente erinnerte an eine Bahnhofskneipe. Jonny B., wie sich der Barbesitzer nannte, lockte mit Musik aus den letzten zwei Jahrzehnten und den niedrigen Preisen vor allem junges Publikum an.

Das lebhafte Treiben hatte eine beruhigende Wirkung. Nach einem verspäteten Frühstück hatte Henri vergeblich versucht, die Ereignisse der vergangenen Tage abzuschütteln. Er hatte sich in seinem Zimmer verkrochen, bis ihm die Decke auf den Kopf gefallen war. Er musste mit jemandem reden, also rief er seinen besten Freund Anton Knauseder an. Sie kannten sich seit dem Kindergarten und wohnten nur fünfhundert Meter voneinander entfernt.

Als Toni, wie er von allen genannt wurde, von der Toilette zurückkam, stellte ihnen Jonny B. zwei frisch gezapfte Weißbiere auf den Tresen. Sie stießen an. Aus dem Spiegel hinter der Theke starrte Henri ein blasses Gesicht entgegen. Er sah todmüde aus. Dagegen wirkte sein großgewachsener Freund, der ihn um eine Kopflänge überragte, wie eine Quelle der Glückseligkeit. Die zum Zopf gebundene, kastanienbraune Mähne reichte bis weit unters Schulterblatt. In Kombination mit dem Ziegenbart sah er aus wie eine junge Version der *Huber Buam*, den berühmten Extrembergsteigern aus Oberbayern. Neben seinem Freund, der wie so oft aufgerissene Jeans und ein weites Che Guevara T-Shirt trug, versprühte Henri mit seinem weißen Polo-Shirt und der grauen Stoffhose den Charme einer Schaufensterpuppe. Wer sie zusammen sah, schätzte ihn bestimmt fünf Jahre jünger.

»Willst du darüber reden oder sollen wir einfach nur saufen?«

Henri schmunzelte. Es war genau diese Lockerheit, die er jetzt brauchte. Ausführlich erzählte er von den letzten Tagen. Toni hörte aufmerksam zu, ohne ein Wort zu sagen, schüttelte lediglich an manchen Stellen den Kopf. Nur bei der Erwähnung von Maria bemerkte Henri, dass sich ein Schatten über dessen Gesicht legte. Offiziell hatten sich die beiden vor einem halben Jahr einvernehmlich getrennt. *Wegen unterschiedlicher Lebenseinstellungen*, wie es Toni betonte. Doch Henri wusste, dass die Trennung von ihr ausgegangen war. Als er fertig war, trank er sein Weißbier aus und bestellte per Handzeichen ein Neues. Jonny B. sah ihn leicht verwundert an.

»Hast einen guten Zug drauf«, sagte Toni. »Aber nach so einer Horror-Geschichte würde ich mir auch die Lichter ausschießen.«

Henri verabscheute die Vorstellung, nicht Herr seiner Sinne zu sein. Sogar an seinem achtzehnten Geburtstag (der vor drei Jahren wegen des fehlenden 29. Februars offiziell ausgefallen war) hatte er kaum etwas getrunken. Dennoch verspürte er zum ersten Mal das Bedürfnis, ein wenig über die Stränge zu schlagen.

»Ich schwöre, dass ich mit Herrn Schwarz gesprochen habe. Ich habe doch keine Halluzinationen«, murmelte Henri in sein Bierglas.

»Vielleicht wollen dir die Bullen was unterschieben?«

»Die können doch keinen Todeszeitpunkt manipulieren.«

»Mit den richtigen Verbindungen geht alles.«

»Wir sind hier nicht beim Tatort.« Nach einer kurzen Pause fuhr Henri fort. »Nur mal angenommen, du hast recht. Warum sollten sie das tun? Ich bin kein Politiker, den man aus dem Weg räumen muss.«

»Vielleicht bist du gar nicht das Ziel, sondern dein Alter?«

Henri dachte darüber nach. Sein Vater hatte viele Neider im Tal. Aber wer würde deswegen jemand töten? »Kann ich mir nicht vorstellen.«

»Es gibt natürlich eine viel banalere Erklärung.«

Henri sah seinen Freund erwartungsvoll an.

»Sie haben bei der Untersuchung einen Fehler gemacht. Wart ab, morgen ruft dich der Bulle reumütig an und entschuldigt sich.«

Der Gedanke war ermutigend. Trotzdem blieb eine wichtige Frage offen. »Es macht mich wahnsinnig, nicht zu wissen, warum Herr Schwarz nach all der Zeit so dringend mit mir über Dr. Beck sprechen wollte.«

»Hm …«, brummte Toni. »Vielleicht redest du mal mit dem Engels. Er hat schließlich damals den Kontakt zu dem Anwalt hergestellt.«

Keine schlechte Idee.

Henri machte sich eine gedankliche Notiz, morgen seinen ehemaligen Geschichtslehrer zu kontaktieren.

»Und was, wenn es ein Hilferuf war? Vielleicht hätte ich ihn retten können, wenn ich früher gekommen wäre.«

Toni schlug so fest mit der flachen Hand auf den Tresen, dass die Gläser vibrierten. »Red dir bloß nicht so einen

Scheiß ein! Du hast gemacht, was du konntest. Niemand hätte ihn retten können.«

Henri war froh über Tonis Worte, aber die Schuldgefühle blieben. Er wollte einen Schluck trinken, doch die Erinnerung schnürte ihm die Kehle zu.

»Ich sehe jede Nacht sein Gesicht vor mir.«

Toni pfiff durch die Zähne. »Kann ich mir denken. Alleine die Vorstellung … echt krass, dass du das durchgezogen hast.«

»Was meinst du?

»Na, deinen Versuch, ihn wiederzubeleben.«

»Hättest du doch auch gemacht.«

»Ihn aus dem Wasser ziehen, kein Problem. Aber meinen Mund auf seinen …« Toni schüttelte sich angewidert. »Außerdem wüsste ich gar nicht, wie das geht.«

»Wir waren doch beim Bund gemeinsam im Erste-Hilfe-Kurs.«

Sein Freund legte den Kopf zur Seite. »Stimmt, bei dieser geilen Sanitäterin. Ihr Arsch war granatenmäßig. Da hätte ich gerne …«

»Können wir beim Thema bleiben.«

»Schon gut. Auf jeden Fall ist ihr Hinterteil das Einzige, woran ich mich erinnere.«

»Vertrau mir: Wenn's darauf ankommt, fällt's dir wieder ein.«

Toni legte ihm eine Hand auf die Schulter. »Ich finde, du kannst stolz auf dich sein. Nicht jeder hätte so cool reagiert.«

Henri bezweifelte, dass Maria seinen Zustand im Polizeibericht mit *cool* umschrieben hatte. Wenigstens hatte er die Tränen unterdrückt. Weinen war eine Form von Kontrollverlust. Sein Vater weinte nie. Das machte zwar kein Vorbild aus ihm, aber Henri bewunderte dessen mentale Stärke. Dr. Holmes war durch nichts zu erschüttern.

»Hier bist du ja.«

Zuerst dachte er, sein Vater würde in Gedanken zu ihm sprechen. Doch als sich Toni umdrehte, folgte er dessen Blick. Rainer Holmes stand im Eingang, breitbeinig, mit offener Lederjacke. Es war fast wie im Film, sämtliche Nebengeräusche schienen zu verstummen, selbst das Geschrei vom Kickertisch. Henri wollte am liebsten im Boden versinken. Es fehlte nur noch die Lautsprecherdurchsage: *Der kleine Henri soll an der Bar von seinem Vater abgeholt werden!*

»Kannst du mir verraten, warum du nicht ans Telefon gehst?«

Henri fischte sein Handy aus der Jackentasche. Das Display zeigte zehn Anrufe in Abwesenheit. Alle ohne Nummer. »Ich hatte es in …«

»Verabschiede dich, wir müssen los.«

»Was, jetzt? Warum?«

Rainer Holmes zog seinen Geldbeutel aus der Hosentasche, fischte einen Zwanzig-Euro-Schein heraus und gab ihn Toni.

»Reicht das?«

»Sogar für uns beide.«

»Bist eingeladen.«

Henri verharrte regungslos auf seinem Stuhl.

»Wartest du auf eine Einladung? Anziehen hab ich gesagt«, fauchte Rainer Holmes. »Wir haben eine Verabredung.«

Hör endlich auf, mich wie ein Kind zu behandeln.

»Mit wem?«

»Erzähl' ich dir im Wagen.«

Widerwillig zog er sich die Jacke an und verabschiedete sich von seinem Freund. Toni schüttelte genervt den Kopf. Henri kannte dessen Meinung über seinen Vater. Mit gesenktem Kopf marschierte er zum Ausgang. Die mitleidigen Blicke verfolgten ihn bis nach draußen. Ein kühler Windstoß empfing ihn. Der Porsche stand direkt vorm Eingang im Halteverbot.

Muss ich schon wieder zur Polizei?, schoss es Henri in den Kopf.

Er zitterte. Und das lag nicht am Wind.

*

Mathias Schweinberg betrat das zweistöckige Gebäude, das sich in unmittelbarer Sichtweite vom Gymnasium befand. Es war totenstill. Erst nachdem er die Haustür hinter sich geschlossen hatte, vernahm er feine metallische Schläge. Alles andere hätte ihn auch überrascht. Am Ende des Ganges schimmerte Licht durch den Türspalt. Er hängte seine Jacke an der Garderobe auf und wollte nach oben gehen. Auf der ersten Stufe blieb er unschlüssig stehen. Mit einem Seufzer drehte er sich um und trottete den Gang hinunter. Obwohl er das Haus in den letzten achtzehn Jahren kaum betreten hatte, war alles noch haargenau eingerichtet wie zu seiner Schulzeit.

Schweinberg machte sich nicht die Mühe, zu klopfen. Das schmale Zimmer war kaum größer als sein Büro, es roch nach Wachs und Lavendeltee. In den Bücherregalen zu beiden Seiten hätte keine Tageszeitung mehr Platz gefunden. Vor dem einzigen Fenster stand ein Schreibtisch. Vier Kerzen warfen knisternd ihren warmen Lichtschein auf eine hagere Frau, die mit dem Rücken zu ihm saß. Weißgraue Haare zogen sich bis zum Po. Gleichmäßig landeten ihren Fingerspitzen auf den Tasten einer Schreibmaschine, die auf jedem Antiquitätenmarkt ein kleines Vermögen eingebracht hätte.

»Ich bin zu Hause, Mama.«

Die Frau zuckte zusammen, ihre Finger klatschten unsanft auf die Tastatur, dass die Schreibmaschine empört aufkreischte. Drückte man die Tasten zu schnell hintereinander, verhedderten sich die metallischen Spangen. Es war Schweinberg ein Rätsel, wie man mit so etwas arbeiten konnte. Die Maschine raubte einem buchstäblich die Lebenszeit. Doch Zeit hatte für seine Mutter schon lange keine Bedeutung mehr.

»Ach Mathias, sieh nur, was du wieder angerichtet hast. Meine arme Emma.«

Behutsam zog sie eine Spange nach der anderen in ihre Ausgangsposition zurück. Vor fünf Jahren hatte ihr Schweinberg zu Weihnachten ein modernes Modell geschenkt, mit der man bis zu zwölf Zeichen pro Sekunde aufs Papier brachte. Sie hatte ihn angeschrien, dass Emma ein Teil der Familie wäre und sie sich niemals von ihr trennen würde. Die restlichen Feiertage hatte sie kein einziges Wort mehr mit ihm gewechselt. Nicht, dass es einen Unterschied gemacht hätte. Ihre Konversationen beschränkten sich auf das Austauschen von Alltagsfloskeln.

Seine Mutter drehte sich zu ihm um. »Ich hab dich noch nicht erwartet. Hast du heute früher Schluss gemacht?«

Es war kurz nach zehn. Schweinberg nickte. Eine Diskussion wäre sinnlos. Seine Mutter lebte in ihrer eigenen Welt, zu der er keinen Zugang hatte. Sie hatte sich schon immer für Sagengeschichten und Fantasiebücher interessiert, sogar zwei Semester Literaturwissenschaft studiert. Dann war sie mit ihm schwanger geworden und hatte ihr Studium abgebrochen. Nach Schweinbergs Einschulung begann sie mit dem Schreiben, anfangs mehr zum Zeitvertreib, denn ihr Mann verdiente als Vertriebsleiter bei einem international tätigen Industriekonzern so viel Geld, dass sie nie arbeiten musste. Sie las unzählige Bücher über Mythologien und erfand ihre eigene Fantasiewelt. Sein

Vater hielt es für Zeitverschwendung, ließ sie aber in dem Glauben, dass er ihre Werke irgendwann verlegen würde.

Mit vierzehn hatte sich Schweinberg in ihr Schreibzimmer geschlichen und die ersten Kapitel gelesen. Es war eine Qual. Seine Mutter hatte zwar Fantasie, aber sie schaffte es nicht, ihre Gedanken strukturiert aufs Papier zu bringen. Leider hatte er den Fehler begangen, es ihr zu sagen. Es war gut gemeint gewesen, aber als Jugendlicher hatte er noch weniger Taktgefühl besessen als heute. Sie hatte ihm gegenübergestanden wie eine Mumie. An dem Tag war ein Riss in ihrer Beziehung entstanden, der nie wieder verheilt war. Noch immer sah Schweinberg sie in seinen Träumen vor sich stehen. Das Gesicht einer Mutter, die sich von ihrem eigenen Kind hintergangen fühlt.

Außer ihm hatte kein Mensch je eine Zeile der mehrere Tausend Seiten umfassenden Saga gelesen. Nicht mal sie selbst las ihre Texte. Vermutlich wollte sie so vermeiden, ihre Werke selbst zu hinterfragen; genauso wie ihr Leben. Sie lebte in ihren Geschichten, alles andere verbannte sie aus ihren Gedanken. Seine Mutter war ein Geist. Bis heute zweifelte Schweinberg daran, dass sie die Tragödie überhaupt registriert hatte.

»Ich bin ziemlich müde und geh gleich schlafen.«

»Tu das, mein Junge. Ich schreibe noch ein bisschen und schaue dann nach dir.«

Ein Lächeln zeichnete sich auf ihren spröden Lippen ab. Das Lächeln einer Maske. In fünf Minuten hatte sie vergessen, dass er überhaupt bei ihr gewesen war. Schweinberg fühlte sich leer. Emotional war er seit dem Tod seines Vaters Vollwaise. Zwischenzeitlich hatte er in seinem Schwiegervater eine Art Ziehvater gefunden. Er hatte ihm mit Rat und Tat zur Seite gestanden und ihm Halt gegeben. Doch dessen Tür war für immer geschlossen.

Er war wieder alleine.

Fast beneidete er seine Mutter. Sie hatte einen Weg gefunden, Frieden mit der Vergangenheit zu schließen. Schweinberg bezweifelte, dass ihm das jemals gelingen würde.

Montag, 27. Juli

Ein zweimaliger Gong strömte aus den Lautsprechern und riss die herumschwirrenden Schüler mit sich in die offen stehenden Klassenzimmer. Türen knallten. Dann breitete sich eine fast klösterliche Stille aus. Neun Jahre war Henri in den Gemäuern ein und aus gegangen, doch obwohl sein Abitur gerade mal zwei Sommer her war, fühlte er sich nur noch wie ein Gast. Was seiner Faszination für den geschichtsträchtigen Bau keinen Abbruch tat. Ost- und Südflügel des ehemaligen Benediktinerklosters, in welches das Gymnasium 1949 eingezogen war, war Mitte der Siebzigerjahre komplett saniert worden. Das Ergebnis war eine Symbiose aus modernen Elementen, wie der breiten Glasfront zum Innenhof, und ursprünglichen Gebäudeteilen des jahrhundertealten Klosters.

Henri klopfte an die Tür. Das Büro von Herrn Engels lag, wie alle Lehrerzimmer, im ersten Stockwerk des Ostflügels. In dem engen Raum stand die warme Luft. Er setzte sich und wartete geduldig, bis Herbert Engels einen Stapel Schularbeiten zur Seite schob. Um sie herum zwängten sich unzählige Geschichtsbände in scheinbar willkürlicher Reihenfolge in raumhohe Bücherregale. Neben der Tür stand ein extra angefertigter Kasten, in dem aufgerollte Landkarten verstaut waren.

Henri unterdrückte ein Gähnen. Letzte Nacht hatte er erneut schlecht geschlafen. Sein Vater hatte ihn noch am Sonntagabend zu seinem Anwalt Michael Gerngroß geschleppt. Da Henri ein wasserfestes Alibi hatte, war der Mann sehr zuversichtlich. Trotzdem verständigten sie sich darauf, gegen die unangemessene Behandlung der Miesbacher Kripo mit aller Macht vorzugehen. Sein Vater hatte zudem erreicht, dass Henri bis auf Weiteres aus den Medien herausgehalten wurde. Offiziell hatte ein Hund die Leiche gefunden. Worüber er sehr dankbar war.

»So, was kann ich nun für dich tun?«

Die Frage seines ehemaligen Geschichtslehrers riss ihn aus den Gedanken.

»Es geht um Marvin Schwarz.«

»Marvin? Ach mein Gott, was für eine furchtbare Tragödie. Hab's kaum glauben können, als ich es in der Zeitung gelesen habe.«

Obwohl es der Lehrer zu überspielen versuchte, hörte Henri dessen Schmerz heraus. Schwarz hatte vor vielen Jahren sein Abitur in Tegernsee gemacht und war im Grundkurs Geschichte bei Engels gewesen.

»Ja, furchtbar. Sagen Sie, hatten Sie nach der Facharbeit noch Kontakt zu ihm?«

»Hm … nicht wirklich. Wieso?«

»Nun ja, Schwarz hat mich letzte Woche kontaktiert und meinte, er hätte neue Erkenntnisse zu Dr. Beck. Ich hab mich gefragt, ob er auch mit Ihnen darüber gesprochen hat.«

Er hatte sich diese Notlüge ausgedacht, auch wenn es ihm missfiel, seinen ehemaligen Lehrer anzulügen. Engels sah ihn irritiert an, die buschigen Augenbrauen schienen noch wirrer abzustehen als sonst. Henri mochte den Mittfünfziger, der es im Unterricht schaffte, fast jeden Schüler für Geschichte zu begeistern. Selbst Toni.

Außerdem ließ er sich nicht von bürokratischen Hürden abschrecken. Eine Facharbeit als Gruppenarbeit zu vergeben, war ein Novum in der Geschichte des Gymnasiums gewesen. Engels hatte lange dafür bei Direktor Plinganser kämpfen müssen.

»Nein, hat er nicht. Was für neue Erkenntnisse sollten das denn sein?«

»Das hat er mir nicht verraten. Er wollte sich mit mir treffen, aber …« Henri atmete tief durch. »Na ja, ich habe gehofft, Sie wüssten etwas. Schließlich sind Sie auf das Thema für unsere Facharbeit gekommen.«

»Um ehrlich zu sein, war es gar nicht meine Idee.« Der Geschichtslehrer zog die Augenbrauen zusammen. »Marvin hat mich eines Tages angerufen und mir von der Möglichkeit erzählt, Einsicht in die Prozessakten zu bekommen. Er schlug mir vor, das Thema als Facharbeit zu vergeben. Anfangs war ich begeistert, dass wir so eine bedeutende Heimatgeschichte endlich umfassend aufarbeiten können. Doch als mir der Rechercheaufwand bewusst wurde, hab ich abgelehnt. Zum Glück ließ Marvin nicht locker, bis wir eine Lösung gefunden hatten.«

»Es war seine Idee?«, murmelte Henri.

Er erinnerte sich noch gut an die erste Begegnung mit dem Anwalt. Schwarz hatte sich vor den fünf Schülern aufgebaut und wild gestikulierend geschildert, wie ihn seit der Schulzeit die Geschichte der drei Parlamentäre beschäftigte. Es war ein pathetischer Vortrag, jedes Wort schien bewusst gewählt, wie bei einer einstudierten Schlussrede vor Gericht.

»Hat sich Herr Schwarz schon in der Schulzeit für Geschichte interessiert?«

Engels lachte lauthals. »Marvin? Nein. Bei mir hat er meistens geschlafen. Seine Begeisterung hat mich ziemlich überrascht, aber Menschen ändern sich.«

Henri bedankte sich bei seinem ehemaligen Geschichts-lehrer und verließ nachdenklich dessen Arbeitszimmer. Warum hatte Schwarz nur so viel an der Facharbeit zum Kriegsende im Tegernseer Tal gelegen? Es fiel ihm schwer zu glauben, dass der nüchterne Anwalt plötzlich eine Be-geisterung für heimische Geschichte entwickelt hatte.

*

Das Büro lag am Ende des Flurs. Mathias Schweinberg musste an allen Zimmern vorbei, wenn er zu seinem Vor-gesetzten wollte. Auch ein Grund, warum er den Kontakt zu ihm auf ein Mindestmaß beschränkte. Auf seinem Weg starrte er stoisch nach vorne, um bloß in kein Gespräch verwickelt zu werden. Er klopfte und trat ein. Der Geruch von kaltem Rauch schlug ihm entgegen. Schleghuber saß am Schreibtisch und wies ihn an, sich zu setzen.

»Wie ich gehört habe, hat es bei der Befragung Proble-me gegeben.«

Schweinberg wusste, worauf sein Vorgesetzter abziel-te, spielte aber den Unwissenden. »Wenn du es so nennen willst. Der Zeuge bleibt bei seiner Story. Leider hat er für die Tatzeit ein stichfestes Alibi.«

»Das mein ich nicht.« Schleghuber zog einen Ausdruck aus einem Papierstapel. »Wir haben heute ein Schreiben von Holmes' Anwalt bekommen.«

»Lass mich raten: Sie zweifeln das Untersuchungser-gebnis der Gerichtsmedizin an.«

»Das auch. Aber deswegen wollte ich nicht mit dir spre-chen. Dr. Holmes hat eine Dienstaufsichtsbeschwerde gegen dich eingereicht.«

»Diese miese Ratte! Ich hätte ihn doch zum Bluttest schicken sollen.«

Schleghuber zog die Stirn in Falten. Schweinberg unterrichtete seinen Vorgesetzten von dem Vorfall.

»Darauf hättest du dich niemals einlassen dürfen.«

»Scheiß drauf!«

»Eine Dienstaufsichtsbeschwerde solltest gerade du nicht auf die leichte Schulter nehmen. Denk an deine berufliche Zukunft.«

Welche Zukunft?

Schweinberg hatte jahrelang ausschließlich an seinen Job gedacht und dafür einen hohen Preis bezahlt. Seit dem dreizehnten März – der ironischerweise auch noch ein Freitag gewesen war – hatte alles, wofür er so viele Jahre hart gearbeitet hatte, keinerlei Bedeutung mehr. Wie konnte Schleghuber also glauben, dass ihn so ein Beamtengeschiss kümmerte? *Und überhaupt, warum musste er das ausbaden?*

»Was hab ich eigentlich damit zu tun? Schleicher wollte dem Jungen Handschellen anlegen.«

»Auf deinen Befehl hin.«

»Meinen Befehl? Der Trottel hat völlig überreagiert.«

Schleghubers Gesichtszüge verhärteten sich. »Red' nicht so über deinen Kollegen! Dirk ist ehrgeizig, vielleicht etwas übermotiviert, aber er reißt sich jeden Tag den Arsch für uns auf. In dem Fall ist er übers Ziel hinausgeschossen. Aber ist das seine Schuld? Ich verfahre nach dem Motto: Fehler meiner Leute sind Fehler meiner Führung.«

Schweinberg riss die Augen auf. »Verstehe. Man befolgt Befehle und stiehlt sich danach aus der Verantwortung. Das hatten wir doch schon einmal, oder?«

»Komm mir nicht so, Mathias. Sonst suchst du dir besser einen neuen Job.«

Genau das hab ich vor, schoss es Schweinberg in den Kopf. Er fasste in die Innentasche des Jacketts, seine Finger berührten den Umschlag mit der Kündigung.

Es klopfte.

»Ja, bitte«, rief Schleghuber.

Dirk Schleicher steckte den Kopf zur Tür herein.

Ach, sieh an. Hier kannst du anklopfen.

»Kommt schnell. Ich habe einen Zeugen gefunden.«

Schleicher erinnerte Schweinberg an einen Jungen, der seinen Vater mit der Mathenote beeindrucken wollte. Er ließ den Umschlag stecken. Dies war nicht der richtige Zeitpunkt.

Aber er würde kommen. Schon bald.

*

Henri wuchtete zwei prall gefüllte Ordner auf seinen Schreibtisch. Die gesammelten Recherchen zu ihrer Facharbeit. Monatelang hatten die fünf Schüler Zeitungsartikel in den Archiven der Gemeinden gesichtet, Hintergründe aus Heimatmuseen und privaten Beständen zusammengetragen und Interviews mit Zeitzeugen geführt. Henris persönliches Highlight war das Durchforsten der Prozessakten im Münchner Staatsarchiv gewesen, es hatte ihrer Facharbeit einen akademischen Charakter verpasst. Auch wenn es sehr zeitaufwendig und kraftraubend gewesen war, die entscheidenden Details zwischen den unwichtigen Zeugenaussagen und Berichten aufzuspüren. Ganz zu schweigen von dem unverständlichen Juristendeutsch.

Er schlug die Stelle mit der Urteilsverkündung auf.

»Durch die chaotischen Zustände in den letzten Kriegstagen konnte keine definitive Zugehörigkeit des oder der Täter zu dem im Tegernseer Tal befindlichen Panzer Grenadier Regiment 38 nachgewiesen werden. Aufgrund dieser Tatsache kann den vernommenen Einheitsangehörigen nicht widerlegt werden, keine Kenntnis von dem Vorfall erlangt zu haben.«

Natürlich hatte niemand von ihnen erwartet, nach mehr als einem halben Jahrhundert den Mörder zu finden. Es ging darum, eine genaue Vorstellung zu bekommen, was am 3. Mai 1945 passiert war. Bis zu jenem Tag war das Tegernseer Tal als Lazarettstadt gemäß der Genfer Konvention von Kampfhandlungen weitgehend verschont geblieben. Nachdem man die chirurgische Klinik *links der Isar* an den Tegernsee ausgelagert hatte, war aus dem Kloster Tegernsee ein Lazarett geworden. Doch durch den amerikanischen Vormarsch wurden in den letzten Kriegstagen immer mehr Wehrmachtsangehörige ins Tal gedrängt, wodurch es zu blutigen Auseinandersetzungen kam. Die US-Führung hatte Vertretern der Talgemeinden in einem ersten Treffen klar gemacht, dass sie keine weiteren sinnlosen Verluste in ihren Reihen riskieren werde. Ihre Hauptbedingung war der Rückzug aller deutschen Truppen nach Süden. Da sich die verbliebenen SS-Einheiten weiterhin zur Wehr setzten, stand ein amerikanischer Luftangriff unmittelbar bevor.

Alleine der Gedanke, wie viele unschuldige Leben die Nazis zu opfern bereit waren, obwohl der Krieg längst verloren war, regte Henri auf.

Es klopfte. Seine Mutter steckte den Kopf zur Tür herein, es wäre ein Besucher für ihn da.

»Stör ich?«, fragte Tim Petkovich beim Eintreten.

»Nein, nein, natürlich nicht. Nur …«

Tim schien seinen Gedanken zu erraten. »Die Polizei hat mich nach deinem Alibi befragt. Sie wollte mir aber nicht verraten, warum.«

Henri seufzte. War ja klar. In wenigen Sätzen erklärte er seinem Kommilitonen, was Freitagnacht passiert war, ohne auf die ungeklärte Frage einzugehen, wie Henri mit Schwarz noch hatte telefonieren können. Nicht, dass er

Tim nicht vertraute, aber er wollte so wenige Menschen wie möglich in die Sache hineinzuziehen.

Das blonde Großstadtkind war erst zu Beginn der zwölften Klasse aus Berlin ans Gymnasium Tegernsee gewechselt, hatte aber erstaunlich schnell Fuß gefasst – auch wenn Toni in ihm nur einen Maulhelden sah. Mit der verwaschenen Designerjeans und dem hellblauen Polo-Shirt von Ralph Lauren stellte Tim so etwas wie ein Gegenmodell zu Toni dar.

Henri mochte Tims Verlässlichkeit. Wenn man ihm eine Aufgabe gab, erledigte er sie schnell und ohne dass man es nachprüfen musste. Das war ihm schon während ihrer Facharbeit aufgefallen, und es bestätigte sich bei dem Forschungsbericht, an dem sie dieses Semester gemeinsam gearbeitet hatten. In diesem Punkt unterschied sich Tim ganz wesentlich von Toni, dessen Motivation für die Facharbeit nur daher rührte, sich nicht alleine mit irgendeinem anderen Thema herumschlagen zu müssen.

»Gehst du noch mal unsere Ergebnisse durch?«, fragte Tim beim Blick auf die Ordner.

»Ja, keine Ahnung warum. Ich … ich zermartere mir schon seit Tagen den Kopf, was genau Schwarz wohl über Dr. Beck herausgefunden hat.«

»Kann ich verstehen. Aber lies mal vor, ich hab längst vergessen, was wir damals zusammengeschrieben haben.«

Henri nahm sich den Ordner.

»Am 3. Mai gingen amerikanische Truppen bei Gmund in Stellung. Die deutsche Frontlinie lag beim Ortsausgang von Bad Wiessee. Vormittags fand im Kloster Tegernsee eine Konferenz der Sanitätsoffiziere statt, auf der vereinbart wurde, dass Dr. Ranziger den SS-Oberführer Bachmann aufsuchen sollte, der den Oberbefehl über die SS-Truppen im Tegernseer Tal hatte. Ranzinger wollte den Mann dazu bringen, auf weitere

Kampfhandlungen zu verzichten. In Begleitung des verwundeten Oberleutnants Steinmeier fuhr Ranzinger zum SS-Befehlsstand nach Glashütte. Nach einer intensiven Verhandlung wurde eine mündliche Vereinbarung getroffen, dass sich die SS-Truppen aus dem Tegernseer Tal Richtung Österreich zurückziehen würden. Im Gegenzug sollten sich die Amerikaner verpflichten, die Schutzgebiete zu wahren. Am Nachmittag kam ein Gesandter von Bachmann ins Kloster Tegernsee und übergab Steinmeier eine schriftliche Zusage, dass sie mit den Amerikanern verhandeln durften. Mit dem Passierschein im Gepäck machten sich Dr. Ranzinger, Oberleutnant Steinmeier und Dr. Beck auf den Weg nach Bad Wiessee.«

»Was hatte dieser Arzt eigentlich mit der Sache zu tun?«, warf Tim ein. »Im Gegensatz zu Ranzinger und Steinmeier gehörte Beck doch nicht zur Widerstandsgruppe *Freiheitsaktion Bayern.*«

»Wenn ich mich richtig erinnere, sagte Steinmeier beim Prozess aus, dass sich Dr. Beck freiwillig gemeldet hat, um als Dolmetscher zu fungieren.«

Tim kicherte. »Da sieht man mal, wohin einen die Fremdsprachen bringen.«

Henri schmunzelte, dann fuhr er mit seiner Ausführung fort.

»*Bei der zerstörten Breitenbachbrücke mussten sie ihr Fahrzeug verlassen. Sie gingen zu Fuß weiter, bis sie am Franzosenhölzl von einem Wachposten aufgehalten wurden.*«

»Das ist der bewaldete Hügel am Ortsausgang von Wiessee, oder?«, hakte Tim nach.

Henri nickte. »*Sie zeigten den zwei Soldaten den Passierschein und durften nach einer kurzen Diskussion weitergehen. Auf Höhe des Ortsausgangs wurden sie hinterrücks beschossen und von einer Maschinengewehr-Salve erfasst. Steinmeier hatte einen Oberschenkelsteckschuss und Dr. Ranzinger einen Nierensteckschuss. Dr. Beck war vermutlich in der Brust getroffen worden. Dr. Ranzinger rollte sich rechts den Abhang hinunter, Steinmeier brachte sich im linken Graben in Sicherheit. Dr. Beck blieb regungslos in der Mitte der Straße liegen. Die beiden verletzten Männer krochen die etwa hundert Meter zu den Amerikanern und wurden dort ärztlich versorgt. Sie übergaben dem amerikanischen Kommandanten das Schreiben Bachmanns, das Dr. Ranzinger mühsam ins Englische übersetzte. Kurze Zeit später verstarb er im Lazarett Bad Tölz. Nach Dr. Beck haben die Amerikaner bei ihrem Vormarsch gesucht, ihn aber nie gefunden. 1948 wurde er für tot erklärt.«*

»Und da im Prozess nicht aufgeklärt wurde, wer geschossen hat, wird das auch für ewig ein Rätsel bleiben«, fügte Tim an. »Außer Schwarz hat nach all den Jahren doch noch was herausgefunden, was wir übersehen haben.«

»Ja, aber was?« Henri fuhr sich genervt durchs Haar.

»Vielleicht sollten wir mit Frau Beck sprechen.«

»Warum?«

»Wenn Schwarz tatsächlich etwas herausgefunden hat, sollte man meinen, dass er Becks Witwe davon in Kenntnis gesetzt hat, oder?«

»Ich weiß nicht«, murmelte Henri. »Andererseits, ein Versuch wär's wert.«

Sonst komm ich ja doch nicht zur Ruhe.

*

Zehn Augenpaare verfolgten jeder seiner Bewegungen. Angespannt und misstrauisch. Mathias Schweinberg tupfte sich mit einem Taschentuch die Schweißperlen von der Stirn. Das abgedunkelte Besprechungszimmer, in dem die SoKO *Strandbad* ihre Ergebnisse durchging, glich einer Sauna. Eine Sonderkommission war gerade in der Anfangszeit sehr zeitintensiv und kraftraubend, da kam man selbst bei erträglichen Temperaturen schnell ins Schwitzen.

Wieso nur hatte er sich darauf eingelassen?

Wäre nicht diese rätselhafte Todesursache, hätte er längst einen Rückzieher gemacht. Schweinberg drückte seinen Rücken durch, räusperte sich.

Showtime!

»Stand heute müssen wir davon ausgehen, dass Schwarz' Sekretärin die letzte Person war, die das Opfer lebend gesehen hat. Sie verließ am Donnerstag um 18 Uhr die Kanzlei, am Tag darauf war sie im Urlaub. Schwarz hatte am Freitag um zehn Uhr einen Gerichtstermin, nur tauchte er dort nie auf. Ich vermute, dass er sich schon seit Donnerstagabend in der Gewalt seines Mörders befand.«

»Worauf beruht deine Einschätzung?«, fragte Schleghuber.

»Schwarz hat eine Haushälterin, die jeden Montag und Donnerstag bei ihm putzt, was erklärt, warum die Wohnung aussah wie aus einer Verkaufsbroschüre. Wir haben keinerlei Spuren gefunden, dass er noch mal zu Hause war.«

Schleicher hob die Hand wie ein Schüler. Schweinberg atmete hörbar aus, bevor er nickte.

»Der Täter könnte ihn doch im Haus überwältigt haben, oder in der Garage. Wir sollten diese Möglichkeiten nicht vorschnell ausschließen.«

Schweinberg fixierte Schleicher. Seine Zähne knirschten. »Heute hat sich ein ehemaliger Kommilitone des Opfers bei uns gemeldet«, fuhr er fort. »Er war am Donnerstagabend mit ihm verabredet. Um halb sieben sagte Schwarz das Treffen plötzlich ab, weil er angeblich dringend zu einem Mandanten musste. Nur stand sein Mercedes die ganze Nacht in der Tiefgarage der Kanzlei. Laut seiner Sekretärin fuhr Schwarz immer mit dem Auto, egal wie kurz der Weg war. Also wurde er entweder abgeholt, oder der Täter hat ihm auf dem Weg zu seinem Auto aufgelauert. Wir müssen auf jeden Fall in Betracht ziehen, dass das Opfer seinen Mörder kannte.«

Er sah in die Runde. Keine Einwände, aber auch kein Nicken. Niemand wollte sich auf seine Seite schlagen.

»Wir müssen also sämtliche Mandanten durchgehen. Leider hielt unser Opfer nicht viel von Kundenbindung, in den beschlagnahmten Ordnern befinden sich bestimmt an die zweihundert Namen.«

Ein Stöhnen ging durch den Raum.

»Wir sollten uns auf die Fälle konzentrieren, die er verloren hat. Das spart Ressourcen«, kommentierte Jana Sonntag.

Zustimmendes Geraune.

Es klang vernünftig. Dennoch ließ er ihren kleinen Erfolg nicht unkommentiert. »Sofern das Motiv wirklich auf einem verlorenen Prozess beruht.«

Schleghuber beugte sich nach vorne. »Ich nehme an, du meinst seine finanzielle Situation.«

»Wie wir alle gesehen haben, hatte Schwarz einen exklusiven Lebensstil: luxuriös eingerichtete Kanzlei, teure Designeranzüge, nicht zu vergessen der Mercedes SL. Zuletzt blieben die Aufträge aus, da können einen die Kosten schnell erdrücken. Wir müssen auch sein Umfeld unter die Lupe nehmen, vielleicht hatte er sich von jemandem Geld geliehen.«

Schleicher rutschte auf seinem Stuhl nach vorne. »Oder er hat jemanden erpresst, um an Geld zu kommen.«

»Gibt es dafür irgendwelche Hinweise?«, zischte Schweinberg.

»Nein, aber …«

»Dann halt dich an die Fakten, bevor du wilde Spekulationen aufstellst. Du bist nicht mehr auf der Polizeischule, hier geht's um mehr als nur um gute Noten.«

Schleicher senkte den Kopf. Schweinberg spürte eine Spur Genugtuung. Ihm waren die älteren Kollegen in seiner Anfangszeit in München auch öfters über den Mund gefahren. Das gehörte zum Lernprozess. Leider hatte er die Rechnung ohne seinen Chef gemacht.

»Wir sollten Dirks Theorie im Hinterkopf behalten.«

Schleichers Kopf schnellte bei Schleghubers Anmerkung nach oben. Er verschränkte die Arme, lehnte sich zurück und setzte ein bissiges Lächeln auf.

»Was ist mit der Aussage von Holmes?«, fragte Jana Sonntag.

Schweinberg zuckte mit der Schulter. »Die bleibt rätselhaft. Genauso wie die kryptischen Hinweise auf der Leiche.«

»Glaubst du, er hat was damit zu tun?«, wollte Schleghuber wissen.

»Die Geschichte stinkt zum Himmel. Andererseits fehlt mir das Motiv. Und dass er zu einem Mord fähig ist, wage ich zu bezweifeln.«

»Was ist mit Dr. Holmes?«, mischte sich Schleicher wieder ein. »Dem traue ich eine Menge zu.«

Schweinberg wollte etwas erwidern, doch seine Stimme versagte. Das Bild des noch jungen Dr. Rainer Gutherz erschien vor seinen Augen. Jahrelang hatte er die Erinnerungen unterdrückt. Tief in ihm begann es zu rumoren.

»Dr. Holmes ist tabu. Fürs Erste.«

Um den kümmere ich mich selbst.

*

Das Seniorenheim *Moorhof* lag am südlichen Ende des Tegernsees mit Blick auf die Egerner Bucht. Henri und Tim parkten ihre Fahrräder im Innenhof des U-förmigen Gebäudekomplexes, als ein dunkelblauer BMW an ihnen vorbeischoss und mit quietschenden Reifen neben der gläsernen Eingangstür zum Stehen kam. Beim Anblick des Fahrers wäre Henri am liebsten wieder auf sein Rad gestiegen.

»Na sieh mal an, wen ich hier treffe. Was willst du denn hier?«

Habichtgleich starrte ihn der junge Polizist an. Henri wollte wortlos an ihm vorbeigehen, doch Schleicher stellte sich ihm in den Weg.

»Ich hab dich was gefragt!«

»Was geht Sie das an?«, regte sich Tim auf.

»Er ist ein Verdächtiger.«

»Zeuge«, platzte es aus Henri heraus. »Ich habe ein Alibi, schon vergessen?«

»Für Beihilfe zum Mord geht man auch in den Knast. Also raus mit der Sprache, was machst du hier?«

Henri war zu perplex, um zu antworten. *Jetzt wollten sie ihm schon Beihilfe anhängen?*

»Sofern Sie keinen Haftbefehl haben, geht Sie das einen Scheißdreck an, was wir hier machen«, sagte Tim und zog Henri mit sich ins Altenheim.

Schleicher hastete hinter ihnen her. »Glaub ja nicht, dass wir dich einfach in die Staaten fliegen lassen. Und deinem Vater kannst du ausrichten, dass er sich die Dienstaufsichtsbeschwerde in den Arsch schieben kann.«

Mit den Worten zwängte sich Schleicher an ihnen vorbei und steuerte auf ein kleines Zimmer im Vorraum zu, über dem die Aufschrift *Information* hing. Eine übergewichtige Frau mit kurzem, rötlichem Haar und weißer Arbeitskleidung betrachtete den Polizisten ausdruckslos durch die Glasscheibe. Henri erinnerte sich an die Pflegerin von den Besuchen bei seiner Oma. Mit der legte man sich besser nicht an. Schleicher tat es dennoch. Lautstark forderte der Kriminalbeamte die Frau auf, ihn unverzüglich zum Geschäftsführer zu bringen. Sie wies ihn energisch zurecht, dass nicht alle Menschen, die sich in einem Seniorenheim aufhielten, zwangsläufig taub waren. Mit dem Hinweis, dass der Page gerade Mittagspause habe, schickte sie ihn weiter. Henri und Tim konnten nur mit Mühe ihr Gelächter unterdrücken, als Schleicher im Stechschritt den Gang hinunter stapfte. Sie erkundigten sich bei der Pflegerin nach dem Zimmer von Frau Beck. Auf dem Weg in den ersten Stock wollte Tim wissen, was es mit der Anschuldigung auf sich hatte, doch Henri wiegelte ab, dass es sich nur um ein Missverständnis handele.

Das Zimmer lag am Ende eines langen Korridors, in dem es unangenehm roch; nach einer Mischung aus vergammelten Lebensmitteln und Urin. Der *Moorhof* gehörte zu den hochpreisigen Seniorenheimen, auf Hygiene wurde stark geachtet, trotzdem klebte der Geruch dahinwelkenden Lebens in jeder Ritze. Henri musste dreimal klopfen, bis sich die Tür einen Spalt öffnete. Ein fahles Gesicht erschien. Skeptisch musterte die Frau die beiden, wobei ihr eine Locke des grauen Haars über die Augen fiel. Sie wischte sie mit einer nervösen Zuckung beiseite. Während sie einen flüchtigen Blick in den verwaisten Gang warf, zupfte sie an ihrer violetten Strickjacke herum.

Hoffentlich erinnert sie sich überhaupt an uns.

Er kannte es von seiner Oma, dass ältere Menschen sich zwar an Ereignisse, die Jahrzehnte her waren, sehr gut erinnerten, aber dafür vergaßen, was am Tag davor passiert war. Beim Interview, das sie mit der Witwe des verschwundenen Parlamentärs im Rahmen ihrer Facharbeit geführt hatten, ging es der Frau gesundheitlich sehr schlecht, sie hatte Probleme beim Sprechen und wirkte fahrig. Weswegen sich Henri nur wenig Hoffnung machte, heute mehr von ihr zu erfahren.

»Mein Name ist Henri Holmes, das ist Tim Petkovich. Wir haben vor drei Jahren mit Ihnen gesprochen, falls Sie sich erinnern. Es ging um …«

»Ich bin nicht dement!«, unterbrach ihn die Frau rüde. »Hat euch jemand gesehen?«

»Nur die Pflegerin an der Information«, antwortete er verunsichert. Schleicher verschwieg er besser.

»Gut, gut. Dann schnell rein mit euch.«

Sie schob die beiden Studenten mit ihrer abgemagerten Hand ins Zimmer. Kaum war die Metalltür ins Schloss gefallen, setzte Hannelore Beck ein warmherziges Lächeln auf. Sie führte die beiden in ein kleines Wohnzimmer, dessen Wände eine beigefarbene Tapete mit Blumenmuster zierte. Sie machten es sich auf einem grünen Stoffsofa bequem. Hannelore Beck schenkte schwarzen Tee ein und reichte ein Tablett mit Plätzchenvariationen, was die Studenten dankend annahmen. Dann ließ sie sich in einen Stoffsessel fallen, der genug Platz für zwei Frau Becks bot.

»Du bist der Enkel von Hildegard Gutherz. Hab ich recht?«

»Ja, das stimmt. Kannten Sie meine Oma?«

»Hier kennt jeder jeden. Wirklich ein Jammer, dass sie verstorben ist. Wir haben oft zusammen Schach gespielt. Sie gehörte zu den wenigen, mit denen man normal sprechen konnte. Die meisten hier haben nicht mehr alle Tassen im Schrank.«

Frau Beck machte mit dem rechten Zeigefinger eine kreisende Bewegung an ihrer Schläfe. Dann lehnte sie sich nach vorne und begann zu flüstern. »Hier muss man höllisch aufpassen, ständig will dir einer dieser Verrückten etwas aufschwatzen. Und das Personal klaut wie die Raben.«

Henri und Tim schauten sich verlegen an. Hannelore Beck lehnte sich zurück und sprach mit normaler Lautstärke weiter. »Aber das sind meine Probleme. Wie kann ich euch helfen? Ich nehme an, es geht um meinen Mann.«

Henri nickte. Dann berichtete er davon, dass Marvin Schwarz angeblich etwas über Dr. Beck herausgefunden hatte, aber nun leider verstorben sei – die Details ließ er natürlich weg – und fragte die ältere Dame, ob er sie ebenfalls kontaktiert habe.

»Nein. Was für Erkenntnisse sollten das denn sein?«

Henri ließ die Schulter sinken. Das war ja zu erwarten gewesen.

»Genau die Frage stellen wir uns auch«, antwortete Tim. «Vielleicht haben wir damals irgendetwas in unserer Arbeit übersehen. Vielleicht etwas, was mit seiner Arbeit im Kloster Tegernsee zusammenhing. Er war ja Chirurg, wenn ich mich richtig erinnere.«

»Ursprünglich war Franz HNO-Arzt, aber es war Krieg, da musste man behandeln, was auf den Tisch kam. Das Tal war voller Verwundeten, mit teilweise grausamen Verletzungen. Ihr Anblick verfolgt mich bis heute. Ich war erst einundzwanzig und habe meinem Mann zuliebe als Krankenschwester ausgeholfen. Ich hab ihn immer für seine Arbeit bewundert. Er war so ein positiver Charakter, hat bis zum Schluss an das Gute im Menschen geglaubt. Franz war Arzt aus Leidenschaft. Nach dem Krieg wurde ich selbst Ärztin, es gab mir das Gefühl, dass ein Teil von ihm in mir weiterlebte.«

Bei den letzten Worten wurde ihre Stimme brüchig. Auch nach sechs Jahrzehnten hatte sie den Verlust nicht überwunden.

»Haben Sie mitbekommen, wie sich Ihr Mann zu dem Einsatz gemeldet hat?«, fragte Tim nach einer kurzen Pause.

»Leider nicht«, antwortete Hannelore Beck. Sie schenkte sich eine Tasse Tee nach, bevor sie weitersprach. »Ich erinnere mich nur, wie er aufgeregt zu mir kam. Ich hatte ihn noch nie so verängstigt gesehen. Er flüsterte mir ins Ohr, dass er zwei Männer zu den Amerikanern begleiten müsse. Das Wohl des Tals hinge von dem Einsatz ab. Bevor er mich verließ, musste ich ihm versprechen, sofort das Kloster zu verlassen und mich auf der Almhütte meiner Tante zu verstecken. Was ich auch tat.«

»Wahrscheinlich hatte er Angst, dass die Amerikaner das Tal bombardierten, falls ihre Mission fehlschlug«, mutmaßte Henri.

»Hm … mag sein, dass das eine Rolle spielte. Aber es gab noch etwas anderes, das sagt mir mein Bauchgefühl. Franz hatte sich in den Tagen davor verändert.«

»Inwiefern?«

»Ein paar Tage vorher kam er abends nach Hause, blieb in der Diele stehen und starrte minutenlang in den Spiegel, ohne einen Muskel zu bewegen. Er sah aus, als wäre er dem Teufel persönlich begegnet. Ich …«

Die dunklen Augen der Frau verschwanden hinter einer dünnen Tränenschicht. »Bis heute mache ich mir Vorwürfe, dass ich nicht nachgefragt habe. Ich dachte mir, wenn er darüber reden will, wird er es tun. So lief unsere Beziehung.«

Henri beugte sich nach vorne. »Könnte er mit jemand anderem darüber gesprochen haben?«

Sie schüttelte den Kopf.

»Und Sie haben keinerlei Vermutung, was ihn so in Angst versetzt hat?«, bohrte Tim nach.

Hannelore Beck sah abwesend aus dem Fenster. »Ich glaube …« Sie machte eine Pause, bis sie sich wieder den beiden zuwandte. »Nein, ich bin überzeugt, dass es damit zusammenhing, was im Untergeschoss vor sich ging.«

»Untergeschoss?«, fragte Henri. »Sie meinen die Kellerräume im Kloster?«

»Nein, nein. Es gab darunter noch weitere Räume. Dorthin hat man diejenigen Patienten verlagert, denen keine Überlebenschancen eingeräumt wurden. Einer der Ärzte hatte das durchgesetzt, damit die anderen Patienten nicht das Leid dieser Menschen mit ansehen mussten.«

Henri rutschte nervös auf dem Sofa herum. Davon hörte er zum ersten Mal, nirgends war dieses Untergeschoss erwähnt worden. »Waren Sie mal dort?«

»Wir Krankenschwestern hatten keinen Zutritt. Die Tür wurde ständig von der SS bewacht. Aber ich wäre für kein Geld der Welt dort runter gegangen. Einmal, ich war gerade dabei, frische Binden aus dem Keller zu holen, drangen fürchterliche Schreie nach oben. Selbst der junge SS-Mann zitterte am ganzen Körper. Schon beim Gedanken daran bekomme ich eine Gänsehaut.«

»War Ihr Mann mal im Untergeschoss?«

»Ich weiß es nicht. Ich hoffe, es blieb ihm erspart.«

Der Lebensmut schien mehr und mehr aus der Frau zu entweichen. Henri erhob sich vom Sofa. »Ich denke, wir haben Ihre Zeit nun lange genug in Anspruch genommen.«

»Ich hätte noch eine Frage«, sagte Tim. »Hat Ihr Mann Ihnen erzählt, warum er Dr. Ranzinger und Oberleutnant Steinmeier begleiten musste?«

Tims Hartnäckigkeit ärgerte Henri. Bemerkte sein Kommilitone nicht, wie sehr das Gespräch die alte Dame belastete?

»Na zum Wohle des Tegernseer Tals.«

»Aber welche Rolle spielte er dabei?«

Hannelore Beck wischte sich mit einer Hand durchs Gesicht. Sie war den Tränen nahe. »Über sechzig Jahre stelle ich mir diese Frage nun schon.«

»Was soll das?« Henri packte Tim am Oberarm und wollte ihn nach oben zerren. »Wir wissen doch, dass er sich als Dolmetscher angeboten hat. Lass uns endlich gehen.«

Hannelore Beck stieß einen schluchzenden Lacher aus. »Mein Junge, wer hat dir denn diesen Unsinn erzählt?«

»Das war die Aussage von Oberleutnant Steinmeier. Es stand so in den Prozessakten.«

»Tatsächlich? Daran kann ich mich nicht mehr erinnern. Aber selbst wenn, es ist nicht wahr.«

»Warum?«, platzen die beiden Studenten heraus.

»Weil mein Mann kein Wort Englisch sprach.«

In dem Moment klingelte Henris Handy. Unbekannte Nummer. Er ging ran. Es war seine Mutter.

»Henri, für dich ist ein Brief gekommen.«

Ein Brief? Und deswegen rief sie ihn an? Als sie ihm den Namen des Absenders verriet, blieb ihm endgültig der Mund offen stehen.

*

Mathias Schweinberg hängte den Hörer auf. Eine überwältigende Müdigkeit drückte ihn in die Lehne. Mit einem Seufzer schloss er die Augen. Er musste dagegen ankämpfen, nicht auf der Stelle einzuschlafen. Die Zunge klebte ihm am Gaumen von all den Telefonaten. Viele der ehemaligen Mandanten beklagten sich über hohe Rechnungen, unabhängig davon, wie ihre Fälle ausgegangen waren. Ein älterer Herr hatte Schwarz einen geldgeilen Dampfplauderer mit Profilneurose genannt. Es fasste das

Stimmungsbild gut zusammen. Seit drei Jahren hatte die zuvor gute Erfolgsquote ziemliche Dellen abbekommen. Eine Mandantin hatte sich echauffiert, dass der Anwalt mehr mit privaten Dingen beschäftigt schien als mit ihrem Prozess. Leider fehlte ihnen immer noch ein Motiv für den Mord; aber sie standen auch erst am Anfang. Dieser Fall würde sich über Wochen hinziehen, vielleicht sogar Monate, das hatte er im Urin.

Dann kündige endlich!

Schweinberg öffnete die Augen und starrte auf die weißgraue Wand vor ihm.

»Bald«, murmelte er. »Sehr bald.«

Die Worte erzeugten ein Kratzen in seinem Hals. Instinktiv griff er zur Wasserflasche neben dem Schreibtisch. Er leerte sie in einem Zug. Der trockene Mund war eine Nebenwirkung der Antidepressiva, die er seit Monaten nahm. In den ersten Wochen war er sogar nachts davon aufgewacht, bis er es sich angewöhnte, vorm Einschlafen einen Liter Wasser zu trinken. Tagsüber achtete er darauf, regelmäßig Flüssigkeit zu sich zu nehmen. Und er hatte immer einen Kaugummi dabei. Sein Arzt hatte ihm das empfohlen. Schweinberg benutzte ihn nur in Ausnahmefällen, denn Kaugummikauen fand er schrecklich. Man sah aus wie eine wiederkäuende Kuh.

Ein stakkatoartiges Pochen setzte ein, als würde ihm jemand einen Nagel in die Schädeldecke schlagen. Eine weitere Nebenwirkung, gegen die es kein wirkliches Gegenmittel gab. Außer Stress vermeiden. Irgendetwas sagte ihm, dass dies nicht die letzten Kopfschmerzen sein würden.

Es war Zeit, Schluss zu machen.

Im Eingangsbereich kam ihm Jana Sonntag entgegen. Ihre Augenlider zuckten nervös. »Geht's schon heim?«

»Hab Kopfschmerzen.«

»Die haben wir alle.«

Solche nicht, du Miststück!

»Muss ich mich bei dir krankschreiben lassen?«

»Wir arbeiten hier alle zusammen. Keine Ausnahmen.«

»Dann machen wir jetzt kollektiv Feierabend.«

Sie verzog leicht die Mundwinkel. »Wie witzig. Es gibt Unmengen von Dokumenten, die wir …«

»Die laufen nicht weg.«

Schweinberg ließ seine Kollegin stehen, er spürte ihren missbilligenden Blick im Rücken. Vor der Dienststelle kam ihm Dirk Schleicher entgegen. Er wirkte aufgekratzt.

»Du glaubst nicht, wen ich im Altenheim getroffen habe. Dieser …«

»Erzähl's mir morgen!«

»Aber Hias …«

Schweinberg wirbelte herum und drückte Schleicher den Zeigefinger so tief in die Brust, dass der junge Kollege schmerzhaft das Gesicht verzog.

»Wenn du mich noch ein einziges Mal so nennst, dann …«

Nehm' ich ein Rasiermesser und verpass dir ne Glatze.

Schweinberg schnaufte durch den offenen Mund. Den zweiten Teil hatte er im letzten Moment heruntergeschluckt. Schleicher sah aus, als hätte er eine Abfuhr von seiner Jugendliebe bekommen. Ohne ein weiteres Wort mit dem jungen Polizisten zu wechseln, stieg Schweinberg in den Dienstwagen. Zwei Kollegen in einer Minute anzupissen, war selbst für seine Verhältnisse außergewöhnlich. Aber er hatte keine Lust mehr auf die Schmuse-Schiene. Wozu auch. Er war sowieso bald weg.

*

Im Schritttempo schleppte sich der rote Mini durch den Münchner Feierabendverkehr Richtung Siegestor. Für Henri war es ein Rätsel, wie Tonis wuchtiger Körper hinter dem Steuer des Kleinwagens eine angenehme Sitzposition fand. Unruhig trommelte er mit den Fingerspitzen auf den Briefumschlag in seiner Hand. Die Ungewissheit zerrte an seinen Nerven.

Nachdem er sich von Tim vorm *Moorhof* verabschiedet hatte, war er im Rekordtempo nach Hause geradelt, wo er sich mit dem Brief in seinem Zimmer einschloss. Zuerst hatte er nicht verstanden, was er mit dem Schlüssel, der sich im Umschlag befand, anfangen sollte. Unzählige Male hatte er den Zettel mit der Botschaft *Denk an unser Gespräch* zwischen den Fingern kreisen lassen, bis ihm Schwarz' Worte wieder eingefallen waren.

»Antworten auf deine Fragen findest du in meiner Kanzlei«, hatte ihm der Anwalt am Telefon gesagt. Damals hatte er damit nichts anfangen können, doch jetzt hallte dessen verzerrte Stimme ständig in seinem Kopf wider.

Die Frage, was ihn wohl in der Kanzlei erwarten würde, ließ ihn nicht mehr los. Glücklicherweise hatte sein bester Freund keine Sekunde gezögert, ihn noch heute Abend nach München zu fahren. Das hatte Henri eine leidige Diskussion mit seinem Vater erspart, um den Mercedes zu bekommen. Außerdem hätte der am Kilometerstand bemerkt, dass Henri damit nicht bloß im Tal unterwegs war.

»Macht dir dein Studium denn endlich Spaß?«, fragte Toni, als die Ludwig-Maximilians-Universität in Sicht kam.

»Um ehrlich zu sein, bin ich immer noch unschlüssig, ob es das Richtige ist. Wirklich Spaß hat mir bislang nur Statistik gemacht, die Grundlagen zur Datenerhebung waren auch okay, aber das Zeug über kognitive Prozesse und psychologische Funktionen, das ist mir alles viel zu theoretisch.«

»Sorry, dass ich das so klar sagen muss: Ich kann mir dich einfach nicht als Psychologe vorstellen.«

»Mit dem Studium kann man ja auch andere Karrierewege einschlagen, zum Beispiel bei HR.«

»Human Resources? Du siehst dich echt mal in der Personalabteilung?«

Henri sah schweigend aus dem Fenster.

Wo ich mich sehe? Gute Frage.

»Du solltest dich langsam fragen, ob du später dein Leben leben willst oder das deines Vaters.«

»Und du solltest dich fragen, ob du nicht endlich erwachsen werden willst«, murmelte Henri genervt. »Ich studier' wenigstens irgendwas.«

Ausgerechnet Toni wollte ihm Karrieretipps geben. Sein bester Freund hatte nach ihrer gemeinsamen Bundeswehrzeit bei den Gebirgsjägern ein Jahr in Griechenland gejobbt. Seinen Eltern hatte er es so verkauft, dass er erst einmal Geld verdienen und sich dabei über seine Zukunft Gedanken machen wollte. Henri bezweifelte, dass sie wussten, wie das Leben eines Animateurs auf Kreta aussah. Nach seiner Rückkehr hatte es Toni prompt versäumt, sich rechtzeitig für ein Studium einzuschreiben.

Vor der LMU bog Toni rechts ab und folgte der Straße bis zu einer Kreuzung, an der er links in die Königinstraße fuhr. Radfahrer, Jogger und Spaziergänger säumten den Weg zum Englischen Garten. Die Dämmerung warf ihren Schatten auf den Asphalt. Henri zog den Schlüssel aus dem Umschlag, eine innere Unruhe ließ ihn auf dem Sitz hin und her rutschen.

»Was genau erhoffst du dir von dem Besuch eigentlich?«

»Na, Antworten zu Dr. Beck.«

»Der Typ war mir vom ersten Tag an suspekt«, kommentierte Toni, und als er Henris verwunderten Blick bemerkte, fügte er hinzu: »Dir ist schon aufgefallen, dass der jeden Tag einen anderen Designeranzug getragen hat? Dazu die fette Rolex am Arm, ganz zu schweigen von der Protzkarre. Hab mich damals schon gefragt, warum der sich wochenlang mit ein paar Schülern abgibt.«

Henri musste ihm in dem Punkt zustimmen, dass Marvin Schwarz jeden hatte wissen lassen, dass er zur High Society gehörte. »Vielleicht hat er sich tatsächlich für die Geschichte des Tals begeistert.«

Toni entkam ein Lacher. »Ja, bestimmt. Ich sag dir, der hat sich irgendwas davon versprochen, so einer macht nichts für lau.«

Henri bekam ein mulmiges Gefühl. Was genau hatte sich Schwarz von ihrer Facharbeit erhofft? Was hatte er drei Jahre später herausgefunden? Und warum in aller Welt hatte er ausgerechnet mit ihm darüber sprechen wollen?

»*Sie haben ihr Ziel erreicht*«, säuselte die Frauenstimme aus dem Navigationsgerät.

Henri wies Toni an, versetzt zum Hauseingang zu parken. Die beigefarbenen Seitenwände des Eckgebäudes liefen in einem verzierten Erker zusammen. Die Kanzlei lag im ersten Stock und besaß einen mit Säulen umrahmten Balkon. Die Vorhänge waren zugezogen. Henri zuckte zusammen. Hatte sich der Vorhang eben bewegt? Sein Blick verharrte auf dem Fenster, doch alles, was ihm entgegenblickte, war Dunkelheit. Toni schien seine Unruhe zu spüren.

»Was ist los?«

»Nichts.«

Ich sehe schon Gespenster.

Toni schnallte sich ab, doch Henri presste ihm eine Hand auf die Brust. »Ich geh da allein rein, Toni! Bislang hast du mit der Sache nichts zu tun und ich will, dass das so bleibt.«

»Keine Chance, ich ...«

»Außerdem ist hier Halteverbot. Oder willst du nachher mit dem Zug nach Hause fahren?«

Widerwillig blieb sein bester Freund im Wagen zurück. Henri überquerte die Straße und steckte den Schlüssel ins Schloss. Er passte. Bevor er das Treppenhaus betrat, warf er einen Blick auf den Mini, der im Schatten der Bäume stand. Toni hatte die Hand am Ohr, die Lippen bewegten sich. Telefonierte er mit jemand oder bildete sich Henri das ein? Er war übermüdet und zweifelte langsam an der Klarheit seiner Sinne. Wie war es sonst zu erklären, dass er sich beobachtet fühlte, seit sie hier angekommen waren? Nachdem die Tür hinter ihm ins Schloss gefallen war, ummantelte ihn die Stille wie eine dicke Wolldecke. Weder Kindergeschrei noch Fernsehlärm drang aus den Räumen.

Vermutlich ein reines Bürogebäude, mutmaßte Henri. Trotzdem kein Grund, unvorsichtig zu werden. Die alten Holzbretter kommentierten seine bedächtigen Schritte mit leisem Knarzen. Die weiße Holztür im ersten Stock sprang ihm regelrecht ins Auge. Weniger wegen des goldenen Schildes mit der Aufschrift *Marvin Schwarz, Rechtsanwalt für Strafrecht*, sondern mehr wegen des blauen Bandes mit dem Abzeichen der bayrischen Polizei, das über dem Türschloss klebte. Ratlos stand Henri davor und rieb sich den Hinterkopf. *Was jetzt?* Ein Polizeisiegel zu entfernen, war eine Straftat. Wieso hatte er daran nicht gedacht?

Die Fahrt hätte er sich sparen können.

Seine Augen wanderten über das Klebeband, bis sie an einer Stelle hängen blieben. Ungläubig fuhr er mit der Fingerspitze über den kaum sichtbaren Riss an der Kante zum Türstock. Das Siegel war durchbrochen worden. Henri fröstelte. Der Gedanke war irrational, um nicht zu sagen wahnsinnig. Das Polizeisiegel war schon zerstört, was konnte es da schaden, sich drinnen umzusehen?

Nur ganz kurz.

*

Das weiße Blinklicht auf dem Bildschirm näherte sich schnell seiner Position. Dank dem Peilsender konnte er die Bewegungen seiner Zielperson jederzeit nachvollziehen. Der rechteckige Monitor war klobig, aber in seiner Hand wirkte er wie ein Spielzeug. Er verharrte regungslos auf der Stelle, obwohl seine Beine am liebsten im Kreis laufen würden, um die Anspannung abzubauen. Mit den Augen scannte er unermüdlich die Straße unter ihm, die im Schatten der Bäume lag. Dahinter streiften Menschen durch den Englischen Garten wie Mücken auf der Suche nach Licht. Ein einsamer Schweißtropfen zog eine Bahn über seinen rasierten Schädel. Er reagierte nicht darauf. Seit einer Stunde stand er in seinem Versteck, ohne sich einen Millimeter zu bewegen. Er war mit dem dunklen Vorhang verschmolzen.

Phase zwei begann. Er genoss jede Sekunde, saugte die Atmosphäre in sich auf. Anspannung wurde oft mit Nervosität gleichgesetzt, dabei war es pure Vorfreude. Selbst berühmte Musiker gaben zu, dass sie auch nach Jahrzehnten auf der Bühne kurz vor der Show noch ein Kribbeln verspürten – und es brauchten. Es war Teil des Kicks. Wie hatte er nur so lange auf dieses Gefühl verzichten können? Sein Körper war wie ein vertrockneter Kaktus, der nach jahrelanger Dürre durch einen unerwarteten Regenschauer aufblühte.

Auf viele Menschen wirkte er langsam und träge, was ihm beim Bund den Spitznamen *Sitting Bull* eingebracht

hatte. Anfangs hatte er sich über den Vergleich geärgert –
auch wenn seine Statur tatsächlich Ähnlichkeit mit einem
Bullen hatte. Als er herausfand, dass es nur ein Wort-
spiel war, weil es einen berühmten Indianerführer mit
dem Namen gab, empfand er es sogar als Kompliment.
Er hatte sich den Respekt seiner Kameraden hart erarbei-
ten müssen. Beliebt war er nie. Hatte er auch nie werden
wollen. Sein angeborenes Misstrauen klebte an ihm wie
Kaugummi an einer Schuhsohle. Freunde waren ihm nie
wichtig gewesen, Hauptsache er hatte eine Aufgabe, der
er sein Leben widmen konnte.

*Fokussier dich auf eine Sache und mach sie richtig, anstatt
alles zu machen, und dabei zu viel falsch*, hatte ihm sein Vater
immer gesagt. Es war zu seinem Lebensmotto geworden.

Fünfzig Meter vor dem Haus kam ein roter Mini zum
Stehen. Sitting Bull griff in seine Lederjacke, spürte den
kühlen Stahl der halb automatischen Pistole auf der Haut.
Zeit, sich in Position zu bringen.

Die Trockenzeit war vorbei!

*

Henris Finger zitterten, als er das Klebeband abzog. Totenstille empfing ihn. Schlagartig wurde ihm bewusst,
dass derjenige, der das Polizeisiegel zerstört hatte, noch
hier sein könnte. Quälend lange horchte er in die Dunkelheit, bis er überzeugt war, dass sich niemand in der Kanzlei aufhielt. Er sperrte die Eichentür hinter sich ab, zur
Sicherheit, dann durchquerte er die Diele. Sie endete in
einem Vorzimmer, von dem zwei Türen abgingen. Beide
waren geschlossen. Durch das einzige Fenster fielen Reste der untergehenden Abendsonne, sodass er sich auch
ohne Licht zurechtfand. Darunter stand ein luxuriöser

Holztisch mit geschwungenen Beinen und Verzierungen, davor gab es eine Sitzecke mit einem runden Glastisch, auf dem mehrere Magazine ausgebreitet lagen.

Wohin jetzt?

Er entschied sich für die rechte Tür. Mit einem furchtbaren Knarzen öffnete sie sich und gab einen Spalt frei. Henri blickte sich panisch um, in der bösen Vorahnung, dass gleich jemand angerannt kam. Doch nichts passierte. Es dauerte einen Moment, bis sich sein Puls wieder beruhigt hatte. Zumindest brachte ihm das die endgültige Gewissheit, alleine zu sein.

Unbewusst schloss Henri die Tür hinter sich, nachdem er den langgezogenen Raum betreten hatte. Zu beiden Seiten der Glastür, über die man auf den Balkon kam, hingen dunkelrote Samtvorhänge bis zum Parkettboden. Im Erker rechts davon schmiegte sich eine weiße Ledercouch vor einen passenden Couchtisch. Das andere Ende des Raumes nahm ein monströser Schreibtisch ein, im selben Stil gehalten wie der im Empfangsbereich, nur viel größer. Zielstrebig steuerte Henri darauf zu, wobei er das riesige Ölgemälde begutachtete, das dahinter an der Wand hing: ein Viermaster in stürmischer See. Es gefiel ihm. War bestimmt nicht billig gewesen, so wie alles hier.

Dies musste Schwarz' Arbeitszimmer sein. Der Schreibtisch war penibel aufgeräumt. Keine Dokumente, kein Notizblock, noch nicht mal Stifte lagen herum. Er untersuchte den Inhalt der vier Schubladen. Sie waren leer, abgesehen von ein wenig Büromaterial. Wie konnte das sein? Auf einmal schlug er sich mit der flachen Hand gegen die Stirn. Die Polizei hatte sicher alles beschlagnahmt.

»Was zum Teufel mach ich hier?«, murmelte Henri.

Sein Blick streifte über das leer geräumte Bücherregal. Vermutlich hatte Schwarz dort die Aktenordner mit seinen Fällen aufbewahrt. Nur ein Fach war noch komplett voll. Für die Sach- und Gesetzbücher hatte die Polizei offensichtlich keine Verwendung. Henri überflog die Buchtitel. Ob der Anwalt das alles gelesen hatte? Plötzlich riss er die Augen auf. Es war, als würde eine Tür in seinem geistigen Labyrinth aufspringen. Mit zitternden Händen nahm er ein Buch heraus und ging damit zum Fenster.

Strafgesetzbuch Nebenstrafrecht III Völkerstrafgesetzbuch stand in dicken Buchstaben auf dem Buchrücken.

Die ersten Sekunden verschwendete er mit hektischem Durchblättern, bis ihm der Gedanke kam, im Inhaltsverzeichnis nachzuschauen. Paragraf sieben. Er fühlte die Seite, noch bevor er sie zu sehen bekam: Ein gefaltetes Papier war daran befestigt. Sein Herz schlug schnell genug, um eine Valium-Spritze zu rechtfertigen. Vorsichtig löste er die Klebestreifen, legte das Gesetzbuch auf den Fenstersims und faltete das Papier auseinander. Es sah aus wie eine Zeichnung. Im Dämmerlicht waren die Konturen schwer zu erkennen. *Ist das etwa eine Karte vom …*

Klick-Klack.

Seine Finger froren mitten in der Bewegung ein, er war krampfhaft bemüht, nicht das geringste Geräusch zu erzeugen. Woher kam das? Von draußen? Dann vernahm er schwere Schritte in der Diele.

Verdammt, jemand war in der Kanzlei! Nur wer?

Sein erster Gedanke: die Polizei. Aber dann hätte ihn Toni bestimmt gewarnt. Henri sah sorgenvoll zur Tür, die im Dämmerlicht wie ein Tor zur Unterwelt wirkte. Etwas machte ihn stutzig: Aus dem schmalen Spalt unter der Tür drang kein Licht. Wer auch immer die Kanzlei betreten hatte, wollte keine Aufmerksamkeit erregen. Und das schloss die Polizei aus. Wer hatte sonst noch einen Schlüssel? Die Sekretärin. Aber die würde wohl kaum wagen, ein

Polizeisiegel zu entfernen. Vielleicht hatte Schwarz eine Geliebte, die sich nicht auf das Testament verlassen wollte und vorab nach Wertsachen suchte? Unwahrscheinlich. Außerdem: was konnte man hier schon unbemerkt mitgehen lassen? Die Schreibtische schieden ebenso aus wie das Ölgemälde. Es müsste etwas sein, das niemand vermisste. Etwas wie …

Henri starrte auf das Stück Papier in seiner Hand. Wer wusste davon? Es fiel ihm nur eine Person ein: Schwarz' Mörder! Panik schoss in ihm hoch. Wie sollte er hier rauskommen? Das Zimmer hatte nur einen Ausgang.

Nein, falsch. Es gab noch eine zweite Möglichkeit.

Henri faltete das Stück Papier zusammen und steckte es in die Hosentasche. Bei jedem Schritt rollte er mit der Sohle ab, um so lautlos wie möglich über die Dielen zu laufen. Kurz vor der Balkontür ließ ihn ein Knarzen erstarren. Die Zimmertür stand einen Spalt offen, aber niemand trat ein. Die schlecht geölten Scharniere hatten den Eindringling genauso aufgeschreckt wie ihn selbst zuvor. Aber jede Sekunde würde er seinen Weg fortsetzen. Für die Flucht über den Balkon blieb Henri keine Zeit mehr. Was jetzt? Er wählte die Option, die er bislang nicht ernsthaft in Erwägung gezogen hatte, weil sie ihm zu absurd vorgekommen war. Er zwängte sich zwischen die Glasscheibe und den Vorhang, bemüht, den Stoff nicht zu berühren. Dann hielt er den Atem an.

Ein erneutes Knarzen verriet ihm, dass jemand den Raum betreten hatte.

2. Episode: Eine mysteriöse Karte

Mathias Schweinberg war spontan Richtung Irschenberg abgebogen. Die Aussicht, den Feierabend in seinem totenstillen Elternhaus zu verbringen, erschien ihm mehr als Strafe denn Erholung. Alles, was ihn dort erwartete, war eine Mutter, die in ihrer eigenen Fantasiewelt lebte – und weder Internet noch Fernseher hatte. Er drehte das Radio auf, während er mit Tempo zweihundert auf der A9 Richtung Süden raste. Es war leider nicht dasselbe Gefühl wie mit seiner BMW Sporttourer. Sobald seine neuen Motorradhandschuhe da waren, würde er eine Spritztour mit dem Motorrad unternehmen – ganz egal, wie viel Arbeit anstand. In Gedanken sah er sich schon auf der Passstraße von Kochel bis nach Urfeld am Walchensee fahren. Er konnte förmlich die Kraft des 95 PS starken Motors unter dem Hintern spüren, den Luftzug der vorbeirauschenden Bergwelt im Nacken vernehmen und die Vibration der Straße in den Armen genießen. Alleine die Vorstellung daran verpasste ihm einen Energieschub.

Er hielt nicht lange an.

Kurz vor Rosenheim spielte der Sender *Poison*. Der Song von Alice Cooper öffnete eine Tür in seinen Erinnerungen, die er seit Monaten mit aller Gewalt verschlossen hielt. Vor seinem inneren Auge sah Schweinberg, wie er sich dem schwarzen Sessel näherte, der mit der Lehne zu ihm stand. Der Rockklassiker hämmerte aus dem Radio, doch das bekam er nur am Rande mit. Seine Augen fixierten die bleiche Hand, die schlaff über die Armlehne hing. In der Nase registrierte er den Pulvergeruch, noch bevor er die Waffe auf dem Boden bemerkte. Innerhalb einer Sekunde verzehnfachte sich seine Herzfrequenz. Er stürmte auf den Sessel zu. Seine Lungenflügel rissen seinen Körper regelrecht auseinander, so inbrünstig schrie er seinen Schmerz heraus. Er begleitete ihn seit jenem Tag im März, wiegte ihn abends in den Schlaf und begrüßte ihn morgens beim Aufwachen.

Warum hast du mir nicht geholfen?, hörte er ihre flehende Stimme.

Es zerriss ihm das Herz. Wäre er damals gleich nach Hause gefahren, hätte er sie vielleicht retten können. Es war hypothetisch – trotzdem gehörte das Schuldgefühl längst zu seinem Leben wie der Name auf seinem Ausweis.

*

Henri war kein gläubiger Mensch. Es widerstrebte ihm, an ein allmächtiges Wesen zu glauben, um dessen Gunst er sich bemühen musste. Doch falls es einen Gott gab, hoffte er inständig, dass er ihm seinen Unglauben verzieh und jetzt beistand. Die Dielen ächzten unter den Absätzen des Eindringlings. Henri hatte Mühe, dessen genaue Position zu bestimmen, doch falls er sich nicht täuschte, entfernten sich die Schritte von ihm. Ganz leise atmete er aus.

Was jetzt? Er durfte nicht darauf vertrauen, unentdeckt zu bleiben. Aus dem Augenwinkel erspähte er die Balkontür. Ob sie abgeschlossen war? Um es herauszufinden, müsste er sein Versteck verlassen. Zu riskant. Fieberhaft ging er die Alternativen durch, selbst einen Angriff zog er in Betracht, verwarf ihn jedoch schnell wieder. Bislang hatte er sich in seinem Leben noch jeder Schlägerei erfolgreich entzogen und er verspürte wenig Lust, ausgerechnet jetzt damit anzufangen.

Nach schier endlosen Sekunden hatte er einen Plan ausgearbeitet, der zwar auch seine Tücken hatte, aber größere

Erfolgschancen bot, als untätig herumzustehen oder sich auf eine direkte Konfrontation einzulassen.

Sobald der Eindringling am Schreibtisch war, wollte er aus dem Zimmer stürmen, hinaus ins Treppenhaus und runter zur Straße. Henri war zwar kein geborener Sprinter, aber der Überraschungseffekt sollte ihm genügend Vorsprung verschaffen.

Auf einmal bemerkte er, dass die Schrittgeräusche verstummt waren. Von draußen drang schrilles Gelächter zu ihm hoch, in der Ferne bellte ein Hund. Der Raum selbst versank in totaler Stille. Henri schluckte. Wo war der Typ? Schon am Schreibtisch? Oder hatte er umgedreht? Falls er sich nicht weit genug von der Zimmertür entfernt hatte, würde der Fluchtversuch jäh enden. Ihm blieb keine Wahl, er musste sich überzeugen. Mit klopfendem Herzen lugte er hinter dem Vorhang hervor.

Leider war der Eindringling nicht bis zum Schreibtisch gegangen, sondern blätterte vor dem Fenster in ebendem Strafgesetzbuch, das Henri zuvor in der Hand hatte. Er trug eine schwarze Hose und eine gleichfarbige Lederjacke, das Gesicht war unter einer dunklen Skimaske versteckt. Aus den wuchtigen Schultern und dem breitbeinigen Stand schloss Henri, dass er es mit einem Mann zu tun hatte. Einem äußerst großen und muskulösen Mann.

Dessen Abstand zur Tür war geringer, als erhofft, aber da der Kerl so auf das Buch konzentriert war, konnte es dennoch klappen. Henri spannte die Beinmuskeln an und nahm allen Mut zusammen. Um beim Loslaufen nicht ins Stolpern zu geraten, schob er den Vorhang ein paar Zentimeter zur Seite.

Ein großer Fehler.

Die Ösen schleiften so geräuschvoll über den Metallstab, dass die schwarze Gestalt aufschreckte. Er sah ihm direkt in die Augen. Das Überraschungsmoment war dahin, und mit ihm der Fluchtweg. Henri hatte nur noch eine Chance und er betete, dass es funktionierte. Er drückte den goldenen Griff der Balkontür nach unten. Als die Tür aufsprang, hätte er fast einen Freudenschrei losgelassen. Er hechtete auf den Balkon, schwang sich auf die Balustrade. Bis zur Straße waren es etwa drei Meter. Kein Auto in Sicht. Er wagte einen Blick zurück. Die schwarze Gestalt stand in der Mitte des Raumes, die Hand ausgestreckt. Henri erahnte die Waffe mehr, als dass er sie sah.

Er stieß sich ab und sprang in die Tiefe. In dem Moment zerbarst die Scheibe mit einem ohrenbetäubenden Knall. Im Fallen schreckte Henri zusammen. Einen Bruchteil später schlug er hart auf den Asphalt auf, dabei rammte er sich beide Beine in den Bauch, sodass es ihm die Luft aus den Lungen presste. Sein ganzer Körper versandte intensive Schmerzenswellen, die Umrisse der Straße verschwammen vor seinen Augen. Schwer atmend sah er sich um. Nirgends war der rote Mini zu sehen.

Verdammt, Toni. Wo bist du?

Er hatte keine Zeit, sich über seinen Freund zu ärgern. Die schwarze Gestalt konnte jede Sekunde auf dem Balkon erscheinen. Hier wäre er ein leichtes Ziel. Henri rappelte sich auf und taumelte um die Ecke des Gebäudes. Nach ein paar Metern begann seine Motorik anzuspringen. Er sprintete los. Die Angst wirkte wie Doping, er legte schnell an Geschwindigkeit zu, bis ihn ein wildes Gehupe herumfahren ließ. Henri kam aus dem Rhythmus und konnte nur mit Mühe einen schmerzhaften Sturz auf das Kopfsteinpflaster vermeiden. Mit quietschenden Reifen kam der rote Mini neben ihm zum Stehen.

»Was ist los?«, fragte Toni aus dem geöffneten Seitenfenster. »Wovor läufst du weg?«

Henri riss die Beifahrertür auf und sprang ins Auto. »Fahr los!«

»Willst du mir nicht erst …«

»Später!«

Henri musste die Panik ins Gesicht geschrieben stehen, denn Toni verschaltete sich beim Losfahren und ließ den Motor aufheulen. Mit einem Ruck schoss der Mini nach vorne und streifte ein parkendes Auto. Toni bremste ab.

»Fahr weiter!«, schrie ihn Henri an.

»Das ist Fahrerflucht!«

»Fahr um Gottes Willen weiter!«

Zähneknirschend setzte Toni seinen Weg fort. Henri drehte sich um, aber es war niemand zu sehen. »Wo warst du? Du solltest doch auf mich warten.«

»Die Scheißbullen wollten mir einen Strafzettel verpassen. Also bin ich einmal um den Block gefahren. Und als ich eben zurückkam, sah ich dich gerade davonlaufen.«

»Hast du jemand auf dem Balkon gesehen?«

»Nein. Hab aber auch nicht darauf geachtet. Was war denn da drin los? Hast du was gefunden?«

»Sieht ganz so aus.«

Dienstag, 28. Juli

Mathias Schweinberg kramte verzweifelt im Papierstapel. Wo war nur die Zeugenaussage von Holmes? Gestern hatte sie noch hier gelegen, da war er sich tausendprozentig sicher. Frustriert knallte er so fest mit der Faust auf den Schreibtisch, dass ein Packen Unterlagen herunterrutschte und im Papierkorb landete. Fluchend fischte er sie wieder heraus. Er brauchte dringend einen Kaffee.

Schweinberg verließ sein Büro und begab sich zum Aufenthaltsraum. An einem der Tische saß Dirk Schlei-

cher. Sein junger Kollege hielt ein Sandwich in beiden
Händen und nickte gelangweilt, bevor er beherzt ein
Stück davon abbiss. Schweinberg stellte die Stärke der
Kaffeemaschine auf die höchste Stufe und verfolgte halb
in Trance, wie sich die Tasse füllte. Obwohl er Schlafman-
gel gewöhnt war, fühlte er sich müde wie lange nicht. Seit
Freitag hatte er nie mehr als vier Stunden am Stück geschlafen. Er brauchte ewig, um einzuschlafen, was nicht
nur an der aufgestauten Hitze in seinem Dachgeschosszimmer lag. Im Wachzustand kreisten seine Gedanken
um den mysteriösen Mordfall, im Traum verfolgten ihn
seine Schuldgefühle. Tagsüber halfen nur Unmengen von
Kaffee. Aber auch Koffein hatte seine Grenzen.

Schleichers Hustenanfall riss ihn aus seinen Gedanken.
Sein Kollege hing mit rotem Kopf über dem Tisch und
rang nach Luft. Schweinberg klopfte ihm mehrmals auf
den Rücken, bis der Husten nachließ.

»Danke«, sagte Schleicher sichtlich mitgenommen.

Ein paar Krümel hingen in dessen feinen Bartstoppeln.
Auf der Brusttasche des braunen Hemdes klebte Mayon-
naise.

»Solltest nicht so schlingen, davon bekommt man
Magengeschwüre.«

»Werd's mir merken.«

Schleicher starrte an ihm vorbei. Er sah ebenfalls erschöpft aus. Schweinberg musste an seine Anfangszeit
bei der Kripo denken. Er hatte Unmengen Überstunden
geschoben, um seinen Schwiegervater zu beeindrucken.
Und um sich selbst etwas zu beweisen. Vielleicht tat er
dem jungen Kollegen unrecht. In einem musste er Schleghuber zustimmen: Schleicher zeigte eine unglaubliche
Bereitschaft, sich für den Job aufzuopfern.

»Sag mal Dirk, was wolltest du mir gestern eigentlich
erzählen?«

Schleicher sah ihn überrascht an. »Ich dachte, es interessiert dich nicht.«

»War beschäftigt. Aber jetzt bin ich ganz Ohr.«

Die Miene des Mannes erhellte sich. »Ich war gestern bei den Geschäftsführern der drei Altenheime. Und rate mal, wer mir beim *Moorhof* über den Weg gelaufen ist.«

Schweinberg zuckte mit der Schulter.

»Holmes.«

»Junior oder Senior?«

»Der Junge.«

»Und?«

»Findest du es nicht merkwürdig, dass unser Hauptverdächtiger zufällig bei einem der Altenheime auftaucht, aus dem mehrere Personen verschwunden sind? Vielleicht gibt es zwischen den Fällen eine Verbindung.«

»Ich wäre vorsichtig mit deiner Wortwahl. Bislang ist er nur ein Zeuge. Was wollte er denn dort?«

»Ich hab die fette Empfangstante so lange bearbeitet, bis sie gesungen hat. Er hatte einen Termin bei einer Frau Beck. Ich überprüfe die Dame jetzt.«

Schweinberg entfuhr ein Stöhnen. Kein Wunder, dass der Typ überarbeitet war, wenn er jedem Scheiß nachging.

»Gibt's denn was Neues zu den Rentnern?«

»Nein, nichts. Also für mich ist der Fall abgeschlossen.«

Schweinberg zog eine Augenbraue hoch. »Dann sind die sechs Vermissten wieder aufgetaucht?«

Schleichers Mundwinkel zuckten nervös. »Nein, aber es gibt keinen Hinweis auf ein Verbrechen. Ich hab mit allen Pflegern gesprochen, niemand hat etwas gesehen.«

Schweinberg starrte seinen Kollegen fassungslos an. Egal, wie sehr sich der Mann bemühte, der würde nie ein guter Kriminaler. Er hatte weder die Ausdauer noch den Weitblick dafür. Es war ihm ein Rätsel, was Schleghuber und die anderen in dem Kerl sahen. In Schweinberg keimte das Verlangen auf, Schleicher am Kragen zu packen und anzuschreien. Er unterdrückte den Impuls. »Der Fall ist erst abgeschlossen, wenn wir die vermissten Personen gefunden haben – tot oder lebendig.«

Es überraschte ihn, dass er die Antwort im normalen Tonfall herausgebracht hatte. Mangelnde Selbstbeherrschung war ein Hauptkritikpunkt in all seinen Beurteilungen – neben dem fehlenden Fingerspitzengefühl.

»Was wissen wir über den Tagesablauf der Vermissten?«, hakte Schweinberg nach.

Schleicher schien verunsichert angesichts des plötzlichen Interesses seines Kollegen. »Nun, die alten Säcke sind zum routinemäßigen Samstagsspaziergang ins Dorfzentrum aufgebrochen, haben im Café ihren Kuchen verputzt und sind zur üblichen Zeit zurück zum Heim. Nur kamen sie dort nie an.«

»Wurde etwas gestohlen?«

»Nein, zumindest laut dem Personal. Viel ist in den Wohnungen aber auch nicht zu holen.«

»Trugen sie Bargeld mit sich herum? Oder gab es Abbuchungen vom Konto?«

Schleicher schüttelte den Kopf.

»Hast du die Angehörigen nochmals überprüft? Vielleicht gab es eine Lösegeldforderung.«

»Die waren alle mehr oder minder alleine. Zumindest vermisst sie keiner – außer dem Heim.«

Schweinberg war überzeugt, dass ein Verbrechen vorlag, aber ohne Leichen war es schwer, mehr Ressourcen in den Fall zu stecken. Die Soko *Strandbad* brachte alle schon ans Limit.

»Ich bin mir sicher, dass es eine Verbindung zwischen den Männern geben muss. Wenn wir die haben, finden wir sie auch. Also konzentrier dich darauf.«

»Wozu? Ist doch reine Zeitverschwendung.«

»Nicht mehr, als diese Frau Beck zu überprüfen.«

Schweinberg schnappte sich den Kaffee und verließ das Zimmer. Warum hatte er überhaupt nachgefragt? Jetzt war er noch frustrierter. Er musste dringend auf sein Motorrad. Und zwar noch heute, ansonsten würde er explodieren.

*

Die fünf Gläser krachten mit einer solchen Wucht auf den blank gescheuerten Holztisch, dass Henri vor Schreck hochfuhr.

»Was bist'n so schreckhaft?«, fragte die stämmige Bedienung mit einem grimmigen Lächeln. »Unser Bier beißt net!«

Die forschen Bedienungen des Bräustüberls waren so bekannt wie das Tegernseer Bier selbst. Die seit 1675 existierende Braustube im Westflügel des Klosters Tegernsee war bei Einheimischen und Touristen gleichermaßen beliebt. Im Biergarten herrschte seit Mittag Hochbetrieb. Um ungestört zu sein, hatte sich Henri mit seinen ehemaligen Mitschülern an einen Tisch in der äußersten Ecke der Haupthalle gesetzt.

Seit gestern grübelte er über die Bedeutung der Landkarte vom Tegernseer Tal, die er in dem Gesetzbuch gefunden hatte. Da er einfach nicht weiterkam, hatte er kurzentschlossen seine alte Facharbeitsgruppe zusammengerufen. Toni und Tim waren gleich Feuer und Flamme gewesen, auch Maria sagte sofort zu, da sie ihren freien Tag hatte. Nur bei ihrem fünften Mitglied hatte Henri ein wenig Überzeugungsarbeit leisten müssen. Dieter Schmidt war ein Einzelgänger, der sich hauptsächlich für Programmieren und Online-Rollenspiele interessierte. Seine

Teilnahme an der Facharbeit hatte er damit erklärt, dass ihn das Computerspiel *Call of Duty 2* begeisterte, in dem man als Soldat im Zweiten Weltkrieg gegen die deutsche Wehrmacht kämpfte. Aktuell studierte er Informatik an der Technischen Universität in München, wohnte aber – wie alle anderen auch – noch immer im Tegernseer Tal.

Henri schob seine Apfelsaftschorle beiseite, während Toni, Tim und Dieter gierig nach ihren Radler-Halben griffen und anstießen. Das Klirren der Gläser verlor sich in der langen, nahezu leeren Halle. Maria trank einen Schluck von ihrem Wasser, dann zeigte sie mit dem Zeigefinger auf Toni. »Das ist so typisch für dich«, griff sie das Gespräch auf, dass die Bedienung unterbrochen hatte.

Mit ihren blonden, zum Kranz geflochtenen Haaren wirkte sie wie eine Lehrerin, die ihrem Schüler eine Standpauke hielt. Dabei brachte ihre Oberweite den Stoff ihrer weißen Bluse an die Belastungsgrenze.

»Woher sollte ich denn wissen, dass es die Uni mit der Anmeldefrist so genau nimmt?«

»Steht zwar nur auf deren Website«, kommentierte Tim mit einem Grinsen, »aber dafür müsste man halt auch mal was anderes lesen als nur den Kicker.«

Toni streckte ihm den Mittelfinger entgegen. Während ihrer Facharbeit war es ständig zu Streitereien zwischen den beiden gekommen, was Henri diplomatische Höchstleistungen abverlangt hatte, damit die Lage nicht vollkommen eskalierte. Dass Toni und Maria während ihrer Arbeit ein Paar wurden, machte es nicht leichter, auch wenn sie sich aus den »kindischen Schwanzvergleichen«, wie sie es spöttisch bezeichnete, meist herausgehalten hatte.

Im Nachhinein musste Henri zugeben, dass der Erfolg ihrer Arbeit hauptsächlich auf seinem und Tims Beitrag beruhte. Toni war kaum eine Hilfe, obwohl er bei allem dabei sein wollte. Maria erledigte die ihr zugeteilten Aufgaben anfangs sehr gewissenhaft, doch wegen Tonis Einfluss nahm ihr Beitrag leider merklich ab. Und Dieter wurde erst gegen Ende zu einer Hilfe, als er mit seinen Internetrecherchen wertvolle Fakten beisteuerte. Natürlich würde er das alles vor den anderen nie laut aussprechen, alleine schon, um seine Freundschaft zu Toni nicht zu belasten.

»Falls du dich dann besser fühlst: Ich hab die Frist damals auch fast verpasst«, mischte sich Dieter ein.

»Danke, jetzt fühl ich mich wirklich viel besser.« Toni bedachte seinen ehemaligen Klassenkameraden abschätzig. »Ich hätte nie gedacht, dass ich das mal sage, aber: Du siehst noch beschissener aus als zur Schulzeit.«

Dieter sah pikiert auf sein T-Shirt, auf dem ein blutüberströmtes Monster mit Kettensäge abgebildet war. Wie zur Schulzeit versteckte er seine untersetzte Figur in ausgeleierten schwarzen T-Shirts und Cargohosen. Dazu trug er einen Undercut, dessen Farbe eine Mischung aus Blau und Grün war. An seinen Fingern steckten mehrere Ringe, der größte davon zeigte einen silbernen Totenkopf. Nach einer Weile zuckte er mit der Schulter. »Meiner Oma gefällt's.«

»Als ob du besser aussiehst.« Tim zog einen Kamm aus seiner hinteren Hosentasche und strich sich lässig seine dunkelblonden, gegelten Haare nach hinten. »Ich geb dir nen Tipp: Geh öfters duschen, dann brauchst du auch weniger Löcher zum Lüften.«

»Lieber lauf ich nackt rum als in deinem Juppi-Outfit.«

»Dann muss ich dich leider verhaften«, sagte Maria kühl. »Wegen Erregung öffentlichen Ärgernisses.«

Henri räusperte sich. »Seid ihr endlich fertig? Ich hab nämlich etwas Wichtiges mit euch zu besprechen.«

Ohne auf eine Antwort zu warten, zog er die Landkarte vom Tegernseer Tal heraus, die er in dem Gesetzbuch gefunden hatte, und breitete sie auf dem Tisch aus. Wie mit Toni vereinbart, erzählte Henri den anderen, dass die Karte in dem Briefumschlag gesteckt hatte. Ihren Ausflug nach München verschwieg er, einerseits um die anderen nicht zu ängstigen, andererseits um die Gefahr so gering wie möglich zu halten, dass die Polizei von seinem unerlaubten Eindringen Wind bekam.

Maria tippte auf eine Stelle. »Was bedeuten diese Linien?«

Toni stöhnte. »Das sind Höhenlinien, die bilden Geländeformen ab. Hast du noch nie eine topografische Karte gesehen?«

»Seh ich aus wie ein Bergführer?«

»Sowas gehört zur Allgemeinbildung.«

»Sagt einer, der Pythagoras für eine griechische Insel hält«, mischte sich Tim ein.

»Fangt ihr schon wieder an?«

Die anderen sahen Henri überrascht an. Sein Tonfall war ungewohnt aggressiv.

»Du hast völlig recht«, sagte Maria im entschuldigenden Tonfall. »Wir benehmen uns wie pubertierende Schüler.«

Für eine Sekunde trafen sich ihre Blicke. Marias Mundwinkel formten sich zu einem flüchtigen Lächeln, dann zwinkerte sie ihm zu. Was hatte das nun wieder zu bedeuten? Oder hatte er sich das Zwinkern eingebildet? Nicht ausgeschlossen, so müde, wie er war. Er schüttelte den Gedanken ab und fokussierte sich auf die zwei per Hand gezeichneten Linien, die auf der Karte hervorstachen.

»Ich bin überzeugt, dass die hier …«, Henri tippte auf die durchgezogene rote Linie, die entlang der Hauptstraße vom Kloster Tegernsee bis zum Breitenbach verlief, »die Autofahrt der Parlamentäre darstellt, und ab hier …«, sein Finger fuhr über die gestrichelte Linie, die vom Flusslauf bis hinter den Ortsausgang von Bad Wiessee führte, »den Fußmarsch.«

»Und was ist damit?«, fragte Maria und zeigte auf die blaue gestrichelte Linie, die an der Stelle begann, wo der Weg der Parlamentäre endete, und zurück zum Franzosenhölzl führte.

»Keine Ahnung.« Henri zog die Augenbrauen zusammen. »Darüber zermartere ich mir schon die ganze Nacht den Kopf.«

»Wieso steht die gestrichelte Linie für den Fußmarsch?«, unterbrach ihn Toni.

»Der Schnellste bist du echt nicht«, höhnte Tim. »Die durchgezogene endet an der Breitenbachbrücke, wo die Parlamentäre ihr Auto zurücklassen mussten.«

»Ich zeig dir gleich, wie schnell ich damit bin.«

Tonis Faust schoss in Tims Richtung und stieß dabei an Dieters Bierglas. Geistesgegenwärtig packte Henri zu, bevor sich der Inhalt über der Karte ergoss.

»Pass doch auf, Toni!«

»Er hat mich provoziert.«

»Das ist mir egal. Beherrscht euch oder geht nach draußen.«

Es entstand ein unangenehmes Schweigen, bis Maria sich erneut über die Karte beugte. »Könnte die blaue Linie nicht der Beschuss des MGs sein?«

Henri schüttelte den Kopf. »Hab ich auch erst gedacht. Aber wenn die gestrichelte rote für den Fußmarsch steht, erscheint es mir unlogisch, dass die blaue eine Schusslinie darstellt. Da sollte doch dieselbe Logik dahinterstecken.«

»Nehmen wir an, du hast recht und es ist ein weiterer Fußmarsch.« Tim fasst sich ans Kinn. »Wer könnte ihn gegangen sein?«

»Bleibt ja nur Dr. Beck, die beiden anderen Parlamentäre sind schließlich in nördliche Richtung zu den Amerikanern gerobbt«, sagte Toni.

Maria schnaubte. »Tote können nicht laufen.«

»Außer in den *Walking Dead*-Comics«, witzelte Dieter.

Toni schüttelte genervt den Kopf, dann wandte er sich an Maria. »Es gibt keinen Beweis dafür, dass Beck sofort tot war. Er könnte doch …«

»Selbst wenn die Verletzung nicht tödlich war«, unterbrach ihn Tim. »Wieso sollte er ausgerechnet in die Richtung gehen, aus der die Schüsse kamen?«

»Vielleicht war er verwirrt?«, mutmaßte Dieter.

»Möglich«, mischte sich Henri ein. »Aber ich glaube es nicht.«

»Was ist mit den Nazis?«, fragte Toni in die Runde. »Die haben Angst bekommen wegen des Passierscheins und sind los, um Beck an Ort und Stelle zu vergraben.«

»So knapp an der Frontlinie?«, antwortete Maria. »Viel zu gefährlich, das hätten die nie riskiert.«

Toni setzte einen beleidigten Gesichtsausdruck auf. »Hast du eine bessere Idee?«

Eine Zeit lang konzentrierte sich jeder auf die Karte, bis Tim plötzlich sagte: »Mich würde interessieren, warum die blaue Linie dicker ist als die rote.«.

»Sicher Zufall«, antwortete Toni. »In Kunst hab ich auch nie darauf geachtet, dass alle Linien gleich sind.«

»Was deine Vieren erklärt«, merkte Maria an.

Henri rückte näher an die Karte. Erst jetzt verstand er, worauf Tim abzielte. »Das ist es!«, platzte er freudestrahlend heraus. »Es sind zwei Linien.«

Die anderen beugten sich über die Stelle, die er mit der Fingerspitze berührte.

»Und was bedeutet das jetzt?«, fragte Toni.

»Das bedeutet, dass du recht hattest«, antwortete Henri. »Die blaue Linie sind die Nazis. Sie haben sich Dr. Beck geholt.«

Henris Kommentar war kaum verklungen, als Dieter anfing, übers ganze Gesicht zu strahlen. »Das heißt ja, wir müssen nur noch den Endpunkt der blauen Linie finden ...«

»... und nach seiner Leiche graben«, vervollständigte Henri.

Tim klopfte ihm auf die Schulter. »Klasse kombiniert, Sherlock Holmes.«

Wie bei einem Stromschlag zogen sich seine Muskeln zusammen. Er hasste diesen Namen. Doch er verkniff sich eine Antwort. Aktuell gab es Wichtigeres.

Sie hatten einen Parlamentär zu finden.

*

Drei Autos trennten Sitting Bull vom roten Mini. Obwohl er bezweifelte, dass der langhaarige Fahrer ihn im Rückspiegel bemerkte, hielt er ausreichend Abstand. Bloß kein unnötiges Risiko eingehen, der Plan war schon riskant genug und zwischen verwegen und fahrlässig lag nur ein schmaler Grat. Wenn er nur daran dachte, was beim Deponieren der Leiche alles hätte schief gehen können ....
Es war ein Test gewesen, um zu sehen, wie Holmes reagierte – und er hatte ihn nicht enttäuscht.

Überraschenderweise.

Trotzdem zweifelte Sitting Bull, ob der Junge den kommenden Herausforderungen gewachsen war. Was, wenn er versagte? Für seinen Geschmack beinhaltete der Plan zu viele Unsicherheiten. Andererseits lag seine Stärke in der Ausführung und nicht der Planung. Er musste endlich aufhören, alles zu hinterfragen.

Führung und Vertrauen waren die grundlegendsten Bestandteile seines Lebens, ohne sie hätte er schon vor langer Zeit ins Gras gebissen – oder würde im Gefängnis verrotten. Was schlimmer war als der Tod. Beides drohte ihm beim Scheitern des Plans. Trotzdem ging er lieber das Risiko ein, als noch länger in Lethargie dahinzusiechen. Endlich hatte er wieder eine Aufgabe, für die es sich lohnte, jeden Morgen aufzustehen. Außerdem war er kein Feigling, er wusste um seine Fähigkeiten. Er hatte schon mehrfach dem Tod ins Auge geblickt, ihn konnte nichts mehr einschüchtern, ganz im Gegenteil. Ihm war nur wichtig, dass er sein Schicksal selbst in der Hand hatte. Deswegen musste er sich an den Plan halten.

Der Mini erreichte den Ortseingang von Bad Wiessee und parkte gegenüber vom Franzosenhölzl. Beim Vorbeifahren erhaschte Sitting Bull einen Blick in die Gesichter der fünf jungen Menschen. Holmes Ausdruck war schwer zu lesen, er wirkte nachdenklich. Die anderen waren geradezu euphorisch.

Diese Narren!

Wenn sie wüssten, worauf sie sich eingelassen hatten. Dass Holmes seine ehemalige Facharbeitsgruppe mit einbezog, war nicht eingeplant gewesen. Sie sollten besser nicht bis zum Schluss an seiner Seite bleiben. Um ihretwillen.

*

Die Luft über dem Asphalt flimmerte. Henri folgte den anderen über die Straße, in der Hand hielt er eine Schaufel. Auf der Fahrt war ihnen eingefallen, dass sie etwas zum Graben brauchten, weswegen Toni spontan bei seinem Onkel vorbeigefahren war, dem in Gmund ein Baustoffhandel gehörte. Am Fuße des Franzosenhölzls blieb Henri für einen Moment vor dem Denkmal stehen, das zu Ehren der Heldentat der drei Parlamentäre errichtet worden war. Hinter der Steinplatte bildete brusthohes Gestrüpp eine natürliche Barriere. Sie kämpften sich die ersten Meter durch dichten Wildwuchs, der den Eindringlingen etliche Kratzer verpasste, bevor sich das Unterholz lichtete und sie eine schattige Waldlandschaft betraten. Nur die hartnäckigsten Sonnenstrahlen schafften es bis zum erdigen Untergrund, aus dem spärlich Kräuter und Gräser emporragten. Im Vergleich zum brütend heißen Wagen war es eine willkommene Abkühlung. Dennoch fröstelte Henri. Zwei Fragen kreisten in seinem Kopf, seit sie das Bräustüberl verlassen hatten.

Woher hatte Marvin Schwarz eine Karte, die den Fundort von Dr. Becks Leiche verriet? Und hatte er deswegen sterben müssen?

Nach wenigen Höhenmetern erreichten sie den Grat des Hügels und folgten ihm eine Weile in Richtung See, bis Henri die Gruppe abrupt zum Stehen brachte.

»Hier irgendwo müsste die Stelle sein. Zumindest, falls ich es richtig berechnet habe.«

»Geht das nicht etwas genauer?«, brummte Toni und rammte seine Schaufel in den Boden. »Ich habe keine Lust, den halben Hügel umzugraben.«

Henri sah sich um. Die Natur war unberührt, so tief in den Wald drangen nur wenige Menschen vor. »Versetzt euch in die Lage der deutschen Soldaten. Wo hättet ihr eine Leiche vergraben?«

»Es wurde Nacht, sie hatten kaum Zeit, sich eine geeignete Stelle zu suchen«, fing Maria an.

»Und die Amerikaner konnten jederzeit vorrücken«, ergänzte Tim. »Also durften sie ihre Verteidigungsposition nicht aufgeben.«

Henri nickte. »Deswegen schätze ich, dass sie die Leiche direkt neben der MG-Stellung vergraben haben.«

Maria schlug ihm freudestrahlend gegen den Oberarm. »Kluger Kopf.«

Toni sah sie genervt an. »Und wie genau hilft uns das weiter?«

Auf der Fahrt war Henri aufgefallen, dass sein bester Freund Maria ständig im Rückspiegel beobachtet hatte. Ihre euphorische Stimmung schien ihm aus irgendeinem Grund zu missfallen. »Denk doch mal nach, Toni. Die Position eines MG-Nests erfüllt bestimmte Kriterien: freies Sichtfeld, gute Deckung, schnelle Rückzugsmöglichkeit. Wir müssen also nach einer Stelle suchen, auf die all diese Punkte zutreffen.«

Sie teilten sich auf und suchten in verschiedenen Richtungen. Nach einer Viertelstunde kamen sie wieder zusammen. Vier Stellen erschienen ihnen vielversprechend. Sie verständigten sich darauf, dass jeder der Jungs sich eine vornahm. Kreisförmig sollten sie mehrere Löcher ausheben, mindestens einen Meter tief. Henri sah darin die größtmögliche Chance, auf die Leiche zu stoßen. Aber es blieb die berühmte Suche nach der Nadel im Heuhaufen.

Trotz mehrfacher Nachfrage weigerten sie sich, Maria mit einzubeziehen, was ihnen einen bösen Kommentar über fehlende Gleichberechtigung einbrachte.

Die Buddelei artete schnell zu einem Knochenjob aus. Nach der ersten Erdschicht, die wegen der Regenschauer vom Wochenende aufgeweicht war, mussten sie sich durch staubtrocken Boden graben. Bald überzog ein feiner Schweißfilm Henris Oberkörper.

Er zog sein T-Shirt hoch, um sich damit den Schweiß von der Stirn zu wischen.

Auf einmal spürte er Marias neugierigen Blick, die neben ihm an einem Baum lehnte. Als er zu ihr aufsah, wandte sie ihm blitzartig den Rücken zu.

Lag es an der hässlichen Narbe an seinem Bauch? Verunsichert schaufelte Henri weiter. Mehrfach musste er den Impuls unterdrücken, in Marias Richtung zu sehen, bis es ihm gelang, sich wieder aufs Graben zu konzentrieren.

Nach einer Stunde hatten sie die vier Positionen komplett umgegraben. Ohne Erfolg. Dieter sank kraftlos auf den feuchten Waldboden, vergrub sein kreidebleiches Gesicht in den Händen. Auch den anderen sah man die Erschöpfung an.

»Und jetzt?«, sprach Maria aus, was alle dachten.

»Was wohl? Das war's. Finito!«, schnaubte Toni und warf seine Schaufel genervt zu Boden. »Das Ganze war von Anfang an eine Schnapsidee.«

»Warum bist du dann mitgekommen?«

»Weil Henri mich braucht.«

»Glaub mir, der kommt sehr gut selbst zurecht.«

»Ach, und seid wann kennst du ihn so gut? Oder hab ich irgendwas verpasst?« Beim letzten Satz warf er Henri einen so misstrauischen Blick zu, dass dieser fast schon entschuldigend die Arme hob. »Hey, lasst mich da bitte raus.«

»Ja klar, du würdest ja nie deinem besten Freund widersprechen«, fauchte Maria.

Henri war zu perplex, um darauf eine Antwort zu geben. Wie eine angriffslustige Schlange sah Toni von einem zum anderen, dann drehte er sich auf dem Absatz um und marschierte wutschnaubend davon.

»Hey, wo willst du jetzt hin?«, rief ihm Henri hinterher.

»Nach Hause«, schrie Toni zurück. »Ihr seid herzlichst eingeladen, mitzukommen.«

»Da grab ich lieber weiter und nehm später den Bus«, knurrte Tim und machte sich in die entgegengesetzte Richtung davon.

»Ich will auch weitermachen.« Maria sah Henri erwartungsvoll an. »Hilfst du mir?«

»Wobei?«

»Na beim Graben. Und versuch ja nicht, es mir auszureden. Ich hab genug vom Rumstehen«, fügte sie energisch hinzu.

Henri hob abwehrend die Hände.

Sie nahmen sich eine neue Stelle vor. Erstaunt nahm Henri zur Kenntnis, wie durchtrainiert Maria war. Schon zu Schulzeiten hatte sie durchs Reiten und Ballett kräftige Beine, doch seit der Polizeiausbildung wirkte auch ihr Oberkörper muskulöser – ohne dabei an Weiblichkeit zu verlieren.

Leider blieben ihre Bemühungen vergeblich, wenn man von einem verrotteten Arbeitshandschuh und den Überresten eines Eichhörnchens absah. Der Tag war so weit fortgeschritten, dass die Bäume im schummrigen Licht miteinander verschwammen. Dieter döste an einem Baumstumpf, Tim hörten sie in der Ferne vor Anstrengung stöhnen.

Maria sah erschöpft aus, schenkte ihm aber ein gequältes Lächeln. »Tut mir leid wegen vorhin«, fing sie unvermittelt an. »Ich wollte dich nicht anschreien. Ich hab die Beherrschung verloren.«

»Schon okay, kann jedem mal passieren.«

»Nein, eigentlich darf mir das nicht passieren. In der Ausbildung wird uns das immer wieder eingetrichtert.«

»Naja, das kann man schlecht vergleichen.« Henri ging im Kopf die Worte durch, bevor er sie aussprach. »Toni liebt dich immer noch. Deswegen reagiert er so gereizt.«

Ihre Miene verfinsterte sich. »Und wenn schon. Das mit uns ist aus und vorbei.«

Henri studierte ihre harten, angespannten Gesichtszüge. Trotz ihrer zur Schau gestellten Entschlossenheit wirkte sie verletzlich.

»Toni weiß hoffentlich, was er an dir hat«, antwortete Maria nach einer Weile. Dabei sah sie ihm direkt in die Augen. »Einen loyaleren Freund wird er kaum finden.«

Ihre Lippen formten sich zu einem schüchternen Lächeln. Henri spürte, wie sich seine Wangen färbten.

Schwere Schritte näherte sich.

»Solltest du nicht längst daheim auf der Couch liegen?«, schoss Maria Toni vorwurfsvoll entgegen.

»Hab im Auto gewartet. Muss schließlich meinem Onkel die Schaufeln zurückbringen. Oder habt ihr vor, über die Nacht weiter zu machen?«

Henri kletterte aus dem Loch. »Nein, das bringt nichts mehr.«

Zusammen mit Dieter, der wieder bei Kräften war, machten sie sich auf, Tim zu suchen. Die Sonne war mittlerweile hinter den Bergen verschwunden und Dunkelheit legte sich über den Wald. Nach einem kurzen Fußmarsch entdeckten sie ihn, weit ab von ihren bisherigen Stellen. Tim schaufelte, als würde sein Leben davon abhängen.

»Wir brechen ab. Es wird zu dunkel«, rief Henri ihm zu.

Tim schnaufte schwer. »Bin ... gleich ... fertig.«

Toni lachte abfällig. »So sehr ich es genieße, dich ackern zu sehen: Die Mühe kannst du dir sparen.«.

»Und ... wieso?«, fragte Tim genervt, ohne mit dem Graben aufzuhören.

»Die Stelle ist viel zu weit weg von der Straße.«

Tim stoppte in der Bewegung und zeigte nach Norden. »Von hier hat man aber ein perfektes Schussfeld.«

»Und wenn schon«, brummte Toni. »Lass uns abhauen. Ich hab einen Mordshunger.«

Doch Tim schaufelte ungerührt weiter. Henris Blick schweifte zur nördlich gelegenen Straße, auf der ein

Scheinwerferpaar nach dem anderen vorbeihuschte. Tim hatte recht: Die Sicht war ideal! In Gedanken spielte er die Ereignisse von damals durch. Wie die deutschen Soldaten auf die Parlamentäre feuerten, danach kalte Füße bekamen und sich bis zur Straße durchschlugen, um den leblosen Dr. Beck zu bergen. Ein blecherner Knall katapultierte ihn zurück in die Gegenwart.

»Hier ist etwas!«, schrie Tim.

Aus der feuchten Erde ragte ein Stück Stoff heraus. Sie versammelten sich alle um das Loch und beobachteten gebannt, wie Tim die Stelle freischaufelte. Die Seiten des Stoffsacks maßen etwa einen Meter fünfzig.

Groß genug für eine Leiche.

Henris Magen zog sich zusammen. Hatten sie tatsächlich die sterblichen Überreste von Dr. Beck gefunden?

»Fasst mit an! Wir ziehen ihn nach oben«, forderte Tim die anderen auf.

Die fünf hievten den Stoffsack auf den Rand des Lochs. Er war sehr leicht. Zu leicht?

Sie warfen sich nervöse Blicke zu. Keiner sprach, bis Toni Tim auf die Schulter klopfte. »Der Finder darf ihn auspacken.«

»Wie großzügig.« Tim ging in die Knie, packte den Strick, der den Sack zusammenhielt und hielt inne. Für einen Moment dachte Henri, dass er kneifen würde, dann begann Tim endlich, sich am Knoten zu schaffen zu machen. Der Sack wehrte sich hartnäckig, seine jahrzehntealte Beute freizugeben. Die Ungewissheit, was sie gleich entdecken würden, brachte die Luft zum Knistern. Henri war so ungeduldig, dass er kurz davorstand, seinen Kommilitonen zur Seite zu stoßen und selber Hand anzulegen. Plötzlich lockerte sich der Strick und gab einen Spalt frei. Modrige Luft entströmte wie ein giftiges Gas. Tim hielt den Atem an, bevor er mit einem kräftigen Ruck den

Stofffetzen aufzog. Marias schriller Schrei hallte durchs Unterholz, Toni fiel vor Schreck nach hinten um. Henri verharrte regungslos, unfähig sich der hypnotisierenden Wirkung des Inhalts zu entziehen. Einzig Dieter schien der Anblick nichts anzuhaben. Er klatschte freudestrahlend in die Hände: »Jackpot!«

*

Mathias Schweinberg überholte auf seiner BMW Sporttourer einen Mercedes mit Münchner Kennzeichen, dessen Fahrer sich mehr auf die Schönheit der Egerner Bucht als auf die Straße zu fokussieren schien. Den kurzen Aufstieg zum Leeberg nahm das Motorrad ohne sichtbare Kraftanstrengung. Oben angekommen legte er sich schwungvoll in die Kurve und beschleunigte. Fast wehmütig sog er die letzten Vibrationen der kraftvollen Maschine in sich auf, bis er vorm Kloster Tegernsee die Geschwindigkeit reduzierte. Schweinberg bog gerade in die Einfahrt seines Elternhauses ein, als ihm ein dunkelblauer BMW in rasantem Tempo entgegenkam. Reflexartig riss er das Steuer herum, dabei schrammte er mit seinem linken Arm an der Mauer entlang.

Verdammter Idiot!

Ohne sein Manöver wäre er in dessen Windschutzscheibe gekracht. Mit klopfendem Herzen parkte Schweinberg das Motorrad vor dem Hauseingang und nahm den Helm ab. Im Rückspiegel sah er, wie der Fahrer des BMW den Rückwärtsgang einlegte. Mit aufheulendem Motor schoss der Wagen die Einfahrt zurück und kam Zentimeter vor ihm zum Stehen. Die Fahrertür ging auf.

»Haben Sie Ihren Führschein im Lotto gewonnen?«, schrie Schweinberg. »Sie hätten mich fast …«

Er rollte mit den Augen. Was zum Teufel hatte Schleicher hier verloren?

»Hey Mathias, wir versuchen seit einer Stunde, dich zu erreichen.«

»Musste etwas für meine Mutter erledigen.«

Schleicher musterte ihn von oben bis unten. Natürlich kaufte ihm sein Kollege die Ausrede nicht ab. »Familie geht vor. Nur merkwürdig, dass sich deine Mutter nicht daran erinnert. Oder soll es eine Überraschung werden?«

Schweinberg blies die Backen auf. Wenn sein neugieriger Kollege das ausplauderte, würden alle in der Dienststelle wissen, dass er sich von der Arbeit abgeseilt hatte. Vielleicht besser so, dann zog ihn Schleghuber wenigsten von dem Fall ab. Andererseits missfiel ihm der Gedanke, dass ausgerechnet dieser schmierige Grünschnabel seiner Karriere den Todesstoß geben sollte. Den Zeitpunkt wollte er selbst bestimmen. Schweinberg stieg wortlos von seinem Motorrad und näherte sich seinem Kollegen. Todernst starrte er Schleicher in die Augen.

»Wenn ich meiner Mutter abends *Gute Nacht* sage, kann sie sich am nächsten Morgen nicht daran erinnern, dass ich bei ihr war. Kapiert?«

Schleicher schluckte.

»Kann ich mich darauf verlassen, dass das unter uns bleibt?«

Sein Kollege nickte wie eine dieser Wackelkopf-Figuren. Das schlechte Gewissen quoll ihm förmlich aus dem Gesicht. Schweinbergs Plan war aufgegangen, und er hatte noch nicht einmal gelogen.

»Tolle Maschine«, versuchte Schleicher, das Thema zu wechseln. »Ist das eine 1150 RT?«

Schweinberg verzog erstaunt die Mundwinkel. Erst jetzt fiel ihm auf, dass sein Kollege eine Motorradjacke trug.

»Fast, ist die RS. Sporttourer-Variante. Fährst du auch?«

»Seit ich sechzehn bin. Steh aber mehr auf Rennmaschinen. Ich fahr ne feuerrote Kawasaki Ninja ZX-10.«

»Hast die geerbt, oder was?«

»Ne, ne. Die war neu. Ich steh auf das jungfräuliche Gefühl, wenn du verstehst, was ich meine«, fügte Schleicher mit einem Augenzwinkern hinzu, dass Schweinberg schlecht wurde.

Aber wie konnte sich der Grünschnabel so eine Maschine leisten? Die kostete bestimmt über fünfzehntausend Euro. Mehr noch interessierte ihn aber, warum er ihn so dringend sprechen wollte.

»Was gibt's nun so Wichtiges?«

»Ach ja! Unser Hauptverdächtiger hat ne weitere Leiche gefunden.«

»Noch ein Mord?«

»Schwer zu sagen – bei einem Skelett.«

*

Die Scheinwerfer warfen ihre grellen Lichtkegel auf den bewaldeten Hügel, über der Fundstelle zerrissen Blitzlichter die Dunkelheit. Männer in weißer Schutzkleidung verschwanden im Dickicht des Waldes, als wäre es das Tor zur Unterwelt. Die ganze Szenerie wirkte unwirklich. Henri saß mit Toni, Dieter und Tim in einem VW-Bus der Polizei, der am Straßenrand parkte. Maria sprach mit zwei von ihren Kollegen, die gleichzeitig damit beschäftigt waren, den Fundort vor Schaulustigen abzuschotten und den Verkehrsfluss an der neuralgischen Stelle am Laufen zu halten. In beiden Richtungen hatten sich lange Autoschlangen gebildet.

Anfangs hatte Henri das Geschehen noch neugierig verfolgt, doch mittlerweile war er nur noch frustriert. Nach dem ersten Schock hatten sie den Stoffsack weiter geöffnet und neben dem Skelett eine versiegelte Metallbox und eine Pistole aus Wehrmachtszeiten gefunden. Es war eine kontroverse Debatte entstanden, was sie mit ihrem Fund anstellen sollten. Tim und Dieter wollten ihn sofort selbst untersuchen, doch Maria stellte sich ihnen in den Weg und verbot vehement, irgendetwas anzurühren. Danach verständigte sie die Kripo, immerhin handelte es sich um ein Gewaltverbrechen, auch wenn es ewig zurücklag. Rational gesehen pflichtete ihr Henri bei, nur hatte sein Vertrauen in die Ordnungshüter in den letzten Tagen stark gelitten. Außerdem würde die Kripo unangenehme Fragen stellen.

Das schlechte Gewissen machte ihm zu schaffen. Maria hatte ihm persönlich den Auftrag gegeben, niemand an den Fundort zu lassen, während sie ihre Kollegen abholte. Sie hatte ihm vertraut. Trotzdem hatte er stillschweigend zugelassen, dass Tim sich an der Metallbox zu schaffen machte. Er wollte ihren Fund einfach nicht der Polizei überlassen. Leider hatten sie keine Zeit gehabt, sich die Karte genauer anzuschauen, die sie in der Metallbox gefunden hatten. Henri strich sich mit der flachen Hand über den Bauch. Das brüchige Papier kratzte auf der Haut. Er hatte Angst, dass es Schaden nehmen würde, musste es aber platt drücken, damit man es unter dem T-Shirt nicht bemerkte.

Die Fahrertür wurde aufgerissen. Maria stieg ein, einer ihrer Kollegen folgte und startete den Motor. Die Fahrt dauerte keine Minute. Vor der Polizeiinspektion Bad Wiessee schoss ein dunkelblauer BMW auf den Parkplatz und kam mit quietschenden Reifen neben dem VW-Bus zum Stehen. Schweinberg und Schleicher stiegen aus. Beide trugen Motorradjacken.

Tim stieß Henri an. »Hey! Das ist doch der Penner, der dich vorm Altenheim angemacht hat.«

»Wer?«, fragte Toni. »Der Dicke oder der mit der Arschloch-Frisur?«

Dieter kicherte. »Die sehen echt aus wie Dick und Doof.«

»Der Jüngere«, antwortete Henri. »Der andere ist dieser Hauptkommissar Schweinberg, von dem ich dir erzählt hab.«

Schweinberg riss die Tür zum VW-Bus auf und richtete den Zeigefinger drohend auf ihn.

»Wir müssen reden!«

»Darf ich fragen, worum es geht?«, fragte Henri betont freundlich. Offensichtlich etwas zu betont.

»Reizen Sie mich nicht. Anstatt im Biergarten zu sitzen, muss ich jetzt diese Sauerei aufräumen.«

Toni warf einen demonstrativen Blick auf Schweinbergs schwarz glänzende Lederjacke. »Ist das eine Schweinsledere?«

Dieter und Tim prusteten los, Henri hielt sich die Hände vor den Mund, um sich zu beherrschen, und selbst Schleicher entkam ein Glucksen. Nur Maria sah man an, dass es ihr peinlich war. Mathias Schweinberg, der bislang ausschließlich Holmes im Blick hatte, schwenkte wie in Zeitlupe zu dessem langhaarigen Freund.

»Na, wen haben wir denn hier? Einen verkappten Komiker! Den Witz hab ich ja seit der zehnten Klasse nicht mehr gehört.«

»Dann ist das Ihre alte Moped-Jacke?«

Schweinberg kniff die Augen zusammen. Was bildete sich der Kerl ein? Am liebsten hätte er ihm eine Tracht Prügel angedroht, aber heutzutage hatten ja selbst Schwerverbrecher mehr Rechte als die Opfer.

»Sie nehme ich mir später vor. Mal sehen, ob Sie dann immer noch so schlaue Sprüche reißen.«

Sein Einschüchterungsversuch schien nicht den geringsten Effekt zu haben.

»Was passiert jetzt mit unserem Tötzi?«, kam es von der Rückbank.

Irritiert starrte er den untersetzten jungen Mann mit der blaugrünen Igelfrisur an. »Was?«

»Na das Skelett. Der Ötzi vom Tegernsee, der Tötzi.«

Schweinberg schüttelte genervt den Kopf. »Bringt sie rein!«, befahl er den uniformierten Beamten, dann marschierte er voraus in die Dienststelle.

Schleicher trennte Henri von den anderen und führte in ein geräumiges Büro. Auf den zwei gegenüberliegenden Schreibtischen standen Familienfotos, an einer Wand hingen Poster von Oldtimern. Ein breites Fenster führte zum Innenhof. Kein Vergleich zu dem Kabuff bei der letzten Vernehmung. Sogar sein Stuhl war gepolstert. Doch sein Aufpasser sorgte dafür, dass ihm nicht zu bequem wurde. Mit grimmigem Gesichtsausdruck beugte sich Schleicher zu ihm herunter. »Netter Fund. Hältst dich wohl für den neuen Sherlock Holmes, was?«

Die Äderchen an seinem Hals schwollen so stark an, dass Henri ein unangenehmes Kribbeln verspürte. Wieso dachten hier alle sofort an diese dämliche Romanfigur? Holmes war im angelsächsischen so ein stinknormaler Nachname wie Müller im deutschen Sprachraum.

»Ich hab dich was gefragt«, knurrte Schleicher in dem Moment, als der Hauptkommissar das Büro betrat.

Schweinberg wies seinen jungen Kollegen an, den Raum zu verlassen, was dieser widerwillig befolgte, dann schnappte er sich einen Bürostuhl. Henri bemerkte eine süßliche Essenz wie von einem Fruchtkaugummi, die der Mann beim Sprechen verströmte. Er saß aufrecht und versuchte, keine großen Bewegungen zu machen, damit das Papier unter seinem T-Shirt nicht raschelte.

»Dann lassen Sie mal hören, wie in drei Teufels Namen Sie das verdammte Skelett gefunden haben.«

116

Henri erzählte dem Hauptkommissar dieselbe Story wie seinen ehemaligen Mitschülern, um zu verschweigen, wie er an die Karte gekommen war. Er vertraute darauf, dass Toni ihren nächtlichen Ausflug in die Kanzlei ebenfalls für sich behielt. Sein Gegenüber hörte aufmerksam zu und ließ ihn seine Geschichte beenden, bevor er nachfragte: »Haben Sie die Karte bei sich?«

Henri zog die Landkarte aus der Hosentasche und reicht sie dem Mann. Schweinberg faltete sie auseinander, warf aber nur einen flüchtigen Blick drauf, bevor er sie in der Innentasche seiner Jacke verstaute. Dann strich er sich wortlos durch den fülligen Bart. Henri hatte diese Angewohnheit schon beim letzten Gespräch bemerkt und interpretierte sie als Nachdenken.

»Nur damit ich das richtig verstehe: Dieser Anwalt schickt Ihnen kurz vor seinem Tod aus heiterem Himmel eine Karte mit dem Fundort von Dr. Becks Leiche. Und Sie mussten nichts weiter tun, als die Striche zu interpretieren und das Skelett auszugraben.«

»Im Prinzip ja. Aber ganz so einfach war die Suche nicht, wie ich bereits erzählt habe.«

»Sind Sie der Meinung, dass Schwarz die Leiche auch ohne Sie hätte finden können?«

»Keine Ahnung.« Henri zuckte demonstrativ mit der Schulter, denn er wusste genau, worauf der Hauptkommissar abzielte.

»Könnte die Karte mit seinem Tod zusammenhängen?«

»Woher soll ich das wissen? Oder wollen Sie mir etwa unterstellen, dass ich Herrn Schwarz umgebracht habe, um die Leiche selbst zu finden?«

»Es wäre zumindest ein Motiv.«

»Ich bin unschuldig, das schwöre ich Ihnen. Ich weiß nicht, warum Schwarz wollte, dass ich die Karte bekomme.«

»Ich will den Umschlag sehen.«

»Den … hab ich weggeworfen«, antwortete er zögerlich.

Er hasste Lügen, aber der Hauptkommissar ließ ihm leider keine Wahl. Henri hatte einen Punkt erreicht, an dem es kein Zurück mehr gab. Er hoffte inständig, dass die Beine seiner Lügen lang genug waren, um ihn heil aus der Dienststelle zu tragen. Und dass die aktuelle Beweislage keine Hausdurchsuchung rechtfertigte, denn falls man bei ihm den Schlüssel der Kanzlei entdeckte, wäre er geliefert.

»Und außer der Karte war nichts im Umschlag? Eine Nachricht zum Beispiel«, hakte der Hauptkommissar nach.

Henri schüttelte den Kopf.

Mathias Schweinberg fixierte sein Gegenüber. Holmes' Mimik war so ausdruckslos wie bei der ersten Vernehmung, allerdings fuhr er sich mehrfach mit der Hand über den Bauch, was darauf hindeutete, dass er nervös war. Etwas verheimlichte ihm der Kerl, und das machte Schweinberg wütend. Es war Zeit, die Daumenschrauben anzuziehen.

»Ich hätte eine persönliche Grußkarte erwartet, sowas in der Art: *Lieber Henri. Als mein Vermächtnis schicke ich dir den Aufenthaltsort eines lange vermissten Freundes. Möge die Karte dir mehr Glück bringen als mir. Und natürlich viel Spaß bei der Suche!*«

»Darüber kann ich nicht lachen«, erwiderte Henri trotzig.

»Wissen Sie, worüber ich nicht lachen kann? Wenn man mir ins Gesicht lügt. Das macht mich …«

Wie ein Boxer beim Wiegen richtete Schweinberg drohend seinen Oberkörper auf. Seine Stimme bebte.

»… verdammt wütend! Ich mache Ihnen nun ein letztes, ein allerletztes Angebot. Ich vergesse, was Sie mir bis jetzt aufgetischt haben – und Sie erzählen mir endlich die Wahrheit.«

Henri schluckte. Sollten seine Lügen auffliegen, wäre er wegen Falschaussage dran, oder gar wegen Behinderungen einer Ermittlung. Nicht zu vergessen der Siegelbruch, den man ihm mit Sicherheit ankreiden würde. Wenn er jetzt gestand, käme er vielleicht mit einem blauen Auge davon.

Henri öffnete den Mund, doch eine unsichtbare Kraft schnürte ihm die Kehle ab. Irritiert sah er zu Boden. Was war nur los mit ihm? Sonst verhielt er sich nie so irrational.

»Was auch immer Sie auf dem Herzen habe, ich reiche Ihnen hiermit die Hand.« Schweinberg streckte demonstrativ seine Hand aus. »Sie können mir vertrauen.«

Henri zuckte zusammen, plötzlich erkannte er den Grund für sein Zögern.

Du kannst der Polizei nicht trauen.

Sein Gefühl sagte ihm, dass sein Gegenüber genau wusste, was in der letzten Nacht passiert war. Vor seinem geistigen Auge erschien die schwarze Gestalt. Schweinberg hatte eine vergleichbare Statur. War das alles ein Spiel, um den Verdacht auf ihn zu lenken?

»Ich habe meiner Aussage nichts hinzuzufügen.«

Der Hauptkommissar presste die Lippen aufeinander. Das Gesicht war rot angelaufen. Doch dieses Mal ließ sich Henri nicht einschüchtern. Er konzentrierte sich auf dessen Nase, um einen direkten Augenkontakt zu vermeiden. Nach endlosen Sekunden wandte sich Schweinberg frustriert ab.

»Wie Sie wollen. Es ist Ihre Zukunft, nicht meine. Und jetzt nehme ich mir Ihren langhaarigen Freund zur Brust. Mal sehen, ob der gesprächsbereiter ist.«

Henri schluckte. Der Hauptkommissar rief nach seinem jungen Kollegen, damit dieser die Aussage protokollierte. Dann verließ er den Raum. Schleicher versuchte beharrlich, Henri zu provozieren, doch er ignorierte stoisch alle

Anfeindungen. Als sie fertig waren, wurde Henri zurück ins Vorzimmer geführt, wo er auf seine Freunde wartete. Unruhig tippelte er mit den Füßen auf den grauen Linoleumboden. Die Unsicherheit, ob Toni der Befragung standhielt, machte ihn fast wahnsinnig. Er versuchte, sich damit zu beruhigen, dass Toni bei Ausreden ein Meister seines Fachs war. Endlich kam sein bester Freund zurück. Sein überzeugtes Nicken ließ Henri aufatmen.

Eine halbe Stunde später marschierten sie zu viert zum Mini, den Toni nach Ankunft der Polizei in einer Seitenstraße geparkt hatte. Obwohl Marias Schicht erst am nächsten Morgen startete, war sie noch in der Dienststelle geblieben, um ihre Kollegen zu unterstützen. Henri bewunderte ihre Einsatzbereitschaft, sie war wirklich Polizistin aus Leidenschaft.

Immer noch erhellten die Scheinwerfer den Hügel, doch der Stau hatte sich aufgelöst und die Schaulustigen sich verzogen. Beim Auto wies Henri die anderen an, sich um ihn herum zu versammeln. Er wartete einen Moment ab, bis er überzeugt war, dass sie niemand beobachtete. Dann zog er ein gefaltetes Pergamentpapier unter seinem T-Shirt hervor.

Ein Schatten legte sich über Tonis Gesicht. »Lass das bloß nie Maria wissen. Immerhin sind das Beweismittel, damit machen wir uns strafbar.«

»Was der Schweini nicht weiß, macht ihn nicht heiß!«, reimte Dieter.

Henri vermied es, seinem besten Freund in die Augen zu sehen. Bis vor einer Woche hätte er nicht mal im Traum daran gedacht, dass er zu so etwas fähig war. Doch alle Lügen wären umsonst gewesen, wenn er es dem Hauptkommissar überlassen hätte. »Ich bezweifle, dass es der Polizei bei der Identifizierung des Skeletts hilft. Es würde vermutlich in irgendeinem Archiv verrotten. Und solange keiner von uns was sagt, kommt es auch nicht heraus. Kann ich mich also auf euch verlassen?«

Er sah in die Runde. Alle nickten, wenngleich Toni unsicher an seiner Unterlippe kaute.

»Nun zeig schon her!«, forderte ihn Tim ungeduldig auf.

Sorgfältig faltete Henri das Papier auseinander und legte es auf die Motorhaube des Mini. Wie gebannt starrten die vier auf den verblassten Inhalt.

»Sagt mal, ist das nicht eine Karte vom …«, fing Dieter an.

»… Kloster Tegernsee, ja«, bestätigte Henri.

Er hatte eine neue Spur. Aber wohin würde sie ihn führen?

Mittwoch, 29. Juli

Zwischen den Wandlampen klebte die Dunkelheit wie Schnee in schattigen Gebirgsecken. Eine klösterliche Stille umgab das Kellergewölbe des Gymnasiums, aus den Biologie-, Physik- und Chemieräumen im Erdgeschoss vernahm man weder Schritte noch Stimmen. In den beiden Stockwerken darüber beherbergte der Südflügel des Klosters den Großteil der Klassenzimmer, im Obergeschoss waren die Kunsträume untergebracht. Die dritte Stunde hatte gerade begonnen, weswegen niemand von Henri Holmes und den anderen drei Studenten Notiz nahm. Ihr Ziel lag am Ende des Ganges, direkt neben dem Aufgang zum südwestlichen Treppenhaus.

»Die ist mir in neun Jahren Gymi nie aufgefallen«, sprach Toni Henris Gedanken laut aus.

Unzählige Male war er an der bronzefarbenen Eisenplatte vorbeigelaufen, die wie ein mittelalterliches Relief aussah. Einen Griff suchte man vergeblich, doch bei genauerem Hinsehen entdeckte man eine Klappe, hinter der sich ein überdimensionales Schlüsselloch verbarg.

»Und du bist dir ganz sicher, dass das die gesuchte Tür ist?«, fragte Tim, während er das Pergamentpapier ins Licht einer Lampe hielt.

Henri fuhr mit seiner Fingerspitze über den abgebildeten Bauplan des Klosters Tegernsee, bis er das eingezeichnete Kreuz erreichte. »Das muss der Zugang sein. Kein Zweifel.«

Er rieb sich die Augen. Stundenlang hatte er die letzte Nacht in Gedanken das Kloster durchstöbert, und auch danach kaum Schlaf gefunden. Es musste hier sein, aber so sicher, wie er sich gab, fühlte er sich nicht.

»Hier drin ist unser *Schatz*«, witzelte Dieter in Anspielung auf die Filmfigur Gollum.

»Aber wo soll dieser Raum sein?«, fragte Toni. »Wenn die Karte stimmt, wäre er im Schlosskeller. Und da haben wir nachgesehen.«

Genau darüber hatte Henri stundenlang gegrübelt. Der gesuchte Raum lag auf der Südwestseite, auf Höhe des klösterlichen Restaurants.

»Dann liegt er doch unter der Kirche.«

Tim zeigte auf einen Gang, der sich vom markierten Raum aus bis zum Kirchenschiff erstreckte. Doch sie hatten schon erfolglos die Kirche durchstöbert und sogar den Pfarrer dazu befragt. Leider war der Geistliche erst seit drei Jahren für die Gemeinde zuständig und konnte ihnen nicht weiterhelfen.

Während die anderen lautstark darüber debattierten, ob sie nochmals in der Kirche und im Schlosskeller nach dem Eingang suchen sollten, konzentrierte sich Henri auf die Karte. Die Lösung lag vor ihm, er musste sie nur entziffern. Die Worte von Jedi-Meister Obi-Wan Kenobi aus dem allerersten Star Wars-Film kamen ihm in den Sinn: *Die Augen können dich täuschen. Traue ihnen nicht.*

Also schloss er sie. Er spürte, dass er sich der Antwort näherte. Was hatte er nur übersehen? Mit einem Schlag durchbrach er den geistigen Nebel. »Das ist es!«

Die anderen brachen ihre Diskussion augenblicklich ab und sahen ihn erwartungsvoll an.

»Tim, erinnerst du dich, was uns Frau Beck über das Lazarett erzählt hat?«

Sein Kommilitone setzte ein nachdenkliches Gesicht auf, bis sich seine Miene erhellte. »Du denkst, die Tür führt zum Untergeschoss?«

»Genau. Wenn ich das Zeichen hier richtig deute«, Henri tippte auf drei Querstriche direkt hinter der Tür, »dann ist das eine Treppe. Der Raum liegt also unter dem Schlosskeller.«

Toni zog die Stirn in Falten. »Was für ein Untergeschoss?«

Henri brachte seinen besten Freund und Dieter auf den neuesten Stand.

»Wie schön, dass ich das auch mal erfahre«, knurrte Toni. »Hat sie euch auch verraten, wie wir sie aufbekommen?«

»Vielleicht ist sie ja auf«, murmelte Dieter und drückte sich mit der Schulter gegen die Tür.

Nichts passierte.

Toni schüttelte entnervt den Kopf. »Hast du noch mehr so intelligente Einfälle auf Lager?«

»Was ist denn mit dem Hausl?«, fragte Tim in die Runde. »Der hat doch für alles einen Schlüssel.«

Sofort machten sie sich auf die Suche nach Adalbert Hauser, dem Hausmeister des Gymnasiums, in Schülerkreisen nur *Hausl* genannt. Sie trafen ihn vor der Cafeteria beim Kaffeetrinken. Hauser war wenig begeistert über die Störung, aber zumindest fragte er nicht nach, was die ehemaligen Abiturienten im Gymnasium suchten. Etwas genervt erklärte er ihnen, dass die Tür schon verschlossen war, als er vor dreißig Jahren hier angefangen hatte. Henris Nachfrage, ob es jemand gab, der noch länger im Gymnasium arbeitete, beantwortete der Mann, ohne nachzudenken. »Nur der Direktor.«

Die vier hetzten die Haupttreppe in den ersten Stock des Ostflügels hoch und platzten regelrecht ins Sekretariat. Die Sekretärin sah zunehmend verwirrter aus, als sie abwechselnd auf sie einredeten, bis sie irgendwann komplett abblockte. Henri hatte es schon aufgegeben, gleich jetzt einen Termin beim Direktor zu bekommen, doch Tim blieb hartnäckig.

Verschwörerisch senkte er seine Stimme und erzählte ihr, dass sie über kritische Informationen verfügten, die der Direktor erfahren sollte, bevor sie morgen in der Zeitung zu lesen wären. Den entstandenen Riss in der Souveränität der Sekretärin nutzte Tim, um die Frau zu überzeugen. Dass Tim ein feines Gespür für Menschen besaß und seine Wortwahl und Gestik seinem Gesprächspartner anpassen konnte, hatte Henri schon häufig beobachtet. Es war eine Eigenschaft, um die er ihn beneidete. Es führte ihm wieder einmal vor Augen, dass er selbst niemals dieses Feingefühl besäße, um Menschen für sich zu gewinnen. Egal, wie hart und lang er Psychologie studieren würde. Vielleicht hatte Toni Recht: Human Resources war wirklich kein Job für ihn. Aber das war gerade ein nachrangiges Problem.

Die Sekretärin meldete sie an, danach betraten die vier das Büro des Direktors.

Hoffentlich kann uns Plinganser weiterhelfen.

*

Mathias Schweinberg blätterte durch die Bilder vom Fundort. Lag in dem Skelett das Mordmotiv? Möglich wäre es. Sofern es sich dabei wirklich um diesen Parlamentär handelte. Dass die beiden Toten zusammenhingen, war für ihn unstrittig, alles andere ein Mysterium. Die offenen Fragen reichten für drei Fälle, und mit jedem Tag kamen neue hinzu. Holmes war der Schlüssel, davon war Schweinberg mittlerweile überzeugt.

Er glaubte dem Studenten kein Wort, genauso wenig wie Holmes' langhaarigem Freund. Bei dessen Kommilitonen war er sich unsicher, vielleicht war es aber auch nur seine Ablehnung gegen diese Psycho-Docs. Der Typ nahm schon jetzt jede Frage auseinander, die man ihm stellte, und er hatte eine hohe Meinung von sich selbst. Aber das alleine machte jemand nicht verdächtig. Blieben der kindische Informatiker, den man aus seiner Sicht aber getrost ignorieren konnte, und die Blondine.

Eigentlich hatte er vorgehabt, sie noch gestern Nacht zu vernehmen, doch ihr Vater hatte interveniert. Schweinberg hatte Klaus Baumgärtner vor einigen Jahren bei einer Fortbildung zum Thema Mitarbeiterführung kennengelernt und sich eine heftige Grundsatzdiskussion mit dem Mann geliefert. Der Kerl gehörte zum alten Schlag, wo Befehle nicht infrage gestellt wurden. Wäre Baumgärtner noch im Amt, wäre Schweinberg niemals zur Kripo Miesbach gewechselt. Seine Kollegen hatten Maria Baumgärtner wie ein rohes Ei behandelt und nur ein paar Fragen zum Ablauf gestellt. Dabei war es viel interessanter, was sie über Holmes zu sagen hatte.

Wie aufs Stichwort klopfte es an seine Bürotür. Jana Sonntag führte die blonde Streifenpolizistin herein und verabschiedete sich wieder, wobei sie ihm einen vielsagenden Blick zuwarf.

Keine Sorge, ich benehme mich schon.

»Sie wollten mich sprechen«, begann Maria Baumgärtner.

»Ja, danke für Ihr Kommen.« Er legte die Unterlagen zur Seite. »Ich wollte mit Ihnen über Henri Holmes sprechen, sie beide kennen sich ja schon seit der fünften Klasse, wenn ich richtig informiert bin.«

»Naja, eigentlich kennen wir uns erst seit der Kollegstufe, wir hatten Leistungskurs Geschichte zusammen. Davor war er in meiner Parallelklasse.«

»Sehen Sie sich noch häufig?«

»Bis vor einem halben Jahr schon.«

»Gibt's einen besonderen Grund, warum der Kontakt zuletzt abnahm?«

Sie überlegte einen Moment, bevor sie antwortete. »Toni … Anton Knauseder ist mein Ex-Freund. Und da die beiden beste Freunde sind, habe ich Henri natürlich öfter getroffen.«

Schweinberg versuchte, sich seine Überraschung nicht anmerken zu lassen. Die junge Polizistin passte so gar nicht zu dem großmäuligen Burschen, mal abgesehen davon, dass sie ihm gerade mal bis zur Brust ging.

»Verstehe. Und was ist mit den anderen beiden?«

»Tim hab ich nur bei den Klassentreffen getroffen, Dieter hab ich das letzte Mal bei der Abifeier gesehen.«

»Dann ist euer Quintett also keine eingeschworene Clique.«

Sie lachte. »Nein, ganz bestimmt nicht. Toni und Tim können überhaupt nicht miteinander und Dieter war schon immer ein Einzelgänger.«

»Bleiben wir bei Holmes. Was ist er für ein Mensch?«

»Henri ist hilfsbereit, immer höflich, er stellt sich nicht in den Vordergrund und er hat richtig was auf dem Kasten.«

»Kling ja fast nach dem Typ *perfekter Schwiegersohn.*«

»Wenn Sie es so ausdrücken wollen.«

»Könnten Sie sich einen Grund vorstellen, warum er uns anlügen sollte?«

»Nein, nicht mal ansatzweise. Henri ist vermutlich der aufrichtigste Mensch, den es gibt.«

Schweinberg kratzte sich am Bart. Dass sich die junge Frau so vehement für den Freund ihres Ex einsetzte, machte ihn misstrauisch.

»Gilt das auch für Knauseder?«

Ein Schatten legte sich über ihr Gesicht. »Toni schaut zuallererst auf sich selbst; und er ist verdammt gut darin, sich alles so hinzudrehen, wie er es braucht.« Sie stockte, anscheinend wurde sie sich plötzlich der Tragweite ihrer Worte bewusst. »Aber das bezieht sich nur auf unsere Beziehung, ansonsten ist er ein feiner Kerl, nur ein wenig zu chaotisch – für mich zumindest.«

Schweinberg machte sich einige Notizen, bis Maria Baumgärtner nachfragte, ob sie fertig waren. Er nickte. Als sie schon bei der Tür war, räusperte er sich. »Wenn ich Ihnen noch einen Tipp geben darf. Verstecken Sie sich nicht hinter dem, was Ihr Vater war, gehen Sie Ihren eigenen Weg.«

Sie schien unschlüssig, was sie darauf antworten sollte, weswegen er hinzufügte: »Sie dürfen jetzt gehen!«

*

Edmund Plinganser war ein Mensch, den man entweder mochte oder verteufelte. Die einen schätzten ihn, weil er sich großväterlich für Schüler und Schulgebäude einsetzte, andere störten sich an der direkten Art und dem kompromisslosen Führungsstil. Henri gehörte zur ersten Gruppe. Der 1,80 Meter große, schlanke Mann hatte eine

Ausstrahlung wie Anfang fünfzig, obwohl er nach diesem Schuljahr in Ruhestand gehen würde. Das volle, weiße Haupthaar war fein säuberlich zum Mittelscheitel gekämmt, und die silberne Designerbrille vervollständigte das Bild des eloquenten Akademikers. Plinganser wirkte mehr wie ein Professor denn Lehrer.

Sie nahmen auf den Holzstühlen vor dessen Schreibtisch Platz. Dabei warf Henri einen Blick auf die vielen Fotos, die an der Wand hingen. Überall war der Direktor mit Persönlichkeiten aus Politik und Wirtschaft zu sehen, auf einem erkannte er Adam Goldberg. Das Foto war bestimmt zwei Jahrzehnte alt, doch die Narbe auf der Stirn des Chirurgen war unverwechselbar. Der Direktor war nicht nur eine Institution im Tal, sondern eine bayerische Persönlichkeit, weswegen ihm die Tegernseer Zeitung kürzlich einen seitenlangen Artikel gewidmet hatte.

Edmund Plinganser war 1977 im Alter von nur dreiunddreißig Jahren überraschend zum Schuldirektor ernannt worden. Eine glückliche Fügung, wie sich später herausstellte, mittlerweile stand der Mann für das Gymnasium Tegernsee wie Uli Hoeneß für den FC Bayern. Aufgrund des marode gewordenen Klostergebäudes war Mitte der Siebzigerjahre der Plan entwickelt worden, ein neues Schulgebäude in Gmund zu errichten. Doch Plinganser hatte um den Erhalt des Gymnasiums im Kloster Tegernsee gekämpft und eine Vielzahl an privaten Sponsoren für die Renovierung gewonnen, unter anderem Adam Goldberg. Danach hatte er in harten Verhandlungen die bayrische Staatsregierung überzeugt, ihre Pläne zu verwerfen. Edmund Plinganser war der Grund, dass es das Gymnasium Tegernsee überhaupt noch gab.

»So sehr ich mich darüber freue, ehemalige Schüler wiederzusehen, bin ich doch verwundert über die Dringlichkeit. Was habt ihr auf dem Herzen?«

»Es geht um unsere Facharbeit«, antwortete Henri und erzählte ihm von dem Gespräch mit Frau Beck. »Der Zugang zu dem Untergeschoss muss im Keller sein. Wir wollten fragen, ob Sie dazu einen Schlüssel haben.«

Die Mundwinkel des Direktors zuckten, als hätte er einen Stromschlag abbekommen. Er zog die Augenbrauen hoch. »Und welche Tür sollte das sein?«

Plingansers souveräne Ausstrahlung zerstreute jegliche Zweifel an der Aufrichtigkeit seiner Worte. Doch in den Augen des Mannes erkannte Henri, dass der Direktor genau wusste, um welche Tür es ging.

»Die schwere Eisentür mit dem riesigen Schlüsselloch«, preschte Toni hervor. »Laut dem Hausl, ich meine Herrn Hauser, ist sie seit dreißig Jahren verschlossen. Er meinte, Sie sind der Einzige, der schon beim Umbau des Gymnasiums dabei gewesen ist.«

»Das stimmt. Aber warum interessiert ihr euch dafür? Eure Facharbeit ist lange abgeschlossen. Ich kann eure Abi-Note nicht nachträglich verbessern, falls das euer Plan ist.«

Der Direktor lachte kurz.

»Darum geht es uns gar nicht«, begann Henri.

»Außerdem hatten wir eh schon ne 1,0«, fügte Dieter hinzu.

»Und um was geht es euch dann?«

Henri wählte die nächsten Worte mit Bedacht. Es war besser, wenn der Direktor nichts davon erfuhr, dass sie den Parlamentär ausgegraben hatten. Der Fund war in den regionalen Medien zwar ein großes Thema, doch die Polizei hatte weder eine Vermutung zur Identität des Skeletts geliefert noch die Namen der Finder herausgegeben. Bis zweifelsfrei geklärt war, dass es sich um Dr. Beck handelte, sollten sie keinem von ihrem Verdacht erzählen. Henri hatte die anderen darauf eingeschworen, das zu beherzigen – schon aus eigenem Interesse. Wenn die Presse seinen Namen herausfände, würde sein Vater sicher durchdrehen.

»Dr. Becks Schicksal hat uns nie losgelassen. Wir möchten einfach sichergehen, nichts übersehen zu haben.«

Der Direktor saß kerzengerade auf seinem Stuhl, die Hände auf dem Schreibtisch gefaltet. Für einen Moment befürchtete Henri, dass sich Plinganser mit der Erklärung nicht zufriedengab, doch dann entspannten sich die Gesichtszüge des Mannes.

»Das Untergeschoss war baufällig, eine Sanierung unmöglich zu finanzieren, deswegen habe ich während des Umbaus entschieden, diesen Teil zu versiegeln.«

»Wurde der Zugang zugemauert oder nur der Schlüssel weggeworfen?«, hakte Tim nach.

Plinganser fixierte den Studenten, auf der Schläfe traten feine Äderchen hervor. »Was spielt das für eine Rolle? Ihr könnt nicht ins Untergeschoss. Ende der Geschichte!«

Die vier rückten instinktiv ein Stück zurück. Plinganser schien seine schroffe Antwort selbst unangenehm zu sein. Demonstrativ gelassen stützte sich der Mann auf die Ellbogen.

»Hört mal. Ich finde euer Engagement für unsere Heimatgeschichte wirklich klasse, aber das Untergeschoss wurde auf alle Zeiten geschlossen. Manche Fragen bleiben leider für immer unbeantwortet. Ihr müsst euch damit abfinden, dass Dr. Becks Verschwinden nie aufgeklärt wird.«

»Da wär ich mir nicht so sicher«, murmelte Toni.

»Wie hab ich das zu verstehen?«

Henri sah seinen besten Freund scharf an. Plötzlich erhellten sich die Gesichtszüge des Direktors. »Spielst du auf den Fund des Skeletts an? Habt ihr das etwa ausgegraben?«

Am liebsten hätte Henri Toni eine Ohrfeige verpasst, aber er wollte sich vor Plinganser keine Blöße geben. »Leider dürfen wir darüber nicht sprechen.«

»Verstehe.«

Obwohl der Direktor dabei lächelte, war sein Unmut deutlich herauszuhören. »Dann gibt es ja nichts mehr zu besprechen.«

Sie verabschiedeten sich.

Henri versuchte, seine Gedanken zu ordnen. Wieso hatte der Direktor auf Tims Nachfrage nur so aggressiv reagiert? Die Geschichte mit der Baufälligkeit des Untergeschosses nahm er dem Mann nicht ab. Plinganser wusste mehr, als er zugab.

»Und was jetzt?«, fragte Dieter, nachdem sie das Sekretariat verlassen hatten.

»Keine Ahnung. Ich muss darüber nachdenken«, antwortete Henri.

»Das geht am besten bei Bier und Hendl«, fügte Toni mit einem Grinsen im Gesicht an.

»Ich bin nicht wirklich in der Stimmung fürs Seefest.«

»Gerade dann solltest du mitkommen«, mischte sich Tim ein. »Das bringt dich auf andere Gedanken.«

Toni klopfte Tim auf die Schulter. »Zum allerersten Mal muss ich unserem Saupreiß zustimmen.«

»Vielleicht habt ihr recht. Was ist mit dir?«

Dieter schien kurz irritiert, so als wäre er es nicht gewohnt, dass sich jemand für ihn interessierte.

»Danke, aber ich hab heut Abend schon ne Verabredung zu nem Dungeon. *World of Warcraft* – wir bekämpfen da als Gruppe einen Endgegner«, fügte er hinzu, nachdem er den verwirrten Blick der anderen bemerkt hatte.

»Wie hirnverbrannt muss man sein, beim geilsten Sommerwetter vor der Flimmerkiste zu sitzen?« Toni schüttelte den Kopf. »Freak!«

Sie liefen die Treppe hinunter und steuerten auf den Haupteingang zu. Mit Schwung drückte Henri eine der beiden Flügeltüren auf, dass sie aufflog und gegen etwas schlug. Ein Schmerzensschrei ertönte. Vor dem Eingang wand sich ein älterer Mann auf dem Steinboden. Als Henri dessen Gesicht erkannte, stürzte er sofort zu ihm.

*

Die rote Farbe war so verblichen, dass die Buchstaben verzerrt aussahen. Mathias Schweinberg ließ die spröde Visitenkarte, die sie in der Metallbox neben dem Skelett gefunden hatten, zwischen den Fingern kreisen.

Dr. Gutherz, Leiter der Abteilung Tiefenpsychologie stand darauf.

Jedes Mal, wenn er den Namen las, stellten sich ihm die Nackenhaare auf. Verzweifelt kämpfte Schweinberg gegen die negativen Erinnerungen an. Was hatte das nur zu bedeuten? Drei Stunden hatte er seit den frühen Morgenstunden damit verbracht, sich alte Akten und medizinische Dokumente der Klinik *Seeblick* zu beschaffen. Die Suche gestaltete sich unerwartet schwierig. Er bekam das Gefühl, dass ihm Informationen vorenthalten wurden.

Sein Kopf pochte so stark, dass er sich mit Mittel- und Zeigefinger die Schläfe rieb. Er hatte wieder vergessen, regelmäßig zu trinken. Instinktiv griff er nach der Kaugummipackung in der Hosentasche. Er ließ sie stecken. Obwohl er sich mehrfach am Tag die Zähne putzte, klebte der süßliche Geschmack in seinem Mund. Außerdem bekam er schon Kiefermuskeln wie ein Maultier. Er musste einen anderen Weg finden, um mit dem Stress fertig zu werden. Früher hatte er sich oft mitten in der Nacht aufs Motorrad gesetzt, um den Kopf frei zu bekommen. Doch dazu fehlte ihm die Kraft. Es fiel ihm schwer genug, jeden Morgen aufzustehen und sich zur Arbeit zu schleppen.

Was hielt ihn noch hier? Er brauchte nur zu Schleghuber gehen, die Kündigung einreichen und die letzten Tage seine acht Stunden im Büro absitzen. Oder er übernahm die Fälle der vermissten Rentner. So könnte er stundenlang mit dem Motorrad durchs Oberland fahren, um sie zu suchen.

Es klopfte.

Jana Sonntag trat ein. Sie sah besorgt aus. Es beunruhigte ihn nicht. Die Hauptkommissarin sah jeden Tag aus, als ginge gleich die Welt unter.

»Wir haben ein Problem«, fing Jana Sonntag an.

»Nur eins?«

»An der Kanzlei ist das Siegel aufgebrochen worden.«

Schweinberg richtete sich auf. »Wann?«

»Vermutlich Montagabend. Es wurde die Glastür zum Balkon zerstört. Ein Nachbar hat gegen acht Uhr abends gehört, wie etwas zu Bruch ging.«

»Wurde was entwendet?«

»Laut der Sekretärin fehlt nichts. Dafür haben wir das hier auf dem Boden von Schwarz' Arbeitszimmer gefunden.«

Sie hielt ihm ein Buch hin. Der Titel brannte sich in Schweinbergs Netzhaut.

»Ich hatte den Auftrag gegeben, genau danach zu suchen. Wie konntet ihr das übersehen?«

Jana Sonntag blickte verärgert auf ihn herab. »Wir haben es gesucht. Das muss der Einbrecher mitgebracht haben.«

»Ein Einbrecher, der Sachen mitbringt?« Schweinberg zog die Augenbrauen hoch. »Vielleicht sollten wir nach einem Mann mit rotem Umhang und weißem Rauschebart fahnden.«

»Weißt du was, leck mich am Arsch! Im Gegensatz zu dir buckeln wir jeden Tag zwölf Stunden.«

Schweinberg war verunsichert, ob Schleicher doch geplaudert hatte. Aber die Hauptkommissarin fuhr unvermittelt fort.

»Aber falls es dich interessiert, wir haben vielleicht eine Spur. Ein Passant hat um dieselbe Uhrzeit in der Nähe der Kanzlei beobachtet, wie ein roter Mini Fahrerflucht beging. Leider hat er vom Kennzeichen nur den Anfang gesehen: *MB*. Dirk untersucht gerade, wie viele solcher Fahrzeuge bei uns im Landkreis zugelassen sind.«

»Sollte der nicht besser nach den Rentnern suchen?«

»Such du nach deinem Rentierschlitten und lass uns die Polizeiarbeit machen.«

Jana Sonntag warf ihm das Völkerstrafgesetzbuch auf den Schreibtisch und verließ das Büro, ohne die Tür zu schließen. Schweinberg schlug das Buch auf. Im Inhaltsverzeichnis sprang ihm der Paragraf 7 ins Auge. Sein Körper spannte sich an. Als er die Seite aufschlug, spürte er Reste von Klebstoff an den Fingerspitzen. Etwas war dort befestigt worden. Nur was?

Ohne Vorwarnung stürmte Schleicher ins Büro. »Wir haben einen Zeugen, der jemand am Strandbad gesehen hat.«

Schweinberg hatte keine Gelegenheit, sich darüber zu freuen, denn in dem Moment klingelte das Telefon. Er gab seinem Kollegen ein Handzeichen, ruhig zu sein.

Es war Dr. Bartels. »Du solltest vorbeikommen.«

»Geht's um das Skelett?«

»Ja und nein.«

»Können wir das nicht telefonisch besprechen?«

»Es ist besser, du siehst dir das selbst an. Sonst glaubst du mir nicht.«

*

Die Sonne spiegelte sich in der Windschutzscheibe des weißen Porsche Cayenne, der auf dem Gästeparkplatz neben dem Haupteingang des Gymnasiums stand. Die schwere Fahrertür wurde aufgestoßen und eine hünenhafte Gestalt im schwarzen Anzug sprang aus dem Wagen. Henris Aufmerksamkeit galt jedoch dem alten Mann, der sich mühsam aufrappelte.

»Dr. Goldberg! Oh mein Gott, sind Sie verletzt?« Henri reichte ihm die Hand. »Warten Sie, ich helfe …«

Der glatzköpfige Hüne stieß ihn rüde zu Seite. »Verdammter Bengel! Kannst du nicht aufpassen?«

Der Mann zog Adam Goldberg so schwungvoll auf die Beine, dass der pensionierte Chirurg aufstöhnte. Goldbergs knochige Hand zitterte, als er sich auf seinem Holzstock abstützte.

»Soll ich Sie ins Krankenhaus fahren?«, fragte der Hüne.

»Mach dich nicht lächerlich, mir geht's gut.«

Goldbergs kräftige Stimme stand im krassen Gegensatz zur gebrechlichen Erscheinung.

»Das tut mir so leid«, sagte Henri. »Ich hab Sie nicht kommen sehen, sonst …«

»Jetzt hau endlich ab, oder ich verpass dir eine Abreibung«, brüllte ihn der Hüne an, dabei stachen dessen Halsadern hervor. Die Schulterpartie war so ausgeprägt, dass nicht klar war, wo der Kopf aufhörte und der Hals anfing. Die Arm- und Brustmuskulatur spannte den Anzug so stark, dass Henri jeden Moment damit rechnete, er würde bei der nächsten Bewegung reißen. Er tat sich schwer, das Alter des Mannes zu schätzen. Die furchige Gesichtshaut zeugte von einem langen Leben, dennoch bewegte er sich kraftvoll.

Henri machte einen Schritt zur Seite, wo Toni, Tim und Dieter das Geschehen fast ehrfurchtsvoll verfolgten.

Mit dem Kerl lege ich mich besser nicht an.

»Victor! Mäßige dich!«, fauchte Goldberg. »Das ist Dr. Holmes' Sohn. Es war ein Unfall, Henri trifft keine Schuld.«

Beim letzten Satz formten sich die spröden Lippen des alten Mannes zu einem Lächeln.

»Was treibt Sie in unsere Schule?«, versuchte Henri das Thema zu wechseln.

»Ich bin auf dem Weg zum Direktor. Doch dieselbe Frage könnte ich dir stellen. Sagtest du nicht, dass du schon studierst?«

Auch wenn du nicht so aussiehst, hallte unausgesprochen mit.

»Wir hatten selbst ein paar Fragen an den Direktor«, mischte sich Tim ein. »Es ging um unsere Facharbeit zum Kriegsende. Wie Sie vielleicht wissen, ist damals einer der Parlamentäre, die das Tal vor der Bombardierung der Amerikaner gerettet haben, unter ungeklärten Umständen ums Leben gekommen.«

Goldbergs Augenbrauen gingen nach oben. »Dich kenne ich doch irgendwoher. Hast du nicht bei mir gearbeitet?«

Tim nickte. »Ein Jahr als Zivi.«

Goldberg schien einen Moment zu überlegen, dann wandte er sich wieder an Henri. »Das mit der Facharbeit interessiert mich. Würde es dir gefallen, mich heute Nachmittag zu besuchen und mir mehr darüber zu erzählen? Als Gegenleistung gebe ich dir eine Führung durch mein Schloss.«

»Oh, cool, klar kommen wir«, platzte Toni heraus.

Goldberg sah den jungen Mann abschätzig an. »Meine Einladung galt nicht für dich, ich mag keine Fremden auf meinem Schloss. Also, was sagst du?«, wandte sich Goldberg an Henri, wobei er ihn erwartungsvoll ansah.

Eigentlich sollte er auf Geheiß seines Vaters den Rasen mähen, doch für Goldbergs Einladung hatte sein alter Herr sicher Verständnis.

»Sehr gerne. Vielen Dank.«

»Dann sagen wir 16 Uhr. Ich bin gespannt, was du mir zu berichten hast. Jetzt muss ich aber los. Mein Junge, kannst du mir bitte die Tür aufhalten?«

Henri zog die schwere Holztür auf. Mit schmerzverzerrtem Gesicht humpelte Goldberg los. Als ihm der Hüne einen Arm reichen wollte, wies dieser ihn harsch ab. »Ich bin kein verdammter Krüppel. Geh und warte im Auto!«

Obwohl der Mann keine Miene verzog, bemerkte Henri die Verbitterung in dessen Augen. Er konnte es ihm kaum verübeln, immerhin wollte er seinem Chef nur helfen.

»Was für ein arroganter Arsch.« Tonis Miene war finster.

»Hey, red nicht so über ihn«, entgegnete Henri. »Er ist ein guter Freund meines Vaters.«

Außerdem machte es ihn stolz, dass sich ein Mann wie Goldberg für ihre Arbeit interessierte, auch wenn es ihn ein wenig verwunderte. So eine Wertschätzung wünschte er sich von seinem Vater.

»Was einiges erklärt«, kommentierte Toni, dann rauschte er mit Dieter im Schlepptau ab Richtung See.

Henri sah ihnen einen Moment nach. Im strahlenden Tageslicht erschienen die Ereignisse der letzten Tage fast surreal. Die Landkarte aus Schwarz' Büro, der Fund des Skeletts, die Karte vom Kloster Tegernsee mit dem markierten Raum im Untergeschoss und die unheimliche schwarze Gestalt. Das alles klang wie aus einem Kriminalroman. Mit ihm als Hauptfigur.

»Nimm's dir nicht zu Herzen. Toni kann einfach nicht damit umgehen, wenn er eine Abfuhr bekommt. Selbst wenn sie von einem Opa kommt.« Den letzten Satz unterstrich Tim mit einem beherzten Lachen.

»Ach, das ist es nicht. Ich … ich weiß einfach nicht, wie ich jetzt weitermachen soll.«

»Lass mich mitkommen zu Goldberg. Ich kann dir vielleicht helfen, falls er dich mit Detailfragen löchert. Außerdem kenn ich das Schloss, nicht dass du dich verläufst und aus Versehen im Kerker landest«, fügte er mit einem Augenzwinkern hinzu.

»Würd ich gerne, aber du hast Goldberg doch gehört.«

»Wieso? Ich bin kein Fremder für ihn.« Tim setzte einen bettelnden Blick auf. »Oh bitte. Ich hab schließlich auch unseren Parlamentär gefunden.«

Henri empfand deswegen keine Verpflichtung, aber vielleicht war es tatsächlich besser, nicht alleine zu gehen. Allerdings musste ihm Tim versprechen, es für sich zu behalten. Toni würde an die Decke gehen, falls er davon erfuhr.

*

Es kam Bewegung in die Gruppe. Stühle wurden geschoben, Handys eingesteckt, Gespräche beendet. Mathias Schweinberg betrat als Letzter den Besprechungsraum. Er war zu spät, was ihm einen vorwurfsvollen Blick von seinem Chef einbrachte, aber er ersparte sich eine Entschuldigung. Wozu noch mehr Zeit vergeuden, es gab eine Menge zu besprechen. Sein Besuch in der Gerichtsmedizin hatte mehr Fragen aufgeworfen als Antworten geliefert.

»Und? Ist das Skelett dieser Parlamentär?«, platzte Schleicher heraus.

»Dazu komme ich gleich«, erwiderte Schweinberg. »Erst gebe ich euch ein Update zum Stand der Ermittlungen.«

Erich Schleghuber nickte zustimmend.

»Noch immer fehlt uns der Tatort. Theoretisch könnte es jede Wohnung mit einer Badewanne oder einem Tiefkühlschrank sein. Doch der Leichnam wies keinerlei Anzeichen eines Knebels auf. Somit haben wir es entweder mit einem abgelegenen Haus zu tun, oder der Raum war schallgeschützt. Meine Vermutung wäre Ersteres.«

»Habt ihr mehr zu den Tattoos herausgefunden?«, fragte Schleghuber.

Schweinberg blies die Backen auf. »Nein. Wir haben die Angehörigen des Opfers befragt, keiner kann etwas damit anfangen. Dasselbe gilt für den Paragraphen im Völkerstrafgesetzbuch. Mein Gefühl sagt mir, dass wir dieses Rätsel zuerst lösen müssen.«

Und der Schlüssel dazu ist Holmes. Er ließ den Gedanken unausgesprochen.

»Zumindest verhärtet sich der Verdacht, dass wir es mit mehr als einem Täter zu tun haben«, warf Jana Sonntag ein.

Schweinberg hatte Mühe, seinen Ärger darüber zu unterdrücken, dass sie die einzig positive Nachricht vorweggenommen hatte. »Ein Jogger, der gegen halb neun am Strandbad vorbeigelaufen ist, hat zwei Personen gesehen, die ein eingerolltes Segel Richtung Ufer getragen haben. Da alle Mitglieder des Yachtclubs auf ihrem jährlichen Sommerausflug am Starnberger See waren, gehen wir davon aus, dass darin die Leiche transportiert wurde.«

Zustimmendes Geraune erfüllte den Raum.

»Kann der Jogger die beiden identifizieren?«, fragte Schleicher.

»Die Gesichter hat er in der Dunkelheit nicht erkannt. Eine der Personen war groß mit einem kräftigen Körperbau, die andere wirkte eher schmächtig. Es könnte auch eine Frau gewesen sein.«

Schleichers Lippen formten sich zu einem gehässigen Grinsen. »Oder ein Student, der wie ein Jüngling aussieht.«

Schweinberg ignorierte den Kommentar – auch, weil er seinem vorlauten Kollegen nicht widersprechen konnte.

Schleghuber faltete die Hände, knackte dabei mit den Fingern.

»Jetzt kommen wir endlich voran. Wahrscheinlich ist die Lösung viel profaner, als wir denken.«

Schweinberg lachte zynisch. »Oh, das bezweifle ich!«

Alle starrten ihn an. In ihren Augen spiegelte sich eine Mischung aus Ungeduld und Verwirrung – was er auskostete, bevor er fortfuhr. »Außer du hast eine Erklärung dafür, wie die Schussverletzung am Oberarm unseres Opfers von der Waffe stammen kann, die wir neben dem vergrabenen Skelett gefunden haben.«

Schweinbergs Worte hallten in dem Besprechungsraum nach. Seine Kollegen wechselten ungläubige Blicke. Besonders seinem Chef stand der Schrecken ins Gesicht geschrieben.

»Aber war das nicht so eine uralte Wehrmachtspistole?«, fragte Jana Sonntag.

»Eine Mauser C96. Alt, aber funktionstüchtig. Eben deutsche Wertarbeit«, antwortete Schweinberg sarkastisch.

»Ich find das nicht witzig«, sagte Schleghuber mit einem Anflug von Verzweiflung. »Jetzt haben wir es mit zwei zusammenhängenden Mordfällen zu tun. Auch wenn der eine schon über ein halbes Jahrhundert zurückliegt.«

»Tut er nicht.«

Erneut starrten ihn fragende Gesichter an. Auch wenn ihn der verzwickte Fall mürbe machte, fand Schweinberg langsam Gefallen daran, den Kollegen einen Schritt voraus zu sein. Fast wie früher.

»Kannst du das vielleicht erklären oder sollen wir raten?«, fragte Jana Sonntag genervt, als er nicht weitersprach.

»Ich war vorhin in der Gerichtsmedizin. Dr. Bartels hat extra einen forensischen Anthropologen hinzugezogen, um sicherzugehen. Bei dem Skelett handelt es sich eindeutig um einen Mann. Das Alter liegt zwischen vierzig und fünfzig. Aber der geschätzte Todeszeitpunkt war vor fünfzehn bis zwanzig Jahren.«

Schleghuber kratzte sich an der Stirn. »Dann ist das Skelett nicht Dr. Beck?«

»Nein.«

»Ja und wer ist es dann?«, fragte Schleicher.

Er überlegte kurz, ob er den anderen von seinem Verdacht erzählen sollte. Noch war es reine Spekulation. Selbst Dr. Bartels war skeptisch gewesen, als ihn Schweinberg vorhin gebeten hatte, der Sache nachzugehen. Nein, es war besser, diesen Trumpf erst später auszuspielen.

»Das wissen wir hoffentlich in den nächsten vierundzwanzig Stunden.«

*

Am Südende des Tegernsees schmiegte sich das kleine Schloss so eng an den Bergrücken, dass man zwischen den Baumwipfeln nur eine Mauer und die Kegeldächer der zwei Türme aufblitzen sah. Der Asphalt flimmerte. Es war kein Windhauch zu spüren. Henri hatte gelesen, dass dieser Juli einer der heißesten seit Messbeginn werden könnte.

In Rottach-Egern traf er sich mit Tim und sie radelten gemeinsam neben der Hauptstraße Richtung Kreuth, bis sie kurz hinter dem Ortsausgang in die Schlossstraße einbogen. Auf einem verblichenen Schild stand *Chirurgische Klinik Schloss Ringberg*, darunter klebte ein Aufkleber mit roter Schrift: *geschlossen*.

Erleichtert, im Schatten der Bäume Zuflucht vor der erbarmungslosen Sonne gefunden zu haben, folgten sie dem Schotterweg, der sich in Serpentinen zweihundert Meter nach oben schlängelte. Auf ihrem Weg kreuzten sie zweimal einen schmalen Bachlauf, in dem sich ein quirliger Bergwasserstrom gurgelnd und blubbernd den Weg nach unten bahnte. An einer Kehre passierten sie ein verwittertes Holzkreuz, auf dem verblassten Foto war eine dunkelhaarige Frau im mittleren Alter abgebildet. Sie wirkte traurig.

»Ist nicht mehr weit«, sagte Tim.

»Wieso hast du mir eigentlich nie gesagt, dass du auf dem Schloss Zivi gemacht hast?«, fragte Henri.

»Da gibt's nicht wirklich viel zu erzählen. Und du redest ja auch nie über deine Zeit beim Bund.«

Fairer Punkt.

»Was hast du denn für Goldberg gemacht?«

»Ach, alles Mögliche, von Rasenmähen über Handwerkertätigkeiten bis zu Einkaufen.«

»Hat er dafür keine Angestellten?«

»Soweit ich weiß, ist Victor Kauz sein einziger Mitarbeiter – das war Kerl, mit dem du vor dem Gymi Bekanntschaft gemacht hast. Warum viel Geld ausgeben, wenn man sich günstig nen Zivi holen kann.« Tim grinste spöttisch.

»Und wie war Goldberg so?«

»Ich hab nie wirklich mit ihm gesprochen, alle meine Aufträge kamen von Kauz, er hat mich auch eingestellt.«

»Stell ich mir schwierig vor, den als Auftraggeber zu haben.«

»Ach, das ist ein Einfaltspinsel, aber vermutlich ist er nicht schlimmer als einige beim Bund.«

Henri konnte Tim nicht widersprechen.

Nach einer letzten Kurve erreichten sie einen verwaisten Schotterplatz. Dahinter ragte eine steinerne Schlossmauer in die Höhe, die auf einer Seite mit der schroffen Felswand verschmolz und sich auf der anderen im Dickicht des Waldes verlor. Vor dem geschlossenen Holztor, durch das ein Kleinlaster passte, stiegen sie ab. Henri meldete sich bei der Sprechanlage an, Sekunden später summte das Türschloss. Sie traten ein und fanden sich in einem von hohen Laubbäumen umringten Vorhof wieder. Rechts blitzte die Gartenanlage zwischen mächtigen Baumstämmen hervor. Sie war mit einem Zaun geschützt. Links führte ein Weg zu einem modernen Anbau, der sich den Berg hinauf erstreckte.

Sie schoben ihre Räder zum ovalen Hauptgebäude, auf dem ein Turm mit Zinnenkranz thronte. In dessen Mitte hing ein Balkon mit geschwungener Tür, oberhalb davon waren zwei quadratische Fenster in die Steinmauer geschlagen. Es sah aus wie das Gesicht eines Wächters, der die Eindringlinge misstrauisch beäugte. In Henris Vorstellung erschien Goldberg auf dem Balkon und winkte ihnen zu wie Caesar dem Volk. Aber niemand erschien, um sie zu begrüßen. Sie lehnten ihre Räder an die Hauswand und gingen zur Eingangspforte aus massivem Eichenholz. Goldberg schien ein ausgeprägtes Sicherheitsbedürfnis zu haben, dachte sich Henri beim Blick auf die dicken Eisenstangen, mit denen die Fenster gesichert waren.

Er sah sich nach einer Klingel um. Es gab keine. Also nahm er den schweren Eisenring, der an einem Türflügel befestigt war, und schlug ihn gegen das Holz. Die Tür öffnete sich binnen Sekunden. Im Halbschatten zeichneten sich die Umrisse von Victor Kauz ab. Ein dünner Schweißfilm zog sich über dessen kahl geschorenes Haupt. Goldbergs Angestellter verzichtete auf eine Begrüßung, forderte sie stattdessen mit einer Handbewegung auf, ihm zu folgen. Sie passierten eine verlassene Rezeption und gelangten über ein paar Stufen in einen Rundgang mit Innenhof. Hinter einer Tür mit der Aufschrift *Gartenzimmer* befand sich ein länglicher Raum mit Ziegelfußboden. Warme Luft strömte durch die geöffneten Flügeltüren der Glasfront.

Der Hüne gab ihnen nicht die Gelegenheit, den Anblick der majestätisch daliegenden Bergkette zu genießen, sondern hastete ins Freie. Unterhalb der Terrasse lag ein langes Schwimmbecken vor einem großflächigen Gartenparterre, das bis zur Schlossmauer reichte. Im Südosten ragte ein vom Hauptgebäude getrennter, rechteckiger Turm in die Höhe. Das Gebäude war von Efeu überwuchert und besaß einen runden Turmanbau mit Spitzdach.

Unter einem Sonnenschirm erspähte Henri Adam Goldberg auf einem Liegestuhl. Er trug weiße Bermuda Shorts und ein Poloshirt. In der dünnen Sommerkleidung wirkte dessen ausgemergelter Oberkörper noch zerbrechlicher.

»Ihr Besuch ist da«, sagte der Hüne emotionslos, als sie den Pool erreichten. Ohne eine Antwort abzuwarten, machte sich der Angestellte auf den Rückweg. Goldberg wandte sich ihnen zu, die Augen hinter den entspiegelten Gläsern der goldenen Sonnenbrille versteckt.

»Ah, Henri. Wie schön, dass du …« Goldberg verstummte. Seine Mundwinkel zuckten verärgert. »Hatte ich nicht betont, dass meine Einladung ausschließlich für dich gilt?«, fuhr der alte Mann in kühlem Ton fort.

»Ich weiß, und ich muss mich entschuldigen. Ich habe Tim mitgenommen, weil er damals eine Menge recherchiert hat und Ihnen Fragen beantworten kann, bei denen ich passen müsste. Ich dachte mir, da er eh für Sie gearbeitet hat, wäre das in Ordnung.«

Henri hatte sich diese Erklärung im Vorfeld zurechtgelegt und hoffte, dass sie Goldberg besänftigte.

»Tim Petkovich, falls Ihnen mein Name entfallen ist.« Tim streckte dem pensionierten Chirurgen die Hand entgegen. »Ich hatte nie die Gelegenheit mich zu bedanken, dass ich für eine lokale Berühmtheit wie Sie arbeiten durfte.«

Henri fragte sich, ob Tim das *lokale* bewusst betont hatte. Auch wenn die Augen hinter der Sonnenbrille nicht zu erkennen waren, spürte er den kritischen Blick, mit dem Goldberg die beiden Studenten musterte. Henri schluckte, er hatte einen Knoten im Hals. Falls ihr Gastgeber sie nun hochkant rauswarf und sich bei seinem Vater über ihn beschwerte, konnte sich Henri auf eine Standpauke gefasst machen. Er zählte die Sekunden, doch Goldbergs Miene war wie zu Eis gefroren.

*

Mathias Schweinberg kramte in den Unterlagen, die über seinen Schreibtisch verstreut waren.

Bei deinem Chaos ist es kein Wunder, dass du nichts findest, hörte er plötzlich eine Stimme in seinem Kopf.

Sabine!

Ihre unterschiedlichen Auffassungen über die häusliche Ordnung hatten oft zu Streit geführt. Besonders zum Schluss, als es seiner Frau immer schlechter ging. Hätte er nur ab und zu nachgegeben, sich mehr bemüht, dann …

»Wäre sie auch nicht mehr am Leben!«, zischte er.

Mit zusammengepressten Lippen unterdrückte er die Tränen. Er vermisste sie so.

Um seine Gedanken in eine positivere Richtung zu lenken, dachte er daran, wie sie sich kennengelernt hatten. 1993 war er nach der Hälfte seiner acht Jahre, zu denen er sich verpflichtet hatte, aus der Bundeswehr ausgeschieden.

Sein späterer Schwiegervater hatte ihm den Tipp gegeben, sich auf §40 Abs. 7 im Soldatengesetz zu berufen, um aus »dienstlichem Interesse« die Dienstzeit verkürzen und bei der Polizei anfangen zu können. Sabine hatte er ein Jahr zuvor in Rom kennengelernt, als er gerade mit einem Reisescheck die Herberge bezahlen wollte. Leider hatte die saubere Unterschrift auf seinem Reisepass nur noch wenig mit dem hingeschmierten Namen gemein, den er dem weißhaarigen Besitzer auf den Scheck kritzelte. Der Ur-Römer hatte ihn wild gestikulierend angeschrien – außer *Polizia* hatte Schweinberg kaum ein Wort verstanden – und zum Telefonhörer gegriffen. In jenem Moment kam ihm Sabine zu Hilfe und übersetzte seine Erklärung. Sie hatte eben erst ihr Abitur gemacht und reiste mit einer Freundin quer durch Europa. Aus ihrem kurzen Urlaubsflirt entwickelte sich eine echte Liebe, die acht Jahre später mit der Hochzeit ihren Höhepunkt fand. Danach ging es bergab. Mit ihrer Beziehung, und mit Sabine. Und sein Drecksjob hatte ihr den Rest gegeben.

Gott verflucht ... warum tust du dir das alles noch an?

*

Nach einer gefühlten Ewigkeit zwang sich Adam Goldberg zu einem Lächeln, allerdings verzichtete er darauf, Tim die Hand zu schütteln. »Ich bin kein Franz Beckenbauer oder Thomas Gottschalk, für die sich die Boulevardpresse interessiert. Aber in Fachkreisen bin ich berühmter als beide zusammen.«

Ein schriller Vogelschrei durchbrach die unangenehme Stille.

»Sie haben ein beeindruckendes Schloss«, versuchte Henri, die Aufmerksamkeit auf sich zu lenken.

»*Beeindruckend* ist gar kein Ausdruck. Es ist ein Raumkunstwerk, das in Europa seinesgleichen sucht. Der architektonische Entwurf und die gesamte Ausstattung stammen größtenteils vom Münchner Maler Friedrich Attenhuber – Luitpolds Hauskünstler. Er hat …«

»Wer ist denn Luitpold?«, unterbrach Tim den Mann.

»Herzog Luitpold von Bayern. Das sollte man wissen, wenn man hier lebt«, antwortete Goldberg genervt. »Aber in Berlin kennt man wahrscheinlich nur seinen Großcousin: König Ludwig den Zweiten.«

»War das der durchgeknallte Typ, der Neuschwanstein gebaut hat?«

»Er war extravagant, wie alle Genies. Aber damit kann ein gewöhnlicher Mensch natürlich nichts anfangen.«

Goldberg setzte ein süffisantes Grinsen auf, bevor er fortfuhr. »Auf jeden Fall ist Schloss Ringberg die letzte Errungenschaft aus Wittelsbach'scher Bautradition. Der Herzog ließ die Anlage über sechs Jahrzehnte hinweg bauen. Als er im Jahre 1973 verstarb, sah ich die Möglichkeit, es zu kaufen und daraus eine Klinik zu machen. Es war die beste Entscheidung meines Lebens, und der Erfolg spricht für sich. Wir hatten eine lange Warteliste.«

»Ist ja kein Wunder, bei dem Ausblick«, merkte Tim an.

Goldberg verzog verächtlich das Gesicht. »Das hier ist kein Hotel. Die Patienten sind einzig und alleine meiner chirurgischen Fähigkeiten wegen gekommen. Das Ambiente war nur das i-Tüpfelchen.«

»Wieso haben Sie die Klinik eigentlich geschlossen?«, fragte Henri.

»Das ist mein Schloss! Wenn ich nicht mehr operieren kann, soll es auch niemand anderes.« Goldberg umgab eine Aura von Bestimmtheit, die keinen Platz für Nachfragen ließ. »Ich schlage vor, wir gehen nach drinnen. Ich hatte dir ja eine Führung versprochen.«

Der alte Mann griff nach seinem Holzstock, der am Sonnenschirm lehnte. Dabei bemerkte Henri die Narbe an dessen Oberarm. Sicher ein weiteres Andenken aus dem Krieg. Im Hauptgebäude war es angenehm kühl, was sich positiv auf die Laune ihres Gastgebers auswirkte. Goldberg hielt sein Versprechen und führte sie durch das Schloss, wobei er zu jedem Raum eine kurze Geschichte preisgab. Die Räumlichkeiten schienen sich seit der Schließung der Klinik kaum verändert zu haben. Im Erdgeschoss waren früher Aufenthaltsräume untergebracht gewesen, im ersten Stock, den man über einen Treppenaufgang hinter der Rezeption erreichte, befanden sich die Patientenzimmer. Über dem Aufgang zeigte ein Ölgemälde König Luitpold und seinen Cousin bei der Jagd.

Henri war fasziniert von dem Bauwerk und lauschte gespannt den Ausführungen. Tim dagegen trottete desinteressiert hinter ihnen her. Goldberg führte sie zu einem Balkon, von dem man einen fantastischen Ausblick auf das Tegernseer Tal hatte.

Zurück im Rundgang spürte Henri ein Kribbeln in der Nase. Obwohl das Gemäuer erst in der Neuzeit erbaut worden war, verströmte es einen altertümlichen Geruch. Aber er nahm noch etwas anderes wahr. Eine unterschwellige Mischung aus Einsamkeit und Schmerz. Wie bei alten Menschen, die begeistert von ihrem Leben erzählen und dabei den Kummer und das Leid verdrängen. Ein stechendes Pochen setzte in seinen Schläfen ein.

Was war nur los mit ihm? So sensibel reagiert er sonst nie. Die Ereignisse der letzten Tage hatten seinen Nerven scheinbar mehr zugesetzt, als er sich eingestehen wollte. Er atmete durch den Mund, bis das unangenehme Gefühl nachließ.

Gegen Ende der Führung passierten sie eine silberne Metalltür. Mit einem Nebensatz erklärte Goldberg, dass sich dahinter die Operationssäle befunden hätten. Tims Bitte, sie sich ansehen zu dürfen, überging der Chirurg kommentarlos.

Stattdessen führte er sie in ein mit Zirbelholz vertäfeltes Hexenzimmer, durch das sich ein Wandteppich mit abgebildeten Szenen des Hexenritts schlängelte. Der Raum verströmte eine mystische Stimmung. Die beiden Studenten nahmen neben dem Kachelofen auf einer hellbraunen Ledercouch Platz. Goldberg setzte sich ihnen gegenüber in einen Ledersessel. Wie aus dem Nichts erschien der kahlköpfige Hüne mit einem Tablett in der Hand. Es wirkte befremdlich, wie die hochgewachsene Figur versuchte, möglichst elegant Tee und Gebäck auf dem Couchtisch abzustellen. Er schenkte allen eine Tasse Tee ein und verließ den Raum so lautlos, wie er gekommen war.

»Arbeitet er schon lange für Sie?«, fragte Henri beiläufig.

»Victor?« Goldberg nahm seine Sonnenbrille ab. »Das müssen mittlerweile über dreißig Jahre sein. Als ich ihn kennenlernte, lag er in der Gosse. Ich half ihm auf die Beine und gab ihm einen Job im Sicherheitsdienst. Später war er in der Verwaltung tätig, am Ende hat er mir sogar assistiert. Viele kamen und gingen in all den Jahren, doch Victor blieb stets an meiner Seite.«

»Dann gehört er ja fast zur Familie.«

Der alte Mann machte eine Denkpause, in der er Zucker in seinen Tee gab. Seine Hand zitterte beim Umrühren so stark, dass der Löffel mehrmals an die Innenseite der verzierten Tasse schlug. »Wenn man so will, ist Victor Kauz meine Familie.«

»Und jetzt ist er ihr Chauffeur? Oder eher ihr Diener?«, hakte Tim nach.

»Er ist mein Protegé.«

»Für mich hört sich das eher so an, als schmeißt er den Laden hier.«

Goldbergs Gesichtszüge verhärteten sich. »Victor Kauz ist ein treuer Gefährte, aber er ist ein Befehlsempfänger. In meinem Schloss bestimme ich alleine. Das war so, und das wird auch immer so bleiben!«

Henri empfand beinahe Mitleid mit dem Angestellten. Wie konnte Goldberg nur so abschätzig über jemand sprechen, den er als Teil seiner Familie betrachtete. Andererseits … sein Vater behandelte seine Mutter teilweise noch schlechter, und die beiden waren verheiratet.

»Aber genug davon«, sagte Goldberg. »Du wolltest mir von eurer Arbeit erzählen. Dann schieß mal los.«

Henri listete die Fakten auf, die sie damals zusammengetragen hatten, wobei er die neueste Entwicklung verschwieg. Am Ende von Henris Vortrags beugte sich der pensionierte Chirurg nach vorne und sah ihn fordernd an.

»Ihr habt nicht zufällig mit dem gefundenen Skelett zu tun, von dem in den Medien berichtet wurde?«

Henri schluckte. Während er noch überlegte, wie er darauf antworten sollte, preschte Tim hervor. »Wir dürfen mit niemanden darüber sprechen. Immerhin handelt es sich um ein Gewaltverbrechen.«

Goldberg bedachte den blonden Studenten mit einem eisigen Blick.

»Was Tim damit sagen will, ist, dass es erst von offizieller Seite bestätigt werden muss. Vorher sind uns leider die Hände gebunden«, versuchte Henri, die Wogen zu glätten.

»Aber glaubt ihr wirklich, dass man jetzt noch den Mörder von dem Parlamentär ermitteln kann?«

Tim rutschte auf dem Sofa nach vorne. »Wäre nicht der erste Nazi-Verbrecher, der im hohen Alter seine gerechte Strafe erfährt.«

Henri sah Tim ungläubig an. »Meines Erachtens ist das sehr unwahrscheinlich. Es war auch nie das Ziel unserer Facharbeit, den Mordfall zu lösen.«

Der alte Mann lehnte sich nachdenklich zurück und nippte an seinem Tee.

»Waren Sie in den letzten Kriegstagen auch im Tegernseer Tal?«, fragte Henri.

Goldberg nickte. »Meine Familie besaß seit jeher ein Anwesen in Rottach. Als der Krieg ausbrach, wurden wir in ein Konzentrationslager verschleppt. Von 1941 bis 45 war ich im KZ Dachau. Dort hab ich den Kontakt zu meinen Familienangehörigen verloren. Erst viel später habe ich erfahren, dass sie im KZ Buchenwald gestorben sind. Kurz vor Kriegsende wurde ich mit einer Gruppe von Gefangenen nach Tegernsee verlagert. Das war mein Glück. Als wir hier ankamen, waren die Zustände so chaotisch, dass ich mich nachts wegschleichen konnte. Ich floh auf eine Almhütte und versteckte mich, bis die Amerikaner die Wehrmacht vertrieben hatten.«

Goldbergs Ausdruck war ernst, aber nicht verbittert. Henri musste an das Interview mit Frau Beck denken. Dem pensionierten Chirurgen schien es besser gelungen zu sein, den Verlust seiner Liebsten zu verarbeiten. Oder zumindest gelang es ihm besser, seine Trauer zu unterdrücken.

»Es war eine schlimme Zeit, so etwas wünsche ich keinem «, fuhr Goldberg fort. »Ihr seid jung und in einer anderen Welt aufgewachsen, ihr könnt das nicht verstehen.«

»Haben Sie aus der Zeit auch die fiese Narbe am Kopf?«, wollte Tim wissen.

Henri hätte seinem Kommilitonen am liebsten den Ellenbogen in die Seite gerammt. Wieso war er heute nur so taktlos?

Goldberg fuhr sich mit dem Finger über die Delle in der Stirnplatte. »Ein Granatsplitter. Für dich mag es eine hässliche Narbe sein. Für mich ist sie Warnung und Motivation zugleich: Halte dich nie für unsterblich, aber lebe jeden Tag, als ob es kein Morgen gibt.«

»Was ist eigentlich in dem Turm mit all dem Efeu?«, fragte Henri, um das Gespräch auf ein anderes Thema zu lenken.

»Dort wohne ich. Ich wollte nicht unter demselben Dach wie meine Patienten leben, deswegen habe ich mir im Turm mein privates Reich aufgebaut.«

»Nachvollziehbar. Aber hatten sie nach der Schließung der Klinik nie das Bedürfnis, wieder ins Hauptgebäude zu ziehen?«

»Nein, nie. Der Turm ist das wahre Zentrum …«

Goldberg öffnete den Mund, fügte aber nichts mehr hinzu. Die eingetretene Stille ließ Henri unschlüssig auf der Couch hin und her rutschen. Plötzlich stützte sich der alte Mann auf seinen Holzstock und erhob sich stöhnend aus dem Sessel. Lautstark rief er nach seinem Untergebenen.

»Ihr müsst mich jetzt entschuldigen, ich habe noch einiges zu erledigen.«

»Eine Frage noch. Woher haben Sie die Narbe an Ihrem Arm?«, fragte Tim.

»Genug jetzt! Victor wird euch zum Ausgang bringen. Henri, richte bitte deinem Vater aus, dass ich mich morgen bei ihm melde.«

Victor Kauz erschien und geleitete sie nach draußen. Kaum dass die Tür hinter ihnen ins Schloss gefallen war, holte Henri aus und verpasste seinem Kommilitonen einen Faustschlag auf den Oberarm. Tim rieb sich mit schmerzverzerrtem Gesicht den Arm. »Was soll …«

»Das weißt du ganz genau. Was ist nur in dich gefahren?«

»Tut mir leid, aber das arrogante Gehabe von dem alten Sack war unerträglich.«

Henri ignorierte dessen Bemerkung und schnappte sich sein Fahrrad. Wieso nur hatte er sich breitschlagen lassen, Tim mitzunehmen? Das würde ihm bestimmt noch leidtun.

*

Sitting Bull wischte das Blut vom Tisch. Der Geruch von Tod hing im Raum. Seine Anspannung stieg. In wenigen Stunden würde das Tegernseer Tal landesweit im Scheinwerferlicht stehen. Die Medien würden sich wie Geier auf die Geschichte stürzen und den Druck auf die Kripo ins Unermessliche steigen lassen. Er würde jede Wette eingehen, dass sie bald die Hilfe von Experten aus München einholten. Es würde ihnen nichts helfen. Es gab nur eine Person, die ihr Geheimnis aufdecken konnte.

Leider zweifelte Sitting Bull weiterhin an den Fähigkeiten des jungen Studenten, er sah in ihm mehr einen gehorsamen Musterschüler als einen Hobbydetektiv. Für seinen Partner war er der Schlüssel. Bis jetzt verstand er nicht, warum ihr Plan so bedingungslos von Holmes abhing. Wofür gab es die Polizei? Bislang hatte ihn sein Partner immer damit vertröstet, dass er es noch früh genug verstehen würde. Sobald das Meisterwerk vollendet sei. Das Problem war, Sitting Bull verließ sich nur ungern auf die Mithilfe von anderen.

Vertraue auf den Plan!, beschwor er sich.

Bislang war alles so eingetreten, wie es sein Partner vorausgesehen hatte. Und Holmes war tatsächlich zäher, als er aussah. Die Flucht über den Balkon hätte er ihm nie zugetraut. Natürlich hatte er ihn hinter dem Vorhang bemerkt. Er hatte die Vorstellung genossen, wie sich der junge Mann in die Hose machte. Er sollte Holmes nur

Angst einjagen. So war der Plan gewesen. Doch Sitting Bull hätte ihm ohne zu zögern eine Kugel verpasst, wenn er ihn erwischt hätte. Scheiß egal, was sein Partner sagte. Wenn der Junge der Schlüssel war, dann musste er sich auch als würdig erweisen. Das hatte er getan. Fürs Erste.

Aber das Spiel hatte gerade erst begonnen.

*

Schwer atmend erreichten Henri und Toni die MS Wallberg. Sekunden später legte das voll besetzte Schiff von der Seepromenade in Bad Wiessee ab. Sie zwängten sich auf zwei freie Plätze im Inneren. Toni trug wie die meisten Fahrgäste Tracht. Henri hatte es bei einem rot-weiß karierten Trachtenhemd und Jeans belassen. Sein bester Freund hatte jahrelang vergeblich versucht, ihn für Lederhosen zu begeistern, doch er fühlte sich darin eingeengt und unbeweglich.

»Wieso musst du eigentlich immer zu spät kommen?«, grummelte Henri.

»Was soll ich sagen? Jeder hat sein Laster zu tragen.«

»Ja, nur dass ich es immer ausbaden muss. Wie beim Bund.«

Zigmal hatte Henri seinem besten Freund zur Seite springen und die Wogen glätten müssen, weil sich dieser mit einem – mindestens ebenso sturem – Vorgesetzten wegen der Regelauslegung irgendeiner Vorschrift angelegt hatte.

»Ohne mich hättest du wahrscheinlich die Hälfte der Zeit im Arrest verbracht.«

»Jetzt übertreibst du aber. Ein Drittel, mehr nicht«, fügte Toni mit einem breiten Grinsen hinzu.

Wie immer versuchte sein Freund, mit einem blöden Spruch die Stimmung zu retten. Henri rang sich ein gequältes Lächeln ab. Dabei fiel sein Blick auf die Goldmünze, die an einer goldenen Kette um Tonis Hals baumelte. Sie zeigte das Kloster Tegernsee auf der einen und das Tegernseer Wappen auf der anderen Seite. Es war eine Sonderedition zur 1250-Jahrfeier der Stadt Tegernsee.

Toni liebte die Kette, die ihm Maria vor einem Jahr zum Geburtstag geschenkt hatte, über alles. Er legt sie nur zum Fußballspielen ab. Sein Freund hatte ihm vor ein paar Wochen im betrunkenen Zustand offenbart, dass er die Vorstellung nicht ertrug, wie Maria einen anderen küsste. Wütend hatte er mit der Faust auf die Theke im *Fiaker* geschlagen und laut gebrüllt, dass er jedem die Fresse poliere, den er mit ihr erwische. Danach hatte er gejammert, wie sehr er Maria vermisste, und was für ein Idiot er gewesen sei. Die Beziehung der beiden war ein ständiges Auf und Ab gewesen. Maria hatte eine klare Vorstellung von ihrem Leben und plante gerne jedes Wochenende im Voraus. Toni dagegen verschwendete keinen Gedanken daran, was er morgen machen würde – geschweige denn, welches Studium oder welchen Beruf er anstrebte.

Toni schien seinen Blick zu bemerken und steckte sich die Kette unters Hemd. Die Wellen trugen die Blasmusik vom Ufer bis weit in den See hinein. Schon aus der Ferne waren die Menschenmassen zu sehen, die in dicken Schüben über die gesperrte Hauptstraße strömten. Unzählige Bierbänke säumten die Tegernseer Seepromenade. Sie verließen als eine der Ersten das Schiff und stürzten sich ins Getümmel. Die intensiven Düfte von saftigem Grillfleisch und frisch gezapftem Bier durchzogen die Luft.

Drei Stunden später saß Henri an einem der Biertische in Ufernähe. Zwei Reihen weiter hinten saß Maria mit drei Freundinnen, sie schielte immer mal wieder zu ihm herüber. Zu gerne hätte er sich zu ihr gesetzt, aber ein Blick in Tonis Gesicht hatte klar gemacht, dass sein bester Freund keinerlei Lust auf die Gesellschaft seiner Ex-Freundin hatte.

Mehr beiläufig als wirklich interessiert beobachtete Henri die Lichterkette aus Fackeln, die wie eine brennende Schlange über die dunkle Wasseroberfläche glitt, bis sie erlosch. Tosender Applaus brandete auf. Es war das Vorspiel für das große Finale: das Brillantfeuerwerk.

Eine hektische Vorfreude erfasste die Menschen, die es wie an unsichtbaren Leinen zur Uferpromenade zog. Auf dem Wasser kamen die beleuchteten Segel- und Ruderboote zum Stillstand. In wenigen Minuten würde das Feuerwerk beginnen.

»Soll ich uns noch ne neue Maß holen, bevor der Zirkus hier anfängt?«, fragte Toni mit Blick auf die halb leeren Krüge.

Henri winkte ab. Zwei Radlermaß waren mehr als genug für seine Verhältnisse. Sein Handy klingelte.

Keine Nummer.

Henri zögerte. Seine Eltern trieben sich irgendwo auf dem Seefest herum. Hoffentlich bestand sein Vater nicht darauf, das Feuerwerk gemeinsam anzuschauen. Toni schien seinen Gedanken zu erraten.

»Lass es!«

»Als ob das was bringt.«

»Probier's aus.«

»Dann ruft er noch fünfmal an und ist erst recht angepisst.«

»Scheiß drauf! Es wird Zeit, dass du deinen Alten in die Schranken weist.«

»Hast du vergessen, wer mein Vater ist?«

»Lass mich überlegen: Ein Tyrann, der seine Frau und seinen Sohn wie Sklaven behandelt.«

Henri sah ihn scharf an. Wie konnte sich Toni nur erdreisten, so über seinen Vater zu sprechen? »Er ist kein

Tyrann! Nur … ein wenig autoritär. Dafür tut er alles für seine Familie.«

»Red's dir nur schön«, murmelte Toni, dann leerte er sein Bier in einem Zug. »Ich hol mir jetzt noch ne Maß.«

Henri sah seinem Freund kopfschüttelnd nach. Was zum Teufel ging nur in dem Kerl vor? Das erneute Klingeln riss ihn aus seinen Gedanken. Die Blasmusik fing genau in dem Moment an zu spielen, als er sein Handy zum Ohr hob.

»Hallo? Ich verstehe kein Wort. Einen Moment, ich muss kurz woanders hingehen.«

Henri zwängte sich durch die Massen, bis er den Schotterweg erreichte, der am Ufer entlang um das Klostergelände führte. Gehetzte Menschen strömten an ihm vorbei, auf der Suche nach einem geeigneten Platz, um sich das Feuerwerk anzusehen.

»Hallo?«

»Hier ist Edmund Plinganser.«

Henri riss erstaunt den Mund auf. Woher hatte der Direktor seine Handynummer?

»Herr Plinganser … was verschafft mir die Ehre? Sind Sie auch auf dem …«

»Hör mir zu!«, fiel ihm der Mann ins Wort. »Wir müssen uns treffen!«

Die angespannte Stimme des Direktors alarmierte Henri.

»O … okay. Wie wäre es morgen Vormittag? Um was geht es …«

»Wir müssen uns treffen! Jetzt sofort! Ich bin in meinem Büro. Ich erwarte dich in fünfzehn Minuten.«

»Was jetzt gleich? Aber …« Henri schaute auf die Uhr.

»Hör mir zu! Wir müssen uns treffen!«, wiederholte der Direktor eindringlich. »Es ist sehr wichtig!«

Seine Ohrmuschel war schon halb taub, so stark presste er sich das Handy ans Ohr. Plinganser hatte vor irgendetwas Angst. Henri wollte nachhaken, verstehen, um was es ging. Doch er spürte, dass er keine Antwort bekommen würde.

»Ich mache mich auf den Weg.«

»Nimm die Lehrertreppe«, forderte ihn der Direktor auf. »Und sag zu niemand ein Wort! Auch nicht zur Polizei! Du kannst der Polizei nicht trauen! Hast du verstanden?«

Du kannst der Polizei nicht trauen.

Da war er wieder. Dieser Satz, der sich für den Rest seines Lebens in seine geistige Festplatte gebrannt hatte. Seine Gedanken begannen, sich wie in einem Karussell zu drehen.

»Hast du verstanden?«, wiederholte der Direktor.

»Ja … natürlich.«

Seine Stimme war kaum zu hören.

»Und Henri, falls ich verhindert bin: Alle Antworten auf deine Fragen findest du in der Bibliothek. Es ist sehr wichtig! Sei pünktlich!«

Dann hängte der Direktor auf.

*

Mathias Schweinberg knallte die Haustür hinter sich zu, warf seine Jacke auf die Garderobe und stampfte in die Küche. Er hatte einen Mordshunger, aber leider war die Vorratskammer seiner Mutter sehr dürftig gefüllt. Am liebsten wäre er rüber zum Seefest gegangen, aber die Aussicht, sich durch Menschenmassen quetschen zu müssen, verdarb ihm jeglichen Appetit auf saftiges Grillfleisch. Er nahm sich Brot, Butter, eine Salami und ein Bier aus dem Kühlschrank. Mit dem Messer versuchte er vergeblich, die Salami aufzuschneiden. Die scharfen Küchenmesser steckten in einem Messerblock neben der Spüle. Damit wäre es ein Leichtes. Doch alleine ihr Anblick erzeugte bei ihm eine Gänsehaut. Es hatte sich ihm nie erschlossen, woher seine Angst kam.

Schweinberg drückte die stumpfe Schneide verbissen in die harte Salami, rutschte ab und erwischte mit dem Ellenbogen die Bierflasche. Mit einem ohrenbetäubenden Knall zersplitterte sie auf den Fliesen.

»Verfluchte Scheiße. Verdammter Mist! Ich ...«

Zornig trat er gegen einen Stuhl.

»Den brauche ich noch.«

Schweinberg drehte sich um. Im Kücheneingang stand seine Mutter. Sie trug ein mit bunten Blumen besticktes, weißes Kleid. Es war eine Nummer zu groß, wie all ihre Klamotten. Sie ging zur Spüle, füllte eine Karaffe mit Leitungswasser. Das Chaos in der Küche schien sie zu ignorieren. Schweinberg schnappte sich die Papierrolle, ging auf die Knie und wischte die Scherben auf. Er spürte ihren bohrenden Blick im Nacken.

»Was ist?«, fauchte er, ohne aufzuschauen.

»Du konntest dich schon als Kind nicht beherrschen. Ich hab Werner bestimmt hundertmal angefleht, dich in ein Internat zu stecken.«

Schweinberg seufzte. Die alte Leier. Kinder waren nun mal unbarmherzig, es gehört zum Älterwerden dazu, die Grenzen der Eltern auszutesten. So sah er das. Die Schuld lag bei seiner Mutter, die mit allem überfordert war, was nicht ihrer Fantasie entsprang.

»Es hätte dir gut getan«, fuhr sie fort. »Jetzt ist es zu spät.«

Nun schaute Schweinberg auf. »Was ist zu spät?«

Seine Mutter starrte an ihm vorbei, seufzte traurig. »Nichts.«

Sie stieß sich von der Spüle ab, doch er sprang auf und stellte sich ihr in den Weg.

»Wie hast du das eben gemeint?«

»Ach Mathias, ich bin nur eine alte Frau. Ich …«

»Was ist zu spät?«, brüllte Schweinberg.

Sie sah zu Boden. Wie sie es immer tat, wenn sie einem Konflikt aus dem Weg gehen wollte. »Sabine, sie war so eine tolle Frau. Ich vermisse sie.«

Jetzt plötzlich. Jahrelang hast du sie ignoriert – so wie mich.

»Was ist zu spät?«, wiederholte er die Frage, auch wenn ihm die Worte schwerfielen. Er hatte eine Vorahnung, worauf das Ganze hinauslief.

»Du kannst manchmal so … so egoistisch sein.«

Ohne es beabsichtigen presste Schweinberg das aufgeweichte Stück Papier in seiner Hand zu einer Kugel zusammen. Er spürte einen Stich, als sich eine kleine Scherbe in seine Haut bohrte.

»Zum letzten Mal: Was ist zu spät?«

Renate Schweinberg schien mit sich zu ringen, bevor sie antwortete. »Wenn du in deiner Jugend gelernt hättest, auf andere mehr Rücksicht zu nehmen, dann … dann wäre es vielleicht nicht so weit gekommen.«

Schweinberg fing an zu zittern. Eine unbändige Wut bahnte sich seinen Weg nach draußen. »Du denkst, dass ich an ihrem Tod schuld bin? So wie all die anderen Wichser, die mal meine Freunde waren.«

»Nein, Mathias, ich will nur …«

»Ich habe Sabine geliebt. Es vergeht kein Tag, an dem ich nicht an sie denke. Ja, ich habe es unterschätzt – und ich hasse mich dafür.« Schweinberg griff sich eine große Scherbe vom Boden und hielt sie sich an den Arm.

»Ich würde mir den Arm abschneiden, um es ungeschehen zu machen. Aber was ich auch tue, nichts wird sie zurückbringen.«

Seine Augen füllten sich mit Tränen. Er wartete auf eine Reaktion seiner Mutter, doch sie stand nur ausdruckslos vor ihm, zupfte nervös an ihrem Kleid herum.

»Mein Junge, ich habe es nicht so gemeint. Ich will doch nur …«

»Ausgerechnet du wirfst mir Egoismus vor. Was hast du schon für mich getan, nachdem Vater gestorben ist?«

»Bitte, lass Werner aus dem Spiel.«

»Warum? Fällt es dir schwer, über ihn zu sprechen?«

»Ich sollte weitermachen.«

»Hast du einen Abgabetermin? Ach nein, hab ich ganz vergessen: Keine Sau darf deine Geschichten lesen. Du willst die Vergangenheit verdrängen, Mama. Deswegen flüchtest du dich in deine Fantasiewelten. Aber vor der Realität kann man nicht davonlaufen. Also stell dich ihr endlich!«

Renate Schweinberg blickte weiter stoisch zu Boden.

Tue irgendetwas! Nimm mich in den Arm. Schrei mich an.

Doch es kam nichts.

»Du machst mich krank. Lieber bringe ich mich um, bevor ich so werde wie du.«

Er schleuderte die Scherbe und das zusammengeknüllte Papier durch die Küche, drehte sich auf dem Absatz um und marschierte aus dem Haus.

Draußen schloss er die Augen. Er hielt es hier keinen Tag länger aus. Gleich morgen würde er kündigen und Urlaub einreichen. Und dann mit seiner Maschine Richtung Italien verschwinden.

Ein explosionsartiger Knall zerriss die Nacht. Erschrocken riss er die Augen auf. Ein weißer Lichtball verglühte im Nachthimmel. Wie jedes Jahr markiert die Rakete den Anfang des Feuerwerks. In dem Moment klingelte sein Telefon. Die Gerichtsmedizin. Er dämpfte seine Erwartungen, stellte sich auf eine weitere Enttäuschung ein.

»Komm mir bloß nicht mit schlechten Nachrichten.«

»Eigentlich wollte ich dir nur *Gute Nacht* wünschen«, antwortete Dr. Bartels.

Schweinberg sah den Gerichtsmediziner am Ende der Leitung lächeln. »Was soll an dieser Nacht gut sein?«

»Sie wird es gleich.« Ein Seufzer drang aus dem Hörer. »Der Satz wird mich ewig verfolgen, aber: Du hattest recht.«

Das Herz schlug Schweinberg schwer gegen die Brust, als Dr. Bartels die Identität des Skeletts verriet. Seine Intuition hatte ihn nicht getäuscht. Er bedankte sich bei dem Gerichtsmediziner und hängte auf. Dieser Fall wurde immer verrückter. Unschlüssig starrte er auf das Schulgebäude, das komplett im Dunkeln lag – bis auf ein einziges Zimmer im ersten Stock. War das nicht das Büro des Direktors? Plinganser war wirklich ein Arbeitstier. Dennoch verwunderte es ihn, dass sich der Mann das Feuerwerk entgehen ließ. Plötzlich erschien ein Gesicht am Fenster. Schweinberg blieb der Mund offen stehen.

Dann rannte er, so schnell er nur konnte, über die Straße zum Haupteingang.

3. Episode: Buch des Grauens

Wie in Zeitlupe nahm Henri Holmes das Handy vom Ohr. Menschen strömten an ihm vorbei, rempelten ihn an, lachten ihm ins Gesicht. Er nahm es kaum wahr. Die Welt verschwamm wie unter Narkose. Er war alleine, mit sich, seinen Gedanken, seiner Angst. Ob er Toni bitten sollte, ihn zu begleiten?

Besser nicht. Im betrunkenen Zustand war sein Freund keine große Hilfe. Die digitale Anzeige seiner Armbanduhr zeigte 21:50 Uhr. Man benötigte höchstens fünf Minuten bis zum Lehrereingang, er hatte also genügend Zeit. Doch seine innere Stimme redete auf ihn ein, erst gedämpft, dann immer stärker, bis sie das Stimmengewirr und die Blasmusik übertönte.

Lauf! Der Direktor braucht deine Hilfe!

Henri zwängte sich durch die Menschenmassen und riss dabei ein älteres Pärchen auseinander, was der schnauzbärtige Mann mit einem bayrischen Kraftausdruck kommentierte. Seine Beine fingen automatisch an zu laufen, kaum dass sich vor ihm eine Lücke in der Masse auftat. Die Sorge um Plinganser zog ihn wie ein Magnet zum Schulgebäude. Henri versuchte krampfhaft, gegen die negativen Gedanken anzukämpfen.

Das ist alles nur ein dummer Zufall, redete er sich ein. Irgendwann würde er darüber lachen. Irgendwann in einer fernen Zukunft.

Henri betrat das Schulgelände durch das Gittertor am Südende und umrundete zügig das Klostergebäude. Der Mantel der Nacht hatte sich über das gesamte Areal gelegt. Gegenüber vom Haupteingang lag ein quadratischer Klosteranbau. Die Wohnung des Hausmeisters. Direkt dahinter begann der Lehrerparkplatz, an dessen Ende sich der Lehrereingang befand. Sein Blick streifte über den ersten Stock des Schulgebäudes. In Plingansers Büro brannte kein Licht.

Wie kann das sein?

Henri überquerte den Parkplatz, der bis auf den letzten Platz gefüllt war. Instinktiv verlangsamte er sein Tempo. Vor der geschlossenen Tür zum Lehrereingang blieb er irritiert stehen. Sie besaß nur einen Türknauf. In Gedanken ging er das Telefonat nochmals durch. Plinganser hatte ihn aufgefordert, die Lehrertreppe zu nehmen. Nur wie sollte er die Tür ohne Schlüssel öffnen?

Ein Geräusch ließ ihn herumfahren. Ein mechanisches Summen – wie vor ein paar Tagen am Strandbad. Henri zitterte. Seine Augen scannten jeden Busch, jeden Baum, jedes Fenster. Er sah nichts, trotzdem spürte er den fremden Blick auf seiner Haut. Was war nur los mit ihm?

Ich werd langsam verrückt!

Ohne es zu bemerken, war er zurückgewichen. Die Tür gab nach, kaum dass sein Rücken sie berührte, offensichtlich war sie nur angelehnt gewesen. Henri stolperte ins dunkle Treppenhaus. Nachdem er sich versichert hatte, dass die Tür dieses Mal richtig ins Schloss eingerastet war, hastete er die Treppen hoch. Er verzichtete darauf, das Licht einzuschalten, obwohl es keinen Grund gab, sein Eintreten zu verbergen. Schließlich erwartete ihn der Direktor.

Im ersten Stock legte er ein Ohr an die Tür. Grabesstille. Die Außenwelt schien von den dicken Klostermauern verschluckt zu werden. Oder sein pochender Pulsschlag übertönte alles andere. Henri öffnete die Tür mit einer sanften Handbewegung und spähte nach links. Das Sekretariat lag am Ende des Korridors neben dem Zugang zur Haupttreppe. Endlose Sekunden verharrte er auf der Stelle, bis sich seine Augen an die Dunkelheit gewöhnten.

Henri schlich in Richtung Sekretariat, streifte dabei mit der Hand an der Wand entlang. Die Berührung stabilisierte seine wackligen Knie. Nach ein paar Metern warf er einen ängstlichen Blick zurück. Niemand folgte ihm. Trotzdem wurde er das Gefühl nicht los, beobachtet zu werden. Sein Verstand versuchte, sich gegen die düstere Vorahnung, was ihn gleich erwarten würde, zur Wehr zu setzen. Es blieb beim Versuch. Die Tür zum Sekretariat stand offen. Henri lugte um die Ecke. Der Raum war leer, schwaches Licht drang von der beleuchteten Hauptstraße durch die beiden Fenster. Die Scheinwerfer der vorbeifahrenden Autos warfen obskure Schattenfiguren an die Wand. Er betrat den Raum, ohne Licht einzuschalten. Unsicher klopfte er an die Tür zum Büro des Direktors.

»Herr Plinganser. Ich bin es. Henri Holmes. Kann ich hereinkommen?«

Seine Worte waren kaum stärker als ein Flüstern. Er räusperte sich und wiederholte die Frage mit kräftiger Stimme. Keine Antwort. Was jetzt? Sollte er eintreten? Oder besser umkehren?

Ein explosionsartiger Knall ließ ihn in die Knie gehen. In dicken Schüben pumpte sein Körper Adrenalin durch die Venen. Er sprang hinter den Empfangsbereich und ging in Deckung.

Woher war der Schuss gekommen? Seine Gedanken drehten sich im Kreis. Die schwarze Gestalt. Sie musste ihm gefolgt sein. Es war die einzig logische Erklärung. Henri wollte nachsehen, wo sich der Angreifer befand, doch sein Körper verweigerte ihm den Gehorsam. Wohin jetzt? Aus dem Sekretariat gab es nur einen Ausgang. Seine Augen erfassten das Fenster. Das Zimmer lag höher als der Balkon. Der Aufprall wäre schmerzhaft, aber ein akzeptables Risiko – verglichen mit einer Kugel. Was ihm mehr Sorgen bereitete, waren die möglichen Schnittverletzungen. Denn er hätte keine Zeit, das Fenster vorher zu öffnen.

Das ist doch wahnsinnig!

Leider war es sein einziger Ausweg. Henri ging in die Hocke, im Kopf spielte er die Bewegungsabläufe durch. Dann atmete er tief aus und spannte die Muskeln an.

Eine Schussfolge zerriss die Stille der Nacht. Henri sank auf den Fußboden zurück, schlug sich schützend die Hände über den Kopf. In der Ferne ertönte ein langgezogenes »Ah«, auf das weitere Explosionen folgten. Entgeistert nahm er die Hände herunter, bis es ihm dämmerte.

»Du Riesenrindvieh!«, entfuhr es ihm.

Das waren keine Schüsse, sondern nur die Raketen des Feuerwerks.

Mit zitternden Beinen erhob er sich. Beinahe wäre er mit Anlauf durchs Fenster gesprungen. Egal, wie er es zu erklären versucht hätte, er hätte sich damit zum Gespött des gesamten Tals gemacht.

Was nun?

Ihm blieb keine andere Wahl, als nachzusehen. Ohne die Vergewisserung, dass der Direktor nicht im Büro auf ihn wartete, würde er heute Nacht kein Auge zumachen. Nach einem letzten beherzten Klopfen drückte er die Türklinke nach unten. Sie schwang geräuschlos auf. Die Umrisse der Möbel verschwammen zu einem durchgängigen Schatten. Der Bürostuhl stand mit der Rückseite zu ihm.

»Herr Plinganser?«, hauchte er in die Dunkelheit.

Seine Frage war unsinnig. Warum sollte der Direktor im Dunkeln sitzen? Henri war erleichtert und verunsichert zugleich. Hatte er Plinganser am Telefon falsch verstanden? Nein, das war unmöglich. Aber wo war der Mann? Leider hatte er keine Nummer, die er zurückrufen konnte.

Zeit zu verschwinden, befahl er sich. *Bevor ich noch durchdrehe.*

Henri hatte die Tür fast zugezogen, als der Schein einer Rakete den Raum erhellte. Sein Herz stockte. Die Finger krallten sich so stark um die Klinke, dass sie ein leises Knirschen von sich gab. Henri klammerte sich an die Hoffnung, dass das Bild, das sich ihm für einen Sekundenbruchteil eröffnet hatte, ein Produkt seiner ausufernden Fantasie war.

Mit den Fingerspitzen ertastete er den Lichtschalter. Seine Augen fixierten die Glasvitrine, in der sich eben die Vorderseite des Bürostuhls gespiegelt hatte. Eine gefühlte Ewigkeit stand er bewegungslos im Türrahmen, bis er sich überwinden konnte, den Schalter zu betätigen. Grelles Licht zerriss die Dunkelheit, schattenartige Umrisse tanzten auf seiner Netzhaut. Er blinzelte. Das grauenhafte Bild verschwand nicht.

Henri stürmte hinter den Schreibtisch und riss den Stuhl herum. Der Anblick traf ihn mit einer solchen Wucht, dass er taumelte. Er stolperte zum Fenster und bekam in letzter Sekunde den Papierkorb zu fassen, bevor er sich übergab. Der beißende Gestank des Erbrochenen benebelte seine Sinne. In dem Moment klingelte sein Telefon.

*

Die Erinnerungen verfolgten Mathias Schweinberg, seit er das Schulhaus betreten hatte. Mit einem flauen Gefühl im Magen betrat er das Sekretariat. Die Einrichtung hatte sich in den letzten zwanzig Jahren ebenso wenig verändert wie die in seinem Elternhaus. Dass ihn das Leben erneut hierherführte, gehörte wohl zur Absurdität dieser mysteriösen Mordserie. Nachdem Holmes Gesicht im Fenster aufgetaucht war, hatte Schweinberg den Jungen sofort angerufen und von ihm die schreckliche Nachricht erfahren. Zwei Streifenpolizisten waren zehn Minuten später eingetroffen, um den Tatort zu sichern. Kurz darauf erschien auch Dirk Schleicher, der sich auf dem Seefest aufgehalten hatte. Schweinberg hegte Zweifel, ob sein junger Kollege wirklich so nüchtern war, wie er behauptete. Aber aktuell war er froh über jede Unterstützung, denn mittlerweile strömten hunderte Besucher zurück zu ihren Autos und verstopften die Straßen. Es dürfte noch einige Zeit dauern, bis seine Kollegen aus Miesbach mit der Spurensicherung eintrafen.

Aus dem Büro kam ein schmatzendes Geräusch. Schweinberg holte tief Luft, bevor er das Zimmer betrat. Dirk Schleicher stand neben dem Bürostuhl und zog sich weiße Plastikhandschuhe über. Dann drückte er zwei Finger an den Hals des Direktors, der leblos im Stuhl hing. Die Fingerkuppen erzeugten einen weißen Druckfleck auf der rötlichen Hautpartie.

»Was in drei Teufels Namen machst du da?«, schrie Schweinberg seinen jungen Kollegen an.

»Wonach sieht es denn aus? Ich kontrolliere den Puls«, giftete Schleicher zurück.

»Den Puls? Der Mann ist tot.«

»Noch nie was von Scheintod gehört? Ich hab im Lehrbuch von einer Frau gelesen, die zwei Tage im Leichenkeller lag, bevor sie an Unterkühlung starb.«

»Und die roten Flecken auf dem Bauch, hältst du die für Masern?«

»Ich wollte nur sichergehen.«

Schweinberg starrte Schleicher ungläubig an. Der Typ machte ihn wahnsinnig. »Warte gefälligst draußen auf die Spurensicherung.«

»Bis die kommt, ist es Mitternacht. Ich …«

Schweinberg zeigte mit dem Finger auf die Tür. »*Raus* hab ich gesagt!«

Wutentbrannt zog Schleicher ab. Vermutlich würde er sich darüber bei Schleghuber beschweren, aber dass war Schweinberg egal. Oberste Regel war, nichts anzufassen, bis die Fotos im Kasten waren, und daran hatte sich jeder zu halten.

Ein Schuldgefühl legte sich wie ein schwerer Mantel auf Schweinbergs Schultern, als er sich dem Leichnam näherte. Das Haar war grauer, die Altersfurchen im Gesicht zahlreicher, ansonsten hatte sich der Mann wenig verändert. Schweinberg schluckte. Er hatte nie vergessen, wie fürsorglich sich der Direktor damals um ihn gekümmert hatte. Nach dem Tod seines Vaters war er zwar ein halbes Jahr in psychologischer Behandlung gewesen, doch ohne Plingansers Unterstützung hätte er sich niemals dazu durchgerungen, das Abitur zu machen, und hätte die Schule einfach abgebrochen. Er stand in der Schuld des Mannes. Warum nur hatte er sich nie bei ihm bedankt?

Weil er ein verunsicherter Jugendlicher war, der seine Vergangenheit nur noch hinter sich lassen wollte! Doch jetzt verfluchte er sich dafür.

Konzentrier dich auf deinen Job!

Das bekannte Pochen setzte in seinen Schläfen ein. Er schob sich einen Kaugummi in den Mund, dann sah er sich die Leiche näher an. Edmund Plingansers aufgerissene Augen starrten an die Decke. Der Oberkörper war nackt, die Bauchdecke war überzogen mit Stichverletzungen. An den seitlichen Körperpartien und im Halsbereich hatten sich hellrote Flecken gebildet. Die blasse Haut war erstarrt. Auf dem rechten Oberarm prangte ein Tattoo: Ein schwarzes Dreieck, in dessen Mitte das Wort *Oberbayern* in altdeutscher Schrift geschrieben stand. Sein Blick fiel auf die laminierte Karteikarte, die Plinganser um den Hals hing. Zwar war die Todesursache eine andere, doch der Rest schrie geradezu danach, dass die beiden Mord-fälle zusammenhingen.

Es war Zeit, mit demjenigen zu reden, bei dem alles zusammenlief.

*

Henri hatte komplett den Zeitbezug verloren. Waren nur zehn Minuten vergangen oder schon eine Stunde? In sei-nem Mund sammelte sich schale Speichelflüssigkeit. Der beißende Gestank von Erbrochenem hing ihm in der Nase wie Rauch unter einer Zimmerdecke. Wenigstens tränten seine Augen nicht mehr. Henri schämte sich für die Tränen. Er hatte vor Schweinberg ein jämmerliches Bild abgegeben. Je länger er hier rumsaß, desto elender fühlte er sich.

Wieso passiert mir dieser Albtraum schon zum zweiten Mal?

Henri saß auf einem Stuhl im Lehrerzimmer, in das ihn der Hauptkommissar gesteckte hatte. Kurz bevor ihm die Polizei das Handy abgenommen hatte, hatte er Toni noch per SMS über den Tod des Direktors informiert. Seitdem war er hier mit sich und seinen Gedanken alleine.

Plötzlich wurde die Tür aufgerissen. Schweinberg be-trat den Raum, schnappte sich einen Stuhl und ließ sich verkehrt herum darauf nieder. Es war ein bizarrer An-blick, wie sich dessen wuchtiger Oberkörper auf der bedauernswerten Rückenlehne abstützte.

Schweinberg fuhr sich durch seinen Bartwuchs und ge-noss das Knistern, das seine Finger dabei verursachten. Die Massage half ihm, sich zu konzentrieren. Vor Sabi-nes Tod hatte er sich jeden Tag rasiert. Nur Hinterwäld-ler trugen Bart. Im Nachhinein eine idiotische Denkweise. Holmes wischte sich mit der Hand übers Gesicht. Als er den jungen Mann gefunden hatte, war er völlig aufgelöst gewesen, doch mittlerweile hatte er wieder sein undurchsichtiges Pokerface aufgesetzt. Holmes war mehr als nur ein Zeuge, rief er sich in Erinnerung. Spätestens nach Dr. Bartels Entdeckung.

»Drei Leichen in fünf Tagen. Respekt. Sie haben eine Quote wie die Mafia. Ich stelle mir schon morgens die Frage, welchen Toten Sie uns wohl heute wieder anschleppen.«

Die Wörter wurden durch die Schmatz-Geräusche des penetrant süßlichen Kaugummis wie mit einem Klebeband zusammengehalten. Henris Nackenhaare richteten sich auf. Er sagte nichts, sah den bärtigen Mann nur an, ohne mit der Wimper zu zucken. Schweinbergs Augen funkelten angriffslustig. Henri spürte, dass es der Bulle genoss, ihn zu demütigen. Welche Rolle spielte der Kerl in dieser Horrorgeschichte?

»Ich hab mich über Sie erkundigt«, fuhr Schweinberg fort. »Ein intelligenter, wissbegieriger, gut erzogener junger Mann. Nun ja, Sie wären nicht der erste Täter, über den das Umfeld nachher sagt: *Das hätte ich dem niemals zugetraut.*«

Henri verzichtete auf eine Antwort.

»Ich bin ein wenig schwer von Begriff, hab mein Abitur auch grad mal mit einer 3,3 geschafft«, fuhr Schweinberg fort. »Vielleicht hat so ein Musterschüler und Vorzeigestudent wie Sie eine Erklärung für mich, wie jemand, bei dem die Totenstarre so weit fortgeschritten ist, vor einer knappen Stunde noch telefonieren konnte?«

Henri schwieg stoisch, was dem Hauptkommissar die Zornesröte ins Gesicht trieb.

»Was? Keine Idee?«, brummte Schweinberg. »Haben Sie dann wenigstens eine Theorie, warum auf dem Boden nicht der geringste Blutspritzer zu sehen ist, obwohl der Körper unzählige Stichverletzungen aufweist?«

Henri schluckte, blieb aber stumm.

»Immer noch nichts? Na, aber dafür sagt Ihnen die Tätowierung bestimmt etwas, oder?«

Wieder verweigerte Henri die Antwort.

»Letzter Versuch: Was bedeutet die Abkürzung *Z3-B5* auf dem Zettel um Plingansers Hals?«

Schweinbergs Fragen kamen wie aus einer Maschinenpistole. Henri wurde schwindelig. »Ich weiß es nicht«, antwortete er schließlich.

»Verdammt noch mal, ich brauche Antworten!«, brüllte Schweinberg. »Also strengen Sie sich gefälligst an.«

Henri blickte zu Boden. Es fiel ihm schwer, sich zu konzentrieren. Aber er musste dem aufgebrachten Polizisten etwas liefern. Vor seinem inneren Auge sah er Plingansers Leiche. Plötzlich verstand er, worauf der Hauptkommissar hinauswollte. »Der … der Direktor wurde nicht im Büro getötet.«

Schweinberg grinste schief. »Nein, und auch nicht erst vor einer Stunde. Dafür benötige ich keinen Obduktionsbericht.«

»Das ist unmöglich. Ich habe mit ihm telefoniert. Untersuchen Sie mein Handy. Da können Sie sehen, dass …«

Henri sprach den Satz nicht zu Ende. Schweinberg schien seine Gedanken zu lesen. »Lassen Sie mich raten: unterdrückte Nummer.«

»Aber … ich hab mit ihm gesprochen, das schwöre ich.«

»An Ihrer Stelle würde ich Ihren Flug in die USA besser stornieren.«

»Sie haben nichts gegen mich in der Hand.«

Henri war selbst überrascht über sein forsches Auftreten. Aber es fühlte sich gut an, dem Hauptkommissar Paroli zu bieten. Und es schien seine Wirkung nicht zu verfehlen. Der Mann verschränkte erstaunt die Arme vor der Brust.

»Wir haben drei Leichen und Sie sind die einzige Verbindung zwischen den Fällen.«

»Ich hab für alle ein Alibi.«

»Woher wollen Sie das wissen? Kennen Sie den genauen Todeszeitpunkt von Edmund Plinganser?«

Der Hauptkommissar zog seine buschigen Augenbrauen zusammen und starrte Henri erwartungsvoll an.

»Heute Mittag war der Direktor noch am Leben. Nachmittags war ich zu Hause, anschließend auf Schloss Ringberg bei Dr. Goldberg und abends auf dem Seefest. Für den kompletten Zeitraum habe ich Zeugen.«

Schweinberg hatte Mühe, sich seine Enttäuschung nicht anmerken zu lassen. Er hatte sich in dem Babyface getäuscht. So zerbrechlich er während ihres ersten Treffens auch gewirkt hatte, Holmes hatte mehr Rückgrat, als man es ihm auf den ersten Blick zugestand.

»Das werde ich überprüfen.«

»Kann ich jetzt gehen?«

»Ich bin noch nicht fertig«, brummte Schweinberg, dann zog er ein Foto aus der Innentasche der Jacke und hielt es ihm hin. »Wissen Sie, wer das ist?«

Henri fixierte das Porträtfoto, bei dem die Farbe an den Rändern schon verblichen war. Es zeigte einen Mann im mittleren Alter. Unkontrolliert wegstehende Haarreste reihten sich um einen unförmigen Kopf, ein Oberlippenbart wucherte unter der Nase. Der Mann wirkte deprimiert.

Henri schüttelte den Kopf.

»Der Mann heißt Arno Kroos. Er war Patient in der Psychiatrie *Seeblick* und ist vor dreiundzwanzig Jahren spurlos verschwunden.«

»Vor dreiundzwanzig Jahren? Wie soll ich ihn dann kennen?«

»Sehen Sie genauer hin. Sie erkennen ihn ganz sicher.«

Henris Augenmuskeln spannten sich an. »Nein, ich habe diesen Mann noch nie gesehen.«

»Erwischt! Jetzt haben Sie mich angelogen.«

Wenn ihn der Hauptkommissar verunsichern wollte, hatte er es geschafft. Henri hatte ein gutes Gedächtnis, vor allem bei Gesichtern. Wie sollte er jemand kennen, der vor seiner Geburt spurlos verschwunden war?

Welches Spiel treibt dieser Bulle mit mir?

»Falls ich ihn schon mal gesehen habe, ist er mir nicht aufgefallen.«

»Oh doch, das ist er. Das ist er ganz bestimmt«, gab sich Schweinberg rätselhaft. »Wobei ich zugebe, dass er sich seit der Aufnahme stark verändert hat. Und das nicht zu seinem Besten.«

»Ich habe keine Ahnung. Kann ich jetzt gehen?«

Henri hatte Mühe, seine Gefühle im Zaum zu halten.

»Ich habe ein aktuelleres Foto von ihm. Vielleicht hilft Ihnen das auf die Sprünge.«

Schweinbergs fleischige Hand fingerte unbeholfen in der Jackentasche. Es dauerte einen Augenblick, bis er ein weiteres Bild hervorholte. Henri starrte fassungslos darauf.

»Das Skelett ist nicht Dr. Beck?«

Schweinberg schüttelte den Kopf, wobei er seine Backen aufplusterte. »Warum zum Teufel führt Sie die Karte des Anwalts ausgerechnet zu dem vermissten Patienten?«

»Zufall«, schoss es aus Henri heraus. »Wir haben nach Dr. Beck gesucht und sind aus Versehen auf die Leiche des Mannes gestoßen.«

»So muss es gewesen sein! Und vergraben wurde er vom Osterhasen.«

Schweinberg beobachtete Holmes. Er erwartete eine Reaktion, aber der Kerl verzog keine Miene. Im Gegenteil, er schien in Gedanken versunken. Weil er nach einer Antwort suchte – oder nach einer Ausrede?

»Wann ist der Mann gestorben?«, fragte Henri nach einer kurzen Denkpause.

»Vor fünfzehn bis zwanzig Jahren.«

»Da war ich maximal sechs – falls Sie vorhaben, mir den Mord auch noch anzuhängen.«

»Woher wissen Sie, dass er ermordet wurde?«

»Wurde er nicht?«

»Die Todesursache ist noch ungeklärt. Ich hatte gehofft, Sie können mir mehr dazu sagen.«

»Wie denn? Ich hab doch gesagt, dass ich den Mann noch nie zuvor gesehen habe. Und überhaupt, wie können Sie so sicher sein, dass es dieser Patient ist?«

»Anhand der Zähne konnten wir Kroos zweifelsfrei identifizieren.«

»Wie das?«

»Das menschliche Gebiss ist so individuell, dass man es mit einem Fingerabdruck oder der DNA vergleichen kann. Der Abgleich des Zahnstatus ist eine anerkannte Identifizierungsmethode.«

»Die Polizei hat die Zahnstruktur aller vermissten Personen?«

»Natürlich nicht.« Schweinberg fuhr sich mit der Zunge über die Lippen. »Wenn wir die Identität kennen, versuchen wir über die Angehörigen oder über die Krankenkassen den behandelnden Zahnarzt zu ermitteln. Hier war es etwas schwieriger, aber glücklicherweise haben wir in der Metallbox einen Hinweis gefunden, der uns auf die richtige Spur geführt hat.«

Henri schluckte. Er hatte die Box doch untersucht. Was war ihm entgangen? »Was ... was denn für ein Hinweis?«

Erst jetzt bemerkte er, dass der Hauptkommissar ein Stück Papier in den Fingern hielt. Neben einem Logo stand in roter Schrift *Psychiatrische Klinik Seeblick*. Es war die Rückseite einer Visitenkarte.

»Vielleicht kannst du mit dem Namen mehr anfangen.«
Schweinberg drehte die Karte herum.

Henri blieb der Mund offen stehen, seine Atmung setzte kurzzeitig aus.

»Wie ... was ...«, stammelte er, bis ihm die Stimme versagte. Er räusperte sich. »Was hat mein Vater mit dem Mann zu tun?«

»Er war sein Arzt.«

Donnerstag, 30. Juli

Die Zimmertür flog auf, das Licht wurde eingeschaltet.

»Aufstehen, wir fahren in zwanzig Minuten«, rief Rainer Holmes.

Henri schreckte aus dem Schlaf hoch, blinzelnd sah er zur Tür, von wo aus ihn sein Vater grimmig anstarrte.

»Und zieh dir was Anständiges an.« Rainer Holmes blieb im Türrahmen stehen, bis er überzeugt war, dass sein Sohn auch wirklich aufstand. Henri setzte sich auf die Bettkante und rieb sich den Schlaf aus den Augen. Es war kurz vor elf. Er konnte sich nicht daran erinnern, wann er zuletzt so lange geschlafen hatte. Sein Körper hatte sich eigenmächtig zurückgeholt, was ihm in den letzten Tagen verwehrt worden war. Ausgeruht fühlte er sich dennoch nicht. Stundenlang hatte sich Henri in einer Art Wachkoma hin und her gewälzt. Wie ein imaginärer Rechen waren seine Gedanken durchs Gehirn gepflügt und an jeder ungeklärten Frage hängen geblieben.

Er hatte Durst, die Zunge klebte ihm am Gaumen.

Henri trottete ins Badezimmer und hielt den Kopf unter kaltes Wasser. Nach einer kurzen Morgenwäsche erschien er in Jeans und Hemd in der Küche. Er begrüßte seine Mutter, die am Herd stand, mit einem müden »Good morning«.

Rainer Holmes musterte ihn von oben bis unten. »Sagte ich nicht, du sollst dir was Anständiges anziehen?«

»Was ist daran falsch?«

»Hast du keine bessere Hose?«

»Wofür?«

»Ich hab keine Zeit für große Erklärungen. Setzt dich und iss was. Und steck dir gefälligst das Hemd in die Hose.«

Henri tat wie geheißen. Der herrische Ton seines Vaters kotzte ihn an, aber für eine Diskussion fühlte er sich zu schwach.

»Was soll ich dir machen?«, fragte seine Mutter. »Magst du Müsli? Ich habe frisches Obst gekauft. Oder soll ich dir Rührreier ...«

»Evelyn, setz dich hin und lass den Jungen sein Frühstück selbst machen! Er ist alt genug«, brummte Rainer Holmes.

Evelyn Holmes verharrte einen Moment am Herd, bevor sie sich wortlos zum Frühstückstisch begab. Ihre Augen verrieten, dass sie anderer Meinung war. Henri hatte keinen Hunger. Er schmierte sich ein Wurstbrot und stopfte es schweigsam in sich hinein.

Zehn Minuten später verließ er das Haus. Ein roter Mini schoss in die Einfahrt und kam kurz vor dem Porsche Cabrio zum Stehen. Hätte sein Vater das gesehen, wäre er sicher ausgeflippt. Toni stieg aus. Er sah verkatert aus. In wenigen Sätzen ließ er sich von Henri erzählen, was gestern Nacht vorgefallen war.

»Oh Mann, wieso bist du nicht zu mir gekommen? Ich wär sofort mitgekommen.«

Von drinnen schrie sein Vater, wo er blieb. Henri rief zurück, dass er längst draußen sei.

»Ach, und entschuldige bitte wegen gestern«, fuhr Toni demütig fort. »Familie ist heilig. Ich wollte nicht über deinen Vater herziehen, ich … mache mir nur Sorgen um dich. Wenn du irgendwann mal dein eigenes Leben führen willst, musst du dich endlich durchsetzen.«

Henri spürte, wie eine Last von seinen Schultern fiel. Gerade jetzt brauchte er die Unterstützung seines besten Freundes. Insgeheim musste er sich eingestehen, dass Toni einen wunden Punkt bei ihm getroffen hatte. »Ich weiß. Aber ich mache es auf meine Weise.«

»Klar. Aber falls du Nachhilfe im Widerwortegeben brauchst, kommst du zu mir. Darüber kann ich eine eigene Facharbeit schreiben.«

Sie mussten beide lachen. Tonis Worte erzeugten ein warmes Gefühl der Verbundenheit. Zu gerne hätte er ihm gesagt, dass er neben seiner Familie der wichtigste Mensch für ihn war. Doch Henri konnte sich nur zu einem Klaps auf den Oberarm durchringen. Glücklicherweise brauchte ihre Freundschaft keine großen Worte.

Rainer Holmes trat aus dem Haus. Henri befürchtete einen Tobsuchtsanfall, doch sein Vater begrüßte Toni per Handschlag und bat ihn unaufgeregt, die Einfahrt frei zu machen. Aus irgendeinem Grund genoss sein bester Freund bei Dr. Holmes einen ungewöhnlich hohen Respekt.

Auf der Fahrt erfuhr er endlich das Ziel ihres Ausflugs: Michael Gerngroß. Ihm wurde übel, was weniger an dem Gedanken an den bevorstehenden Termin mit dem Anwalt lag, als an der Frage, die ihm auf den Lippen lag. Und die nur sein Vater beantworten konnte.

*

Mit den Fingern trommelte Mathias Schweinberg auf die Schreibtischplatte, während er sich die Fotos vom Tatort ansah. Sein Versuch, damit das bohrmaschinenartige

Pochen im Schädel zu übertönen, scheiterte kläglich. Er nahm den faden Kaugummi aus dem Mund, klebte ihn in eine silberne Kaugummihülle und warf ihn in den Papierkorb. Es war sein letzter. Zum Glück. Er bekam schon Muskelkater im Kiefer.

Stress vermeiden, ausreichend schlafen und keinen Alkohol trinken, hatte ihm der Arzt aufgetragen. Deswegen war er aufs Land gezogen: um den Akku aufzuladen. Schweinberg entkam ein trauriger Lacher.

War wohl Ironie des Schicksals.

An jenem schicksalhaften Tag im März hatte er den Spaß am Leben verloren. Er würde auf alles verzichten: Karriere, Sex, Freunde, sogar die eigene Gesundheit, um den Tag ungeschehen zu machen.

Es war unvermeidlich, du hättest es nur hinausgezögert, redete er sich wieder einmal ein. Es misslang ihm – wie immer. Weder der Schmerz noch das Schuldgefühl, das seine Seele wie eine Schrottpresse zusammendrückte, ließen sich überlisten. Recht schnell war der erste Schock einer unbändigen Wut gewichen; eine Wut auf sich selbst, auf die Ärzte und auf die gesamte gottverdammte Welt. Erst nach zwei Monaten war es ihm gelungen, eine Art Waffenstillstand mit seinem Gewissen auszuhandeln. Schrittweise hatte er die Dosis Antidepressiva heruntergefahren, bis man ihn für arbeitstauglich erklärte. Durch die Arbeit sollte er ins Leben zurückfinden. Bislang vergeblich. Das Gefühl von Alltag wollte sich partout nicht einstellen.

Schweinberg griff nach der Wasserflasche neben seinem Schreibtisch. Sie war leer. Mit einem Fluch auf den Lippen verließ er das Büro. Vor seinem Spind hielt er inne. Er nickte einem vorbeigehenden Kollegen zu und wartete, bis er alleine war. Vorsichtig griff er in das schmale Fach über den Kleiderbügeln. Ein Schlag durchzuckte seine Hand, dass er sie reflexartig zurückzog.

»Verdammt!«, knurrte er.

Seine Dienstwaffe hatte die Wirkung eines elektrischen Weidezauns.

Du Penner, es ist eine ganz andere Waffe, ärgerte er sich über sich selbst.

Er zog sich einen Handschuh an, bevor er erneut hineinfasste, um eine volle Wasserflasche herauszuholen. Sein Körper hatte eine Art Allergie gegen Pistolen entwickelt. Ob es jemals wieder weggehen würde? Aktuell wäre er außerstande, seine Dienstwaffe zu benutzen. Hoffentlich kam er nie in eine Situation, in der sein Leben davon abhing.

*

Henri sah stoisch aus dem Fenster des Cabrios. Die Sonne brannte ihm auf die Stirn. Dass ihm der Anwalt versichert hatte, es würde keinen Grund zur Sorge geben, trug kaum zur Beruhigung seiner Nerven bei. Juristisch mochten die hieb- und stichfesten Alibis reichen, um unbeschadet aus der Sache herauszukommen. Für sein Seelenheil brauchte er eine Erklärung für die Anrufe.

Eigentlich sollte er jetzt am See liegen oder in den Bergen unterwegs sein. Stattdessen versuchte er angestrengt, den nicht enden wollenden Monolog seines Vaters zu ignorieren. In früher Kindheit hatte er zum Glück herausgefunden, dass es seinem Vater nie auffiel, wenn man zwischendrin geistig abschaltete. Ein »Ja, klar« von Zeit zu Zeit reichte aus, um ihm das Gefühl zu geben, dass man seinen Worten andächtig lauschte. Es war eine schwache Form der Rebellion, aber sie war zielführender als eine direkte Konfrontation. Auf einmal spürte er einen erwartungsvollen Seitenblick. »Haben wir uns verstanden, Sohnemann?«

Es war das Zeichen, sich wieder ins Gespräch einzuklinken. »Ja, klar.«

«Und mach dir keine Sorgen. Mein Anwalt ist ein Spezialist auf dem Gebiet. Dieser Schweinberg wird noch bereuen, dass er sich mit mir angelegt hat. Ich lasse nicht zu, dass ein karrieregeiler Bulle den Ruf unserer Familie beschädigt.«

Du meinst wohl deinen Ruf, dachte sich Henri.

Rainer Holmes Finger krallten sich so fest ins Lenkrad, dass die Fingerknochen kalkweiß anliefen. Der nächste Satz wurde vom röhrenden Motor halb verschluckt. »Glaubt der ernsthaft, ich würde nicht durchschauen, um was es ihm wirklich geht?«

»Ähm … kennst du den Hauptkommissar etwa von früher?«

Sein Vater reagierte mit Verzögerung. »Wie? Nein! Ich meinte nur, diese Polizisten glauben einfach, sie können sich alles erlauben, weil sie im Namen des Gesetzes handeln. Und wehe, du …«

Henri deckte seine Augen vor dem grellen Sonnenlicht ab, dabei warf er unauffällig einen Blick zum Fahrersitz. Wieso nur hatte er das Gefühl, dass es zwischen den beiden eine Vorgeschichte gab? Was immer es war, der Hauptkommissar war nicht zu beneiden. Rainer Holmes würde Himmel und Hölle in Bewegung setzen, um sich gegen den Mann zu wehren. Henris Vater hatte einen ausgeprägten Beschützerinstinkt. Einmal geweckt, verwandelte er sich in einen erbarmungslosen Racheengel, der vor keiner rechtlichen Auseinandersetzung zurückschreckte, um das Ansehen der Familie zu bewahren. Nachbarn, Mitbewerber, ja sogar ehemalige Patienten – die Liste der Verklagten war lang.

Je näher sie dem Tal kamen, desto schwieriger fiel es Henri, seine Frage zurückzuhalten. Vor dem Anwalt hatte er das Thema verschwiegen, doch jetzt hielt er es nicht mehr aus. »Sag mal, Papa, kannst du dich an einen Arno Kroos erinnern?«

Rainer Holmes verstummte. »Nein, wer soll das sein?«

Henri hatte seinen Vater genau beobachtet. Bei dem Namen waren ihm die Gesichtszüge entglitten. Nur kurz, aber lang genug, um Henri Gewissheit zu geben.

»Ein ehemaliger Patient der *Klinik Seeblick*. Angeblich warst du sein Arzt.«

»Woher hast du das?«

»Von dem Hauptkommissar. Du kennst ihn ganz sicher nicht?«

»Ich … kann sein. Es ist über zwanzig Jahre her, dass ich in der Klinik war. Ich hatte viele Patienten.« Die Stimme seines Vaters bebte vor Erregung. »Wieso interessiert sich Schweinberg für den Mann?«

»Er ist das Skelett.«

»Er ist was?« Rainer Holmes verriss leicht den Lenker. Der Porsche kam der Leitplanke gefährlich nahe. Mit einer kontrollierten Bewegung brachte er den Wagen wieder in die Spur.

Vielleicht sollte ich das nicht bei Tempo zweihundert ansprechen, dachte sich Henri, doch er sprach weiter. »Neben dem Skelett hat man deine alte Visitenkarte gefunden.«

»Das … das kann nicht sein.«

Zum allerersten Mal erlebte er seinen Vater verunsichert.

»Laut Schweinberg ist der Mann damals spurlos verschwunden. Daran musst du dich doch erinnern.«

»Willst du mir unterstellen, dass ich lüge? Ich bin dein Vater!«, brüllte Rainer Holmes so laut, dass Henri zusammenzuckte.

»Nein, nein. Ich wollte nur …«

»Der Name sagt mir nichts. Ist das bei dir angekommen?«

Er nickte.

Sie saßen ein paar Minuten schweigend nebeneinander, bis Rainer Holmes ansetzte: »Ich glaube, ich weiß jetzt, um welchen Patienten es geht. Der Mann litt an starken Halluzinationen. Ich habe wochenlang intensiv mit ihm gearbeitet, bis meine Maßnahmen anschlugen. Er war geheilt, es ging keine Gefahr mehr von ihm aus. Deswegen unterschrieb ich seine Entlassungspapiere. Nachdem er die Klinik verlassen hat, ist er offenbar untergetaucht. Als die Sache bekannt wurde, haben wir dem Ganzen kaum Bedeutung beigemessen. Menschen verschwinden. Es war die Entscheidung der Klinikleitung, alles zu dementieren und nicht mit den Behörden zusammenzuarbeiten. Im Nachhinein war das ein Fehler.«

»Und warum hast du …«

»Genug jetzt! Du überlässt die Sache mir und meinem Anwalt, das ist mein letztes Wort dazu.«

Henri ballte eine Hand zur Faust und überlegte, ob er einen weiteren Versuch starten sollte. Er ließ es sein. Sein Vater war schon immer schwierig gewesen, er handelte unbeherrscht, urteilte oft vorschnell und ungerecht. Nur eines hatte man ihm nie nachsagen können: dass er unehrlich war.

Bis heute.

*

Schweinberg nahm einen Stapel Unterlagen vom Schreibtisch und blätterte ihn durch. Wo waren sie nur? Vorhin waren sie doch noch da gewesen. Instinktiv wählte er die interne Nummer.

»Du weißt schon, dass mein Büro neben deinem liegt«, antwortete sein junger Kollege.

Schweinberg ging nicht darauf ein. »Ich vermisse die Fotos vom Tatort. Hast du sie gesehen?«

»Das nenn ich Gedankenübertragung. Ich sehe sie mir gerade an.«

»Wieso sind die bei dir?«

»Ich hab sie mir ausgeliehen. Aber ich bringe sie dir gleich zurück.«

Schleicher legte auf, bevor Schweinberg seinem Ärger Luft machen konnte. Warum tat er sich das noch an?

Um sich etwas zu beweisen? Wohl kaum. Das hatte er längst, er gehörte zu den besten zehn Prozent seines Jahrgangs und hatte sich im Assessment Center gegen etliche Mitbewerber durchgesetzt, um bei der DHPol einen Platz fürs Studium *Öffentliche Verwaltung – Polizeimanagement* zu ergattern.

In München war man davon ausgegangen, dass er über kurz oder lang Leiter der Kriminalpolizei würde. Ihm nicht wohl gesonnene Kollegen, von denen es zahlreiche gab, neideten ihm den steilen Aufstieg und sahen darin Vetternwirtschaft. Den Polizeipräsidenten zum Schwiegervater zu haben, war bestimmt kein Nachteil. Doch sein Erfolg beruhte nicht darauf, den hatte er sich selbst erarbeitet.

Ohne die Hilfe seiner Vorgesetzten und gegen alle Widerstände hatte er ein paar Jahre zuvor den Mord eines einflussreichen Bankers aufgedeckt. Danach hofierten ihn Polizeiführung und Politik. Es war seine Eintrittskarte zur Polizeihochschule gewesen – und der Anfang vom Ende. Die ständige Pendelei zwischen München und Münster war wie Spiritus auf Sabines lodernder Eifersucht. Hätte er nur besser auf die Zeichen geachtet.

Hör endlich auf! Es wird sie nicht zurückbringen.

In dem Moment erschien Dirk Schleicher mit einer Mappe unter dem Arm. Schwungvoll warf sie sein Kollege auf den Schreibtisch. Schweinberg streckte geistesgegenwärtig die Hand aus und bekam sie gerade noch zu fassen, bevor sie über den Rand der Tischplatte schoss.

»Klasse Reaktion. Warst du mal Torwart?«

Schweinberg klatschte die Mappe verärgert auf den Tisch. »Du nimmst nie wieder etwas von meinem Schreibtisch, ohne mich zu fragen. Hab ich mich klar genug ausgedrückt?«

Schleicher nickte ohne ein Anzeichen von Schuldgefühl. Es machte Schweinberg wütend.

Lass es sein, er ist den Ärger nicht wert.

Er atmete durch und öffnete die Mappe. Sein Kollege blieb wie angewurzelt stehen.

»Gibt's noch was?«

»Suchst du etwas Bestimmtes?«

»Was geht dich das an?«

»Nun … ich brauch die Bilder wieder zurück.«

»Kauf dir eine Bildzeitung, wenn dir langweilig ist.«

Schleicher verzog beleidigt die Mundwinkel. »Haha, selten so gelacht.«

»In Zeiten wie diesen darf man den Humor nicht verlieren«, murmelte Schweinberg, während er die Bilder durchblätterte.

Für eine Weile herrschte Stille. Aus dem Augenwinkel bemerkte er, wie Schleicher von einem Fuß auf den anderen trat.

»Soll ich dich zur Tür geleiten?«

»Ich meine es ernst, wann bekomme ich sie zurück?«

Der forsche Ton des Greenhorns erzeugte ein Kribbeln in Schweinbergs Fingern. Er sah auf. »Wenn wir den Mörder haben. Und jetzt lass mich allein, ich muss mich konzentrieren.«

Ein süffisantes Grinsen umspielte plötzlich Schleichers Lippen. »Du musst sie sowieso bald abgeben.«

»Wie meinst du das?«

»Das weißt du noch nicht? Na, dann will ich auf keinen Fall die Überraschung versauen.«

Schleicher verließ das Zimmer, ohne die Tür zu schließen. Verunsichert blickte ihm Schweinberg hinterher. Was hatte das nun wieder zu bedeuten? Egal was es war, er würde es noch früh genug erfahren. Bis dahin sollte er sich auf die bevorstehende Unterredung mit Dr. Holmes vorbereiten. Allein der Gedanke daran erzeugte bei ihm eine Gänsehaut.

*

Seit knapp zwei Stunden knallte die Nachmittagssonne auf Henri herunter, dass ihm der Kopf schwirrte. Ab fünfunddreißig Grad sollten Gartenarbeiten verboten werden. Wobei ihm das nicht geholfen hätte, für seinen Vater hatten Verbote eher Empfehlungscharakter. Zu gerne wäre er mit Toni Mountainbiken gegangen, aber leider hatte sein alter Herr darauf bestanden, heute Abend einen gemähten Rasen vorzufinden. Entkräftet kippte er die letzte Ladung Gras in die Biotonne, dann räumte er den Rasenmäher auf und begab sich in die Küche. Die Zunge klebte ihm am Gaumen. Er schüttete einen halben Liter Eistee so schnell in sich hinein, dass sein Magen rebellierte.

Das Handy klingelte. Es war Maria, die sich nach seinem Befinden erkundigte. Obwohl ihre Nachtschicht erst heute um 19 Uhr begann, hatte sie schon von ihren Kollegen erfahren, dass Henri den Direktor gefunden hatte. Es beunruhigte ihn. Er wollte gar nicht daran denken, was los wäre, wenn die Öffentlichkeit von seiner Rolle in den Mordfällen erfuhr. Auch wenn er Marias unerschütterlichen Optimismus, dass sich bestimmt alles aufklären würde, nicht teilte, war ihre Sorge um ihn Balsam für seine Seele. Danach redeten sie noch ein wenig über seine anstehende USA-Reise. Es tat gut, mal über was anderes nachzudenken. Je länger das Gespräch dauerte, desto mehr verstärkte sich sein Gefühl, dass ihr etwas auf dem Herzen lag. Sie gab sich unverwüstlich wie eh und je, aber in ihrer Stimme lag eine Spur Verunsicherung. Die Türklingel zwang ihn, das Telefonat zu beenden. Er nahm sich vor, Maria bei der nächsten Gelegenheit darauf anzusprechen.

Vor der Haustür stand Tim. Ein besorgtes Lächeln umspielte seine Lippen. »Hey, stör ich?«

»Nein, gar nicht. Was treibt dich zu mir?«

»Gestern auf dem Seefest hab ich dich leider verpasst, Toni meinte nur, du hättest einen Anruf bekommen und wärst dann abgerauscht. Und keine halbe Stunde später war der Ort voller Polizei. Als ich heute das mit Plinganser gehört habe, da …«

Tim ließ den Satz bewusst unvollendet. Henri seufzte, doch bevor er antworten konnte, fügte Tim an: »Lust auf eine kleine Bergtour? Ich muss den Alkohol von gestern abbauen.«

Er überlegte nur kurz, bevor er zustimmte. Eine Luftveränderung würde ihm guttun. Sie fuhren zum Parkplatz beim Skizentrum Sonnenbichl, wo sie ihre Räder abstellten und zu Fuß zur Aueralm weitergingen. Der Wanderweg führte entlang eines kleinen Bachlaufs und stieg dezent an. Glücklicherweise gehörte Tim zur Sorte Mensch, die nicht unentwegt reden mussten, um bloß keine Stille aufkommen zu lassen. Henri genoss das Rauschen des Wassers und das Zwitschern der Vögel. Die Sonne brannte unerbittlich auf sie herunter, sodass sie froh waren, als ihr Weg auf halber Strecke endlich im Schatten des Waldes verschwand. Erst jetzt begann Henri, seinem Kommilitonen von den gestrigen Ereignissen zu erzählen; was ihm komischerweise schwerer fiel als bei Maria.

»Unfassbar! Was für eine Tragödie«, japste Tim, dem die Anstrengung bei der brütende Hitze mehr zusetzte als Henri. »Dass du überhaupt noch schlafen kannst.«

»Naja, viel Schlaf bekomme ich gerade nicht«, erwiderte er. »Aber da muss ich eben durch.«

»Du bist unerschütterlich, das bewundere ich so an dir. Und ein kluger Kopf – ein kleiner Sherlock Holmes, ich bin dann vermutlich der unwissende Watson«, fügte Tim mit einem Lacher hinzu.

Henri bekam eine Gänsehaut aufgrund des ihm verhassten Namens. »Nenn mich bitte nie wieder so.«

»Wie? Sherlock?« Tim sah ihn fragend an. »Warum? Was hast du gegen den Detektiv?«

»Nichts! Mich nerven nur Vergleiche mit einer Romanfigur, die zufällig denselben Nachnamen hat.«

»Also wenn du mich fragst, habt ihr mehr gemein als nur den Namen.«

Henri zog die Stirn in Furchen. »Renn ich etwa mit Hut und Mantel durch die Gegend?«

»Ich meine doch nicht dessen Kleidung. Abgesehen davon sind der Deerstalker-Hut und der Inverness-Mantel gar kein Teil von Doyles Geschichten, sondern nur die Erfindung des Illustrators Sidney Paget. Lediglich im Fall *Silberstern* trägt Sherlock Holmes eine Reisemütze mit Ohrenklappen.«

»Scheinst ja ein richtiger Fan von ihm zu sein.«

»Um ehrlich zu sein, kann ich die Figur nicht ausstehen. Aber mich haben seine Fälle fasziniert – so sehr, dass ich jedes Buch mehrfach gelesen habe. Ich hab mich immer gefragt, wie man wohl einen Mordfall begehen müsste, damit ihn selbst Sherlock Holmes nicht lösen könnte.«

»Und wie?«, erwiderte Henri halb belustig, halb interessiert.

»Ich arbeite noch daran.« Tim grinste, dann fügte er hinzu: »Nein, im Ernst, ich habe Sherlocks Herangehensweise studiert, um zu verstehen, wie er auf seine Lösungen kommt.«

»Und zu welcher Erkenntnis bist du gekommen?«, hakte Henri beiläufig nach. Obwohl ihn die Figur nicht interessierte, war es immer noch besser, als weiter über die grausamen Ereignisse zu reden.

»Detailgenaue Beobachtung und analytisches Denken«, schoss es aus Tim heraus. »Er löst die Fälle, weil er die entscheidenden Details sieht und die richtigen Fragen stellt. Und er hat keine Angst. Er ist getrieben davon, ein Geheimnis zu lösen. Zur Not gegen alle Widerstände.«

»Und was genau hab ich nun mit der Figur gemeinsam?«

»Nehmen wir die Facharbeit. Du hast dich von nichts aufhalten lassen, hast alle Informationen hinterfragt, und sie am Ende richtig zusammengesetzt. Am Ende hatten wir eine fast minutengenaue Aufbereitung, was an jenem Tag passierte.«

»Daran habt ihr ja auch mitgewirkt.«

»Aber du warst der Treiber, genau wie jetzt. Keiner von uns hätte die beiden Karten entschlüsselt.«

Henri presste die Lippen zusammen. Es widerstrebte ihm, dass er seinem Kommilitonen in dem Punkt nicht widersprechen konnte. Trotzdem hinkte der Vergleich.

»Viel weitergebracht hat es mich nicht«, murmelte er.

»Was dich vermutlich nicht aufhalten wird, trotzdem weiterzumachen.«

Wahrscheinlich, musste sich Henri eingestehen. *Nur leider hab ich keine Ahnung, wie.*

Nach einer Dreiviertelstunde erreichten sie die Aueralm, von der aus man einen malerischen Blick auf die

Tegernseer Berge hatte. Die ganzjährig bewirtschaftete Almhütte war ein Lieblingsziel der Münchner, weswegen auch unter der Woche etliche Tagesausflügler unterwegs waren. Sie holten sich jeder eine Buttermilch und ein Gebäckstück und setzten sich an einen freien Platz auf der Terrasse. Am Wochenende fand man hier kaum eine Sitzgelegenheit. Heute Nachmittag waren die meisten Bänke verwaist, außer ihnen waren nur noch ein paar Rentner, eine Gruppe Mountainbiker und ein Pärchen mit einem Kleinkind da.

Tim zeigte auf einen Bergkamm, ein paar hundert Meter entfernt. »Ist da nicht die Skiclub-Hütte, wo wir damals mit unserer Facharbeitsgruppe waren?«

Henri nickte. Damals hatten sie sich zu fünft für ein Wochenende dort einquartiert, um ihre Strategie und die Arbeitsschritte festzulegen. Obwohl sich Toni aufgeführt hatte wie ein Gutsherr, waren es zwei schöne Tage gewesen. Und Tim war gar nicht mehr aus dem Schwärmen herausgekommen. War für ein Großstadtkind vermutlich etwas Einmaliges.

»Ich wollte mich noch für mein Verhalten im Schloss entschuldigen«, sagte Tim, nachdem sie ihr Gebäck gegessen hatten.

Henri brauchte einen Moment, bis er begriff, wovon Tim sprach. Ihr Besuch bei Goldberg schien Jahre her zu sein.

»Akzeptiert«, antwortete er, nachdem er einen Schluck von seiner Buttermilch genommen hatte. »Aber was war da eigentlich los mit dir? Sonst bist du immer so feinfühlig.«

»Ich war angepisst und hab die Beherrschung verloren. Da kam vieles bei mir hoch. Ich …«

Tim drehte sich zur Seite und wischte sich mit dem Handrücken durchs Gesicht. Die Augen waren glasig. Als er weitersprach, klang seine Stimme bedrückt. »Gestern war der Todestag meiner Mutter.«

»Oh … das tut mir sehr leid.«

»Danke.«

»Wie lange ist das her?«

»Vier Jahre. Sie hatte ein Alkoholproblem und war Kettenraucherin. Eines Abends muss sie betrunken mit der brennenden Zigarette in der Hand eingeschlafen sein.«

Bei der Vorstellung lief Henri ein kalter Schauer den Rücken herunter. Er freute sich zwar, dass Tim so offen zu ihm war, doch bei einem so hochemotionalen Thema fühlte er sich unwohl. Das gefiel ihm an Toni, da gab es nie solche Gespräche – außer er war betrunken.

Tim zog die Nase hoch. »Sorry, ich wollte dich nicht damit belästigen. Du hast grad schon genug um die Ohren.«

Henri wiegelte ab. Obwohl sie im Studium viel Zeit miteinander verbrachten, redeten sie nur wenig über ihr Privatleben. »Kein Problem, dafür sind Freunde schließlich da.« Für einen Moment saßen sie schweigend nebeneinander, bis Henri etwas einfiel. »Das war ja dann, kurz bevor du ins Tal gezogen bist. Wieso treibt es jemanden von Berlin ins bayerische Oberland?«

»Ich bin in Tegernsee geboren, aber mit fünf sind wir weggezogen, weil meine Mutter ihren Job verlor. Sie war Krankenschwester und fand schnell eine neue Anstellung, leider blieb sie aufgrund ihrer Alkoholprobleme nie lange irgendwo. Wir waren in Frankfurt, Hannover, Hamburg, Leipzig und am Ende eben in der Hauptstadt. Jedes Mal wurde ich aus meinem Freundeskreis herausgerissen, weswegen ich nie echte Freunde hatte.«

Henri spürte, dass sein Kommilitone eine Reaktion erwartete, aber er wusste nicht, was er darauf antworten sollte. »Nach ihrem Tod wollte ich nur noch weg«, fuhr

Tim irgendwann fort. »Von Großstädten hatte ich die Schnauze voll. Ich erinnerte mich an meine Kindheit und habe mich spontan am Gymi Tegernsee angemeldet.«

»Hast du denn hier noch Verwandte?«

Tim schüttelt den Kopf. »Meine Mutter zog in jungen Jahren alleine von Bosnien nach Deutschland. Dabei verlor sie den Kontakt zu ihrer Familie.«

»Und dein Vater?«

»Der will nichts mit mir zu tun haben.«

Verglichen mit Tims trauriger Familiengeschichte waren die Dissonanzen mit seinem Vater ein lächerliches Problem, gestand sich Henri ein.

Ein Mountainbiker betrat mit einem Weißbierglas in der Hand die Terrasse. Als er sie sah, verfinsterte sich seine Miene. Henri winkte seinem besten Freund zu, doch der leerte sein Glas in einem Zug und machte auf dem Absatz kehrt.

»Was sollte denn das jetzt?«, fragte Tim.

»Ich hab so eine Ahnung«, murmelte Henri.

»Es ist mir ein Rätsel, warum ihr beide so gute Freunde seid. Ihr seid so was von unterschiedlich.«

»Wir sind eben zusammen aufgewachsen. Wenn es darauf ankommt, können wir immer auf einander zählen. Toni wird leider schnell emotional und provoziert gerne, aber im Herzen ist er ein guter Kerl.«

»Ich wollte ihn nicht schlecht machen. Irgendwie werden wir zwei schon miteinander auskommen. Zur Not müssen wir es eben austrinken.«

Sie lachten, wenngleich es Henri bitter auf der Zunge lag. Kurz darauf machten sie sich auf den Rückweg. In Gedanken bereitete er sich schon auf die unvermeidliche Diskussion mit Toni vor. Nachdem er sich von Tim verabschiedet hatte, radelte er nach Hause. Seine Mutter begrüßte ihn mit einem Briefumschlag in der Hand.

Schon wieder Post?

Als er den Absender sah, riss er erschrocken den Mund auf.

*

Mathias Schweinberg nippte an einem heißen Kaffee, als sein Bürotelefon klingelte. Interne Nummer. »Was gibt's?«

»Ich hab hier einen Simon Dorn«, meldete sich Dirk Schleicher. »Ist privat, hat er gesagt.«

Er hätte fast losgelacht. Das einzige *Private*, das er mit dem Mann teilte, war die gemeinsame Abneigung gegen dessen Bruder Andreas, den Leiter der Operativen Fallanalyse. Ihr letzter Kontakt lag Jahre zurück, damals war der Mörder eines hochrangigen Managers der Deutschen Bank verurteilt worden. Es war Schweinberg zu verdanken, dass man die Tat keinem Unschuldigen anhängte, seine Kollegen hatten sich auf den verschuldeten Schwager des Ermordeten eingeschossen. Statt weiter nach der fehlenden Tatwaffe zu suchen, hatte er sich tagelang in den Unterlagen des Bankers vergraben; entgegen der strikten Vorgabe seines Vorgesetzten. Weil seine Finanzkenntnisse auf Bildzeitungsniveau lagen, hatte Schweinberg Kontakt zu seinem ehemaligen Klassenkameraden aufgenommen. Simon Dorn arbeitete in der Wirtschaftsredaktion des Münchner Merkurs und besaß hervorragende Kontakte in die Branche. Gemeinsam deckten sie auf, dass das Opfer Schmiergelder gezahlt hatte, um an Insider-Informationen zu kommen. Doch einer seiner Klienten war zu gierig geworden und hatte den Mann im Streit erschlagen. Dank ihrer Recherche flog das Schmiergeldsystem auf, viele hochrangige Manager mussten sich anschließend wegen Korruption vor Gericht verantworten. Für seinen Artikel hatte Simon Dorn einen Journalistenpreis erhalten. Normalerweise schweißte eine solche Erfahrung zwei Menschen zusammen. Das Gegenteil war eingetreten. Die Gier nach der großen Geschichte hatte sie vereint; und auch wieder entzweit. Es ärgerte Schweinberg noch immer, dass Dorn ihn in seinem Enthüllungsroman wie einen Zuarbeiter hatte aussehen lassen. Zugegeben, Schweinberg hatte zuvor auch bei keiner Gelegenheit ausgelassen, es als seinen Erfolg darzustellen.

Aber warum rief Simon jetzt an? Interessierte er sich für die Mordserie? Falls ja, konnte er auf das Gespräch getrost verzichten.

»Sag ihm, ich bin nicht da.«

»Zu spät.«

Schweinberg atmete hörbar durch die Nase. »Dann bin ich eben auf unbekannt verzogen.«

»Sehr witzig«, sagte Schleicher emotionslos. »Ich stell ihn durch.«

»Nein warte, ich …«

»Hallo, Mathias, wie geht's?«

Schweinberg schloss kurz die Augen, bevor er übertrieben freundlich antwortete: »Simon, welch freudige Überraschung.«

»Ganz meinerseits. Wann haben wir uns zuletzt gesprochen? Damals vor Gericht, oder? Wie schnell die Zeit vergeht.«

Eine unangenehme Stille trat ein, bis Schweinberg erwiderte: »Ich bin ziemlich beschäftigt. Was kann ich für dich tun?«

»Ich wollte dir mein aufrichtiges Beileid ausdrücken. Ich war schockiert, als ich es gestern von Andreas erfahren habe.«

Ein Stich fuhr in sein Herz. Wie jedes Mal, wenn ihm jemand kondolierte.

»Ihr habt nicht viel Kontakt, wie's aussieht.«

Zwischen den Dorn-Brüdern hatte sich schon zu Schulzeiten eine ausgeprägte Form von Geschwisterrivalität entwickelt, die bis heute anhielt.

»Sporadisch. Apropos, was ist da bei euch los? Andreas meinte, es gäbe zwei Leichen. Und dann diese mysteriöse Geschichte mit dem Skelett.«

»Gibt es keine Wirtschaftsskandale mehr oder warum interessierst du dich plötzlich für einen ordinären Mordfall?«

»Rein privat! Bin zurzeit außer Gefecht, hab mir das Schlüsselbein gebrochen. Fahrradunfall.«

Schweinberg würde wetten, dass dabei Alkohol im Spiel war. Bei ihrer Recherche hatte der Journalist Unmengen an Zigaretten und Wein konsumiert.

»Und so ordinär kann's ja kaum sein, wenn ihr die OFA einschaltet«, fuhr Simon Dorn fort.

Ihm glitt fast die Tasse aus der Hand. »Was sagst du da?«

»Das weißt du nicht? Ich dachte, du bist der zuständige Ermittler.«

»Das dachte ich auch.«

Er legte auf, ohne sich zu verabschieden.

*

In angespannter Haltung steuerte Toni den roten Mini durch Tegernsee. Henri saß gedankenversunken daneben. Er hatte sofort verstanden, was die Nachricht *Denk an meine Worte!* bedeutete. Und wofür die zwei Schlüssel waren, die ebenfalls im Umschlag steckten. Zumindest der größere, der aussah wie ein Hausschlüssel. Alles wiederholte sich. Und das machte ihm Angst. Natürlich hatte er mit dem Gedanken gespielt, die Polizei einzuschalten. Doch was hätte er ihnen sagen sollen? Seine Unschuld war damit nicht bewiesen.

Sich an seinen Vater zu wenden, stand außer Frage.

Es war wohl Fügung, dass sein bester Freund bei ihm zu Hause aufgetaucht war, kurz bevor Henri mit dem Rad aufbrechen wollte. In einem hitzigen Wortgefecht hatten sie sich ausgesprochen, wobei Toni mehrfach betonte, wie wenig er seinen ehemaligen Klassenkameraden ausstehen konnte. Schon länger hatte Henri das Gefühl, dass Toni eifersüchtig war, weil er durchs Studium so viel Zeit mit Tim verbrachte. Vor allem seit dessen Trennung von Maria.

Henri musste an Tims Worte denken. Seine Gemeinsamkeit mit Toni beschränkte sich aufs Klettern und Mountainbiken. Während er jeglicher Konfrontation aus dem Weg ging, eckte Toni mit seinem Dickschädel ständig an, sei es zu Hause, bei seinen Gelegenheitsjobs oder beim Sport. Henri vermutete, dass die streng katholische Erziehung, gegen die sein Freund vehement rebellierte, schuld war. Seine Erzeuger, wie Toni seine Eltern abfällig nannte, hatten mit Ende vierzig die Hoffnung auf ein Kind längst aufgegeben, als er auf die Welt kam. Mit dem aufmüpfigen jungen Mann, der sich spätestens seit der Pubertät immer stärker von ihnen abnabelte, waren sie nie zurechtgekommen. Da Toni die Meinung anderer so wenig interessierte wie die DNA-Struktur von Ameisen, verscherzte er es sich oft mit seinen Mitmenschen. Enge Freunde hatte er außer ihm keine. Vielleicht verband sie das.

Nachdem Henri Toni versichert hatte, dass er auch weiterhin sein bester Freund war, war die leidige Debatte beendet und er hatte ihm von dem Brief erzählt.

Toni ließ sich nicht davon abbringen, ihn zu begleiten. Das schätzte Henri an seinem besten Freund, er stand zu seinem Wort, immer für ihn da zu sein. Und insgeheim war er froh, sich nicht alleine in den nächsten ungewissen Ausflug stürzen zu müssen.

»Was sagt denn dein Anwalt zu den Anrufen?«, riss ihn Toni aus seinen Gedanken.

»Er hat mir allen Ernstes vorgeschlagen, einen Therapeuten aufzusuchen.«

»Du sollst zu deinem Alten auf die Couch?«

»Nein, nein. Er hat mir einem Psychotherapeuten genannt mit Spezialisierung auf Geisterforschung – oder so ähnlich. Mein Vater ist total ausgetickt und hat ihm einen Vortrag über seriöse Psychotherapie gehalten.«

»Und wirst du es machen?«

»Natürlich nicht.«

»Warum? Man liest immer wieder von solchen Dingen.«

»Ich glaube aber nicht an übernatürliche Phänomene. Ich weiß, was ich gehört habe, und ich bin mir sicher, dass es dafür eine rationale Erklärung gibt.«

Toni wiegte den Kopf hin und her. »Mag sein. Aber glaubt dir das der Richter? Es klingt einfach zu verrückt. Würde es denn schaden, eine andere Meinung einzuholen?«

Henri strich unsicher über den Briefumschlag in seiner Hand. Leider konnte er seinem besten Freund in dem Punkt nicht widersprechen. Mögliche Ursachen der mysteriösen Anrufe von vorneherein abzutun, war unklug und brachte ihn keinen Schritt weiter. Er nahm sich vor, im Internet zu recherchieren, um das Thema besser zu verstehen. Danach würde er entscheiden, ob er diesen Geister-Psychiater konsultierte.

Sie näherten sich dem Klostergebäude. Auf seine Anweisung hin parkte Toni den Wagen neben dem Bräustüberl.

»Besser, du wartest hier. Ich will dich nicht noch tiefer in die Sache hineinziehen. Es reicht, dass ich auf Schweinbergs Abschussliste stehe.«

»Ich steh auf so vielen Abschusslisten, eine mehr oder weniger ist da auch schon egal.«

»Es könnte gefährlich werden.«

»Warum? Wohin willst du eigentlich?«

»In die Schulbibliothek.«

»Na, solange du mich nicht zwingst, die Bücher zu lesen, kann ich damit leben.« Toni lachte selbstsicher, bevor er ernst anfügte: »Und wonach genau suchen wir?«

»Plinganser sagte, dass ich dort alle Antworten finde.«

»Glaubst du, dort ist was versteckt? So wie in Schwarz' Kanzlei?«

Henri zuckte mit der Schulter. »Es gibt nur einen Weg, es herauszufinden.«

Der Geruch von Bier und Grillfleisch folgte ihnen von der vollbesetzten Terrasse des Bräustüberls bis zum See. Es war schwülwarm, obwohl die Sonne nur noch knapp über die Bergrücken lugte. Sie umrundeten das Schulgelände. Im Erdgeschoss der Hausmeisterwohnung brannte noch Licht, Hauser und seine Frau saßen vor dem Fernseher. Im Schatten der Bäume schlichen sie unbemerkt weiter zum Lehrereingang, wo Henri den größeren Schlüssel hervorholte und die Tür öffnete.

»Letzte Chance. Willst du wirklich mitkommen?«

Toni zögerte, bevor er antwortete. »Was soll schon passieren? Von der Schule werfen können Sie uns ja nicht mehr.«

Nein, aber ins Gefängnis.

Er ließ den Gedanken unausgesprochen.

*

Schweinberg knallte die Tasse so hart auf den Tisch, dass der Henkel abbrach und der Kaffee überschwappte. Das hatte Schleichers Andeutung also zu bedeuten. Wieso hatte ihn keiner davon unterrichtet? Sein Puls beschleunigte in Sekunden auf zweihundert, als er aus seinem Zimmer rauschte und durch die Dienststelle stampfte. Die Tür zu Schleghubers Büro war nur angelehnt. Er trat sie auf. Sein Vorgesetzter stand zusammen mit Jana Sonntag am Fenster, erschrocken wandten sie sich ihm zu.

»Erich, hast du die OFA angefordert?«

»Können wir das bitte später besprechen. Ich hab noch …«

»Hast du die OFA gerufen? Ja oder nein.«

Schleghuber warf seiner Kollegin einen vielsagenden Blick zu, den sie mit einem Nicken kommentierte. Jana Sonntag verabschiedete sich wortlos.

»Willst du dich nicht setzen. Wir …«

»Zum letzten Mal: Hast du die Scheißprofiler herbestellt?«

Sein Chef seufzte. »Ja, hab ich. Hör zu, Mathias, wir haben zwei Mordfälle – und ein Skelett. Wir stoßen an unsere Grenzen und sind im ersten Fall keinen Schritt weiter.«

»Macht man das hier so? Oder liegt es an mir?«

Schleghuber sah ihn fragend an. »Was meinst du?«

»Über den Kopf des zuständigen Ermittlers hinweg zu entscheiden?« Schweinbergs Stimme bebte vor Zorn.

»Ich kenne deine Einstellung zu den Kollegen der operativen Fallanalyse. Du hättest eh nie zugestimmt.«

»Da hast du verflucht recht! Ich brauch keine Psycho-Heinis, um einen Mordfall zu lösen.«

Schleghuber nahm eine aufrechte Position ein, als wollte er damit seinen Vorgesetzten-Status untermauern. »Du wirst Andreas und seine Kollegen unterstützen, wo du nur kannst. Haben wir uns da verstanden?«

»Ach, der Großmeister kommt höchstpersönlich. Dann sollte ich besser nach Hause fahren und mir meinen Smoking holen.«

»Lass das. Ich mag es nicht, wenn man meine Entscheidungen lächerlich macht.«

»Und ich mag es nicht, wenn man mich zum Narren hält.«

Ohne es zu beabsichtigen, fühlte Mathias Schweinberg den Umschlag in der Innentasche seines Jacketts.

Zeit, das Kasperletheater zu beenden.

Ungelenk fischte er mit den Fingern in der Tasche herum, zog die Kündigung hervor und schleuderte sie auf den Schreibtisch. »Such dir einen anderen Grüß-Onkel.«

Wutentbrannt marschierte Schweinberg aus dem Büro und verließ die Dienststelle. Ein Ziel hatte sich in seinen Gedanken geformt, noch bevor er den Dienstwagen erreichte. *Ich muss Druck abbauen, sonst explodier ich!*

*

Das verblassende Tageslicht teilte das Erdgeschoss des Gymnasiums in schwarze und graue Abschnitte. Henri wartete, bis sich seine Augen an das schummrige Licht gewöhnt hatten. Die Bibliothek lag am Ende des Ostflügels, direkt unterhalb der Aula, wo er vor zwei Jahren seine Abiturprüfungen absolviert hatte.

Sie schlichen am Haupteingang, der Cafeteria und den Toiletten vorbei. Neben dem Aufzugschacht quoll bläuliches Licht aus der Wand. Die schuppigen Bewohner des Aquariums schenkten ihnen keine Aufmerksamkeit. Für den Aufzug hatten nur die Lehrer und der Hausmeister einen Schlüssel. Die Kabine bot gerade mal Platz für zwei Personen. Henri war ein paarmal damit gefahren, als er

Herrn Engels beim Tragen der Weltkarten geholfen hatte. Ob er den Schlüssel ausprobieren sollte? Ach, wozu? Er hatte schließlich nicht vor, ins Obergeschoss zu fahren.

Die Bibliothek lag hinter einer Flügeltür aus massivem Buchenholz. Das Schloss ließ sich zum Glück geräuschlos öffnen. Sie betraten den drei Meter hohen Raum. Neben dem Eingang schlängelte sich eine Wendeltreppe zu einer Galerie empor, vom Mittelgang aus gingen zu beiden Seiten mehrere Regalreihen ab. »Wirkt kleiner, als ich es in Erinnerung hatte«, bemerkte Toni.

»Du warst schon mal hier?«

Sein bester Freund zischte verächtlich. »Na hör mal, das ist doch Pflicht.«

»Was hast du dir ausgeliehen?«

»Nichts. Wie gesagt, der Besuch gehörte zum Pflichtprogramm in der fünften Klasse.«

Henri schüttelte amüsiert den Kopf, dann sah er sich um. Das Dämmerlicht verlor sich in den verwinkelten Regalreihen.

»Und jetzt?«, fragte Toni.

Die Frage hatte sich Henri selbst gerade gestellt. Er drehte sich einmal um die eigene Achse. Wie war er in Schwarz' Kanzlei auf die Karte gestoßen?

Ja, natürlich! Der Hinweis stand auf dem Zettel. Er schloss die Augen, um sich die vier Zeichen auf der Karteikarte ins Gedächtnis zu rufen.

»Hallo? Erde an Henri!«

»Ruhe! Ich muss mich konzentrieren.«

Er war kurz davor. Die Zeichenkombination begann mit einem Buchstaben, als Zweites kam eine Zahl, dann folgte erneut ein Buchstabe und zuletzt wieder eine Zahl.

»Wir können uns ja aufteilen«, schlug Toni vor. »Ich fang bei A1 an und du bei Z. Und dann treffen wir uns in der Mitte. Musst mir nur sagen, wonach ich suchen soll.«

»Das ist es!«

Euphorisiert rannte Henri durch die Bibliothek, während sein Freund die hektische Suche irritiert verfolgte. Nach einer Weile kehrte er zu ihm zurück.

»Es ist nicht da!«

»Was?«

»Der Direktor hatte einen Zettel um den Hals, darauf stand *Z3-B5*. *Z3* muss die Regalreihe sein, *B5* die Buchnummer. Ich hab alles abgesucht, aber die Regale gehen nur bis *Y2*.«

»Vielleicht ist es eines von denen da?«

Henri folgte Tonis Zeigefinger zu drei Bücherregalen, die sich den beengten Raum auf der Galerie teilten. Er erinnerte sich an eine Unterhaltung mit der Bibliothekarin, in der sie erwähnt hatte, dass dort die wertvollsten Bücher aufbewahrt wurden, für deren Ausleihe man eine Genehmigung von der Schulleitung benötigte. Henri hastete die Stufen der engen Wendeltreppe hinauf, bis ihm eine Gittertür den Zugang versperrte. Das Schlüsselloch war schmal, kleiner als bei einer Haustür. Dafür war also der zweite Schlüssel. Auf dem Balkon fand er das gesuchte Regal *Z3*. Ein Buch ragte ein Stück heraus.

Die Traditionen des Klosters Tegernsee im Mittelalter stand auf dem vergilbten Lederbuchrücken, direkt unter der Indizierung *B5*.

Der Wälzer hatte DIN-A4-Format und war an die zehn Zentimeter dick. Beim Herausziehen rutschte es Henri beinahe aus der Hand. Es war ungewöhnlich schwer, selbst für diese Größe. Er zögerte, als er plötzlich Tonis warme Atemzüge im Genick spürte.

»Worauf wartest du noch? Mach es auf!«

Mit dem Daumen fuhr Henri über die scharfkantigen Seiten bis zur Buchmitte. Er schlug es auf und fand den Grund für das hohe Gewicht. Im Papier war ein rechteckiger Hohlraum ausgeschnitten worden. Darin lag ein Eisenschlüssel mit geschwungenem Griff.

»Für welche Tür braucht man so einen Riesenschlüssel?«, murmelte Toni.

»Für eine sehr alte.«

»Du weißt, wozu der passt?«

»Hab eine Vermutung.«

Hektisch stellte er das Buch zurück ins Regal, bevor er die Wendeltreppe hinunterlief. Beim Versuch, mit ihm Schritt zu halten, stolperte Toni und knallte gegen die Gitterstäbe. Sein Schmerzensschrei hallte durch den hohen Raum. Henri sah seinen Freund vorwurfsvoll an. »Na klasse. Das hat man bestimmt im ganzen Haus gehört.«

Toni rieb sich den aufgeschürften Ellenbogen. »Mir geht's gut. Danke der Nachfrage.«

Henri ging nicht darauf ein, sondern verließ die Bibliothek und betrat das danebenliegende Treppenhaus. Langsam stieg er die Stufen in den dunklen Keller hinab. Neben ihm tauchte Toni auf. Sein Freund tastete nach dem Lichtschalter, doch er hielt ihn zurück. »Nein, warte.«

Henri verschwand hinter der Tür zum Fahrradkeller, wenig später erschien er mit zwei Lampen in der Hand.

»Wo hast du die her?«

»Die Polizei hat doch das Schulgebäude wegen der Ermittlungen abgesperrt, deswegen stehen da noch jede Menge Fahrräder von gestern rum.«

»Clever. Aber warum können wir nicht einfach das Licht anmachen?«

»Weil ich kein Risiko eingehen will. Und da, wo wir hingehen, werden wir die Lampen vermutlich brauchen.«

Henri richtete seine Fahrradlampe auf das Ende des Kellers. Im gelblichen Lichtkegel war die Eisentür mehr zu erahnen, als zu sehen. Toni riss den Mund weit auf.

»Ach du heilige Scheiße. Meinst du etwa …«

»Das werden wir gleich sehen.«

Sie durchquerten das niedrige Kellergewölbe. Licht blitzte auf wie Glühwürmchen an einem warmen Sommerabend. Vermutlich Lichtreflexionen von den Zimmernummern, versuchte sich Henri an einer logischen Erklärung. Es half ein wenig, seinen steigenden Puls zu bändigen. Wenn er tatsächlich den Zugang zum Untergeschoss in den Händen hielt, was würde er dort finden? Er holte kurz Luft, bevor er den Schlüssel ins Schloss steckte.

Er passte.

Nach der ersten Umdrehung schoss der Türriegel ein Stück zurück. Das mechanische Klacken erzeugte ein so unheimliches Echo im Kellergewölbe, dass er eine Gänsehaut bekam. Er musste ihn zwei weitere Male herumdrehen, bis die Tür einen Spalt aufsprang. Ein gammliger Geruch schlug ihnen aus der Finsternis entgegen. Henri schob die Eisentür schwungvoll auf. Sie war leichter, als sie aussah, und krachte ungebremst in die Wand. Der Knall zerriss die Stille.

»Und da beschwerst du dich, dass ich zu viel Lärm mache«, flüsterte ihm Toni ins Ohr. »Hoffentlich hat der Hausl das nicht gehört.«

Henris Sorge galt weniger dem Hausmeister als mehr einem anderen Eindringling, der sich hier möglicherweise herumtrieb. Zaghaft bahnte sich der Schein seiner Lampe seinen Weg durch die Dunkelheit. Ein Treppenabsatz erschien, hinter dem sich das Licht wie in einem schwarzen Loch verlor.

Tonis Lichtschein flackerte kurz. »Dir ist schon klar, dass das bei Horrorfilmen genau der Moment ist, in dem der Zuschauer denkt: *Verdammt, tu's nicht!*«

Henri war zu nervös, um darüber zu lachen. Eine Mischung aus Furcht und Neugierde befiel seinen Körper, seine Finger zitterten, als hätte er an einen elektrischen Weidezaun gegriffen. Ja, er hatte Angst. Doch jetzt umzukehren, war unmöglich. Niemals könnte er es ertragen, unwissend wieder nach Hause zu fahren.

»Du kannst gern hier auf mich warten«, antwortete Henri. »Aber ich muss da runter.«

*

Seit drei Stunden harrte Sitting Bull in seinem Versteck aus, ohne auch nur ein Prozent seiner Konzentration eingebüßt zu haben. Puls und Atmung waren so gleichmäßig wie beim morgendlichen Zeitungslesen, nur die Fingerspitzen kribbelten. Er hatte lange und hart an sich gearbeitet, bis Geduld und Disziplin mit seiner DNA verschmolzen waren.

Selbst Jahrzehnte nach seinem letzten Einsatz profitierte er noch von seiner Bundeswehrzeit. Nach der Grundausbildung und zwei Jahren bei den Gebirgsjägern in Bad Reichenhall war er 1966 zu den Fernspähern in Schongau gewechselt. Die damals recht neu aufgestellte Truppe unterstützte andere Spezialkräfte und wurde überwiegend für die Gewinnung, Auswertung und Dokumentation von wichtigen Informationen eingesetzt. Zu seinem Ausbildungsprogramm gehörten Nahkampf, Einzelkämpferlehrgang sowie eine gefechtsmedizinische Ausbildung, die ihn befähigte, die eigene medizinische Versorgung unter Einsatzbedingungen sicherzustellen. Im Anschluss hatte er sich zum Scharfschützen weiterbilden lassen.

Seiner wahre Bestimmung.

Sitting Bull warf einen Blick auf den quadratischen Monitor in seiner Hand. Das blinkende Licht war ganz nah. Der mausgraue Apparat war ein Relikt aus einer vergangenen Zeit. So wie er selbst. Offiziell hätte er sich dieses Jahr in die Frührente verabschieden können, doch davon war er weit entfernt. Die letzten Tage waren aufregender gewesen

als das gesamte Jahrzehnt davor. Es war wie eine Frisch-
zellenkur für Körper und Geist.

Ein Schrei hallte durchs Schulhaus. Er steckte den
Überwachungsmonitor ein und zog eine halb automa-
tische P8 mit Schalldämpfer aus der Innentasche seiner
Jacke. Er war kein Freund von Pistolen. Es war einfach
nicht dasselbe. Scharfschützen seien feige und mordgeil –
diesem Vorurteil war er häufig begegnet. Viele sahen
immer nur den Moment des Abdrückens, aber nicht die
Arbeit, die damit verbunden war. Stundenlang auf die
eine Gelegenheit zu warten und in Sekundenbruchteilen
eine Entscheidung zu treffen, von der Menschenleben
abhingen. Die psychische Belastung war extrem. Viele
Soldaten litten nach den Einsätzen an posttraumatischen
Belastungsstörungen. Für ihn war es nie ein Problem gewesen. Im Gegenteil. In den Jahren, in denen er zur Untätigkeit verdammt gewesen war, hatte er sich sehnsüchtig
an jene spannende Zeit beim Bund erinnert. Mit Sven. Er
vermisste ihn.

Gedämpfte Stimmen drangen aus dem Treppenhaus zu
seinem Versteck. Holmes war da. Gleich würde sich seine
Beharrlichkeit auszahlen. Denn auch wenn er sich endlich
wieder lebendig fühlte: Nichts ersetzte das Gefühl nach
dem tödlichen Schuss. Er sehnte sich danach. Hoffentlich
ergab sich bald die Chance. Zur Not mit der Pistole.

*

Die in Stein gehauenen Stufen fielen steil ab. Henri suchte
mit einer Hand Halt an der kühlen Mauer. Hinter sich
hörte er die schweren Schritte seines besten Freundes. Die
Treppe mündete in einem zwei Meter breiten Korridor,
dessen Seitenwände aus Bücherregalen bestanden. Eine

dicke Staubschicht überzog die Bücher. Am Ende des Korridors zeichneten sich die Umrisse einer Tür ab. Langsam bewegte sich Henri darauf zu, aufgewirbelte Staubteilchen reflektierten den Lichtstrahl seiner Lampe.

Plötzlich hielt er inne. Seine Beine klebten am Boden wie Metall an einem Magneten. Er bekam einen Stoß in den Rücken. »Was ist los? Warum bleibst du stehen?«

»Ich glaub, da vorne ist jemand«, flüsterte Henri seinem Freund über die Schulter zu.

»Wo? Ich seh niemanden.«

»In der Ecke.«

Toni drängte an ihm vorbei und leuchtete den Raum neben der Tür aus, wobei er mehrfach auf seine Lampe schlagen musste, damit sie nicht komplett ausging. Die Umrisse von zwei menschengroßen Figuren blitzten auf. Plötzlich lachte Toni. »Mann, du siehst schon Gespenster. Das sind doch nur Statuen.«

Jetzt erkannte es auch Henri. Links neben der Tür stand ein Mönch mit einer Schreibfeder, vor sich ein geöffnetes Buch haltend. Rechts ein Ritter, der mit beiden Händen einen Schwertgriff umschloss. Erleichtert atmete er aus. Die ständige Aufregung zerrte an seinen Nerven. Er folgte Toni zu der massiven Metalltür, an der ein schwarzer Kasten befestigt war, von dem ein schwaches rötliches Licht ausging. Es war ein Eingabefeld mit zwölf Tasten.

»Ein Sicherheitsmechanismus«, sagte Henri überrascht. »Man braucht einen vierstelligen Code, um die Tür zu öffnen.«

»Wirklich beeindruckend!«, murmelte Toni.

»Man muss nur genau hinschauen, dann erkennt man die vier Felder.«

»Das meine ich nicht, du Klugscheißer. Ich finde es beeindruckend, dass die damals so eine ausgefallene Technik hatten.«

»Unsinn. Das hier …«, er tippte auf das Display »… wurde erst vor Kurzem angebracht.«

»Und wie kommst du darauf, du Meisterdetektiv?«

»Schau dich mal um. Auf allen Büchern liegt eine zentimeterdicke Staubschicht. Hier war seit Ewigkeiten keiner mehr. Doch die Tasten sind sauber.«

»Hm, okay, macht Sinn. Und was jetzt? Hast du zufällig auch den Code dafür?«

Henri warf einen Blick auf das Eingabefeld. Statt Zahlen gab es Symbole, von denen er einige dem Nationalsozialismus zuordnen konnte: Hakenkreuz, Reichsadler, Wolfsangel, Siegrunen der SS, Gauwinkel, das schwarze Kreuz der Wehrmacht. Daneben gab es noch einen Totenkopf. Die restlichen fünf Symbole waren ihm fremd.

»Ich hab nicht den blassesten Schimmer.«

»Lass mich mal ran.« Toni wollte etwas eintippen, doch Henri hielt ihn zurück. »Wir haben zwölf Tasten für vier Felder, das sind …« Er murmelte ein paar Sekunden vor sich hin. »Das sind über zwanzigtausend Kombinationen. Da müssten wir schon extremes Glück haben.«

»Ich hab's verstanden. Kann ich jetzt meine Hand wiederhaben?«

Er löste den Griff. »Es muss irgendwo einen Hinweis geben. Ich würde vorschlagen …«

Sein Freund schlug mit der freien Hand auf die flackernde Lampe, bis nur noch ein schwacher Lichtschimmer herausquoll. »Verdammtes Mistding. Hast du keine bessere gefunden?«

»Ich hab mir nicht die Zeit genommen, alle auszuprobieren.«

»Ich hol mir schnell eine andere. Wehe, du machst die Tür ohne mich auf!«

Ehe Henri etwas erwidern konnte, hatte Toni kehrtgemacht und war die Stufen hinaufgestürmt. Für eine Weile klangen die schweren Schritte bis ins Untergeschoss, doch kaum war das Echo verstummt, forderte die Stille ihr Reich zurück. Henri verspürte einen Druck auf den Ohren; ihm war, als würde er bei Nacht im See tauchen. Besser, er konzentrierte sich auf die Suche nach dem Code, bevor ihm noch mulmiger wurde. Er inspizierte die beiden Statuen, dann wanderte sein Blick zu den Bücherregalen. Die bisherigen Hinweise waren alle in Büchern versteckt. Aber wonach sollte er suchen? Im Kopf ging er die Telefonate mit Schwarz und Plinganser durch. Nichts. Blieb Plan B: Sich alle anschauen und auf eine Eingebung hoffen.

Henri überflog die Buchrücken in der linken Regalwand. Leider waren viele Einbände so verstaubt, dass die Buchstaben kaum zu entziffern war. Ob er sie vom Staub befreien sollte? Er verwarf den Gedanken. Falls eines der Bücher für ihn bestimmt war, musste er es anders erkennen. Die lesbaren Titel handelten hauptsächlich von Nazi-Ideologien und deren Strafdoktrin. Er nahm sich das gegenüberliegende Regal vor, in dem – den Titeln nach zu urteilen – mehrheitlich Medizinbücher lagerten. Plötzlich erstarrte er. Das Buch stach hervor wie ein Neuwagen auf einem Schrottplatz.

Henri achtete beim Herausziehen darauf, möglichst wenig Staub aufzuwirbeln. Es war leicht. Einen Eisenschlüssel würde er darin nicht finden. Aber vielleicht einen Code. Er klemmte die Lampe zwischen die Zähne und schlug den Deckel auf. Der braune Ledereinband fühlte sich überraschend weich an, verglichen mit den welligen, spröden Seiten.

Medizinisches Tagebuch von Hans-Werner Ernst stand auf der Titelseite in Sütterlinschrift. Während der Facharbeit hatte er so viele Schriftstücke in der altdeutschen Schreibschrift gelesen, dass sie ihm noch vertraut war. Der Autor hatte einen sachlichen Stil, verwendete aber viele medizinische Fachausdrücke, die Henri nur teilweise verstand. Abwechselnd erläuterte der Mann die aufgeführten Behandlungsmethoden, beschrieb die durchgeführten Operationen und bewertete die gesammelten Ergebnisse. Keines davon half Henri weiter. Schon bald überflog er die Seiten nur noch, auf der Suche nach einem Code. Vergeblich. Er blätterte es nochmal von hinten nach vorne durch, ohne die geringste Spur zu finden. Nirgends waren Symbole abgebildet. Und falls sie im Text standen, hatte er sie überlesen. Frustriert lehnte er sich an die Metalltür. Er war überzeugt, dass das Buch der Schlüssel war, aber er brauchte mehr Zeit, um sich damit zu beschäftigen. Und besseres Licht. Für einen Moment schloss er die Augen. Sofort wich die Anspannung aus seinem Körper. Er fühlte sich elend müde. Die Stille wirkte mit jeder Sekunde bedrohlicher. Plötzlich bohrte sich ein Pflock nagenden Zweifels in seinen Kopf.

Wo steckte nur Toni?

Henri klemmte sich das Buch unter den Arm und machte sich auf den Rückweg. Ihn erfasste eine Beklommenheit, die seine Gedanken lähmte. Hoffentlich war seinem Freund nichts zugestoßen. Seine Beinmuskeln brannten, als er die Treppe hinaufrannte. Oben angekommen blickte er den Gang entlang zum anderen Treppenhaus. Ein breiter Lichtkegel wanderte ins Kellergewölbe herunter.

Wo warst du?, wollte Henri rufen, doch die Worte blieben ihm im Hals stecken.

Hektisch schaltete er seine Lampe aus.

*

Mathias Schweinberg riss das Steuer herum und machte neben der verwaisten Bushaltestelle in St. Quirin eine Vollbremsung. Er übergab sich noch aus dem Auto heraus. Was war nur los mit ihm? Mit zitternden Beinen setzte er die Fahrt fort. Der bittere Geschmack des Erbrochenen vermischte sich mit dem Geruch von Schweiß und Vanille, der aus seinen Poren strömte. Das Hemd klebte auf seiner eingeölten Haut. Er hätte duschen sollen. Früher hatte er das immer danach getan. Früher hatte er den Besuch auch verheimlichen müssen. Schweinberg erinnerte sich an ihr erstes Treffen. Etwa ein halbes Jahr, nachdem Sabines Stimmungswandel begonnen hatte.

»Ich heiße Anastasia«, hatte sie sich ihm mit einem unverkennbar osteuropäischen Akzent vorgestellt.

Bevor er ihre Personalien aufgenommen hatte, war er davon ausgegangen, dass es ihr Künstlername war – wie Emanuel oder Chantal. Sie ermittelten im Mordfall an einer Prostituierten. Ihr Zuhälter galt als Hauptverdächtiger, doch niemand wollte etwas gesehen haben. Zeugen zu finden war in dem Milieu fast unmöglich, man arbeitete nicht mit der Polizei zusammen. Nie. Weswegen es vorkam, dass die Beamten bei der Vernehmung die Prostituierten ein wenig unter Druck setzten, um eine Aussage zu bekommen.

An Anastasia prallte die unterschwellige Drohung, sie abschieben zu lassen, jedoch ab. Sie war jung und willensstark, kein Vergleich zu den verbrauchten, gebrochenen Frauen, mit denen sie sonst zu tun hatten. In ihren Augen hatte er lesen können, dass sie den Mörder kannte, und dass sie bereit war, zu reden.

Aber nicht im Revier.

Deswegen hatte sich Schweinberg ein paar Wochen später als ein Kunde ausgegeben. Der Schuppen lag in der Nähe der Hansastraße und hatte sich auf osteuropäische Mädchen spezialisiert. Mit Plastikkronleuchtern und billigen Ledercouches versuchte der Besitzer, die Moskauer High Society zu imitieren. Es roch nach Champagner, kaltem Rauch und Männerschweiß. Anastasia hatte ihn sofort wiedererkannt. Sie hätte ihn demaskieren können, damit hätte sie ihre Loyalität demonstriert. Stattdessen führte sie ihn in ihr Zimmer: Klassisch in Rot gehalten, mit einem raumhohen Spiegel und weißen Vorhängen, die komplett zugezogen waren. Ironischerweise spielte im Hintergrund eine Musik-CD der Sängerin Anastacia.

Für einen Moment standen sie sich schweigend gegenüber, dann ergriff sie das Massageöl und forderte ihn auf, sich hinzulegen. Auf seinen Einwand, nicht deswegen hier zu sein, entgegnete sie kühl, dass es echt aussehen musste. Also spielte er mit, um sie zum Reden zu bewegen. Nie hatte er vorgehabt, ihre Dienste wirklich in Anspruch zu nehmen. Es war nur ein Deal: Informationen gegen Geld. Das hatte er sich zumindest eingeredet.

Sie gab ihm eine unglaublich befreiende Massage, während sie ihre Aussage machte. Doch ihre Worte verloren schnell jegliche Bedeutung, ein halbes Jahr Sexentzug hatte ihn anfällig gemacht. Kurz darauf lag er unter ihr, die Hände um ihren prallen Hintern geschlungen. Anastasia hatte schulterlanges, rötliches Haar, kleine Brüste und eine fast unnatürlich weiße Hautfarbe. Sie war das exakte Gegenteil von Sabine, die viele für eine Italienerin hielten. Vielleicht lag gerade in dem Gegensatz der Reiz?

Beruflich war seine Aktion ein Erfolg – Schweinberg konnte dank Anastasias Hinweisen den Mörder überführen – privat jedoch ein Desaster. Er hatte sich nie schuldig gefühlt, anderen Frauen nachzuschauen, trotzdem hätte er nie im Traum daran gedacht, seine Ehefrau zu betrügen. Ironischerweise waren es ihr ständiges Misstrauen, mit dem sie ihm begegnete, nachdem er bis tief in die Nacht gearbeitet hatte, und ihre Verschlossenheit, die ihn letztlich in die Arme der Prostituierten trieben. Schweinberg war niemand, der selbst Hand anlegte. Das war, als würde man ein Schnitzel gegen Astronautennahrung eintauschen. Beides machte satt, aber nur eins davon glücklich.

Anfangs suchte er Anastasia noch unregelmäßig auf, doch bald entwickelte sich daraus eine Routine. Er ging jeden Mittwoch zu ihr, und zwar ausschließlich zu ihr. Es machte den Betrug nicht besser, aber es fühlte sich besser an. Damals hatte er die regelmäßigen Besuche damit gerechtfertigt, dass sich seine Frau jeglicher körperlichen Nähe entzog – und ihr damit die Schuld zugeschoben. Heute hasste er sich dafür. Wie hatte er in all den Monaten nur ihre Krankheit übersehen können? Die bittere Wahrheit war: Er hatte es gesehen, aber nicht als solche wahrnehmen wollen.

Nach Sabines Tod hatte er sich eigentlich geschworen, Anastasia nie mehr aufzusuchen. Doch die letzten Tage hatten ihm stärker zugesetzt, als er sich eingestehen wollte. Sie hatte ihn behandelt wie immer, ohne groß nachzufragen, warum er so lange nicht bei ihr gewesen war. Letztlich war er nur ein Kunde. Und so hatte es sich angefühlt. Es hatte ihm keinen Spaß mehr gemacht. Aber Spaß hatte er in diesem Leben auch nicht mehr verdient.

Schweinberg bog gerade in die Einfahrt seines Elternhauses, als er den Streifenwagen auf dem Lehrerparkplatz des Gymnasiums bemerkte. Er parkte den Wagen und überquerte die Straße. Jemand wartete vor dem Haupteingang. Der Hausmeister. Er war leichenblass. In Schweinbergs Hals bildete sich ein Kloß.

»Guten Abend, Herr Hauser«, begrüßte er den Mann, der herumfuhr. »Ist etwas passiert?«

»Oh, haben Sie mich erschreckt. Äh … also … nein. Nicht direkt. Im Fahrradkeller brannte Licht. Normalerweise würde ich selber nachschauen, aber nach gestern … naja, da hab ich vorsichtshalber Ihre Kollegen gerufen. Zum Glück war eine Streife in der Nähe und …«

Schüsse drangen gedämpft durch die angelehnte Eingangstür. Jemand schrie so verzweifelt, dass sich Schweinbergs Nackenhaare aufstellten.

»Gehen Sie rein und verschließen Sie die Tür«, brüllte er den Hausmeister an.

Währen der Mann panisch in sein Haus rannte, verständigte Schweinberg vom Streifenwagen aus die Zentrale. Es würde dauern, bis Verstärkung anrückte. Unsicher starrte er auf seine Dienstwaffe im Holster. Er durfte nicht darauf warten, seine Untätigkeit sollte kein weiteres Menschenleben kosten. Er streifte sich Handschuhe über und zog seine Waffe. Dann betrat er das Schulhaus.

*

Das Herz hämmerte ihm gegen die Brust. Henri war wie gelähmt. Der näherkommende Lichtkegel war viel zu grell für eine Fahrradlampe, und das metallische Klackern der Absätze stammte unmöglich von Tonis Sneakers. Nur wer konnte das sein? Der Hausmeister? Die Polizei? Oder … ein Schauer durchfuhr seinen Körper.

Ruhig bleiben!, ermahnte er sich.

Er lugte zur Holztür rechts von sich, durch die man über das Treppenhaus zum Seiteneingang am See gelangte. Sie war seine Chance, unbemerkt zu entkommen. Wenn er schnell genug handelte! Doch vorher musste er die Eisentür zuziehen und verschließen. Ängstlich warf Henri einen Blick zum gegenüberliegenden Treppenaufgang: Der Lichtkegel erreichte die letzte Stufe. Er drehte den Schlüssel herum. Der zurückgleitende Bolzen hallte wie ein Donnerschlag durchs niedrige Gewölbe.

Sofort erfasste ihn der Lichtstrahl.

Die erwartete Frage, was er hier zu suchen hätte, blieb aus. Während er hastig den Schlüssel zwei weitere Male herumdrehte und aus dem Schloss zog, spürte er einen Luftzug am Ohr. Kurz war er irritiert, dann bemerkte er, wie Putz auf den Boden rieselte. In der Wand klaffte ein Zehncentstück großes Loch.

Das war keine Warnung!

Kraftvoll sprang er zur Seite. Sein Plan, die Tür im Flug aufzudrücken, misslang; seine Stirn prallte hart gegen das Holz, als er unkontrolliert ins Treppenhaus stürzte. Eine Schmerzenswelle durchflutete seinen Körper. Mühsam rappelte er sich auf, weiße Sterne tanzten auf seiner Netzhaut. Wertvolle Sekunden verstrichen, bis er Buch und Schlüssel fand, die ihm beim Sturz aus der Hand geglitten waren. Er steckte sie ein, dann rannte er die Stufen zum Erdgeschoss hinauf. Die Rettung war nahe.

Vor dem Seiteneingang blieb er abrupt stehen. Laut dem Schild, welches am Türgriff hing, war die Schließanlage kaputt. Was das Vorhängeschloss erklärte, mit dem die Tür gesichert war.

Verdammt, hier komm ich nicht raus!

Er brauchte einen anderen Fluchtweg. Der kürzeste Weg zum Lehrereingang war über den Physik-, Biologie- und Chemietrakt. Nun stand er vor einem Problem. Die beiden Treppenhäuser verbanden alle Stockwerke, vom Kellergewölbe bis zum Obergeschoss. Falls sein Verfolger diesen Schritt erahnte und zurück ins Erdgeschoss ging, statt ihm durch den Keller zu folgen, würde Henri ihm direkt in die Arme laufen.

Nein, das Risiko war zu hoch.

Es blieb ihm nur noch ein Ausweg: weiter nach oben. Im Dämmerlicht verschwammen die Stufen zu einer grauschwarzen Masse, trotzdem nahm er zwei auf einmal. Die Tür zum Keller wurde aufgestoßen, kaum dass er den zweiten Stock erreicht hatte. Der grelle Lichtkegel jagte wie ein ausgehungerter Wolf durchs düstere Treppenhaus. Blitzartig schlüpfte Henri durch die Tür. Zuversicht keimte in ihm auf. Er hatte genug Vorsprung, um den Lehreraufgang zu erreichen, bevor ihm sein Verfolger im Erdgeschoss den Weg abschneiden konnte. Mit einem kräftigen Satz wollte er zum Sprint ansetzen, da tauchte am Ende des Ganges ein Licht aus dem abgehenden Ostflügel auf.

Toni?

Seine Hoffnung wurde jäh zerstört, als sich der Lichtstrahl teilte. Beide Lampen hatten eine ähnliche Leuchtkraft wie die seines Verfolgers. Waren die etwa zu dritt? Seine Gedanken überschlugen sich. Wohin jetzt? Zurück ins Treppenhaus und hoch ins Obergeschoss zu den Kunsträumen? Oder darauf hoffen, dass eines der Klassenzimmer offenstand? Für große Gedankenspiele blieb ihm keine Zeit. Er drehte sich auf dem Absatz um, zog die Tür zum Treppenhaus einen Spalt auf und spähte hinaus. Noch nie hatte er sich so über die Dunkelheit gefreut. Sein Verfolger musste eines der unteren Stockwerke betreten haben. Erleichtert zwängte er sich durch den Spalt und ließ die Tür leise hinter sich ins Schloss fallen.

In dem Moment erfasste ihn der Lichtstrahl wie ein Suchscheinwerfer. Seine Netzhaut schrie auf. Reflexartig riss er die Hände vors Gesicht, taumelte zurück, bis er die Wand im Rücken spürte. Schlagartig wurde es hell. Er war an den Lichtschalter gekommen. Als er sah, wem er gegenüberstand, setzte seine Atmung kurzzeitig aus. Schwarze Maske, Lederjacke und Hose. Es konnte jeder darunter stecken, aber Henri wusste, dass es dieselbe Gestalt war wie in der Kanzlei. Sie stand versetzt auf halber Strecke zwischen erstem und zweitem Stockwerk. Der rechte Arm war ausgestreckt, die Mündung der Pistole auf Henri gerichtet.

Das war's.

Er war unfähig, sich zu bewegen. Sekunden vergingen, ohne dass ein Schuss fiel. Stattdessen sah sich sein Angreifer nervös um. Endlich begriff Henri. Der Mann war verwirrt, wer das Licht angeschaltet hatte.

Das war seine Chance.

Er machte einen Satz die Stufen hinauf und jagte die Treppe nach oben, um schnell außer Sichtweite zu kommen. Jeden Moment erwartete er die tödliche Kugel, die in seinen Rücken einschlug, doch sie kam nicht. Er unterdrückte den Impuls, sich umzuschauen, als er im Obergeschoss die Tür aufriss. Er schlug auf den Lichtschalter, dann rannte er den Gang entlang, von dem links die Türen zu den Kunsträumen abgingen. Schemenhaft nahm er die Malereien wahr, mit denen der Leistungskurs Kunst die vormals graue Wand in ein buntes Farbspiel verwandelt hatte. Henri hatte nie Gefallen an dem Mix aus Dschungel- und Steppenlandschaft gefunden, aber ihm waren die wilden Tierfratzen während seiner Schulzeit nie so bedrohlich vorgekommen wie in diesem Augenblick. Je näher er der Verbindungstür zum anderen Treppenhaus kam, desto langsamer wurden seine Schritte. Schwer atmend blieb er vor der Tür stehen. Er presste ein Ohr an die Holztür, aber das Pochen seines Herzens übertönte alles. Mit sachtem Druck öffnete er die Tür und spähte in die Dunkelheit. Die aufkeimende Hoffnung hielt nicht lange an. Schritte. Sie waren auf dem Weg zu ihm.

Verdammt. Wohin jetzt?

Ein Geräusch ließ ihn herumfahren. Die schwarze Gestalt stürmte in den Gang, die Waffe im Anschlag. Blitzartig ging Henri hinter dem Vorsprung vor den Toiletten in Deckung. Die Überlegung, sich in einer der Kabinen zu verstecken, verwarf er, ehe er sie zu Ende gedacht hatte. Verängstigt kauerte er in der Ecke. In wenigen Augenblicken würde sein Verfolger bei ihm sein, vermutlich zeitgleich mit dessen Kameraden aus dem Treppenhaus. Henri saß in der Falle, dieses Mal gab es kein Entkommen.

Seine Kräfte verließen ihn. Zum ersten Mal in seinem Leben stand er kurz davor, komplett die Kontrolle über sich zu verlieren. Er presste verbissen die Augenlider zusammen, um die Tränen zu unterdrücken.

Steh auf, sei ein Mann!

Letztlich war es der Trotz, der die Spannung in seinen Körper zurückbrachte. Henri wollte nicht so sterben, wie ihn sein Vater sah: als verängstigter Junge.

Nein, er würde seinem Mörder ins Auge blicken!

Er zog sich an der Wand hoch, dabei sah er sich ein letztes Mal um. Die mausgraue Tür kauerte beinahe unsichtbar in der Ecke. Auf einmal keimte Hoffnung in ihm auf. Sein Leben hing davon ab, ob sich der Aufzug mit dem Hausschlüssel öffnen ließ – und ob die Kabine im obersten Stock war.

Im Angesicht des Todes lässt zuerst die Koordination nach, hatte er mal in einer Doku über Extrembergsteiger gehört. Was erklärte, warum er eine gefühlte Ewigkeit brauchte, um den Schlüssel ins Schloss zu stecken. Die schweren Schritte kamen immer näher. Er hatte nur diese eine Chance. Henri schickte ein Stoßgebet gen Himmel.

Er passt!, jubelte er innerlich.

Die Tür glitt zur Seite, schwaches Licht fiel ihm entgegen. Er sprang hinein und betätige den ausgeleierten Knopf fürs Erdgeschoss so oft, dass ihm der Daumen wehtat. Mit einem blechernen Kreischen schloss sich Tür. In dem Moment wurde die Tür zum Treppenhaus aufgerissen. Henri erhaschte einen Blick auf den Mann, der aus dem Dunkeln heraustrat. Seine Knie begannen zu zittern. Er hatte einen schrecklichen Fehler begangen.

Ruckartig bewegte sich der Aufzug nach unten. Plötzlich peitschten Schüsse durchs Schulhaus. Der Schrei, der folgte, ging ihm durch Mark und Bein. Es folgte eine unnatürliche Stille. Er kauerte in der Ecke, als die Kabine im Erdgeschoss zum Stehen kam. Im bläulichen Licht des Aquariums schien der Korridor wie zu ewigem Eis erstarrt.

»Polizei! Keine Bewegung!«, schrie eine blonde Frau in Uniform, während sie hektisch ihre Waffe zog. Dann hielt sie inne. »Henri?«

Erst jetzt wurde ihm bewusst, dass er den Atem angehalten hatte. »Ma … Maria?«

»Was zum Teufel machst du hier?«

»Hör mir zu, wir müssen sofort weg. Ich …«

»Wer hat da eben geschossen?«

Die Angst stand ihr ins Gesicht geschrieben.

»Ich hab keine Zeit für lange Erklärungen. Hier läuft ein Killer herum, der es auf mich abgesehen hat. Wir müssen sofort …«

«Verdammt Henri, ich will eine Erklärung. Mein Kollege ist da oben …«

»Wir schweben in Lebensgefahr, wenn wir noch eine Sekunde länger hier warten!«

Die Furcht in seiner Stimme schien sie zu überzeugen. »Okay, lass uns rausgehen, damit ich Verstärkung rufen kann.«

Sie rannten Richtung Haupteingang, bis Henri von draußen eine aufgeregte Stimme vernahm. Instinktiv blieb er stehen.

Schweinberg?!

Der Hauptkommissar war offensichtlich nicht die schwarze Gestalt, aber er konnte trotzdem mit ihr unter einer Decke stecken. Was sonst wollte der Bulle jetzt hier? Er durfte Henri auf keinen Fall in die Finger bekommen, sonst würde er ihn bestimmt in U-Haft stecken, Alibi hin oder her. Und der Bulle würde ihm das Tagebuch abnehmen. Er ging einen Schritt auf Maria zu, berührte sie an beiden Schultern. »Ich muss dich um einen ganz großen

Gefallen bitten. Du darfst niemand erzählen, dass du mich getroffen hast. Ich …«

»Hast du den Verstand verloren?« Sie sah ihn ungläubig an. »Wenn das rauskommt, bin ich …«

»Ich weiß, was ich da von dir verlange. Aber dieser Schweinberg hat es auf mich abgesehen. Ich bitte dich, mir zu vertrauen. Ich erklär dir morgen alles in Ruhe. Versprochen.«

Maria rang sichtlich mit sich, bevor sie nickte. In dem Moment wurde die Tür aufgerissen. In letzter Sekunde sprang Henri in Deckung. Im Schutz der Dunkelheit verfolgte er, wie Schweinberg kurz mit seiner Kollegin sprach. Danach schickte der Hauptkommissar Maria nach draußen und stürmte mit gezückter Waffe die Haupttreppe hinauf.

Henri begab sich zum Lehrerausgang, wo er vorsichtig hinaus spähte. Maria saß im Polizeiwagen und sprach in ihr Mikro. Sonst war kein Mensch zu sehen. Er huschte aus dem Gebäude. Kurz vor der Straße nahm er aus dem Dickicht eine Bewegung wahr. Reflexartig rammte Henri dem Schatten seine Schulter entgegen. Ein schmerzhaftes Stöhnen bestätigte die Wirksamkeit seiner Aktion. Auf einmal erkannte er, wen er umgerannt hatte.

»Toni, wo warst du denn?«

Sein Freund benötigte einen Moment, bis er einen vernünftigen Satz herausbrachte. »Verflucht. Ich glaub, du hast mir die Rippen gebrochen.«

»Was soll das Versteckspiel? Wieso bist du nicht zurückgekommen?«, fragte er vorwurfsvoll.

»Ich hab mir eine neue Lampe besorgt und als ich zurückkam, war die Tür zum Keller abgesperrt.«

»Abgesperrt? Wer …«

»Ich hab keine Ahnung. Zuerst dachte ich, du steckst dahinter. Ich hab geklopft, aber weil niemand aufgemacht hat, bin ich über ein Fenster ausgestiegen. Ich hab versucht, wieder über den Lehrereingang reinzukommen, als plötzlich die Bullen vorfuhren. Da hab ich mich hier versteckt. Was ist denn passiert, ich hab Schüsse …«

»Erzähl ich dir später«, unterbrach ihn Henri. »Wir müssen sofort weg.«

»Du siehst ja aus, als ob du einen Geist gesehen hast! Was ist denn da drinnen …«

»Später!«

Henri zog seinen Freund mit sich. Sie rannten zum Parkplatz und stiegen in den Mini. Beim Starten des Motors fiel Toni das Buch auf, das Henri in der Hand hielt.

»Hast du da drin was gefunden? Etwa den Code?«

»Jetzt fahr endlich!«

Toni setzte den Wagen zurück, ohne sich umzudrehen. Der Aufprall, der folgte, presste sie beide in die Gurte.

Freitag, 31. Juli

Im Presseraum stand die Hitze. Mathias Schweinberg wischte sich den Schweiß von der Stirn, vor ihm erstreckte sich ein Meer aus Mikrofonen. Alle Fernsehsender und Zeitungen waren vertreten, ganz Deutschland interessierte sich für die Mordserie. Es war keine vierundzwanzig Stunden her, dass er seine Karriere vermeintlich beendet hatte. Sein Vorgesetzter hatte die Kündigung zwar gelesen, aber es in der Hoffnung, dass es sich Schweinberg nochmals überlegte, für sich behalten.

Und das hatte er.

Er konnte nicht gehen, ohne den Mord an seinem Kollegen aufgeklärt zu haben. Ab jetzt war es persönlich. Sein Name fiel. Er packte mit beiden Händen das Mikrofon, wartete das Blitzlichtgewitter ab, bevor er mit seinem Vortrag begann: »Um Viertel vor neun verständigte Herr Hauser die Polizei, weil im Schulgebäude Licht brannte. Die Beamten Erdmann und Baumgärtner waren fünf Minuten später vor Ort und betraten das Gymnasium durch den Haupteingang. Ich selbst war auf dem Nachhauseweg, als ich den Streifenwagen bemerkte. Der Hausmeister informierte mich gerade über die Lage, als wir Schüsse hörten. Ich habe sofort Verstärkung angefordert, danach hab ich das Gebäude betreten und Oberwachtmeisterin Maria Baumgärtner angetroffen. Sie berichtete mir, dass ihr Kollege Erdmann auf dem Weg zum Obergeschoss war, von wo aus die Schüsse kamen. Ich habe die junge Beamtin nach draußen geschickt, um auf Verstärkung zu warten. Dann bin ich dem Kollegen zu Hilfe geeilt. Leider kam ich zu spät. Polizeihauptmeister Erdmann hatte drei Schussverletzungen, eine am Arm, eine in der Brust und eine im Kopf. Ich konnte nichts mehr für ihn …«

Seine Stimme brach ab. In den Augenwinkeln sammelten sich Tränen. Wie Gift strömte die Erinnerung durch seine Venen. Schleghuber legte ihm eine Hand auf die Schulter. Normalerweise hätte er sie abgeschüttelt, doch in diesem Moment sie gab ihm die Kraft, weiterzureden.

»Eine Einheit des SEK drang um 21:20 Uhr ins Schulgebäude ein. Leider war der Täter bereits entkommen, vermutlich über den Eingang zum See, wo das Vorhängeschloss aufgebrochen worden war.«

»Haben Sie irgendeine Vermutung zum Täter?«, kam eine Frage aus der Reporterschar.

»Wir haben es mit einem gut ausgebildeten Schützen zu tun, der nicht zum ersten Mal tötet. Erdmann gab zwei Schüsse ab, vermutlich hatte er den Täter überrascht. Doch leider traf er auf jemanden, der Fehler nicht verzeiht. Der erste Treffer sollte den Beamten vermutlich kampfunfähig machen, der zweite verfehlte nur um Millimeter das Herz. Der Dritte war tödlich und wurde vermutlich aus nächster Nähe abgegeben.«

»Glauben Sie, der Täter ist auch für den Mord an Edmund Plinganser verantwortlich?«

Die Frage hatte er erwartet. »Zusammenhänge zu anderen Mordfällen können wir derzeit weder bestätigen noch ausschließen.«

»Was ist mit dem Anwalt? Läuft im Tegernseer Tal etwa ein Serienmörder herum?«, erdröhnte eine Männerstimme.

Die Reporterschar drehte sich um. Schweinberg kniff die Augen zusammen, bis er den übergewichtigen Mann am hinteren Ende des Presseraums entdeckte, dessen linker Arm in einem Stützverband hing. An den Ärmeln des hellblauen Hemdes hatten sich tellergroße Schweißflecken gebildet. Der dunkelblonde Haarkranz klebte schweißnass an der Kopfhaut.

Von wegen *privat*, stöhnte Schweinberg innerlich.

Simon Dorn sah ihn erwartungsvoll an. So wie damals, als ihm Schweinberg vom Banker-Mord berichtet hatte. Den Journalisten hatte die Sensationsgier erfasst. Im Raum war es totenstill geworden. Serienmörder veränderten die Wahrnehmung von Mordfällen radikal. Sie wurden von der Bevölkerung gefürchtet und von den Medien geliebt.

»Das ist reine Spekulation. Ich kann die Bürger beruhigen: Unser Täter hatte ein klares Motiv. Es läuft hier niemand herum, der willkürlich Menschen ermordet.«

»Können Sie versprechen, dass es keine weiteren Opfer geben wird?«

Am liebsten wäre Schweinberg aufgestanden und hätte Simon Dorn für die provokante Frage die Fresse poliert. Er musste sich zusammenreißen, in ruhigem Tonfall zu antworten. »Ich kann versprechen, dass ich nicht eher

ruhe, bis wir das Schwein gefunden haben. Und wenn ich
ihn persönlich zur Strecke bringen muss.«

*

Lustlos stocherte Henri mit der Gabel im Essen herum. Rühreier mit angeschwitzten Zwiebelstückchen,
Schinkenwürfeln, frisch gehacktem Schnittlauch und einem Schuss Sahne. Sein Lieblingsfrühstück. Leider hatte
er keinen Hunger.

Henri rieb sich den Nacken. Sie hatten Glück gehabt.
Toni hatte beim Zurücksetzen den Kotflügel eines vorbeifahrenden Taxis erwischt. Nur ein Blechschaden, den zahlte
die Versicherung. Wichtiger war, dass sie den Fahrer hatten überreden können, die Polizei herauszuhalten. Auf der
Heimfahrt war Toni so aufgebracht gewesen, dass ihn die
Vorfälle in der Schule nicht mehr zu interessieren schienen.
Er warf Henri vor, dass er nun schon zum zweiten Mal innerhalb weniger Tage ein anderes Auto angefahren hatte. Normalerweise reagierte er besonnen auf Tonis unbeherrschte
Ausbrüche, doch gestern Abend hatte ihm dafür die Geduld gefehlt. Sie waren im Streit auseinandergegangen.

Eine Stimme riss ihn aus den Gedanken. Im Radio
wurde die Pressekonferenz der Kripo Miesbach übertragen. Henri hörte dem Hauptkommissar an, dass er Probleme hatte, seine Gefühle unter Kontrolle zu halten. Dessen
letzter Satz erzeugte bei ihm eine Gänsehaut. Was der Kerl
wohl mit ihm anstellen würde, falls er herausfand, dass er
im Schulgebäude gewesen war? Oder wusste er es bereits?
Henri traute Schweinberg nicht über den Weg. Der würde
ihm am Ende auch noch diesen Mord anhängen. Aber welche Rolle spielte der Bulle in dem ganzen Wahnsinn?

»Henri, I'm talking to you. Are you okay?«

Er war so auf die Berichterstattung fokussiert gewesen, dass er die wiederholte Frage seiner Mutter ausgeblendet hatte. Evelyn Holmes stand bei der Spüle, ihre goldblonden Haare fielen ihr auf beiden Seiten wie Lametta über die Schultern.

»I'm fine. Hab nur keinen Hunger.«

»Mir kannst du nichts vormachen. Ich seh doch, wie sehr dich die Sache belastet.«

Sie kam zu ihm, die Mundwinkel zu einem Lächeln geformt, und presste seinen Kopf sanft an ihren Bauch. Er unterdrückte den Impuls, sich loszureißen. Obwohl es sich anfühlte, als wäre er wieder ein kleiner Junge, genoss er den Moment der Geborgenheit. Plötzlich kam ihm ein Gedanke.

»Sagt dir der Name Arno Kroos etwas?«

Er spürte, wie die Hand seiner Mutter zitterte, auch wenn sie es zu verbergen versuchte. »Warum interessierst du dich für den Mann?«, wich sie ihm aus.

Er erzählte ihr von der Unterredung mit Schweinberg. Sie warf einen nervösen Blick in Richtung Küchentür. »Ja, dein Vater hat ihn behandelt, aber er hatte nichts mit seinem Verschwinden zu tun. Genauso wenig wie bei den anderen.«

»Es gab noch mehr?«, platzte Henri heraus.

Evelyn Holmes presste den Zeigefinger auf die Lippen. Sie schloss die Tür, bevor sie sich neben ihn setzte. »Es waren drei, die innerhalb eines halben Jahres spurlos verschwanden.«

»Wie kann so was passieren?«

»Offiziell waren die Patienten geheilt und wurden ordnungsgemäß entlassen. Danach hat man sie aber nie mehr gesehen.«

»Wieso ist das nicht früher aufgeflogen?«

»Es handelte sich um Menschen ohne Familie oder engen Freundeskreis. Es gab schlicht und ergreifend niemanden, der sie vermisste. Arno Kroos hatte vor seinem Klinikaufenthalt mit einem entfernten Verwandten in Südamerika gesprochen. Zufällig war dieser Verwandte ein paar Monate später auf Geschäftsreise in München und wollte ihn bei der Gelegenheit besuchen. Nur wegen der Sturheit dieses Südamerikaners gelangte die Sache überhaupt an die Öffentlichkeit.«

»Wurden die Fälle jemals aufgeklärt?«

Sie schüttelte den Kopf. »Dem Personal konnte man kein Verschulden nachweisen, trotzdem war es das Todesurteil für die Klinik. Sie stand wochenlang in den Medien und der Freispruch war für die Öffentlichkeit ein Skandal. Obwohl das komplette Führungspersonal ausgetauscht wurde, musste sie letztlich schließen.«

Ein Schauer durchfuhr seinen Körper, als er sich an ein Gespräch mit seiner Oma erinnerte. Sie hatte ihm im verwirrten Zustand mal erzählt, dass sich Henris Opa 1986 in ihrer Wohnung erhängt hatte. Auf den Grund war sie nie eingegangen, und Henri hatten ihren Worten auch nie zu viel Bedeutung beigemessen.

»Sag mal, hat Opas Selbstmord was mit der Sache zu tun?«

Ihre Augen wurden glasig. »Man fand einen Abschiedsbrief, in dem er die Schuld auf sich nahm. Zumindest indirekt, weil er sich als Chefarzt für die Sicherheit seiner Patienten verantwortlich fühlte. Keine Ahnung, warum er sich das eingeredet hatte, er konnte schließlich nichts dafür.«

»Und was ist mit Papa? Hatte er was damit zu tun?«

Evelyn Holmes sprang auf. »Wie kannst du so was fragen? Rainer ist ein aufrichtiger Mann!«

»Sicher?«, murmelte Henri lauter, als beabsichtigt.

»Dein Vater tut alles für unsere Familie. Vergiss das nie! Auch wenn er schwierig ist und …«, sie machte eine kurze Pause, bevor sie mit brüchiger Stimme fortfuhr, »manchmal Dinge sagt, die er nicht so meint.«

Henri war überrascht, mit welcher Vehemenz seine Mutter ihren Ehemann verteidigte. Es gehörte wohl zu den vielen Mysterien, die der Bund der Ehe mit sich brachte. Er verzichtete auf eine Diskussion. Sie wäre sinnlos.

»I'm sorry, mum.«

Evelyn Holmes Gesichtszüge entspannten sich. Sie lächelte ihn mit einer Mischung aus Fürsorge und Stolz an. Schon in der Kindheit war sie seiner beharrlichen Wissbegierde mit endloser Geduld begegnet. Stundenlang hatte sie seine Fragen so ausführlich wie möglich beantwortet. Ganz im Gegensatz zu seinem Vater, der ihn bis heute dazu anhielt, Dinge zu akzeptieren und nicht alles infrage zu stellen.

»Bevor ich es vergesse: Pack deinen Schlafsack ein. Dein Onkel will mit dir und den Jungs zum Campen nach Yosemite.«

Henri verschlang den letzten Bissen Rührei. Seine Reise schien so weit entfernt wie seine Masterarbeit. Doch die Vorstellung, nach einer intensiven Tagestour durch die Wälder des Nationalparks am Lagerfeuer zu sitzen, gab ihm Kraft. Während seiner Schulzeit war er in den Sommerferien immer mit seiner Mutter nach San Francisco zu ihrer Familie geflogen, doch seit dem Abitur war er nicht mehr dazu gekommen. Er freute sich sehr darauf, Onkel Cliff, Tante Valerie und seine beiden Cousins Daryl und Ryan endlich wiederzusehen. Da Henris Großeltern väterlicherseits bereits verstorben waren, blieb ihm leider nur die Verwandtschaft in den USA. Mehrfach hatte er in den letzten Tagen mit dem Gedanken gespielt, Cliff anzurufen. Sein Onkel war bei SWAT – einer Spezialeinheit der amerikanischen Polizei – und hätte ihm bestimmt Ratschläge geben können, wie er sich gegenüber der Polizei verhalten sollte. Aber jedes Mal, wenn er daran dachte, war es in Kalifornien schon mitten in der Nacht gewesen. Er würde es nachholen, am besten am Lagerfeuer. Er räumte den Teller in die Spülmaschine, als sich eine Frage in seinem Kopf manifestierte. »Wieso hat Papa eigentlich deinen Namen angenommen?«

Seine Mutter war sichtlich überrascht. »Hm … na, Rainer wollte es so. Ich habe ihn nie nach seinen Beweggründen gefragt.«

Henri glaubte ihr. So lief die Ehe der beiden nun mal. »Es war auf jeden Fall eine gut durchdachte Entscheidung.«

»Wie meinst du das?«

»Na, die Öffentlichkeit war mit dem Urteil unzufrieden. Da wäre es bestimmt schwierig geworden, unter dem Namen Dr. Gutherz eine eigene Praxis zu eröffnen.«

Evelyn Holmes sah ihn nachdenklich an. Er konnte nicht beurteilen, ob sie sich die Frage nie gestellt hatte oder ob sie die Antwort darauf fürchtete.

»Ich glaub kaum, dass das eine Rolle gespielt hat. Aber wenn du den Grund wissen willst, musst du zu deinem Vater gehen.«

Was eher keine Option war.

Auf seinem Zimmer kramte er das Buch hervor und setzte sich an den Schreibtisch. Sofort rückten die Vorfälle um die verschwundenen Patienten in den Hintergrund. Gestern Abend war er zu aufgewühlt gewesen, um sich intensiver damit zu beschäftigen, jetzt hatte nur noch einen Gedanken: *Ich muss diesen Code finden!*

Er schlug es in der Mitte auf – und wurde stutzig. Um sich nicht zu schneiden, fuhr er behutsam mit der Fingerspitze über die Seitenkanten. Kein Zweifel. Zwei Seiten waren zusammengeklebt. Das hatte er gestern komplett übersehen. Mit zittrigen Fingern riss er sie auseinander. Ungläubig starrte er auf den Inhalt, der herausfiel.

*

Auf dem Rückweg von der Pressekonferenz hatte Mathias Schweinberg Mühe, seine Gefühle unter Kontrolle zu halten. Was er selbstverständlich verschwiegen hatte, waren die Blutspuren des Täters. Sie würden die DNA durch die Datenbank laufen lassen, vielleicht landeten sie einen Treffer. Zuviel Hoffnung machte er sich nicht, aber es war zumindest eine Spur.

»Und wenn ich ihn persönlich zur Strecke bringen muss.«

Die verstellte Stimme klang wie eine schlechte Imitation von John Wayne. Dirk Schleicher stand ihm Türrahmen zum Aufenthaltsraum. »Hast du den Spruch aus *Dirty Harry*?«

»Lass stecken!«, brummte er zurück.

»Wird dir die Einsamer-Bulle-Nummer nicht irgendwann zu blöd?«

Er ignorierte den Kommentar. Es war besser, sich auf keine Konfrontation einzulassen. Für sie beide. Leider konnte es Schleicher nicht auf sich beruhen lassen: »Hast deinen großen Auftritt vor der Kamera auch richtig genossen?«

Schweinberg wirbelte herum. »Halt dein verdammtes Maul!«

»Anfangs hab ich dich echt bewundert, als ich von dem Fall mit dem toten Banker gehört hab.« Schleichers Mundwinkel zuckten süffisant. »Aber jetzt seh ich endlich, was die anderen meinten: Unser Superbulle will nur ins Rampenlicht und schert sich einen Scheißdreck um seine Kollegen.«

Das war zu viel. Er packte sein Gegenüber am Kragen und drückte ihn gegen die Wand, dass sie Nase an Nase standen. »Ich bin da alleine rein, um meinem Kollegen zu helfen.«

»Hey, lass mich los, ich …«

»Ich bin zu seiner Familie nach Hause gefahren, um ihr die furchtbare Nachricht zu überbringen!«

»Bitte, ich …«

»Ich hab seine neunjährige Tochter im Arm gehalten, während seine Ehefrau mit Heulkrämpfen zusammengebrochen ist!«

Seine Stimme bebte vor Wut. Die Erlebnisse kamen mit einer solchen Wucht zurück, dass er Mühe hatte, die Tränen zu unterdrücken.

»Komme ich ungelegen?«

Hinter ihm erschien ein großgewachsener Mann mit dunkelblonden Haaren, die ihm bis über die Ohren reichten und tief ins Gesicht fielen. Er trug ein braunes Cord-Sakko, dazu Jeans.

Der hat mir noch gefehlt!

Andreas Dorn, Leiter der OFA, verband mit Schweinberg eine nicht minder intensive Rivalität wie mit seinem Bruder. Jahrelange hatten sie um die Gunst von Schweinbergs Schwiegervaters gekämpft, der ein großer Unterstützer der operativen Fallanalyse war.

»Nicht mehr als sonst«, knurrte er, dann ließ er von Schleicher ab, der eilig das Weite suchte.

»Ich hätte mir gewünscht, dass wir uns unter anderen Umständen wiedersehen.«

»Und welche sollten das sein?«

Dorn räusperte sich. »Ich weiß, dass du wenig begeistert bist. Deswegen eines vorab: Es ist weiterhin deine Show. Wir halten uns im Hintergrund und helfen, wo wir gebraucht werden.«

»Wir werden sehen. Wenn du was brauchst, wende dich an Schleicher. Das ist die Hackfresse von eben.«

Er wollte an Dorn vorbeigehen, doch der hielt ihm am Arm fest. »Du solltest Robert anrufen.«

Der Gedanke an seinen Schwiegervater erzeugte bei ihm eine Gänsehaut. »Er hat den Kontakt abgebrochen, nicht ich.«

»Er wird dir vergeben. Ganz bestimmt.«

»Was geht dich das an?«, fauchte Schweinberg, bevor er schwermütig zu Boden blickte. »Und selbst wenn – das wird sie auch nicht zurückbringen!«

Mit den Worten riss er sich los.

*

Henri legte die beiden Zeitungsartikel nebeneinander. Alleine die Papierqualität verriet, dass zwischen den Fotoausschnitten viele Jahre lagen. Der ältere war von 1984 und handelte von der neu gegründeten Abteilung für Tiefenpsychologie der Psychiatrie *Seeblick* – unter der Leitung von Henris Vater. Das Foto zeigte ein Team aus Ärzten und Pflegern, in dessen Mitte Chefarzt Otto Gutherz und sein Stiefsohn um die Wette strahlten. Es beseitigte die letzten Zweifel, dass die Vorfälle in der Klinik im Zusammenhang mit den Morden standen.

Nur was sollte Henri mit dem anderen Zeitungsausschnitt anfangen? Ein ortsansässiger Augenoptiker hatte sich mit der Fußballmannschaft des TSV Bad Wiessee abbilden lassen, weil er ihnen vor der Saison einen Satz Trikots spendiert hatte. Am rechten Rand erkannte Henri seinen Freund Toni, der feixend einem Betreuer mit zwei Fingern Hasenohren verpasste. Minutenlang studierte Henri die beiden Artikel, bis er entnervt aufgab.

Stattdessen blätterte er zur ersten Seite des Tagebuchs und begann zu lesen. Es dauerte kurz, bis er sich wieder an die altdeutsche Schrift gewöhnt hatte, trotzdem kam er nur schleppend voran. Der Inhalt war harte Kost. Der Autor, sofern man ihn so nennen wollte, stellte verschiedenste Operationen vor, wobei er den Patienten nur Nummern gab, als wären es Versuchsobjekte. Anfangs wurden die Operationen noch mit geringer Detailtiefe beschrieben, doch mit fortschreitender Lektüre kamen immer mehr medizinische Fachausdrücke dazu, die Henri erst im Internet recherchieren musste. Zudem wurde verstärkt auf den psychischen Zustand der Patienten eingegangen. Der sachliche Stil, in dem der Autor die Qualen zu Papier brachte, machte Henri so wütend, dass er bald vergaß, nach dem Code zu suchen.

Es war grausam und unmenschlich!

An einer Stelle, in der die Wirkung von hohem Druck auf den menschlichen Organismus erläutert wurde, musste er abbrechen. Verzweifelt lief er durchs Zimmer und versuchte, die schrecklichen Bilder aus dem Kopf zu bekommen. Ihm war kotzübel. Was hatten diese armen Menschen verbrochen, dass ihnen solch unvorstellbare Grausamkeiten angetan wurden?

Plötzlich löste sich in ihm eine geistige Lawine. Hektisch kramte er ein Geschichtsbuch hervor und blätterte darin herum, bis er die gesuchte Passage gefunden hatte.

Menschenversuche in nationalsozialistischen Konzentrationslagern war die Kapitelüberschrift.

Henri war der felsenfesten Überzeugung, dass es sich bei den im Buch beschriebenen Operationen um ebensolche handelte. Während der Schulzeit hatten sie eine Exkursion zur Gedenkstätte im ehemaligen KZ Dachau unternommen. Herr Engels hatte die Menschenversuche bei der Führung nur angerissen, den Schülern hatte es aber auch so schon gereicht. Beim Gedanken daran lief Henri ein Schauer über den Rücken. Auch nach sechs Jahrzehnten hatte es das Gelände nicht geschafft, sich von den grausamen Erlebnissen zu lösen. Es traf jeden Besucher mit solch unerwarteter Wucht, dass selbst Toni verstummt war.

Henri verglich akribisch die Versuchsreihen. Im Tagebuch fand er Versuche zur Krebsforschung, Höhentodversuche, Kältetodversuche, Malariaversuche und Leberpunktionen. Was war dieser Hans-Werner Ernst nur für ein Mensch?

Kein Mensch, eine Bestie!

Und welche Rolle hatte er im Lager gespielt? Falls er ein KZ-Arzt war, müsste er eigentlich in den Geschichtsbüchern auftauchen. Einige hatten es geschafft, sich nach dem Krieg Richtung Südamerika abzusetzen, den meisten war jedoch der Prozess gemacht worden. Henri suchte im Internet, doch der Name tauchte nirgendwo auf.

Frustriert legte er sich aufs Bett. Obwohl das Frühstück bereits fünf Stunden her war, hatte er keinen Hunger. Wie auch, nach solch einer Lektüre. Er starrte an die Decke. Wie sollte er weitermachen?

Er brauchte mehr Informationen. Ihm kam eine Idee. Wenn es einer schaffte, etwas über diesen Hans-Werner Ernst in Erfahrung zu bringen, dann Dieter. Er ging zum Schreibtisch und schickte ihm eine E-Mail, danach nahm er sich nochmals die Zeitungsartikel vor. Je länger er hinsah, desto hilfloser fühlte er sich. Was hatte das nur zu bedeuten? Es musste eine Gemeinsamkeit geben. Und auf einmal sah er sie.

Hans Wimmer.

Der Name stand unter beiden Fotos. Da zwei Jahrzehnte zwischen den Artikeln lagen, hatte er den Mann nicht sofort erkannt. Er war der Betreuer neben Toni, nur wirkte der ehemalige Pfleger um ein halbes Jahrhundert gealtert.

Henri griff sich das Telefon. Es dauerte eine Zeit, bis sich jemand meldete.

»Was willst du?«, brummte Toni. Im Hintergrund lief das Radio.

»Hey, Toni. Du, ich brauch deine Meinung zu einem gewissen Hans Wimmer.«

»Wie wär's, wenn du dich erstmal dafür entschuldigst, dass ich deinetwegen einen Unfall gebaut habe?«

Henri fand es kindisch, dass sein Freund noch immer darauf herumritt. Aber er brauchte ihn. »Okay, es tut mir leid.«

»Na bitte, geht doch«, entspannte sich Tonis Stimme. »Und warum interessierst du dich so für den Hans?«

»Irgendwie scheint er in die ganze Sache involviert zu sein, mehr kann ich noch nicht sagen.«

Solange er keinen Durchblick hatte, wollte er seinen Vater aus der Sache heraushalten.

»Ernsthaft? Der sieht zwar aus wie über siebzig, aber ich bezweifle, dass der den Krieg noch miterlebt hat.«

»Was macht er denn bei euch im Verein?«, ignorierte Henri die Anmerkung.

»Mei, der ist so was wie das Mädchen für alles: Trikots herrichten, Getränke zubereiten, Bälle aufpumpen und so was.«

»Und was ist er für ein Typ?«

»Total schräg. Hat null Ahnung von Fußball, aber gibt ständig seinen Senf dazu. Und wenn er erst ein paar Halbe intus hat, redet er nur noch Stuss.«

»Klingt nicht, als ob er beliebt wäre.«

»Des ist halt ein Depp. Ich ignorier ihn, die meisten behandeln ihn wie einen Butler.«

»Warum tut er sich das dann an?«

»Ich denk, der ist einfach froh, irgendwo dazuzugehören. Für ein bisschen Aufmerksamkeit lässt der sich alles gefallen.«

»Weißt du, wo er wohnt?«

»Keine Ahnung. Vermutlich in der Umkleide.« Toni lachte gehässig. »Heut ist Training. Spätestens um sechs triffst du ihn am Sportplatz. Wir können uns ja … warte mal.«

Im Hintergrund wurde das Radio lauter gestellt. Die Stimme von Hauptkommissar Schweinberg ertönte. Der Sender spielte den Ausschnitt aus der Pressekonferenz ein.

»Heilige Scheiße!«, schrie Toni in den Hörer. »Warum hast du mir davon gestern nichts erzählt?«

»Ich hab es doch auch erst heute früh erfahren.«

»Aber du hast hoffentlich eine Aussage gemacht.«

Henri schwieg.

»Du bist der Einzige, der den Mörder gesehen hat«, empörte sich Toni.

»Er trug eine Ski-Maske – genauso wie in der Kanzlei. Das hilft denen wenig.«

»Egal. Wenn das raus kommt, bist du dran wegen Beihilfe zur Verschleierung, oder wie die das nennen. Und ich häng mit drin.«

Henri konnte die Bedenken nachvollziehen. Mittlerweile gefährdete er nicht nur seine eigene Zukunft, sondern auch die von Toni und Maria. Die ganze Nacht war er seine Möglichkeiten durchgegangen – Gefallen fand er an keiner einzigen.

»Ich bin schon ein Verdächtiger in zwei Mordfällen, vergessen? Sie hätten nur meine Aussage. Da stecken die mich doch sofort in U-Haft.«

Toni atmete laut in den Hörer, bevor er sich zu einer Antwort durchrang. »Ich behalte es für mich. Vorerst. Aber ich möchte zu Protokoll geben, dass ich das für keine gute Idee halte.«

»Danke, Toni.«

Sie verabschiedeten sich voneinander. Es war kurz vor fünf. Henri hatte noch eine Stunde, bis er zum Sportheim aufbrechen würde. In dem schrecklichen Tagebuch hatte er genug gelesen. Sein Blick wanderte über den aufgeräumten Schreibtisch bis zu einer Visitenkarte, die im Organizer steckte. Sein Magen zog sich zusammen. Aber er durfte die unheimlichen Anrufe nicht länger ignorieren.

*

Sein linker Oberarm brannte wie Hölle. Sitting Bull reinigte die Wunde und wechselte den Verband. Mehr als die Schussverletzung schmerzte ihn die Bemerkung seines Partners.

Du bist wohl aus der Übung.

Was wusste der schon vom Schießen? Der Bulle war schier aus dem Nichts gekommen, er hatte in Sekundenbruchteilen handeln müssen. Es war seiner schnellen Reaktion geschuldet, dass ihn die Kugel nur streifte. Und dem Quäntchen Glück, das man bei einem so riskanten Einsatz brauchte. Es war keine ernste Verletzung, sein Körper hatte Narben an weitaus gefährlicheren Stellen. Aber in jungen Jahren hatte er die Schmerzen leichter ertragen.

Sitting Bull hatte schlecht geschlafen, was auch daran lag, dass ihn mal wieder die Erinnerungen an seinen letzten Bundeswehreinsatz mit Sven quälten. Das Schicksal hatte gewollt, dass er mit ihm die Ausbildung absolvierte. Fernspäher operierten meist als Zweier-Teams, ihre Einsätze führten sie über längere Zeiträume tief hinter feindliche Linien. Sie waren ideale Partner, eine perfekte Symbiose. Sven war der taktische Kopf ihrer Einheit. Nie hatte Sitting Bull eine seiner Entscheidungen hinterfragt. Die Zeit hätte er auf ihren Missionen gar nicht gehabt. Er vertraute auf Svens Begabung, in jeder Situation eine Lösung zu finden; und sein Partner vertraute auf ihn, den Plan umzusetzen. Sven war sein bester Freund und der einzige Mensch, für den er sein Leben gegeben hätte.

Ihn zu verlieren, verfolgte Sitting Bull bis heute. Seit dem Tag war seine Seele entzweit. Im Traum sah er die Kugel wie in Zeitlupe in Svens Schädel eintauchen, Millisekunden bevor sie aus dessen Hinterkopf platzte und einen Schweif aus Blut und Hirnmasse mit sich zog.

Und was hab ich gemacht?

Er sicherte alle wichtigen Informationen und brachte die Mission erfolgreich zu Ende. Das wurde von ihm erwartet, dafür war er ausgebildet worden. Während sein Partner im Dreck verweste, wurde er mit Auszeichnungen überschüttet. Jede Einzelne würde Sitting Bull eintauschen, um nochmals an jenen Ort zurückzukehren, um statt der Dokumente seinen Freund mitzunehmen. Sven verdiente eine ehrenhafte Beerdigung.

Seinen Verlust hatte er nie verkraftet. Nach zwölf Jahren war er schließlich aus der Bundeswehr ausgeschieden, doch die Rückkehr in die Gesellschaft hatte sich angefühlt wie ein Bauchklatscher nach dem Sprung vom Zehnmeterbrett. Monatelang taumelte er am Abgrund, und hätte ihm sein Chef nicht auf die Beine geholfen, wäre er Sven ins Jenseits gefolgt. Er verdankte seinem Chef sein Leben. Sein zweites Leben. Doch auch dieses neigte sich dem Ende entgegen. Sein Drittes würde ihn endlich für all die Schmerzen und Entbehrungen entschädigen.

Sofern Holmes weiterhin stark blieb. Der junge Mann hatte ihn im Schulhaus erneut überrascht. Es stärkte Sitting Bulls Glauben in den Plan. Aber die härteste Prüfung stand noch bevor.

Phase drei brach an.

4. Episode: Vermisst

Noch immer wusste Mathias Schweinberg nicht, was er mit der neuen Information anfangen sollte. Die Spurensicherung hatte in der Bibliothek frische Blutspuren gefunden, sie passten allerdings nicht zu denen des Killers. War etwa noch jemand im Schulgebäude gewesen? Fast schon instinktiv spukte ein Name in seinem Kopf herum. *Holmes.*

Sollte er gleich einen DNA-Abgleich anfordern? Nein, besser er hob sich das als Druckmittel auf. Aber was wollte der Student in der Bibliothek? Ging er einem weiteren Hinweis nach? Vielleicht sollte Schweinberg sich die Bibliothek selbst mal anschauen.

Es klingelte. Ein Kribbeln erfasste ihn, als er auf dem Display seines Handys die Nummer sah. Wie hochbrisant der Fall mittlerweile war, hatte sich schon vor der Pressekonferenz gezeigt. Sein ehemaliger Chef bei der Kripo München, Hermann Randolf, hatte sich gemeldet und seine Hilfe angeboten. Zunächst hatte er trotzig abgelehnt, bis ihm ein Gedanke gekommen war. Er hatte in den letzten Tagen verzweifelt versucht, sich die Ermittlungsakten zu den Vermissten aus der *Klinik Schönblick* zu beschaffen, war jedoch schnell gegen eine Mauer gelaufen. Vor ein paar Monaten wäre er damit zu seinem Schwiegervater gegangen. Jetzt musste er hoffen, dass Randolfs Verbindungen so gut waren, wie er vorgab.

»Hallo Hermann, das ging aber flott.«

Am anderen Ende der Leitung hörte er ein genervtes Schnaufen. »Kannst du mir mal verraten, wer dieser Typ ist?«

»Der ist Psychologe … oder Psychiater. Hab den Unterschied nie verstanden. Warum?«

»Na dann würd ich zu gerne wissen, wen der alles auf seiner Couch hatte.«

»Wie meinst du das?«

»Dein Doc verfügt entweder über hervorragende Kontakte oder die Sache war damals viel brisanter, als es in den Medien wirkte.«

»Du hast nichts bekommen?«

»Doch, nur merkwürdigerweise wird in den Akten kein Dr. Rainer Gutherz aufgeführt.«

»Es gibt keinerlei Aufzeichnungen von dessen Anhörung?«

»Nein, nichts. Hier wurde jemand blütenweiß reingewaschen.«

»Aber wer kann …«

Als ihm sein Ex-Chef die Behörde nannte, wäre er beinahe vom Stuhl gefallen.

*

Dr. Heiner Setzer, Dipl. Psychologe, Spezialist für spirituelle Psychotherapie

Henri rieb die Visitenkarte unschlüssig zwischen Daumen und Zeigefinger hin und her, bis das Papier kurz vorm Zerreißen war. Michael Gerngross hatte sie ihm bei der Verabschiedung in die Hand gedrückt. Heimlich natürlich. Sein Vater hätte sie an Ort und Stelle zerrissen – und vermutlich auch noch den Anwalt gewechselt.

Sollte er den Kerl kontaktieren? Henri glaubte nicht an solchen Hokuspokus, andererseits fiel ihm auch keine rationale Erklärung ein, wie er mit Schwarz und Plinganser hatte sprechen können. Sicher war nur eines: Er hatte sich die Gespräche auf keinen Fall eingebildet. Blieben zwei Möglichkeiten: Entweder hatte er tatsächlich so etwas wie Nachtodkontakte, was sein Weltbild auf den Kopf stellen würde, oder er war das Opfer einer polizeilichen Verschwörung, was seinen Glauben an den Rechtsstaat massiv erschüttern würde. Schweren Herzens gestand er sich ein, dass er die Thematik in den letzten Tagen verdrängt hatte. Insgeheim fürchtete er die Antwort auf die Fragen, aber unbeantwortet würden sie ihn bis an sein Lebensende verfolgen. Um die Wahrheit herauszufinden, musste man alle Optionen berücksichtigen, schon alleine, um die falschen auszuschließen.

Mit einem Ruck griff er zum Hörer und wählte die Nummer. Henri erklärte der Empfangsdame von der Empfehlung seines Anwalts, ohne auf den Sachverhalt einzugehen. Er hatte Glück. Der Psychologe hatte eine Viertelstunde Pause zwischen zwei Patienten. Bevor er sich bedanken konnte, schallte ihm schon eine esoterisch angehauchte Warteschleifenmelodie entgegen, die seine Vorurteile verstärkte. Er war kurz davor, aufzulegen, als sich eine sanfte, fast weibliche Männerstimme meldete. »Dr. Setzer, wie kann ich Ihnen helfen?«

»Ähm … ja, guten Tag, mein Name ist Henri Holmes. Ich habe eventuell ein Problem, bei dem ich Ihre Hilfe benötige.«

»Um was geht es denn?«

»Nun …« Henri stockte. Er fühlte sich unwohl in seiner Haut. Darüber nachzudenken war das eine, es offen auszusprechen etwas anderes. Er räusperte sich demonstrativ, bevor er fortfuhr. »Ich bekomme Anrufe von Toten.«

Er sprach schnell, als hätte er Angst, dass seine Stimmbänder mitten im Satz ihren Dienst quittierten. Die Worte waren hüllenlose Gebilde ohne Überzeugungskraft. Es erinnerte ihn an den katholischen Religionsunterricht in der

Grundschule, bei dem er regelmäßig die Beichte ablegen musste. In der dunklen Beichtkammer erzählte er dem griesgrämigen Pfarrer von kleineren Schandtaten, nur um eine Absolution zu erhalten, an die er nicht glaubte.

»Ich kann verstehen, dass das ein Schock für Sie ist, aber seien Sie beruhigt: Sie sind nicht der erste Mensch mit so einer Erfahrung. Am besten, Sie wenden sich an meine Sekretärin und vereinbaren einen Termin.«

Es beruhigte ihn nicht im Geringsten. Außerdem hatte er das Gefühl, dass der Psychologe gedanklich schon beim nächsten Patienten war.

»Es ist leider sehr dringend. Sie wurden mir von Herrn Gerngross empfohlen.«

Dr. Setzer verhaspelte sich, bevor er mit aufgeregter Stimme antwortete: »Dann haben Sie die Leichen am Tegernsee gefunden?«

Woher wusste der Mann davon?

»Ich … ich habe keine Ahnung, wovon …«

»Ihr Anwalt hat mich konsultiert, um meine Meinung zu hören. Keine Sorge, das fällt unter ärztliche Schweigepflicht. Wann können Sie in meine Praxis kommen?«

Er klärte ihn über die schwierige Situation mit seinem Vater auf und bat um eine telefonische Beratung. Der Psychologe schien wenig begeistert, aber er ließ sich darauf ein.

»In Ihrem Fall will ich eine Ausnahme machen. Ich möchte aber zu bedenken geben, dass dieses Gespräch keine Therapie ersetzt.«

Damit konnte Henri leben. Er berichtete dem Psychologen von den Telefonaten, verschwieg jedoch die versteckten Botschaften und Umschläge. Als er fertig war, herrschte einen Moment Stille in der Leitung. Er wollte gerade nachfragen, als Dr. Setzer geräuschvoll zu einer Antwort ansetzte. »Ein überaus spannendes Phänomen. Wirklich.«

Spannend war ein Wort, dass man aus dem Munde eines Mediziners nur ungern hörte, implizierte es doch eine Form von Einzigartigkeit.

»Und haben Sie eine logische Erklärung dafür?«

»Weltweit sind hunderte Fälle dokumentiert, in denen Menschen einen Anruf von einem Verstorbenen erhielten. Manche wurden kurz nach dem Ableben kontaktiert, andere erst Jahre später. Meist sind es Verwandte oder Freunde, nur selten eine Person, mit der man eine oberflächliche Beziehung hatte. Die Kommunikation ist einfach und knapp – und in allen Fällen eine einmalige Geschichte.«

»Spielen dabei Übermüdung oder Alkohol eine Rolle?«

»Alkoholkonsum hat darauf keinen Einfluss. Nachtod-Kontakte können sich im Schlaf- und Wachzustand ereignen. Oftmals werden sogar unbeteiligte Personen Zeuge des Phänomens.«

»Wie das?«

»In dem sie den Anruf entgegennehmen und ihn an denjenigen weitergeben, den der Verstorbene sprechen will.«

»Und weswegen rufen sie an?«

»Die Beweggründe sind vielfältig. Häufig geht es darum, den Trauernden Trost zu spenden.«

»Kann es auch sein, dass ein Mordopfer jemandem Hinweise gibt, um dessen Mörder zu überführen?«

Die anhaltende Stille entlarvte die Verunsicherung des zuvor so redegewandten Mannes. »Also … von so einem Fall höre ich zum ersten Mal.«

»Aber dafür muss es doch eine rationale Erklärung geben.«

»Die moderne Wissenschaft ist fortgeschrittener als je zuvor und dennoch existieren weiterhin unerklärliche Phänomene. Wir wissen nicht, warum manche Menschen Nachtod-Kontakte haben, genauso wenig kennen wir die

Hintergründe für die unterschiedlichen Zeitpunkte und Kontaktformen. Nur eines kann ich mit hundertprozentiger Sicherheit sagen: Es gibt sie!«

Henri musste die Erkenntnis erst einmal sacken lassen. Sein Leben lang hatte er sich geweigert, an übersinnliche Dinge zu glauben; seien es Geister, religiöse Erscheinungen oder Anrufe aus dem Jenseits. Mit sechs hatte der Weihnachtsmann seinen Zauber verloren, vier Jahre später der liebe Gott. Nur aufgrund der verordneten Bitte seines Vaters hatte er Erstkommunion und Firmung erduldet. Dessen Vehemenz war allerdings weniger dem Glauben ans Christentum geschuldet, als mehr der Befürchtung von negativem Gerede. Henri wollte sich besser nicht vorstellen, wie sein Vater reagieren würde, wenn man seinen Sohn im Tal zum *Totenflüsterer* stigmatisierte.

»Dann meinen Sie, ein Richter kauft mir die Geschichte ab, wenn ich mich darauf berufe?«

»Ich meine, dass wir uns persönlich kennenlernen sollten. Erst danach kann ich Ihnen eine seriöse Antwort geben.«

»Ich werde es mir durch den Kopf gehen lassen.«

Er bedankte sich bei dem hörbar enttäuschten Psychologen und legte auf. Gedankenversunken starrte Henri aus dem Fenster. Vor Gericht würde er notfalls diese Karte ziehen, doch daran glauben wollte er nicht.

Noch nicht.

*

Mathias Schweinberg wartete, bis Dirk Schleicher die Tür zum Besprechungsraum geschlossen hatte und sich hinsetzte. Sein Kollege würdigte ihn keines Blickes.

Ich hätte ihn schon viel früher anschreien sollen!

Niedergeschlagenheit und Erschöpfung spiegelten sich in den Gesichtern, zumindest bei den Beamten der Kripo Miesbach. Andreas Dorn und seine drei Leute von der OFA saßen am Ende des Tisches und warteten in aufrechter Haltung darauf, dass Schweinberg mit seinen Ausführungen begann. »Ich hab die Ergebnisse der Gerichtsmedizin. Und danach …«

»Bitte bring Andreas und seine Kollegen erst auf den aktuellen Stand der Ermittlungen«, unterbrach ihn Schleghuber.

»Wieso? Sie haben die Unterlagen doch im Vorfeld erhalten.«

Seinem Chef entglitten die Gesichtszüge, weswegen er mit einem zynischen Lächeln hinzufügte: »Aber natürlich nehme ich mir gerne die Zeit, für unsere Meister der Fallanalyse nochmal alles durchzukauen.«

Er zog sein Notizbuch aus der Jackentasche. »Laut der Ehefrau erhielt Plinganser gegen sechzehn Uhr einen Anruf und verließ kurz darauf das Haus. Er schien extrem gereizt. Leider verriet er ihr nicht, mit wem er telefoniert hatte oder wohin er fuhr. Das Auto haben wir auf einem verlassenen Parkplatz hinter Wildbad Kreuth gefunden. Entweder hat sich der Direktor hier mit dem Täter getroffen, oder dieser hat den Wagen nach der Tat dort abgestellt.«

»Können wir zu hundert Prozent ausschließen, dass es der Tatort ist?«, fragte Andreas Dorn.

»Wir haben weder auf dem Parkplatz noch im Wageninneren Blutspuren entdeckt. Angesichts der fatalen Verletzungen wäre es unmöglich gewesen, diese komplett zu beseitigen.«

Dorn nickte. »Dann ist die Frage, warum sich der oder die Täter ausgerechnet diesen Ort ausgesucht haben.«

»Er liegt abseits der beliebten Wanderrouten«, warf Jana Sonntag ein.

»Trotzdem. Wie hoch war die Wahrscheinlichkeit, dass jemand vorbeikam?«, hakte der Leiter der OFA nach.

Von wegen *wir halten uns im Hintergrund,* ärgerte sich Schweinberg.

Jana Sonntag schien es nicht zu stören, sie antwortete unaufgeregt. »Hängt davon ab, wann der Wagen dort abgestellt wurde. Es war ein sonniger Tag, da waren natürlich viele Ausflügler unterwegs.«

Andreas Dorn strich sich das Haar aus der Stirn, bevor er sich Schweinberg zuwandte. »Wann war der Todeszeitpunkt?«

»Zwischen 17 und 19 Uhr. Und ich weiß, was du jetzt sagen willst. Der Tatort liegt irgendwo in der Nähe.«

»Meine Erfahrung hat mich gelehrt, vorsichtig mit vorschnellen Theorien zu sein.«

Versuch ja nicht, mich bloßzustellen, du miese Ratte!

»Und meine Erfahrung hat mich gelehrt, dass ich mich auf mein Bauchgefühl verlassen kann.«

Im Raum schien jeder auf eine Reaktion zu warten, doch der Leiter der OFA faltete entspannt die Hände auf dem Tisch. Ihre Blicke trafen sich. Keiner gab sich die Blöße, wegzuschauen. Es war Schleghuber, der die eisige Stille mit einem dezenten Räuspern auflöste. »Was sagt denn nun der Obduktionsbericht?«

Schweinberg löste sich aus seiner Starre und griff sich die Unterlagen. »Plinganser starb an inneren Blutungen in der Bauchhöhle. Eine Folge der schweren Einschnitte in der Magengegend und im Leberbereich. Die Tatwaffe war ein sehr spitzer Gegenstand.«

»So was wie ein Eispickel?«, fragte Jana Sonntag.

»Nein. Die Einstiche verlaufen gerade, deswegen scheiden alle geschwungenen Klingen aus. Dr. Bartels wollte sich nicht festlegen, aber seiner Vermutung nach könnten die Verletzungen von einem Trokar stammen. Als …«

»Trokar? Was soll das sein?«, platzte Schleicher dazwischen.

»Lass mich gefälligst ausreden!« Schweinberg seufzte genervt. «Als Trokar bezeichnet man ein Punktionsinstrument, das für die Drainage von Flüssigkeiten aus Körperhöhlen verwendet wird. Wenn das stimmt, hätten wir es mit einem Täter zu tun, der Zugang zu medizinischen Geräten hat.«

»Und vielleicht eine medizinische Ausbildung«, fügte Dorn hinzu. Zustimmendes Gemurmel.

»Wie genau definierst du *vorschnelle Theorie*?«

Sein Widersacher ignorierte den Konter. »Woran machst du fest, dass es zwischen diesem Fall und dem Mord am Strandbad einen Zusammenhang gibt?«

»Du meinst, abgesehen davon, dass ein Student vorgibt, mit beiden Opfern gesprochen zu haben, obwohl sie zu dem Zeitpunkt schon tot waren?«

»Mysteriös, ohne Frage, aber bei der Fallanalyse konzentrieren wir uns auf objektivierbare Informationen; also alles, was faktisch belegbar ist. Zeugenaussagen spielen dabei grundsätzlich eine nachgeordnete Rolle. Tatort und Tatwaffe könnten unterschiedlicher nicht sein, mir fehlt hier eine klare Handschrift. Bevor wir eine Aussage treffen, müssen wir den Modus Operandi verstehen.«

»Spar dir den Vortrag für deine Vorlesung an der Polizeihochschule. Ich brauche keine hochwissenschaftliche Methodik, um sicher zu sein, dass wir es mit demselben Täter zu tun haben.«

Dorn setzte ein süffisantes Lächeln auf. »Anscheinend ist Holmes nicht der Einzige, der über paranormale Fähigkeiten verfügt.«

Gelächter füllte den Raum. Schweinberg tippte genervt mit der Fußspitze auf den Boden. »Ich nenn es Instinkt. Den kann man nicht messen, nur fühlen.«

Dirk Schleicher beugte sich nach vorne, ein aggressives Funkeln in den Augen. »Und wie sollen wir deinem *Gefühl* nach jetzt vorgehen?«

Eigentlich hatte er vorgehabt, seine Kollegen darüber in Kenntnis zu setzen, was er über den vermissten Patienten herausgefunden hatte. Aber er hatte keine Lust, sich dafür auch noch rechtfertigen zu müssen. Vorerst behielt er es für sich.

»Ihr unterstützt unsere Profiler. Ich nehme mir Holmes vor.«

Oder besser gesagt: Dr. Gutherz.

*

Henri schlenderte die Treppe vom Vereinsheim zum Fußballplatz herunter. Zwei Rasensprenger versprühten kreisförmig ihre Wasserfontänen über den Kunstrasen und erzeugten dabei kleine Regenbogen. Der Platz lag etwas erhöht, sodass man einen tollen Blick auf den Tegernsee hatte, in dessen spiegelglatter Wasseroberfläche die Sonne glitzerte. In der Mitte des Feldes stellte jemand gelbe Hütchen auf. Die Aufschrift *TSV Bad Wiessee* prangte auf der Rückseite des gelbblauen Jogginganzugs, der dem 1,60 Meter kleinen Mann mindestens eine Nummer zu groß war.

Alkoholiker erkennt man daran, dass sie keinen Arsch in der Hose haben, spottete sein Vater immer. In dem Fall mochte ihm Henri nicht widersprechen.

»Sind Sie Herr Wimmer?«

Mit weit aufgerissenen Augen drehte sich der Mann zu ihm um. Das Kürzel *H.W.* klebte auf der Brustfläche des schlabbernden Oberteils. Vereinzelte weiße Strähnen fielen vom kahlen Haupt bis über die Ohren. Die wenigen

Zähne ragten zwischen den Zahnlücken empor wie gelb-schwarze Wolkenkratzer. Er erinnerte Henri an die Film-figur Gollum aus *Herr der Ringe*.

»Bin ich, aber ich betreue nur die Erwachsenen. Die A-Jugend trainiert donnerstags.«

Wimmers krakelige Stimme verriet den jahrelangen Nikotinkonsum. Eine stinkende Wolke aus Alkoholdunst und kaltem Zigarettenrauch ließ Henri die Nase rümpfen.

»Mein Name ist Henri Holmes, ich bin ein Freund von Toni Knauseder. Ich schreibe an einem Artikel für die Zei-tung und Toni meinte, Sie könnten mir vielleicht helfen.«

»Ich?«

Henri hoffte, dass der Mann den Köder schluckte. Wimmer schien zuerst irritiert, dann fing er an, übers ganze Gesicht zu strahlen, was die fehlende Zahnpflege schonungslos offenlegte. »Naja, wenn er das sagt. Klar helf ich dir. Tonis Freunde sind auch meine Freunde. Ich brauch noch zehn Minuten. Wart oben im Stüberl auf mich.«

Henri setzte sich im leeren Vereinsheim an einen Tisch in der Ecke. Eine Viertelstunde später erschien der Be-treuer, schwer atmend und mit dicken Schweißperlen auf der Stirn. Zum Alkohol-Nikotin-Gestank gesellte sich ein übler Schweißgeruch, der Henri zwang, durch den Mund zu atmen.

»Verdammte Hitze, macht mich total fertig. Aber sag, worum geht's?«

Henri unterdrückte seinen Ärger darüber, dass ihn die-ser Kerl unentwegt duzte. »Ums Kriegsende im Tegern-seer Tal.«

»Äh, und wie soll ich dir da helfen?«

Henri hatte sich im Vorfeld eine Strategie überlegt. Hoffentlich entsprach Wimmers Charakter Tonis Be-schreibung, sonst war ihr Gespräch schnell zu Ende.

»Das erkläre ich Ihnen gleich. Davor bräuchte ich ein wenig Background zu Ihrem Lebenslauf. Ist leider Pflicht, wenn wir Quellen zitieren.«

Sein Gegenüber nickte. Anfangs zögerlich, dann immer ausführlicher berichtete Wimmer über sein Leben. Der Mann genoss es sichtlich, dass sich jemand für ihn interessierte. Henri wartete geduldig, bis er auf die Zeit in der *Klinik Seeblick* zur Sprache kam.

»Ach, ist das die, wo ein paar Patienten spurlos verschwunden sind?«, fragte er gespielt überrascht.

Wimmer blinzelte nervös. »Äh … kann schon sein. Ist lange her. Auf jeden Fall hatte ich danach genug von dem Job und bin …«

»Haben Sie eine Vermutung, was mit den Menschen passiert ist?«

»Was interessiert dich das?«, zischte Wimmer zwischen den Zahnlücken hervor.

Henri zuckte belustigt mit der Schulter. »Reine Neugierde. Ist angeboren, meine Mutter verzweifelt seit jeher an meinem Wissensdurst. Also haben Sie eine Theorie?«

Leider waren seinen schauspielerischen Fähigkeiten limitiert. Sein Gegenüber musterte ihn misstrauisch. »Woher soll ich das wissen?«

»Sie waren vor Ort. Könnte doch sein, dass sie was beobachtet haben.«

»Ich hab nichts gesehen. Das hab ich damals schon gesagt.«

Die Stimme des Mannes zitterte. Für Henri ein Zeichen, das er auf der richtigen Spur war. »Kannten Sie Arno Kroos?«

Wimmer riss den Mund auf, verharrte für einen Sekundenbruchteil in der Position, bevor er lautstark antwortete. »Nein! Nie gehört.«

Eine Lüge, das war offensichtlich.

»Er war Patient in Ihrer Abteilung.«

»Wir hatten viele Patienten.«

»Er ist der Vermisste, durch den die ganze Sache aufgeflogen ist. Daran erinnert man sich doch.«

»Was zum Teufel hat das mit dem Krieg zu tun?«

»Das versuche ich gerade herauszufinden.«

»Viel Glück dabei. Ich muss zum Training.«

Wimmer erhob sich. Henri beschloss, alles auf eine Karte zu setzen. Es war gewagt, aber es blieb ihm keine andere Wahl. »Dann interessiert es Sie nicht, dass Ihr alter Patient endlich aufgetaucht ist?«

»Was?!« Der ehemalige Pfleger schluckte schwer. »Wo … wo hat man ihn gefunden?«

»Am Franzosenhölzl. Sie haben bestimmt von dem Fund des Skeletts gehört.«

»Das ist unmöglich … ich meine, unfassbar.«

Der Mann sank zurück auf den Stuhl, sämtliche Farbe war aus dem Gesicht gewichen. Er war angeschlagen. Das war Henris Chance. Die nächste Frage lag ihm wie Essig auf der Zunge, aber er musste sie stellen. »Hatte Dr. Holmes was mit dem Verschwinden der Leute zu tun?« Henri bemerkte seinen Fehler in den Moment, als er den Satz zu Ende gesprochen hatte. »Ich meine Dr. Gutherz. Rainer Gutherz.«

Wimmer zog eine Augenbraue hoch, dann verkrampften sich die Gesichtszüge zu einer wutentbrannten Maske. »Jetzt erkenn ich dich! Du bist sein Sohn.«

»Haben Sie mit meinem Vater …«

»Du willst also wissen, ob dein Alter da mit drin hängt?« Sein Gegenüber lachte verächtlich. »Jahrelang hat er unterm Schutzmantel seines Stiefvaters einen auf Juniorchef gemacht, und kaum war die Kacke am Dampfen, war er für nichts mehr verantwortlich. Verpisst hat er sich, die elende Ratte.« Wimmer redete sich regelrecht in Rage. Henri rückte von ihm ab, um dem Nieselregen an Speicheltropfen zu entkommen. »Job kündigen, anderen Namen annehmen und schon ist man fein raus. Fette Villa überm Kopf, Porsche unterm Arsch – und ich kann schauen, wo ich bleib. Aber was wär er ohne Goldbergs Unterstützung? Nichts wär er!«

»Goldberg?«, platzte Henri überrascht hervor. »Was hat Dr. Goldberg damit zu tun?«

»Ich hab die Schnauze voll von der blöden Fragerei. Geh doch zu deinem Alten, wenn du Antworten willst. Und jetzt schleich dich, sonst mach ich dir Beine.«

Wimmer unterstrich die Aufforderung, indem er zur Tür zeigte. Henri hatte keine Angst vor der Trauergestalt, auf eine Handgreiflichkeit wollte er sich dennoch nicht einlassen.

Vor dem Sportheim rannte er in Toni, der in Trainingsklamotten aus der Kabine stürmte. Sein bester Freund schien über irgendetwas verärgert und strich sich mit der Hand über die Brust.

»Alles klar bei dir?«, fragte Henri.

»Was? Ach …« Sein Freund blies die Backen auf. »Irgend so ein Arsch hat mir …«

In dem Moment kam Wimmer heraus und schrie: »Einen schönen Freund hast du da, Toni. In Zukunft kannst dir deine Getränke selbst machen.«

Toni sah dem Mann irritiert nach, bis er sich an Henri wandte. »Was hast du jetzt wieder gemacht?«

»Hab ihm nur ein paar Fragen gestellt.«

»Und willst du mir sagen, welche?«

Henri hasste den Gedanken, Geheimnisse vor seinem besten Freund zu haben, aber die Sache mit seinem Vater war einfach zu heikel.

»Leider …« Sein Telefon klingelte. Es war Maria. Toni erkannte die Nummer.

»Was will die denn von dir?«

»Ach … ähm, bestimmt gibt's wieder Fragen wegen der Mordfälle«, log er. Leider sehr schlecht.

»Und das lassen die eine in der Ausbildung machen?«, hakte sein bester Freund nach.

»Wahrscheinlich hoffen Sie, dass ich ihr mehr erzähle.«

Er drückte Maria weg, das war kein guter Zeitpunkt zum Telefonieren. Sein bester Freund beäugte ihn misstrauisch. »Habt ihr euch denn vor der Sache auch mal gesehen?«

»Was? Nein, wie kommst du darauf?«

Toni ließ die Frage unbeantwortet und murmelte nur, dass er zum Training müsse.

Immer mehr machte sich das Gefühl in ihm breit, als hätte ihre Freundschaft einen Riss bekommen. Es schmerzte. Aber vielleicht brauchten sie beide auch einfach nur eine Auszeit voneinander. Die sechs Wochen Abstinenz während seiner USA-Reise würden ihnen guttun.

Falls ich morgen fliegen darf.

Henri schnappte sich sein Rad und fuhr nach Hause, wo er Maria zurückrief.

»Hey, Henri! Schön, dass du mich zurückrufst.«

Ihre Stimme wirkte müde.

»Wie geht's dir?«

»Nicht so gut. War die ganze Nacht im Einsatz und konnte danach kaum einschlafen. Bin eben erst aufgewacht.«

»Ich hab's erst heute im Radio erfahren. Tut mir schrecklich leid, das mit deinem Kollegen.«

Für einen Moment war Stille in der Leitung, bis sie antwortete. »Du schuldest mir noch eine Erklärung.«

»Ich weiß, und …«

»Lass uns was essen gehen. Ich muss eh auf andere Gedanken kommen.«

Henri zögerte. Sie war immer noch Tonis Ex-Freundin. Maria bemerkte es. »Ich hab meine Karriere für dich aufs Spiel gesetzt.«

Wieder spürte er, dass ihr etwas auf dem Herzen lag, etwas das nichts mit gestern Abend zu tun hatte. Obwohl Henri nicht nach einem entspannten Abendessen zumute war, sagte er zu. Er war es ihr schuldig. Sie machten eine Uhrzeit aus, dann legte er auf.

Schnell kreisten seine Gedanken wieder um das Gespräch mit Hans Wimmer. Was hatten dessen Andeutungen zu bedeuten? Konnte sein Vater tatsächlich in das Verschwinden der Patienten verwickelt sein?

Nein! Er war schwierig, aber bestimmt kein Verbrecher. Henri kannte ihn.

Aber wie gut kenne ich ihn wirklich?

*

Mathias Schweinberg drückte die Türklingel. Eine unerklärliche Unruhe überfiel ihn. Hatte er Angst, mit seiner Vergangenheit konfrontiert zu werden? Unsinn! Er war nur angespannt – und übermüdet. Kein Wunder, nach den letzten Tagen. Eine blonde Frau öffnete ihm, ein erwartungsfrohes Lächeln auf den Lippen. Es fiel ihm schwer, ihr Alter zu schätzen. Ihre Gesichtszüge wirkten fast jugendlich, doch der Blick hatte etwas Melancholisches an sich. Die Ähnlichkeit zu Ihrem Sohn war unverkennbar.

Sie bemerkte sein Zögern. »Wenn Sie die Praxis suchen, der Eingang ist um die Ecke.«

Sie hatte eine warmherzige Stimme, ihr Akzent verriet die englischsprachige Herkunft. Das Lächeln verschwand, als er sich vorstellte. Feine Fältchen durchzogen das Gesicht und offenbarten eine tief sitzende Traurigkeit.

»Henri ist unterwegs.«

»Ich bin nicht wegen ihm gekommen. Ich will Ihren Mann sprechen.«

Mit einer Hand zupfte sie an den Fingern der anderen. »Er ist drüben, hat aber Patienten.«

»Für mich wird er sich schon Zeit nehmen.«

Sie schickte ihn ums Haus und schloss die Tür, ohne sich zu verabschieden. An der Rezeption begrüßte ihn eine attraktive Blondine, die keine fünfundzwanzig war. Seinen Dienstausweis nahm sie desinteressiert zur Kenntnis. »Haben Sie einen Termin?«

»Nein. Ich bin dienstlich hier.«

»Tja, leider hat der Doktor heute durchgehend Termine.« Sie blickte auf ihren Monitor. »Ich kann Ihnen Mittwoch in zwei Wochen anbieten. Passt Ihnen 17 Uhr?«

Schweinberg lächelte bestimmt. »Anscheinend muss ich mich klarer ausdrücken. Ich will unverzüglich mit Ihrem Boss sprechen. Andernfalls lass ich ihn von meinen Kollegen abholen und in die Dienststelle bringen. Das könnte aber für Gerede in der Nachbarschaft sorgen, meinen Sie nicht?«

Die junge Frau wurde kreidebleich. Nach einer kurzen Denkpause nickte sie. Ihr Zeigefinger zitterte, als sie den Hörer nahm und die Durchwahlnummer drückte. Die verärgerte Stimme des Psychiaters war so laut, dass Schweinberg jedes Wort mitbekam. Verschüchtert klärte ihn die Empfangsdame über den Besuch auf. Man hörte förmlich, wie Dr. Holmes mit sich rang. Der Typ sah sich als Teil der Elite und die hasste es, wenn einer aus dem Fußvolk ihr etwas vorschrieb. In Momenten wie diesen liebte Schweinberg seinen Job.

Missgelaunt führte ihn die Assistentin in ein Zimmer mit beigefarbenen Wänden. Statt einer Couch erwarteten ihn zwei weiße Ledersessel mit Fußstützen und eingebauten Lautsprechern. Auf dem gläsernen Schreibtisch lag ein geöffneter Laptop. Vor dem einzigen Fenster verlief eine mannshohe, dichte Hecke.

Beim Hinsetzen verzog er verzückt die Mundwinkel. Der Sessel war noch bequemer, als er aussah. Nur die hochkommenden Erinnerungen hielten ihn davon ab, die Augen zu schließen. Die Behandlungsräume in der Klinik *Seeblick* waren nicht so gemütlich gewesen, doch das Prinzip war das gleiche.

Schweinberg sah sich auf der roten Ledercouch liegen, ihm gegenüber auf einem drehbaren Bürostuhl: Dr. Gutherz Junior. Auf Anraten von Direktor Plinganser, der ihn ein halbes Jahr vom Unterricht befreite, hatte er sich nach dem Tod seines Vaters in psychologische Behandlung begeben.

Die Schuldgefühle hatten ihn in eine bittere Depression gestürzt. Seine Mutter machte ihn verantwortlich, obwohl nie geklärt wurde, was hinter dem Bierzelt auf dem Oktoberfest passiert war. Laut Augenzeugen versuchte Werner Schweinberg, einen Streit zwischen seinem Sohn und einem anderen Besucher zu schlichten, als er plötzlich mit einem Messer im Bauch zusammenbrach. Leider war niemand in der Lage, den Mann zu beschreiben. Niemand außer ihm selbst, doch der Zugang zu seinen Erinnerungen war ihm verschlossen. Der Schmerz hatte – verbunden mit dem hohen Alkoholpegel – ein schwarzes Loch in seinen Kopf gerissen. Dr. Gutherz schaffte es dank einer neuartigen tiefenpsychologischen Behandlung, zu ihm vorzustoßen und den Tathergang zu rekonstruieren. Der Streit entbrannte, weil Schweinberg den Mann angerempelt und sein Bier verschüttet hatte. Starrköpfig wie er war, hatte er sich geweigert, eine neue Maß zu bezahlen; und als sein Vater dazugekommen war, hatte der Mann ein Messer gezogen und zugestochen. Geschnappt wurde den Mörder nie.

Weil ich der Polizei kein Phantombild liefern konnte.

Bis heute haderte Schweinberg mit sich. Wieso war er nur so stur gewesen? Sie hatten genug Geld. Und warum war die Sache gleich so eskaliert?

Das Schlimmste war, dass die Erinnerungen nach der Behandlung wieder in undurchdringlichem Nebel in seinem Kopf verschwanden. Alles, was er wusste, hatte er aus dem Ergebnisbericht des Psychiaters. Die Sitzungen waren die Hölle gewesen, es hatte sich angefühlt, als müsste er sich vor einem Wildfremden ausziehen. Bei jedem Termin ein Stück mehr, bis er nackt dagestanden hatte. Ein echtes Vertrauensverhältnis entstand nie. Schweinberg hatte den überheblichen Psycho-Doc verabscheut und einen anderen Arzt verlangt. Ohne Erfolg. Dr. Gutherz hatte als Leiter der Abteilung das letzte Wort.

Die Tür wurde aufgerissen. Dr. Rainer Holmes stürmte herein und setzte sich ihm gegenüber auf den Sessel. Mit einer genervten Handbewegung strich sich der Mann die Haare hinters Ohr.

»Ich gebe Ihnen eine Minute. Danach rufe ich Ihren Chef an. Das dürfte das Ende Ihrer kläglichen Karriere sein.«

Die Arroganz, mit der ihm der Psychiater begegnete, widerte ihn an. Es war Zeit, die Machtverhältnisse gerade zu rücken.

»Ich orientiere mich sowieso gerade um. Sie können also so viele Dienstaufsichtsbeschwerden einreichen, wie sie wollen.«

»Fünfundvierzig Sekunden.«

Schweinberg zog demonstrativ entspannt die Visitenkarte von der Klinik aus der Jackentasche und hielt sie dem Mann vor die Nase.

»Ist das Ihre?«

»Wo haben Sie die her?«

Er schmunzelte. »Lustige Geschichte. Ihr Sohn hat sie ausgegraben.«

»Henri? Wie …«

»Sie lag gleich neben dem Skelett, das er gefunden hat. Haben Sie zufällig eine Idee, wie die dahin gekommen ist?«

Dr. Holmes überlegte einen Moment. »Jeder Patient hatte eine Karte von mir.«

»Woher wollen Sie wissen, dass es sich um einen Ihrer Patienten handelt?«

»Mein … Sohn sagte so etwas. Ist das nicht korrekt?«

»Ich hatte ihn instruiert, mit niemand darüber zu sprechen. Aber sei's drum. Warum war Arno Kroos bei Ihnen in Behandlung?«

»Das fällt unter die ärztliche Schweigepflicht. Wäre das dann alles?«

»Verstehe.« Schweinberg fuhr sich mit der Hand durch den Bart. »Ich hab mich ein bisschen schlaugemacht. Schon merkwürdig, dass Sie so ungeschoren aus der Sache herausgekommen sind. Immerhin war es Ihre Abteilung.«

Dr. Holmes Miene blieb unverändert. Äußerlich wirkte er ruhig, doch hinter den kristallblauen Augen kochte unbändige Wut.

»Ich hatte nichts mit dem Verschwinden zu tun. Ende der Geschichte.«

»Womöglich, ich akzeptiere grundsätzlich das Urteil unseres Rechtssystems. Nur eines macht mich misstrauisch.« Schweinberg legte eine strategische Pause ein. Er hatte die uneingeschränkte Aufmerksamkeit seines Gegenübers. »Wieso nur sind sämtliche Aufzeichnungen von Ihnen unter Verschluss beim Bundesverfassungsschutz?«

Dr. Holmes stand auf. »Ich habe Ihnen nichts mehr zu sagen.«

»Ich hab keine Ahnung, wer da die schützende Hand über Sie gehalten hat, aber ich hoffe für Sie, dass sein Arm lang genug ist, um auch Ihren Sohn zu retten.«

Der Psychiater streckte ihm drohend den Zeigefinger entgegen. »Sie lassen Henri in Ruhe, sonst …«

»Sonst was? Schreiben Sie eine Beschwerde an den Bundesverfassungsschutz? Noch bin ich der zuständige Ermittler. Und ich werde nicht eher ruhen, bis ich den Mörder meines Kollegen gefasst habe.«

»Das Gespräch ist beendet. Ab sofort kommunizieren Sie ausschließlich mit meinem Anwalt.«

»Wir werden sehen.«

Schweinberg erhob sich ebenfalls. Er überragte Dr. Holmes um eine halbe Kopflänge, was ihm ein Gefühl von Überlegenheit gab. Der Psychiater schien es zu spüren. Plötzlich verzogen sich dessen Mundwinkel zu einem gehässigen Grinsen. »Ich weiß ganz genau, wen ich vor mir habe. Den kleinen Mathias, der nicht damit klarkam, dass sein Vater wegen ihm ermordet wurde. Du warst ein gebrochener Junge, als du zu mir kamst. Ich hab dich gerettet. Vergiss das nie!«

»Meine Frau hat mich gerettet.«

»Leider gab's keinen, der sie gerettet hat.«

Schweinberg ballte die Hand zur Faust und ging einen Schritt auf Dr. Holmes zu, der kurz zurückschreckte, sich jedoch erstaunlich schnell fing.

»Na mach schon. Dann bist du erledigt.«

Er hielt inne, kämpfte gegen seine Wut an. Wenn er jetzt zuschlug, war er raus. Für immer.

»Wir sehen uns wieder.«

Schweinberg ließ den Mann stehen.

»Hast du eigentlich immer noch Angst vor Messern?«, rief ihm Dr. Holmes nach, sodass er im Türrahmen stehenblieb. »Ich kenne dich besser, als du dich jemals kennen wirst.«

Sein Herz zog sich zusammen, er bekam Atemnot. Mit eiligen Schritten verließ er die Praxis. Draußen legte er den Kopf in den Nacken und pumpte Sauerstoff in seine Lungen.

Du willst es also auf die harte Tour. Soll mir recht sein, ab sofort spielen wir nach meinen Regeln!

*

Henri lenkte den Wagen in die Einfahrt. Marias Elternhaus war ein schlichtes Einfamilienhaus in Gmund Glaslberg. Hinter der Garage ragten zwei Tannen empor, zwischen deren Ästen die Kirchturmspitze zu sehen war. Wäre er gläubig, hätte er um göttlichen Beistand gebeten. Was war nur los mit ihm? Seit er von zu Hause aufgebrochen war, fühlte er sich beobachtet. Wahrscheinlich lag es an dem röhrenden Auspuff, der die Blicke der Passanten magisch anzog.

Nachdem sein Vater von dem *Date* – wie er es trotz Henris Dementis bezeichnete – erfahren hatte, hatte er ihm den Porsche geradezu aufgedrängt. Natürlich mit der Bitte, es seiner Mutter nicht zu erzählen. Der Wagen war Dr. Holmes' Heiligtum, damit ließ er niemanden fahren. Woher der Sinneswandel? In Henri keimte der Verdacht auf, dass sein Vater die Nachfragen zu Schweinbergs Besuch dadurch abzuwürgen versuchte. Oder er wollte, dass sein Sohn Eindruck machte. Es würde den Spruch erklären, den er ihm bei der Abfahrt zugeflüstert hatte.

»Wenn sie erst die Vibrationen des 6-Zylinder-Motors unterm Hintern spürt, läuft das wie von selbst.«

Henri schmeckte noch immer die Übelkeit, die ihm die Kehle hochgeschossen war. Toni hatte recht, er durfte sich nicht länger wie ein Teenager behandeln lassen.

Henri stieg aus und klingelte. Im glänzenden Briefkasten überprüfte er seine Frisur, dann richtete er sich den Kragen des Poloshirts. Die Sonne brannte ihm ins Genick.

Ein schlechtes Gewissen überfiel ihn. Hätte er seinem besten Freund davon erzählen sollen, damit dieser auf keinen falschen Gedanken kam? Er kam nicht dazu, weiter darüber nachzudenken. Die Haustür wurde so abrupt aufgerissen, dass Henri zusammenzuckte.

»Auf die Minute. Das mag ich so an dir.«

Marias Anblick machte ihn sprachlos. Ihre blonden Haare, die normalerweise zum Zopf gebunden waren, fielen ihr über die freien Schultern. Ihre grünen Augen wurden durch ein dezentes Make-up betont, die Lippen zierte ein rubinroter Lippenstift. Sie trug ein dunkelblaues Kleid, das bis zu den Knien reichte, dazu Sandalen mit allerlei Ziersteinen. Die silbernen Ohrringe funkelten in der Abendsonne und die dazugehörige Kette schlängelte sich über ihre üppige Oberweite bis tief in den Ausschnitt.

»Jetzt schau nicht so.« Maria setzte ein beleidigtes Gesicht auf. »Oder soll ich lieber meine Uniform anziehen?«

»Ich … also … tut mir leid. Es ist nur ungewohnt. Du siehst wirklich …«, Henri machte eine Pause und musterte sie nochmals von oben bis unten, »… fantastisch aus.«

Ihre Gesichtszüge entspannten sich, ein verlegenes Lächeln umspielte die Mundwinkel. »Danke. Du aber auch. Cooles Shirt.«

»Ist von Abercrombie, hat mir mein Onkel aus den USA …«

»Bist du sicher, dass du heute ausgehen willst?«, dröhnte eine rauchige Männerstimme aus dem Hintergrund.

»Soll ich mich etwa einschließen? Das bringt ihn auch nicht zurück«, schoss sie genervt zurück.

Ein weißhaariger Mann mit Bauchansatz tauchte im Türrahmen auf und legte seinen Arm beschützend um Maria. Sie sträubte sich leicht, ohne sich der Umarmung zu entziehen.

»Henri, darf ich vorstellen: mein Papa.«

»Klaus Baumgärtner«, brummte ihr Vater.

Sie schüttelten sich die Hände. Baumgärtner hatte Henris Größe, aber eine viel massivere Statur. Auf den breiten Schultern thronte ein wuchtiger Schädel, die harten Gesichtszüge machten keinen Versuch, das Misstrauen zu überspielen. Die Miene des Mannes verfinsterte sich, als er den Porsche sah. Jetzt bekam auch Maria große Augen.

»Äh, der gehört meinem Vater. Ich wollte …«

»… einen auf dicke Hose machen. Schon klar. Aber meine Maria wird sich nicht in diese Höllenmaschine setzen. Ich hab keine Tochter groß gezogen, damit so ein Fahranfänger sie darin zu Tode rast!«

Die weißgrauen Spitzen des Oberlippenbartes zitterten beim Sprechen. Ein süßlicher Pfeifengeruch schlug Henri entgegen.

»Ich bin einundzwanzig«, entgegnete Henri trotzig.

Plötzlich weiteten sich die Augen des Mannes. »Sag mal, ist dein Vater etwa dieser Psychiater aus Bad Wiessee?«

Henri nickte.

»Na dann wird mir alles klar.« Baumgärtner drehte sich zu Maria um. »Du hältst dich von dem Kerl fern.«

»Papa. Ich …«

»Das ist mein letztes Wort.«

Sie stieß ihrem Vater den Ellenbogen leicht in die Seite, doch der Mann zuckte nicht einmal mit der Wimper.

»Ich bin kein Kind mehr, ich kann auf mich selbst aufpassen. Und Henri fährt anständig.«

Sie gab ihm einen Kuss auf die Wange und löste sich aus der Umklammerung. Dann hakte sie sich demonstrativ bei Henri ein und zog ihn mit sich zum Auto.

»Auf Wiedersehen«, brachte Henri im Wegdrehen noch heraus.

»Dass du sie mir ja wieder heil nach Hause bringst! Keine weiteren Abenteuer. Verstanden?!«

Er spürte Baumgärtners drohenden Blick im Rücken. Was sollte das nun wieder heißen? Er betätigte die Zündung des Porsche, trat dabei unbeabsichtigt aufs Gas, obwohl noch kein Gang eingelegt war. Der Motor röhrte laut durch die enge Gasse, dass es ihn kaum verwundert hätte, falls hinter jedem Fenster ein neugieriges Gesicht aufgetaucht wäre. Hektisch legte er den Rückwärtsgang ein und ließ die Kupplung kommen. Viel zu schnell. Der Wagen starb ab.

Dämliche Schaltung!

Mit Schalt-Getriebe stand Henri auf Kriegsfuß. Seit der Führerscheinprüfung war er ausschließlich den Kombi seiner Mutter gefahren, und der hatte Automatik. Im Augenwinkel sah er Klaus Baumgärtner. Der Mann sah aus, als würde er ihn im nächsten Moment aus dem Porsche ziehen. Sein Puls hämmerte ihm gegen die Brust. Er machte sich lächerlich. Sanft legte Maria ihre Hand auf seine.

»Ganz ruhig. Lass dir Zeit.«

Ihr Lächeln beruhigte seine Nerven. Der zweite Versuch klappte, wenn auch wenig elegant.

»Bitte entschuldige«, fing sie an, kaum dass ihr Elternhaus aus dem Blickfeld verschwunden war. »Du darfst es meinem Vater nicht übel nehmen, er hat nur einen ausgeprägten Beschützerinstinkt.«

»Schon okay«, versuchte Henri, das Thema herunterzuspielen. »Den haben doch alle Väter.«

»Mag sein, meiner ist in dem Punkt aber extrem. Er wollte immer ein Mädchen und bekam drei Jungs. Bei der Geburt meines jüngsten Bruders gab es Komplikationen, die Ärzte meinten, dass meine Mutter keine weiteren Kinder bekommen kann. Trotzdem probierten sie es viele Jahre. Mein Vater war so verzweifelt, dass er wieder in die Kirche eintrat, um für eine Tochter zu bitten. Und dann kam ich. Seitdem sieht er mich als Geschenk Gottes, das er vor der bösen Welt beschützen muss. Naja, hängt vermutlich auch mit unserem Job zusammen.«

Henri brauchte einen Moment, bis er sich daran erinnerte, dass Klaus Baumgärtner früher bei der Kripo war. Toni hatte öfter geschimpft, dass ihn Marias Vater behandelte wie einen Kleinkriminellen. Kannte Baumgärtner die Hintergründe zu den Mordfällen? Wusste er etwa von Maria, dass sie ihn gestern im Schulhaus getroffen hatte? Er fröstelte.

Maria schien seinen Gedanken zu erraten. »Keine Sorge, ich hab ihm nichts erzählt.« Sie machte eine Pause, fing an zu lächeln. »Aber ich hab von ihm eine Menge über Schweinberg herausgefunden.«

*

Mathias Schweinberg zwängte sich durch die Menschenmassen im Bierzelt. Der Gang war überströmt von grölenden und schwankenden Wiesn-Besuchern. Oder schwankte er selbst? Es fühlte sich an wie auf einer Hängebrücke, bei jedem Schritt drohten ihm die Knie wegzusacken. Er streifte etwas, eine Frau kreischte. Plötzlich packten ihn zwei verschwitzte Hände am Kragen. Eine wutentbrannte Fratze spie ihm mit Alkoholdunst vermischte Drohungen ins Gesicht. Im Hintergrund fing die Band an zu spielen, sodass er die Worte kaum verstand. Anscheinend war die kreischende Frau die Freundin des Kerls, der ihn festhielt.

Schweinberg riss sich los und torkelte weiter. Verzweifelt suchte er die Gänge ab. Er musste ihn unbedingt finden. Falls er recht hatte, dann … Erneut schrie jemand, Leute sprangen panisch zur Seite. Ein Mann übergab sich neben dem Eingang zu den Toiletten. Beißender Gestank breitete sich aus. Wie aus dem Nichts erschienen zwei Kolosse vom Sicherheitsdienst, die den armen Kerl an den Armen packten und ihn zum hinteren Ausgang des Hacker-Zelts schleiften. Als sie Tür aufstießen, erhaschte er einen Blick ins Freie. Draußen stand sein Vater und flüsterte einer schwarz gekleideten Person etwas ins Ohr. In der Hand hielt er ein …

Schweißgebadet wachte Schweinberg auf. Er zitterte. Jahrzehntelange hatte er die Erinnerungen in den Tiefen seines Gedächtnisses vergraben. Warum kamen sie ausgerechnet jetzt zurück? Sicher wegen seines Besuchs bei Dr. Gutherz. Nach der aufwühlenden Begegnung mit seinem ehemaligen Psychiater hatte er sich im Braustüberl drei Bier gegönnt, bevor er sich zu Hause aufs Bett legte. Dabei war er eingenickt. Seine Schläfen fingen an zu pochen, der Alkohol vertrug sich nicht mit den Tabletten. Vielleicht sollte er sie absetzen und sehen, was passierte.

Geschichte wiederholte sich: Er hatte das alles schon nach dem Tod seines Vaters durchgemacht. Insgeheim musste er sich eingestehen, dass es weniger die Medikamente waren, die ihn vom Schmerz erlöst hatten, als die psychologische Behandlung. Durch sie hatte er einen Abschluss gefunden und die schmerzhaften Bilder verdrängt. Doch dieses Mal wollte er sie gar nicht verdrängen. Er durfte es nicht. Es war Teil seiner Strafe. Er hatte ihre Erkrankung ignoriert, als Sabine ihm gestand, dass sie morgens kaum aus dem Bett kam und keinen Funken Lebenslust mehr in sich spürte. Tränen schossen ihm in die Augen.

Es tut mir so unendlich leid! Gäbe es nur eine einzige Chance, dass ich …

Mit der Handfläche schlug er sich mehrfach an die Stirn, bis ihm schwindlig wurde. »Sie ist tot! Akzeptier es endlich!«

Schweinberg hatte gelernt, dass es ihm half, seine eigene Stimme zu hören, um sich aus dem gedanklichen

Teufelskreis zu befreien. Was passiert war, konnte er nicht rückgängig machen, egal, wie oft und wie sehnsüchtig er es sich wünschte.

Er erhob sich schwerfällig, sein Rücken schmerzte von den ausgeleierten Federn der Matratze. Er riss das Fenster auf, aber leider brachte es ihm nur wenig Abkühlung. Die Dachgeschosswohnung, die in seiner Kindheit nur als Speicher gedient hatte, verwandelte sich im Sommer schnell in eine Sauna. Trotzdem war er nach seinem Klinikaufenthalt nach oben gezogen, in seinem Kinderzimmer hatte er es nicht mehr ausgehalten. Zudem hatte es den Vorteil, dass er dadurch seiner Mutter aus dem Weg gehen konnte.

Die Dämmerung hatte eingesetzt. Schweinberg sah zum Gymnasium, das unter den Mantel der beginnenden Nacht kroch, als wollte es sich vor den sensationsgierigen Blicken verstecken. Ob die sechs Wochen Sommerferien ausreichten, dass sich die Schule von den schrecklichen Ereignissen erholte? Er bezweifelte es.

Ein Vibrieren riss ihn aus seinen Gedanken. Hektisch griff er nach seinem Handy, das auf dem Nachttisch lag. Es war Simon Dorn.

Na endlich.

Schweinberg wartete schon den ganzen Tag auf dessen Antwort. Der Journalist sollte einen Auftrag für ihn erledigen, hatte sich jedoch Bedenkzeit erbeten.

»Und? Machst du's?«, verzichtete er auf eine Begrüßung.

»Ja«, antwortete Dorn. »Aber dafür will ich die Exklusivrechte.«

»Wegen mir kannst ein ganzes Buch darüber schreiben. Hauptsache wir schnappen uns den Kerl.«

*

Henri und Maria saßen an einem Tisch am Rand der voll besetzten Terrasse mit Blick auf den See, dessen Wasseroberfläche sich kräuselte. Die rot schimmernde Abendsonne wärmte die Gesichter der Gäste, die die Sommerstimmung mit jeder Pore aufsaugten. Fürs Wochenende wurden heftige Wärmegewitter erwartet und danach sollte es deutlich kühler werden. Ein braun gebrannter Kellner brachte ihnen die Getränke, Maria gönnte sich einen Rotwein, Henri begnügte sich mit Spezi.

»Kanntest du deinen Kollegen gut?«, fragte Henri.

Obwohl sich Maria betont normal gab, spürte er ihren Schmerz. Sie holte tief Luft. »Hab ihn erst hier kennengelernt, mein Vater kannte ihn aus seiner Zeit bei der Kripo. Erdmann hat sich sehr um mich bemüht und mir nie das Gefühl gegeben, dass ich nur Praktikantin bin. Letzte Nacht, da ...« Sie brach kurz ab. »Da meinte er noch, er hoffe, dass seine Tochter auch eines Tages in seine Fußstapfen bei der Polizei treten würde.«

Ihre Augen wurden glasig. Henri wollte etwas erwidern, aber sie straffte ihre Schultern und sprach mit klarer Stimme weiter. »Aber ich wollte mit dir ja über Schweinberg reden. Der ist nämlich kein unbeschriebenes Blatt.«

»Hat er zufällig Obduktionsberichte gefälscht?«

Sie zog die Stirn in Falten. »Nein. Wie kommst du darauf?«

Er biss sich auf die Lippe. Sie sah ihn forsch an. »Vertraust du mir etwa nicht?«

Du kannst der Polizei nicht trauen.

Wieder schoss ihm der unheilvolle Satz in den Kopf. Doch Maria war in seinen Augen keine Polizistin, auch keine ehemalige Klassenkameradin, sie war eine Freundin – auch wenn sie seit ihrer Trennung von Toni kaum noch Kontakt hatten. Dennoch wog Henri genau ab, wie viel er ihr erzählen konnte. Letztlich entschied er sich für die Wahrheit. Maria verdiente es, und er vertraute ihr. Sie musste ihm aber versprechen, mit niemandem darüber zu reden.

»Also, die Geschichte ist so abgefahren«, sagte Maria, als er fertig war, »dass du sie dir unmöglich ausgedacht haben kannst. Nicht, dass ich dir so was jemals zutrauen würde. Ist meine professionelle Sicht.«

»Schweinberg sieht das aber anders. Oder er hängt mit drin. Was hat denn dein Vater über ihn erzählt?«

»Dass er ein arrogantes Karrierearschloch ist.« Sie lachte. »Der war in München eine große Nummer, wollte unbedingt Leiter der Mordkommission werden und vermutlich irgendwann seinen Schwiegervater beerben. Der ist Polizeipräsident.«

»Und was treibt so einen ins Oberland?«

»Seine Karriere bekam einen Knicks, um es nett auszudrücken.« Maria nahm einen Schluck Wein, ohne ihn aus den Augen zu lassen. »Im März erschoss sich seine Frau mit seiner Dienstwaffe. Sie litt unter Depressionen.«

»Oh, krass. Wusste er davon?«

»Er verneint es. Aber seine Ex-Kollegen glauben es ihm nicht. Verständlicherweise.«

»Warum? Mein Vater hat mir mal erzählt, dass Freunde und Verwandte oft aus allen Wolken fallen, wenn sich die Patienten zu ihrer Krankheit bekennen.«

»So etwas muss einem doch auffallen, die lebten schließlich zusammen.«

Henri musste an seine Eltern denken. »Beziehungen leben sich auseinander. Ich finde, dass uns da kein Urteil zusteht.«

Maria lächelte. »Du bist wirklich einzigartig. Jemanden zu verteidigen, der einem Böses will, zeugt von wahrer Größe.«

Ein unangenehmer Moment der Stille breitete sich aus, bis er es nicht länger aushielt und nachhakte. »Wie ist die Frau überhaupt an die Waffe gekommen?«

»Angeblich hatte er vergessen, den Safe abzusperren. Alleine deswegen sollte man ihn rauswerfen. Wenn Papa nach Hause kam, war das das Erste, was er tat. Immer! Ich erinnere mich an einen Abend – ich war fünf oder sechs – da rannte ich ihm freudestrahlend entgegen, fiel hin und knallte mit der Stirn gegen den Schrank. Er hat mich weinend zurückgelassen, weil er panische Angst davor hatte, aus Unachtsamkeit die Pistole abzulegen. Damals hab ich das natürlich nicht verstanden, aber der Schutz seiner Kinder stand für ihn über allem.«

Henri beneidete Maria für ihr inniges Verhältnis zu ihrem Vater. »Wie ist Schweinberg aus der Sache herausgekommen?«

»Es gab eine interne Ermittlung, doch er wurde freigesprochen. Zum Missfallen der Kollegen und trotz der Intervention des Polizeipräsidenten, der ihn für den Tod seiner Tochter verantwortlich macht. Anscheinend hat Schweinberg einflussreiche Fürsprecher.«

»Wie ist er bei uns gelandet?«

»Die Stelle hat ihm ein ehemaliger Vorgesetzter verschafft. Papa versteht nicht, warum sein Nachfolger sich überreden ließ, den Kerl aufzunehmen. In Miesbach sind alle todunglücklich, die vermuten schon, dass Schweinberg das Borderline Syndrom hat.«

Na Klasse, ich bin ich auf der Abschussliste eines Psycho-Bullen!

»Übrigens ging Schweinberg auch aufs Gymi. Abi 89, wenn ich es richtig in Erinnerung habe.«

»Das wird ja immer besser«, murmelte er nachdenklich.

War es Zufall, dass die Mordserie kurz nach Dienstantritt des Hauptkommissars angefangen hatte?

Der Kellner brachte ihnen das Essen. Währenddessen sprachen sie nur wenig, und wenn war es Maria, die von ihrer Polizeiausbildung erzählte.

»Ich bewundere, wie tapfer du mit allem umgehst«, fing Maria an, nachdem der Kellner den Tisch abgeräumt hatte.

»Hab ich eine Wahl?« Er machte eine Pause, bevor er hinzufügte: »Natürlich belastet es mich.«

»Sieht man dir nicht an. Du wirkst immer, als könne dich nichts umhauen.«

Henri erhaschte einen Blick aufs Strandbad in Kaltenbrunn. Plötzlich hatte er die aufgedunsene Leiche vor Augen. Mit Mühe unterdrückte er die aufkommende Übelkeit.

»Das täuscht.«

»Ich glaub, dir ist gar nicht bewusst, wie stark du bist.«

»Toni hätte genauso reagiert.«

»Ach was, der ist bloß ein Poser! Deswegen hab ich mich auch von ihm getrennt. Ich wünsche mir einen Mann, der besser ist, als er vorgibt. Nicht umgekehrt.«

Obwohl es Henri gefiel, dass sie so über ihn dachte, machte sich ein Schuldgefühl in ihm bemerkbar. Ihre Blicke trafen sich. Er spürte ein Kribbeln auf der Haut. Was war nur los mit ihm? Glücklicherweise kam in dem Moment der Kellner, um ihnen die Rechnung zu bringen. Sie bezahlten und verließen das Restaurant.

»Lass uns zum See gehen«, schlug Maria vor. »Ich brauche einen Verdauungsspaziergang.«

Sie zog ihn mit sich, ohne seine Reaktion abzuwarten. Im Mondlicht schlenderten sie den Weg am Ufer entlang, die Kieselsteine knirschten unter ihren Sohlen. Es ging kein Windhauch, die Wasseroberfläche war wie glatt gestrichen. Ein Warnsignal ertönte, kurz darauf fuhr ein Zug der bayrischen Oberlandbahn geräuschvoll vorbei.

In der Nähe des Anlegestegs ließ sich Maria auf einer Parkbank nieder. Er zögerte, sah sich um. Es war weit und breit niemand zu sehen. Trotzdem wurde er das Gefühl nicht los, beobachtet zu werden. Sie setzten sich auf die

Bank. Für eine Weile blickten sie schweigend auf den See. Gedämpftes Stimmengewirr drang vom Strandbad herüber und vermischte sich mit dem Plätschern des Wassers. Maria zog ihn zu sich. »Ich würde zu gerne wissen, woran du denkst.«

Henris Puls beschleunigte sich, aber er zuckte gespielt gelangweilt mit den Schultern. »Ich genieße nur die Abendstimmung. Tolles Wetter, gutes Essen … in Begleitung einer hübschen Frau«, fügte er schnell hinzu.

»Du bist süß!«

Henri war perplex. »Die Meinung hast du bestimmt exklusiv.«

»Ganz bestimmt nicht. Mir gefällt, dass du genau weißt, was du willst. Kein Vergleich zu …« Sie räusperte sich. »Wenn du jetzt noch …«

»… aussehen würdest wie ein richtiger Kerl«, unterbrach Henri sie, wobei er sich demonstrativ mit der Hand über seine glatten Wangen fuhr.

»Nein, das mein ich nicht.« Maria nahm seine Hand. »Man kann dich nur schwer einschätzen. Du würdest mir vermutlich in derselben Stimmlage erzählen, dass du eine Leiche gefunden hast, wie dass du dich auf den Urlaub freust.«

»So bin ich eben. Soll ich mir jeden Tag einen Smiley ans T-Shirt kleben, damit alle wissen, wie ich mich fühle?«

Sie setzte ein warmherziges Lächeln auf. »Lass die Menschen einfach mehr an dich heran.«

Sie strich ihm mit dem Zeigefinger über seinen Handrücken. Henri verspürte ein Kribbeln im Bauch wie nie zuvor in seinem Leben. Am liebsten wäre er aufgesprungen und weggerannt. Andernfalls würde gleich etwas passieren, was er bestimmt bereute.

»Ich muss dir ein Geheimnis verraten«, flüsterte sie ihm ins Ohr. Ihr warmer Atem umströmte seinen Hals und erzeugte eine Gänsehaut. »Ich bin damals nur wegen dir der Facharbeitsgruppe beigetreten.«

»Ach wirklich?«

»Ich war total in dich verschossen, aber du hast damals überhaupt nicht auf mich reagiert. Naja, irgendwann war ich so frustriert und dann ist es halt passiert, dass ich mit Toni … jetzt weiß ich, dass es einfach deine Art ist.«

»Ähm … ja. Wir sollten langsam …«

Sie küsste ihn, bevor er es kommen sah. Er wich zurück, ohne den Kontakt zu ihren heißen, angefeuchteten Lippen zu verlieren. Für einen Moment war er unfähig, einen Muskel zu bewegen. Er schmeckte den Rotwein und das Himbeeraroma des Lippenstifts. Ihr Parfum, ein Mix aus Lavendel und Vanille, stieg ihm in die Nase. Nie zuvor hatte ihn ein Gefühl so überrollt. Jetzt begriff er, warum alle so vom ersten Kuss schwärmten.

Er durfte das nicht tun!

Henri versuchte, dagegen anzukämpfen, doch sein Körper hatte ihm die Kontrolle längst entzogen. Er schloss die Augen und gab sich Maria hin, bis er in dem unkoordinierten Tanz ihrer Zungen komplett den Zeitbezug verlor. Der Schlag kam plötzlich und riss ihn brutal zurück in die Gegenwart. Sein Kopf dröhnte, ihm brannte die Wange.

Was ist passiert?

Als sich die tanzenden Sternchen auf seiner Netzhaut verflüchtigt hatten, bot sich ihm ein Anblick, der ihn an seinem Verstand zweifeln ließ.

*

Sitting Bull konnte mit Planänderungen umgehen. Selbst wenn sie so kurzfristig kamen. Nur diese ergab absolut keinen Sinn, im Gegenteil, sie brachte ihre Mission in

Gefahr. Seit einer Stunde beschattete er schon die Zielperson. Mimik und Gestik verrieten die Absicht der jungen Frau, Holmes dagegen war nicht zu entschlüsseln. Der Kerl würde einen klasse Pokerspieler abgeben. Sie tat ihm fast leid. Hoffentlich war das unwürdige Schauspiel bald zu Ende. Er sah auf seine Uhr.

Verdammt, er sollte längst Position bezogen haben, um das nächste Opfer auf dem Nachhauseweg abzufangen. Die Gefangennahme war immer ein kritischer Zeitpunkt. Schwarz hatte er noch gefahrlos in dessen Kanzlei überwältigen können, Plinganser musste er schon zu sich locken – ohne dass es sein Chef mitbekam. Es war unvermeidlich gewesen, da der Direktor bei jedem anderen Treffpunkt Verdacht geschöpft hätte. Bislang hatte alles funktioniert, weil sie sich strikt an den Plan hielten.

Klar, die Polizistin war ein Risiko, sie war in ihrem Plan nicht vorgesehen. Und Holmes schien ihr zu vertrauen. Trotzdem überlegte Sitting Bull, ob mehr dahintersteckte, dass sein Partner so vehement darauf bestanden hatte, Holmes zu beschatten. Es war gefährlich, sich von persönlichen Gefühlen leiten zu lassen. Die Abhängigkeit ihres Plans von diesem Studenten bereitete ihm zunehmend Bauchschmerzen. Manchmal hatte er das Gefühl, dass sein Partner der Meinung war, Holmes besser zu kennen als dieser sich selbst. Aber falls es wirklich so war, warum hatte er dann fast panisch Sitting Bull losgeschickt, nachdem er von dem Treffen erfahren hatte?

Als die beiden in Richtung See schlenderten, fluchte er innerlich. Vielleicht sollte er einfach abhauen. Nein, er hatte einen Auftrag. Auf seine Nachfrage, was sich sein Partner davon erhoffte, hatte er keine Antwort erhalten.

Ein pfeifendes Signal ertönte. Wenige Meter von seiner Position entfernt fuhren die Bankschranken nach unten. Er verharrte regungslos im Gebüsch neben den Gleisen, während hinter ihm der Zug vorbeiraste. Seine Zielperson machte es sich auf einer Bank gemütlich; aber richtig entspannt wirkte Holmes nicht. Genervt brachte Sitting Bull die Hochleistungskamera in Anschlag. Der Finger berührte den Auslöser.

Na endlich, sie küssen sich.

Genauer gesagt, sie küsste ihn. Worauf wartete der Bursche noch? Sie war etwas kräftig für seinen Geschmack, aber ansonsten ein hübsches Ding. Plötzlich gab Holmes seine Zurückhaltung auf. Sitting Bull schoss ein Bild nach dem anderen. Die Szene wurde immer aufgeladener, die beiden fraßen sich regelrecht auf. Kaum zu glauben, so emotionslos, wie sich Holmes den ganzen Abend verhalten hatte.

Tja, stille Wasser sind tief.

Er verspürte ein Kribbeln zwischen den Beinen. Sein letzter Sex war so lange her, dass er einige Sekunden nachdenken musste, bis es ihm wieder einfiel. Ein kurzer Abstecher ins Bordell, nachdem er seinen Chef bei einem Kongress in München abgesetzt hatte.

Was als Nächstes passierte, machte ihn so fassungslos, dass er vergaß, den Auslöser zu drücken. Er hätte mit allem gerechnet, nur nicht damit. Während das Geschehen vor ihm eine unerwartete Wendung nahm, zog Sitting Bull das Handy aus der Hosentasche. Sein Partner antwortete nach dem ersten Klingeln. In wenigen Worten berichtete er ihm von dem Vorfall. Sein Partner verfiel in Schweigen, leise Atemzüge drangen durch die Leitung. Als er ihm einen neuen Befehl erteilte, blieb ihm für einen Moment die Luft weg. Diese erneute Planänderung missfiel ihm noch mehr als alle bisherigen zusammen. Sie war hochriskant, um nicht zu sagen wahnsinnig. Und sie veränderte das Leben von einigen Menschen. Aber zum Zweifeln blieb keine Zeit.

»Geht klar.«

Er legt auf, packte die Kamera ein. Die Zielperson und dessen Begleiterin gingen getrennte Wege. Das Schicksal meinte es gut mit ihm. Sitting Bull kroch aus seinem Versteck hervor und nahm die Verfolgung auf.

Samstag, 1. August

Henri schreckte hoch. Der Wecker zeigte kurz nach acht. In zwölf Stunden würde er im Flieger nach San Francisco sitzen. Nur noch ein halber Tag, doch es kam ihm unendlich weit weg vor. Er rieb sich mit Daumen und Zeigefinger den Schlaf aus den Augen. Verschwommen drang die Erinnerung zurück in sein Bewusstsein: Die zerstörte Frisur, das tränenverschmierte Make-up und das eingerissene Kleid, aus dem eine Brust herausding. Marias verheulte Stimme dröhnte in seinem Kopf.

»Wie hab ich mich nur so in dir täuschen können?«

Es war ein Alptraum. Henri hatte stundenlang wachgelegen und nach einer Erklärung gesucht, aber der Kuss hatte ein schwarzes Loch in sein Gedächtnis gerissen – so als hätte er sämtlichen Raum- und Zeitbezug verloren. Es war ein Unfall, davon war er mittlerweile überzeugt, irgendwie war er an ihrem Kleid hängen geblieben. Niemals würde er sich an einer Frau vergreifen, egal wie überwältigend die Gefühle waren. Warum hatte Maria das nicht bemerkt? Vermutlich lag es am Rotwein. Heute sah sie es bestimmt anders.

Hoffentlich.

Henri musste das geradebiegen, bevor er in die USA flog. Mit zitternden Fingern griff er zum Telefon und wählte Marias Handynummer.

Mailbox.

Er wollte eine Nachricht hinterlassen, aber ihm fehlten die Worte. Er hängte auf. Vielleicht sollte er ihr besser eine SMS schreiben, dabei konnte er seine Gedanken ordnen. Schnell wurde ihm klar, dass er mit den wenigen Zeichen keine vernünftige Formulierung hinbekam. Dann doch lieber eine E-Mail. Er stand er auf und schaltete den PC ein. Im Posteingang lag eine Nachricht von Dieter. Empfangen um 3:51 Uhr.

Hey Henri,

ich hab nach dem Typen recherchiert. War aufwendiger als gedacht, ich musste extra einen Suchalgorithmus programmieren. Hab drei Treffer für dich. Ein Hans-Werner Ernst stammte aus dem Sudetenland. Er war Handwerker und half mit, das KZ Leitmeritz aufzubauen. Gestorben 1991 bei einem Autounfall. Ein anderer war Häftling im KZ Buchenwald. Kommunist. Er überlebte zwar das KZ, starb aber in den Fünfzigerjahren an den Folgen eines Gehirnschlags. Der Letzte war Wehrmachtsangehöriger und im KZ Dachau stationiert, leider hab ich nach dem Krieg nichts mehr über ihn gefunden.

Falls du zu dem mehr wissen willst, solltest du dich an einen Geschichtsprofessor namens Dr. Helmut Hirschauer wenden, der ist ein Experte fürs Konzentrationslager in Dachau. Geh jetzt ins Bett. Guten Flug, entspann dich mal richtig. Und lass uns mal was essen gehen, wenn die Uni wieder anfängt.

Salve, Dieter

Henri bedankte sich bei seinem ehemaligen Klassenkameraden, der netterweise die Kontaktdaten des Experten angefügt hatte, sodass er dem Professor gleich eine E-Mail schreiben konnte. Viel Hoffnung hatte er nicht, aber was hatte er groß zu verlieren.

Danach machte er sich daran, die Nachricht für Maria zu schreiben. Doch sein Versuch, seine Gedanken in Worte zu fassen, misslang völlig. Nein, er musste das persönlich klären. Er zog sich an und verließ sein Zimmer. Unten öffnete sein Vater gerade die Haustür und bat jemand herein. Bevor Henri die Treppe ganz heruntergekommen war, hatte Rainer Holmes den Besucher jedoch schon in die Praxisräume geführt. Seine Mutter war in der Küche. Er sagte ihr Guten Morgen, dann holte er sich Brot, Butter, Käse und Orangensaft aus dem Kühlschrank.

»Seit wann kommen Papas Patienten zu uns nach Hause?«, fragte er beiläufig, als er sich an den Esstisch setzte.

»Was meinst du?« Sie unterbrach das Abspülen, legte den Kopf schief. »Ach nein, das war Adam.«

»Dr. Goldberg? Was macht er bei uns?«

»Keine Ahnung. Ist ewig her, seit er das letzte Mal hier war. Früher haben sie sich oft auf Schloss Ringberg getroffen, doch seit Adam in Rente ist, haben sie nur noch gelegentlich Kontakt.«

»Ach ja. Warum?«

Sie seufzte. »Letztes Jahr kam sein einziger Sohn ums Leben. Seitdem hat er sich komplett aus der Öffentlichkeit zurückgezogen. Er tut mir leid, Adam hat so viel Gutes getan – auch für uns – er verdient es nicht, seinen Lebensabend alleine zu verbringen.«

»Was ist mit seiner Frau?«

»Die ist vor über zwanzig Jahren bei einem Autounfall verunglückt. Tragischerweise auf dem Weg zum Schloss. Sie war betrunken und fuhr in den Graben.«

Das Kreuz am Straßenrand, fiel Henri ein.

»Warum interessierst du dich so für Adam?«, fragte sie misstrauisch.

»Reine Neugierde.«

Seine Mutter lächelte milde über seine missratene Flunkerei. Sie setzte sich zu ihm an den Tisch und strich ihm durchs Haar, verzichtete aber auf eine Nachfrage. Für einen Moment saßen sie schweigend nebeneinander, während Henri sein Brot aß.

»Wie habt ihr Dr. Goldberg eigentlich kennengelernt?«

»Über deinen Opa. Indirekt zumindest. Adam und dein Opa waren ständig im Clinch, einmal ging es um staatliche Vergünstigungen für ihre Kliniken, ein anderes Mal um die Aufmerksamkeit in der Presse. Dein Vater musste oft zwischen den beiden vermitteln, doch insgeheim stand er auf Adams Seite.

»Echt? Wieso?«

»Weil Adam Rainers Forscherdrang förderte, während dein Opa stets darauf beharrte, auf Altbewährtes zu setzen.«

»Hat euch Dr. Goldberg deswegen beim Aufbau der Praxis finanziell unterstützt?«

»Woher …?« Evelyn Holmes zögerte.

»Wie viel hat er uns geschenkt?«

»Er … hat es uns geliehen.«

»Wie viel?«

»Ich … ich weiß es nicht. Es war ein Deal zwischen den beiden. Und bitte, sprich deinen Vater niemals darauf an. Das musst du mir versprechen!«

Seine Mutter sah ihn flehend an. Henri nickte. Doch die Frage, wofür das Geld geflossen war, ließ ihn nicht los. War es sogar Schweige…

In dem Moment betrat Rainer Holmes die Küche. Er baute sich vor ihm auf, die Verärgerung stand ihm ins Gesicht geschrieben. »Sohnemann, ich bin zutiefst enttäuscht von dir.«

*

Schweiß tropfte ihm von der Stirn. Sitting Bull fuhr sich mit der Hand über das kahle Haupt. Die Sonne war erst vor zwei Stunden aufgegangen, doch die Temperatur stieg rapide an. Als er aufgebrochen war, hatte ihn der dichte Wald beschützt, auf der asphaltierten Straße war er den Sonnenstrahlen jedoch schutzlos ausgeliefert. Zum Glück war sein Wagen schon fast in Sichtweite. Seine Oberschenkel brannten, im Rücken verspürte er ein unangenehmes Ziehen, außerdem pochte die Wunde am Arm unaufhörlich. Konzentration und Reflexe waren so gut wie zu Bundeswehrzeiten, bei Ausdauer und Kraft musste er den vielen Wintern Tribut zollen. Hinzu kam die wachsende Angst, einen Fehler zu machen. Sein Schicksal hatte ihn nie groß beschäftigt, er hatte keine Familie zu versorgen oder einen Lebenstraum, den er sich erfüllen wollte. Sein Antrieb bestand aus dem Verlangen, jede Mission zu meistern. Falls er dabei draufging, war es seine gerechte Strafe – so hatte er bislang gedacht.

Doch sein neuer Partner hatte ihm eine Zukunft in Aussicht gestellt, von der er nicht einmal zu träumen gewagt hätte. Zum ersten Mal hatte Sitting Bull etwas zu verlieren. Immer öfter ertappte er sich beim Tagträumen. Er wollte es so sehr, dass ihn der Gedanke hemmte, kurz vor dem Ziel zu scheitern.

Deswegen musste er endlich aufhören, den Plan infrage zu stellen. Trotz spontaner Änderungen gab es keinen Grund für Zweifel. Alles, was sein Partner vorausgesagt hatte, war eingetroffen – wenn es auch manchmal knapp war. So wie letzte Nacht. Die vergangenen Stunden gehörten zu den intensivsten in seinem Leben, Minuten hatten über Erfolg und Misserfolg entschieden. Doch er hatte den Spagat hinbekommen und beide Missionen erfolgreich zu Ende geführt. Sofort schossen ihm die Eindrücke zurück ins Bewusstsein. Sitting Bull versuchte nicht einmal, sich selbst zu belügen: Was er getan hatte, war unehrenhaft.

Aber was hätte es gebracht, darauf zu verzichten? Es wäre eine Verschwendung gewesen, die Chance ungenutzt verstreichen zu lassen. Zumindest hatte ihn sein Partner mit diesen Worten dazu ermutigt. Beim Aufstieg hatte er lange mit sich gerungen, letztlich hatte die Begierde aber doch gesiegt. Es hatte sich unglaublich gut angefühlt. Es war ein Vorgeschmack auf sein neues Leben.

Endlich erreichte er den Parkplatz. Abgesehen von einem verrosteten Jeep, der gleich neben seinem Auto parkte, war er leer. Ein grauhaariger Mann schnürte sich die Wanderschuhe, wobei er gleichzeitig den schwarzen Labrador zu beruhigen versuchte, der schwanzwedelnd um ihn herumsprang. Sitting Bull war überrascht, um diese Uhrzeit jemand anzutreffen.

Scheiß Rentner mit ihrer senilen Bettflucht.

Es war riskant, er durfte nicht gesehen werden. Er senkte den Blick, beschleunigte das Schritttempo. Erst kurz vor dem Wagen betätigte er den Türöffner. Das Piepen ließ den Wanderer aufblicken, doch da war Sitting Bull schon im Wageninneren verschwunden – versteckt hinter verspiegelten Scheiben.

Erleichtert startete er den Motor. Er war seit vierundzwanzig Stunden auf den Beinen. Er musste sich dringend hinlegen, damit er heute Nachmittag wieder fit war. Dann würde sich herausstellen, ob Holmes der Aufgabe wirklich gewachsen war.

*

Henri sah seinen Vater mit einer Mischung aus Furcht und Trotz an. »Was hab ich dieses Mal falsch gemacht?«

»Spiel nicht den Unwissenden. Adam hat mir erzählt, dass einer deiner Freunde sich ihm gegenüber im Ton vergriffen hat. Ich musste mich im Namen unserer Familie bei Adam entschuldigen. Hast du eine Vorstellung, wie unangenehm mir das ist?«

Obwohl Henri befürchtet hatte, dass es auf ihn zurückfiel, war es ungerecht. »Es tut mir leid. Aber zu meiner Verteidigung …«

»Spar dir die billigen Ausreden. Erst der Ärger mit der Polizei, jetzt das. Der Kerl scheint einen schlechten Einfluss auf dich zu haben, deswegen wirst du dich von ihm fernhalten.«

»Das ist doch lächerlich. Wir studieren zusammen und ich …«

»*Lächerlich*!« Rainer Holmes hielt ihm drohend den Zeigefinger vors Gesicht. »Du bist ein Verdächtiger in zwei Mordfällen! Schon vergessen? Da du anscheinend zu unreif bist, das zu begreifen, treffe ich eine andere Entscheidung: Du wechselst nach dem Semester zur Otto-Friedrich-Universität.«

»Was?«, rief Evelyn Holmes entsetzt.

»Ich geh auf keinen Fall nach Bamberg, nur weil du da studiert hast«, antwortete Henri trotzig. »Ich bin volljährig, du kannst mir gar nichts befehlen.«

»Ach ja, und wer finanziert dir dein Leben? Deine Freunde?«

»Rainer, bitte beruhige dich erstmal und lass uns das in Ruhe besprechen«, sagte Henris Mutter.

»Da gibt es nichts zu besprechen. Meine Entscheidung steht.«

Evelyn Holmes erhob sich, die Hände in die Hüften gestemmt. »Du weißt, dass ich immer hinter dir stehe. Aber Henri ist auch mein Sohn, und ich bin strikt dagegen, dass er wegzieht, vor allem gegen seinen Willen.«

»Hast du vergessen, wie du weinend im Bett lagst, nachdem ihn die Polizei bei uns abgeliefert hat? Anscheinend bin ich hier der Einzige, dem der Ernst der Lage bewusst ist. Schalte endlich dein Hirn ein, anstatt dich wie eine beleidigte Glucke aufzuführen!«

Henri sprang auf. In ihm brodelte es, die Finger verkrampften sich zu Fäusten. »Sprich nicht so mit ihr!«

Sie standen sich Auge in Auge gegenüber. Rainer Holmes schoss die Zornesröte ins Gesicht. »Sohnemann, sei jetzt ganz vorsichtig! Wage es nicht, dich in unsere Ehe einzumischen!«

Henri öffnete den Mund, da packte ihn seine Mutter am Arm. »Geh packen. Das klären wir alleine. Ich bitte dich!«, fügte sie hinzu, als er wie angewurzelt stehen blieb.

Widerstrebend ging er auf sein Zimmer. Die Schreie seines Vaters hallten so laut durch das Haus, dass Henri kurz davorstand, wieder nach unten zu gehen. Er kannte den Ausgang der *Diskussion*: Seine Mutter würde sich weinend im Badezimmer einschließen. Es war ihr noch nie gelungen, sich bei einer Auseinandersetzung durchzusetzen, ganz gleich, ob sie im Recht war oder nicht. Wie hatte sie ihn nur jemals heiraten können?

Er hatte mehrfach versucht, mit ihr darüber zu reden, aber sie war ihm immer ausgewichen oder hatte ihn angefleht, sich herauszuhalten. Was er auch getan hatte – bis heute. Seine Beziehung zu seinem Vater war nie harmonisch gewesen, doch jetzt hatte sich ein Riss zwischen ihnen aufgetan, der nur schwer verheilen würde. Falls überhaupt.

Henri setzte sich Kopfhörer auf und lauschte den Stimmen der *Drei Fragezeichen*. Musik hörte er selten, dagegen übten die Abenteuer der drei Detektive aus Rocky Beach seit der Kindheit eine Faszination auf ihn aus. Obwohl er ihre Fälle auswendig kannte, griff er manchmal immer noch zu den Hörbüchern, besonders wenn er seine Umwelt für eine Weile ausblenden wollte. Zwei Stunden später waren die Koffer gepackt, das Zimmer penibel aufgeräumt. Im Haus herrschte gespenstische Ruhe.

Die Müdigkeit zog ihn magisch aufs Bett. Erschöpft ließ er sich auf die Matratze fallen. Seit Wochen empfand er eine Beklemmung, als wäre er hier gefangen. Es war ein Luxus-Gefängnis mit allen Annehmlichkeiten, die ein Einzelkind-Dasein einer wohlhabenden Familie mit sich brachte. Doch würde man ihn vor die Wahl stellen, würde er das teure Mountainbike, den Hightech-Computer und die Markenklamotten sofort gegen mehr Selbstbestimmung eintauschen. Er hatte für sich eine Entscheidung getroffen. Niemals würde er nach Bamberg gehen! Zur Not zog er zu seinem Onkel in die Staaten und studierte dort. Lieber war er am Ende hochverschuldet, als sich noch länger von seinem Vater sein Leben vorschreiben zu lassen.

Er war so in Gedanken, dass er zusammenzuckte, als es an der Tür klopfte. Es war seine Mutter, die sich erkundigte, ob er reisefertig sei. Sie sah traurig aus.

»Ach Henri. Du bist so schnell erwachsen geworden. Manchmal mache ich mir Vorwürfe, dass …«

Ihre Augen wurden glasig. Sie wandte den Blick zum Fenster. Er richtete sich auf. »Was meinst du?«

»Hör nicht auf mich. Ich bin nur … etwas sentimental. Wahrscheinlich bin ich nervös wegen der Reise.«

»Nein, ernsthaft, was hast du damit gemeint?«

Er fixierte sie so lange, bis sie sich seufzend wieder zu ihm umdrehte. »Rainer findet, dass die Kinder heutzutage zu sehr behütet werden, dass sie zu spät lernen, für sich selbst zu sorgen. Er wollte nie so ein verzogenes Kind … Wie nennt er das immer? Ich kann mir das deutsche Wort nie merken.«

»Wohlstandskrüppel«, warf er ein.

»Richtig. Grundsätzlich teile ich ja seine Meinung, aber die Kindheit sollte eine unbekümmerte Zeit sein. Im Nachhinein mache ich mir Vorwürfe, dass wir dir nicht genügend Freiraum gegeben haben.«

Seine Mutter schluchzte. Tränen rollten ihr die Wangen herunter. Es versetzte Henri einen Stich ins Herz. Wie am Anfang seiner Schulzeit, als er seine erste Schulaufgabe in den Sand gesetzt hatte. Da er Muttersprachler war, hatte er sich nicht mit der englischen Grammatik beschäftigt – es reichte seiner Meinung nach aus, dass er die Sprache fließend beherrschte. Mehr als die heftige Standpauke seines Vaters verfolgte ihn der Blick seiner Mutter; eine Mischung aus Enttäuschung, Traurigkeit und Sorge. Leider neigte Evelyn Holmes dazu, Dinge zu dramatisieren. In ihrer Vision flog ihr Sohn vom Gymnasium, bekam keinen Job und geriet als Drogenabhängiger auf die schiefe Bahn. Obwohl er die Reaktion übertrieben fand, hatte er sich damals geschworen, ihr nie wieder einen Anlass zu geben, sich solche Alpträume auszumalen. Es war der Antrieb, der ihn selbst in Fächern wie Religion oder Kunst, die er für absolut sinnlos erachtete, zu Bestleistungen anspornte.

Henri nahm seine Mutter in den Arm. »Hör auf, dir so was einzureden. Ich hatte eine schöne Kindheit, und ich bin dir sehr dankbar …«

Das Handyklingeln unterbrach ihn. Das Display zeigte eine Nummer aus München. Er ging dran.

»Mein Name ist Professor Hirschauer«, meldete sich ein älterer Mann. »Sie hatten mir heute Vormittag eine E-Mail geschrieben«, fügte er hinzu.

Henri gab seiner Mutter ein Zeichnen, ihn kurz allein zu lassen, bevor er antwortete. »Ja, das stimmt. Danke, dass Sie sich so schnell melden. Damit hab ich gar nicht gerechnet.«

»Und ich hab nicht damit gerechnet, dass sich noch mal jemand für diesen Menschen interessiert.«

*

Die SoKo hatte sich zur täglichen Lagebesprechung versammelt. Mathias Schweinberg saß am hinteren Ende des langen Besprechungstisches und lauschte mit grimmiger Miene der Ausführung von Andreas Dorn, bis es ihm zu bunt wurde. »Willst du uns nicht langsam mal erzählen, mit was für einem nazistischen Arschloch wir es hier zu tun haben?«, unterbrach er den Leiter der OFA. «Und dass der Typ ein Geltungsbedürfnis hat und den ganzen Psycho-Mist, der niemandem weiterhilft?«

Alle im Raum wandten sich ihm zu, Schleghubers Schnauzbart zitterte vor Erregung. Doch Dorn blieb die Ruhe selbst, faltete die Hände vor sich auf dem Tisch.

»Im Gegensatz zur allgemein verbreiteten Meinung betreiben wir bei der OFA kein Psychologie-Studium. Wie schon erwähnt, konzentrieren wir uns auf objektivierbare Daten.«

»Ist es objektivierbar genug, wenn es mich am Sack juckt?«

»Mathias, jetzt reiß dich zusammen.« Sein Chef wollte sich erheben, aber Dorn gab ihm zu verstehen, dass er klarkam.

Die selbstgefällige Art, mit der der Kerl jede Kritik an sich abprallen ließ, regte Schweinberg stärker auf als ihre konträren Einstellungen zum Job.

»Wir sind mitten in der Analyse, weswegen ich ungern vorzeitige Ergebnisse präsentiere, eine erste Indikation traue ich mir dennoch zu.«

Der Leiter der OFA hatte wieder die ungeteilte Aufmerksamkeit aller Anwesenden. »Wir gehen davon aus, dass der Täter beide Opfer kannte und sie bewusst ausgewählt hat. Außerdem wollte er, dass die Leichen an bestimmten Orten gefunden werden. Das war ihm so wichtig, dass er sogar das Risiko auf sich nahm, dabei erwischt zu werden. Es ist eine Botschaft, genauso wie die nachträglich hinzugefügten Tattoos und die Karteikarten.«

»Was für ein Mensch könnte das sein?«, fragte Jana Sonntag.

»Unser Täter gehört in die seltene Gattung der äußerst sorgfältigen Planer. Er zeigt viel Geduld und bringt die nötige Erfahrung mit. Zudem hat er genügend zeitlichen Spielraum, um solche Verbrechen zu verüben.«

»Also kein junger Familienvater«, warf Dirk Schleicher ein.

»Nein, zumindest operiert er nicht aus dem direkten Umfeld der Familie. Er muss einen Ort haben, an dem er völlig ungestört sein Werk verrichten kann.«

Schweinberg pfiff durch die Zähne. »Nette Analyse. Aber was, wenn es zwei Täter sind?«

»Du beziehst dich auf die Beobachtung am Strandbad, nehme ich an. Nun, wie ich zu Zeugenaussagen stehe, habe ich bereits …«

»Nein, ich bezieh mich auf meine juckenden Eier. Und die sagen mir, dass wir es mit keinem kriminalistischen Mastermind a la Moriarty zu tun haben, der ganz nebenbei noch ein Meisterschütze ist.«

Dorn wirkte zuerst überrascht, bis ihm klar wurde, worauf Schweinberg abzielte. »Bislang gibt es nicht den geringsten Hinweis, dass die Schießerei im Gymnasium mit den anderen Morden in Zusammenhang steht.«

»Klar, ist reiner Zufall. So was passiert hier ständig.« Schweinberg erhob sich. »Na dann bin ich ja mal gespannt, was eure *Analyse* so hervorbringt, wenn ihr alles ausgewertet habt. Hoffentlich einen unterschriftsreifen Haftbefehl. Aber bis es soweit ist, konzentrier ich mich auf unseren spirituellen Leichenfinder.«

Als nächstes würde er sich mal in der Schulbibliothek umsehen. Er sollte verdammt sein, wenn er dort nicht auf etwas stieße, das eine Verbindung zwischen den Fällen herstellte.

*

Henri begab sich zum Schreibtisch. Die Müdigkeit war wie weggeblasen. »Wer hat sich für ihn interessiert?«

»Ein Anwalt aus München.«

»Marvin Schwarz?«

Professor Hirschauer schien einen Moment mit sich zu ringen, bevor er antwortete. »Sie kennen ihn?«

Henri war sprachlos. Schwarz hatte von dem KZ-Arzt gewusst. Wie war das möglich? »Ähm … ja. Er hat mich vor drei Jahren bei meiner Facharbeit zum Thema *Kriegsende im Tegernseer Tal* unterstützt.«

»Dann waren Sie sein Auftraggeber?«, fragte Hirschauer aufgeregt.

»Was für ein Auftrag?«

»Ihr Anwalt hatte mich damals beauftragt, alles über diesen Hans-Werner Ernst herauszufinden. Angeblich war die Recherche für einen Mandanten.«

»Er war nicht mein Anwalt.«

»Seien Sie froh«, knurrte der Professor. »Um den sollte man einen weiten Bogen machen.«

»Wie meinen Sie das?«

»Der Kerl ist ein schmieriger Aufschneider, monatelang bin ich ihm hinterhergelaufen, um an mein Geld zu kommen. Der kann nur hoffen, dass er nie wieder meine Hilfe braucht.«

Henri räusperte sich. »Herr Schwarz ist tot.«

»Was? Wirklich? Seit wann?«

»Seit einer Woche. Er wurde ermordet.«

»Er …« Hirschauer japste nach Luft. »Naja, bei der Zahlungsmoral wundert mich nichts.«

Henri war erschrocken, wie wenig Mitgefühl der Mann zeigte.

»Oder hat das etwas mit dieser Recherche zu tun?«, fragte sein Gesprächspartner plötzlich skeptisch.

»Äh … nein, nein. Wie kommen Sie darauf?«

»Nun ja, schon damals kam es mir merkwürdig vor, dass sich der Anwalt so brennend für diesen KZ-Arzt interessierte. Aber sei's drum. Ich kann Ihnen die Ergebnisse meiner Recherche ebenfalls anbieten. Ich mache Ihnen auch einen Sonderpreis.«

»Von welchem Betrag sprechen wir?«

»Tausend Euro.«

Henri versuchte, zu pokern. »Das ist viel Geld. Da muss ich erst wissen, was ich dafür bekomme.«

Hirschhauser grübelte hörbar. »Gut. Ich gebe Ihnen eine kurze Zusammenfassung. Danach können Sie entscheiden, ob sie die Unterlagen wollen.«

Ein Anruf klopfte an. Toni. Er drückte ihn weg, dann akzeptierte er das Angebot.

»Hans-Werner Ernst wurde 1921 in Passau geboren, als Sohn des Großindustriellen Dietmar Ernst, der später ein hochrangiges NSDAP-Mitglied wurde. Gleich nach der Schule trat er dem SS-Totenkopfverband bei. Sind Sie vertraut mit den Aufgaben dieser SS-Einheiten, Herr Holmes?«

»Soweit ich weiß, lag ihre Hauptaufgabe in der Bewachung und Verwaltung der Konzentrationslager.«

»Vollkommen richtig. Im Gegensatz zu anderen SS-Verbänden waren die Totenkopfverbände anfangs nur für Polizeidienste oder hilfspolizeiliche Tätigkeiten vorgesehen. Ende 1939 wurden im KZ Dachau die ursprünglichen Totenkopfstandarten zur bekannten *SS-Division Totenkopf* zusammengefasst, die später zahlreiche Kriegsverbrechen verübte. Ihre Besonderheit war, dass KZ-Wachmannschaften als Reservepersonal für die Front verwendet wurden. SS-Führer und Mannschaften wurden regelmäßig aus dem aktiven KZ-Dienst entfernt und zu den kämpfenden Verbänden entsandt. Einige kehrten nach der Zeit an der Front in den Dienst im KZ zurück, in der Regel verbunden mit einer Beförderung.«

Wieder bekam Henri einen Anruf von Toni. Er drückt ihn erneut weg.

»Hans-Werner Ernst gehörte der *SS-Totenkopfstandarte I Oberbayern* an, die ihren Stammsitz in Dachau hatte. Er wurde zuerst als Wachmann eingesetzt, danach der *SS-Division Totenkopf* zugeteilt. Kurz nachdem die Division im Juni 1941 nach Danzig verlegt worden war, wurde Ernst durch eine Granate schwer verletzt. Dank der guten Beziehungen seines Vaters kam er ins Lazarett nach Tegernsee, wohin man die chirurgische Klinik *links der Isar* ausgelagert hatte. Nach seiner Genesung wurde er Anfang 1942 wieder nach Dachau zurückgeschickt, wo er in der neu gegründeten medizinischen Abteilung stationiert war. Obwohl er lediglich eine gefechtsmedizinische Ausbildung durchlaufen hatte, arbeitete er in unterschiedlichen Forschungsbereichen als Assistenzarzt. Gegen Ende 1944 wurde er auf eigenen Wunsch ins Lazarett Tegernsee versetzt, um dort als Arzt auszuhelfen. Hier verschwindet seine Spur.«

Wieder klingelte das Telefon. Genervt drückte Henri den Anruf weg. Was wollte Toni nur so dringend?

»Haben Sie eine Vermutung, wo er nach dem Krieg untergetaucht ist?«

»Einigen KZ-Ärzten war es gelungen, sich nach Südamerika abzusetzen. Ernst wird in keiner offiziellen Liste geführt, seine Chancen, unerkannt zu fliehen, standen somit besser als bei Mengele oder Heim. Nur seine SS-Vergangenheit konnte er kaum verbergen.«

»Wieso nicht?«

»Weil sich die Angehörigen der Waffen-SS ihre Blutgruppe auf die Innenseite des linken Oberarms tätowieren ließen. Für die Alliierten war es ein Leichtes, die SS-Männer zu identifizieren.«

»Wie gut, dass es damals noch keine Laserbehandlung gab«, murmelte Henri.

Hirschauer entkam ein Lacher. »Not macht erfinderisch. In ihrer Verzweiflung haben sich einige selbst in den Arm geschossen, um die SS-Insignie unkenntlich zu machen. Die Alliierten haben aber schnell Wind davon bekommen und alle Personen mit einer frischen Verletzung als potenzielle SS-Angehörige eingestuft.«

In Henris Kopf fügten sich die Worte des Professors zu einem Bild zusammen. Das zerstörte Totenkopf-Tattoo an Marvin Schwarz' Oberarm konnte unmöglich ein Zufall sein. Aber was hatte es zu bedeuten?

»Herr Holmes, sind Sie nun an den Ergebnissen interessiert?«

Henri bemerkte, dass er sich geistig aus dem Gespräch ausgeschaltet hatte. »Ja, ich nehm sie«, antwortete er in der Hoffnung, in den Unterlagen noch mehr Hinweise zu finden. »Schicken Sie die Rechnung einfach mit.«

Irgendwie würde er die Kohle schon auftreiben. Erst nachdem er aufgelegt hatte, bemerkte er auf dem Display einen weiteren Anruf in Abwesenheit. Marias Festnetznummer. Er hatte ihn verpasst, als er mit Kofferpacken beschäftigt war.

Verdammt!

Er musste sie gleich zurückrufen, aber vorher hatte er noch etwas zu erledigen. Er suchte die Telefonnummer von Frau Beck heraus, erwischte jedoch nur den Anrufbeantworter. Enttäuscht hinterließ er eine Nachricht mit der Bitte um Rückruf.

Der Knall versetzte Henri fast einen Herzinfarkt. Instinktiv rutschte er vom Stuhl und ging unter dem Schreibtisch in Deckung. Erst nach einigen Sekunden traute er sich, zur Fensterscheibe zu spähen. Sie war heil. War ein Vogel dagegen geflogen? In dem Moment traf ein Kieselstein so hart die Scheibe, dass das Glas erzitterte.

Was zum …

Er erhob sich und sah vorsichtig aus dem Fenster. In der Einfahrt stand Toni, in der Hand hielt er einen weiteren Stein zum Wurf bereit. Sein Gesicht war knallrot angelaufen.

*

Mit einer Mischung aus Zufriedenheit und Neugierde betrat Mathias Schweinberg die Dienststelle, den dicken Wälzer mit dem vergilbten Lederbuchrücken hatte er eingewickelt in einem Plastikbeutel unter den Arm geklemmt. Sein Instinkt hatte ihn nicht im Stich gelassen. Nachdem er ein wenig ziellos durch die Bibliothek gewandert war, waren ihm plötzlich die Markierungen an den Regalen aufgefallen. Das also hatte der Hinweis an Plingansers Leichnam zu bedeuten.

Aber was war in dem ausgehöhlten Buch gelegen, das er oben auf der Galerie gefunden hatte? Es gab nur eine Person, die es ihm verraten konnte. Er würde jede Wette eingehen, dass er Holmes' Fingerabdrücke auf dem Buch fand.

Plötzlich vernahm er aus dem Büro von Jana Sonntag einen schrillen Freudenschrei. Unschlüssig blieb er stehen. Was hatte die plötzliche Freude zu bedeuten? Neugierig stieß er die angelehnte Tür mit der Fußspitze auf und steckte den Kopf hinein. Dirk Schleicher stand aufgeregt neben seiner Kollegin, die grinsend auf der Tastatur herumtippte, bis der Drucker geräuschvoll sein Dienst startete.

»Gibt's was zu feiern?«, fragte Schweinberg misstrauisch.

Beide drehten sich zu ihm um und warfen sich einen vielsagenden Blick zu.

»Nichts, was dich interessieren würde«, antwortete Sonntag.

»Probier's aus.«

Sie zögerte. Seufzend winkte sie ihn herein. »Erinnerst du dich an den roten Mini, der in der Nähe von Schwarz' Kanzlei ein Auto angefahren hat? Dem du keine Beachtung geschenkt hast.«

Er nickte, ohne sich die Blöße zu geben, auf ihre Anspielung einzugehen.

»Eben hat sich ein Taxifahrer gemeldet, weil ihm am Donnerstag ein roter Mini beim Ausparken am Bräustüberl den Kotflügel geschrottet hat. Kurz nach dem Angriff auf unseren Kollegen. Im Nachhinein kam es ihm merkwürdig vor, wie panisch die jungen Männer reagiert hatten, als er die Polizei rufen wollte.«

»Haben wir das Nummernschild?«

»Haben wir!«, platzte es aus Schleicher heraus. »Halt dich fest: Der Wagen gehört einer Karin Knauseder. Die Mutter von Holmes' langhaarigem Kumpel.«

»Und der Taxifahrer konnte die beiden eindeutig identifizieren«, fügte Sonntag hinzu.

Schweinberg verspürte ein freudiges Kribbeln in den Fingern. »Sehr gut.«

»Sollen wir eine Fahndung rausgegeben?«, fragte Schleicher.

»Dafür reicht der Verdacht nicht aus, aber schickt sofort jemand von der Spurensicherung zum Fluchtauto.

Vielleicht können die feststellen, ob der einen Schaden von dem Zusammenstoß in München hat. Dann haben wir ihn mindestens wegen Fahrerflucht am Arsch.«

Schleicher stemmte die Hände in die Hüften. »Und was ist mit Holmes? Der Scheißer will heute in die USA abhauen. Das müssen wir verhindern!«

»Und wie? Dass er in dem Mini saß, beweist überhaupt nichts. Denk gefälligst nach, bevor du solch dummes Zeug von dir gibst.«

Sein Kollege sah Jana Sonntag Hilfe suchend an, die Schweinberg finster anfunkelte. »Den letzten Satz hättest dir schenken können. Dirk leistest klasse Arbeit. Auch wenn du in der Sache leider recht hast.«

Schleichers Mundwinkel zuckten vor Enttäuschung. Seine Begierde, dem Studenten eigenhändig die Handschellen anzulegen, war ihm anzusehen. Schweinberg konnte es ihm nicht mal übelnehmen, und doch durften sie nicht unüberlegt handeln. Es kam auf den richtigen Zeitpunkt an. Plötzlich kam ihm ein Gedanke. Kommentarlos verließ er das Zimmer und marschierte in sein Büro. In der Schublade kramte er nach dem Völkerstrafgesetzbuch und der Karte, die ihm Holmes übergeben hatte. Das Papier war auf der Rückseite an den Ecken aufgeraut, als hätte man einen Tesafilm aufgeklebt und wieder abgezogen. Er faltete sie zusammen und legte sie ins Buch. Es passte zu den Klebstoffresten. Holmes hat sie gar nicht zugeschickt bekommen, sondern aus der Kanzlei gestohlen. Das bedeutete, dass er das Polizeisiegel aufgebrochen hat. Der Kerl steckte bis zum Hals in der Sache drin. Und die Schlinge zog sich immer enger zu.

Du fliegst heute nirgendwo hin!

*

Henri öffnete die Haustür. Sein bester Freund erwartete ihn mit grimmiger Miene, feine Äderchen traten an den Schläfen hervor.

»Alles in Ordnung, Toni?«

Anstelle einer Antwort schlug er ihm so hart gegen die Brust, dass ihm die Luft wegblieb. Henri ging leicht in die Knie. »Spinnst du?«

»Ich sollte dir die Birne einschlagen.«

»Jetzt erklär mir erst mal …«

»Verkauf mich nicht für blöd. Du hast was mit Maria!«

Henris Wangen röteten sich. Woher wusste sein Freund davon? »Es ist nicht so, wie du denkst. Wir waren nur …«

»Ich hab doch die Blicke bemerkt, die sie dir ständig zugeworfen hat. Nur hab ich mir eingeredet, dass du mir das niemals antun würdest. Ich bin so ein verdammter Idiot!«

»Wir waren nur was essen. Es ist nichts passiert. Ich hab kein Interesse an ihr.«

Jedes Wort verursachte ein schmerzhaftes Stechen in seiner Brust, aber er konnte ihm unmöglich die Wahrheit sagen. Sein Freund schnaufte wie ein Stier, dem man eine rote Flagge vor die Nase hielt. Henri sah zu Boden, um den Augenkontakt zu vermeiden.

»Nur was essen, schon klar. Und bei dir im Bett gab's die Nachspeise.«

»Maria war nicht bei mir.«

»Lügner! Sie hat ihren Eltern eine SMS geschickt, dass sie bei dir übernachtet.«

»Was? Das ist … warum sollte sie das schreiben? Wir haben uns in Seeglas getrennt und sie ist von dort nach Hause gelaufen.«

»Alleine? Wieso ist sie nicht mit dir gefahren?«

Henri stockte. »Weil … wir uns gestritten haben.«

»Worüber?«

»Das ist eine Sache zwischen ihr und mir.«

»Ich will wissen, was da zwischen euch läuft.«

»Darüber muss ich erst mit ihr sprechen.«

»Dann weißt du, wo sie ist?«

»Nein, keine Ahnung. Warum?«

Auf einmal wich die Farbe aus Tonis Gesicht. Sorgenvolle Falten überzogen seine Stirn. Henri wurde flau im Magen.

»Niemand weiß, wo sie ist. Sie ist heute früh nicht zum Dienst erschienen. Nachdem die Dienststelle vergeblich versucht hat, sie zu erreichen, hat sie ihren Vater kontaktiert. Der hat sich bei mir gemeldet und nach deiner Nummer gefragt – und mir von eurem Date erzählt.«

»Es war kein Date.«

»Wie auch immer.« Sein Freund rollte genervt mit den Augen. »Hast du eine Ahnung, wo Maria stecken könnte?«

Henri zuckte mit der Schulter. Ihm wurde schwindlig, wie ein Schuldspruch dröhnte Klaus Baumgärtners Stimme in seinen Ohren: »*Dass du sie mir ja wieder heil nach Hause bringst!*«

Er sog Luft ein, kämpfte gegen die negativen Gedanken an. Sie lebten am Tegernsee, nicht in L.A. Was sollte bei einem Spaziergang am See schon passieren?

Bis vor einer Woche hätte ihn das Argument beruhigt.

Toni drehte auf dem Absatz um und schnappte sich sein Fahrrad.

»Wo willst du hin?«, rief er ihm hinterher.

»Ich gehe sie suchen.«

»Mit dem Rad?«

Er drehte sich zu ihm um. »Ach ja, das hab ich noch gar nicht erzählt. Der Taxifahrer hat doch die Bullen gerufen und die sehen sich grad mein Auto an.«

Henri schluckte. »Warte, ich komme mit!« Er stürmte nach oben in sein Zimmer, griff sich Handy, Geldbeutel und Schlüssel. Als er zurückkam, war sein Freund bereits verschwunden. In dem Moment kam seine Mutter aus der

Küche. Ihre Augen waren gerötet. Sie sah ihn verwundert an.

»Muss kurz was erledigen«, kam er ihrer Frage zuvor.

»Bitte beeil dich. Das Taxi kommt um 17 Uhr.«

»Fährt uns Papa nicht?«

»Er ist … sei einfach pünktlich.«

Es tat ihm weh, sie so zu sehen. Aber die Sorge um Maria verdrängte schnell alle anderen Gedanken. Mit dem Mountainbike fuhr er zum Ortszentrum, wo er Toni entdeckte, der gerade aus dem *Fiaker* kam.

»Ich dachte, du musst zum Flieger?«

»Ich hab noch drei Stunden. Wo willst du nach ihr suchen?«

»Ich kenne ein paar Orte, an denen sie sich aufhält, wenn sie Zeit für sich braucht.«

»Dann los!«

Sie drehten eine Runde um den See, suchten alle Stellen ab. Ohne Erfolg. Danach besuchten sie Marias Freundinnen, doch niemand hatte sie gesehen oder von ihr gehört. Es war fast vier Uhr nachmittags, als sie sich in Rottach auf einer Bank neben dem Rathaus ausruhten. Henri war erschöpft. Ein Windstoß ließ ihn frösteln. Es hatte merklich abgekühlt. Sorgenvoll sah er zum Himmel, wo eine schwarze Wolkenfront von Süden ins Tal drängte. Unheilvolles Grollen ertönte in der Ferne. Da klingelte Tonis Handy. Die erregte Stimme von Klaus Baumgärtner drang durch den Hörer. Henri entnahm der Reaktion seines besten Freundes, dass Maria noch nicht aufgetaucht war. Obwohl er seit dem kümmerlichen Frühstück keinen Bissen zu sich genommen hatte, verspürte er null Appetit. Hoffentlich war das alles ein großes Missverständnis, über das sie eines Tages lachen würden.

Henri fiel ein rotes Audi Cabriolet auf, dessen Verdeck hochgefahren wurde. Ein übergewichtiger Mann mit

Halbglatze saß hinter dem Steuer, einen Arm trug er in einer Schlinge. Augenscheinlich war er damit beschäftigt, sein Auto für den kommenden Sturm zu wappnen, dennoch schien er in unregelmäßigen Abständen zu ihnen zu schauen.

Beobachtet mich der Typ oder werde ich paranoid?

»Er sitzt neben mir«, hörte er seinen Freund sagen. Toni hielt ihm das Handy hin. »Er möchte mit dir sprechen.«

Zögerlich hielt sich Henri das Telefon ans Ohr. Unruhige Atemzüge drangen aus dem Hörer.

»Hallo, Herr Baumgärtner.«

»Wo ist meine Tochter?«

»Ich weiß es nicht. Wir suchen schon …«

»Du bist der Letzte, der sie gesehen hat. Also wo ist sie?«

»Wir haben uns am Strandbad getrennt, sie …«

»Ich hab gesagt, dass du mir meine Maria heil nach Hause bringen sollst!«

»Ja, aber sie wollte unbedingt zu Fuß …«

»Man lässt eine junge Frau nicht alleine durch die Nacht laufen!«

»Ich kann verstehen, dass Sie besorgt sind. Ich mache mir auch …«

»Nichts verstehst du! Du hast keine Tochter! Hast du eine Ahnung, was wir gerade durchmachen?«

Der Mann schrie mit einer solchen Inbrunst ins Telefon, dass Henri den Hörer ein Stück vom Ohr weghalten musste. Im Augenwinkel sah er seinen Freund. War da ein Lächeln über dessen Gesicht gehuscht? Nein, er musste sich getäuscht haben.

»Bitte beruhigen Sie sich doch …«

»Sag mir nicht, dass ich mich beruhigen soll! Ich will wissen, wo mein kleiner Engel ist. Was hast du mit ihr gemacht, du mieses Schwein …«

Baumgärtners Stimme überschlug sich beinahe, ungefilterte Wut dröhnte Henri entgegen. Er unterließ den Versuch, sich zu rechtfertigen, das Urteil war längst gefällt. Auf einmal verstummte der pensionierte Polizist. Der Mann atmete schwer, bevor er in ruhigem Tonfall fortfuhr: »Bete zu Gott, dass ich meinen Engel gesund wiederbekomme. Sonst bringe ich dich um!«

Das Gespräch wurde beendet. Paralysiert gab er Toni das Telefon zurück. Er hatte eine Gänsehaut. Henri fürchtete weniger die Drohung als die Tatsache, auf der sie beruhte. Maria durfte nichts passiert sein. Ansonsten wäre sein Leben vorbei. So oder so.

Henris Handy klingelte. Keine Nummer. Er zögerte kurz, bevor er dran ging. Es war seine Mutter, die nervös nachfragte, wo er blieb. Ein weiterer Anruf klopfte an. Er versicherte ihr, dass er auf dem Heimweg sei, bevor zu dem neuen Anruf wechselte.

»Hallo, mein Junge. Hier ist Hannelore Beck. Du hattest mir auf den Anrufbeantworter gesprochen.«

»Ach, Sie sind es«, entfuhr es ihm mit einem enttäuschten Seufzer. »Danke für Ihren Anruf. Leider passt es gerade schlecht. Kann ich Sie zurückrufen?«

»Natürlich, ich bin den ganzen Abend daheim. Wo soll ich auch hin?« Ihr Schmunzeln war durchs Telefon zu hören. »Ich wollte dir nur Bescheid geben, dass ich das Foto gefunden habe.«

»Was für ein Foto?«

»Du hast mich nach diesem Hans-Werner Ernst gefragt. Der Name kam mir bekannt vor, aber ich konnte ihn nicht richtig zuordnen. Also habe ich die Fotos aus der Zeit im Lazarett durchforstet. Mein Mann hatte die Angewohnheit, die Namen aller abgebildeten Personen auf die Rückseite zu schreiben. Auf einem hab ich ihn entdeckt.«

»Sie kennen ihn?«

»Ich bin ihm nie begegnet, da er nur im Untergeschoss operierte. Doch Franz hatte öfter mit ihm zu tun. Er verabscheute den Kerl. Erst recht, als wir erfuhren, dass er aus dem KZ Dachau kam. Damals kannten wir zwar nicht das Ausmaß der Grausamkeiten, die in den Konzentrationslagern begangen wurden, aber uns waren schlimme Geschichten zu Ohren gekommen. Das waren keine guten Menschen, diese KZ-Ärzte.«

Für einen Moment trat die Sorge um Maria in den Hintergrund. Das Foto war vielleicht ein weiterer Schlüssel zur Aufklärung des Rätsels. Er musste es abholen, bevor er in die USA flog.

»Ich bin in fünf Minuten bei Ihnen.«

Er legte auf. Sein Freund starrte ihn fassungslos an. »Maria ist verschwunden, und du kümmerst dich um irgendein dämliches Foto?«

»Das ist wichtig. Außerdem bin ich gleich zurück.«

»Was kann wichtiger sein, als Maria zu finden?«

»Nichts. Aber aktuell können wir eh nichts ausrichten. Deswegen …«

»Mach, was du willst, ich suche weiter.«

Toni brach auf. Henri schaute ihm unschlüssig hinterher, bevor er sich auf sein Mountainbike schwang und in entgegengesetzter Richtung zum Altenheim fuhr.

Ich muss wissen, wie dieser Verbrecher aussah.

*

Mathias Schweinberg war auf dem Weg zu seinem Chef, als er aus dessen Büro eine aufgebrachte Männerstimme vernahm. Sie kam ihm irgendwie bekannt vor. Er blieb vor Schleghubers Tür stehen und lauschte dem Wortgefecht. Der Mann forderte harsch, sämtliche Einsatzkräfte zu mobilisieren, wohingegen Schleghuber fast demütig entgegnete, dass ihm zu wenig Leute zur Verfügung standen.

Von wem sprachen die beiden?

Die Tür wurde aufgerissen. Ein breitschultriger Koloss mit hochrotem Kopf erschien im Türrahmen. Nun erkannte ihn Schweinberg. Die Haare waren grauer, der Bauchansatz größer, aber ansonsten hatte sich der ehemalige Leiter der Kripo Miesbach kaum verändert. Klaus Baumgärtner musterte ihn skeptisch, bis ihm die Gesichtszüge entglitten.

»Gehen Sie mir bloß aus dem Weg!«

Er dachte nicht daran, sich von dem arroganten Mistkerl als Blitzableiter missbrauchen zu lassen. Demonstrativ blieb er stehen.

»Ein *Bitte* wäre nett.«

»Das ist immer noch meine Dienststelle, also machen Sie Platz – sonst vergesse ich mich!«

»Wie ist das Rentnerleben so? Muss schwerfallen, wenn man nur die eigene Frau anschreien kann.«

Baumgärtner war kurz vorm Explodieren, sein weißgrauer Oberlippenbart zitterte beim Sprechen. »Ohne Ihren Schwiegervater wären Sie ein Niemand. Bei mir hätten Sie niemals einen Job bekommen, nicht mal als Putzhilfe!«

»Klaus, jetzt beruhige dich bitte.«

Schleghuber versuchte, sich zwischen die beiden aufgebrachten Männer zu schieben, da machte dessen Vorgänger einen Schritt nach vorne und bohrte Schweinberg den Zeigefinger in die Brust. »Ganz egal, dass man Sie freigesprochen hat: Sie alleine haben Ihre Frau auf dem Gewissen.«

Ebenso gut hätte ihm der Mann das Herz rausreißen und vor seinen Augen zusammendrücken können. Der Schmerz verwandelte sich in blanke Wut. Seine Finger krümmten sich wie durch Geisterhand zur Faust, da wandte sich sein Gegenüber an Schleghuber. »Hab einmal Eier in deinem Leben, Erich, und schmeiß den Kerl raus!«

Beim Vorbeigehen rempelte ihn Baumgärtner absichtlich mit der Schulter an, wobei er murmelte: »Und betet zu Gott, dass ihr Holmes vor mir findet.«

Schweinberg schluckte die aufgestauten Aggressionen herunter. Beinahe hätte er sich zu einer Schlägerei hinreißen lassen. Um was ging es hier eigentlich?

»Tut mir leid, Mathias. Seine Tochter ist verschwunden, und deswegen …«

»Und er verdächtigt den Jungen?«

»Er war gestern Abend mit ihr unterwegs und wie es aussieht, ist er der Letzte, der sie gesehen hat.«

Mit einem Mal hatte er Mitleid mit Baumgärtner. Holmes war wie eine ungesicherte Granate, in seiner Nähe war niemand sicher. Hoffentlich tauchte die junge Beamtin wieder auf.

»Den krall ich mir jetzt – außer du hast vor, mich rauszuschmeißen.«

»Was? Nein … ich … aktuell brauchen wir jeden Mann.«

»Bei so viel Vertrauen kommen mir fast die Tränen.«

Er ließ seinen gezeichneten Chef stehen. In einem Punkt stimmte Schweinberg Baumgärtner zu: Schleghuber hatte keine Eier. Und er bezweifelte, dass ihm irgendwann noch welche wuchsen.

Vor seinem Büro wartete Dirk Schleicher. »Hast du das mit Baumgärtners Tochter gehört? Wenn ihr etwas zugestoßen ist, nur weil wir nicht schnell genug gehandelt haben, dann …«

Schleicher ließ den Satz unvollendet, stattdessen richtete er sich eine Haarsträhne, die ihm mal wieder verrutscht war. Schweinberg konnte nicht sagen, ob es mehr die Wut auf Holmes war, die Schleicher so aufwühlte, oder die Sorge um die junge Kollegin.

»Das Wichtigste ist, dass wir jetzt nicht die Nerven verlieren«, antwortete Schweinberg, auch wenn er selbst mit seinen Gefühlen kämpfte. »Ich bin ziemlich in Eile. Brauchst du was von mir?«

»Ja, eben hat jemand angerufen und wollte dich sprechen.«

»Und hat derjenige auch einen Namen?«

»Irgendwas mit Hirsch. So ein Geschichtsprofessor, angeblich hätte er wertvolle Informationen.«

*

Hannelore Beck öffnete die Tür mit einem großmütterlichen Lächeln. Mit der Begründung, dass er zum Flughafen müsse, lehnte Henri ihre Einladung zum Kaffeetrinken ab. Ein wenig enttäuscht übergab sie ihm ein schwarz-weißes Foto. Es zeigte ihren Ehemann Arm in Arm mit einem anderen Arzt. Die Umarmung sah freundschaftlich aus, Dr. Beck konnte seine Abneigung gegenüber dem Mann gut verbergen. Hans-Werner Ernst war untersetzt, hatte dunkles, gekräuseltes Haar und eine rundliche Nase. Der ehemalige KZ-Arzt wirkte sympathisch und entsprach überhaupt nicht Henris Vorstellung von einer menschlichen Bestie.

»Es wurde auf der Intensivstation aufgenommen«, fing Hannelore Beck an. »Im Hintergrund …«

Sein Handy klingelte. Unbekannte Nummer. Er ignorierte es. »Ich muss jetzt los. Ist es in Ordnung, wenn ich es mitnehme und Ihnen nach den Ferien wiederbringe?«

»Oh, du kannst es behalten, es bringt mich eh nur auf schlechte Gedanken.«

Er bedankte sich, steckte sich das Foto in die Seitentasche seiner Kaki-Shorts und sprintete zum Fahrrad, das er vor der Klinik abgestellt hatte. Auf dem Vorplatz waren Bänke für das Sommerfest des Altenheims aufgestellt. Die Sonnenschirme wackelten bedrohlich im Wind. Von den Bewohnern war niemand zu sehen. Es klingelte erneut. Seine Mutter drehte bestimmt schon durch. Er nahm ab. »Bin gleich daheim, mum.«

Er erkannte die rauchige Stimme, noch bevor der Anrufer seinen Namen nannte. »Hier ist Hans Wimmer.«

»Äh ... Herr Wimmer? Woher haben Sie meine Nummer?«

»Hör mir zu!«

Die Worte erzeugten ein furchtbares Déjà-vu. Schlagartig stand sein gesamter Körper unter Anspannung.

»Hör mir zu!«, wiederholte der Mann. »Wir müssen uns treffen.«

»Das ist schlecht, weil ...«

»Komm zum Gut Kaltenbrunn! Ich warte in der Klinik. In dreißig Minuten.«

Henri schaute auf seine Armbanduhr, es war zwanzig nach vier. »Unmöglich, mein Flieger geht in ...«

»Es ist sehr wichtig. Und sag zu niemandem ein Wort. Auch nicht zu deinem Vater. Du kannst deinem Vater nicht trauen. Hast du verstanden?«

»Was ...«

»Die Antworten auf deine Fragen findest du auf der Karte!«

»Welcher Karte?«

»Es ist sehr wichtig. Sei pünktlich!«

Die Leitung war tot.

Was sollte er nur tun? Er würde es niemals rechtzeitig nach Hause schaffen, wenn er über Kaltenbrunn fuhr. Und wenn sich alles wiederholte? Dann würde er nirgendwo mehr hinfliegen. Er musste Hilfe rufen.

Du kannst deinem Vater nicht trauen.

Es waren weniger Wimmers Worte als die Zweifel der letzten Tage, die ihn davon abhielten, seinen Vater anzurufen. Blieb die Polizei. Aber was sollte er ihnen sagen?

Ich habe eben einen Anruf erhalten und vermute, dass mein Gesprächspartner in Lebensgefahr schwebt?

Es klang wenig plausibel, aber die Polizei musste so etwas trotzdem nachgehen. Er wählte die 110, als ihm bewusst wurde, dass ihn das nicht aus der Schusslinie brachte, denn für den Anruf von Wimmer gab es keinerlei Beweise. Eine Frau meldete sich. Er hängte schnell wieder auf.

Wie versteinert stand Henri vor dem Altenheim, unfähig einen klaren Gedanken zu fassen. Ein heftiger Windstoß erfasste die Sonnenschirme und warf sie um. Zwei Pflegerinnen stürzten nach draußen, um sie einzuklappen. Auf den Balkonen wurden Markisen eingefahren, Pflanzen nach drinnen verfrachtet, Türen und Fenster verschlossen.

Vielleicht war das ein Zeichen: Er sollte nach Hause fahren und die Sache auf sich beruhen lassen. Schlimmstenfalls würde er Wimmer verärgern. Falls er überhaupt noch am Leben war. Falls nicht, würde jemand anderes die Leiche finden. Und er wäre fein raus.

Leider hatte sein Plan einen Haken. Das ehemalige Klinikgelände war verlassen. Es war unwahrscheinlich, dass irgendjemand zufällig über den Leichnam stolperte. Wie sollte Henri mit dem Wissen je weiterleben können? Die Wochen in den USA würden zu einer untragbaren Tortur werden. So sehr es ihm widerstrebte, er hatte keine Wahl: Er musste hinfahren und sich vergewissern. Sie würden es auch noch pünktlich schaffen, wenn sie eine halbe Stunde später losfuhren. Und falls sich seine schlimmste Befürchtung bewahrheitete, würde er die Polizei anonym aus einer Telefonzelle verständigen.

Hoffentlich irre ich mich.

Ein Grollen ließ Henri zusammenzucken. Die schwarze Wolkenfront schob sich wie eines der Raumschiffe aus *Independence Day* übers Tegernseer Tal. Der orkanartige Gegenwind zwang ihn, so kräftig in die Pedale zu treten, dass ihm die Unterschenkel brannten. Der Wind heulte und peitschte die Baumwipfel von einer Seite zur anderen. Auf seinem Weg passierte er panische Menschen, die sich und ihre Habseligkeiten in Sicherheit brachten. Auch die Münchner Tagesausflügler waren auf der Flucht. Eine apokalyptische Stimmung hatte das Tal erfasst, immer wieder ertönte wildes Gehupe. Die Angst, von einem Hagelschauer erwischt zu werden, spiegelte sich in den Gesichtern der Fahrer. Plötzlich tauchte das rote Cabrio neben ihm auf, das er in Rottach bemerkt hatte. Täuschte er sich oder beäugte ihn der übergewichtige Mann?

Vor Seeglas staute sich der Verkehr und das Cabrio fiel zurück. Henri bog von der Hauptstraße ab und folgte dem Fußweg nach Kaltenbrunn. Am Ufer blitzte die orangefarbene Sturmwarnleuchte im Sekundentakt. Ein Boot der Wasserwacht schoss über die aufgewühlte Wasseroberfläche zu einem Surfer, der es nicht mehr zurückschaffte. Auf der hölzernen Fußgängerbrücke vor der Einmündung zur Mangfall erfasste ihn eine Böe. Henri wurde unsanft gegen das Brückengeländer gedrückt, dünne Schiefer bohrten sich schmerzhaft in seinen Unterarm.

Sein Blick schweifte sorgenvoll zu Gut Kaltenbrunn. Der heruntergekommene Gebäudekomplex überblickte das Tal wie ein altersmüder Wachhund. Ein Schandfleck, ausgerechnet an der Stelle im Tal, auf die alle Blickachsen über dem See zusammenliefen. Er hatte mal gelesen, dass sich der Gutsgrund ursprünglich im Besitz des Klosters Tegernsee befunden hatte, danach gehörte er über mehrere Generationen dem Herzog in Bayern. Max Emanuel veräußerte es 1975 an eine Unternehmensgruppe, die das

Gelände von Grund auf sanierte. 1977 wurden die psychiatrische Klinik *Seeblick* und eine Gaststätte mit Biergarten eröffnet. Nach der Schließung wollten die Besitzer das Gebäude eigentlich abreißen, um ein Wellness-Hotel zu errichten, doch kurz vor Baubeginn reichte eine Gruppe von Anwohnern Klage ein, da Teile des Anwesens denkmalgeschützt waren. Ihr wurde stattgegeben. Aus Verärgerung beschloss die Unternehmensgruppe, Gut Kaltenbrunn verrotten zu lassen. Nur das dazugehörige Seegrundstück durfte weiterhin als Strandbad benutzt werden. Plötzlich kam ihm ein Gedanke: Hatte der Mörder Schwarz' Leiche dort im Wasser platziert, weil er eine Verbindung zur Klinik herstellen wollte?

Erste Regentropfen klatschten ihm ins Gesicht. Er musste sich beeilen, das Unwetter konnte jede Sekunde über ihn hereinbrechen. Das Südende des Tegernsees war längst unter einer schwarzen Wand verschwunden. Scharfzackige Blitze zerrissen die Dunkelheit, gefolgt von unheilvollem Donner. Henri schoss den Feldweg am See entlang bis zum Strandbad, von wo eine Abzweigung nach oben führte. Völlig außer Atem kam er an Gut Kaltenbrunn an. Sein Rad lehnte er an den rostigen Gitterzaun, der um das Klinikgelände gezogen worden war. Überall hingen Schilder.

Betreten verboten. Lebensgefahr. Zuwiderhandlungen werden bestraft.

Von Wimmer fehlte jede Spur. Der Mann hatte gesagt, er würde in der Klinik auf ihn warten. Doch wie sollte Henri da hineinkommen? Vorsichtshalber steckte er die abnehmbare Fahrradlampe ein. Er schritt den Zaun erst in die eine, dann in die andere Richtung ab, bis er abrupt stehen blieb. Dort war ein Spalt!

Er näherte sich der Stelle neben der Einfahrt. Jemand hatte die Gitterstäbe aufgebrochen. Henri zwängte sich hindurch und marschierte zur Mitte des Innenhofs. Büsche und Unkraut überwucherten das gesamte Gelände, die Fenster zwischen den verblichenen Mauern waren zerbrochen oder zugenagelt. Der Sturm wirbelte morsche Holz- und rostige Metallteilchen durch die Luft, um ihn herum knirschte und knackte es. Die Gewitterwolke hatte die letzten Sonnenstrahlen verschluckt, sodass es ihm schwerfiel, sich zu orientieren. Nirgendwo war Licht zu sehen. Eine halbe Stunde war seit dem Anruf vergangen.

Wo ist der Typ?

Wartete er in einem der Gebäude? Aber in welchem? Henri drehte sich um die eigene Achse. Vor dem südlichen Trakt der Klinik hielt er inne. Im Erdgeschoss waren alle Fenster mit Brettern verbarrikadiert. Alle außer eines. Davor lagen abgebrochene Holzbretter und Scherben auf den Pflastersteinen. Langsam näherte er sich der Öffnung, die sich wie ein schwarzes Loch vor ihm auftat. Mit jedem Schritt steigerte sich das flaue Gefühl im Magen. Plötzlich wirbelte er herum. Da war es wieder. Das unheimliche mechanische Summen. Sein Puls schoss nach oben.

Was zum Teufel ist das?

Schatten kauerten in den Ecken der Ruine wie Obdachlose in Hauseingängen. Doch es war keine Menschenseele zu sehen. Ein Windstoß schleuderte eine vermoderte Plastiktüte durch die Luft, als ein Blitz über den dunklen Himmel zuckte, gefolgt von einem Donnerschlag, der den Boden erzittern ließ. Henri schauderte. In wenigen Augenblicken würde er im Zentrum des Sturms stehen.

Er wandte sich wieder dem Fenster zu. Farbe blätterte vom Rahmen ab, als er sich daran festhielt. Mit klopfendem Herzen starrte er in die Finsternis.

»Herr Wimmer, sind Sie da? Ich bin es, Henri Holmes.« Stille.

Sein Instinkt sagte ihm, schleunigst zu verschwinden.

Ohne Vorwarnung setzte ein Platzregen ein. Wenn er im Freien blieb, wäre er innerhalb von Sekunden komplett durchnässt. Henri schaltete die Fahrradlampe an, holte tief Luft und kletterte hinein.

*

Die Berge waren unter einer schwarzen Wolkenwand verschwunden und Mathias Schweinberg steuerte direkt darauf zu. Eine Windböe erfasste das Auto, das Lenkrad zitterte in seinen Händen wie ein verängstigtes Tier. Nur mit Mühe konnte er den Wagen auf der Straße halten. Auf der Gegenfahrbahn stauten sich die Fahrzeuge, alle flohen vor dem Unwetter. Er schien der Einzige zu sein, der jetzt ins Tal wollte.

Es fiel ihm schwer, sich auf den Verkehr zu konzentrieren, zu sehr beschäftigte ihn die Geschichte des Professors. Anfangs hatte Schweinberg dem Anruf keine Bedeutung beigemessen, zu vielen unsinnigen Hinweisen hatten sie in den vergangenen Tagen nachgehen müssen. Hatte die Story um den ehemaligen KZ-Arzt etwas mit den Morden zu tun? Die Tatsache, dass sich sowohl Schwarz als auch Holmes für den Mann interessierten, sprach für die Theorie. Es musste eine Verbindung zu den Ereignissen in den letzten Kriegstagen geben, davon war er mittlerweile überzeugt. Und zu den verschwundenen Patienten aus der Psychiatrie *Seeblick*.

Nur welche?

Egal wie man es betrachtete, man landete immer bei Holmes. Er war die Schnittstelle aller offenen Fragen.

Sein Handy klingelte. Schweinberg griff zum Telefon, von Freisprechanlagen hielt er nichts, guten Fahrern reichte eine Hand zum Lenken. Es war Simon Dorn. Vor einer halben Stunde hatte ihm sein ehemaliger Klassenkamerad aufgeregt berichtet, dass Holmes einen Anruf erhalten hatte und daraufhin wie von der Tarantel gestochen Richtung Gmund gefahren war. Schweinberg hatte sich sofort ins Auto gesetzt.

Glücklicherweise hatte Dorn seinen Auftrag angenommen, Holmes zu überwachen. Dafür erhielt der Journalist exklusiv alle Informationen zu den Mordfällen. Was genau sich Schweinberg von der Beschattung versprach, konnte er schwer sagen. Es war Bauchgefühl. Hätte er sich beim Banker-Mord nur an die Fakten gehalten, säße nun ein Unschuldiger im Knast. Er vertraute lieber auf seine Intuition als auf irgendwelche Analysen. Doch das würden die Arschlöcher von der OFA nie verstehen.

»Wo ist der Junge jetzt?«, fragte Schweinberg.

»In Kaltenbrunn.«

»Und was macht er da?«

»Keine Ahnung, hab ihn aus den Augen verloren. Aber vor der Klinik steht sein Fahrrad.«

»Das Gelände ist doch verschlossen.«

»Soweit ich das erkennen kann, ist der Zaun an einer Stelle aufgebrochen worden. Es schüttet hier wie aus Eimern. Besser, du beeilst dich.«

Schweinberg musste an Baumgärtners Tochter denken. Ein mulmiges Gefühl breitete sich in seinem Magen aus.

*

Die Finsternis schien mit dem Gemäuer verwachsen zu sein. Die wenigen Lichtblitze, die sich durch die Ritzen der Holzbeschläge hindurchkämpften, wurden sofort von der Schwärze absorbiert. Henri befand sich in einer niedrigen Halle, Säulen säumten die Längsseiten. In der Mitte standen morsche Bankreihen. Das musste früher der Speisesaal gewesen sein. Von allen Seiten prasselte der Regen wie ein endloses Trommelsolo gegen das Gebäude. Er schwenkte die Lampe umher. Aufgewirbelte Staubpartikel reflektierten das Licht wie bei einem Tauchgang in den Tiefen des Meeres. Er wagte sich weiter in die Halle hinein, schon bald verlor er die Orientierung. Unruhig drehte er sich im Kreis.

Wo war nur das offene Fenster, durch das er gekommen war? Seine Muskeln spannten sich an. Um sein Gefühl für Raum und Zeit zurückzuerlangen, hielt er sich an einer der Säulen fest. Klaustrophobie war ihm bislang unbekannt. Vermutlich lag es an der modrigen Luft. In seinem Kopf formte sich ein Gedanke:

Raus hier!

Lieber stand er im strömenden Regen als in dieser unheilvollen, finsteren Halle. Henri hangelte sich von Säule zu Säule, aber das offene Fenster schien verschwunden zu sein. Plötzlich erschien vor ihm eine Treppe. Vielleicht war die Luft in den oberen Stockwerken besser. Die Option war allemal verlockender, als umzudrehen und weiterzusuchen.

Im ersten Stock empfing ihn ein Korridor mit schwarzweiß gemusterten Fließen, von dem mehrere Räume abgingen. Alle Türen waren geschlossen. Schummriges Licht fiel durch die verdreckten Fenster auf der Seeseite. Schemenhaft waren die Umrisse des Tegernsees zu erkennen. Sein Blick ging zum Ende des Korridors, wo ein Lichtschimmer unter dem Türschlitz hervorkroch.

Das Herz schlug ihm schnell gegen die Brust.

Die Augen auf die Tür fixiert, schritt er darauf zu. Auf halbem Weg zuckte ein greller Blitz über den Himmel, dem der Donner folgte, noch bevor dessen Licht erloschen war. Die Fensterscheiben vibrierten wie bei einem Erdbeben. Henri erstarrte. Für einen Moment war er unfähig, sich zu bewegen. Wieder blitzte es, gefolgt vom nächsten Donnerschlag. Das Zentrum des Gewitters musste direkt über ihm sein.

Im Augenwinkel nahm er einen Schatten wahr. Mit einem ohrenbetäubenden Knall zerbarst die Scheibe, neben der er ausharrte, etwas traf ihn hart an der Schläfe. Ein stechender Schmerz schoss ihm durch den Kopf und strahlte von dort bis in die Zehenspitzen aus.

Henri ging zu Boden, schlug die Hände vor seinem Gesicht zusammen, um sich vor der Mischung aus Glasscherben und Regentropfen zu schützen, die auf ihn niederprasselte. Er verharrte in dieser Position, bis ihn die Kälte zum Aufstehen zwang. Behutsam schüttelte er das Glas ab. Seine Finger tasteten nach der warmen Flüssigkeit, die ihm über die Stirn lief, während er sich benommen aufrappelte.

Verdammt, was war das?

Auf den Fließen entdeckte er einen morschen Ast. Der Wind musste ihn gegen das Fenster geschleudert haben. Die Warnschilder hatten ihre Berechtigung, musste er sich eingestehen. Ein Windstoß wirbelte seine Haare durcheinander. Mit wackligen Beinen steuerte er auf die Tür zu. Gerade als er den Türgriff packte, klingelte sein Telefon. Sein Herz setzte einen Sekundenbruchteil aus. Mit der freien Hand zog er es aus der Hosentasche.

»Mein Gott, Henri, endlich erreiche ich dich. Wo bist du? Geht es dir gut?«

Seine Mutter hörte sich an, als wäre sie selbst einem Herzinfarkt nahe. Er schluckte seine Angst herunter, um sie nicht noch mehr zu beunruhigen. »Alles gut, ich musste mich nur kurz unterstellen.«

»Das Taxi verspätet sich wegen des Sturms. Es ist in zwanzig Minuten hier. Wann bist du daheim? Soll ich dich abholen?«

Ohne es zu beabsichtigen, hatte Henri die Klinke nach unten gedrückt. Die Finsternis war noch undurchdringlicher als im Erdgeschoss. Die Lichtquelle kam aus einer Ecke des Raumes. Sie schien am Boden zu liegen. Im Lichtkegel waren vier silberne Metallbeine zu sehen.

Ein Tisch?

»Nein, nein. Ich … fahr … jetzt … los«, stammelte Henri, bevor er auflegte.

»Herr Wimmer, sind Sie hier?«

Seine Worte wurden vom Donner verschluckt, weswegen er die Frage wiederholen musste. Obwohl er bemüht war, laut zu sprechen, brachten seine Stimmbänder nur ein Flüstern heraus.

Er erhielt keine Antwort.

Jede Faser in seinem Körper schrie, sofort umzukehren. Er missachtete ihr Flehen. Dann hätte er auch direkt nach Hause fahren können.

Die Fahrradlampe wie eine Waffe nach vorne gerichtet, betrat Henri den Raum und näherte sich der Lichtquelle. Es kam ihm vor, als würde die Dunkelheit zunehmen, je tiefer er in den Raum vordrang, selbst die Blitze schienen von den Wänden verschluckt zu werden. Sehr merkwürdig. Die morschen Bretterverschläge konnten unmöglich so dicht sein. Im Gehen schwenkte er die Lampe zu den Fenstern. Sie waren mit einer schwarzen Plastikfolie zugeklebt.

Was zum …?

Henri stolperte und knallte nach ein paar taumelnden Schritten der Länge nach hin. Die Lampe entglitt ihm, drehte mehrere Runden auf dem Steinboden und erlosch.

*

Schon wieder ergab sich eine unvorhergesehene Komplikation. Sitting Bull kauerte in seinem Versteck. Der Regen tropfte von der Krempe seines Bundeswehr-Buschhuts, dank des tarnfarbenen Regenumhangs verschmolz er mit den Büschen. Durch sein Nachtsichtgerät hatte er das gesamte Klinikgelände im Blick. Das Gerät funktioniert einwandfrei, auch wenn es schon viele Jahre auf dem Buckel hatte. Ab und an verursachte der Motor jedoch ein summendes Geräusch. Nicht laut, aber hörbar.

Dass es der Junge aus der Entfernung vernommen hatte, erstaunte ihn dennoch. Holmes schien ein außergewöhnlich gutes Gehör zu haben, oder er verfügte über einen sechsten Sinn. Doch das war nicht das Problem.

Sitting Bull fixierte den BMW, der neben dem roten Audi Cabrio hielt. Beide Fahrer hatten die Fensterscheiben heruntergelassen, um sich unterhalten. Vor zehn Minuten hatte der Fettsack in dem Cabrio vor der Zufahrt zur Klinik geparkt. Sitting Bull hatte zuerst vermutet, dass er vor dem heftigen Regen Schutz suchen wollte. Wenn er gewusst hätte, dass der Typ die Polizei verständigen würde, hätte er ihn an Ort und Stelle eliminiert.

Der Audi startete den Motor und fuhr davon. Der Bulle telefonierte. Mit dem Präzisionsgewehr wäre es ein Leichtes, ihn aus der Ferne zu erledigen. Doch er hatte Angst, einen Fehler zu begehen.

Deswegen zog Sitting Bull sein Telefon hervor. Nach dem ersten Klingelton nahm sein Partner ab. Er berichtete ihm, dann wartete er auf eine Entscheidung. Doch am anderen Ende der Leitung war Stille, mit jeder Sekunde wurde das Warten unerträglicher.

Wieso dauert das so lange?

War sein Partner unsicher, was sie nun tun sollten? Unsicherheit war nicht gut, Unsicherheit war die Fahrkarte ins Grab.

Endlich bekam er seine Antwort.

Sitting Bull hängte auf und unterdrückte die zweifelnde Stimme in seinem Kopf. Entweder er vertraute ihm, oder er beendete die Sache komplett. Sein Partner hatte ihn bis hierher geführt, er würde ihn auch ans Ziel seiner Träume führen.

Vertraue dem Plan.

Er schloss ein Auge und presste das andere ans Zielfernrohr. Der Gewehrkolben schmiegte sich an seine Schulter. Die Zielmarkierung schwenkte auf die Stirn des Mannes, mit dem Zeigefinger streichelte er den Abzug. Er genoss den Moment, dieses Kribbeln im Bauch, auf das er so lange hatte verzichten müssen. Er hielt den Atem an. Das Gewehr lag so ruhig in seiner Hand, als wäre er zu Eis erstarrt.

Gute Nacht, Bulle!

In der Sekunde, in der er abdrücken wollte, näherte sich ein weiteres Fahrzeug. Schon wieder musste der Plan angepasst werden. Es bereitete ihm große Bauchschmerzen, denn jetzt hatte er keine Zeit mehr, seinen Partner zu verständigen. Er musste die Entscheidung alleine treffen.

Es würden heute mehr Menschen sterben als geplant. Aber auf einen Bullen mehr oder weniger kam es auch nicht an.

5. Episode: Die Flucht

Der Streifenwagen hielt neben ihm. Schweinberg hatte ihn angefordert, kaum dass er Simon Dorn fortgeschickt hatte. Die Polizistin auf dem Beifahrersitz fuhr das Fenster herunter, ihre brünetten Haare waren zum Pferdeschwanz gebunden. Er schätzte sie auf Ende zwanzig. Dezente Sorgenfalten breiteten sich auf den jungenhaften Gesichtszügen aus. Ihr Kollege war deutlich älter. Der Mann trug eine schwarze Vollrandbrille, die Geheimratsecken zogen sich tief ins ergraute Haupthaar. Auch ihm sah man die Verunsicherung an. Schweinberg konnte es den beiden nicht verübeln. Sie hatten gerade erst auf dramatische Weise einen Kollegen verloren, eine weitere Kollegin wurde vermisst. Er müsse lediglich einem Hinweis nachgehen, versicherte er ihnen gespielt lapidar. Innerlich zitterte er. Niemand konnte sagen, auf wen sie da drinnen trafen. Wozu der Mörder fähig war, hatte er bereits eindrucksvoll demonstriert.

Schon beim Aussteigen rann ihm Wasser in den Kragen. Über ihnen tobte sich das Gewitter aus, Blitze zuckten im Sekundentakt über den Himmel. Die beiden Streifenpolizisten warfen sich sorgenvolle Blicke zu, Schweinberg schritt demonstrativ unbeeindruckt zum Zaun. Durch die Öffnung betraten sie das Klinikgelände. Im strömenden Regen suchten sie den Innenhof ab, bis sie das offene Fenster entdeckten. Schweinberg war bereits bis auf die Unterhose durchnässt, als sie hineinkletterten.

Trotz dreier Lampen hatten sie Mühe, sich in dem staubigen Gewölbe zurechtzufinden. Es war niemand zu sehen. Am Ende des Raumes fanden sie eine Treppe und folgten ihr bis in den ersten Stock. Der Wind peitschte eine Armee von Regentropfen durch ein zerbrochenes Fenster. Eisige Kälte kroch ihm den Rücken hinauf.

»Da vorne«, flüsterte die Polizistin und zog ihre Waffe. Ihr Partner tat es ihr gleich. Schweinbergs Hand zitterte, als sie sich der Dienstpistole im Holster näherte.

»Alles in Ordnung bei Ihnen?«, fragte die Frau. Obwohl sie nervös wirkte, strahlte sie eine Entschlossenheit aus, um die er sie beneidete. Erst jetzt fiel ihm auf, wie kräftig ihre Statur war. Die würde ihn vermutlich locker zu Boden werfen, wenn er sich mit ihr anlegte.

Er nickte. »Ich geh voraus!«

Aus der angelehnten Tür drang ein Lichtschimmer, doch außer dem trommelnden Lärm des Regens und den schwächer werdenden Donnerschlägen war kein Laut zu hören. Vor der Tür blieb er stehen und lugte vorsichtig hinein. Das Licht kam aus einer Ecke des Raums, ihre Quelle schien am Boden zu liegen. Aber was beleuchtete es? War das etwa ein …?. Als plötzlich jemand ins Licht trat, setzte kurz seine Atmung aus.

*

Panisch suchte Henri in der Finsternis nach der Fahrradlampe, bis er frustriert aufgab. Er erhob sich und näherte sich langsam dem Licht. Es kam von einem Strahler, der mit Schrauben am Boden verankert worden war. Der Scheinwerfer erfasste die vordersten Metallbeine bis zur Unterkante eines weißen Tuches, das über die gesamte Tischfläche ausgebreitet war. Etwas lag darunter.

Etwas Menschengroßes!

Sein Pulsschlag erreichte einen kritischen Wert. Das Laken wies weder Blutflecken noch andere Indizien auf, in welchem Zustand sich das *Etwas* befand. Er griff danach, doch sein Körper weigerte sich, es herunterzuziehen.

Worauf wartest du?

Er vergrub die Finger in dem rauen Stoff, hielt den Atem an, dann riss er den Arm nach unten. Der entblößte Inhalt ließ ihn einen Schritt zurückweichen. Übelkeit kroch ihm den Rachen empor. Er schluckte sie herunter. Wieso nur war er zum dritten Mal in diesem Albtraum gefangen?

Zu seiner Überraschung folgte dem ersten Schock kein Zusammenbruch wie bei Schwarz und Plinganser. Sein Blick verharrte auf dem Leichnam. Vor einer Woche hätte es ihn in die Knie gezwungen. Hatte er sich mittlerweile an den Anblick von Toten gewöhnt? Oder lag es schlichtweg daran, dass er damit gerechnet hatte?

Abgesehen von einer grauen Unterhose war Hans Wimmer nackt. Der ausgemergelte Körper war schon im lebenden Zustand keine Augenweide, tot aber war er bemitleidenswert. Der Oberkörper wirkte deformiert, blauviolette Flecken zierten die Seiten und den Hals- und Nackenbereich. Die Augäpfel hatten sich so tief zurückgezogen, dass man die Augenhöhlen sehen konnte. Die blauen Lippen waren weit aufgerissen. Äußerliche Wunden erkannte Henri nicht.

Woran war er nur gestorben?

Instinktiv wollte Henri nach dem Puls des Mannes suchen, in letzter Sekunde hielt er inne. Wenn man seine Fingerabdrücke auf dessen Haut fand, würde ihm der anonyme Anruf bei der Polizei auch nicht mehr helfen. Außerdem war auch so klar ersichtlich, dass der Mann tot war. Und was noch schlimmer war: Es schien unmöglich, dass Wimmer vor einer halben Stunde noch mit ihm telefoniert hatte.

Etwas erregte seine Aufmerksamkeit. Hektisch zog er sich seinen Ärmel über die Hand, dann griff er nach dem

Arm der Leiche und drehte ihn herum. Es fühlte sich so an, als würde er Wimmer gleich den Knochen brechen. Fassungslos starrte er auf den Hautfetzen an der Innenseite des Oberarms. In altdeutscher Schrift waren die Buchstaben *SS* eintätowiert. Der ehemalige Pfleger sah nicht aus wie ein Nazi, andererseits war es naiv zu glauben, dass Rechtsradikale nur Bomberjacken und Springerstiefeln trugen.

Henri ging um den Tisch herum. Erst jetzt sah er die Karteikarte, die um Wimmers Hals hing. Sie war zur Seite gerutscht. Das Papier war laminiert, wie bei Schwarz und Plinganser. Wieder eine Botschaft? Er hielt sie ins Licht:

47-40-45 / 11-44-59

Was hatten die Zahlenkombinationen zu bedeuten? Henri war viel zu aufgeregt, um sich zu konzentrieren. Das war weder der richtige Zeitpunkt noch der passende Ort für eine gründliche Analyse. Das Grollen des Donners hatte zwar nachgelassen, aber der Regen hämmerte unbeirrt aufs Dach. Er durfte die Karteikarte nicht der Polizei überlassen. Allerdings war sie ein Beweisstück, wenn er sie mitnahm, machte er sich strafbar. Mal wieder. Aber machte das überhaupt noch einen Unterschied? Er wägte noch einen Moment ab, dann nahm er dem Mann die Karte ab und steckte sie sich in die Hosentasche.

»Zeit, zu gehen!«

Es tat gut, seine eigene Stimme zu hören. Bei all den Toten war es wichtig, sich daran zu erinnern, dass man zur Welt der Lebenden gehörte. Er beschloss, eine anonyme Meldung vom Flughafen abzusetzen, so wäre er längst in der Luft, wenn die Polizei den Leichnam fand. In den USA hatte er genug Zeit, um sich ungestört mit den Hinweisen zu beschäftigen. Außerdem konnte er seinen Onkel um Hilfe bitten. Der Gedanke gab ihm die Kraft, sich von Wimmer loszureißen.

Ein Lichtstrahl bohrte sich in seine Netzhaut wie ein glühendes Schwert. Henri hielt sich eine Hand vor die Augen, dann rannte er zur Seite in die Finsternis. Er kam nicht weit.

*

Der Angreifer kam aus dem Nichts. Henri wurde so hart zu Boden gedrückt, dass es ihm die Luft aus den Lungen presste. Beim Atmen sog er Unmengen von Staub ein, sodass ihn ein heftiger Hustenanfall durchschüttelte.

»Polizei! Leisten Sie keinen Widerstand!«, brüllte ihm eine Frau ins Ohr.

Die Arme wurden ihm auf den Rücken gedreht. Kaltes Metall legte sich um seine Handgelenke. Die Polizistin zog ihn nach oben.

»Na? Wieder einen Anruf aus dem Jenseits erhalten?«, begrüßte ihn Schweinberg.

Henri dröhnte der Kopf. Wie hatte ihn der Hauptkommissar gefunden?

»Ich wollte Sie gerade verständigen«, log er.

»Ja, ganz bestimmt.« Als Schweinberg einen Blick auf den männlichen Leichnam warf, überkam ihn eine Spur von Erleichterung. Zum Glück nicht Baumgärtners Tochter. »Und wer ist unser neuestes Mitglied im Club der toten Anrufer?«

»Er heißt Hans Wimmer.«

Die Polizistin drückte Henri die gefesselten Arme so stark nach hinten, dass ihm ein stechender Schmerz in die Schulter schoss. Doch er biss die Zähne zusammen. Von der Polizei ließ er sich nicht mehr einschüchtern.

»Und weiter? Was macht er?«, hakte Schweinberg ungeduldig nach.

»Er ist ehrenamtlicher Co-Trainer beim TSV Bad Wiessee.«

»Was haben Sie mit ihm zu tun?«

Für einen kurzen Moment spielte Henri mit dem Gedanken, Wimmers Vergangenheit für sich zu behalten. Aber sie würden sowieso dahinterkommen.

»Er war mal Pfleger in der Klinik *Seeblick*.«

»Sieh an! Hier haben wir ja unsere Verbindung. Wieso hat er Sie angerufen? Ging es um den vermissten Patienten?«

Henri runzelte die Stirn. »Woher wollen Sie wissen, dass er mich angerufen hat?«

»Hab ich geraten.«

Plötzlich lichtete sich der geistige Nebel und der rote Audi erschien vor seinen Augen.

Hab ich's doch gewusst!

»Haben Sie eine überhaupt eine Genehmigung, mich beschatten zu lassen?«

»Niemand hat Sie überwacht.«

»Dann ist das hier eine Routinekontrolle?«

»Ich stell die Fragen, ist das klar?!«

»Mein Anwalt wird gegen Sie vorgehen.«

Schweinberg glaubte, seinen Ohren nicht zu trauen. Dieses Babyface hatte ernsthaft die Dreistigkeit, ihn jetzt anzupissen. War das wirklich der verängstigte junge Mann von vor einer Woche? Hatte er ihm von Anfang an etwas vorgespielt?

»Wir wissen, dass Sie mit Ihrem langhaarigen Kumpel in die Kanzlei eingebrochen sind. Daraus haben Sie auch die Karte. Wir haben an der Balkontür Fingerabdrücke gefunden. Wetten, dass sie mit Ihren übereinstimmen?«

Henri schluckte.

»Einbruch, Siegelbruch, Falschaussage, da kommt einiges zusammen. Dazu die Verwicklung in vier Mordfälle.«

»Vier?«

»Ein Kollege von uns wurde vor zwei Tagen in der Schule erschossen, oder ist Ihnen das entgangen?«

»Damit hab ich nichts zu tun.«

»Dann war's wohl reiner Zufall, dass Sie mal wieder vor Ort waren«, meinte Schweinberg. Als er Henris Überraschung registrierte, fügte er hinzu: »Der Taxifahrer hat sich bei uns gemeldet. Kam ihm komisch vor, wie panisch Sie versucht haben, die Polizei herauszuhalten. Nun sehen Sie es endlich ein, aus der Nummer kommen Sie nicht mehr raus.«

»Ich hab niemand umgebracht, das müssen Sie mir glauben. Das alles ist nur ein … ein blöder Zufall.«

»Und was ist mit Maria Baumgärtner? Ist ihr Verschwinden auch nur ein blöder Zufall?«

Trotz der Dunkelheit sah Henri die unbändige Wut in den Augen des Hauptkommissars. Niemals würden sie ihn heute in die USA fliegen lassen – ganz egal, was er ihnen sagte. Da war es besser, einmal dem Ratschlag seines Vaters zu folgen: und zu schweigen.

Schweinberg ertrug Holmes stoische Miene keine Sekunde länger, aber er beherrschte sich. Im Gegensatz zur Streifenpolizistin, die dem jungen Mann plötzlich ins Ohr schrie. »Was hast du mit unserer Kollegin angestellt? Jetzt red endlich!«

Henri klingelte das Trommelfell, verzweifelt ging er seine Optionen durch. »Ich will erst meinen Anwalt sprechen!«

»Die Zeit haben wir aber nicht! Sag uns endlich, was du weißt, sonst …«

»Das reicht jetzt!«, schritt Schweinberg ein.

»Wollen Sie etwa zulassen, dass er sich wieder hinter so einem Arsch von Anwalt versteckt, während Baumgärtners Tochter irgendwo um ihr Leben kämpft?«

»Was haben Sie vor? Ihn foltern?«

In ihren Augen konnte Schweinberg lesen, dass der Gedanke nicht komplett aus der Luft gegriffen war. Er sah zu ihrem Kollegen, der verbissen die Lippen aufeinanderpresste.

»Wir veranstalten hier keine Lynchjustiz!«, fuhr er mit bestimmter Stimme fort. »Sonst reicht selbst der schäbigste Pflichtverteidiger, um den Kerl noch heute rauszuboxen.«

Es war eine Sache, einem Tatverdächtigen Gewalt anzudrohen, in der Hoffnung, dadurch das Leben eines Opfers zu retten. Es umzusetzen, stand außer Frage. Und er war noch nicht mal hundertprozentig davon überzeugt, dass Holmes wusste, wo sich Baumgärtners Tochter befand.

Henris Handy klingelte. Schweinberg zog es ihm aus der Hosentasche, ging außer Hörweite und nahm den Anruf entgegen. Es war die Mutter. Zuerst war sie verwirrt. Als er ihr erklärte, dass er ihren Sohn vorläufig festnehmen musste, brach sie in Tränen aus.

Als er sich die blonde Frau mit dem melancholischen Blick vorstellte, hatte er Mitleid mit mir. Ihr Leben war mit dem egozentrischen Arschloch von Ehemann schon schwer genug. Er versuchte, sie zu beruhigen, aber sie schien ihm nicht zuzuhören. Erst auf sein Angebot, jemand zur psychologischen Betreuung vorbeizuschicken, kam eine Reaktion. Sie lehnte es mit einer Vehemenz ab, die ihn überraschte.

Nachdem er aufgelegt hatte, gab Schweinberg seiner Kollegin das Handy. »Bringen Sie ihn in Ihre Dienststelle. Unversehrt!« Er musste Zeit gewinnen, um sich eine Ausrede einfallen zu lassen, wie er den Jungen aufgespürt hatte. »Und keiner spricht mit ihm, bevor ich da bin.«

Henri wurde von den beiden Streifenpolizisten nach unten geführt. Die Vorstellung, dass seine Mutter verrückt vor Angst zu Hause saß, lähmte seine Beine.

Hoffentlich hatte er auch für Wimmers Todeszeitpunkt ein Alibi. Bei den restlichen Anschuldigungen würde sich zeigen, ob der Anwalt seines Vaters das Geld wert war. Falls es das Schicksal gut mit ihm meinte, bekam er einen Freispruch aus Mangel an Beweisen. Eine schwache Hoffnung. Bislang war es nicht gerade auf seiner Seite.

Die Polizeibeamten schoben ihn durch das offene Fenster nach draußen. Bis sie den Streifenwagen erreichten, war er völlig durchnässt. Die Polizistin setzte sich ans Steuer, während ihn der Mann auf die Rückbank verfrachtete. Sie verabschiedete sich von ihrem Kollegen und startete den Motor. Regungslos starrte Henri in den grauen Himmel. Der Regen hämmerte aufs Autodach und vermischte sich mit dem Beat des Guns-n'-Roses-Songs aus dem Radio.

Welcome to the jungle.

Die Zeile passte zur vergangenen Woche. War wohl Ironie des Schicksals.

Die Scheibenwischer ächzten lautstark, schafften es aber nicht, die Windschutzscheibe von den Wassermassen zu befreien. Es war, als würden sie durch einen Wasserfall fahren, die Straße war kaum zu erkennen. Unzählige Rinnsale verwandelten sie in eine Rutschbahn, überall lagen abgerissene Äste und Blätter herum. In einer Kurve überholte sie ein rotes Motorrad mit hoher Geschwindigkeit.

»Du Wahnsinniger!«, fluchte die Polizistin. »Kannst froh sein, dass ich gerade …«

Der Polizeiwagen verlor kurz die Bodenhaftung und geriet auf die Gegenfahrbahn. Hektisch riss die Frau das Steuer herum und brachte den Wagen mit einem Seufzer der Erleichterung zurück in die Spur.

Auch Henri atmete durch. In Gedanken hatte er das Auto schon an einem Baum in Flammen aufgehen sehen. So düster seine Zukunftsaussicht auch war, auf ein solches Todesszenario würde er gerne verzichten.

Dann doch lieber Knast.

Die Scheinwerfer erfassten etwas auf der Straße.

»Verdammte Schei …«, schrie die Polizistin, da zerbarst die Windschutzscheibe.

Instinktiv warf sich Henri zur Seite, Glassplitter bohrten sich in seine Wange. Der Wagen schlingerte wie ein wild gewordener Bulle, unkontrolliert schleuderte Henri hin und her. Hilflos musste er mit ansehen, wie sie über die Gegenfahrbahn schossen und direkt auf einen Baum zusteuerten. Der Aufprall presste seinen Oberkörper so fest in den Gurt, dass ihm die Luft wegblieb. Wie ein Faustschlag hämmerte die Vorderlehne gegen seine Stirn. Sterne tanzten auf seiner Netzhaut, dann wurde ihm schwarz vor Augen.

*

Stöhnend kam Henri wieder zu sich. Dunkle Wolken zogen über ihm vorbei. Er blinzelte, ein feiner Sprühregen benetzte sein Gesicht. Vorsichtig hob er den Kopf an, dabei tropfte ihm eine warme Flüssigkeit von der Nase. Mit Mühe unterdrückte er den Brechreiz, sein Nacken schmerzte höllisch. Er spannte die Beine an und registrierte erleichtert, dass sie nicht gelähmt waren.

Wo war er?

Henri sah sich um. Er lag auf dem asphaltierten Gehweg neben der Hauptstraße, auf halbem Weg zwischen Kaltenbrunn und Bad Wiessee. Der Polizeiwagen steckte im Graben fest, er war übel zugerichtet: Die Motorhaube war in der Mitte stark zusammengedrückt, die Windschutzscheibe eingeschlagen und der Rahmen komplett verzogen. Die hintere Tür stand offen. Henri musste beim Aufprall hinausgeschleudert worden sein. Er hatte wirklich großes Glück gehabt.

Mühsam rappelte er sich auf. Erst jetzt bemerkte er, dass seine Hände frei waren. Die Handschellen hingen noch an den Handgelenken, aber die Kette war durchtrennt.

Wie war das möglich?

Er warf einen Blick ins Wageninnere. Der Airbag hatte sich geöffnet und der Kopf der Polizistin lag regungslos auf dem zusammengesunkenen Luftsack. Ein Scheinwerfer leuchtete im Dämmerlicht auf und ließ die Baumreihe neben der Straße in hellem Licht erstrahlen. Von seiner Position aus konnte Henri die Straße nicht einsehen.

»Hilfe! Bitte helfen Sie mir!«, schrie er in die Nacht.

Das ferne Grollen des Gewitters verschluckte seine Worte. Ein Motor heulte auf, das Scheinwerferlicht entfernte sich mit rasanter Geschwindigkeit. Der Motorradfahrer hatte ihn offensichtlich nicht bemerkt.

Was zur Hölle war hier passiert?

Für eine Sekunde fischten seine Erinnerungen im Trüben, bis sich ein unscharfes Bild formte. Eine schwarz gekleidete Gestalt hatte mitten auf der Straße gestanden. Die Polizistin hatte versucht, auszuweichen, und dabei die Kontrolle über das Fahrzeug verloren.

Aber was hatte die Windschutzscheibe zerschlagen?

Sein Blick fiel erneut auf die Frau, die weiterhin regungslos auf dem Steuer lag. Bekam sie überhaupt Luft? Er zog am Griff, doch die Tür klemmte, sodass er gezwungen war, mehrfach ruckartig daran zu ziehen, bis sich ein Spalt auftat.

»Hallo, hören Sie mich? Sind Sie verletzt?«

Keine Reaktion.

Henri steckte die Hand hinein, packte die Polizistin am Kragen und zog sie in eine aufrechte Position. Erschrocken zog er den Arm zurück, dabei ritzte er sich an einer scharfkantigen Stelle den Unterarm auf. Blut quoll aus der Wunde, doch der Anblick schmerzte mehr als der

Schnitt. Fassungslos starrte er auf das blutunterlaufene Loch in der Stirn der Frau.

Die schwarze Gestalt hatte wieder zugeschlagen.

Hatte der Anschlag ihm gegolten?

Ein eisiger Schauer kroch ihm den Rücken hinunter. Der Angreifer konnte noch in der Nähe sein. Henri ging hinter dem Wagen in Deckung und spähte zur Straße. Ein Fahrzeug näherte sich aus Richtung Bad Wiessee, aber es fuhr vorbei. Anscheinend war der Unfallwagen von der Straße aus nicht zu sehen.

Er überlegte fieberhaft.

Der Angreifer hätte genügend Zeit gehabt, ihn zu erledigen. Entweder war er davon ausgegangen, dass Henri den Unfall nicht überlebt hatte, oder irgendetwas hatte ihn davon abgehalten, es zu Ende zu bringen.

Und jetzt? Sollte er hier warten, bis die Polizei kam?

Dieses Opfer konnte man ihm unmöglich anlasten. Oder doch?

Zwei Polizeibeamte waren tot, eine vermisst, und jedes Mal war er darin verwickelt. Falls Schweinberg hinter allem steckte, wäre er ihm im Polizeigewahrsam schutzlos ausgeliefert. So irrsinnig es klang: Er musste den Täter finden, bevor er ihn fand. Nur so konnte er seine Unschuld beweisen. Doch dafür war es notwendig, für eine Weile von der Bildfläche zu verschwinden. Am besten zu Onkel Cliff. Sein Flug ging in zweieinhalb Stunden. Wie lange würde es wohl dauern, bis sie seine Flucht bemerkten? Nein, die Polizei würde zuerst am Flughafen nach ihm suchen. Das war viel zu riskant.

Wohin dann?

Er musste irgendwo untertauchen, damit er genügend Zeit hätte, sich den offenen Fragen zu widmen. Seine Gesichtszüge erhellten sich.

Er kannte den perfekten Ort.

Henri ermahnte sich, nicht den zweiten vor dem ersten Schritt zu machen. Vorrangig musste er die Handschellen loswerden. Er griff durch den Spalt und durchsuchte mit den Fingern die Hosentaschen der Polizistin, fand aber nur ein benutztes Taschentuch und einen Hausschlüssel. Er ging um das Fahrzeug herum zur Beifahrertür, die sich glücklicherweise öffnen ließ. Im Fußraum entdeckte er sein Handy. Nur von dem Schlüssel fehlte jede Spur.

Er wollte schon wieder aus dem Auto klettern, als sein Blick die Dienstwaffe der Beamtin streifte. Ob es das Strafmaß verschlimmern würde? Wahrscheinlich. Aber so hoch konnte die Strafe nicht ausfallen, als dass er sich lieber wehrlos auf die Suche nach dem Killer begab. Er löste die Halterung, zog die Pistole behutsam heraus und steckte sie sich hinten in den Hosenbund.

Bis zu ihm nach Hause waren es zwei Kilometer. Den Anstieg zur Spielbank im Sprint zurückzulegen brachte ihn an seine Belastungsgrenze. Seine Stärke lag eher auf der Langstrecke. Kurz vor der Ortsgrenze sendete seine Beinmuskulatur stechende Übersäuerungssignale aus, jeder Schritt wurde zur Qual, intensives Seitenstechen setzte ein, trotzdem drückte er weiter aufs Tempo. Beim Einbiegen in seine Straße kam ihm ein Taxi entgegen, dass ihm wild hupend auswich.

Völlig ausgepumpt öffnete er die Haustür. Im Wohnzimmer hörte er seine Mutter telefonieren, sie klang verzweifelt. Sollte er zu ihr gehen? Nein, es war besser, wenn sie ihn nicht bemerkte. Sie würde bestimmt versuchen, ihn von seinem Plan abzuhalten.

Leise stieg er die Treppe in den ersten Stock hoch und begab sich ins Badezimmer, das neben seinem Zimmer lag. In Windeseile entfernte er alle Glassplitter aus seiner Wange, verarztete die Platzwunde an der Stirn und verband seinen Arm. Danach wechselte er die Klamotten. In einen Rucksack stopfte er Ersatzkleidung, Hygieneartikel, Medikamente und eine Taschenlampe. Das Tagebuch des KZ-Arztes und alle Hinweise zu den Mordfällen packte er oben drauf. In einem Seitenfach verstaute er die Pistole.

Anschließend schlich er in den Keller hinunter, wo er sich eine Eisensäge schnappte, um die Handschellen zu entfernen. Er lauschte mit einem Ohr der Stimme seiner Mutter, die weiterhin am Telefon hing, was ihn so sehr ablenkte, dass ihm die Säge abrutschte. Hätte Henri nicht geistesgegenwärtig die Hand weggezogen, hätte die Schneide sich tief ins Fleisch gefressen. Er zwang sich, erst einmal tief durch zu atmen.

Konzentrier dich auf deine Aufgabe, sonst kommst du nicht weit.

Es dauerte eine halbe Ewigkeit, bis die Fesseln abfielen. Als Erinnerung blieben ihm rote Streifen um die Handgelenke.

Nächster Schritt: Auswahl des Fluchtfahrzeugs. Unschlüssig stand er vor den Fahrrädern. Das gelbe Damenrad samt geflochtenem Einkaufskorb auf dem Gepäckträger oder das schwarze Carbon-Rad? Er nahm das Risiko auf Enterbung in Kauf und griff sich das sündhaft teure Mountainbike seines Vaters. Beim Hochtragen kam er an der Metalltür neben der Treppe vorbei. Wie jedes Mal bekam er eine Gänsehaut. In dem Raum lagerte sein Vater vertrauliche Patientenunterlagen, niemand außer ihm hatte einen Schlüssel dazu. Schon oft hatte sich Henri gefragt, warum ihr Anblick bei ihm eine solche Reaktion auslöste. Doch jetzt war kein guter Zeitpunkt, um darüber nachzudenken.

Im Erdgeschoss wurde ihm bewusst, dass er noch Proviant brauchte. Seine Mutter hörte er nicht mehr. Vorsichtig lehnte er das Rad an die Wand, dann schlich er in die Küche. Er befüllte den Rucksack mit einigen Dosen Eintopf und abgepackten Lebensmitteln.

»Henri!«

Er bekam fast einen Herzinfarkt. Seine Mutter fiel ihm um den Hals und hielt ihn so fest, als wollte sie ihn nie wieder loslassen.

»Mum, bitte.« Mit sanftem Druck befreite sich Henri aus der Umklammerung. Sie erschrak bei seinem Anblick.

»Mein Gott, wie siehst du denn aus? Was ist passiert?«

»Ich hatte einen kleinen Unfall. Halb so wild.«

»Ich bin wahnsinnig vor Angst. Ich hab bei dir angerufen … und dieser … Kommissar hat gesagt, dass du verhaftet wurdest. Wo … ich meine … was machst du hier? Haben Sie dich freigelassen? Bitte sag mir …«

Sie zitterte, ihre Augen waren gerötet. Das Schuldgefühl zerriss Henris Herz. Er hatte seinen Schwur gebrochen, ihr nie wieder einen Grund zu geben, sich um ihn zu sorgen. Am liebsten hätte er sie in den Arm genommen und so lange festgehalten, bis sämtlicher Kummer aus ihrem Körper gewichen war. Doch dafür fehlte die Zeit.

»Ich habe mit Rainer telefoniert, er ist auf dem Weg nach Hause. Der Anwalt ist schon verständigt, er wird …«

»Mum, hör mir zu«, unterbrach er den sich überschlagenden Redefluss seiner Mutter. »Ich kann nicht zur Polizei.«

»Du musst keine Angst haben, dein Vater regelt das. Alles wird gut, mein Junge.«

»Mum, jetzt hör mir bitte zu. Die Polizei versucht, mir die Morde anzuhängen. Aber ich hab niemand umgebracht.«

»Das weiß ich doch. Das wird sich alles klären, ganz sicher.«

»Nichts wird sich klären! Ich muss beweisen, dass ich unschuldig bin; und das kann ich nicht, wenn ich im Knast sitze. Deswegen werde ich für ein paar Tage verschwinden.«

»Verschwinden? Wohin?«

»Es ist besser, wenn du es nicht weißt. Du darfst niemand erzählen, dass du mich gesehen hast. Mum, hast du mich verstanden?«

»Bitte warte auf deinen Vater und lass uns das gemeinsam besprechen.«

Henri nahm seine Mutter in den Arm. »Ich liebe dich, Mum, und das alles tut mir unendlich leid. Hoffentlich kannst du mir eines Tages verzeihen. Aber jetzt flehe ich dich an, mir zu vertrauen!«

Für einen Augenblick schien sie mit sich zu ringen, bevor sie mit einem gequälten Lächeln nickte. Er versuchte, es zu erwidern. Es misslang ihm.

»Es gibt nichts zu verzeihen. Nur pass bitte auf dich auf, mein Junge!«

»Versprochen.«

Henri wollte sich sein Fahrrad schnappen, als seine Mutter herumwirbelte.

»Warte! Ich hab was für dich.« Sie holte einen Briefumschlag und drückte ihn ihrem Sohn in die Hand. »Der hat vorhin im Briefkasten gelegen.«

Mit klopfendem Herzen starrte er auf den Absender. Sie folgte seinem Blick. »In der Klinik gab es mal einen Pfleger, der so hieß. Das ist aber nicht derselbe, oder?«

»Ich … also … nein, das ist …«

Es klingelte. Einen Sekundenbruchteil später hämmerte jemand gegen die Tür.

»Polizei! Sofort aufmachen!«

*

Das Blut rauschte in seinen Ohren. Sitting Bull atmete bewusst gleichmäßig, um seinen Puls herunterzufahren. Ein Ast drückte ihm gegen die Rippen. Er ignorierte den Schmerz. Im Gebüsch war er für vorbeifahrende Fahrzeuge unsichtbar, durchs Zielfernrohr beobachtete er das Haus. Nur im Erdgeschoss brannte Licht, doch in den Fenstern war niemand zu sehen.

Warum brauchte Holmes so lange?

Von den nächsten Minuten hing der Erfolg ihrer Mission ab. Sitting Bull hatte den Lauf der Dinge verändert – eigenmächtig. Bis heute hatte er von allen wichtigen Entscheidungen in seinem Leben nur eine einzige eigenständig gefällt: Die Entscheidung, die Dokumente mitzunehmen und Svens Leichnam zurückzulassen. Er hoffte, dass er die heutige nicht ebenfalls für den Rest seines Lebens bereuen würde.

Aber welche Wahl hätte er gehabt?

Er hatte keine Sekunde daran gezweifelt, den Angriff ausführen zu können, wenngleich der Kopfschuss eine Meisterleistung war. Es erfüllte ihn mit Stolz. Leider sah sein Partner das anders. Er hatte ihn angeschrien, wie er es riskieren konnte, Holmes zu töten.

Sitting Bull war das Risiko bewusst eingegangen, auch wenn er das natürlich nicht zugegeben hatte. Nachdem er den jungen Mann aus dem Auto gezogen und ihm die Handschellen zerschossen hatte, war er in Lauerstellung gegangen. Wäre es Holmes misslungen, vor der Polizei zu fliehen, hätte er ihn eliminiert.

Für seinen Partner waren die Bullen nur dumme Statisten, was auf die meisten sicher zutraf. Schweinberg gehörte jedoch nicht in diese Kategorie, er wurde zu einer

Gefahr für ihren Plan. Sitting Bull würde niemals zulassen, dass Holmes in die Fänge des Polizisten geriet.

Er wusste einfach zu viel.

Ein Polizeiwagen schoss um die Ecke. Hektisch presste er ein Auge aufs Zielfernrohr und suchte die Fenster ab.

Verdammt noch mal, wo steckst du?

Holmes' Zukunft bestand aus zwei Optionen: Flucht oder Tod!

*

Panisch steckte Henri den Umschlag in die Hosentasche und schnappte sich das Fahrrad. Nach einem letzten Blick auf seine Mutter, die Tränen in den Augen hatte, schob er es durch die Verbindungstür in die Praxis, die vom Wohnhaus abgetrennt war und einen eigenen Eingang besaß. Er spähte ins Freie. Niemand war zu sehen. Er trat hinaus, als er hörte, wie auf der anderen Seite des Hauses die wütenden Polizisten in die Wohnung stürmten. Er schwang sich aufs Rad und fuhr los – keine Sekunde zu früh. Ein Polizeibeamter kam um die Ecke, doch Henri machte einen Schlenker, um dem Mann auszuweichen, der ihm hinterherschrie: »Polizei! Stehen bleiben!«

Im Hintergrund ertönte eine Sirene. Selbst bei bester körperlicher Verfassung, von der er weit entfernt war, würde er ein Wettrennen gegen ein Polizeiauto verlieren. Seine einzige Hoffnung bestand in dem Netz aus Seitenstraßen und Gassen, das Bad Wiessee durchzog und das einem wendigen Fahrradfahrer Vorteile verschaffte. Außerdem gab es eine Abzweigung, an der man mit dem Auto nicht weiterkam. Bis dahin musste er es schaffen.

Die Sirene wurde lauter. Er wagte einen Schulterblick, fünfzig Meter hinter ihm kam ein Streifenwagen mit Blaulicht um die Ecke geschossen. Henri beschleunigte. Gischt spritzte ihm ins Gesicht, feine Wassertropfen stachen wie Nadeln in seine Haut. Über die Lautsprecher forderte ihn die Polizei auf, stehenzubleiben. Sie würden hoffentlich nicht versuchen, ihn zu rammen. Oder auf ihn schießen.

In vollem Tempo steuerte er auf eine T-Kreuzung zu, den Streifenwagen dicht im Nacken. Er machte einen Schlenker nach links, bevor er scharf rechts abbog. Beim in die Kurve legen streifte er mit dem Knie fast den Asphalt, danach hob es ihn aus dem Sattel. Ein kurzer Anstieg trennte ihn von der entscheidenden Stelle.

Auf einmal quietschten die Reifen hinter ihm so laut, dass es sogar die Sirene übertönte. Im Augenwinkel sah er, wie der Streifenwagen an der Breitseite mit einem Gartenzaun kollidierte. Es schien den Fahrer nur anzustacheln. Der Mann gab Vollgas, jagte hinter ihm her, als hinge sein Leben davon ab. Henri bog in eine schmale Gasse ab, deren Zufahrt mit einer Schranke versperrt war. Der Pfad, der zwischen ihr und einer mannshohen Hecke hindurchführte, war gerade breit genug für sein Fahrrad.

Der Streifenwagen war viel zu schnell, um reagieren zu können. Obwohl der Fahrer eine verzweifelte Vollbremsung hinlegte, krachte er nahezu ungebremst in die Schranke. Das Geräusch von sich verziehendem Metall begleitete Henri, bis er aus dem Gesichtsfeld seiner Verfolger verschwunden war.

Er trat weiter kräftig in die Pedale, bis er den verwaisten Parkplatz am Söllbach erreichte. Seine Lunge verlangte nach einer Pause, doch auch wenn der gefährlichste Teil seiner Flucht hinter ihm lag, war er noch lange nicht in Sicherheit. Vom Parkplatz aus folgte er der Forststraße, die sich neben dem Söllbach den Berg hinaufschlängelte. Etliche Rinnsale sprudelten gurgelnd von den Felsen und speisten den Bergbach. Außer dem Wasser und dem Zwitschern der Vögel war kein Laut zu hören. Grauschwarze Wolken zogen gen Norden. Das Licht der Fahrradlampe huschte wie ein Gespenst über den nassen Asphalt, der Schatten des Waldes gab ihm ein wenig Sicherheit. Trotzdem stieg sein Unbehagen.

Hoffentlich ist sie leer.

Einen Plan B hatte er nicht.

Nach einigen Minuten passierte Henri einen Schotterweg, der zur Aueralm führte. Bei schönem Wetter tummelten sich auf dem Weg Unmengen von Wanderern, jetzt war er zum Glück menschenleer. Solange man ihn nicht sah, würde auch niemand auf sein Versteck kommen.

Niemand außer Toni.

Würde es sein bester Freund für sich behalten, wenn ihn die Polizei befragte? Vor einer Woche hätte Henri keine Sekunde an dessen Loyalität gezweifelt, jetzt war er sich nicht mehr sicher. Zu viel war zwischen ihnen vorgefallen. Es blieb ihm leider keine Wahl, als auf ihre Freundschaft zu vertrauen.

Die Umrisse eines Schuppens erschienen. Dahinter kettete er das Fahrrad an einen Baum, bevor er seinen Weg zu Fuß fortsetzte. Der Wald wurde mit jedem Meter dichter. Trotzdem verzichtete Henri darauf, die Taschenlampe einzuschalten: Bloß keine unnötige Aufmerksamkeit erregen. Außerdem würde er den Weg selbst mit verbundenen Augen finden.

Aufgrund der eingeschränkten Sichtverhältnisse und des glitschigen Waldbodens dauerte der Aufstieg länger als gewöhnlich. Er hätte sich besser seine Bergschuhe angezogen. Nach einer knappen Stunde trat er aus dem düsteren Wald heraus. Am Fuß eines kleinen Hanges, über den man den Fockenstein erreichte, lag eine Holzhütte, umgeben vom Waldrand und abseits jeglicher beliebter Wanderrouten.

Die erstmals 1930 errichtete und 1981 neu erbaute Hütte gehörte dem Skiclub Bad Wiessee und wurde ausschließlich von dessen Mitgliedern benutzt. Man musste sich lediglich im Voraus bei der Hüttenwirtin anmelden. Toni stand mit der griesgrämigen Rentnerin im Dauer-Clinch, da er die Hütte angeblich nie sauber genug hinterließ. Aus Protest hatte sich sein Freund den Schlüssel unerlaubterweise nachmachen lassen – und ihm ebenfalls einen Zweitschlüssel zugeschoben. Bislang wäre es Henri nie in den Sinn gekommen, ihn zu nutzen, weil er dann ständig auf der Hut vor anderen Mitgliedern sein müsste. Im Gegensatz zu Toni suchte er die Hütte nämlich nie spontan für ein paar Stunden auf, sondern verband es immer mit einer Übernachtung. An den Sommerwochenenden war die Skiclubhütte normalerweise dauerbelegt. Zuletzt hatten sich jedoch einige Besucher über einen strengen Geruch beschwert. Es hing wohl mit der Klärgrube unter dem Plumpsklo zusammen, weswegen sie bis zum nächsten Wochenende gesperrt war.

Eine glückliche Fügung.

Henri betrat die L-förmige Terrasse, auf der frisches Quellwasser in einen hölzernen Wassertrog plätscherte. Beim Öffnen der Tür atmete er das besondere Aroma ein, das dieser Ort verströmte. Anscheinend hatte er Glück und das Problem mit der Klärgrube war bereits behoben worden. Zügig schlüpfte er aus seinen dreckigen Schuhen und sperrte die Tür hinter sich ab. Es fühlte sich an, als würde er nach einer langen Reise nach Hause kommen. Am Sicherungsschalter aktivierte Henri die Stromversorgung, die von der Solaranlage auf dem Dach gespeist wurde. Dann schaltete er das Licht ein. Obwohl es unwahrscheinlich war, dass um diese Uhrzeit jemand vorbeikam, ließ er die Fensterläden geschlossen.

Links vom Eingang ging es zu einer Küchenstube, dahinter befand sich ein Vorratsraum. Gegenüber lag ein großer

Aufenthaltsraum, im hinteren Teil der Hütte und im Dachgeschoss gab es zwei Schlafräume. Außerdem gab es noch einen Keller, in den man über eine Falltür im Gang gelangte.

Henri verstaute den Rucksack im Aufenthaltsraum. Seine Hose, die durch das Radfahren an den Beinen komplett durchnässt war, hängte er an den grünen Kachelofen. Auf der Holzbank daneben breitete er den Schlafsack aus. Die harte Unterlage war zwar weniger gemütlich als die Betten in den Schlafräumen, aber hier würde er es schneller mitbekommen, wenn jemand die Terrasse betrat. Für eine Sekunde überlegte er, das Handy auszuschalten, damit man ihn nicht orten konnte. Er ließ es sein. Hier oben gab es keinen Empfang, und er brauchte für morgen einen Wecker.

In der Küche entfachte er mit ein paar Holzscheiten ein kräftiges Feuer. Neben dem Ofen beherbergte die enge Stube nur eine Spüle, eine Eckbank und einen Holztisch. Die Hitze breitete sich schnell in dem kleinen Raum aus.

Henri verstaute die Lebensmittel im Vorratsraum, füllte eine Dose Gulaschsuppe in einen Topf und setzte ihn auf den Herd. Der Geruch von Paprika und Kartoffeln stieg ihm in die Nase. Erst jetzt wurde ihm bewusst, dass er seit dem Frühstück nichts mehr gegessen hatte.

Wenige Minuten später saß er vor einem dampfenden Teller und schob sich gierig den Löffel in den Mund. Mit vollem Bauch lehnte er sich anschließend zurück und schloss die Augen. Aus dem Ofen drang das Knacken der Holzscheite. Die gemütliche Atmosphäre in der warmen Stube erzeugte ein Gefühl von Geborgenheit. Er liebte diesen abgeschiedenen Ort. Gäbe es die Hütte nicht, wäre er längst aus dem Skiclub ausgetreten. Sie war zu einem Rückzugsort geworden, wenn er das Bedürfnis verspürte, in Ruhe nachdenken zu müssen. Sein letzter Besuch war schon ein Dreivierteljahr her, damals war er mit Toni und Maria …

Henri spürte ein Stechen in der Brust. Die schrecklichen Ereignisse der vergangenen Stunden hatten seine Angst um Maria in den Hintergrund gedrängt. Jetzt kam sie mit voller Wucht zurück. Vor seinem geistigen Auge spielte sich die Szene auf der Bank erneut ab. Er schmeckte ihren Kuss. Nie zuvor hatte er ein derart intensives Gefühl verspürt, so aufregend und zugleich so beruhigend. Dennoch überwog die Nachwirkung, dass es ihm die Kontrolle über seine Sinne geraubt hatte. Anders war das Missgeschick nicht zu erklären. Nur seinetwegen war Maria alleine nach Hause gegangen. Er würde es sich nie verzeihen, falls ihr etwas zugestoßen war.

Sonntag, 2. August

Es ließ sich nicht länger leugnen: Das Ganze war ein Alptraum. *Tal des Todes* prangte auf der Titelseite der Bildzeitung, in der SZ hieß es *Serienmörder im Paradies*. Mathias Schweinberg trank seinen Kaffee aus. Es war der Vierte, doch das Koffein war chancenlos gegen den massiven Schlafentzug. Ein Bekannter von ihm war Pilot und hatte ihm mal erklärt, dass ihm auf den Transatlantikflügen ein *power nap* von drei Stunden genügte, um sich ausgeruht und fit zu fühlen. Schweinberg bewunderte den Mann dafür. Er war um vier Uhr ins Bett gefallen; seit acht saß er im Büro und arbeitete am Vortrag für die Pressekonferenz. Er hätte durcharbeiten sollen, es fiel ihm immer schwerer, sich zu konzentrieren.

Der fehlende Schlaf war leider nicht das Einzige, das ihm zusetzte. Zusammen mit dem Leiter der Dienststelle Bad Wiessee war er in der Nacht zu den Eltern der Kollegin gefahren. Ihre verzweifelten Gesichter verfolgten ihn bis jetzt. Warum er sich das antat? Er sah es als seine Pflicht an. Doch das war nur die halbe Wahrheit. Insgeheim fühlte er sich für ihren Tod verantwortlich. Natürlich hatte niemand mit so einer Tat rechnen können, trotzdem blieb es seine Entscheidung, dass sie Holmes zur Dienststelle bringen sollte. Es machte ihn unfassbar wütend.

Ich werde dieses Schwein finden, und dann …

Es klopfte – was eine Person auf jeden Fall ausschloss. Jana Sonntag steckte den Kopf herein. Schleghuber erwarte ihn. Er gab ihr zu verstehen, dass er gleich nachkam. Sein Chef drehte völlig am Rad. Wer konnte es ihm verübeln? Die Öffentlichkeit brauchte einen Schuldigen, und natürlich schossen sich die Medien auf die Polizei ein. Es gab weder ein Motiv noch konkrete Beweise; und der einzige Verdächtige war flüchtig. Sie hatten eine Fahndung nach Henri Holmes herausgegeben, aber der junge Mann war wie vom Erdboden verschluckt. Schweinberg könnte sich immer noch ohrfeigen, dass er ihn nicht an Ort und Stelle durchsucht hatte. Leider hatte er sich die Leiche des Pflegers erst angesehen, nachdem man Holmes abgeführt hatte. Den gesamten Raum hatte er nach einer Karteikarte abgesucht, aber nichts gefunden. Jede Wette würde er eingehen, dass es auch dieses Mal einen Hinweis gab.

Verdammt nochmal, wo versteckt sich der Kerl nur?

Letzte Nacht hätte er sich fast auf eine Handgreiflichkeit mit Dr. Holmes eingelassen. Zugegeben, er war bei der Befragung der Mutter ungeduldig geworden, wofür er sich im Nachhinein schämte. Sie tat ihm leid. Die Frau hatte einen solchen Despoten als Ehemann nicht verdient – ganz zu schweigen von einem mutmaßlichen Serienmörder als Sohn. Doch sein rigoroses Nachhaken war keine Rechtfertigung für das großkotzige Auftreten des Psychiaters. Schweinberg hatte irgendwann eingesehen, dass die Mutter komplett ahnungslos war, ansonsten hätte er es aus ihr herausgebracht. Bei Dr. Holmes war er sich unsicher. Andererseits sagte ihm sein Bauchgefühl, dass der Junior wenig Interesse hatte, von seinem Vater gefunden zu werden.

Aber wer hatte ihm zu Flucht verholfen? Schweinberg würde sein Jahresgehalt verwetten, dass es sich um den Todesschützen aus der Schule handelte. Sie hatten es mit einem Täter zu tun, der vor keiner Konfrontation zurückschreckte und der ein herausragender Schütze war. Es würde ihn kaum verwundern, in dessen Vita einen Abschnitt beim Bund zu finden.

Er stand auf. Es war Zeit, sich die obligatorische Kopfwäsche abzuholen. Druck wurde von oben nach unten durchgereicht, das war so und würde auch immer so sein. Er konnte damit leben. In den Gängen herrschte gespenstische Stille, die meisten Kollegen waren im Außeneinsatz. Die Bürotür seines Chefs war angelehnt, gedämpfte Stimmen drangen nach draußen. Er klopfte, dann schob er die Tür auf. Schleghuber saß hinter seinem Schreibtisch, Jana Sonntag und Andreas Dorn standen zu beiden Seiten seines Stuhls. Wie ein Triumvirat.

Was hat das nun wieder zu bedeuten?

»Mathias, bitte setz dich«, begrüßte ihn sein Vorgesetzter emotionslos. Der einzelne Stuhl vor dem Tisch hatte etwas von einer Anklagebank.

»Danke, ich steh gut.«

Schleghuber riss den Mund auf, besann sich aber im letzten Moment. »Wie du willst.«

Die Stimme seines Chefs verriet die Anspannung, unter der der Mann stand. Das war kein gewöhnlicher Rapport. Hatte er sich deswegen Verstärkung geholt?

Schleghuber räusperte sich. »Ich werde meine Frage nur einmal stellen – und erwarte eine ehrliche Antwort.«

»Lass hören.«

Sein übertriebener Versuch, die Neugierde zu verbergen, ließ es gelangweilt klingen.

»Wie bist du zum Tatort gekommen?«

»Hab einen Tipp bekommen.«

»Von wem?«

»Einem Bekannten.«

»Und woher wusste es dein *Bekannter*?«

»Er hat Holmes zufällig gesehen.«

Schleghuber richtete den Zeigefinger auf ihn. »Erzähl mir keinen Scheiß. Ich weiß, dass du Andreas' Bruder beauftragt hast, Holmes zu folgen.«

Simon, du elende Ratte.

»Na gut, nicht ganz zufällig. Was macht das schon für einen Unterschied?«

»Eine Menge! Du bist zu weit gegangen, Mathias. Erst lässt du einen Verdächtigen illegal von einem Zivilsten beschatten – und das, ohne mich zu informieren. Und als ich …«

»Zu deinem eigenen Wohl. Jetzt kannst du dich rausreden, dass es ein Alleingang eines Mitarbeiters war.«

»… und als ich dir die Chance gebe, mit der Wahrheit rauszurücken, lügst du mir ins Gesicht.«

»Lügen ist ein hartes Wort. Ich würde sagen, ich hab die Wahrheit etwas … gedehnt.«

»Ich hab dir die Stelle angeboten, als du am Boden lagst, ich hab dir die Verantwortung für den Fall übertragen, wie du es wolltest, und zum Dank dafür hintergehst du mich.«

»Ich hab getan, was ich tun musste, um den Scheißmörder zu schnappen!«

»Und hast du ihn geschnappt?«

Die Frage kam von Andreas Dorn. Schweinberg fixierte den Leiter der OFA, der ihn wie ein Model aus einem Herrenmagazin anlächelte. Die Unschuldsmiene eines Henkers.

»Um es kurz zu machen«, lenkte Schleghuber die Aufmerksamkeit wieder auf sich. »Ich enthebe dich mit sofortiger Wirkung von deinen Aufgaben. Jana wird den Fall übernehmen.«

Schweinberg blies die Backen auf. Eigentlich sollte er glücklich darüber sein. Doch das war, bevor zwei seiner Kollegen ermordet worden waren. Er konnte nicht mehr einfach abhauen. Das war sein Fall, völlig egal, wem Schleghuber offiziell die Leitung übertrug. Er wandte sich an Jana Sonntag, ein gespieltes Lächeln auf den Lippen. »Gratulation! Ist ein großer Karriereschritt. Das sollten wir feiern.« Er schlug sich mit der flachen Hand gegen die Stirn. »Ach, ich hab ja gar keine Zeit. Ich muss erst noch einen Mörder finden.«

Schleghuber verschränkte die Arme. »Du wirst dich ab sofort nur noch um die verschwundenen Rentner kümmern. Ich habe Dirk schon informiert, damit er dir die Unterlagen bringt.«

Der Satz war wie ein Schlag in die Magengrube. Wie konnte es dieser Arsch wagen, ihn abzuschieben? Seine Finger ballten sich zur Faust. Vor seinem geistigen Auge sah er sich auf seinen Vorgesetzten einschlagen. Er war kurz davor, dem Impuls nachzugeben, als sein Verstand wieder einsetzte. Würde er suspendiert, wäre er endgültig raus.

»Deine Entscheidung. Aber du wirst sie noch bereuen.«

Schweinberg drehte auf dem Absatz um. Es gab jemand, der bestimmt wusste, wo sich Holmes aufhielt. Und dem würde er jetzt auf den Zahn fühlen.

Inoffiziell versteht sich!

*

Der Wind rüttelte an den Fensterläden, ansonsten herrschte im Haus absolute Stille. Normalerweise genoss er sie. Jetzt machte sich ihn unruhig. Es war sein Zuhause. Wieso fühlte er sich wie ein Eindringling?

Henri stand auf der obersten Treppenstufe. Er wollte nur noch in sein warmes Bett, sein Zimmer lag am Ende des Gangs. Doch ein Geräusch zog ihn nach unten. Lautlos stieg er mit nackten Füßen die Treppe hinab. Die kühlen Fliesen ließen ihn zittern. Mit jeder Stufe wurde es lauter, bis er überzeugt war, dass es aus dem Keller kam. War das ein Stöhnen?

Henris Magen zog sich zusammen. Er schluckte. Vielleicht sollte er besser umkehren.

Unsinn! Wovor hatte er solche Angst?

Im Erdgeschoss blieb er irritiert stehen. Der Schlüssel des Porsche hing am Schlüsselbrett neben der Haustür. Wie war das möglich? Sein Vater war doch mit dem Cabrio unterwegs.

Unentschlossen starrte er die Kellertreppe hinunter. Erst jetzt bemerkte er den Lichtschimmer, der von der schwarzen Metalltür ausging. Er hatte noch nie gesehen, das Licht in dem Kellerraum brannte. Laut seiner Mutter war es eine Feuerschutztür, damit die Unterlagen der Patienten sogar geschützt waren, falls das ganze Haus abbrennen sollte.

Wie paralysiert stieg er die Treppe herunter. Als er die letzte Stufe erreichte, sah er es: Sie stand einen Spalt offen.

Henri schlug die Augen auf, seine Hand fischte unkoordiniert in der Dunkelheit herum, bis sie eine warme Kachel berührte. Der Ofen. Endlich gelang es ihm, seine Umgebung einzuordnen. Seine Armbanduhr zeigte 11:16 Uhr. Er konnte sich nicht daran erinnern, jemals zwölf Stunden am Stück geschlafen zu haben. Mühsam schälte er sich aus dem Schlafsack, verlor dabei die Balance und fiel von der Bank. Die ungeplante Begegnung mit dem kalten Holzboden hallte dumpf durch die Hütte.

Stöhnend rappelte er sich auf. Seine Kehle war staubtrocken, sein Kopf dröhnte wie nach einer Sauftour. Außerdem musste er dringend pinkeln. Nachdem er sich erleichtert hatte, warf er einen Blick in den Spiegel.

Ich seh noch beschissener aus, als ich mich fühle.

Der Verband hatte sich gelöst und entblößte die fiese Beule an der Stirn. Unzählige winzige Einschnitte verteilten sich über die rechte Gesichtshälfte, und das Auge war blau unterlaufen von der Kollision mit der Rückenlehne. Angewidert von seinem eigenen Spiegelbild ging er nach draußen.

Beim Heraustreten auf die Terrasse fröstelte er. Die Temperatur war auf fünfzehn Grad zurückgegangen, was nach der tagelangen Hitze eine angenehme Abkühlung war. In der Nacht war Nebel aufgezogen, der die Skiclubhütte wie ein weißgrauer Schleier umhüllte. Der Geruch von feuchtem Gras hing in der Luft. Henri sog den Sauerstoff in die Lungen, bis ihn ein Kratzen im Hals zum Wassertrog zog. Er hielt den Mund unter den Hahn und trank in gierigen Schlucken das kalte Quellwasser. Als sein Durst gestillt war, wusch er sich das Gesicht. Das Wasser prickelte auf der Haut. Für einen Moment verharrte er in der Position, genoss die Stille und starrte in den Nebel. Plötzlich flimmerten die unscharfen Bilder des Traums vor seinen Augen.

Wie merkwürdig.

Sein Magen knurrte. In der Küche öffnete er die Fensterläden, heizte den Ofen an und setzte Teewasser auf. Sein Frühstück bestand aus zwei knusprigen Scheiben Bauernbrot, belegt mit Schwarzwälder Schinken und Butterkäse.

Gestärkt breitete er die Unterlagen auf dem Holztisch aus. Als Erstes widmete er sich der Karteikarte, die um Wimmers Hals gehangen hatte. Minutenlang starrte er auf die Zahlenkombinationen *47-40-45* und *11-44-59*, aber er hatte nicht mal ansatzweise eine Ahnung, wofür sie standen. Eine Datumsangabe schied aus.

Ein Code? Aber wofür? Für den geheimen Raum im Untergeschoss brauchte er Symbole. So kam er nicht weiter. Schwarz und Plinganser hatten ihm gesagt, wo er suchen musste, also ging er in Gedanken das Telefonat mit dem ehemaligen Pfleger durch.

Alle Antworten auf deine Fragen findest du auf der Karte.

Henri kramte den Bauplan vom Kloster Tegernsee heraus, drehte ihn hin und her. Es waren keine Zahlen eingetragen. Nach einer Weile legte er ihn frustriert zur Seite. Wimmer musste eine andere Karte meinen. Ein Geistesblitz durchfuhr ihn. Fieberhaft wühlte er in den Unterlagen nach der Landkarte, die er von Schwarz bekommen hatte. Sie war nirgendwo zu finden.

»Oh fuck!«

Mit der flachen Hand schlug er so hart auf die Tischplatte, dass sein Tee überschwappte. Er hatte sie Hauptkommissar Schweinberg ausgehändigt. Ohne die Karte kam er nicht weiter. Sämtliche Energie drohte mit einem Schlag zu entweichen.

Was jetzt?

Das Tagebuch von Hans-Werner Ernst schien zu ihm zu sprechen. Das wäre ein Anfang, auch wenn beim Gedanken an die grausame Lektüre keine Vorfreude aufkam. In den nächsten zwei Stunden studierte er die beschriebenen Versuchsreihen – ohne zu neuen Erkenntnissen zu kommen.

Er musste strukturierter vorgehen. Auf einem Blatt Papier trug er die offenen Fragen zusammen. Als er sich das Ergebnis ansah, musste er sich eingestehen, dass er sich bislang ausschließlich auf das Entziffern der Hinweise konzentriert hatte, ohne dabei auf die Frage nach dem Motiv einzugehen.

Wieso hinterließ der Mörder all diese Hinweise? Wollte er bewusst eine Verbindung zwischen den Opfern herstellen? Gab es irgendein Ereignis, dass sie verband – und weswegen sie jetzt sterben mussten?

Aber in welchem Zusammenhang stand das Kriegsende mit den verschwundenen Patienten der Klinik Seeblick? Die Vorfälle trennten über vierzig Jahre. War Hans-Werner Ernst untergetaucht und hatte später in der Psychiatrie gearbeitet? Möglich. 1986 wäre er fünfundsechzig gewesen. Um das zu überprüfen, bräuchte Henri aber eine Liste der Angestellten.

Eine weitere Frage beschäftigte ihn: Wieso ließ sich ein Assistenzarzt aus dem KZ Dachau in ein Lazarett zur Behandlung von Kriegsverletzten versetzen? Plötzlich kam ihm ein Gedanke. Er blätterte hektisch in seinen Notizen herum, bis er auf die gesuchte Stelle stieß. In einem Bericht aus den Prozessakten wurde von mehreren Gefangenentransporten gesprochen, die in den Jahren 1944 und 1945 das KZ verlassen hatten. Ihr Ziel war der Achensee, wo die Gefangenen beim Aufbau der Alpenfestung mithelfen sollten; jener Nazi-Vision einer gewaltigen Verteidigungsstellung in den Alpen als letztes Rückzugsgebiet der deutschen Streitkräfte, die nie umgesetzt wurde. Die Spur der Häftlinge verlief sich jedoch auf dem Weg dorthin. Hatte nicht Adam Goldberg erwähnt, dass er mit so einem Transport kurz vor Kriegsende ins Tal gekommen war?

Was, wenn die Gefangenen einem ganz anderen Zweck dienen sollten? Wenn sie als Versuchsobjekte zur Fortführung der Experimente gedacht waren? Hatte sich Hans-Werner Ernst im Untergeschoss des Gymnasiums sein eigenes Versuchslabor eingerichtet? Es würde die für einen Operationsraum ungewöhnlich hohen Sicherheitsvorkehrungen erklären.

Doch wie war es dieser Bestie gelungen, nach dem Krieg unterzutauchen? Henri kramte das schwarz-weiße Foto heraus, das vor einem der Operationssäle aufgenommen worden war. Der KZ-Arzt lächelte mit Dr. Beck um die Wette, im Hintergrund waren weitere Personen in Kitteln zu sehen. Je länger er das Gesicht des Mannes betrachtete, desto mehr irritierte ihn die fast freundschaftliche Pose der beiden Ärzte. Das passte nicht zur Aussage von Frau Beck.

Irgendwas übersehe ich!

Henri spürte, dass die Antwort vor ihm lag, doch sie blieb verborgen. Frustriert legte er das Foto zur Seite und beschäftigte sich mit den aktuellen Mordfällen. Welche Verbindung gab es zwischen den drei Opfern? Er war überzeugt, dass der Täter sie nicht zufällig ausgewählt hatte. Schwarz und Plinganser kannten sich, aber wie passte Wimmer in die Gleichung? Was hatte der Krankenpfleger mit dem Schuldirektor und dem Anwalt zu tun? Um die Frage zu beantworten, müsste er mehr über ihre Vergangenheit wissen.

Die Todesursache war bei allen unterschiedlich: Schwarz starb an Unterkühlung, Plinganser wurde erstochen. Bei Wimmer war es ihm ein Rätsel. Auch das war eine Sackgasse. Die einzige Gemeinsamkeit bestand in den mysteriösen Telefonaten und den Hinweisen auf den Leichen.

Henri verzweifelte, weil er keine logische Erklärung für die Anrufe fand. Er glaubte nicht an Nachtod-Kontakte. Besser gesagt, er wollte nicht daran glauben. Doch je länger er im Dunkeln tappte, desto stärker bröckelte sein Widerstand. Hatten die Opfer eine Verbindung aus dem Jenseits zu ihm hergestellt, damit er ihren Mörder überführte?

Aber wieso ich?

Er hatte weder eine emotionale Bindung zu den Männern noch war er hypnotisiert worden – wie in *Echoes*. In dem Film wurde die Hauptfigur, gespielt von Kevin Bacon, nach der Hypnose von Visionen geplagt und deckte durch seine Nachforschungen einen Mord aus der Vergangenheit auf. Doch die Telefonate waren real, keine Vision – ganz abgesehen davon, dass sie hier am Tegernsee waren und nicht in einer Filmfabrik in Hollywood.

Seine Schläfen pochten. Seufzend gab er auf. Es war sinnlos, sich damit zu beschäftigen.

Konzentrier dich auf das, was du weißt.

Es musste eine Verbindung zwischen den Opfern und den Vorfällen in den letzten Kriegstagen geben. Bei Schwarz war das durchschossene A ein Hinweis auf das versuchte Entfernen der Blutgruppenbezeichnung von SS-Angehörigen, davon war er felsenfest überzeugt. Die anderen beiden hatten weder eine Schusswunde noch eine eingravierte Blutgruppe.

Aber sie haben alle eine Tätowierung am linken Oberarm! Schwarz einen Totenkopf, Wimmer die Buchstaben *SS* und Plinganser ein schwarzes Dreieck, in dessen Mitte das Wort *Oberbayern* in altdeutscher Schrift geschrieben stand.

Ihm kam ein Gedanke. Es konnte ein Gaudreieck sein – diese hatte man den Soldaten als Aufnäher auf die Ärmel gestickt, um deren Herkunft zu kennzeichnen. Ein Totenkopf, ein Gaudreieck und ein SS-Abzeichen.

Henri hatte diese Symbole kürzlich gesehen. Nur wo?

Sein Körper stand so unter Spannung, dass er zu zittern begann. Irgendwo in seinen Gehirnwindungen war die Antwort gespeichert, er musste sie bloß finden. Es war nur noch eine Frage der Zeit.

»Der Code!«, platzte es aus ihm heraus.

Die Symbole waren auf dem Schließmechanismus. Somit hatte er bereits drei Ziffern des vierstelligen Codes.

Beißende Übelkeit schoss ihm den Rachen hinauf, als er sich der Konsequenz seiner Analyse bewusst wurde. Wenn die Tattoos der Schlüssel waren, musste es eine weitere Leiche geben. Eine unsichtbare Hand drückte ihm den Hals zu. Der Raum fing an, sich zu drehen.

Maria!

*

Schweinberg klingelte. Es dauerte eine Weile, bis eine Frau mit kurz geschnittenen, weißen Haaren die Haustür öffnete. Sie trug ein graues Kleid, dass ihr wie ein Sack bis über die Knie fiel. Er schätzte sie auf mindestens sechzig. Vermutlich die Großmutter.

»Guten Tag, Hauptkommissar Schweinberg mein Name, Kripo Miesbach. Ich suche Toni Knauseder.«

Sie musterte ihn. Seine Motorradkleidung passte anscheinend nicht in ihr Bild eines Polizeibeamten, weswegen er ihr seinen Dienstausweis zeigte. Der skeptische Blick wich einer sorgenvollen Miene. »Das ist mein Sohn. Ist es wegen des Wagens, den sich Ihre Kollegen angesehen haben? Ist er in Schwierigkeiten?«

»Aber nein, reine Routine«, beschwichtigte er die Mutter, ohne sich seine Überraschung darüber anmerken zu lassen.

»Ach, Gott sei Dank.« Ihre Gesichtszüge entspannten sich. »Toni ist in seinem Zimmer. Ich hole ihn.«

»Ich müsste unter vier Augen mit ihm sprechen.«

»Oh … na, dann kommen Sie bitte herein.«

Schweinberg folgte der Frau bis zu einer Holztür mit einem schwarzen Plakat. *Biohazard* leuchtet darauf in roten Buchstaben, darunter prangte das Symbol für biochemische Waffen. Sie klopfte und wartete geduldig, bis von drinnen ein gegrunztes »Was ist?« kam.

»Besuch für dich.«

Sie öffnete die Tür. Ihr Sohn lümmelte auf dem Bett und blätterte in einem Fußballmagazin. Als ihn der junge Mann bemerkte, schoss er nach oben. »Was hat der hier verloren?«

Die Frage klang wie eine Anschuldigung, doch Schweinberg registrierte eine Spur von Nervosität.

»Der Mann ist von der Kripo, er kommt wegen deines Unfalls.«

Nachdem die Mutter das Zimmer verlassen hatte, zeigte Schweinberg auf einen abgewetzten Bürostuhl. »Darf ich?«

»Es wird wohl kaum so lange dauern.«

»Oh, man weiß nie, wie sich die Gespräche entwickeln. Manchmal erinnern sich Menschen an Sachen, die ihnen auf den ersten Blick unbedeutend vorkamen.«

Sein Gegenüber überlegte einen Augenblick, bevor er mit der Schulter zuckte. »Das Ding ist entsetzlich, aber bitte … es ist Ihr Rücken.«

Schweinberg setzte sich. Der Kerl hatte nicht übertrieben, der Stuhl war extrem unbequem. Er lächelte sein Unbehagen weg. »Ich will mit Ihnen ein wenig über Henri Holmes reden.«

Knauseders Miene verfinsterte sich. »Falls Sie hier sind, um mich über ihn auszuhorchen, sind Sie umsonst gekommen.«

»Haben Sie gehört, was gestern Abend passiert ist?«

Einen Moment kehrte Stille ein, bis der junge Mann eher zu sich selbst murmelte: »Ich hab ihm gesagt, er soll es gut sein lassen.«

»Wenn Sie Ihrem Freund helfen wollen, müssen Sie mir sagen, was Sie wissen.«

»Ich weiß nichts. Und jetzt gehen Sie bitte.«

Schweinbergs Backenzähne mahlten aufeinander. »Ich würde Ihnen dringend empfehlen, sich mit Paragraph 142 des Strafgesetzbuchs auseinanderzusetzen. Dieser legt das

Strafmaß für *unerlaubtes Entfernen vom Unfallort fest*, im Volksmund *Fahrerflucht* genannt. Um eines vorwegzunehmen: Der Entzug des Führerscheins ist Ihr geringstes Problem.«

»Wo … wovon sprechen Sie?«

»Am Montag haben Sie in München ein Fahrzeug angefahren, ganz in der Nähe von Schwarz' Kanzlei. Wir haben einen Zeugen, außerdem haben wir den Schaden an Ihrem Mini verifiziert. Ich schlage Ihnen jetzt einen Deal vor: Sie erzählen mir alles und ich vergesse das mit der Fahrerflucht.«

Knauseder wiegte den Kopf hin und her. Es fiel ihm sichtlich schwer, eine Entscheidung zu treffen. Mit einem Ruck schwang er die Füße aus dem Bett und nahm eine aufrechte Haltung ein.

»Das will ich schriftlich.«

»Zwei meiner Kollegen sind tot.« Schweinberg hielt ihm zwei Finger vor die Nase. »Entweder Sie reden jetzt, oder ich lasse Sie vorladen. Das bekommen Sie dann natürlich schriftlich.«

Sein Gegenüber sank in sich zusammen. Äußerlich verkaufte sich Knauseder als harten Hund, doch im Vergleich zu Holmes war er schwach. Schweinberg zog Block und Stift aus der Innentasche seiner Jacke. Der junge Mann erzählte ihm vom Besuch in der Kanzlei, der Suche nach dem Skelett, dem geheimen Raum im Untergeschoss und den tödlichen Vorfällen im Gymnasium. Die Geschichte war zu unglaublich, um erfunden zu sein, außerdem deckte sie sich mit dem, was er bislang herausgefunden hatte. Trotzdem blieb er skeptisch.

»Nehmen wir mal an, es ist tatsächlich so passiert. Wieso hat Ihr Freund das alles vor mir verheimlicht?«

»Hätten Sie ihm geglaubt?«

Fairer Punkt.

»Dann erklär mir bitte, warum er seine Zukunft riskiert, um einen Mordfall aufzuklären? Er sieht mir nicht aus wie ein Adrenalinjunkie.«

»Da unterschätzen Sie ihn, Henri hat Nerven wie Drahtseile. Bei der Bundeswehr waren wir auf dem Rückweg von einer Dreitagestour, wir waren alle total fertig und sehnten uns nur noch nach einer heißen Dusche und einem weichen Bett. Dann wurden wir von einem Unwetter überrascht, Blitze zuckten, man sah kaum die Hand vor Augen und kirschgroße Hagelkörner prasselten auf uns nieder. Wir haben es gerade so aus dem Klettersteig geschafft, aber ein Ehepaar hing mit ihren kleinen Zwillingen darin fest. Anstatt uns unter den nächsten Baum zu folgen, ist er wieder hochgeklettert und hat ihnen heruntergeholfen. Ohne seine klaren Anweisungen wären die panischen Eltern verloren gewesen. Aber selbst unser Gruppenführer hielt es für Selbstmord.«

»Jemand am Berg zu helfen ist eine Sache, sich auf die Jagd nach einem Serienmörder einzulassen eine ganz andere.« Schweinberg wartete vergeblich auf eine Antwort, weswegen er fortfuhr. »Eines muss man ihm lassen: Er hat ein richtiges Pokerface. Ich hatte immer das Gefühl, mit einem Eisblock zu sprechen.«

»Das hat er sich wegen seines Alten antrainiert. Kennen Sie Dr. Holmes?«

Schweinberg schnaufte verächtlich. »Ließ sich leider nicht vermeiden.«

»Der Typ analysiert alles, jede Aussage, jede Reaktion. Irgendwann war es Henri leid, sich wie ein Patient zu fühlen.«

»Kann ich nur zu gut verstehen«, murmelte Schweinberg.

»Deswegen hat er auch ständig das Bedürfnis, sich beweisen zu müssen. Ich hab ihm schon tausendmal gesagt, dass er seinen Alten endlich in die Schranken weisen soll, sonst behandelte der ihn noch mit vierzig wie ein Kleinkind.«

»Sie scheinen sehr gut mit ihm befreundet zu sein.«

Knauseder zuckte mit der Schulter. »Klar. Wir kennen uns auch schon seit dem Kindergarten.«

»Da weiß man sicher von den geheimen Unterschlüpfen des anderen, hab ich recht?«

»Ich hab keine Ahnung, wo er steckt.«

»Nicht mal eine Vermutung?«

»Nein!«

Die Antwort kam mit einer minimalen Verzögerung, kaum wahrnehmbar, außer man achtete darauf. Wie sollte er nun vorgehen? Ihn einschüchtern? Sein Blick fiel auf das eingerahmte Bild auf dem Schreibtisch. Es war ein Versuch wert.

»Wie würden Sie das Verhältnis von Holmes und Maria Baumgärtner beschreiben?«

»Nun … sie kannten sich von der Schule. Warum?«

»In der Vernehmung hat sie regelrecht von ihm geschwärmt, deswegen dachte ich, dass zwischen den beiden was läuft. Und jetzt sind beide verschwunden. Merkwürdiger Zufall, meinen Sie nicht?«

»Wollen Sie damit andeuten, dass Maria ihm geholfen hat?«

»In diesem Fall schließe ich nichts mehr aus. Wie heißt es so schön: im Krieg und der Liebe …«

Die Gesichtszüge des jungen Mannes verkrampften sich. Knauseder sah aus, als wolle er jede Sekunde aufspringen. Schweinberg gab ihm seine Visitenkarte. »Falls Ihnen noch etwas einfällt, rufen Sie mich bitte an.«

Er verließ das Haus. Draußen formte sich sein Mund zu einem Lächeln.

Er hat den Köder geschluckt.

*

Henri stürzte aus der Hütte zum Wassertrog und steckte seinen Kopf hinein. Es kribbelte wie beim Sprung ins Kaltwasserbecken nach der Sauna. Ihm wurde so schwindlig, dass er auf die feuchten Holzbretter sank. Minutenlang starrte in den weißen Schleier, der den Himmel vor ihm verbarg, und konzentrierte sich ausschließlich auf seine Atmung.

Hör auf, dir solche Schreckensszenarien auszumalen!

Maria war am Leben. Ihr Verschwinden hatte nichts mit diesem Wahnsinn zu tun. Es war bloß ein dummer Zufall. Wie lange es dauerte, bis er sich beruhigt hatte, war im Nachhinein schwer abzuschätzen. Zumindest war das Karussellgefühl verschwunden, nur die Übelkeit hielt sich hartnäckig. Beim Blick auf die Uhr stellte er fest, dass schon fünf Stunden seit dem Frühstück vergangen waren.

Vermutlich war ihm schlecht vor Hunger.

Henri begab sich nach drinnen, machte sich eine Portion Spaghetti mit Pesto und setzte sich damit an den Terrassentisch. Das Zwitschern der Vögel hatte eine wohltuende Wirkung. Doch bald verdrängten die Sorgen die aufkommende Ruhe. Vor einer Woche hatte er ein stinknormales Studenten-Dasein geführt, jetzt jagte er einen wahnsinnigen Killer, während ihm ein Polizist mit Psychoproblemen auf den Fersen war. Wieso hatte er es nur zugelassen, in diese schier ausweglose Situation zu geraten? Mehrfach hatte er die Gelegenheit gehabt, um aus der Sache auszusteigen. Wieso setzte er seine Zukunft aufs Spiel, um eine Mordserie aufzuklären?

Du kannst dich immer noch stellen.

»Nein, kann ich nicht!«, platzt es aus ihm heraus.

Selbst wenn man ihn juristisch nicht belangen konnte, würde er für alle Zeiten mit den Morden in Verbindung gebracht werden, sobald die Öffentlichkeit von seiner Rolle in der Geschichte erfuhr. Und es würde herauskommen, da gab er sich keiner Illusion hin. Henri konnte es zwar kaum erwarten, dem Tegernseer Tal den Rücken zu kehren, aber er hätte gerne die Gewissheit, irgendwann zurückkehren zu dürfen. Deswegen musste er sein Schicksal in die eigene Hand nehmen.

Scheiß doch drauf, was die Leute sagen.

Er machte sich was vor! Natürlich war ihm sein Ansehen wichtig, es war aber nur die eine Seite der Medaille. Innerlich zerfraßen ihn die mysteriösen Anrufe. In der zehnten Klasse hatte er an einer Projektarbeit zum Thema Astrologie teilgenommen. Die unerforschten Planeten mit ihren vielen Geheimnissen hatten ihn sofort in den Bann gezogen. Ein halbes Jahr lang war er überzeugt gewesen, seine berufliche Bestimmung gefunden zu haben. Er las alle Bücher, die er zu dem Thema fand. Keines konnte ihm zufriedenstellende Antworten liefern. Irgendwann hatte sich die unbefriedigte Neugierde in eine lähmende Ohnmacht verwandelt, die ihn an seinem Verstand zweifeln ließ.

Genau wie jetzt.

Bei seiner Suche nach Antworten auf die Fragen zum Universum hatte er erst aufgegeben, als er den Punkt erreichte, an dem er keine neuen Informationen mehr zurate ziehen konnte. Aber an dem Punkt sah er sich noch nicht. Auch wenn es ihn an den Rand seiner Belastbarkeit trieb, das Verlangen nach der Wahrheit war stärker als die Angst davor. Er musste herausfinden, wer hinter all dem steckte, ansonsten würde ihn diese Frage ein Leben lang quälen.

Henri wusch das Geschirr ab und reinigte die Küchenstube, danach räumte er ein wenig auf. Falls er gezwungen war, schnell aufzubrechen, wollte er kein Chaos hinterlassen. Im Aufenthaltsraum holte er die Hose vom Kachelofen, um sie in den Rucksack zu stecken, dabei fiel ein Briefumschlag aus der Hosentasche.

Wimmers Brief.

Den hatte er komplett vergessen. Mit zittrigen Fingern öffnete er den Umschlag. Ein Schlüssel fiel heraus, dazu die Nachricht: *Denk an meine Worte.*

Wie bei den anderen Opfern. Doch da war noch etwas: eine Landkarte. Er faltete sie auseinander, es war die gleiche wie die aus Schwarz' Kanzlei, nur ohne die eingezeichneten Wege der Parlamentäre.

Hektisch breitete Henri die Karte auf dem Holztisch in der Küche aus. Die Karteikarte mit den Zahlenkombinationen legte er daneben. Mit klopfendem Herzen suchte er das Papier ab, bis seine Augen den Kartenrand erfassten, auf dem geografische Koordinaten aufgedruckt waren. Durchs Klettern kannte sich Henri damit aus. Normalerweise wurden sie in Grad, Winkelminuten und Winkelsekunden beschrieben, weswegen er vorher nicht darauf gekommen war. Die korrekte Darstellung war: +47° 40′ 45″ und +11° 44′ 59″.

Er tippte auf den Breitengrad am Rand, dann fuhr er mit der Fingerspitze zum dazugehörigen Längengrad. Seine Handflächen wurden feucht. Die markierte Stelle lag am Südende des Tegernsees.

»Oh no, no, no!«, entfuhr es ihm. »Das kann nicht sein.«

Er kannte den Ort. Ungläubig wiederholte er die Suche. Dreimal. Nein, er hatte keinen Fehler gemacht. Es war wie ein umfallender Dominostein. Er griff sich das schwarzweiße Foto und erschrak. Das, was er so verzweifelt gesucht hatte, hatte die ganze Zeit vor ihm gelegen. Der KZ-Arzt war gar nicht der Mann, den Dr. Beck im Arm hielt, sondern jemand im Hintergrund. Auf der Rückseite waren die Namen aller Personen notiert. Henri hätte sich ohrfeigen können, dass ihm das zuvor nicht aufgefallen war. Obwohl das Bild durch die Feuchtigkeit wellig geworden war, erkannte er die kraterförmige Delle auf der Stirn des Mannes.

Oder täuschte er sich? Alles, was er hatte, waren die Koordinaten von Schloss Ringberg und ein sechzig Jahre altes Foto. Er erinnerte sich an die Narbe am linken Oberarm des pensionierten Chirurgen. Wie von einer Schussverletzung. Nein, das konnte kein Zufall mehr sein. Irgendwie war es Hans-Werner Ernst gelungen, nach dem Krieg den Namen Adam Goldberg anzunehmen.

Beim Gedanken, dass er dieser Bestie vor einigen Tagen die Hand geschüttelt hatte, wurde ihm schlecht. Henri musste die Wahrheit ans Licht bringen. Nur wie? Sollte er sich an die Medien wenden?

Seine Enthüllung hatte ungeheure Sprengkraft, Goldberg war ein Aushängeschild der Tegernseer Tals, er hatte viel Gutes für die Gemeinden getan. Der pensionierte Chirurg hatte einflussreiche Fürsprecher, die alle Hebel in Bewegung setzen würden, um nicht mit einem Nazi-Verbrecher in Verbindung gebracht zu werden: Bürgermeister, Landräte, Mediziner – nicht zu vergessen Henris Vater. Bislang waren seine Beweise zu dürftig, um damit an die Öffentlichkeit zu gehen, es gab noch eine Menge offener Fragen.

Wie hatte es der KZ-Arzt geschafft, eine neue Identität anzunehmen? Was hatte Goldberg mit den Vorfällen in der Klinik *Seeblick* zu tun? Hatten Schwarz, Plinganser und Wimmer sterben müssen, weil sie von dessen Vergangenheit wussten? Doch warum dann die ganzen Hinweise, die zu Goldberg führten? Noch immer fehlte Henri das Motiv.

Leider gab es nur einen Weg, Antworten zu bekommen: Er musste die Bestie direkt konfrontieren. Irgendwie würde er die Wahrheit schon aus dem Mistkerl herausbekommen. Danach würde er ihn der Polizei übergeben – und hoffentlich sein altes Leben zurückbekommen. Die Vorstellung, dem Horror bald ein Ende machen zu können, gab ihm Kraft. Es gab keinen Grund, sich noch länger hier zu verstecken.

Henri verstaute seine Sachen im Rucksack, als er plötzlich ein Piepsen hörte … wie von einem Wecker. Was war das? Instinktiv sah er auf sein Telefon, aber davon kam es nicht. Er verließ die Küche und folgte dem Geräusch, doch weder im Aufenthaltsraum noch in der Vorratskammer oder dem Schlafraum im hinteren Teil war es so eindeutig zu hören wie im Gang. Kam es vom oberen Schlafraum? Er griff sich die Metallstange und zog die Ausziehleiter aus der hölzernen Decke. Vorsichtig stieg er die Stufen empor und steckte den Kopf in die Öffnung. Nein, von hier kam das Klingeln auch nicht. Somit blieb nur noch eine Option.

Er verstaute die Treppe wieder in der Decke, dann ging sein Blick zur Falltür im Boden. Plötzlich vernahm er einen ungewöhnlichen Geruch. Kam das von der undichten Klärgrube, weswegen die Hütte eigentlich gesperrt war? Eine unheimliche Beklemmung erfasste ihn, als er nach der Metallöse im Holzboden griff. Verdammt, was war nur los mit ihm? Das war seine Skiclubhütte, hier war die Welt in Ordnung.

Henri schluckte, dann zog er die Falltür nach oben. Eine unsichtbare Giftwolke strömte aus der schwarzen Öffnung. Es roch wie das tote Reh, das er vor einem halben Jahr auf einer Wanderung im Unterholz gefunden hatte.

*

Das Motorrad glitt fast geräuschlos über den Asphalt. Mathias Schweinberg hatte auf Standlicht geschaltet, um sich nicht zu verraten. Abgesehen davon zwang ihn der Nebel sowieso, im Schritttempo zu fahren. Zwei Meter unterhalb der Straße verlief der Söllbach, ein Sturz hätte böse Folgen.

Sein Plan war aufgegangen.

Zwanzig Minuten nachdem er das Haus der Knauseders verlassen hatte, war Holmes' langhaariger Freund mit seinem Fahrrad aufgebrochen. Das Ziel rechtfertigte die Mittel, hatte sich Schweinberg eingeredet. Dennoch hatte er Schuldgefühle, die vermisste Kollegin als Köder benutzt zu haben. Hoffentlich ging es ihr gut.

An der Abzweigung zu einem Schotterweg, der rechts den Berg hinaufführte, stoppte er. Der Weg war zu steil für seine Maschine. Knauseder hatte er irgendwann aus den Augen verloren. Wohin jetzt? Er entschied sich, weiter der asphaltierten Straße zu folgen.

Nach ein paar Minuten erreichte er einen Schuppen. Niemand war zu sehen. Er stieg ab und sah sich um. Im Wald fand er zwei abgesperrte Fahrräder. Eines davon gehörte Knauseder, das andere bestimmt Holmes. Es gab ihm die Gewissheit, dass sein Instinkt immer noch einwandfrei funktionierte. Leider hatte er eine Bergtour nicht eingeplant, seine Motorradkluft war für den Weg so unpassend wie Jeans zum Skifahren. Wenigstens hatte er eine Taschenlampe im Gepäckfach.

Der aufgeweichte Waldboden war glitschig und machte den Aufstieg zu einer Tortur. Trotz der abgekühlten Temperaturen lief ihm der Schweiß in Strömen von der Stirn. Er war bestimmt kein Angsthase, aber die düstere Szenerie zerrte an seinen Nerven. Die Lampe warf entstellte Schatten auf die Baumstämme, zwischen den Büschen hingen Nebelschwaden wie überdimensionale Spinnweben. Um ihn herum schien der gesamte Wald in Aufruhr zu sein. Es war ein Konzert aus knackenden Ästen und raschelnden Blättern.

Er war eine Dreiviertelstunde unterwegs, als er einen gellenden Schrei vernahm, der ihm durch Mark und Bein fuhr. Die verzerrte Stimme transportierte eine furchtbare Wahrheit, die etwas Endgültiges in sich trug. Was auch geschehen war, es würde sich nie mehr korrigieren lassen.

War das Holmes?

Er hastete den Weg nach oben. Die Angst vor dem, was ihn erwarten würde, schnürte ihm die Brust zu. Er atmete in pfeifenden Zügen. Die Steigung nahm zu, doch er erklomm Höhenmeter um Höhenmeter, ohne sich eine Pause zu gönnen, bis das Seitenstechen unerträglich wurde.

Plötzlich zerriss ein Schuss die Stille, nicht weit von seiner Position. Er zog seine Handschuhe über, bevor er die Pistole entsicherte. Mit der Waffe im Anschlag kämpfte er sich durch den Wald. Auf einmal erschienen Umrisse im Nebel. Er richtete den Blick nach vorne. Ein Fehler. Er blieb an einer Wurzel hängen und knallte auf dem matschigen Boden.

Verflucht! Konzentrier dich!

Schweinberg horchte in die Nacht. Sein Pulsschlag übertönte jedes Geräusch. Gebückt näherte er sich dem Schatten. Wie im Zeitraffer schärften sich die Konturen, bis er es erkannte.

Eine Hütte.

Aus der offenen Tür strömte Licht nach draußen.

*

Obwohl sich Henri einredete, dass er überreagierte, holte er die Pistole aus dem Rucksack und steckte sie sich hinten in den Hosenbund. Danach betätigte er am Sicherungskasten den Lichtschalter für den Keller. Langsam stieg er die steilen Holzstufen hinab, bis ein Holzregal in sein Blickfeld kam. Abgesehen von vereinzelten Dosen und einem verstaubten Bierkasten war es leer. Die Luft hier unten war mindestens fünf Grad kühler, Gänsehaut überzog seine Arme – was aber mehr am schlimmer werdenden Gestank lag. Er hielt sich die Nase zu und atmete durch den Mund, damit ihm nicht kotzübel wurde.

Am Fuße der Treppe wandte er sich nach rechts, dem Geräusch zu. Der Kellerraum war so niedrig, dass Henris Kopf fast die Decke berührte. Eine altersmüde Glühbirne verströmte schwaches Licht. Die Dunkelheit hatte sich in den Ecken verbarrikadiert, wild entschlossen, keinen weiteren Millimeter preiszugeben. Ein weißes Tuch hing wie eine Trennwand quer im Raum und verbarg den hinteren Teil des Kellers. Henri hatte es noch nie zuvor gesehen.

Wozu sollte das gut sein?

Als er sich darauf zubewegte, schien sich der Boden in Schlamm zu verwandeln, so schwer kam er voran. Vor dem Tuch blieb er stehen. Sein Herz hämmerte ihm gegen die Brust. Etwas hielt ihn zurück – und es war weder der unerträgliche Gestank noch das unheilvolle Klingeln.

Eine beklemmende Angst lähmte seine Muskeln. Die Hütte war sein Zufluchtsort, sie gab ihm Geborgenheit – doch mit jeder Sekunde wurde ihr unsichtbarer Schutzschild schwächer. Henri redete sich verzweifelt ein, dass er paranoid war. Erfolglos. Er musste sich vergewissern, dass dahinter nur ein totes Tier lag. Ohne die Gewissheit würde er den Keller niemals verlassen können. Beherzt griff er nach dem Tuch und zog es zur Seite.

In den vergangenen Tagen hatte er Dinge gesehen, die ihn sein Leben lang verfolgen würden. Die Bilder der Leichen hatten sich in seine geistige Festplatte gebrannt. Trotzdem hatte er bis jetzt die Hoffnung, dass sie irgendwann ihren Schrecken verloren. Diese Hoffnung wurde jäh zerstört. Er spürte einen Stich in der Brust, als würde ihm ein Messer ins Herz gerammt. Selbst wenn er in einem halben Jahrhundert auf ein erfülltes Leben zurückblicken könnte, würde ihn die Erinnerung an diesen Anblick bis zum letzten Atemzug begleiten.

Warum habe ich sie nicht nach Hause gefahren?

Auf dem Tisch lag Maria. Nackt. Ihre gebräunte Gesichtsfarbe war einer Blaufärbung gewichen, um den rötlichen Hals zog sich ein dünner, blasser Streifen.

Henri wollte losrennen, raus aus der Hütte, die sich für ihn in eine Hölle verwandelt hatte. Aber er hatte keine Kontrolle mehr über sich. Seine Knie gaben nach, er sackte auf dem Holzboden zusammen und vergrub das Gesicht in den Händen.

Dann schrie er. Er schrie so laut und verzweifelt wie nie zuvor, Tränen rannen ihm unkontrolliert die Wangen herunter. Es kümmerte ihn nicht. Er kauerte auf dem Boden, in sich gekrümmt, kraftlos. Irgendwann – es konnten Minuten oder Stunden vergangen sein – riss der Tränenstrom ab. Plötzlich spannten sich seine Muskeln an. Er ballte die Finger zu Fäusten und schlug wie entfesselt auf die Holzplatten ein, bis die Haut aufplatzte. Eine Welle rasender Wut flutete durch seine Venen.

Ich werde ihren Mörder finden und ihn umbringen!

Es war ihm egal, ob er dafür in den Knast ging. Es war der unbändige Hass, der ihm die Kraft gab, aufzustehen. Das Klingeln kam von einem Telefon, das neben dem Leichnam lag. Marias. Es war die Weckerfunktion. Er schaltete den Alarm aus. Mit den blutigen Handflächen wischte er sich die Tränen aus dem Gesicht. Es kostete ihn eine schier unmenschliche Überwindung, den Blick auf den verwesenden Körper zu richten. Dabei unterdrückte er den Impuls seines Gehirns, den Anblick mit den vitalen Bildern aus seinen Erinnerungen zu vergleichen.

Das war nicht Maria – nur ein toter Organismus, der so ähnlich aussah, redete er sich immer wieder ein. Doch ihre Nacktheit machte es unmöglich. Kurzentschlossen riss er das Tuch von der Decke und bedeckte den unteren Teil, um zumindest die entblößte Scham zu verbergen. Dann inspizierte er den Leichnam. Schnell wurde ihm klar, dass er viele Unterschiede zu den anderen Opfern aufwies. Weder hing eine Karteikarte um den Hals, noch gab es ein Tattoo am Arm. Stattdessen waren ihre Hände über den Brüsten gekreuzt, eine hielt einen beigefarbenen Umschlag fest. Henri befreite ihn aus den klebrigen Fingern, wobei ihm bei der Berührung mit der aufgeweichten Haut schlecht wurde. Nur mit Mühe unterdrückte er den Würgereflex.

Ein Bündel Fotos fiel aus dem Umschlag heraus. Er befand sich in einem emotionalen Schockzustand, in dem ihn eigentlich nichts mehr erschüttern konnte. Doch was er sah, machte ihn fassungslos.

Die Aufnahmen zeigten sie beide auf der Bank am See. Sie mussten aus dem Gebüsch bei den Bahngleisen aufgenommen worden sein. Ihr Mörder hatte alles festgehalten, auch den Kuss. Auf dem letzten Foto sah man Maria mit eingerissenem Kleid und entblößter Brust. Aus diesem Blickwinkel wirkte es wie der Beginn einer leidenschaftlichen Liebesszene. Nur bei genauem Hinsehen erkannte man die Enttäuschung in ihrem Gesicht.

»Es ... es tut mir so leid!«, stammelte er.

Maria war gestorben, weil er sich seinen Gefühlen hingegeben hatte. Hätte er sie nach Hause gefahren ...

Erneut schossen ihm Tränen in die Augen. Henri presste Daumen und Zeigefinger in die Augenwinkel, bis der Strom abriss.

Was hatte sie mit Goldberg zu tun? Sie konnte unmöglich von dessen Vergangenheit wissen. Und was sollten die Fotos?

Etwas in Marias anderer Hand, die zu einer Faust geballt war, erregte seine Aufmerksamkeit. Henri musste jeden Finger einzeln nach außen drücken, um an den Inhalt zu gelangen. Es war eine goldene Kette mit einer Münze, so groß wie ein Zehncentstück. Er hielt sie unter die Glühbirne. Jetzt erkannte er das abgebildete Kloster. Es war eine der Münzen aus der Sonderedition zur 1250-Jahrfeier von Tegernsee.

Tonis Kette?

Nein, das war unmöglich.

Ein Geräusch riss ihn aus seinen Gedanken. Schritte. Jemand war auf der Terrasse.

»Henri, bist du hier?«, hörte er eine bekannte Stimme.

Er wankte zur Treppe, um ihn herum schien alles zu verschwimmen, dann stolperte er halb die Stufen hinauf. Im Türrahmen stand Toni, die schwarze Regenjacke war am Kragen geöffnet.

»Wieso hast du so geschrien? Was ist da unten …«, begann sein Freund, dann weiteten sich seine Augen. »Scheiße, Mann, wie siehst du denn aus?«

Henri starrte unbeirrt auf dessen Hals. »Wo ist deine Kette?«

»Was?«

»Die goldene Kette, die du von Maria zum Geburtstag bekommen hast.«

»Was soll die blöde Frage? Erklär du mir lieber, warum dein Gesicht voller Blut ist. Und woher kommt dieser Gestank?«

»Zeig. Mir. Die. Kette. Sofort!«

»Die hat mir irgendein Wichser aus meiner Sporttasche geklaut. Aber was interessiert dich das?«

Ihre Blicke trafen sich. Henri erinnerte sich, wie gereizt Toni aus den Umkleiden gekommen war. Doch konnte er ihm noch vertrauen?

»Was zum Teufel ist los mit dir? Und wo ist Maria?«

Ihr Name versetzte ihm einen innerlichen Stromschlag. Wortlos warf er Toni den Umschlag vor die Füße, der ihn irritiert aufhob.

»Was ist das?« Die Zornesröte schoss Toni ins Gesicht, als er die Bilder durchblätterte. »Du hinterfotziges Arschloch! Willst mein bester Freund sein und …«

»Hast du uns fotografiert?«, unterbrach ihn Henri.

»Bist du bescheuert?! Ich hätt' dir an Ort und Stelle die Fresse poliert, statt in Seelenruhe Fotos zu schießen.«

»Wer soll's sonst gewesen sein?«

»Was weiß ich?« Toni stemmte die Hände in die Hüften. »Ich glaub's ja nicht! Es ist dir scheißegal, dass du meine Ex-Freundin vögelst. Dir geht's nur darum, wer euch erwischt hat. Und jetzt sag mir endlich, wo die Hexe ist. Ich will's von ihr selbst hören.«

Henri musterte jede Bewegung seines Freundes. Woher wusste er, dass Maria hier oben war? Die Fotos schienen ihn zu überraschen. Andererseits kannte er keinen, der so überzeugend Lügen herausbrachte. Doch traute er ihm wirklich einen Mord zu?

Toni machte einen Schritt auf ihn zu. Reflexartig zog Henri die Pistole aus dem Hosenbund. Ein unheimliches Gefühl von Macht durchströmte ihm. Letzten Sommer hatte ihn Onkel Cliff zum Schießstand mitgenommen. Henri hatte schnell eine Hassliebe zu Schusswaffen entwickelt: Er fürchtete ihre schrecklichen Konsequenzen, gleichzeitig faszinierte ihn ihre Respekt einflößende Wirkung.

»Drehst du jetzt komplett durch? Woher hast du die Waffe?« Toni wirkte verunsichert. »Willst du mich etwa erschießen? Erst vögelst du …«

»Hast du sie umgebracht?«

»Was?«

»Maria. Hast du sie umgebracht?«

»Was ... ich meine ... sie ist tot? Wie ... nein, das kann nicht sein!«

»Jemand hat ihre Leiche im Keller versteckt, damit ich sie finde.«

»Du lügst!«, schrie Toni, seine Augen füllten sich mit Tränen. »Maria lebt!«

Entweder war sein Freund unschuldig, oder er spielte ihm eine oscarreife Szene vor. Henri zauderte, ob er ihm vertrauen konnte. Ein vorbeikommender Streifenwagen vor Schwarz' Kanzlei, die wie von Geisterhand geschlossene Tür zum Fahrradkeller, die Kette in Marias Hand, das waren einfach zu viele Zufälle. Er musste ihn mit ihrem Leichnam konfrontieren. Dann würde sich zeigen, ob er die Wahrheit sprach.

Henri machte einen Schritt zur Seite und zeigte mit dem Kopf zum Keller. »Überzeug dich selbst.«

»Erst legst du die Waffe weg.«

»Du hast mir gar nichts zu befehlen!«, brüllte er mit einer so entfesselten Intensität, dass sein Freund zurückwich. Seine Hand zitterte so sehr, dass er Mühe hatte, den Finger vom Abzug fernzuhalten. »Jetzt ist Schluss mit Diskussionen. Ab sofort wird gemacht, was ich sage. Also runter mit dir!«

»Bitte, beruhig dich. Ich bin dein bester Freund, schon vergessen? Wir ... wir stehen das gemeinsam durch.«

Toni war kreidebleich, doch Henri blieb hart. Er musste dessen Reaktion sehen. »Zum letzten Mal: Geh in den Keller!«

Trotz flammte in Tonis Augen auf. »Ansonsten was? Erschießt du mich?«

»Wenn du mich dazu zwingst.«

»Ich erkenne dich nicht wieder.«

Ich mich auch nicht.

»Falls du unschuldig bist, wirst du mir hoffentlich verzeihen. Und jetzt los.«

Zögerlich stieg Toni die Treppe hinab. Auf der dritten Stufe schnellte dessen Hand nach oben und packte Henris Arm. Henri versuchte, sich befreien, fieberhaft bemüht, nicht aus Versehen den Abzug zu drücken. Dabei verlor er das Gleichgewicht und stürzte auf seinen Freund. Ineinander verschlungen rollten beide die Treppenstufen hinunter, erst die Wand bremste ihren Fall. Plötzlich löste sich ein Schuss.

Er rappelte sich auf. Sein Freund lag bewusstlos am Fuße der Kellertreppe. Panisch suchte er nach einer Schusswunde, doch er fand keine. Er presste zwei Finger an dessen Hals, und atmete erleichtert aus, als er einen Puls fühlte. Toni hatte sich vermutlich den Kopf an der Wand gestoßen, hoffentlich hatte er nur eine Gehirnerschütterung. Henri schleppte seinen Freund die Treppe hinauf und legte ihn auf die Bank im Aufenthaltsraum, vorsichtshalber brachte er ihn noch in eine stabile Seitenlage. Blut tropfte Henri unaufhörlich von der aufgeplatzten Wunde an der Stirn. Er schloss die Falltür zum Keller, dann ging er auf die Toilette, wo er sich wie in Trance das Gesicht abwusch und den Verband erneuerte.

Was jetzt?

Er konnte Toni in dessen Zustand nicht einfach auf der Hütte alleine lassen. Je länger er darüber nachdachte, desto surrealer erschien es ihm, dass sein Freund Maria erst umgebracht und dann auf den Berg geschleppt haben könnte. Vielleicht sollte er abwarten, bis Toni wieder zu sich kam und nochmals in Ruhe mit ihm reden.

Als er wieder in den Flur trat, bemerkte er einen Schatten im Eingang.

Blitzschnell zog er seine Pistole.

*

Sie standen sich Auge in Auge gegenüber, beide mit gezogener Waffe.

»Junge, mach es nicht schlimmer, als es ist!«, rief Mathias Schweinberg mit bestimmter Stimme.

Ich bin kein Junge!

Der Hauptkommissar rümpfte die Nase, was Henri vermuten ließ, dass der Mann den Geruch zuordnen konnte. »Wer ist es dieses Mal?«

»Ma…« Henri schluckte schwer, Tränen sammelte sich in seinen Augenwinkeln. »Maria Baumgärtner.«

Schweinberg atmete hörbar durch den Mund, seine Hand zitterte leicht. Verdammt noch mal, hörte dieser Alptraum denn nie auf? »Wo ist Ihre Leiche?«

»Im Keller.«

»Ich nehme an, sie hat Sie angerufen und hierhergeführt.«

Henri schüttelte den Kopf.

Schweinberg traute seinen Ohren nicht. »Nein? Aber warum …«

»Fragen Sie Toni. Er liegt da drin. Sie müssen nur warten, bis er wieder zu sich kommt.«

»Was haben Sie mit ihm gemacht?«

»Nichts. Er … ist gestürzt.«

Für eine Weile standen sie sich schweigend gegenüber. Schweiß tropfte Schweinberg von der Stirn, doch er verharrte regungslos.

»Ihnen ist hoffentlich klar, dass ich Sie festnehmen muss.«

»Dafür müssen Sie mich schon erschießen!«

Henris Arm spannte sich an, er schloss ein Augenlid. Schweinberg starrte nervös auf dessen Zeigefinger am

Abzug. Einen Schusswechsel aus dieser Entfernung würde keiner von ihnen überleben. »Hey, hey! Ganz ruhig, okay. Lassen Sie mich Ihnen helfen. Sie können mir vertrauen.«

»Ich vertraue niemanden.«

Außer meiner mum.

»Knauseder hat mir Ihre Geschichte erzählt, und so verrückt sie auch klingt, ich glaube Ihnen.«

Mehr oder weniger, ergänzte Schweinberg im Kopf.

»Wenn Sie mir helfen wollen, dann lassen Sie mich gehen.«

»Um was zu tun?«

»Den Mörder zu schnappen.«

»Sie wissen, wer es ist?«

Holmes nickte, wenn auch zögerlich. Er sah wirklich grauenhaft aus: Bandagen an Stirn und Arm, das Gesicht übersät mit Schnitten und die Hände aufgerissen. Trotzdem strahlte er eine eiserne Entschlossenheit aus. Das war nicht länger der schüchterne Student, den Schweinberg vor einer Woche kennengelernt hatte.

»Der Kerl ist ein eiskalter Killer. Glauben Sie wirklich, dass Sie mit dem alleine fertig werden?«

»Ich hab keine Wahl. Und kommen Sie mir jetzt bloß nicht wieder damit, dass ich Ihnen vertrauen soll«, fügte Henri gereizt hinzu.

Schweinberg wog seine Möglichkeiten ab. Es gab noch eine letzte Option. Es war zwar ein Risiko, aber sein Bauchgefühl sagte ihm, dass Holmes unschuldig war.

»Okay, Sie können gehen. Unter einer Bedingung.«

»Die wäre?«

»Niemand weiß, wo Sie sich aufhalten. Ich muss zumindest eine Chance haben, Sie zu finden, nur für den Fall der Fälle ... denken Sie an Ihre Familie.«

Das Bild seiner völlig verängstigten Mutter erschien vor Henris Augen auf. Falls Schweinberg etwas mit der

Sache zu tun hatte, war sowieso egal, ob er ihm etwas verriet. Trotzdem …

Schweinberg registrierte, wie Holmes mit sich haderte. Er musste ihm entgegenkommen, also steckte er die Waffe ein und betete, dass er nicht gerade den größten Fehler seines Lebens machte. Es wäre sein Letzter. »Es ist Ihre eigene Entscheidung.«

Henri atmete durch, innerlich zitterte er, als befände er sich in einer Kältekammer. Er nahm die Pistole herunter, behielte sie aber im Anschlag. Dann kam ihm eine Idee. Er holte seinen Rucksack und warf dem Hauptkommissar die Karte mit den Koordinaten hin. Bis Schweinberg diese entschlüsselt hätte, wäre er längst dort. Ironischerweise kam es ihm sogar gelegen, dass der Hauptkommissar plötzlich aufgetaucht war. Jetzt musste er nicht länger auf der Hütte bleiben, um sich um Toni zu kümmern.

»Die hing um Wimmers Hals. Es ist der letzte Hinweis.«

»Und was ist mit Maria Baumgärtner? Gabs bei ihr keinen?«

Henri schüttelte den Kopf. »Kann ich jetzt gehen?«

Schweinberg machte einen Schritt zur Seite, dabei legte er seine Visitenkarte auf den Sicherungskasten. »Falls Sie Hilfe brauchen, rufen Sie mich bitte an.«

Im Vorbeigehen griff sich Henri die Visitenkarte, bevor er im Nebel verschwand.

Im Schein der Taschenlampe hetzte er den düsteren Wald talabwärts. Mehrfach rutschte er auf dem feuchten Erdreich aus, jedes Mal gelang es ihm in letzter Sekunde, den Sturz abzufangen. Seine Gedanken drehten sich im Kreis. Maria war tot, seinem besten Freund konnte er nicht länger vertrauen, Adam Goldberg ein Nazi-Verbrecher und sein Vater …

Henri fürchtete die Wahrheit über dessen Rolle in dem ganzen Wahnsinn.

Am schlimmsten war das Gefühl, vollkommen alleine zu sein. Seine Mum zählte nicht, da er sich mehr um sie sorgte, als dass sie ihm hätte helfen können. Wie gerne hätte er Onkel Cliff an seiner Seite. Er würde bestimmt ...

Hör endlich auf zu jammern! Du brauchst niemanden!

Jahrelang hatte er auf eine Chance gewartet, allen zu zeigen, dass er erwachsen war. Jetzt hatte er sie. Ihm wurde bewusst, dass der Ausgang der Geschichte sein restliches Leben verändern würde. Egal, wie es ausging.

Nach zwanzig Minuten erreichte Henri den Schuppen, hinter dem er sein Rad abgestellt hatte. Er trat in die Pedale und raste talabwärts. Sein Handy vibrierte auf der Hälfte der Strecke. Er musste es ausschalten, bevor sie ihn orten konnten. Auf dem Parkplatz am Söllbach hielt er an. Laut SMS hatte er zwölf Nachrichten auf der Mailbox. Zuerst wollte er sie ignorieren, doch seine Neugierde war zu groß. Die ersten zehn waren von seinem Vater. Die Stimmlage wechselte mit jedem Anruf: Anfangs aufgebracht, danach auf die verständliche Tour, später besorgt, fast flehend, am Schluss rasend vor Wut. Natürlich machte Rainer Holmes seine Ehefrau für alles verantwortlich. Henri mochte sich gar nicht vorstellen, wie sie aktuell zu leiden hatte.

Ich mache es wieder gut, mum. Ich schwöre es!

Die elfte Nachricht war von Hauptkommissar Schweinberg, der ihn aufforderte, sich zu stellen. Und die letzte von Tim.

»Hey Henri, ich hab was Brisantes über Goldbergs Familie herausgefunden. Ich hatte recht mit meinem Bauchgefühl, dass der alte Sack was zu verbergen hat. Meld dich bitte, sobald du das abhörst.«

Für einen Moment verharrte er regungslos. Der Bergbach rauschte erwartungsfroh dem See entgegen, aus einem Vorgarten drang Hundegebell, in der Entfernung hörte man die Autos von der Hauptstraße. Tim anzurufen, war ein Risiko. Andererseits konnte die Information wichtig sein. Mit einem Seufzer auf den Lippen wählte er dessen Nummer. Sein Kommilitone meldete sich nach dem ersten Klingeln.

»Mann, freu ich mich, dich zu hören. Wo steckst du?«

»Ich hab wenig Zeit. Was hast du über Goldberg rausgefunden?«

»Das kann ich dir nicht am Telefon sagen. Können wir uns treffen?«

Schweinberg hatte ihn gefunden, weil er Toni gefolgt war. Es war keineswegs ausgeschlossen, dass die Polizei auch Tim überwachte.

»Zu gefährlich. Sag einfach, was du weißt.«

»Das muss ich dir aber zeigen«, antwortete Tim fast flehend.

Henri bearbeitete seine Unterlippe mit den Schneidezähnen. Er durfte kein Risiko eingehen, doch was, wenn die Information wichtig war? Goldberg mochte zwar alt sein, aber sein Verstand war messerscharf. Ihn zu unterschätzen, könnte ein tödlicher Fehler sein. Und Wissen war Macht.

Sie vereinbarten einen Treffpunkt. »Komm alleine. Und pass auf, dass dir niemand folgt.«

Er schaltete sein Handy aus, bevor er sich aufs Rad schwang. Ein mulmiges Bauchgefühl begleitete ihn auf dem Weg. Tim klang gehetzt.

Hoffentlich war es keine Falle.

*

Es war fast dunkel, als sich Henri dem Ortsausgang von Rottach näherte. Nebelschwaden zogen wie Geister über den Asphalt. Die Sichtverhältnisse spielten ihm in die Karten. Auf dem Gehweg tauchten neben dem Ortsschild Umrisse einer Person auf. Er stieg ab, mit einer Hand schob er das Rad, die zweite ruhte auf dem Griff der Waffe, die hinten im Hosenbund steckte. Der Schatten setzte unruhig einen Fuß vor den anderen, bis er ihn bemerkte.

»Henri?«

Es war Tim.

»Ja. Lass uns weitergehen«, antwortete er.

Tim schnappte sich sein Rad, das am Schild lehnte, und folgte ihm. Henri ignorierte die Nachfragen, bis sie sich weit genug von der Bundesstraße entfernt hatten. Vor einer riesigen Buche blieb er stehen. Die Augen seines Kommilitonen weiteten sich. »Verdammt, was ist denn mit dir passiert?«

»Sieht schlimmer aus, als es ist. Also, was wolltest du mir zeigen?«

»Seit wir bei Goldberg waren, hat mich eine Sache nicht mehr losgelassen. Deswegen hab ich ein wenig recherchiert, und ...«, Tim holte ein Stück Papier aus der Innentasche seiner Windjacke, »das hier gefunden.«

Es war ein ausgedrucktes Klassenfoto, der Kleidung nach aus den Achtzigern. Vermutlich Kollegstufe. Am Bildrand entdeckte Henri Herrn Engels.

»Erkennst du ihn?«

Tim tippte auf einen dunkelhaarigen Jungen.

»Ist das Marvin Schwarz?«

»Ganz genau. Und jetzt rate mal, wer der Typ ist, der den Arm um ihn legt.«

Henri zuckte mit der Schulter.

»Samuel Goldberg.«

»Woher hast du das?«

»Von einer Website, wo man nach ehemaligen Klassenkameraden suchen kann. Ich hab im Internet einen

Zeitungsartikel zum Unfalltod von Goldbergs Sohn gefunden. Er und seine Frau sind letzten November bei einem Brand auf einer Berghütte ums Leben gekommen. In dem Artikel stand, dass Samuel Goldberg 1985 in Tegernsee Abi gemacht hat. Kam mir merkwürdig vor, dass er in derselben Abiklasse war wie Schwarz.«

Henri grübelte. War das die Verbindung zwischen dem pensionierten Chirurgen und dem Anwalt? Hatte Schwarz etwa von dessen Nazi-Vergangenheit gewusst?

»Was denkst du? Hat das was zu bedeuten?«, fragte Tim.

»Wir werden sehen«, murmelte er abwesend.

»Übrigens waren die Bullen heute schon wieder bei mir und haben mich über dich ausgefragt. Was ist eigentlich los?«

»Je weniger du weißt, desto besser. Nur glaub mir bitte, dass ich niemanden umgebracht habe.«

»Die verdächtigen auch dich?!«

»Ich bin wohl grad ihr Hauptverdächtiger.«

»Und was hast du jetzt vor? Du kannst gerne bei mir bleiben, wenn du ein paar Tage untertauchen willst.«

»Danke, aber ich muss weiter.«

»Und wohin?«

»Meine Unschuld beweisen.«

Henri setzte sich aufs Fahrrad, da hielt Tim den Lenker fest. »Warte! Ich helf dir.«

Henri schüttelte energisch den Kopf. »Ich weiß dein Angebot zu schätzen. Ehrlich. Aber ich will dich nicht in die Sache reinziehen. Fahr nach Hause. Ich melde mich bei dir, sobald ich kann.«

»Vergiss es! Ich komme mit.«

»Das ist kein Spiel! Du kannst dabei sterben.«

Tim lachte schief. »Ich bin einiges gewohnt, ich kann also gut auf mich selbst aufpassen.«

»Tim, bitte …«

»Ich folge dir, egal wohin du fährst.«

Tim hatte wieder diesen Stierblick, den er immer aufsetzte, wenn er sich auf etwas versteifte. Henri erinnerte sich nur zu gut an dessen berüchtigte Kicker-Fehde mit Toni. Das Herzstück ihres Kollegstufenzimmers war ein rot-weißer Kicker und Toni Knauseder der beste Spieler der Kollegstufe. Tim dagegen war erbärmlich, dennoch forderte er Toni über ein Jahr lang immer wieder heraus, fing sich eine Klatsche nach der anderen ein, bis es ihm einmal gelang, seinen Erzrivalen zu schlagen. Dass Toni durch eine Schnittwunde in der Hand gehandicapt war, schien Tims Freude nicht zu schmälern.

Henri wusste, dass er seinen Kommilitonen unmöglich von seinem Vorhaben, ihm zu helfen, abbringen würde. Und wenn er ehrlich war, fühlte es sich gut an, jemand an seiner Seite zu wissen. Trotzdem brachte es ihn in einen Zwiespalt. Er würde es sich nie verzeihen, falls auch noch Tim etwas zustoßen würde.

»Warum willst du dein Leben für mich riskieren?«, fragte er leicht irritiert.

»Was für eine Frage, Freunde helfen sich. Wir sind doch Freunde, oder?«

»Ja, das sind wir«, antwortete Henri mit einem Lächeln.

Tim legte ihm eine Hand auf die Schulter. »Wir stehen das gemeinsam durch. Aber jetzt verrat mir endlich, wo du hinwillst?«

»Zum Schloss.«

Falls Tim überrascht war, ließ er es sich nicht anmerken. Auf dem Weg berichtete Henri, was er über Goldberg herausgefunden hatte. Die ungeklärte Rolle seines Vaters behielt er für sich, genauso wie Marias Schicksal. Es war kein guter Zeitpunkt, um Tim damit zu belasten. Nach einer Viertelstunde erreichten sie Schloss Ringberg.

Die wuchtigen Mauern waren wie in Watte gepackt, der Nebel reflektierte das kalte Licht, das die beiden Strahler auf das Haupttor warfen. Unter ihren Rädern knirschte der Schotter. In unregelmäßigen Abständen knackte es im Unterholz, schriller Vogelgesang wurde vom Ruf einer Eule unterbrochen. Vor dem Tor stiegen sie ab.

»Willst du klingeln?«, flüsterte Tim.

Henri ignorierte die Frage und holte den Schlüssel aus Wimmers Umschlag. Er passte. Wie erwartet.

»Ist eine lange Geschichte«, fügte er mit einem Seitenblick zu Tim an.

Sie betraten den verwaisten Vorhof, nirgends war Licht zu sehen. Neben dem Eingang parkte ein Motorrad. Eine rote Rennmaschine. Wem die wohl gehörte? Sie lehnten ihre Räder an die Hauswand und begaben sich zur Eingangstür.

»Was machen wir eigentlich, wenn uns Victor Kauz erwischt? Der sieht aus, als könne er einem mit bloßen Händen das Genick brechen.«

Der Gedanke war Henri schon auf der Herfahrt gekommen. Goldberg konnte Schwarz, Plinganser und Wimmer unmöglich alleine umgebracht haben, dafür war der alte Mann viel zu schwach. Und Victor Kauz hatte die Größe und den Körperbau, um die schwarze Gestalt zu sein. Er war ein sehr ernstzunehmender Gegner, zudem hatte er den Heimvorteil auf seiner Seite. Sie mussten auf das Überraschungsmoment hoffen, eine direkte Konfrontation würden sie gegen jemanden mit solchen Fähigkeiten kaum gewinnen.

»Mit dem werd ich schon fertig«, antwortete er bemüht selbstsicher, dann holte er die Taschenlampe und die Pistole aus dem Rucksack.

Tim riss die Augen auf. »Woher hast du die Waffe?«

»Bleib einfach hinter mir!«, ignorierte er die Frage.

Die Haustür schwang geräuschlos nach innen. Finsternis warf sich ihnen entgegen. Er winkelte den Arm an, mit der er die Lampe hielt, und legte den anderen Unterarm darauf ab. Die Pistolenmündung folgte so immer dem Lichtstrahl. Die Technik hatte ihm Onkel Cliff im Schießstand beigebracht. Der Lichtstrahl wanderte durch die verwaiste Empfangshalle, Wände und Möbelstücke schienen sich ihm zu entziehen, als wären sie Vampire. Die Einsamkeit, die über dem Schloss lag, war bei Dunkelheit noch intensiver zu spüren.

Nachdem sich Henri davon überzeugt hatte, dass ihnen niemand auflauerte, durchquerte er den Raum und betrat den Rundgang. Im Nacken spürte er unruhige Atemzüge. Sein Freund nahm die Aufforderung, ihm dicht zu folgen, etwas zu wörtlich. Sie warfen einen Blick in jedes Zimmer. Alles war exakt wie bei ihrem letzten Besuch. Im ganzen Gebäude war es totenstill, die Steinmauern verschluckten sämtliche Geräusche der Außenwelt.

Sie erreichten die silberne Metalltür im nordwestlichen Eck. Die Operationssäle hatte Goldberg bei der Führung explizit ausgelassen. Und Henri hatte so eine Vermutung, warum. Er platzierte sich vor der Tür und wies Tim an, sie zu öffnen. Ohne es abgesprochen zu haben, verständigten sie sich ausschließlich per Handzeichen und Blickkontakt. Der grau gefliesste Korridor dahinter erinnerte an ein Krankenhaus. Die Luft roch abgestanden.

Vor den Fenstern an der Ostseite zogen dichte Nebelschwaden vorbei, gegenüber gingen fünf Türen ab. Sie standen offen. Henri marschierte zur ersten und spähte hinein: ein Operationssaal. Dutzende Plastikfolien verhüllten das spärliche Inventar, eine dicke Staubschicht lag darauf. An einigen Stellen wischte er den Staub ab, um einen Blick auf die medizinischen Geräte zu werfen.

»Hier sieht's ja aus wie in einem Museum«, sprach Tim aus, was Henri dachte.

Die Morde waren bestimmt nicht hier verübt worden. Er untersuchte die restlichen Räume, überall bot sich ihm dasselbe Bild. Er fragte sich, warum der pensionierte Chirurg die Sachen behielt, obwohl er keine Verwendung mehr für sie hatte. Wahrscheinlich aus Nostalgie. Er sah Goldberg vor sich, wie er auf dem Holzstock gestützt durch die Operationssäle stolzierte und in Erinnerungen schwelgte.

Sie gingen zurück in die Empfangshalle. Beim Treppenaufgang setzte Henri einen Fuß auf die erste Stufe, als ihn Tim an der Schulter festhielt.

»Wo willst du hin? Da sind doch nur die Gästezimmer.«

Er riss sich los und gab seinem Freund mit einer Handbewegung zu verstehen, leiser zu sprechen. Geräuschlos erklomm er die Treppe. Tim folgte mit etwas Abstand. Oben angekommen blieb er wie versteinert stehen, gedankenschnell schaltete er die Lampe aus. Instinktiv klammerten sich seine Finger um den Griff der Pistole, dass die Gelenke weiß hervorstachen.

»Lass uns zu Goldbergs Turm gehen. Oder willst du in dem Scheißschloss jeden Raum durchsuchen?«, flüsterte ihm Tim ins Ohr.

»Nicht nötig«, hauchte Henri zurück, ohne sich umzudrehen.

»Was meinst …?« Tims Worte blieben ihm im Hals stecken, als er Henris Blick folgte.

*

Sitting Bull fixierte gebannt das blinkende Signal auf dem kleinen Monitor. Holmes war da. Es war seine Idee gewesen, den Peilsender an dessen Handy zu befestigen.

Das Equipment hatte er sich über einen alten Kontakt bei der Bundeswehr besorgt. Mit einem Auge sah er aus dem Fenster. Die Silhouette des Turms schimmerte durch den Nebel. Er hatte nie verstanden, warum es sein Chef vorzog, dort zu wohnen. Nachgefragt hatte er nie. Es stand ihm nicht zu, dessen Beweggründe zu hinterfragen.

Ihr Verhältnis war nicht ebenbürtig wie mit Sven – oder seinem neuen Partner. Sitting Bull hatte es klaglos akzeptiert, weil er sich nie vorwerfen lassen wollte, undankbar zu sein. Sein Chef hatte ihn aufgenommen, als ihn die Gesellschaft längst aufgegeben hatte, und ihm eine bedeutende Aufgabe zugewiesen. Ohne dessen Vertrauen wäre er nie mehr auf die Beine gekommen. Durch bedingungslose Loyalität und Gewissenhaftigkeit war er zu seiner wichtigsten Bezugsperson aufgestiegen. Die spannenden Missionen hatten sein Leben zu etwas Außergewöhnlichem gemacht.

Das Ende kam schleichend wie eine Krebserkrankung. Spaß und Aufregung wichen einem tauben Gefühl von Bedeutungslosigkeit, sein Körper war zu einer seelenlosen Hülle verkommen. Trotzdem blieb er seinem Chef treu. Loyalität war ein Kernbestandteil seiner Prinzipien; und die würde er niemals verraten. Doch mit jedem Jahr stieg die Unzufriedenheit, gleichzeitig sank das Vertrauen in dessen Entscheidungen. Die Trennung war überfällig, dennoch brauchte es einen Impuls von außen, um sie zu vollziehen. Als ihm das Schicksal die Chance auf eine bessere Zukunft bot, ergriff er sie begierig.

Die anstrengenden Monate der Planung und Vorbereitung hatten sich gelohnt, sie standen kurz vor dem Abschluss. Der bis ins Detail ausgearbeitete Plan seines Partners war meisterhaft, alles entwickelte sich so, wie er es vorausgesehen hatte. Und bei Abweichungen fand er schnell eine Lösung. Dessen Begeisterung und Zielstrebigkeit erinnerten ihn an Sven. Hinzu kam ein fast manischer Perfektionismus. Nie hätte er für möglich gehalten, welch Potential sich hinter der Fassade seines Partners versteckte.

Das näherkommende Blinklicht riss ihn aus seinen Gedanken. Sitting Bull ging zum Sekretär und öffnete die Klappe. Irritiert starrte er auf die Pistole.

Merkwürdig.

Er legte sie immer so in den Schrank, dass die Mündung zu Rückseite zeigte. Eigentlich unnötig, ein Schuss löste sich nicht von selbst. Aber das Vorsichtsdenken war ihm beim Bund eingeimpft worden, er sah überall potentielle Gefahren. War jemand hier gewesen? War sein Chef vielleicht misstrauisch geworden?

Unsinn!

Wahrscheinlich hatte er sie nach seiner Rückkehr von der Hütte falsch herum hingelegt. Wäre kein Wunder, so fertig, wie er war. Er hatte sich nur schnell seiner Sachen entledigt, um ins Bett zu kommen. Außerdem bekam er das Mädchen nicht mehr aus dem Kopf. Noch immer hing ihm den Geruch ihrer Weiblichkeit in der Nase. Er spürte, wie es zwischen seinen Beinen zu kribbeln begann.

Ganz schlechter Zeitpunkt!

Sitting Bull verließ das Zimmer, beim Treppenaufgang vernahm er plötzlich Stimmen aus der Empfangshalle. Sie kamen die Treppe hinauf. Verdammt, das war so nicht geplant gewesen. In dem Moment bemerkte er, dass er die Lampe in seinem Zimmer angelassen hatte. Was jetzt?

Zurück und sie ausmachen, oder sich im nächsten Raum verstecken? Eine falsche Entscheidung konnte alles zerstören …

*

Am Ende des Gangs quoll Licht wie flüssiges Gold aus einer offenstehenden Tür. Henri reichte Tim die Taschenlampe und wies ihn an, dicht hinter ihm zu bleiben. In gebückter Haltung schlichen sie bis zur Tür. Henri horchte in den Raum.

Nichts.

Falls sich jemand darin aufhielt, schlief er entweder, oder verhielt sich bewusst lautlos. Zum wiederholten Male, seit sie das Schloss betreten hatten, hatte er das Gefühl, in eine Falle zu laufen. Aber Rückzug war keine Option. Beide Hände umklammerten den Griff der Pistole, dann holte er tief Luft und sprang mit einem Satz in die Türöffnung.

Niemand war zu sehen.

Neben der Garderobe führte eine angelehnte Tür in ein beengtes Badezimmer. Henri stieß sie mit der Fußspitze auf. Leer. Hinter dem Eingang erstreckte sich ein schmaler Raum, der den Charme eines Motel-Zimmers versprühte. In einer Ecke stand ein Einzelbett, gegenüber davon eine verschlissene Couch vor einem Beistelltisch. In einem Regal wartete ein mausgrauer Röhrenfernseher auf den Gnadenschuss, daneben befand sich ein Sekretär, über dem ein Bücherregal an der Wand hing. Die Farbe der kastanienbraunen Eichenholzmöbel war verblasst, unzählige Kratzspuren schmückten die Oberflächen wie Verzierungen. Ähnlich wie die Operationssäle schien sich das Patientenzimmer seit der Schließung der Klinik nicht verändert zu haben. Allerdings war es vollkommen staubfrei.

Henri trat zum einzigen Fenster. Die Umrisse des Efeu-Turms tauchten in dem vorbeiziehenden Nebelschleier auf. Ob es an der gespenstischen Szenerie lag, dass von dem Bauwerk eine unheimliche Energie ausging? Er musste Tim recht geben: Antworten würden sie nur dort drüben finden. Beim Umdrehen fiel sein Blick auf eine Sammlung eingerahmter Bilder an der Wand. Jedes zeigte Victor Kauz mit ein und demselben Mann, entweder im Kampfanzug oder in Uniform. Der Qualität nach zu urteilen waren sie vor einigen Jahrzehnten aufgenommen worden. Er griff sich eines und las die Unterschrift:

Sven Sinner & Victor Kauz, Fernspähkompanie 300 in Schongau, September 1967.

Henri fragte sich, ob die Beziehung zwischen den beiden ausschließlich freundschaftlich war. Er hängte es zurück, dann überflog er die Titel einiger Bücher, die säuberlich aufgereiht auf dem Regal standen. Sie handelten von Scharfschützengewehren, Nahkampfausbildung und medizinischer Versorgung im Gefecht. Kauz' Vergangenheit bestätigte seinen Verdacht. Der Mann hatte die nötigen Fähigkeiten, um die schwarze Gestalt zu sein. Aus einem Impuls heraus öffnete er den Sekretär und entdeckte dort einen Laptop.

Ob sich darin weitere Hinweise fanden?

Es dauerte einen Augenblick, bis die Windows-Melodie ertönte und die Eingabemaske für das Passwort erschien.

»Was machst du denn da?«, fragte Tim, der unruhig im Türrahmen verharrte.

»Ich will mich kurz darin umsehen.«

»Wieso?«

»Pass einfach auf, dass niemand kommt.«

»Und wenn? Soll ich ihm etwa mit der Lampe eins überbraten?«, zischte Tim genervt. »Gib mir wenigstens die Pistole.«

Henri ignorierte die Beschwerde, obwohl sie ihm berechtigt erschien. Aber die Waffe behielt er lieber bei sich.

»Dann gibst du mir Bescheid«, antwortete er abwesend, während er vier Zeichen eintippte und auf ENTER drückte.

Ein plärrender Ton kündigte die Fehlermeldung an.

»Was hast genommen? 1-2-3-4?«

Henri registrierte eine steigende Nervosität in Tims Stimme. Wer mochte es ihm verübeln. Er sah sich im Raum um. Nein, es konnte nur dieses eine Wort sein, also versuchte er es noch mal. Die Melodie entlockte ihm ein Grinsen. »Na bitte, geht doch.«

»Wie hast du das gemacht?«, fragte Tim fassungslos, als der Startbildschirm aufleuchtete. »Was war das Passwort?«

»Sven.«

»Wer ist Sven?«

»Na der Kerl auf all den Fotos. Ich hatte beim ersten Mal vergessen, dass S als Großbuchstabe zu schreiben.«

»Oh Mann!«, stöhnte Tim. »Goldberg hat Recht, Victor ist wirklich bloß ein dummer Befehlsempfänger.«

Henri durchsuchte die Ordner auf dem Laufwerk, ohne auf etwas Interessantes zu stoßen.

»Und wonach genau suchst du? Einem Geständnis?«

»Hinweise auf die Taten. Aber es sind überhaupt keine Dateien abgelegt. Nicht mal Outlook ist installiert. Kauz verwendet den Laptop wohl ausschließlich zum Surfen.«

Die Internet-Verbindung über den W-LAN Stick baute sich sehr langsam auf. Henri suchte vergeblich nach Favoriten, dann sah er sich die Chronik an, in der hauptsächlich Sportinformations- und Nachrichtendienste zu finden waren, dazu ein paar Internetshops und etliche Erotikseiten. Er scrollte nach unten und wollte das Fenster schon wieder schließen, als ihm ein Zeitungsartikel ins Auge fiel. Er handelte vom Unfalltod von Samuel Goldberg.

Henri überflog die Zeilen und blendete Tims Aufforderungen aus, sich doch bitte zu beeilen.

Goldbergs Sohn feierte den Hochzeitstag mit seiner dritten Ehefrau auf einer Berghütte in Südtirol. In der

Nacht brach ein Feuer aus, in dem beide umkamen. Die Ursache wurde nie geklärt. Obwohl die Ermittler Brandstiftung nicht ausschließen wollten, gingen die Behörden letztlich von einem Unfall aus. In dem Artikel wurde zudem die schwierige Beziehung zwischen Vater und Sohn beleuchtet. Anscheinend gab es große Dissonanzen, da sich Samuel Goldberg teure Autos, exotische Reisen und anspruchsvolle Frauen gönnte. Der Autor spekulierte, dass der pensionierte Chirurg das luxuriöse Leben seines Sprösslings finanzierte, da dessen Anwaltskanzlei nur mäßigen Erfolg vorzuweisen hatte.

Er war Anwalt?!

Goldbergs Sohn war nicht nur in derselben Klasse wie Marvin Schwarz, sondern hatte auch denselben Beruf. Es erhöhte die Wahrscheinlichkeit, dass die beiden nach der Schulzeit in Kontakt geblieben waren. Die entscheidende Frage war: Hatte Samuel von der Vergangenheit seines Vaters gewusst? Wenn dem so war, hatte er Schwarz vielleicht davon erzählt. War der Brand möglicherweise kein Unfall gewesen? War es Goldberg zuzutrauen, dass er seinen eigenen Sohn umbrachte? Henri rief sich die grausamen Menschenversuche ins Gedächtnis.

Dieser Bestie traue ich alles zu!

Er scrollte bis zum Anfang der Chronik, fand aber nichts mehr außer einem Bericht einer Berliner Zeitung. Er überflog ihn kurz, weil es dort ebenfalls um einen Brand ging. Eine Frau war mit ihrem Lebensgefährten in ihrer Zweizimmerwohnung in Reinickendorf verbrannt. Aber was hatte das mit Goldberg zu tun?

»Henri!«

Tims unterdrückter Schrei riss ihn aus dem Lesefluss. Blitzartig griff er nach der Waffe, die er neben sich abgelegt hatte.

»Was ist los?«

»Ich hab Schritte gehört. Jemand ist die Treppe runter.«

Er klappte den Laptop zu und schloss den Sekretär, bevor er Tim die Lampe abnahm und das Zimmer verließ. Im Gang war niemand zu sehen. Sie warteten eine Weile, aber es tat sich nichts.

»So, und jetzt nehmen wir uns den Turm vor«, flüsterte Henri.

*

Mathias Schweinberg trat auf die hölzerne Terrasse und hielt den Kopf in den Wassertrog. Sein Hals war staubtrocken, das Pochen in den Schläfen hatte einen kritischen Wert erreicht. Leider hatte er keinen Kaugummi mehr in der Tasche. Er gähnte unkontrolliert, der Aufstieg zur Hütte hatte ihn viel Kraft gekostet.

Kaum dass Holmes im Nebel verschwunden war, hatte er sich dessen bewusstlosen Freund angesehen, zum Glück war Knauseders Atmung gleichmäßig. Danach hatte er die Leiche untersucht. Sie wies keinerlei Anzeichen eines Kampfes auf. Maria Baumgärtner war erdrosselt worden. Aber warum hatte sie sterben müssen? Er hatte die Bilder durchgesehen, die verstreut auf der Kellertreppe lagen. Natürlich war Eifersucht ein Motiv, aber der Täter hatte nicht im Affekt gehandelt, sondern war sehr methodisch vorgegangen. Er bezweifelte, dass der langhaarige Bursche zu so einer kaltblütigen Tat fähig war. Im Gegensatz zu Holmes – aber wieso sollte er seine ehemalige Mitschülerin umbringen?

Schweinbergs Instinkt sagte ihm, dass es zwischen Baumgärtners Tochter und den anderen Toten einen Zusammenhang gab. Und sei es nur der, dass sie zur falschen Zeit am falschen Ort war – wie seine beiden

Kollegen. Wenn er nur irgendeinen Hinweis hätte, wen Holmes verdächtigte. Aus der Karteikarte, die ihm Holmes hingeworfen hatte, wurde er nicht schlau. Verdammt, er hätte ihn niemals gehen lassen dürfen!

Eigentlich hätte er längst die Dienststelle verständigen müssen, doch hier oben gab es keinen Empfang. Aber selbst wenn er welchen hätte, hätte er damit gezögert. Er bräuchte eine verdammt glaubhafte Ausrede, um zu erklären, was er mitten in der Nacht auf dem Berg zu suchen hatte. In der Hütte hörte er Schritte, kurz darauf erschien Anton Knauseder im Türrahmen. Er sah ihn erschrocken an.

»Was macht der Kopf?«, fragte Schweinberg.

»Ist … ist sie wirklich tot?«

Er ging auf ihn zu, packte ihn am Arm. »Ja, leider. Sie wurde von demselben Schwein umgebracht, das auch die anderen Morde begangen hat. Und Ihr Freund meinte, er weiß, wer es ist. Haben Sie irgendeine Vermutung, wen er verdächtigt?«

»Ich … nein, ich hab keine Ahnung.«

Schweinberg zeigte ihm die Karteikarte. »Können Sie etwas damit anfangen? Das ist der letzte Hinweis, den uns der Mörder gegeben hat.«

Knauseder musterte die Zahlenkombination, es schien ihm schwer zu fallen, sich zu konzentrieren. »Nicht wirklich … vielleicht … ich weiß nicht … aber die drei Zahlen … es könnten Koordinaten sein. Mit dieser Scheißkarte fing schließlich alles an.«

»Koordinaten?«, wiederholte Schweinberg grübelnd. Das wäre eine Spur. »Und wohin zeigen sie?«

Knauseder zuckte mit der Schulter. »Wenn ich wetten sollte, würde ich auf die Schule tippen. Aber was spielt das jetzt noch für eine Rolle?« Tränen rannten ihm über die Wangen. »Maria ist tot.«

Schweinberg bekam den jungen Mann gerade noch zu fassen, als dessen Knie nachgaben.

»Hören Sie mir bitte zu: Ich will Ihrem Freund helfen, nicht in den sicheren Tod zu rennen. Aber dafür brauche ich Ihre Hilfe.«

Mit etwas Nachdruck gelang es ihm, Knauseder davon zu überzeugen, mit ihm zu kommen. Unten im Ort sollte er die Kripo verständigen – und dabei kein Wort über ihn verlieren. Denn sollte sich Holmes bei ihm melden, wollte er in der Lage sein, zu reagieren, ohne sich erst von Schleghuber eine Erlaubnis einholen zu müssen. Falls das herauskam, steckte er in ernsten Schwierigkeiten, aber das war ihm egal. Ab sofort zählte nur noch, den Mörder zu schnappen, bevor er ein weiteres Opfer aus dem Leben riss. Denn das könnte dann den Namen Holmes tragen.

*

Henri und Tim betraten die Terrasse über die geöffnete Tür im Gartenzimmer. Feuchte, neblige Luft umhüllte sie, es roch nach gemähtem Gras und Chlor. Das Mondlicht wirkte durch den Nebel, als hätte man einen Filter vor einen Scheinwerfer gelegt. Von Goldbergs Privatgemäuer ragte nur die rechteckige Spitze aus dem weißen Schleier.

Sie passierten den unbeleuchteten Pool, in dem Laub und Äste trieben, und näherten sich dem dreistöckigen Turm, dessen Konturen mit jedem Schritt deutlicher wurden. Henri fixierte das Mauerwerk, bis es sich in seinem Kopf zu einem steinernen Wächter verformte. Die Blätter der Efeuranken erinnerten an die Ringe eines Kettenhemds. Von der Turmspitze ertönte ein Vogelschrei. In Henris Fantasie erhob sich ein Falke in den vernebelten Nachthimmel, um seinem Meister Meldung über die unerwünschten Eindringlinge zu machen. Aber wo war der Meister? In keinem der Fenster brannte Licht. Die Eingangstür befand sich neben dem runden Turmanbau. Sie war einen Spalt geöffnet.

»Ob Goldberg uns erwartet?«, murmelte Tim.

Dieselbe Frage hatte sich Henri auch schon gestellt. Der pensionierte Chirurg hatte den Turm sein *privates Reich* genannt, das ließ man nicht einfach offen stehen. Das Wort *Falle* spukte wieder in seinem Kopf herum. Eine Stimme seines Unterbewusstseins versuchte beharrlich, ihn davon abzubringen, auf eigene Faust weiterzumachen. Doch was waren die Alternativen? Die Polizei würde ohne stichhaltige Beweise niemals gegen einen so angesehenen Mann ermitteln. Erst recht nicht, wenn die belastende Aussage von einem Studenten kam, der in drei ungeklärte Mordfälle verwickelt war. Nein, es lag alleine an ihm, die Wahrheit ans Licht zu bringen. Und dafür musste er Goldberg mit seinem Verdacht konfrontieren.

Henri stieß die Tür auf. Eine enge Wendeltreppe wand sich nach oben, daneben befand sich der runde Turmanbau, der zu einem Aufzug umfunktioniert worden war. Er vernahm den Geruch von altem Bratöl, der aus einer geöffneten Holztür gegenüber vom Eingang strömte. Dahinter war eine Küche eingebaut, die auch zu einem kleinen Restaurant gehören könnte. Er versicherte sich, dass sich dort niemand versteckte, bevor er in den ersten Stock hinaufstieg. Mit bedächtigen Schritten erklomm er die Steinstufen, darauf konzentriert, keinen Lärm zu machen.

Der Aufbau des Stockwerks ähnelte dem des Erdgeschosses. Durch eine offene Tür gelangten sie in einen Raum, der durch einen Torbogen in zwei Abschnitte geteilt war. Den vorderen Teil nahm ein langer Mahagoni-Tisch ein, zu dem es aber nur einen Stuhl gab, der am Kopfende thronte. Goldberg pflegte anscheinend wie ein einsamer Regent zu speisen. Die Wände im hinteren Teil waren durch raumhohe Bücherregale verstellt. Vor einem offenen Kamin, über dem ein Gemälde von König Luitpold hing, stand ein rubinroter Sessel mit geschwungenen Lehnen und Fußstütze. Süßlicher Tabakgeruch klebte an den Möbelstücken. Die Vorstellung, wie der ehemalige KZ-Arzt hier seinen Lebensabend genoss, widerte Henri an.

Sie erklommen schnellen Schrittes die Treppe zum nächsten Stock, wo sich das herrschaftliche Badezimmer befand – wobei der Begriff eine maßlose Untertreibung war. Der Raum besaß einen Whirlpool, eine finnische Sauna und eine Duschlandschaft mit einem hölzernen Kaltwassertrog. Die Kacheln zierte eine Berglandschaft, sodass man das Gefühl hatte, inmitten eines Bergdorfs zu stehen. Henris Wut steigerte sich immer weiter. Anstatt im Gefängnis für die grausamen Verbrechen zu büßen, gönnte sich Goldberg ein Leben im Luxus. Aber damit war es jetzt vorbei.

Blieb noch ein Stockwerk. Hoffentlich lag der alte Sack nichtsahnend in seinem Bett. Es würde Henri Spaß machen, ihn aus dem Schaf zu reißen. Aber wo war Victor Kauz? Er zitterte, und das lag nicht an den kühleren Temperaturen im Turm.

Als er vor ein paar Jahren mit dem Klettern begann, hatte ihn seine Mutter gefragt, ob er keine Angst hätte. Er hatte es ehrlich verneint. Das Risiko, abzustürzen, bereitete ihm keine Kopfschmerzen, weil es greifbar war. Er kannte die Gefahr und wusste, was zu tun war. Er war darauf vorbereitet.

Auf das hier war er nicht vorbereitet. Die Anspannung lähmte seine Muskeln, mit jeder Stufe wurden die Beine schwerer, bis er sich zwingen musste, weiterzugehen. Krampfhaft umklammerten die Finger den Griff der Pistole, sie war seine Lebensversicherung. Doch war er überhaupt in der Lage, sie einzusetzen?

Sie erreichten das Obergeschoss, die Holztür war geschlossen. Auf Henris Kommando öffnete Tim die Tür, jedoch mit solcher Wucht, dass sie krachend mit der Steinwand kollidierte.

Henri fluchte innerlich, aber es blieb ihm keine Zeit, sich über dessen Missgeschick zu ärgern. Mit gezückter Waffe preschte er vor. Schwaches Mondlicht fiel durch ein Fenster auf ein französisches Bett mit violetten Bezügen und einem Nachtschrank, davor stand ein Schreibtisch aus Marmor. Die Bettlaken waren unberührt.

Henris Augen erfassten zwei Türen am Ende des Raumes. In wenigen Schritten erreichte er die erste und trat sie ohne zu Zögern auf. Eine Toilette. Leer. Er sprang zur zweiten Tür und wiederholte sein Manöver, doch zu seiner Enttäuschung fand er nur ein Ankleidezimmer.

»Was jetzt?«, fragte Tim, ohne sich noch die Mühe zu machen, zu flüstern.

»Anscheinend ist Goldberg außer Haus«, antwortete Henri ebenfalls in normaler Lautstärke. »Wir müssen wohl oder übel warten, bis er zurückkommt.«

Tim ging zum Nachtkästchen und öffnete die Schublade. »In der Zwischenzeit sollten wir uns hier umsehen.«

Henri betrachtete die Sammlung aus Designer-Anzügen, Hemden und Poloshirts. Der pensionierte Chirurg hatte einen exklusiven Kleidungsstil. Nichts was ihm weiterhalf. Was hatte er erwartet? Eine SS-Uniform?

»Ich glaub, ich hab was gefunden«, rief Tim und hielt einen goldenen Schlüssel in die Höhe, der an einer gleichfarbigen Kette hing. »Irgendeine Idee, wofür der ist?«

Henri nahm ihn in die Hand und drehte ihn um die eigene Achse. »Für ein Türschloss ist er zu klein. Er könnte zu einem Safe gehören.«

Sie durchsuchten das Schlafzimmer, sahen hinter alle Bildern, klopften sogar die Wände nach Hohlräumen ab, ohne Erfolg.

»Vielleicht ist er hinter dem Gemälde im Esszimmer?«, mutmaßte Tim.

Henri nickte, obwohl er wenig Hoffnung hatte. Draußen wandte sich Tim zur Aufzugstür und drückte den Knopf.

»Lass uns lieber zu Fuß gehen.«

»Wozu?«, entgegnete sein Freund. »Ist doch niemand hier. Ich hab genug vom Treppensteigen.«

Die Tür öffnete sich. Reflexartig riss Henri die Waffe hoch. Die Kabine war leer.

»Relax!« Tim machte eine beschwichtigende Geste, bevor er einstieg. »Kommst du mit oder willst du wirklich laufen?« Widerwillig folgte ihm Henri. Plötzlich blieb er wie angewurzelt stehen. Mit klopfendem Herzen fokussierte er das goldene Bedienfeld, aber es waren nicht die Tasten mit den römischen Ziffern, die seine Aufmerksamkeit erregten, sondern der Schlitz darunter.

Tim schien seinen Gedanken zu erraten. »Du meinst doch nicht etwa …«

Henri nahm den goldenen Schlüssel und steckte ihn in den Schlitz. Er passte. Die Aufzugtür schloss sich, kaum dass er ihn herumgedreht hatte. Mit einem Ruck setzte sich die Kabine in Bewegung.

»Und wo endet diese Fahrt?«, fragte Tim ungläubig.

»Ich weiß es nicht.«

Aber ich habe eine Vermutung.

Am wahren Ort des Grauens.

6. Episode: Das Untergeschoss

Der Nebel reflektierte das Scheinwerferlicht und zwang Mathias Schweinberg, sich auf die Straße zu konzentrieren.

Er musste alles auf eine Karte setzten, um den Mörder zu finden, bevor er erneut zuschlug. *All In* würde man im Poker sagen. Wobei es sich eher nach Roulette anfühlte. Die Chips lagen auf der Zahl und er konnte nichts anderes tun, als zu warten, bis die Kugel zum Stehen kam. Er brauchte Holmes, ohne ihn würde er die Mordserie unmöglich aufklären können.

Falls er noch am Leben war.

Vor ihm tauchten die Umrisse des Klosters Tegernsee auf. Er würde jede Wette eingehen, dass der Hinweis mit den Koordinaten zu dieser Tür im Keller führte. Schweinberg parkte seine Maschine in der Einfahrt seines Elternhauses. Dann überquerte er eilig die Straße, was ihn daran erinnerte, wie er als Schüler immer zum Unterricht gehetzt war. Obwohl er am nächsten dran wohnte, war er am häufigsten zu spät gekommen.

Nebelschwaden zogen über das Schulgelände wie geisterhafte Erscheinungen. In der Wohnung des Hausmeisters brannte Licht. Er klingelte und ließ sich von Herrn Hauser einen Schlüssel fürs Schulgebäude geben, womit er den Haupteingang öffnete. Im Keller angekommen musterte er die schwere Eisentür. Er musste Knauseder recht geben, auch ihm war sie in all seinen Jahren im Gymnasium nie aufgefallen. Leider war sie verschlossen. Er hämmerte dagegen und horchte in die Stille.

War Holmes dahinter?

Er wartete etliche Minuten, bis er aufgab und sich wieder auf den Weg zurück machte. Unschlüssig blieb er vor dem Schulgebäude stehen. Was jetzt? Vielleicht sollte er seinen Beobachtungsposten in sein Dachgeschosszimmer verlagern, von dort aus hatte er sowohl den Haupteingang als auch den Lehrereingang im Blick. Laut dem Hausmeister war der Seiteneingang am See durch ein Vorhängeschloss gesichert. Solange Holmes also kein Fenster an der Seeseite einschlug, kam er nicht unbemerkt an ihm vorbei. Als er die Haustür öffnete, begrüßte ihn das mechanische Klimpern der Schreibmaschine. Er verzichtete auf einen Besuch bei seiner Mutter. In seinem Zimmer entledigte er sich mit einem erleichterten Stöhnen seiner schweißnassen Motorradjacke, dann öffnete er das Fenster und starrte auf das nebelverhangene Klostergebäude.

Seit er Holmes auf der Hütte in die Augen geblickt hatte, war er überzeugt, dass ihn an den Morden keine Schuld traf. Aber mit wem hatten sie es dann zu tun? Neben dem Todesschützen musste es eine zweite Person geben; jemanden, der sich den Plan ausgedacht hatte. Den Mastermind, wenn man so wollte. Dass Mörder absichtlich Hinweise am Tatort hinterließen, um die Polizei herauszufordern, kam eigentlich nie vor.

Und wenn sie überhaupt nicht für uns bestimmt waren?

Der Gedanke war ihm auf der Hütte schon gekommen. Was, wenn Holmes von Anfang an der Empfänger gewesen war? Die Geschichte mit den Nachtod-Kontakten, die ihnen der Anwalt aufgetischt hatte, hielt er für absoluten Schwachsinn. Nur woher wusste dieses Mastermind, dass der Psychologie-Student den Hinweisen nachgehen würde, dass er sich in eine solche Gefahr brachte, und hartnäckig an der Sache dranblieb?

Wer auch immer es war, er kannte Holmes verdammt gut. Vielleicht besser als dieser sich selbst. Also musste er aus dessen direktem Umfeld kommen. Wenn man den Gedanken zu Ende dachte, landete man schnell bei einer Person. Hoffentlich täuschte er sich. Um des Jungen willen. Und seiner Mutter.

*

Der Aufzug kam zum Stehen. Wie tief unter der Erde sie sich befanden, konnte Henri nicht einschätzen. Er richtete die Mündung nach vorne, seine Finger umklammerten krampfhaft den Pistolengriff. Im Augenwinkel sah er, wie Tim unruhig von einem Fuß auf den anderen trat. Kaltes Neonlicht warf sich ihnen entgegen, als die Tür lautlos zur Seite glitt. Vor ihnen lag ein schmaler Tunnel, der nach zehn Metern in einer T-Kreuzung mündete. Die Luft roch feucht und abgestanden. Die kahlen, schroffen Felswände erinnerten an einen Bergwerksstollen. Er fröstelte.

Henri fixierte das Ende des Gangs in der Erwartung, dass jeden Augenblick der Hüne mit gezogener Waffe um die Ecke biegen würde. Doch die Sekunden verstrichen, ohne dass jemand erschien. Ihr Eindringen schien unbemerkt geblieben zu sein. Bevor er seinen Weg fortsetzte, nahm er seinen Rucksack ab und blockierte damit die Aufzugstür. Vielleicht mussten sie schnell fliehen, da konnte jede Sekunde zählen. Die Pistole lag unruhig in seiner Hand. Mehrmals stoppte er, weil der brüchige Steinboden unter seinen Füßen knirschte. Es war nahezu unmöglich, sich hier geräuschlos fortzubewegen. An der T-Kreuzung angekommen, warf er einen Blick in beide Richtungen. Der linke Seitentunnel war deutlich kürzer als der rechte, und es gingen weniger Türen ab.

Er grübelte stillschweigend, welchen Weg er einschlagen sollte, bis Tim ihm auf die Schulter tippte und nach links zeigte. Henri nickte, es machte Sinn, mit dem kürzeren Teil zu beginnen. Sein Blick ging zu der massiven Eisentür am Ende des Ganges, die aussah wie der Eingang zu einem Luftschutzbunker. Auf halbem Wege passierten sie zwei geschlossene Metalltüren, die zu beiden Seiten abgingen. Ein eiskalter Windzug erfasste ihn. Er kam ganz eindeutig aus dem Raum links von ihm. Henri wollte der Sache nachgehen, doch Tim war in der Zwischenzeit bis zum Ende des Gangs vorgedrungen und positionierte sich neben der Eisentür. Henri folgte ihm. Vor der Tür brachte er die Waffe in Anschlag, dann gab er seinem Freund die Anweisung, sie zu öffnen. Tim drückte langsam die Türklinke herunter.

»Abgeschlossen«, bestätigte er flüsternd das Offensichtliche.

Henri gab ihm zu verstehen, sich als Nächstes die Tür vorzunehmen, aus der die kühle Luft entströmte. Dieses Mal hatten sie mehr Glück. Eiseskälte schlug ihm aus der Finsternis entgegen. Hinter der Türschwelle vernahm er ein mechanisches Summen. Er leuchtete nach oben. Das Geräusch kam von einem Kasten mit längsseitigen Schlitzen, aus denen feine Nebelschwaden strömten.

Ein Kühlgenerator!

Henri ließ den Lichtkegel über den Boden wandern, bis er auf eine silberne Metallwand stieß, auf der sich zwei Reihen mit jeweils vier rechteckigen Fächern abzeichneten. Es sah aus wie ein überdimensionaler, glänzender Schrank. Ansonsten war der Raum leer.

Seine Finger zitterten bedenklich, als er sich der Schrankwand näherte. Die pechschwarze Finsternis verschluckte das Neonlicht aus dem Tunnel, als wehrte sie sich gegen sein Eindringen. Um die Waffe nicht ablegen zu müssen, steckte er die Lampe in den Mund, bevor er einen der Griffe packte. Seine Haut war so überhitzt, dass er bei der Berührung mit dem eiskalten Metall zusammenzuckte, als hätte er an einen elektrischen Weidezaun gefasst. Instinktiv hielt er die Luft an, dann zog er das Fach mit Schwung heraus. Eine zwei Meter lange Metallplatte schoss ihm entgegen, die Wandhaken ächzten lautstark, als sie das unkontrollierte Ausbrechen verhinderten.

Henri stieß einen unterdrückten Schrei aus.

»Was ist?«, flüsterte Tim von draußen.

Deswegen der Kühlgenerator.

»Das hier … das ist eine Leichenhalle«, brachte er stockend heraus.

Der Leichnam war äußerlich unversehrt. Henri hatte in den letzten Tagen weitaus Schlimmeres gesehen. Er verdrängte die aufkommenden Bilder von Maria und konzentrierte sich auf den nackten Körper vor ihm. Obwohl er überzeugt war, den alten Mann nicht zu kennen, kam ihm dessen Gesicht bekannt vor.

Er öffnete das nächste Fach. Noch eine Leiche, wieder ein greiser Mann. Allerdings war dessen Körper übersät mit Einstichen im Brust- und Bauchbereich. Die Verletzungen erinnerten ihn an die von Direktor Plinganser. Insgesamt fand er sechs Männerleichen im Rentenalter. Doch das Irritierende war, dass ihm alle bekannt vorkamen. Wer waren diese Menschen? Und wo hatte er sie schon einmal gesehen?

Die Kälte kroch ihm immer tiefer in die Poren, seine Zähne bissen so stark auf das Plastikgehäuse der Taschenlampe, dass ihm sein Kiefer wehtat. Henri schloss die Fächer und kehrte zu Tim zurück. Die Temperatur im Gang kam ihm vor wie warmer Sonnenschein an einem frostigen Frühlingsmorgen. In wenigen Worten berichtete er seinem Freund von dem Fund.

Dann begaben sie sich zur letzten Metalltür in diesem Abschnitt. Wieder wartete Henri mit gezogener Waffe, bis Tim sie öffnete. Der Raum, der sich ihnen auftat, war eine Art Arbeitszimmer. Neben dem Eingang war ein Bücherregal aus Metall an der Steinwand befestigt, gegenüber war eine kleine Küchenzeile in den Felsen geschlagen. Der herbe Geruch verriet, dass die Kaffeemaschine noch vor Kurzem benutzt worden war. Im Gegensatz zu den ehemaligen Operationssälen war dieser Teil des Schlosses nicht verstaubt. Auf einem Holzschreibtisch an der hinteren Wand lagen neun fast gleich hohe Papierstapel säuberlich nebeneinander aufgereiht. Als Henri sich dem Tisch näherte, nahmen die obersten Blätter Konturen an. Es waren Farbfotos. Porträtfotos, um genau zu sein.

Schlagartig spürte er einen Druck auf der Brust, und obwohl er instinktiv schneller atmete, hatte er das Gefühl, kaum noch Luft zu bekommen. Die Dunkelheit wurde unerträglich.

»Mach die Tür zu und schalt das Licht ein!«, befahl er Tim. Seine Stimme klang brüchig.

Der sanfte, orangefarbene Schein der Glühbirne half nicht, den Schrecken zu mildern. Im Gegenteil. Die Porträtfotos zeigten Marvin Schwarz, Edmund Plinganser, Hans Wimmer und die sechs Leichen aus dem Kühlraum. Todesangst spiegelte sich in ihren Gesichtern. Henri nahm den Stapel von Schwarz in die Hand und blätterte die Fotos durch. Es war eine Art Bildband, der den Ablauf des Mordes dokumentarisch festhielt. Der Anwalt war mit Ketten in einem Wasserbecken festgezurrt. Die Zahl auf der Temperaturanzeige wurde mit jedem Bild niedriger, bis sie bei 4 Grad Celsius stehen blieb. Der körperliche Verfall war mit gestochen scharfen Aufnahmen chronologisch festgehalten. Henris Nackenhaare stellten sich auf, in seinem Kopf hörte er den Mann jammern, schreien und flehen. Er schüttelte sich, doch die Schreie wollten nicht verstummen. Hinter ihm versuchte Tim, einen Blick zu erhaschen. Schnell wandte sich Henri von ihm ab, was ihm einen protestierenden Kommentar einbrachte.

»Hey?! Zeig her! Was sind das für Fotos?«

»Es ist besser, wenn du dir das nicht ansiehst.«

»Ich komm schon klar«, erwiderte Tim trotzig, dann griff er sich Plingansers Stapel.

Henri beobachtete, wie sich der Gesichtsausdruck seines Freundes angewidert zusammenzog. Nach dem fünften Foto warf Tim alle zurück auf den Tisch.

»Wer macht so eine kranke Scheiße?«

»Jemand mit einer sehr dunklen Vergangenheit.«

»Wie kannst du dir das nur anschauen?«

Man gewöhnt sich daran. Leider.

Tim begab sich zum Bücherregal. »Ich schau mir lieber die Bücher an, die sind hoffentlich ohne Bilder.«

Henri hob die Fotos von Plinganser auf und blätterte sie durch. Die Mordwaffe war kein Messer, wie er vermutet hatte, sondern ein Stahlstift mit einer scharfen Spitze. Er war überzeugt, dass es sich um ein Instrument zur Leberpunktion handelte. So eines hatte er in dem Abschnitt über die Menschenversuche in den KZs gesehen. Doch warum verwendete es der Mörder als Tatwaffe? Weil es brutaler war? Möglich, aber Henris Bauchgefühl sagte ihm, dass es einen anderen Grund gab.

Die Bilder von Wimmer brachten endlich Aufschluss, wie der Mann zu Tode gekommen war. Den ehemaligen Pfleger hatte man in einer Druckkammer eingeschlossen und einem sinkenden Luftdruck ausgesetzt. Henri schwankte zwischen Ekel, Trauer und unbändigen Hass.

Er atmete tief durch, er musste seine Emotionen unbedingt unter Kontrolle halten, dann nahm er sich die restlichen Stapel vor. Interessanterweise waren jeweils zwei von ihnen auf dieselbe Art umgekommen wie Schwarz, Plinganser und Wimmer. Henri bemerkte das Datum, das bei allen Aufnahmen am unteren Rand stand. Die sechs Männer waren mehrere Wochen vor dem Anwalt getötet worden. Schlagartig wurde ihm bewusst, woher er die Gesichter kannte.

»Das sind die verschwundenen Rentner«, sprach er seinen Gedanken laut aus.

Tim drehte sich zu ihm um. »Was für Rentner?«

»Die sind alle aus Altenheimen verschwunden. Bei der Kripo hab ich die Vermisstenanzeigen gesehen.«

»Und was haben die mit der Sache hier zu tun?«

»Es ist nur eine Vermutung«, fuhr Henri nach einer kurzen Denkpause fort, »aber ich glaube, sie waren Übungsobjekte.«

»Was für eine kranke Scheiße!«, entkam es Tim. »Aber wozu der ganze Aufwand?«

»Die Art der Morde ist ein Hinweis auf Goldbergs wahre Identität.«

»Wie das?«

»Kältetod, Höhentod und Leberpunktion waren Versuchsreihen, die an Häftlingen im KZ Dachau durchgeführt wurden.«

»Warum sollte Goldberg eine Verbindung zu seiner eigenen Vergangenheit herstellen?«

Henri sah seinen Freund nachdenklich an.

»Das hab ich mich auch schon gefragt, aber ich komme einfach nicht hinter das Motiv. Vielleicht … ist das alles ein Spiel. Und er glaubt nicht, dass jemand hinter sein Geheimnis kommt.«

Aus Tims skeptischen Gesichtsausdruck las er dessen Zweifel an der Theorie.

»Hier drin sind übrigens Aufzeichnungen von weiteren Menschenversuchen.« Sein Kommilitone deutete auf das Buch, das er in der Hand hielt. »Laut Datumsangabe aus den Achtzigern.«

Trotz der geänderten Schriftform erkannte Henri die Handschrift sofort wieder. Die im Detail beschriebenen

Versuche erinnerte an das Tagebuch von Hans-Werner Ernst, durch die eingeklebten Farbfotos waren die Grausamkeiten aber noch schwerer zu ertragen. Goldberg war der ehemalige KZ-Arzt, das stand mittlerweile außer Frage. An einer Stelle verharrte er plötzlich. Das Porträtfoto ließ ihn erschaudern.

»Kennst du den Mann?«, fragte Tim verunsichert.

Henri nickte. »Das ist unser Skelett.«

»Was? Das war nicht Dr. Beck? Wie kann das sein?«

»Vor zwanzig Jahren sind drei Patienten der psychiatrischen Klinik *Seeblick* spurlos verschwunden. Wie es aussieht, wurden sie ebenfalls entführt und als Versuchskaninchen benutzt.«

Das also war die Verbindung zwischen Goldberg und Hans Wimmer. Der Kreis schloss sich. Der Pfleger hatte vermutlich mitgeholfen, die Patienten zu entführen. Plötzlich zogen sich Henris Magenwände zusammen. War sein Vater auch in die Sache involviert? Wusste er gar von Goldbergs Nazi-Verbrechen? Er schämte sich für den Gedanken. Niemals! Dafür kannte er ihn zu gut.

Wie gut kennst du ihn wirklich?

Ein dumpfes Geräusch ließ Henri zusammenzucken. War da draußen jemand im Gang? Er legte das Buch zur Seite und griff nach der Pistole, die er auf dem Schreibtisch abgelegt hatte. Mit klopfendem Herzen richtete er die Waffe auf die Metalltür.

*

Sitting Bull harrte geduldig hinter der massiven Eisentür aus, während sich die Türklinke senkte. Über eine versteckte Kamera bekam er verzerrte Bilder auf seinen mobilen Bildschirm geliefert, wie die beiden Studenten im Tunnel zur nächsten Tür weiterzogen. Er gierte nach Action, aber noch war es nicht soweit. Beinahe wäre es schon im Schloss zur Begegnung gekommen. Was hatte Holmes nur in seinem Zimmer gesucht? Der Kerl war einfach zu neugierig. Zum Glück hatten sie ihr Ziel fast erreicht. Die Vorfreude jagte Unmengen Endorphine durch seinen Körper, zuletzt war er im Alter von fünf Jahren so aufgeregt gewesen, als er auf die Weihnachtsbescherung gewartet hatte. Damals hatte er sich so sehr ein Fahrrad gewünscht. Es war ein unerfüllter Traum geblieben, wie bislang jede Sehnsucht in seinem Leben.

Heute werde ich mich selbst beschenken!

Er genoss die Atmosphäre im kühlen Kellergewölbe, das Adam Goldberg 1974 von einer südeuropäischen Firma hatte anlegen lassen. Hier unten war er *Victor der Schreckliche* – wie Goldberg ihn einmal genannt hatte, in Anlehnung an den berühmten Schachspieler Viktor Kortschnoi, der mit seiner Kompromisslosigkeit und Kühnheit seine Gegner verängstigt hatte. Er verstand zwar nicht, wie man jemand mit Schachspielen Angst einjagen konnte, dennoch erfüllte es ihn mit Stolz. Denn sein Chef verteilte selten Komplimente. Eigentlich nie.

Goldberg hatte ihn 1976 wegen seiner medizinischen Ausbildung beim Bund auserwählt, und Victor hatte seinen Chef nie enttäuscht. Trotzdem hatte es Jahre gedauert, bis er die Chance bekam, zu beweisen, mehr zu sein als nur eine stupide Sicherheitskraft. Das Schlüsselwort lautete *Loyalität*. Victor war treu ergeben, egal was passierte, deswegen war er immer noch Goldbergs Assistent. Keiner kannte den pensionierten Chirurgen so gut wie er. Nie hatte er an seinem Chef gezweifelt oder sich ihm gegenüber illoyal verhalten, aus Dankbarkeit für sein zweites Leben. Aber war es zu viel verlangt, im Gegenzug ein wenig Wertschätzung zu erfahren?

Ohne seine Hilfe hätte der Mann die Versuche niemals durchziehen können. Obwohl sich Goldberg nie die Zeit nahm, sein Vorgehen zu erläutern, hatte sich Victor eine Menge von ihm abgeschaut. Er war ein guter Beobachter und er lernte schnell. Anfangs strebte sein Chef nach medizinischen Erkenntnissen, er wollte einen schmerzunempfindlichen Menschen entwickeln. Offiziell, weil sich damit ein Vermögen verdienen ließ. Einige Ergebnisse hatte er auch teuer verkauft, vor allem in den Nahen Osten. Die Kontakte knüpfte der Chirurg auf den weltweiten Konferenzen, bei denen er als Redner auftrat. Insgeheim suchte Goldberg aber ein Mittel gegen sein eigenes Kriegsleiden. In der Öffentlichkeit spielte er den harten Hund, der die Metallplatte in der Stirn kaum bemerkte. In Wirklichkeit hatte er starke Migräneanfälle, die mit dem Alter immer schlimmer wurden.

1984 wandelte sich Goldbergs Interesse urplötzlich, er beschäftigte sich intensiv mit Foltermethoden, um herauszufinden, wie man den Geist eines Menschen am besten brechen konnte. Für Victor war es die aufregendste Zeit, seit er im Schloss arbeitete: Er durfte die Versuchsobjekte besorgen, bei den Versuchen assistieren und die Überreste entsorgen.

Im Jahr darauf begann der Abstieg.

Eine der Krankenschwestern wurde von Goldberg schwanger. Victor hatte nie verstanden, wieso sein Chef das Risiko einging, seine Ehefrau mit dem Klinikpersonal zu betrügen. Es gab genug andere Optionen. Vermutlich törnte es ihn an, dass die Frauen finanziell von ihm abhängig waren. Goldbergs Ehefrau Irmgard war eine oberflächliche Person, zufrieden mit dem luxuriösen Leben, das ihr Ehemann ihr ermöglichte. Sie duldete dessen Affären, solange nichts an die Öffentlichkeit gelangte. Die Schwangerschaft änderte alles. Irmgard akzeptierte keinen zweiten Erben neben Samuel und forderte ihren Mann auf, das Kind abtreiben zu lassen. Obwohl dieser derselben Meinung war, kam es zum handfesten Streit. Seine Frau hatte einen großen Fehler begangen: Sie hatte es gewagt, ihm Vorschriften zu machen, ihn unter Druck zu setzen, indem sie mit Scheidung drohte.

Im Tobsuchtsanfall zerrte Goldberg seine Ehefrau ins Kellergewölbe, um ihr zu zeigen, was er in dem Fall mit ihr anstellen würde. Als er realisierte, was er getan hatte, rannte er verzweifelt zu Victor. Irmgard war eine Trinkerin, es war eine Frage der Zeit, bis sie sein Geheimnis ausplaudern würde. Deswegen inszenierten sie den Unfall an der Straße zum Schloss. Victor fuhr Irmgards Wagen gegen einen Baum und platziere dann ihren Leichnam auf den Fahrersitz.

Seinen Vorschlag, die Krankenschwester gleich mit zu entsorgen, hatte sein Chef zunächst abgelehnt. Er hatte Angst, dass die Polizei bei zwei Leichen misstrauisch werden würde. Goldberg brachte sie stattdessen mit Geld zum Schweigen. Erst nachdem sie seinen unehelichen Sohn geboren hatte, änderte er seine Meinung und gab Victor den Auftrag, beide zu beseitigen – doch da hatte sie sich bereits aus dem Staub gemacht. In unregelmäßigen Abständen forderte die Frau wieder neues Schweigegeld. Victor hatte viele Jahre damit zugebracht, sie aufzuspüren, aber immer wenn er eine Spur hatte, war sie unter einem anderen Namen bereits in die nächste Großstadt umgezogen. Irgendwann hatte er es aufgegeben.

Irmgards Tod war der Anfang vom Ende gewesen.

Kurz nach der Beerdigung schrieb sich ihr Sohn im Jurastudium ein, zusammen mit seinem besten Kumpel Marvin Schwarz. Goldberg hatte verzweifelt versucht, ihn zu überreden, Medizin zu studieren, um später in die Fußstapfen seines Vaters zu treten. Victor hatte nie etwas gesagt, es stand ihm nicht zu, aber Samuel war seit der Kindheit ein Muttersöhnchen, ein Weichei ohne Rückgrat. Er wäre nie ein würdiger Nachfolger geworden.

Im Gegensatz zu mir.

Nachdem der Sprössling ausgezogen war, verfiel der Chirurg in einen regelrechten Arbeitswahn. Sein Chef hatte einen wichtigen Auftrag von einem ausländischen Geldgeber an Land gezogen. *Projekt Ka*, wie er es nannte. Das war alles, was Victor darüber wusste, da es ihm nicht länger erlaubt war, an den Versuchen teilzunehmen.

Er war von jemand anderem ersetzt worden.

Stattdessen hetzte er monatelang durch den südbayerischen Raum, um Goldbergs Durst nach Versuchspersonen zu stillen. Victor griff sich hauptsächlich Penner und Prostituierte, bei denen das Verschwinden nicht groß auffiel. Doch sein Chef verlangte in immer kürzeren Abständen nach Opfern. Eines Abends saß er in seiner Stammkneipe, als sich Hans Wimmer zu ihm gesellte. Sie hatten in der Vergangenheit des Öfteren gegeneinander Dart oder Billiard gespielt, meist um Geld. Nachdem ihm der Mann von den einsamen Schicksalen einiger Patienten erzählt hatte, war Victor eine Idee gekommen, die er im Nachhinein verfluchte. Er wusste von den notorischen Geldproblemen des Pflegers, daher war es ein Leichtes gewesen, ihn für seine Zwecke zu gewinnen. Als die Sache mit den vermissten Patienten aufflog, war Goldberg vollkommen ausgerastet. Er hatte sogar gedroht, ihn umzubringen. Doch statt ihm einen schnellen Tod zu gewähren, hatte er ihn zwei Jahrzehnte lang als Chauffeur und Dienstbote missbraucht.

Wegen des Medienwirbels um Arno Kroos fuhr Goldberg die Versuche immer stärker zurück. Die Angst, erwischt zu werden und sein Ansehen in der Öffentlichkeit zu verlieren, überflügelte irgendwann dessen Sucht nach medizinischen Experimenten. 1991 ging der Chirurg schließlich in Pension, schloss die Klinik und kündigte im Laufe der Jahre sämtlichen Angestellten. Allen, bis auf ihn.

Ich vertraue nur dir, hatte er ihm einmal im betrunkenen Zustand gestanden.

Victor hielt seinem Chef weiter die Treue, ertrug die zunehmende Bedeutungslosigkeit und erduldete die unzähligen Demütigungen. Wofür? Weil er sich einredete, er wäre der Sohn, den Goldberg sich immer gewünscht hatte. Ein Idiot war er gewesen, das wusste er jetzt. Dank seines neuen Partners. Er hatte ihn wieder zum Leben erweckt.

Victor schaute auf seine Uhr. Es war Zeit, Holmes aus dem Arbeitszimmer zu scheuchen.

Goldberg erwartet dich bereits.

*

Nach einer Minute, in der sie regungslos ausgeharrt hatten, sah Henri Tim fragend an, der verunsichert mit den Schultern zuckte. Hatte er sich getäuscht? Er lauschte an der Tür.

Nichts zu hören.

Leise zog er sie einen Spalt auf und spähte hinaus. Der Tunnel war leer. Sie verließen das Arbeitszimmer und marschierten zur anderen Tunnelseite. In dem längeren Gang gab es vier weitere Metalltüren. Tim positionierte sich neben der ersten und riss sie nach Henris Kopfnicken auf. Die Mündung der Pistole folgte dem Lichtkegel, der tief in den finsteren, engen Raum eintauchte. Neben einer vergammelten Toilettenschüssel stand ein Klappbett mit einer verschlissenen Matratze. Dem Gestank nach zu urteilen, war die Toilette nicht ans Abwassersystem angeschlossen. Wie viele Menschen hatten in dieser Zelle auf ihren Tod gewartet? In seinem Innersten grummelte es, die aufgestaute Wut suchte nach einem Weg an die Oberfläche.

Bleib ruhig, ermahnte er sich.

Sie begaben sich zur nächsten Tür, die Tim wieder für ihn öffnete. Der Raum war größer und sauberer als die Zelle. Nachdem er ihn ausgeleuchtet hatte, wagte er es, den Lichtschalter zu betätigen. In einer Ecke erkannte er die Druckkammer. Hier war Hans Wimmer gestorben. Sein Verstand versuchte zwanghaft, das abgespeicherte Bild mit der Realität zu verbinden. Je länger er hinsah, desto deutlicher wurde das schmerzverzerrte Gesicht des Pflegers hinter der Scheibe der Druckkammer.

Ich muss hier raus!

Henri hastete in den Gang zurück und forderte Tim auf, sich vor der dritten Tür zu positionieren. Die Anspannung zerrte an seinen Nerven.

Tim zog die Metalltür auf, ohne ein Geräusch zu erzeugen. Nachdem Henri sich vergewissert hatte, dass sich niemand in dem stockfinsteren Raum aufhielt, betätigte er den Lichtschalter. Es war wie ein Déjà-vu. Ein hölzernes Becken stand am hinteren Ende. Neben einem Armaturenbrett mit Temperaturanzeige führten Schläuche in die Steinwand. In dem Kältebecken hatte Marvin Schwarz den Tod gefunden. Henri verließ den Raum, bevor sich die schrecklichen Bilder in seinem Kopf manifestierten.

Sie näherten sich der letzten Tür, als Tim plötzlich aufgeregt auf den Boden zeigte. Aus dem Spalt im Türrahmen drang ein Lichtschimmer. Henri gab Tim die Lampe, um die Pistole mit beiden Händen zu halten. Seine Finger umklammerten den Griff wie ein Ertrinkender einen rettenden Ast. Tim fasste nach dem Türgriff. Der Moment der Entscheidung war gekommen. Ihre Blicke trafen sich.

In den Augen seines Freundes erkannte er dieselbe Nervosität, die auch ihm das Atmen erschwerte – trotzdem wirkte Tim fest entschlossen. Es gab ihm Kraft, jemand an seiner Seite zu haben. Ob er ohne ihn den Mut aufgebracht hätte, sich diesem Wahnsinn zu stellen?

Sein Nicken war das Zeichen. Mit einem furchtbaren Quietschen, das in dem Tunnelgewölbe widerhallte, schwang die Tür nach außen auf. Das Überraschungsmoment war dahin – sofern es je da gewesen ist. Sein Pulsschlag dröhnte ihm in den Ohren, als er hineinstürmte und die Waffe in jede Ecke richtete. Der Versuchsraum war ähnlich spärlich eingerichtet wie die übrigen. Auch hier war niemand.

Goldberg, wo zum Teufel steckst du?

An den Wänden haftete der Leichengeruch wie der Gestank von Erbrochenem in einem gereinigten Wagen. Instinktiv atmete Henri durch den Mund, während er den Metalltisch untersuchte, der in der Mitte des Raumes im Boden befestigt war. An beiden Kopfenden gab es Schnürriemen, die silberne Oberfläche wies rötliche Flecken auf. Ein Schauer durchfuhr ihn.

Sie waren noch nicht eingetrocknet.

Daneben stand ein Rolltisch mit chirurgischen Instrumenten. Zwischen Klemmen und Skalpellen entdeckte er etwas, das ein bisschen aussah wie ein Schraubenzieher. Plötzlich wurde ihm klar, wo er es schon einmal gesehen hatte: in dem Buch über die Menschenversuche im KZ Dachau. Er würde jede Wette eingehen, dass es so ein Trokar war, was zur Leberpunktion benutzt wurde. War Plinganser damit getötet worden?

Seine Aufmerksamkeit schwenkte zum hinteren Teil des Raumes. Ein weißes Leinentuch verhüllte etwas, das aussah wie eine Statue.

»Was ist das?«, fragte Tim, der sich zu ihm gesellte.

Die Worte, obwohl nur geflüstert, ließen Henri zusammenzucken, als fürchtete er , die unheilvolle Statue würde durch sie zum Leben erwachen.

»Das sehen wir gleich«, nuschelte er zurück.

Schwerfällig bewegte er sich auf die unheimliche Statue zu. Kurz davor blieb er stehen und gab Tim die Anweisung, auf sein Kommando das Tuch herunterzuziehen. Sein Freund kniete sich auf den Boden und nahm den Eckzipfel des Leinentuches in die Hand. Henri gab das Zeichen.

»Verfluchte Scheiße!«, schrie Tim, noch bevor der Inhalt vollständig offen lag.

Henri verharrte regungslos. Das sich ihm bietende Bild erzeugte mehr Fassungslosigkeit als Panik. Der Hydra war ein neuer Kopf gewachsen. Vor ihnen stand die Leiche des KZ-Arztes Hans-Werner Ernst alias Adam Goldberg. Die abgetrennten Gliedmaßen waren mittels Stangen mit dem Körper verbunden. Eine massive Eisenstange war am Fußboden befestigt und durchbohrte den Rumpf bis zum Hals. Der enthauptete Kopf war auf die Eisenspitze gespießt. Der pensionierte Chirurg sah aus wie eine der hölzernen Gliederpuppen, bei denen man die Gliedmaßen beliebig verbiegen konnte.

Henri empfand beim Anblick des entstellten Leichnams weder Mitleid noch Genugtuung. Er war stinkwütend. Er hatte ihn selbst zur Strecke bringen wollen. Und er brauchte Antworten. Jemand hatte ihn dieser Chance beraubt. Nur wer? Wer steckte hinter all dem, wenn es nicht Goldberg war?

Tim erhob sich, den Blick von der Leiche abgewandt. »Was hat das zu bedeuten?«

»Keine Ahnung«, murmelte Henri abwesend. »Das ergibt keinen Sinn.«

Irgendjemand wollte, dass das dunkle Geheimnis des KZ-Arztes ans Licht kam. Aber warum ihn dann töten, anstatt ihn vor ein Gericht zu zerren? Goldberg hätte seinen Lebensabend im Gefängnis verbracht. Und welche Rolle spielte er selbst in dem perfiden Spiel? Oder hatte er gar keine? Hatten ihn die mysteriösen Anrufe ungewollt in die Mordserie hineingezogen?

»Tut mir leid, ich halt's hier nicht länger aus«, sagte Tim, ein Würgen unterdrückend. »Ich geh zurück ins Arbeitszimmer und pack die Unterlagen zusammen. Als Beweismittel.«

»Okay. Ich komm gleich nach.«

Tim verließ mit wackligen Beinen den Raum. Henri konnte es ihm kaum verübeln, bis vor einer Woche hätte er genauso reagiert. Am liebsten würde er seinem Freund folgen, aber er musste die Leiche erst nach Hinweisen absuchen. Er steckte sich die Waffe in den Hosenbund, bevor er an den Leichnam trat. Obwohl dieser noch keine Ausdünstungen verströmte, kamen sofort die schrecklichen Erinnerungen hoch.

Maria!

Das war zu viel für ihn. Henri wandte sich ab, ging in die Knie und presste die Handballen auf die Augen. Was hatte er nur getan, dass ihn ein solches Schicksal ereilte? Sein Mund öffnete sich, bereit, den Schmerz so lange herauszuschreien, bis der Albtraum vorbei war.

Doch das war das Problem. Es war erst vorbei, wenn der wahre Mörder hinter Gittern saß. Ganz egal, ob er tatsächlich Nachtod-Kontakte hatte, oder ob es eine rationale Erklärung für die Anrufe gab, eins war sicher: die Hinweise waren für ihn bestimmt. Es lag nun einzig an Henri, den Mörder zu überführen.

Seine Atmung wurde flacher. Er wischte sich mit dem Handrücken die Augen trocken, dann stand er auf. Vorsichtig tastete er die faltige, blasse Haut ab. Sie war erstarrt, besaß aber noch Restwärme. Der Todeszeitpunkt war nur ein paar Stunden her, was erklärte, warum die Blutflecken auf dem Tisch nicht eingetrocknet waren. Goldbergs Körper war frei von Blut, auch der Boden war sauber. Die Gliedmaßen waren nach der Amputation gewaschen worden. Wer empfand einen so grenzenlosen Hass, um das durchzuziehen? Und wer hatte überhaupt Zugang zu den geheimen Versuchsräumen? Man musste kein Meisterdetektiv sein, um auf die Antwort zu kommen.

Victor Kauz.

Zuzutrauen war es dem Hünen bei dessen Vergangenheit allemal. Und der Mann hatte ein Motiv, Henri hatte selbst gesehen, wie schlecht Goldberg seinen Angestellten behandelt hatte. Trotzdem war er nicht überzeugt von der Theorie.

Victor Kauz ist ein treuer Gefährte, aber er ist ein Befehlsempfänger, hörte er Goldbergs verärgerte Stimme im Kopf.

Entweder hatte sich der pensionierte Chirurg komplett in seinem Angestellten getäuscht, oder Kauz hatte einen Partner. Der Gedanke, es mit zwei Mördern zu tun zu haben, ließ ihn erschaudern.

Henri ging um den Leichnam herum. Eine Karteikarte hing nicht um den Hals, aber vielleicht … er inspizierte den rechten Oberarm, drehte ihn nach außen. An der Innenseite war auf die Narbe der Schusswunde eine römische Eins tätowiert worden.

Ein ungewohntes Glücksgefühl durchströmte ihn.

Endlich hatte er das fehlende Symbol für den Code. Zeit, zu gehen. Er hatte nur noch ein Ziel vor Augen: das Untergeschoss im Gymnasium.

Er wollte sich gerade auf den Rückweg machen, als ihm auf der Rückseite des Rumpfs etwas auffiel. Auf den ersten Blick sah es aus wie ein abstehender Hautfetzen, doch bei genauem Hinsehen konnte er feine Linien erkennen. Sie bildeten eine rechteckige Fläche in der Größe eines DIN-A4-Blattes. Henri strich mit dem Finger darüber. Es war ein tiefer Schnitt. Hatte der Mörder die Haut erst abgetrennt und danach wieder eingesetzt?

Es sah aus wie eine Klappe.

Er holte sich ein Messer vom Rolltisch und stieß die Spitze ins zähe Fleisch, dabei unterdrückte er den Ekel, der in ihm aufstieg. War das nicht Leichenfledderei? Henri bemühte sich, keine unnötigen Verletzungen anzurichten. Selbst ein grausamer Nazi-Verbrecher verdiente es, dass man korrekt mit seiner zurückgebliebenen Hülle umging. Die Schneide fuhr bis zum Schaft in den Einschnitt, dann traf sie auf Widerstand. Henri nutzte die Hebelwirkung, um den Hautfetzen herauszulösen. Wie ein mit einem Feuerzeug entfernter Kronkorken sprang sie heraus. Dahinter befand sich ein Hohlraum.

Mit blankem Entsetzen starrte Henri auf das Loch in Goldbergs Rumpf. Aus einer Digitaluhr führten zwei Drähte zu einem mit Folie umschlossenen Päckchen. In roten Ziffern tickte ein Countdown herunter.

2:00, 1:59, 1:58, …

Er ließ das Messer fallen und sprintete Richtung Tür.

*

Die Warterei machte Mathias Schweinberg noch wahnsinnig. Er sehnte sich nach einer Dusche, die Motorradhose klebte an seiner schweißgebadeten Haut. Doch er konnte es nicht riskieren, seinen Beobachtungsposten aufzugeben – wenngleich ihm die Observation immer sinnloser erschien. Aber er musste dringend was trinken. Er ging ins Bad, um sich ein Glas Wasser zu holen, als er beim Blick in den Spielschrank erschrak.

Maria Baumgärtner.

Vorwurfsvoll starrte sie ihn an. Ihr Anblick verfolgte ihn, seit er die Hütte verlassen hatte. Es war nicht die erste Frauenleiche, die er gesehen hatte. Lag es daran, dass sie noch so jung war? Oder die Tochter eines ehemaligen Kollegen? Bislang hatte er die Stimme in seinem Kopf konsequent unterdrückt, jetzt konnte er sie nicht länger ignorieren.

Du hast mich als Köder missbraucht.

Es war Unsinn. Seine Lüge stand in keinem Zusammenhang mit ihrem Tod. Leider ließ sich ein schlechtes Gewissen nur schwer mit Logik verdrängen. Ihren Tod hatte er nicht verhindern können, aber er sollte verdammt sein, wenn noch jemand sterben würde, weil er den Mörder nicht rechtzeitig überführte.

Nur was konnte er tun, außer hier rumzusitzen, in der Hoffnung, dass Holmes doch noch auftauchte? Oder sollte er ein Spezialkommando kommen lassen, damit sie die Tür im Keller einschlugen? Nur mit welcher Erklärung? Nein, das würde ihm Schleghuber niemals abkaufen.

Und was, wenn die Koordinaten doch nicht zum Kloster führten?

Je länger er darüber nachdachte, desto klarer wurde ihm, dass er auf Nummer Sicher gehen musste. Leider hatte seine Mutter keine Internetverbindung und die Karte lag auf der Dienststelle. Es war nur eine vage Hoffnung, aber es war seine einzige Spur. Er schnappte sich seine Motorradjacke, rannte die Treppe herunter und schwang sich auf seine Maschine. Der Nebel zwang ihn, sich konsequent an die Geschwindigkeitsbegrenzungen zu halten, trotzdem war er immer noch viel zu schnell unterwegs. Zwanzig Minuten später betrat er sein Büro. Fassungslos starrte er auf das Papier in seinen Händen, nachdem er darauf die Koordinaten abgelesen hatte.

Was zum Teufel hatte das nun wieder zu bedeuten?

*

»Tim! Wir müssen hier raus!«, schrie Henri mit voller Inbrunst, kaum dass er durch die Tür in den Tunnel gestürmt war. »Da ist eine Bombe, wir …«

Die Worte blieben ihm im Hals stecken. Die Luftschutztür am anderen Ende stand offen. Tim starrte ihn mit angsterfüllten Augen an, der Lauf einer Pistole klebte an seiner Schläfe. Die schwarze Gestalt hatte Tim in den Schwitzkasten genommen und zog ihn mit sich nach hinten. Ob es wirklich Victor Kauz war, der unter der Ski-Maske steckte, vermochte Henri nicht zu sagen. Es spielte auch keine Rolle. Er riss die Waffe aus dem Hosenbund, doch sein Gegenüber war schneller.

Blitzartig sprang Henri zurück in den Raum. Einen Sekundenbruchteil später hallten zwei Schüsse durch den Tunnel. Er kroch zum Türrahmen, presste den Rücken an die Wand. Was jetzt? Solange Kauz Tim als Schutzschild benutzte, saß er in der Falle. Beim Loslaufen hatte er reflexartig auf seine Armbanduhr gesehen. Ihm blieben nur noch eine Minute und 40 Sekunden, rechnete er sich aus. Zentimeter für Zentimeter schob er sich um den Türstock herum. Ein Knall ließ ihn innehalten. War das eine Tür?

1 Minute 15.

Henri lauschte, doch das pulsierende Blut in seinen Ohren übertönte alles. Er hielt den Atem an, um ihn herum herrschte Totenstille. Er hatte keine Wahl, er musste eine direkte Konfrontation riskieren. Mit beiden Händen umfasste er den Pistolengriff, der Zeigefinger schmiegte sich an den Abzugshebel. Mit einem Satz sprang er in den Gang und riss bei der Landung die Waffe hoch. Die schwarze Gestalt war verschwunden – mit Tim.

Die Luftschutztür war wieder geschlossen. Henri rannte zum Ende des Tunnels und rüttelte am Türgriff. Sie war abgesperrt.

»Tim! Tim?«

Wie von Sinnen trommelte er mit der Faust gegen das kalte Metall, bis ein stechender Schmerz in seine Schulter ausstrahlte. Er durfte seinen Freund nicht diesem Wahnsinnigen überlassen. Aus Verzweiflung machte einen Schritt zurück, zielte aufs Türschloss und drückte ab. Die Kugel zersplitterte, heiße Bruchstücke zischten gefährlich nahe an seinem Kopf vorbei. An der Tür war nur ein kleiner Kratzer zu sehen. Er würde sich eher selbst umbringen, als sie mit Waffengewalt aufzubekommen. Was jetzt?

50 Sekunden.

Der Countdown nahm ihm die Entscheidung ab. Er musste sich in Sicherheit bringen. Hektisch sammelte Henri die Lampe auf, die Tim fallen gelassen hatte, dann stürmte er zum Aufzug. In einer fließenden Bewegung griff er sich den Rucksack, der die Tür blockierte, und presste die Taste mit der Null. Nichts passierte.

Er drückte ein weiteres Mal.

Wieder nichts.

Plötzlich begriff er. Mit der Hand kramte er verzweifelt nach dem goldenen Schlüssel. Nach einer unerträglich langen Suche fischte er ihn aus der Hosentasche und steckte ihn ins Schloss. Die Tür ging zu, kurz darauf gab die Kabine ein mitleidiges Geräusch von sich, als wüsste sie, dass sie zu ihrer Henkersfahrt aufbrach.

25 Sekunden. Das wird verdammt knapp!

Der Aufzug hielt an, doch er schien die Zeit mit seinem letzten Fahrgast auszukosten. Panisch hämmerte Henri auf den Knopf zum Öffnen der Aufzugstür, bis sie nach schier endlosen Sekunden zur Seite glitt. Er hastete zum Ausgang, wo ihn der Gedanke wie ein Hammerschlag traf. Was, wenn ihm die schwarze Gestalt draußen auflauerte?

Vor der Eingangstür des Turms bremste er abrupt ab und spähte ins Freie.

10 Sekunden.

Dichter Nebel zog immer noch über die Grasflächen, das Schloss war nur schemenhaft auszumachen. Keine optimalen Bedingungen für einen kontrollierten Schuss – andererseits waren die beim Angriff auf den Polizeiwagen auch nicht besser gewesen.

5 Sekunden.

Henri musste alles auf eine Karte setzen. Ohne noch eine weitere Sekunde zu vergeuden, sprintete er in Richtung Schloss, leicht gebückt und Haken schlagend. Meter um Meter brachte er zwischen sich und den Turm, in ständiger Erwartung des tödlichen Einschlags. Doch er kam nicht. Vor ihm tauchte der Pool auf, dahinter erschien die Treppe zur Terrasse. Er hatte es fast geschafft.

Plötzlich zog es ihm die Beine weg, als befände er sich auf blankem Eis. Sein Hinterkopf knallte mit voller Wucht auf die Fliesen, dann wurde ihm schwarz vor Augen.

*

Der Motor vibrierte unter seinem Hintern als er mit viel zu hoher Geschwindigkeit durch Tegernsee raste. Zum Glück war kaum jemand unterwegs. Mathias Schweinberg verfluchte sich, dass er nicht viel früher versucht hatte, die Koordinaten zu überprüfen. Er hatte viel Zeit verschwendet und konnte jetzt nur noch hoffen, dass er nicht zu spät kam.

Aber was zum Teufel hatte Schloss Ringberg mit all dem Horror zu tun?

Schweinberg wusste, dass dort früher mal eine Chirurgische Klink war, der Besitzer Adam Goldberg war einer der angesehensten Bürger des Tals. War er die Verbindung zu den Ereignissen aus den letzten Kriegstagen? Oder doch nur ein weiteres Opfer?

Es blieb nur eine Möglichkeit, es herauszufinden, doch unbewaffnet würde sich Schweinberg nicht auf den Weg zum Schloss machen.

Mit quietschenden Reifen kam er vor seiner Haustür zum Stehen. Er nahm zwei Treppenstufen auf einmal und stürmte in sein Dachgeschosszimmer. Seine Waffe hatte er in einem extra angebrachten Safe im Schrank versteckt. Schweinberg musste unwillkürlich daran denken, wie er vor drei Tagen damit ins Gymnasium gestürmt war. Seine Finger hatten gezittert, als hätte er sie zuvor in Eiswasser gehalten. Wäre es zu einem Schusswechsel gekommen, hätte er sich unmöglich verteidigen können. Die Pistole sollte mit der Hand zu einer Einheit verwachsen, doch dafür musste er den Griff auf seiner Haut spüren. Auch wenn er es sich nicht eingestehen wollte, hatte er Glück gehabt, dass ihm der Mörder entwischt war. Dieser Typ bestrafte das kleinste Zögern.

Schusswaffen übten seit seiner Kindheit eine Faszination auf ihn aus. Sein Vater hatte ihn mit zehn Jahren zum ersten Mal in den Schützenverein mitgenommen. Es war ein unbeschreibliches Gefühl, wenn die Kugel aus dem Lauf trat und der Rückstoß bis ins Herz widerhallte. Nach Schießübungen war Schweinberg immer wie berauscht gewesen. Sabines Tod hatte alles verändert. Alleine der Gedanke an eine Pistole verursachte regelrechte Panikattacken, jede Berührung bereitete ihm körperliche Schmerzen. Der Handschuh war kein Heil-, sondern ein Schmerzmittel.

Das Problem war, dass er dadurch seine antrainierte Sicherheit verlor. Mit fünfzehn hatte er die Bayerische

Meisterschaft der Sportschützen gewonnen und beim Bund hatten sie ihm die Scharfschützenlaufbahn nahegelegt, worüber er intensiv nachgedacht hatte – bevor er sich mit seinen Vorgesetzten überwarf. Jahrelang hatte er im Schießstand trainiert, bis ihm auf seinem steilen Karriereweg irgendwann die Zeit dafür fehlte. Stattdessen hatte er sich Fähigkeiten antrainiert, die bei ihm deutlich schwächer ausgeprägt waren als Zielgenauigkeit. Diplomatie, zum Beispiel.

Nun ja, wirklich daran gearbeitet hatte er bis heute nicht. Vielleicht sollte er sich wieder auf seine Wurzeln besinnen. Sein Gefühl sagte ihm, dass sein Überleben bald von seiner Schusssicherheit abhängen würde.

Und dafür musste er seine Angst überwinden.

Mit klopfendem Herzen streifte er seine Motorradhandschuhe ab, die Härchen am Unterarm richteten sich auf, noch bevor die Fingerspitzen das Metall berührten. Sabines zerfetzter Kopf erschien vor seinem inneren Auge. Schlagartig wurde ihm kotzübel. Schweinberg stürzte ins Bad und übergab sich. Tränen liefen ihm die Wangen herunter.

Du erbärmlicher Schwächling. Steh auf und krall dir die Scheißknarre.

Von der Straße dröhnte Motorenlärm, wie von einer Rennmaschine, die stark abbremste. Leider gab es genug Wahnsinnige, die auch bei Nebel keinen Grund sahen, vom Gas runterzugehen. Lebensmüde.

So wie er selbst.

Minutenlang blieb Schweinberg vor der Kloschüssel sitzen. Beim Aufstehen fühlten sich seine Knie an, als wären sie aus Wachs, sodass er sich am Waschbecken hochziehen musste. Er betrachtete sein Spiegelbild. Breiige Speichelfäden trieften aus dem rotblonden Vollbart.

Schweinberg wusch sich das Gesicht, dann ging er zurück zum Schrank. Er fixierte die Pistole. Wie in Zeitlupe griff er danach, wobei er mehrfach abstoppte und gegen das Bedürfnis ankämpfte, die Hand zurückzuziehen. Mit einem letzten Ruck packte er zu. Er zuckte zusammen, als hätte er einen Stromschlag erhalten, aber er hielt den Pistolengriff fest umschlossen. Die elektrisierende Wirkung verblasste und ein lang vermisstes Gefühl von Sicherheit strahlte von seiner Hand aus.

Er ging zum Fenster und sog einen tiefen Zug der feuchten Nachtluft ein. Als er zum Gymnasium hinübersah, bemerkte er ein rotes Motorrad, das nun auf dem zuvor verlassenen Lehrerparkplatz stand. Wer konnte das sein? Ein Lehrer, der etwas vergessen hatte? Unmöglich, das Schulgebäude war offiziell gesperrt.

In dem Moment tauchte wie aus dem Nichts ein Fahrrad aus dem Nebel auf und steuerte darauf zu. Schweinberg riss die Augen auf.

Holmes!

Mit gezogener Waffe stürmte er die Treppe hinunter. Die metallischen Anschläge der Schreibmaschine begleiteten ihn nach draußen wie Trommelschläge einst die Gladiatoren im Kolosseum.

*

Es klingelte, erst aus der Ferne, dann aus nächster Nähe. Henri blinzelte. Ein weißer Schleier verdeckte den Himmel über ihm. Das Klingeln verstummte. Mühsam öffnete er die Augenlider. Er brauchte ein paar Sekunden, bis er begriff, wo er sich befand. Ruckartig schoss er mit dem Oberkörper nach oben, worauf sein Hinterkopf mit einem pochenden Schmerz reagierte. Sein Blick wanderte über das Gartenparterre. Obwohl der Nebel nachgelassen hatte, war der Efeu-Turm nur schemenhaft zu erkennen.

Wieso stand er überhaupt noch?

War die Bombe zu schwach gewesen? Oder war sie gar nicht explodiert? Und was war mit ihm passiert?

Er sah sich um. Er musste auf dem nassen Laub ausgerutscht sein, das um den Rand des Pools verstreut lag. Ein Griff in die feuchten Haare gab ihm die Gewissheit, dass er sich eine Platzwunde geholt hatte. In den letzten Tagen hatte er vermutlich mehr Gehirnzellen verloren als ein Profi-Boxer in einem Jahr. Ängstlich blickte er auf seine Armbanduhr.

Kurz vor zehn.

Ihm fehlten mindestens fünfzehn Minuten.

Henri schreckte zusammen, als das Klingeln erneut einsetzte. Mit zittrigen Fingern zog er sein Handy aus der Hosentasche. Keine Nummer. Es konnten seine Eltern sein, doch sein Bauchgefühl sagte ihm etwas anderes. Am liebsten hätte er das Telefon in den Pool geworfen, aber Verdrängung war keine Lösung.

»Ja, Holmes«, sprach er mit unsicherer Stimme.

»Ich bin es, Tim.«

Sein Herz machte einen Satz. Vielleicht war er entkommen. »Wo bist du? Geht's dir gut?«

»Hör mir zu!«

Schlagartig zog sich Henris Magen zusammen.

»Hör mir zu!«, wiederholte Tim. »Wir müssen uns treffen. Sofort.«

»Wo?«

Henris Stimme war so leise, dass er befürchtete, Tim würde ihn nicht verstehen. Aber es fehlte ihm die Kraft, sich zu wiederholen.

»Alle Antworten auf deine Fragen findest du im Untergeschoss.«

»Bin auf dem Weg.«

»Ganz wichtig: Denk an die Einheit.«

»Geht klar«, antwortete Henri wie paralysiert, ohne den Sinn von Tims Worten zu hinterfragen.

Das Gespräch wurde beendet. Es fiel ihm schwer, seine Gedanken zu ordnen, die Angst um Tim lähmte jeden Muskel. Er würde es niemals verkraften, einen weiteren Freund zu verlieren. Doch gab es überhaupt Hoffnung?

Tim ist längst tot!

In seinen Augenwinkeln sammelten sich Tränen, er kämpfte dagegen an. Es wäre eine Kapitulation. Die Machtlosigkeit machte ihn traurig und wütend zugleich. Nein, solange eine Chance bestand, würde er seinen Freund nicht aufgeben.

Mit wackeligen Knien erhob er sich. Nach den ersten Metern, in denen er mit der Balance zu kämpfen hatte, fing er an zu rennen. Im Vorhof schnappt er sich sein Fahrrad. Dabei bemerkte er, dass die rote Rennmaschine verschwunden war.

Gehörte sie Kauz?

Unwahrscheinlich. Auf einem Motorrad konnte man keine Geisel transportieren. Vielleicht dessen Partner. Henri trat in die Pedale und preschte den Schotterweg entlang. Auf halbem Weg durchbrach ein Scheinwerfer die stockfinstere Nacht. Jemand kam heraufgefahren. Er bremste in der Kurve scharf ab. Zu scharf. Mit einem Fluch auf den Lippen rauschte er über den Lenker und landete im Graben. Glücklicherweise fing ein Busch seinen Sturz ab. Es schien nichts gebrochen, aber seine Schulter würde ihn in den nächsten Tagen schmerzhaft daran erinnern. Hektisch zog er sein Rad ins Gebüsch und ging in Deckung, einen Sekundenbruchteil später schoss ein Wagen mit röhrendem Auspuff an ihm vorbei. Obwohl er in der Dunkelheit weder Fahrer noch Kennzeichen erkannte, war er sicher, dass sein Vater darinsaß. Wer sonst würde in einem Porsche Cabrio mitten in der Nacht zum Schloss rasen?

Wie tief steckst du da drin, Papa?

Für einen Moment trug er sich mit dem Gedanken, ihn zur Rede zu stellen. Schließlich siegte jedoch die Angst um Tim. Für die unvermeidliche Aussprache würde Zeit genug sein – falls er die Sache überlebte.

Während der Fahrt zum Gymnasium verfolgte ihn die Stimme seines Freundes. Henri wollte nicht akzeptieren, dass Tim dasselbe Schicksal ereilt haben sollte wie Maria. Es trieb ihn an, bis an die Belastungsgrenze zu gehen – und darüber hinaus.

Die nebelüberzogene Straße war wie leergefegt. Keine zwanzig Minuten, nachdem er das Schloss verlassen hatte, erreichte er das Schulgelände. Die Wohnung des Hausmeisters war dunkel, das gesamte Gelände war verwaist. Zielstrebig steuerte er auf den Lehrereingang zu. Daneben stand die rote Rennmaschine. Falls er mit seiner Vermutung recht hatte, würde er gleich auf zwei Täter treffen.

Was du hier machst ist Selbstmord!, ermahnte er sich. Er sollte zur Polizei gehen.

Bis die kommt, ist Tim längst tot, antwortete er sich selbst. In dem Moment wurde ihm bewusst, dass niemand seinen Aufenthaltsort kannte. Instinktiv fischte er die Visitenkarte des Hauptkommissars aus der Jackentasche. Unschlüssig ließ er sie zwischen den Fingern kreisen. Und wenn Schweinberg in die Sache verwickelt war?

Dann ist es mittlerweile auch egal.

Was hatte er noch zu verlieren? Es war ein erdrückender Gedanke, dass möglicherweise dieser Psycho-Bulle seine einzige Hoffnung auf Rettung war. Natürlich könnte er seine Mutter verständigen, aber die würde sofort seinen Vater informieren. Per SMS schrieb er dem Polizisten, wo er hinging, und listete die vier Teile des Codes auf. Er biss sich auf die Unterlippe, als er auf *Senden* drückte, dann öffnete die Tür mit dem Zentralschlüssel.

Im Erdgeschoss schlich er Richtung Bibliothek, Waffe und Lampe im Anschlag. Eine bedrückende Stille erfüllte das mittelalterliche Gebäude. Die Mauern schienen dem fröhlichen, pulsierenden Treiben der Schulzeit wie einem verstorbenen Verwandten nachzutrauern. Je tiefer er eindrang, desto stärker überkam ihn das Gefühl, sie sprächen zu ihm. Als wären sie erleichtert, die schlimmen Erinnerungen aus der Kriegszeit endlich mit jemand teilen zu können.

Über das Treppenhaus neben der Bibliothek erreichte er den Keller. Vor der Eisentür holte Henri den massiven Schlüssel heraus. Jede Umdrehung hallte wie ein Donnerschlag durch den Korridor. Spätestens jetzt war seine Ankunft kein Geheimnis mehr.

Die Mündung der Waffe folgte dem Strahl der Taschenlampe, als er die engen Steinstufen nach unten stieg. Am Fuße der Treppe leuchtete er in den stickigen Gang. Die Bücher lagen unberührt in den Regalen, die beiden Steinstatuen standen weiterhin wie stumme Zeitzeugen in den Ecken. Zu gerne würde er sie fragen, was hinter der Tür auf ihn lauerte. Mit pochendem Herzen schlich er zur Metalltür, den Blick gebannt auf die leuchtende Tastatur gerichtet. Henri drückte die Tasten: Totenkopf – Gaudreieck Oberbayern – SS-Abzeichen – römische Eins.

Es dauerte keinen Wimpernschlag, bis der Schriftzug *Falsche Eingabe* erschien. Frustriert fuhr er sich mit der Hand übers Gesicht. Die Symbole waren richtig, also musste es an der Reihenfolge liegen. Er hatte sie in der Reihenfolge der Morde gedrückt. Hatte er einen Hinweis übersehen? Für einen Moment verharrte er regungslos und ging in Gedanken die letzten Stunden durch, bis ihm Tims Worte einfielen.

Denk an die Einheit.

Aber welche Einheit? Unruhig tigerte Henri in dem Gewölbe auf und ab. *Konzentrier dich, verdammt!*

Plötzlich erhellten sich seine Gesichtszüge. Der Code war die SS-Einheit von Hans-Werner Ernst: *SS-Totenkopfstandarte I Oberbayern*. Seine Finger zitterten, als er auf der Tastatur nacheinander die Knöpfe drückte.

Sekunden verstrichen, dann erschien der grüne Schriftzug *Eingabe korrekt*, gefolgt von einem mechanischen Summen. Die Tür hatte sich einen Spalt geöffnet. Sein Puls schnellte nach oben.

Hier und jetzt werde ich die Sache beenden!

*

Die Vorbereitungen waren abgeschlossen, alles war bereit für den letzten Akt. Victor Kauz erfasste eine unerklärliche Unruhe. Er benötigte einen Augenblick, bis er das Gefühl einordnen konnte. Es war Wehmut. Die vergangenen Tage waren so intensiv, so aufregend gewesen, dass er sich wünschte, sie würden nie zu Ende gehen. Ihm wurde erneut schmerzlich bewusst, auf was er zwei Jahrzehnte lang verzichtet hatte. Doch das war Geschichte. Die traurigen Jahre verblassten wie ein schlechter Traum, seine Zukunft lag blühend vor ihm.

Sein Partner hatte Goldberg gezwungen, ein neues Testament aufzusetzen, das Victor zum Alleinerben machte. Selbstverständlich würden sie dessen Vermögen aufteilen. Es war ein immenser Vertrauensbeweis, wobei es natürlich dem Umstand geschuldet war, dass sie keinen Verdacht auf seinen Partner lenken durften. Trotzdem hätte sich nicht jeder auf den Deal eingelassen. Dafür brauchte es Respekt und Vertrauen.

Victor würde seinen Partner nicht enttäuschten, schließlich hatten sie noch große Ziele. Sie würden die Klinik wiedereröffnen und im Geheimen ihre Versuche fortführen.

Der Plan hatte funktioniert. Es war ein Meisterwerk. Im Nachhinein schämte er sich, je daran gezweifelt zu haben. Victor erinnerte sich an die Nacht, an dem sein Partner zu ihm gekommen war. Zuerst hatte er betont, wie unwürdig er Goldbergs Verhalten empfand, Victor hätte Besseres verdient, er war der wahre Erbe, nicht dieser Versager Samuel. Sein Partner hatte damit einen wunden Punkt bei ihm getroffen. Als er ihm vorschlug, den alten Mann zu töten, um an dessen Stelle das Schloss zu regieren, war Victor dennoch wütend geworden. Loyalität war ein Grundpfeiler seines Lebens, die legte man nicht ab wie einen löchrigen Mantel. Ebenfalls gestand sein Partner ihm an diesem Abend, dass er die Berghütte in Brand gesetzt hatte, in der Samuel umgekommen war. Er überließ es ihm, zu entscheiden, ob er es Goldberg erzählte oder nicht.

Tagelang hatte Victor mit sich gerungen, es aber für sich behalten. Insgeheim hatte ihm die Nachricht über Samuels Tod ein Lächeln aufs Gesicht gezaubert. Je länger er darüber nachdachte, desto deprimierender kam ihm sein Dienstbotendasein vor. Sein Chef wurde nie müde, zu betonen, dass er nur ein Befehlsempfänger war. Ein treuer Gefährte, der auf den nächsten Pfiff seines Herrn wartete.

Wie ein Schlosshund.

So hatte es sein Partner ausgedrückt. Es lag eine bittere Wahrheit in dem Vergleich. Nicht ein einziges Mal hatte ihn Goldberg eingeladen, mit ihm gemeinsam in dessen Turm zu speisen. Das durfte nur Samuel. Er hatte kein Problem damit gehabt, solange sein Chef seine Dienste wertschätzte. Immerhin hatte er alles getan, was er von ihm verlangte. Doch was war der Dank? Er wurde behandelt wie ein Dienstmädchen und mit abfälligen Bemerkungen gedemütigt. Victor Kauz verdiente eine bessere

Behandlung, deswegen entzog er Goldberg letztlich seine Loyalität. Im Herzen machte es ihn traurig, dass ihre lange Zusammenarbeit so endete, aber er empfand keine Reue.

Sein Partner hatte ihm während der Tat bis zur letzten Sekunde assistiert. Ein Novum. Bei den anderen Opfern war er nur anfangs dabei gewesen. Sie waren Marionetten, er schien keinerlei Empfindung für sie zu haben – mal abgesehen von der jungen Polizistin. Goldberg dagegen sollte so schmerzvoll wie möglich sterben. Victor hatte den Hass und die Genugtuung in den Augen seines Partners gesehen, als er dem alten Mann nacheinander Gliedmaßen und Kopf abschnitt. Er hätte einen würdevolleren Tod bevorzugt, aber er fügte sich. Außerdem bezweifelte er, dass sich sein Partner in diesem Detail von seinem Vorhaben hätte abbringen lassen. Ansonsten war er sehr offen für Victors Vorschläge.

Wie für die Bombenattrappe, um Holmes in Panik zu versetzen. Das Skelett von Arno Kroos auf dem Hügel zu vergraben, war ebenfalls seine Idee gewesen. Oder zumindest hatte er seinen Partner darauf gebracht, als er ihm erzählte, wie er den vermissten Patienten vor zwei Jahrzehnten im Wald hinter dem Schloss verscharrt hatte.

Victor fühlte sich endlich wieder als gleichwertiges Mitglied eines perfekt funktionierenden Teams – wie damals mit Sven. Es machte ihn glücklich, mit seiner Erfahrung und seinem medizinischen Wissen zu helfen. Sein Partner gab die Richtung vor, er führte die Aufträge aus. Es war dessen unbändiger Wille, der ihn letztlich überzeugt hatte, wobei er dessen wahres Potenzial anfangs nur erahnte. Der Mann war ein Genie. Die meisten hätten an dem Vorhaben gezweifelt, zu wagemutig, zu unsicher war der Ausgang. Alles hing davon ab, dass Holmes so agierte, wie es der Plan voraussagte. Er hätte nie gedacht, dass der Student wirklich so weit kommen würde.

Doch wenn er ehrlich war, bereitete er ihm weiterhin Kopfzerbrechen. Der unscheinbare Jüngling besaß einen messerscharfen Instinkt und die Eier, in den entscheidenden Situationen nicht den Kopf zu verlieren. Seit der Liebesszene am See spürte Victor allerdings, dass in Holmes Seele ein Dämon lauerte.

Wenig verwunderlich, bei dem Vater.

Holmes war der Schlüssel und gleichzeitig die Achillesferse ihres Plans. Sie hatten ihn dazu getrieben, den Hinweisen zu folgen, trotzdem blieb er gefährlich wie ein dressierter Löwe. Sie mussten die Sache beenden, bevor sie die Kontrolle über ihn verloren.

Ein mechanisches Summen kündigte den Besucher an. Victor zog seine Waffe und ging in Position. Ein Kribbeln durchflutete seine Fingerspitzen. Dieses Mal gab es keine Fluchtmöglichkeit, dieses Mal würde er nicht absichtlich vorbeizielen. Hier und jetzt endete ihre Mission.

Zeit zu sterben, Holmes!

*

Henri stieß die Tür mit der Fußspitze auf und riss die Waffe hoch. Vier Säulen, die durch Bögen miteinander verbunden waren, standen im Abstand von drei Metern um einen Metalltisch in der Mitte. Eine schmutzige Glühbirne hing darüber, ihr gelblicher Schimmer war nicht stark genug, um bis in die Ecken des Raumes vorzudringen. Ein weißes Laken überzog den Tisch – und was darauf lag. Henris Mut sank, Angstschweiß entströmte seinen Poren, jeder Atemzug war eine Qual. Er verharrte im Türrahmen, unfähig sich zu bewegen. Vielleicht sollte er doch umkehren und vor der Schule auf den Hauptkommissar warten.

Und falls Tim noch lebte?

Nein, kneifen war keine Option, es lag jetzt ausschließlich an ihm, seinem Freund zu helfen.

Mit der Schulter drückte er die Tür auf und zwängte sich durch die Öffnung. Sie fiel hinter ihm ins Schloss. Sekundenlang verharrte er neben der Tür, schwenkte die Pistole von einer Seite zur anderen. Es war totenstill. Innerlich hörte er die Schreie, von denen Frau Beck erzählt hatte. Das Leid der Menschen, die hier ihr Leben verloren hatten, schien mit den Mauern verwachsen. Der Duft des Todes hing in der Luft, doch das konnte auch Einbildung sein. Oder kam es von dem Metalltisch? Die warnende Stimme in ihm schrie immer verzweifelter: *Hau ab, das ist eine Falle.*

Henri entschied sich, erst einmal die Ecken abzusuchen. Er umkreiste die Raummitte gegen den Uhrzeigersinn. Die Waffe folgte dem Lichtstrahl, der die Dunkelheit Stück für Stück aufbohrte. Den Tisch behielt er die ganze Zeit im Auge. Henri fühlte, dass die Gefahr unsichtbar vor ihm lauerte. Der Gedanke, dass jeder Atemzug sein letzter sein könnte, war unerträglich, die Angst schnürte ihm den Hals zu. Nachdem er den Raum umrundet hatte, blieb er unschlüssig stehen. *Wo versteckst du dich, Kauz?*

Henri musste sich dem Unvermeidlichen stellen. Bedächtig näherte er sich dem Tisch. Feine Konturen zeichneten sich unter dem Tuch ab, bis unverkennbar war, dass darunter eine Person lag. Vor seinem inneren Auge wechselten sich die Gesichter der Opfer ab: Schwarz, Plinganser, Wimmer, Maria … und jetzt Tim?

Übelkeit stieg seinen Rachen empor. Er durfte nicht noch einen Freund verlieren. Er stellte die Lampe neben einem Tischbein auf den Steinboden. Dann griff er nach dem Laken. Es erforderte eine unbändige Kraft, es herunterzuziehen, und als es nach unten glitt, zog sich sein Herz instinktiv zusammen. Tim war mit Händen und Füßen an den Metalltisch gefesselt, aber er wies keine

Wunden auf. Keine sichtbaren zumindest. Henri hielt den Atem an, als er am Hals nach dem Puls suchte. Zuerst war er unschlüssig, ob das Pochen in den Fingerspitzen von der Aufregung kam, doch ein paar Sekunden später war er ganz sicher, einen Pulsschlag zu spüren. Vor Freude hätte er beinahe aufgeschrien.

Ein Geräusch ließ ihn herumfahren, panisch riss er die Waffe hoch. War da jemand an der Tür? Langsam ging er in die Knie, um nach der Lampe zu greifen. Er tastete ins Leere, wagte aber nicht, den Blick zu senken.

»Hallo, Henri.«

Er sprang auf und wirbelte herum. Die Stimme schien aus allen Richtungen gleichzeitig zu kommen.

»Du siehst verwirrt aus. Mache ich dich nervös, Sherlock Holmes?«

Es machte ihn nicht nervös, es brachte ihn schier um den Verstand. Das war unmöglich.

Tote hatten keine Stimme.

*

Mathias Schweinberg schlich die Stufen zum Keller hinunter. Es fiel ihm sofort ins Auge, dass die schwere Eisentür nun offenstand.

Holmes' SMS hatte ihn in seiner Vermutung bestätigt, dass der junge Mann unschuldig war. Er folgte der Steintreppe nach unten und sah an ihrem Ende gerade noch, wie die Tür auf der anderen Seite des Ganges ins Schloss fiel. Eilig rannte er hinterher, bis er plötzlich einen Schatten wahrnahm. Blitzartig riss er die Waffe hoch, bereit, das Feuer zu eröffnen. Doch nichts bewegte sich. Es dauerte einen Moment, bis sich seine Augen an das schummrige Licht gewöhnt hatten, das seine Lampe ausstrahlte. Erleichtert atmete er aus. Nur zwei dämliche Statuen. Diese Hetzjagd war das krasse Gegenteil von dem, was ihm sein Arzt geraten hatte.

Vor der Tastatur blieb er verwundert stehen. Ein Bedienfeld mit Symbolen. Das also hatte Holmes mit dem Code gemeint. Er drückte nacheinander die Tasten.

Ein leiser Fluch entkam ihm, als die Fehlermeldung erschien. Was nun? Hatte ihm Holmes absichtlich den falschen Code geschickt? Wohl kaum.

Ratlos stand er vor der Tür, bis ihm die Idee kam, dass es an der Reihenfolge liegen könnte. Er zog seinen Block hervor und schrieb alle möglichen Kombinationen auf: 24. Das würde ein wenig dauern, aber ein Versuch wars wert. Zumindest, solange es keine maximale Anzahl an Fehlversuchen gab. Aber was blieb ihm anderes übrig?

Schweiß bildete sich auf seiner Stirn, während er nacheinander alle möglichen Kombinationen eingab. Jeden Moment erwartete er das fatale Signal, dass die Tür nun endgültig gesperrt sei. Zum Glück schien es die Funktion nicht zu geben. Er war bei Nummer zwanzig, als endlich der erlösende Ton kam. Die Tür sprang einen Spalt auf, ein feiner Lichtschimmer fiel in den Gang. Sofort schaltete er seine Lampe aus. Mit der freien Hand schob er die Tür auf und lugte in den Raum. Holmes kauerte in der Mitte neben einem beleuchteten Tisch. Plötzlich erschallte eine Männerstimme, die aus jeder Ecke zugleich zu kommen schien. Schweinberg zwängte sich durch den Türspalt und ging hinter einer der Säulen in Deckung. Mit gezückter Waffe sah er sich um. Seine Position war nicht ideal, aber er hatte das Überraschungsmoment auf seiner Seite.

Hoffentlich zumindest.

*

»Herr Schwarz? Wie ... wie ist das möglich?«, stammelte Henri. Er hatte die Leiche selbst aus dem Wasser gezogen. Sie war obduziert worden. Hatte Toni recht gehabt? War das Ganze ein abgekartetes Spiel der Polizei?

Plötzlich kam eine weitere Stimme hinzu: »Wenn man alle logischen Lösungen eines Problems eliminiert, ist die unlogische, obwohl unmöglich, unweigerlich richtig.«

Es war der Zeitpunkt, an dem Henri vollkommen den Verstand zu verlieren drohte. Er wirbelte mehrfach herum, um zu ermitteln, woher die Stimme kam. Sein Magen protestierte. Die Waffe lag unruhig in seiner Hand.

»Direktor Plinganser? Was ... wie ... ich meine ... Sie sind tot!«, schrie er verzweifelt in die Finsternis. »Ich habe Ihre Leiche mit meinen eigenen Augen gesehen!«

»Deine Augen können dich täuschen, traue ihnen nicht!«, krächzte es von allen Seiten.

Henri erkannte Wimmers' rauchige Stimme.

»Was ... was wollt ihr von mir?«

»Kannst du dir das nicht denken?«, antwortete Plinganser.

Das muss ein Albtraum sein. Bestimmt wache ich gleich in meinem Bett auf, Maria ist am Leben und ich fliege heute Abend in die USA.

Er kniff sich in den Arm, schlug sich mit der Hand ins Gesicht, bis ihm klar wurde, dass der Horror real war. »Zeigt euch endlich, wenn Ihr euch traut!«

»Hast du Angst, Sherlock Holmes?«, fragte Schwarz.

»Leck mich!«

Er war an dem Punkt angelangt, an dem er die Sache nur noch beenden wollte. So oder so. Es dauerte eine Weile, bis er eine Antwort erhielt.

»Henri, bitte rette mich!«

Marias flehende Worte bohrten sich in sein Herz wie ein glühendes Schwert.

»Bitte Henri … lass mich nicht sterben!«

Sein Körper spannte sich an. Etwas stimmte hier nicht. Die letzten Sätze wirkten abgehackt, als hätte man lose Wortfetzen zusammengeschnitten. Plötzlich lichtete sich sein geistiger Nebel. Er ließ den Lichtstrahl über die Wände huschen, bis er in einer Ecke, knapp unterhalb der Decke, einen schwarzen Kasten erfasste. Er vibrierte, als ihre Stimme erneut erklang. Ein Lautsprecher.

Ich wurde die ganze Zeit verarscht!

Von wegen Nachtod-Kontakte, er hatte mit Tonbandaufnahmen telefoniert. Kauz – oder dessen Partner – hatte die Opfer gezwungen, die Texte aufzusprechen. Henri erschauderte bei der Vorstellung, wie perfide man ihn manipuliert hatte. Aber damit war jetzt Schluss.

Er befreite Tim von den Fesseln und rüttelte ihn an der Schulter. Als er sich nicht regte, schlug er ihm mit der flachen Hand gegen die Wange.

»Tim, wach auf! Wir müssen weg!«

Nach drei Schlägen riss sein Kommilitone endlich die Augen auf. »Henri?«, murmelte er benommen.

»Bist du in Ordnung?«

Tim sah sich um. Ihm stand die Panik ins Gesicht geschrieben. »Wo sind wir?«

»Im Gymnasium. Kannst du gehen?«

»Denk schon.«

Tim schwang die Beine vom Tisch und wollte sich hinstellen, doch die Knie gaben nach. Henri reagierte gedankenschnell und fing seinen Freund auf. Es kostete ihn wertvolle Sekunden. Als er den Blick wieder hob, blieb ihm fast das Herz stehen. Hinter einer der Säulen trat ein Schatten aus der Finsternis.

Victor Kauz.

Wie vermutet, war er die schwarz gekleidete Gestalt. Wie war der Kerl nur unbemerkt in den Raum gekommen?

»Erschieß ihn!«, schrie Tim.

Henri verharrte regungslos. Kauz stand drei Meter vor ihm entfernt und zielte mit einer Pistole auf sie. Er würde sich zig Kugeln einfangen, noch ehe er den Abzug betätigte. Doch Tims aggressiver Vorstoß schien den Hünen zu irritieren. Vielleicht hatte Kauz damit gerechnet, dass sie um ihr Leben betteln würden. Darauf konnte er lange warten. Niemals würde er das Bild abgeben, das sein Vater von ihm hatte. Außerdem wäre es sinnlos. Das Spiel war zu Ende, und eine *Verlassen-Sie-lebend-das-Untergeschoss*-Karte existierte nicht.

Henri erwartete sein unausweichliches Schicksal, doch Victor Kauz stand da wie zur Salzsäule erstarrt. In dem gelblichen Deckenlicht wirkte er mit seinem kahlgeschorenen Haupt wie eine Comicfigur. Mit verbissenem Gesichtsausdruck sah er von einem zum anderen. Es war eine unmenschliche Tortur, sodass Henri trotzig die Worte aussprach, die wahrscheinlich seine letzten waren. »Beenden Sie es endlich!«

Ein dumpfer Knall hallte durch den Raum, als der Abzugsbolzen ins Gehäuse krachte. Henris Muskeln zogen sich reflexartig zusammen, in der Erwartung des tödlichen Einschlags. Er blieb aus. Kauz drückte ein zweites Mal ab. Wieder passierte nichts. Henri blinzelte, als sein Gegenüber mehrmals panisch den Abzug betätigte. Es löste sich kein Schuss. Er schnappte nach Luft, denn ohne es zu bemerken, hatte er den Atem angehalten.

»Nun mach schon, erschieß ihn!«, schrie Tim neben ihm.

Verwirrt starrte der Hüne erst auf seine Pistole, dann zu Tim.

»Waffe weg!«, rief Henri, der nicht vorhatte, einen Unbewaffneten zu erschießen. »Legen Sie sich auf den Boden, mit den Händen über den Kopf, und …«

Kauz setzte eine wutentbrannte Grimasse auf, tiefe Zornesfalten schnitten sich in das glattrasierte Gesicht. Ohne Vorwarnung schleuderte er seine nutzlose Waffe auf ihn. Henri duckte sich weg. Aus dem Augenwinkel verfolgte er, wie sie gegen die Säule neben ihm krachte. Die Ablenkung nutzte der ehemalige Soldat, um ein Armeemesser zu ziehen. Das Licht der Glühbirne spiegelte sich in der scharfkantigen Klinge. Mit einem weiten Sprung war er bei ihnen.

»Hilf mir!«, brüllte Tim panisch.

Sein Freund stolperte rückwärts, um dem heranstürmenden Mann zu entkommen, geriet ins Stolpern und fiel der Länge nach hin. Kauz baute sich über ihm auf und holte aus. Henri riss die Pistole hoch und zielte auf dessen wuchtigen Oberkörper, doch noch in der Bewegung wurde ihm klar, dass er zu lange gezögert hatte. Ein Fehler, der Tim das Leben kosten würde.

Ein Blitz zerriss die Dunkelheit, gefolgt von einem ohrenbetäubenden Knall, der in dem Gewölbe wie ein wilder Schusswechsel nachhallte.

Der Hüne krümmte sich mit schmerzverzerrtem Gesicht, dann brach er leblos zusammen, das Messer landete krachend auf den Steinboden. Gleichzeitig trat eine weitere Gestalt ins Licht.

*

Feiner Rauch stieg von der Mündung seiner Waffe auf. Mathias Schweinberg näherte sich den beiden jungen Männern. Obwohl er überzeugt war, dass der Angreifer tot war, noch bevor er den Boden berührt hatte, behielt er ihn mit einem Auge im Blick.

»Legen Sie die Pistole auf den Tisch«, befahl er Holmes.

Henri war zu perplex, um zu gehorchen. Er hätte nicht gedacht, dass der Mann so schnell auf seine SMS reagieren würde. Oder hatte er am Ende doch was mit der Sache zu tun?

»Ich sagte weg damit!«, wiederholte Schweinberg energisch. »Und Sie, stehen Sie auf«, fügte er in Tims Richtung hinzu.

Tim starrte den Polizisten an wie einen Geist. Henri ging seine Optionen durch. Er hatte keine, also tat er wie befohlen.

Schweinberg nahm Holmes Pistole an sich und steckte sie sich vorne in den Hosenbund. Dann beugte er sich über den kahlköpfigen Hünen, um dessen Oberkörper sich eine dunkelrote Pfütze ausgebreitet hatte. Die Kugel war mitten durchs Herz gegangen. Er wandte sich wieder den beiden Studenten zu. Holmes Miene war undurchschaubar wie immer, dessen Freund dagegen war extrem nervös, auch wenn er bemüht war, es sich nicht anmerken zu lassen.

»Kann mir bitte einer erklären, wen ich da gerade erschossen habe?«, fragte Schweinberg. »Und warum er euch bedroht hat?«

»Das ist der Serienmörder«, platzte es aus Tim heraus. »Er heißt Victor Kauz und ist der Assistent von Adam Goldberg.«

»Goldberg?«, murmelte Schweinberg. »Deswegen also die Koordinaten von Schloss Ringberg. Nur warum …«

»Der Typ war früher Arzt im KZ Dachau«, unterbrach ihn Tim. »Nach dem Krieg hat er einfach mit seinen Menschenversuchen weitergemacht. Kauz hat ihm dabei geholfen und …«

»Halt mal! Wollt ihr sagen, dass Adam Goldberg hinter diesen Morden steckt?«, rief Schweinberg dazwischen. »Wieso sollten sie dann Hinweise platzieren, die dessen Nazi-Vergangenheit aufdecken? Das macht doch keinen Sinn.«

»Goldberg ist tot«, mischte sich Henri ein. »Ich vermute, Kauz hat das alles nur veranstaltet, um seinen Chef zu töten. Und er wollte, dass die Wahrheit über Goldberg ans Licht kommt. Deswegen hat er mich benutzt …«

»Stopp, genug«, stöhnte Schweinberg. »Wir klären das später.«

Der stechende Geruch der abgefeuerten Waffe hing in dem stickigen Raum. Henri konnte es kaum erwarten, wieder ins Freie zu kommen. Und er war heilfroh, dem Polizisten die SMS geschickt zu haben. Anscheinend hatte er sich in dem Mann geirrt. Trotzdem blieb er vorsichtig. Noch immer war er der Ansicht, dass Kauz das niemals alleine hätte durchziehen können. »Wie sind Sie eigentlich auf die richtige Reihenfolge gekommen?«

Schweinberg registrierte das Misstrauen in Holmes Stimme. »Hab alle Kombinationen durchprobiert.«

»Sie waren überraschend schnell vor Ort.«

»Knauseder hat mir von dem Untergeschoss erzählt, also war mir klar, dass Sie irgendwann hier auftauchen.«

Henri dachte darüber nach. Klang logisch. »Und wo sind Ihre Kollegen?«

Schweinberg leckte sich mit der Zunge über die trockenen Lippen. Es war hoffnungslos, Holmes' Vertrauen gewinnen zu wollen. Ohne auf die Frage einzugehen, marschierte er zur Eingangstür.

Henris Blick fiel auf die Pistole, die neben der Säule im Schatten lag. Der Hauptkommissar hatte sie offensichtlich übersehen. Er kniete sich hin, um sie zu untersuchen. Äußerlich wirkte sie unbeschädigt. Henri zog das Magazin heraus.

»What the fuck?!«, entfuhr es ihm.

Ängstlich vergewisserte er sich, dass ihn Schweinberg nicht gehört hatte, doch der Mann schien damit beschäftigt zu sein, die Tür aufzubekommen. Er starrte auf das leere

Magazin in seiner Hand. Kauz war Elitesoldat, ein eiskalter Killer. Wie konnte ihm ein solcher Fehler passieren?

Hinter sich hörte er dumpfe Geräusche, als würde jemand auf einen Sandsack einschlagen. Henri warf einen Blick über die Schulter und sah, wie Tim wütend auf den Leichnam eintrat.

»Du hast dich mit dem Falschen angelegt. Das hast du jetzt davon, du blödes Arschloch!«, fluchte er und setzte zum nächsten Tritt an.

»Tim, hör auf. Er ist tot. Es ist vorbei.«

»Nichts ist vorbei! Der Wichser hat viermal versucht, dich umzulegen, schon vergessen?! Und mich wollte er in alle Einzelteile zerlegen, genauso wie Goldberg.«

Tim holte erneut aus, als er von hinten am Arm gepackt wurde. »Lassen Sie den Scheiß, sonst leg ich Ihnen Handschellen an.«

Nachdem sich Schweinberg vergewissert hatte, dass der Student Ruhe gab, wandte er sich an Holmes, der mit dem Rücken zu ihm auf dem Boden kniete. »Der Code funktioniert nicht von drinnen. Haben Sie eine Idee, wie wir die Tür aufbekommen?«

Schweinberg wartete auf eine Antwort, doch der junge Mann starrte nur geistesabwesend vor sich hin.

»Hallo, ich spreche mit Ihnen. Wissen Sie wie …« Schweinberg machte einen Schritt zur Seite. Als er sah, was Holmes in der Hand hielt, zog er seine Dienstwaffe. »Waffe fallenlassen! Sofort!«

Henri hörte die angsterfüllte Stimme, als wäre sein Kopf unter Wasser. Er war so in Gedanken versunken, dass er seine Umgebung komplett ausgeblendet hatte. Wie bei einer aufgebauten Dominoreihe ergab ein Detail das nächste, bis sich alles zu einem Gesamtbild zusammenfügte. Seine Welt brach in sich zusammen. Wie hatte er sich nur so täuschen lassen können?

»Ich sagte weg mit der Waffe«, forderte ihn der Hauptkommissar erneut auf.

»Keine Sorge, sie ist nicht geladen«, antwortete Henri und zeigte dem Mann das leere Magazin.

Schweinberg entspannte sich wieder, dann runzelte er die Stirn. »Moment! Der Typ hat euch mit einer ungeladenen Knarre bedroht?«

»Sieht ganz so aus.«

»Aber warum sollte er …«

»Ja spinn ich?«, schrie Tim plötzlich hysterisch. »Die gehört ja gar nicht Kauz.«

»Ach nein? Und wem dann?«, fragte Schweinberg misstrauisch.

Tim ignorierte die Frage, stattdessen hielt er Henri die Hand hin. »Gib mal her. Ich muss sichergehen.«

Henri starrte wie paralysiert auf die Pistole.

»Nun gib schon her«, forderte ihn Tim energisch auf, und mit einem Seitenblick zum Hauptkommissar fügte er hinzu: »Was soll ich mit einer ungeladenen Waffe anstellen?«

Zögerlich reichte Henri sie seinem Freund, der damit zum Tisch zurückging, um sie im Licht zu inspizieren. Dabei drehte er ihnen den Rücken zu.

»Wusst' ich's doch«, rief Tim freudig erregt.

»Was wussten Sie?«, fragte Schweinberg genervt. »Wem gehört nun die Knarre?«

Henri hatte sich aufgerichtet, das leere Magazin in der Hand haltend, und blickte angespannt zu seinem Kommilitonen. Seine Hoffnung, sich getäuscht zu haben, wurde jäh zerstört, als er hörte, wie ein Sicherungsbolzen einrastete. Blitzartig wirbelte Tim herum.

»Mir!«

*

435

Schweinberg griff nach seiner Waffe, doch Tim zielte auf den Hauptkommissar. »Das würde ich unterlassen! Sie ist jetzt geladen.«

»Legen Sie die Pistole runter, sonst …«

»… erschießen Sie mich? Sie wären tot, noch bevor Sie Ihre Knarre ziehen. Sofern Sie über einen Selbsterhaltungstrieb verfügen, tun Sie ab sofort, was ich Ihnen sage.«

Tims Augen blitzen erwartungsfroh, der Mund zu einem feinen Lächeln verformt. Eine triumphierende Autorität lag in dessen Stimme, garniert mit einem Schuss Arroganz. Henri verfluchte sich, wie er sich in diesem Menschen so hatte täuschen können.

»Aber warum …«

»Tim hat mit Victor Kauz die Morde begangen«, unterbrach Henri den Hauptkommissar. »Er hat mir am Telefon die aufgezeichneten Textbausteine der Opfer vorgespielt, sodass ich dachte, mit ihnen zu sprechen. Er hat auch die Hinweise auf den Leichen für mich platziert, und er hat das Skelett vergraben, damit ich es finde. Das war alles nur ein Spiel, um Goldbergs Vergangenheit aufzudecken.«

Tim verzog anerkennend die Mundwinkel. »Mein Freund Sherlock hat recht.«

Henri ballte die Fäuste, als er den verhassten Namen hörte. »Ich hab gesagt, du sollst mich nicht so nennen.«

»Du scheinst tatsächlich ein Problem mit deinem berühmten Namensvetter zu haben, wenn du dich sogar jetzt daran störst.« Tim lachte wie ein Vater, der sich über seinen renitenten Sohn amüsierte. Dann wandte er sich Schweinberg zu. »Bevor wir weitermachen, legen Sie bitte die beiden Pistolen auf den Boden und schieben Sie sie mit dem Fuß zu mir.«

Schweinberg zögerte bewusst einen Moment und versuchte, seinen Gegner einzuschätzen. Bei der Befragung hatte er in dem Studenten ein zukünftiges Mitglied der Jungen Union gesehen. Für sein Alter war er erstaunlich selbstsicher, sowohl in der Argumentation als auch in seinem Handeln. Das hieß zwar nicht, dass er mit einer Waffe umgehen konnte, aber die kurze Entfernung erforderte kaum mehr als ein Abdrücken. Mit einem Murren folgte er der Aufforderung. Tim hob die Pistolen auf und legte sie neben sich auf den Tisch.

»Meine Leute sind bereits auf dem Weg hierher. Es ist besser, Sie ergeben sich gleich.«

Tim brach in ein selbstgefälliges Gelächter aus. »Netter Versuch. Keiner wird kommen. Ich würd sogar wetten, es weiß niemand, dass Sie hier sind.«

Nah dran, musste sich Schweinberg eingestehen. Knauseder wusste es. Leider hatte er ihm eingetrichtert, nichts zu erzählen. Es war töricht gewesen, auf eigene Faust loszuziehen. Aber wenn der Kerl glaubte, er würde vor ihm zu Kreuze kriechen, hatte er sich geschnitten.

»Und was haben Sie jetzt vor? Wollen Sie uns auch umbringen? Dann bringen Sie es gefälligst hinter sich. Na los, worauf warten Sie noch?«

Schweinberg schnaufte wie ein Walross. Henri konnte nicht abschätzen, ob der Hauptkommissar einen Plan hatte oder ob er die Kontrolle über sich verlor. Falls es eine gezielte Provokation war, verfehlte sie ihre Wirkung.

»Darüber muss ich erst nachdenken, Sie waren nicht zur Abschiedsparty eingeladen. Bislang war alles so eingetroffen, wie ich es geplant hatte. Naja, fast alles. Ihr Erscheinen stellt mich vor eine neue Herausforderung. Aber ich nehme Sie mit Freude an.«

Tim sprach wie ein Wissenschaftler, der eine bahnbrechende Entdeckung gemacht hatte. »Doch nun halten Sie die Klappe. Hier geht es um mich und Sherlock. Sie sprechen nur, wenn ich es Ihnen erlaube.«

Henri konnte im Augenwinkel sehen, wie sich der Hauptkommissar auf die Lippe biss. Tim wandte sich ihm zu, die Waffe weiterhin auf Schweinberg gerichtet. »Du hast bestimmt viele Fragen. Schieß los!«

»Warum hast du sie umgebracht? Und was hab ich damit zu tun?«

Tims diabolisches Lachen hallte in dem niedrigen Raum wider. »Oh nein, so einfach mache ich es dir nicht. Beginn von vorne.«

Es war ein Spiel und sein Gegenüber diktierte die Regeln. Henri musste mitspielen, um eine Chance zu haben. »Wieso wurden die Parlamentäre erschossen?«

»Jetzt verstehen wir uns. Der alte Sack hat mir alles verraten. Unfreiwillig, aber im Angesicht des Todes sehr ausführlich.« Tim räusperte sich, nahm eine aufrechte Haltung ein, als hätte er sein Leben lang auf diesen Moment gewartet. Das hier war seine Bühne. »Ende 1944 wurde Hans-Werner Ernst bewusst, dass Deutschland den Krieg verlieren würde. Deswegen suchte er fieberhaft nach einer Möglichkeit, der Strafe durch die Alliierten zu entfliehen. Zuerst spielte er mit dem Gedanken, auszuwandern, wie so viele andere, doch dann lernte er den Juden Adam Goldberg kennen. Wie du weißt, mussten in den KZs häufig Insassen den Ärzten assistieren. Über die Zeit erfuhr er so von dessen Lebensgeschichte. Und da äußerlich eine gewisse Ähnlichkeit bestand, entwickelte er den Plan, dessen Identität anzunehmen. Dank der Beziehungen seines Vaters wurde er ins Kloster Tegernsee versetzt, wo er sich sein kleines Versuchslabor einrichtete. Er bestach ein paar Aufseher von der SS, dass sie ihm immer wieder Insassen aus dem KZ ins Lazarett transportierten – unter anderem Adam Goldberg. Er ging mit dem Juden dessen Familiengeschichte so oft durch, bis er sie verinnerlicht hatte. Kurz vorm Einmarsch der Amerikaner brachte Ernst ihn um, dann nahm er einen Eingriff an seinem Gesicht vor, um die Täuschung perfekt zu machen.«

»Was hat das mit den Parlamentären zu tun?«, fragte Henri, obwohl er einen Verdacht hatte.

»Dr. Beck kam ihm leider auf die Schliche. Goldberg bemerkte, dass etliche Dokumente verschwunden waren, die ihn vors Kriegsgericht gebracht hätten. Als sich Dr. Beck den beiden Parlamentären anschloss, wurde er misstrauisch. Er gab den SS-Schergen, die den Eingang zum Untergeschoss bewachten, den Befehl, die vermeintlichen Vaterlandsverräter aufzuhalten und ihm die Leiche des Mannes zu bringen. Ohne ins Detail zu gehen: Man wird dessen Überreste nie finden. Beim Kriegsende floh er für einige Wochen auf eine Almhütte, bevor er ins Tal zurückkehrte und sich als Adam Goldberg ausgab.«

Tim hielt inne, als erwartete er Applaus. Henri konnte nicht sagen, vor wem er sich mehr ekelte: Dem ehemaligen KZ-Arzt oder seinem Kommilitonen, den er bis vor Kurzem noch für seinen Freund gehalten hatte.

Ich muss ruhig bleiben.

»Wieso ist das keinem aufgefallen?«

»Goldbergs gesamte Familie war im KZ umgekommen. Im Kloster Tegernsee hatten ihn nur wenige Menschen zu Gesicht bekommen, da er sich hauptsächlich im Untergeschoss aufhielt. Das Chaos nach Kriegsende war riesig, er kannte die Familienverhältnisse, zudem wurden Ärzte in der Zeit händeringend gebraucht. Er wurde schnell unverzichtbar, so dass niemand seine Herkunft infrage stellte.«

Henri wagte einen Seitenblick zu Schweinberg, dessen Augen gebannt Tims Hand fixierten. Bereitete der Polizist einen Angriff vor? Hoffentlich nicht, die Erfolgsaussichten waren gleich null.

»Was haben die drei Opfer mit Goldberg zu tun?«

»Samuel war ein Alkoholiker wie seine Mutter. Nach einem Anwaltskongress hatte er seinem Kumpel Schwarz im Rausch das dunkle Geheimnis seines Vaters verraten. Schon seit Jahren benutzte er sein Wissen, damit dieser ihm den Geldhahn nicht zudrehte.«

»Woher wusste er davon?«

»Der alte Sack hatte es ihm selbst erzählt, in der Hoffnung, dass sein Sohn in seine Fußstapfen treten würde. Eine tragische Fehleinschätzung.«

»Wieso ist Schwarz nicht zur Polizei gegangen?«

»Der Kerl war hochverschuldet und sah seine Chance, Goldberg zu erpressen. Die Facharbeit diente ihm lediglich als Alibi, um aussagen zu können, dass er dadurch auf das Geheimnis gestoßen sei.«

»Und Plinganser steckte auch mit drin?«

»Nein. Der entdeckte beim Umbau des Gymnasiums den nach dem Krieg zugemauerten Raum. Als Goldberg davon erfuhr, übte er massiven Druck auf den Direktor aus, um den Zugang für alle Zeiten zu verschließen. Plinganser war kein Idiot, er fand schnell heraus, dass Goldberg etwas zu verbergen hatte. Und da dein ach so geschätzter Direktor ehrgeizige Karrierepläne hatte, ließ er sich seine Verschwiegenheit einiges kosten. Ohne die finanzielle und politische Unterstützung hätte Plinganser nie eine solche Stellung im Tal erlangt.«

»Was ist mit Wimmer?«

»Der Pfleger gab Kauz Bescheid, sobald die Patienten aus der Klinik entlassen wurden, damit dieser sie entführen konnte. Der wusste nichts, war nur an der Kohle interessiert. Wimmer wurde durch das Schweigegeld all die Jahre am Leben gehalten. Er gab sich jedoch mit viel, viel weniger zufrieden als der Direktor oder …«

Tims Mundwinkel verzogen sich zu einem selbstherrlichen Grinsen, die eiskalten blauen Augen funkelten geheimnisvoll. Es dauerte ein paar Sekunden, bis Henri die Andeutung verstand.

»Was hat mein Vater mit all dem zu tun?«

Seine Stimmbänder fühlten sich an wie vertrocknetes Leder. Er fürchtete sich vor der Antwort..

Tim senkte die Mündung der Waffe für einen kurzen Augenblick. Schweinberg zuckte zusammen, sämtliche Muskeln spannten sich an. Tim registrierte die Bewegung und riss die Pistole wieder hoch. »Ganz ruhig, Bulle. Wir wollen doch nichts Unüberlegtes tun.«

Schweinberg blies die Backen auf.

»Mein Vater. Was weiß er?«, wiederholte Henri die Frage in aggressivem Tonfall.

Tim bedachte den Hauptkommissar noch ein paar Sekunden mit einem eisigen Blick, bevor er sich ihm zuwandte. »Er kam Wimmer und Kauz auf die Schliche. Tut mir leid, dass du es auf diese Weise erfährst, aber er ist genauso käuflich wie all die anderen Aasgeier.«

Henri ignorierte die geheuchelte Anteilnahme. »Wusste er über Goldberg Bescheid?«

Tims Mundwinkel zuckten belustigt. »Was sagt dir dein Bauchgefühl? Würde ihn die Wahrheit interessieren, oder würde er nur stumm das Geld einstreichen?«

Sein Bauch fuhr mit ihm Karussell. Henri hatte gedacht, er würde seinen Vater kennen. Trotzdem wollte ihm keine Antwort einfallen. Wie sollte er ihm jemals wieder vertrauen?

Aktuell hast du ganz andere Probleme, rief er sich in Erinnerung.

»Und was hast du mit der ganzen Geschichte zu tun?«

Tim strich sich durchs glänzende Haar, bevor er sich großspurig räusperte, als verkünde er den nächsten Papst.

»Adam Goldberg ist – Verzeihung – war mein Vater.«

*

»Ihr Vater?«, platzte Schweinberg heraus.

Tim drehte sich genervt zu dem Hauptkommissar. »Ich kann mich nicht erinnern, Sie zum Reden aufgefordert zu haben!«

Schweinberg ballte die Hand zur Faust, schluckte den Ärger jedoch herunter.

»Wie ist das möglich?«, lenkte Henri die Aufmerksamkeit auf sich. »Der müsste da ja über siebzig gewesen sein.«

»Meine Mutter war Krankenschwester im Schloss. Goldberg vergnügte sich gerne mit dem weiblichen Personal, auch im hohen Alter. Ich bin das Resultat. Für ihr Schweigen bekam sie Geld. Kurz nach meiner Geburt verließ sie das Tal und startete ihre Reise durch die Großstädte Deutschlands. Erst später erfuhr ich, dass sie ständig auf der Flucht vor Kauz war, der sie beseitigen sollte. Für sie war ich nur ein Druckmittel, damit sie an ihre Kohle kam. Zum Dank durfte ich mich an der täglichen Portion Schläge erfreuen, bevor sie sich ins Koma soff oder es vor meinen Augen mit irgendeinem Arschloch trieb. Was soll ich sagen: Familie ist Krieg.«

Tim zuckte mit der Schulter, was die Wucht der Worte ins Lächerliche zog.

»Ich nehme an, der Brand, in dem deine Mutter umkam, war kein Unfall.«

»Da liegst du richtig. Als sie und ihr Macker eines Abends hackedicht im Wohnzimmer eingeschlafen sind, hab ich mit ein paar Zigaretten die Couch angezündet. Ich hätte mir gewünscht, zusehen zu können, wie sie geröstet wurden. Naja, die verpasste Gelegenheit hab ich bei meinem Vater nachgeholt.«

»Du hast ihn wegen seiner Vergangenheit getötet?«

»Ich hab ihn getötet, weil er mich verleugnet hat. Für ihn war ich nur ein Bastard und Schmarotzer. Am meisten habe ich ihn aber dafür gehasst, weil er mich der Schlampe ausgeliefert hat.«

Für eine Sekunde glaubte Henri, in die verletzte Seele eines Kindes zu blicken, doch so schnell sich das Tor geöffnet hatte, so schnell schnappte es auch wieder zu.

»Wusste sie von Goldbergs Nazi-Vergangenheit?«

»Nein, sie vermutete lediglich, dass er nicht der Mann war, für den er sich ausgab. Das hatte sie bei einem Streit zwischen ihm und seiner Ehefrau aufgeschnappt. Ich hab immer genau zugehört, wenn meine Mutter im Suff von ihrer Zeit auf Schloss Ringberg erzählt hat. Das Gute an Alkoholikern ist, dass sie dir bereitwillig Dinge erzählen, die sie sonst nur unter Folter preisgeben würden. Und das Beste: Sie erinnern sich am nächsten Tag nicht mal mehr daran!«

»Und wie hast du davon erfahren?«

»Dank meiner Zivi-Zeit auf dem Schloss, das war wirklich eine glückliche Fügung. Ich habe mir heimlich einen Zweitschlüssel machen lassen und bin nachts auf Erkundungstour gegangen. Glücklicherweise hatte Victor eine nützliche Angewohnheit: Er sprach im Schlaf. Unablässig redete er von irgendwelchen Versuchen. Ich fing an, herumzustöbern, und entdeckte den Zugang zum Versuchslabor. Danach entwickelte ich meinen Plan, es meinem Vater endlich heimzuzahlen.«

»Hattest du keine Angst vor ihm?«

»Ach was, der alte Sack war viel zu weich geworden. Der wollte nur noch seinen Lebensabend in Ruhe verbringen.«

»Wieso hast du ihn nicht im Schlaf getötet wie deine Mutter?«

»Der Tod ist doch für einen Mann um die Hundert keine Bestrafung mehr, sondern eine Erlösung: Ich wollte ihm das Wichtigste im Leben nehmen: sein Ansehen. Seine Nazi-Vergangenheit musste ans Licht kommen.«

»Dafür hättest du einfach zur Presse gehen können?«

»Jede Vision verlangt ihre Opfer.«

»Was für eine Vision?«

»Ich hatte die Vision, einen perfekten Mord zu begehen. So perfekt, dass ihn nicht einmal Sherlock Holmes würde lösen können.«

Henri erinnerte sich an das Gespräch mit Tim. Damals hatte er nicht bemerkt, wie besessen sein Kommilitone von der Detektivfigur war.

»Du hast unschuldige Menschen wegen einer dämlichen Idee umgebracht?«

»Keine Idee, eine Vision!«, schrie Tim. Zum ersten Mal zeigte sich ein Riss in dessen souveräner Fassade. »Sie hat mich über all die Jahre am Leben erhalten, hat mich die Schläge und Erniedrigungen aushalten lassen. In meinen Gedanken war ich frei. Jahrelang hab ich davon geträumt, meine Vision zu verwirklichen, und als ich die Chance bekam, habe ich zugegriffen. Alles was mir noch fehlte, war ein würdiger Gegenspieler – mein persönlicher Sherlock Holmes, wenn man so will.«

Zwei imaginäre Hände drückten Henri die Kehle zu. Er bekam Atemnot, murmelte mehr zu sich selbst als zu Tim: »All diese Menschen sind gestorben, weil ich zufällig denselben Namen trage?«

»Nenn es Zufall, für mich war es eher Schicksal. Aber falls du dich dann besser fühlst: Sie wären so oder so gestorben. Eigentlich hatte ich deinen Vater auserwählt, immerhin steckte er mit drin in der Sache. Erst während unserer gemeinsamen Zeit im Studium wurde mir klar, dass du das wahre Genie in deiner Familie bist.«

»Wie hast du Kauz überhaupt dazu gebracht, dir zu helfen?«

»Victor war wie ein Vampir: Ein Blutstropfen genügte, um den Killer in ihm zu reaktivieren. Zudem gefiel ihm die Vorstellung, Alleinerbe vom Schloss zu sein.«

»Und zum Dank für seine Hilfe hast du sein Magazin entleert. Er war auch nur eine Spielfigur, hab ich recht?«

Tim nickte. »Sein Auftrag war erfüllt. Ich brauchte Victor als Täter und Sündenbock. Durch die Erbschaft hatte er ein perfektes Motiv.«

»Wie habt ihr die Morde vor Goldberg geheim halten können?«

»Victor hat seine Tabletten gegen Schlafpillen ausgetauscht. Der hätte es nicht mal gemerkt, wenn wir jemand auf seinem Bett zerstückelt hätten. Aufgeschreckt hat ihn der Tod des Anwalts dennoch. Und als danach das Skelett auf dem Franzosenhölzl gefunden wurde und sich das Gerücht verbreitete, es könnte dieser Parlamentär sein, war er erst recht verunsichert. Deswegen hat er dich auch zu sich eingeladen – genauso wie ich es vorausgesehen hatte.«

Schweinberg sog hörbar die Luft ein. Henri registrierte, wie stickig es in dem niedrigen Gewölbe geworden war.

»Du siehst, mein Plan war perfekt«, fuhr Tim fort. »Zugegeben, er war riskant und erforderte ab und an spontane Anpassungen.« Tim bedachte Schweinberg mit einem abfälligen Blick. »Aber das macht ein Genie aus. Ich habe ein Meisterwerk erschaffen!«

Die Selbstbeweihräucherung seines Kommilitonen schürte Henris Wut. Vor allem auf sich selbst. Er zweifelte an seiner Menschenkenntnis. Tim schien seine Gedanken zu erraten. »Muss weh tun, wenn man feststellt, dass man nur eine Marionette war.«

Henri hätte sich am liebsten geohrfeigt, dass er den Hinweisen wie ein treudoofer Hund nachgegangen war. Aber für Selbstgeißelung war keine Zeit. Er musste sich darauf konzentrieren, Tim zu beschäftigen, es war die einzige Chance, hier lebend raus zu kommen. »Du hattest doch bloß Glück.«

»Glück? Nein, mein Lieber. Ich hab jeden deiner Schritte vorausgeahnt. Ich wusste, dass du den Hinweisen nachgehen würdest, egal wie groß die Hindernisse waren. Henri Holmes, du bist getrieben davon, alles zu verstehen. Und Gefahr zieht dich an.«

»Schwachsinn!«

»Ich kenn dich besser als du dich selbst. Deswegen habe ich Victor befohlen, die Klärgrube auf der Skiclubhütte zu sabotieren. Mir war klar, dass du dorthin flüchten würdest.«

Er spürte einen unbändigen Hass durch seine Adern strömen. »Warum hast du Maria umgebracht? Sie hatte nichts mit alldem zu tun.«

»Ich?! Da tust du mir unrecht. Victor hat die Morde begangen.«

»Auf deinen Befehl«, schrie Henri.

»Der Punkt geht an dich. Ich will dir ein Geheimnis verraten: Ich find Leichen echt widerlich.« Tim zog eine Grimasse. »Dankenswerterweise hat mir Victor alles abgenommen. Er war der perfekte Handwerker für das perfekte Verbrechen. Und ich der Architekt.«

Schweinberg zischte verächtlich. »Ein Architekt des Todes oder was?«

»Architekt des Todes?« Tim legte den Kopf schief. »Das gefällt mir. Wirklich.«

»Warum hast du Maria umgebracht?«, brüllte Henri so laut, dass sein Körper zitterte.

»Ursprünglich sollte es Toni treffen, Maria war nie eingeplant gewesen. Doch als sie sich dir an den Hals geschmissen hat, wurde sie zu einer Gefahr, deswegen hab ich meinen Plan geändert. Ich hab Tonis Kette geklaut und den Verdacht auf ihn gelenkt. So konnte ich dir beide Verbündete auf einmal nehmen. Ein genialer Schachzug, musst du zugeben.«

Eine unangenehme Stille breitete sich aus. Der Gedanke, mitverantwortlich für Marias Tod zu sein, lähmte Henri für einen Moment, dann kochte erneut die unbändige Wut auf Tim in ihm hoch. Seine Finger ballten sich zu Fäusten, die Beinmuskeln spannten sich an. *Ich schlag ihn tot!*

Tim war drei Meter entfernt. Mindestens eine Kugel würde Henri treffen, doch solange sie Kopf und Herz verfehlte, war es ihm egal. Hauptsache er bekam das Schwein zu fassen.

»Und was haben Sie jetzt mit uns vor?«, fragte Schweinberg, als er spürte, dass Holmes kurz davor war, den Wahnsinnigen anzugreifen.

Gemeinsam hatten sie eine Chance, ihn zu überwältigen, allerdings würde sich einer von ihnen eine Kugel einfangen. Und das sollte nicht derjenige sein, der sein Leben noch vor sich hatte.

»Kann es sein, dass Sie ein Problem damit haben, sich an Vorschriften zu halten?«

Tim griff mit der freien Hand nach der Dienstwaffe, die Henri der toten Polizistin abgenommen hatte, und zielte auf Schweinberg. »Aber um Ihre Frage zu beantworten: Für Sie ist das Spiel zu Ende.«

Er drückte ab.

*

Die Kugel durchschlug die Lederjacke knapp unterhalb des Brustbeins. Mathias Schweinberg presste krampfhaft die Finger auf die Wunde, von der ein brennender Schmerz in alle Gliedmaßen ausstrahlte. Er taumelte, verlor die Kontrolle über seine Beine und wäre kopfüber auf den harten Steinboden geknallt, wenn ihn Holmes nicht aufgefangen hätte. Ihm wurde kotzübel, kalter Schweiß perlte ihm auf der Stirn.

Vorsichtig setzte Henri den schwerverletzten Hauptkommissar ab und lehnte ihn mit dem Oberkörper an eine der Säulen. Dann öffnete er dessen Jacke. Ein dunkelroter Fleck hatte sich auf dessen T-Shirt ausgebreitet. Er zog seinen Sweater aus und drückte ihn auf die blutende Stelle. Der Polizist stöhnte schmerzhaft und verdrehte die Augen.

»Wer hätte gedacht, dass aus euch noch Freunde werden«, kommentierte Tim mit einer Mischung aus Überraschung und Belustigung.

Henri wandte sich seinem Kommilitonen zu, der mit beiden Waffen auf ihn zielte. Aus einem Lauf stieg feiner Rauch auf. »Du mieses Schwein!«

Tim setzte ein beleidigtes Gesicht auf. »Mein lieber Sherlock, ich bin schockiert. So ein niveauloser Ausbruch sieht dir nicht ähnlich.«

Leg die Pistole weg, dann zeig ich dir eine ganz neue Seite von mir.

Er musste seine Gefühle unter Kontrolle halten, sonst hatte er keine Chance. »Wie ist dein Plan? Erschießt du uns und plädierst auf Notwehr?«

»Ja und nein«, antwortete Tim. »Ich werde dich töten, aber meine Story ist eine andere.«

»Na, da bin ich mal gespannt.«

»Wieso glaubst du, dass ich sie dir erzähle?«

»Falls du nicht vorhast, danach ein Buch darüber zu schreiben, wird niemand von deinem genialen Plan erfahren. Ich bezweifle, dass dein Ego das verkraftet.«

Tim schmunzelte. »Ertappt. Oh Sherlock, du wirst mir fehlen.«

»Erspar mir die Heuchelei.«

Tim seufzte. »Kein Sinn fürs Drama. Also gut: Ich werde aussagen, dass du hinter allem steckst und zusammen mit Victor die Morde begangen hast. Du wolltest mich umbringen, glücklicherweise ist dir Schweini gefolgt. Der Bulle tötete Victor, bevor er von dir erschossen wurde. In dem Chaos habe ich mir Victors Waffe geschnappt und einen Schuss auf dich abgefeuert – mit tödlichem Ausgang.«

»Und welches Motiv hätte ich?«

»Du warst verrückt, hast dir eingebildet, dass die Opfer dich dazu gezwungen haben.«

Henri zischte verächtlich. »Sorry, aber das kauft dir niemand ab.«

»Du hast bei der Polizei ausgesagt, dass dich die Toten angerufen haben. Schon vergessen?«

Zerknirscht musste er sich eingestehen, dass seine Außendarstellung in den letzten Tagen massiv gelitten hatte.

»Abgesehen davon haben die wenigsten Massenmörder ein nachvollziehbares Motiv. Ironischerweise macht die Anwesenheit des Bullen meine Geschichte noch glaubwürdiger.«

Henri wollte anmerken, dass man Tim anhand der Schmauchspuren überführen würde, als ihm die durchsichtigen Plastikhandschuhe auffielen. Tim musste sie sich übergezogen haben, bevor er das volle Magazin eingelegt hatte. Auf eine perverse Art beeindruckte ihn der Plan. Er war nahezu perfekt. Trotzdem hatte Tim einen kleinen Fehler begangen, der Henri die Chance bot, diesen Wahnsinn zu überleben. Auch wenn sein Vorhaben äußerst riskant war.

»Und falls die Polizei herausfindet, dass du Goldbergs Sohn bist? Das wird sie misstrauisch machen.«

Tim lachte schrill. »Wie sollen sie das herausfinden? Nur weil meine Mutter vor zwei Jahrzehnten in Gold-

bergs Klinik gearbeitet hat? Du überschätzt die Bullen.«
Tim blickte zu Schweinberg. »Anwesende ausgenommen. Sie verdienen meinen Respekt. Leider bezahlen Sie
dafür mit Ihrem Leben. Ironie des Schicksals.«

»Verschon mich und bring es endlich hinter dich, du
kleiner Pisser!«, keuchte Schweinberg. Jedes Wort brannte in seinen Lungen. Er musste husten, was den Schmerz
verstärkte.

Henri sah den Hauptkommissar sorgenvoll an. Der
Mann hatte bereits viel Blut verloren. »Nicht sprechen.
Pressen Sie das T-Shirt weiter auf die Wunde.«

Schweinberg umklammerte den blutgetränkten Stoff.
Er wollte nur noch, dass es endete. Was sollte das Frage-
und-Antwort-Spiel? Sie waren im Arsch. Da interessierte
es ihn einen Scheiß, wie der Wahnsinnige davonkam.

Henri stand auf und ging einen Schritt auf Tim zu. »Du
verzichtest freiwillig auf das Schloss und das Vermögen?«

»Goldberg war nicht mehr so wohlhabend wie früher.
Auf seinem Konto waren nur noch dreihunderttausend,
die habe ich von Victor abheben lassen und in Sicherheit
gebracht. Damit werde ich mir mein Studium finanzieren.
Und was das dämliche Schloss angeht: Jeder Stein, jeder
Nagel und jeder Grashalm stinkt nach meinem Vater.
Niemals könnte ich darin leben. Außerdem brauche ich
meine Freiheit. Mein Weg zum Moriarty des neuen Jahr-
tausends hat erst begonnen, ich werde Pläne entwickeln,
um die Bullen in allen Großstädten Europas vor unlös-
bare Aufgaben zu stellen.«

»Du bist krank«, zischte Henri.

»Besser krank als tot.«

Tim zielte mit der Pistole, mit der er zuvor auf Schweinberg geschossen hatte, auf Henris Kopf.

»Laut deiner Geschichte hast du mich aber mit Victors
Waffe erschossen.«

Er hoffte, dass man ihm die Angst nicht anhörte. Sein Leben hing davon ab.

Tim stieß ein lang gezogenes »Oh« aus, als er seinen Fehler realisierte. »Danke für den Hinweis. Selbst in dieser ausweglosen Situation bleibst du deinen Prinzipien treu. Das mag ich so an dir. Ich werde dich wirklich vermissen. Wer weiß, ob ich jemals wieder einen so ebenbürtigen Gegner finde.«

Tim zielte nun mit der anderen Pistole auf ihn. Henri hielt die Luft an, seine Muskeln verkrampften, die Atmung wurde flacher. Er zitterte am ganzen Körper, Schweißtropfen rollte ihm über die Stirn. Angstschweiß.

In den letzten Tagen hatte er mehrfach an den Punkt gestanden, an dem er dachte, sein Leben wäre zu Ende. In diesem Augenblick hatte er die Gewissheit. Die Sache würde hier enden – so oder so. Tim lächelte wie jemand, der einen guten Freund verabschiedete, und wusste, dass er ihn nie wiedersehen würde. Ihre Blicke trafen sich. Der Moment der Entscheidung war gekommen.

Bitte, Gott, sofern es dich gibt, lass das klappen!

Tim spannte den Finger an. Henri wirbelte herum, schloss die Augen und warf sich zu Boden. Ein greller Blitz bohrte sich durch die geschlossenen Augenlider, gefolgt von einem Knall, dessen Schallwellen sein Trommelfell zum Vibrieren brachten. Funken regneten wie verglühende Reste einer explodierten Feuerwerksrakete auf ihn herab und brannten sich in seine linke Gesichtshälfte. Die rechte Schläfe pochte von der Kollision mit dem Steinboden. Ein verzweifelter Schrei übertönte das Klingeln in seinen Ohren.

Nach endlosen Sekunden wagte er es, sich umzudrehen. Tim wand sich vor Schmerzen am Boden, das Gesicht in den Händen vergraben. Der Lauf von Victors Waffe, die neben ihm lag, sah aus wie eine abgepellte Bananenschale.

Henri erhob sich, nahm die unversehrte Pistole und zielte auf ihn. Sein Kommilitone drehte den Kopf so hektisch von einer Seite zu anderen, dass Henri gezwungen war, in die Knie zu gehen. Er hielt die Mündung wenige Zentimeter vor dessen Stirn. Die Bilder der Leichen wechselten sich vor seinem geistigen Auge ab. Schwarz, Plinganser, Wimmer … all das hätte er noch ertragen, aber nicht Maria. Der Hass war so stark, dass seine Hand zitterte.

Tim muss sterben!

Aber der Bastard verdiente keinen schnellen Tod. Sein Blick verengte sich wie im Tunnel, dann legte er die Waffe weg und ballte die Fäuste.

*

Schweinberg blinzelte. Was war geschehen?

Er hatte für einen kurzen Augenblick das Bewusstsein verloren, der Knall hatte ihn zurückgeholt. Der Verrückte lag schreiend auf dem Rücken, Holmes war über ihn gebeugt. Plötzlich holte der junge Mann aus und schlug mit der Faust auf seinen Kommilitonen ein. Wieder und wieder und wieder. Jeder Schlag erzeugte ein schmatzendes Geräusch, Blut spritzte. Holmes würde ihn umbringen.

Schweinberg hatte kein Problem damit, wenn das Schwein abkratzte, aber er hatte eines damit, dass der junge Mann für dessen Tod zur Rechenschaft gezogen würde. Denn es wäre schwer, in dem Fall auf Notwehr zu plädieren. Nein, er durfte nicht zulassen, dass Holmes sich seine Zukunft ruinierte.

»Aufhören, Sie bringen ihn um! Kommen Sie zur Vernunft!«

Seine Worte prallten an dessen Rücken ab. Schweinberg musste eingreifen. Mühsam zog er sich an der Säule hoch.

Es fühlte sich an, als würde ihm jemand einen glühend heißen Metallstab in den Bauch rammen. Er war kurz davor, wieder das Bewusstsein zu verlieren. Unsicher torkelte er zu dem jungen Mann und packte ihn am Arm, als der zum nächsten Schlag ausholen wollte. Holmes wirbelte herum, das Gesicht zu einer hasserfüllten Fratze verzogen, die Pupillen geweitet, wie schwarze Löcher, die tief in die Seele führten. Was daraus hervorkam, erzeugte bei ihm eine Gänsehaut. Instinktiv zuckte er zusammen, in der Angst, Holmes würde gleich auf ihn einschlagen.

In dem Moment weiteten sich dessen Augen, sein Arm erschlaffte. Schweinberg ließ ihn los. Holmes schien wieder bei Verstand zu sein.

Henri starrte den Hauptkommissar ungläubig an. Warum hatte ihn der Mann am Arm festgehalten? Und warum tropfte Blut von seiner Faust? Er drehte sich zu Tim um. Der zerrissene Lauf hatte seine linke Gesichtshälfte zerfetzt, anstelle des Auges war nur noch eine schwarz-rote Masse zu sehen. Die Nase war zertrümmert, und die Wangenknochen eingedrückt. Er blickte auf das entstellte Gesicht, ohne die geringste Spur von Mitleid zu verspüren.

Ein schmerzhaftes Husten ließ ihn herumfahren. Schweinberg war kreidebleich, das rotgefärbte Hemd klebte tropfnass auf der Haut. Der Mann brauchte dringend medizinische Hilfe.

*

Mathias Schweinberg sank zu Boden und kroch zurück zur Säule, wo er sich stöhnend anlehnte. Er atmete bewusst langsam, während er den blutgetränkten Sweater auf die Wunde drückte. »Was ist eigentlich passiert?«

»Bevor ich Tim die Waffe gab, hab ich einen kleinen Stein im Lauf verkeilt«, antwortete Henri.

»Sie wussten, dass er dahintersteckt?«

»Nur eine Vermutung. Mir war klar, dass Kauz einen Partner hatte, da der Kerl nicht das technische Knowhow besaß, um aufgezeichnete Sprachdateien in Textbausteine zu schneiden.«

»Wie sind Sie auf Ihren Freund gekommen?«

»Er ist nicht mein Freund … und er hat sich verraten.«

»Wirklich? Wann?«

»Als er gesagt hat, dass Kauz mich viermal umlegen wollte. Ich hatte Tim nie von den Vorfällen in Schwarz' Büro und im Gymnasium erzählt.«

»Das war alles?«

»Es war der berühmte Dominostein, der sämtliche Ungereimtheiten zusammenfallen ließ. Goldberg wusste, dass Tim aus Berlin kam, obwohl man es ihm nicht anhörte und er angeblich nie mit ihm gesprochen hatte. Und auf Kauz' Laptop fand ich einen Internetartikel über den Brand, bei dem Tims Mutter umkam.«

Schweinberg wurde schwindlig, was weniger den verstörenden Informationen als dem enormen Blutverlust zuzurechnen war. Er ignorierte den mitleidigen Blick und forderte Holmes mit einer Handbewegung auf, fortzufahren.

»Im Nachhinein irritierte mich, dass Kauz sich auf Tim stürzte, obwohl ich die Waffe hatte. Auch hatte ich das Gefühl, dass es zwischen den beiden kurz zuvor einen Blickkontakt gab, so als wartete Kauz auf einen Befehl. Erst jetzt verstehe ich dessen verstörten Gesichtsausdruck, als Tim mich aufforderte, ihn zu erschießen. In der Sekunde wurde ihm klar, dass ihn sein Partner verraten hatte.«

»Wenn du das alles vermutet hast, warum hast Tim die Waffe gegeben?«

»Ich hatte keinerlei Beweise und zu viele offene Fragen. Wir hätten ihm nie etwas nachweisen können. Es war die einzige Chance, die Wahrheit zu erfahren.«

»Kluger Kopf. Du bist tatsächlich ein kleiner Sherlock Holmes.«

Der Hauptkommissar fing an, zu husten. Blut tropfte aus dem Mundwinkel.

Ja, sehr klug!

Ein lähmendes Schuldgefühl breitete sich in seinem Körper aus. Erneut kämpfte ein Mensch seinetwegen ums Überleben. Er durfte nicht zulassen, dass der Polizist starb. Alleine schon, weil es sonst niemand gab, der seine Geschichte bezeugen konnte. »Bleiben Sie hier. Ich hole Hilfe.«

Henri begab sich zur Eingangstür. Der Öffnungsmechanismus war derselbe wie auf der anderen Seite, nur waren anstelle der Zeichen Ziffern abgebildet. Er erinnerte sich an die Positionen der Bilder und gab den Code ein. Ohne Erfolg. Er probierte unterschiedliche Reihenfolgen aus, doch es tat sich nichts. Nach zig Versuchen kehrte er zu Tim zurück, der sich kaum noch bewegte, packte ihn am T-Shirt und zog ihn zu sich hoch, so dass ihre Gesichter nur wenige Zentimeter voneinander entfernt waren.

»Wie lautet der verdammte Code, damit wir hier rauskommen?«

Als er keine Antwort erhielt, schüttelte er Tim so heftig, dass dieser zu sich kam.

»Nenn mir den Code!«

»Du stirbst hier mit mir.«

Tims Worte waren ein schwer verständliches Gurgeln, in das sich ein hämisches Lachen mischte. Frustriert stieß Henri ihn mit einer solchen Wucht auf den Boden, dass dieser verstummte und regungslos liegen blieb. Schnell versicherte er sich, dass Tim noch atmete, bevor er zum Hauptkommissar zurückkehrte.

»Lass mich raten«, keuchte Schweinberg. »Der Arsch hat uns eingesperrt.«

»Sieht so aus. Weiß irgendwer, dass Sie hier sind?«

»Nur Ihr langhaariger Freund. Aber leider hab ich ihm gesagt, er soll es für sich behalten.«

Henri legte den Kopf in den Nacken und rieb sich die Augen. Es war unwahrscheinlich, dass sie bald jemand befreite, und der einzige Ausgang war versperrt. Es war hoffnungslos.

Plötzlich richtete er sich auf und sah sich um. Vorhin hatte er den Raum zwar durchsucht, doch irgendwo hier drin hatte sich Kauz versteckt. Henri erinnerte sich an den Seitengang, der auf der Karte eingezeichnet war und zur Kirche führte. Vielleicht gab es einen zweiten Ausgang. Es war eine vage Hoffnung, aber er klammerte sich daran. Hastig lief er an der Wand entlang und schwenkte den Strahl der Lampe über die Steinquader. Sie wirkten massiv, nirgends sah er eine Lücke.

»Suchen Sie was Bestimmtes?«, hörte er Schweinberg rufen.

»Es muss hier einen Seiten …«

Henris Antwort erstarb. Rasch lenkte er den Lichtstrahl in die hintere rechte Ecke des Raums. Auf den ersten Blick sah es aus wie ein Schatten, erst wenn man nähertrat, erkannte man den schmalen Spalt. Dahinter öffnete sich ein enger Gang, der gerade mal Platz für eine Person bot. Erleichtert ließ er einen Freudenschrei los.

»Ich bin gleich zurück. Ich hol Sie hier heraus, kratzen Sie mir in der Zwischenzeit bloß nicht ab.«

Schweinberg verfolgte, wie das Licht der Lampe von der Dunkelheit verschluckt wurde. Er gab sich keiner Illusion hin. Er würde die Geschichte nicht überleben. Vielleicht war es besser so. Er folgte Sabine. In diesem Leben hielt ihn sowieso nichts mehr. Seine Augenlider wurden schwer, für einen Moment wehrte er sich noch dagegen, dann rutschte sein Körper von der Säule ab und er verlor das Bewusstsein.

*

Henri hastete unterdessen durch den Gang. Kurz hinter dem Eingang war er auf einen Laptop gestoßen, mit dem Kauz die Tonbänder abgespielt hatte. Das niedrige Gewölbe führte zu einer Treppe, deren Stufen in den Felsen geschlagen waren. Seine Hoffnung bekam einen herben Dämpfer, als er die massive Steinplatte erblickte, die ihm am oberen Ende den Weg versperrte. Henri stemmte sich mit aller Kraft dagegen, doch sie bewegte sich keinen Millimeter.

Nach etlichen Versuchen schlug er mit der Lampe darauf ein und schrie laut um Hilfe. Die Zuversicht in seiner Stimme verwandelte sich schnell in Verzweiflung. Er musste husten, die staubige Luft klebte in seiner Luftröhre, sein Kopf dröhnte.

Es hatte keinen Sinn, sie waren hier unten gefangen.

Henri verfluchte sich und seine Taten. Warum hatte er nicht rechtzeitig aufgehört? Erschöpft und den Tränen nahe erhob er sich und ging die Stufen wieder hinunter. Es war Zeit, Schweinberg die bittere Nachricht zu überbringen. Falls er überhaupt noch am Leben war.

Plötzlich hörte er über sich ein Kratzen. Jemand war auf der anderen Seite der Steinplatte.

Sofort stürzte er zurück und versuchte mit allem, was seine Lungen hergaben, auf sich aufmerksam zu machen. Es dauerte quälend lange, bis der schwere Quader endlich weggezogen wurde. Dezentes Licht verirrte sich in den pechfinsteren Gang und ließ Henri blinzeln. Ohne

Vorwarnung wurde er von vier Armen gepackt und nach oben gehievt. Er befand sich im Kirchenschiff, nur wenige Meter vom Altar entfernt.

»Du liebe Güte. Junge, was machst du denn dort unten?«

Henri sah in die verdutzten Mienen des Pfarrers und seines Messdieners.

Ich hab es tatsächlich geschafft.

»So wie's aussieht, bin ich dem Teufel nochmal entkommen«, antwortete er, dann sank er erschöpft auf den kalten Kirchenboden.

Ein Jahr später

Henris Magen knurrte. Die Luft war durchzogen vom Aroma knuspriger Hähnchen, saftigem Grillfleisch, würzigem Steckerlfisch und herbem Bier. Er saß an einem der Holztische am Rand des überfüllten Waldfestplatzes vor dem Kloster Tegernsee. Die Abendsonne warf letzte, wärmende Strahlen auf hunderte heitere Gesichter, während die Blaskapelle sich mächtig ins Zeug legte, um das überschwängliche Stimmengewirr und die klirrenden Gläser zu übertönen.

Toni stemmte ihm die Maß entgegen und sie stießen an. Dann wurde sein bester Freund ernst. »Mann, ich werd dich vermissen.«

»Ist doch nur für vier Jahre. Außerdem komme ich jeden Sommer nach Hause. Und du besuchst mich hoffentlich.«

»Darauf kannst du deinen Arsch verwetten, dass ich dir die California-Mausis nicht alleine überlasse.«

Sie lachten, wobei es bei Henri einen schalen Nachgeschmack hinterließ. Nach den dramatischen Ereignissen im letzten Sommer hatte er sich entscheiden, sein Psychologiestudium abzubrechen und stattdessen Wirtschaft in den USA zu studieren. Er musste dem Tegernseer Tal eine Zeit lang den Rücken kehren. Die schlimmen Bilder verfolgten ihn bis heute, und er hatte keinen Rückzugsort mehr, um sie zu verarbeiten. Niemals wieder würde er die Skiclubhütte betreten. Vor zwei Monaten hatte er das ersehnte Stipendium an der University of California in Berkeley erhalten, so konnte er bei Onkel Cliff wohnen.

Toni schüttete einen großen Schluck Bier in sich hinein. Seine Augen waren glasig. Henri hatte sich nie verziehen, dass er seinen besten Freund verdächtigt hatte.

Marias Beerdigung war die Hölle gewesen. Alleine die Erinnerung daran schnürte ihm den Hals zu. Er sah sich den Schotterweg entlangschreiten, die Hitze hatte ihm den schwarzen Anzug auf die Schultern gedrückt, als hätte er Steine in den Taschen. Es war wie ein Weg zum Schafott. In der Kirche hatte er die Zeremonie heimlich von einer schattigen Ecke aus verfolgt, in der prallen Mittagshitze brandmarkten ihn die Blicke der anderen. Zumindest empfand er es so. Niemand kannte die Wahrheit, warum sich Maria zu Fuß auf den Heimweg gemacht hatte. Henri hatte nie den Mut aufgebracht, seinen Fauxpas zuzugeben. Zwar war es ihm gelungen, sich einzureden, dass Tim sie auch am nächsten Tag hätte entführen können, trotzdem klebte das Schuldgefühl an ihm wie eine unsichtbare Ölschicht.

Als der Sarg ins Grab hinabgelassen wurde, zog es ihn zum Rand des Lochs. Dabei klingelte Marias tief enttäuschte Stimme in seinen Ohren. Ein Teil von ihm war mit ihr begraben worden. Auf dem Rückweg vom Grab kam es zur unvermeidlichen Begegnung. Henri blieb vor Klaus Baumgärtner stehen, der um Jahre gealtert schien, reichte ihm die Hand, um sein Beileid zu bekunden. Der pensionierte Polizeibeamte verharrte ausdruckslos, starrte mit leeren Augen nach vorne, ohne mit der Wimper zu zucken. Henri eröffnete sich ein Blick in die Seele eines gebrochenen Menschen. Der Mann würde nie mehr Freude empfinden, und er würde nie aufhören, ihn für den Tod seiner Tochter, seines geliebten Engels, verantwortlich zu machen. Sie standen sich schweigend gegenüber, jede Sekunde peinigend wie ein Peitschenhieb, bis ihn Toni wegzog.

Nach der Beerdigung hatte er sich tagelang in seinem Zimmer eingeschlossen und darüber nachgedacht, wie er die Trauer verarbeiten konnte. Toni hatte sich ein Tattoo mit Marias Namen an der Innenseite des Handgelenks stechen lassen. Obwohl Henri Tattoos primitiv fand, hätte er sich sofort ein Porträtbild von Maria auf die Brust tätowiert, wenn es seinen Schmerz hätte lindern können.

Dank der Überredungskunst seines Onkels war er doch noch in die USA geflogen und hatte zwei Wochen alleine im Yosemite Nationalpark gecampt. Jeden Tag war er bei Morgengrauen aufgebrochen und erst am Abend zum Zelt zurückgekehrt. Die anstrengenden Wandertouren inmitten der atemberaubenden Natur und die einsamen Stunden am Lagerfeuer hatten ihm geholfen, die Erlebnisse zu verarbeiten.

Seit letztem Sommer telefonierte er regelmäßig mit Cliff. Sein Onkel war es auch, der ihn ermutigt hatte, sich an der Uni in Berkeley zu bewerben. Außerdem hatte er ihm versprochen, ihm Schießen und Selbstverteidigung beizubringen. Henri hoffte, dass er nie mehr in eine Situation kam, in der er diese Fähigkeiten benötigte, aber falls doch, wollte er sich besser verteidigen können als vor einem Jahr. Nach seiner Rückkehr aus den USA hatte er sich mit Toni ausgesprochen und sie hatten sich geschworen, nie wieder an dem anderen zu zweifeln. Paradoxerweise hatte Marias Tod sie noch stärker zusammengeschweißt.

Eine kräftige Hand landete auf seiner Schulter. »Hallo Henri, was für eine Überraschung. Sind deine Prüfungen schon vorbei?«

Hauptkommissar Schweinberg stellte seinen Maßkrug auf dem Tisch ab.

»Hallo Herr Schwein … äh … Mathias. Für mich schon. Hab ja mein Psychologie-Studium abgebrochen.«

»Was dich nicht daran gehindert hat, noch sämtliche Prüfungen zu schreiben«, murmelte Toni. »Und bestimmt hast du wieder überall Bestnoten.«

»Nichts anderes hätte ich von Henri erwartet.«

Schweinberg lachte herzhaft und klopfte sich auf den Bauch, was dieser mit einem stechenden Schmerz beantwortete. Die Wunde war gut verheilt, die Narbe bei seinem Körperfell kaum zu sehen. Doch ab und an erinnerte ihn sein Körper daran, wie knapp er dem Tod entronnen war. Anfangs hatte es viele Nächte gegeben, in denen er sich wünschte, er hätte es nicht geschafft. Vielleicht hatte er sich deswegen nie bei Henri bedankt. Er sollte es nachholen, wenn sie mal alleine waren, immerhin verband sie seit den dramatischen Ereignissen eine Art Freundschaft. Als die Ermittlungen abgeschlossen waren, hatte er dem Studenten das Du angeboten. »Und was hast du jetzt vor? Ausland?«

Henri nickte. »Hab glücklicherweise ein Stipendium für die USA bekommen.«

»Mit Glück hat das nichts zu tun. Du wirst deinen Weg gehen, egal, für welche Laufbahn du dich entscheidest.«

Henri war das Lob unangenehm, deswegen versuchte er schnell, das Thema zu wechseln.

»Was ist mir dir? Bleibst du bei der Kripo Miesbach oder gehts zurück nach München?«

»Weder noch. Ich wechsel zur Bereitschaftspolizei nach Bamberg und bilde zukünftig Polizeibeamte für die zweite Qualifikationsebene aus.«

Toni prustete los. »Sie werden Lehrer?«

»Zugführer«, schoss er zurück, um dann anzufügen. »Aber man könnte auch sagen: Klassenlehrer.«

»Ihre Schüler sind die ersten Bullen, mit denen ich Mitleid habe.«

Schweinberg starrte den langhaarigen Burschen an wie ein Vater, der seinen Sohn wegen eines Streichs ermahnen sollte, obwohl er innerlich darüber lachte. Vor einem Jahr war er kurz davor gewesen, den Job hinzuschmeißen, und jetzt sollte er junge Menschen dafür begeistern.

Konnte das gutgehen? Die Zweifel nagten an ihm, seit er unterschrieben hatte. Immerhin bot ihm die Stelle die Möglichkeit, in Ruhe über seine Zukunft nachzudenken. Das Leben hatte ihm eine zweite Chance gegeben – die wollte er nicht einfach wegwerfen.

»Was ist denn mit Ihnen?«, wandte er sich an Knauseder. »Studieren Sie nicht irgendwas mit Tourismus?«

»Hab ich geschmissen, die Jobs in der Branche sind unvereinbar mit meiner Work-Life-Balance. Mach jetzt Sportmanagement.«

»Sie sind wie die Typen, die ihre Polizeiausbildung nach dem ersten Praktikum hinschmeißen, weil ihnen plötzlich bewusst wird, das Schichtdienst nichts für sie ist.«

Schweinberg bemühte sich nicht einmal, seine Verärgerung zu überspielen. »Nehmen Sie sich lieber ein Beispiel an Henri, der weiß, was er will.«

»Hey, ich bin schließlich nicht der Einzige hier, der sich beruflich verändert.«

Henri trank von seinem Bier, um Tonis genervten Blick auszuweichen. Schweinberg war nie müde geworden, ihn als Held darzustellen. Sein Gefühl sagte ihm, dass ihn der Hauptkommissar bewusst ins Rampenlicht geschoben hatte, um selbst weniger im Fokus der Medien zu stehen. Mit Grauen erinnerte er sich an die unzähligen Pressetermine und Anhörungen. Im Tal war die Neuigkeit eingeschlagen wie eine Bombe, wochenlang stand er in den Schlagzeilen. Am meisten hatte ihn die Überschrift der Bild-Zeitung geärgert:

Sherlock Holmes vom Tegernsee fasst Serienmörder und entlarvt Nazi-Verbrecher.

Er war zu einer nationalen Berühmtheit mutiert und wurde ständig mit dem unsäglichen Namen konfrontiert. Der Medienrummel war ein Grund, warum er im Ausland studieren wollte. Ein anderer war das Bedürfnis, auf Abstand zu seinem Vater zu gehen. Nach allem, was geschehen war, war ihr Vertrauensverhältnis zu sehr beschädigt. Es mit distanziert zu umschreiben, war noch freundlich formuliert. Henri hatte nie den Mut aufgebracht, ihn zu fragen, was er in der Nacht im Schloss gewollt hatte. Einerseits bezweifelte er, eine befriedigende Antwort zu erhalten, andererseits fürchtete er sich vor der Wahrheit. Er vertraute einfach auf sein Gefühl, dass Rainer Holmes zwar rücksichtslos seinen eigenen Vorteil verfolgte, aber dass er kein Mörder war. Die Frage, wie tief er wirklich in die Geschichte verwickelt war, hatte Henri ins hinterste Fach seines Gehirns geschoben und abgeschlossen.

Schweinberg betrachtete den jungen Mann, der nachdenklich in sein Bier starrte. Der schüchterne Student hatte eine extreme Wandlung durchgemacht. Es hatte ihn überrascht, mit welcher Vehemenz er damals auf ihn eingeredet hatte, Dr. Holmes aus den Ermittlungen herauszuhalten. Obwohl es Schweinberg zutiefst widerstrebte, den arroganten Psychiater ungeschoren davonkommen zu lassen, hatte er eingewilligt. Nicht, weil dieser im Gegenzug die Dienstaufsichtsbeschwerde zurückzog, sondern weil er schlicht und ergreifend keine Beweise hatte. Außerdem hatten Henri und seine Mutter schon genug gelitten.

»Was halten Sie eigentlich vom Urteil?«, fragte Toni. »Für mich ist *Two-Face* viel zu gut davongekommen.«

Tim hatte ein Auge verloren und auf der linken Gesichtshälfte Verbrennungen dritten Grades erlitten. Die Zeitungen hatten ihm deswegen den Namen *Two-Face* gegeben, in Anspielung auf den Bösewicht aus den Batman-Comics. Aufgrund der ernsten Verletzungen hatte der Prozess spät begonnen und war erst vor wenigen Tagen zu Ende gegangen. Tim war zu einer lebenslangen

Haftstrafe verurteilt worden, doch wegen der massiven Persönlichkeitsstörung, die ihm das psychologische Gutachten attestierte, würde er seine Strafe nicht im Maßregelvollzug absitzen, sondern in der psychiatrischen Abteilung der JVA Straubing.

Schweinbergs Hals schwoll an. »Es kotzt mich an! Diese Drecksanwälte haben wieder mal ganze Arbeit geleistet. Verkorkste Jugend, Sherlock-Holmes-Fantasien, und am Ende war natürlich unsere Gesellschaft schuld. Der Oberhammer war die Tränen-Show, die der Typ im Gerichtssaal abgespielt hat. Das war oscarreif.«

Henri enthielt sich eines Kommentars. Er hatte sich nie für den Prozess interessiert. Es war ihm egal, wohin man Tim sperrte, Hauptsache er kam nie wieder frei. Früher hatte er an den Resozialisierungsprozess geglaubt und war der festen Meinung gewesen, dass jeder Mensch eine zweite Chance verdient hätte. Marias Tod hatte seine Weltanschauung verändert.

Als hätte Toni seine Gedanken gelesen, küsste er sein Tattoo und stemmte seinen Maßkrug in die Höhe. »Lasst uns auf Maria trinken. Möge es ihr gut gehen, wo immer sie jetzt ist.«

Stillschweigend stießen sie darauf an. Selbst das Geklirre der Gläser wirkte gedämpft. Beim Namen seiner ehemaligen Klassenkameradin bekam Henri eine Gänsehaut. Er fragte sich, ob sich das jemals ändern würde. Und welche Herausforderungen das Leben noch für ihn bereithielt. Die Größte hatte er bereits überstanden, davon war er in diesem Moment überzeugt.

Die Zukunft sollte ihn eines Besseren belehren.

Epilog

Zur gleichen Zeit in der Nähe von München

Der glatzköpfige Mann händigte ihm das Protokoll wortlos aus. Klaus Terrazzino überflog den Inhalt, mit der freien Hand rieb er sich den schmerzenden Nacken. Er hatte eine intensive Übungswoche mit seinem Team hinter sich: Nahkampftraining, Geiselbefreiung, Personenschutz.

»Und dafür haben Sie mich aus der Sauna geholt?«, polterte er.

»Sie scheinen das Potenzial nicht zu sehen«, näselte der Glatzkopf. Der sächsische Dialekt ging Terrazzino tierisch auf die Nerven. Im Vergleich zu dessen aalglattem Auftreten war es aber eine zweitrangige Plage.

»One minute. You got one fucking minute!«

Terazzino fluchte ganz bewusst auf Englisch, weil es sein Partner hasste, auch wenn er es sich niemals anmerken ließ. Gelangweilt hörte sich Terrazzino dessen Ausführungen an, bis ihm klar wurde, worauf der Mann abzielte. Sein Interesse war geweckt.

»Das könnte die Kaiser tatsächlich interessieren«, antwortete er, ohne euphorisch zu wirken.

Danach machte er sich auf den Weg zurück in die Sauna. Später, als er nach dem Sprung ins Eisbecken auf einer Liege ausdampfte, musste er wieder über das Papier nachdenken. Die Information konnte ihnen tatsächlich nützlich sein, um die Macht in München an sich zu reißen. Doch plötzlich überkam ihm ein mulmiges Gefühl. Man konnte es Erfahrung nennen, oder Instinkt. Vielleicht lag es auch nur an dem ihm so verhassten Namen: Holmes.

Liebe Leserinnen und Leser,

ich bin schon öfter gefragt worden, wie lange ich an diesem Buch gearbeitet habe. Es ist schwierig zu sagen, um ehrlich zu sein, da es über einen Zeitraum von zehn Jahren entstanden ist und ich zwischenzeitlich auch andere Manuskripte geschrieben habe. Aber jede Zeile trug letztlich zu der Fassung bei, die Sie heute in den Händen halten. Gefühlt habe ich die Geschichte dreimal geschrieben, aber das war es mir wert, denn schon seit meiner Abiturzeit hatte ich den Traum, aus den Ereignissen in den letzten Kriegstagen den Plot für einen Thriller zu entwickeln.

Die Bezeichnung *Based on a true Story* wird gerne benutzt, um einer Geschichte ein Alleinstellungsmerkmal zu geben. Allerdings bewegt man sich als Autor auf einem sehr schmalen Grat, durch dramaturgische Veränderungen kein verzerrtes Bild der Realität zu erzeugen. In »Architekt des Todes« bildet die Geschichte der drei Parlamentäre Franz Heiss, Dr. Friedrich Scheid und Dr. Franz Winter zwar den Ankerpunkt, um welchen ich den Plot gesponnen habe. Aber auch wenn der Prolog den realen Ereignissen sehr nahekommt, entspringt die restliche Geschichte komplett meiner Fantasie, weswegen ich bewusst fiktive Namen für meine Parlamentäre verwendet habe. Dennoch hoffe ich, dass sich der ein oder andere für die historischen Ereignisse ähnlich begeistert wie ich selbst, als ich 1998 zusammen meinen Mitschülern Andreas Auer, Maximilian Regul, Alexander Alzetta und Conni Winkler die Facharbeit darüber geschrieben habe.

Ihnen gehört mein Dank genauso wie meinem Geschichtslehrer Ernst Teufel, der sich so vehement für die Gruppenfacharbeit eingesetzt hat, und dem Anwalt Markus Wrba, der mit seiner eigenen Facharbeit viele Jahre zuvor den Grundstein gelegt und uns Einsicht in die Prozessakten ermöglicht hatte. Analoge Figuren findet man zwar in meinem Roman, die Charaktere sind allerdings komplett fiktiv und haben keinerlei Bezug zu den realen Personen. Am schwierigsten fiel mir diese Abgrenzung bei der Figur des Schuldirektors, weil ich eine Verbindung zu den Anfängen des Schulgebäudes herstellen musste. Wahr ist, dass das Gymnasium Tegernsee Hans-Herbert Perlinger viel zu verdanken hat, genauso wie seinem fiktiven Pendant, ansonsten haben die beiden aber natürlich nichts miteinander gemeinsam.

Bedanken will ich mich außerdem bei Diana Utsch von der Kripo Miesbach, die mich bei meinen vielen Fragen zur Polizeiarbeit geduldig beraten hat. Sollten sich dennoch Abweichungen von der Realität eingeschlichen haben, beruhen diese entweder auf meiner eigenen Nachlässigkeit, oder sie wurden aus dramaturgischen Gründen vorgenommen.

Außerdem bedanke ich mich bei edition krimi, besonders bei Geschäftsführerin Sandra Thoms, für Ihr Vertrauen in mich. Und natürlich bei meiner Lektorin Katharina Breu, die mit Ihren wertvollen Anmerkungen und Ideen dafür gesorgt hat, dass aus einem rohen Edelstein ein perfekt geschliffener Diamant geworden ist.

Eine glückliche Fügung hat mich in den Anfängen meines Schreibabenteuers zu Diana Hillebrand geführt. Nicht nur habe ich in ihren Schreibkursen das schriftstellerische Handwerkszeug erlernt, sie war auch eine Art Mentorin für mich und hat mich davor bewahrt, mein Werk viel zu früh bei Verlagen einzureichen – wofür ich ihr sehr dankbar bin, auch wenn es damals schmerzhaft war.

Ich wäre aber nie so weit gekommen ohne meine Frau Olga, meine Mutter und meine Schwiegermutter, die mir in der langen Zeit, in der nie sicher war, dass sich meine Anstrengungen jemals auszahlen würden, den notwendigen Freiraum eingeräumt haben. Zu guter Letzt möchte ich mich noch bei Stefan Bernt bedanken, stellvertretend für meine vielen Testleser, da er sogar alle drei Fassungen meines Werkes komplett gelesen und mir wertvolles Feedback gegeben hat.

Obwohl ich mich schon länger als Autor fühle, hat meine offizielle Reise gerade erst begonnen. Wohin Sie führt, kann niemand sagen, aber genau das macht es ja so spannend. Schauen Sie doch gerne auf meine Homepage www.markusherder.com, wenn Sie an weiteren Hintergründen zu den geschichtlichen Ereignissen rund um die drei Parlamentäre interessiert sind. Hier erfahren Sie auch alles zu meinen zukünftigen Buchprojekten.

In diesem Sinne,
Ihr Markus Herder

Der Autor

Markus Herder wuchs im Tegernseer Tal auf, bevor er sich nach dem Abitur entschloss, in München BWL zu studieren. Sich Figuren und Geschichten auszudenken war seit frühester Jugend ein elementarer Bestandteil seines Lebens. Angetrieben von der Idee, aus den Erlebnissen in seiner Abiturzeit den Plot für einen Thriller zu entwickeln, begann er sein erstes Manuskript zu schreiben. »Architekt des Todes« ist sein Debütroman.